ABHANDLUNGEN FÜR DIE KUNDE DES MORGENLANDES

Im Auftrag der Deutschen Morgenländischen Gesellschaft herausgegeben von Roland Steiner

Band 142

2025

Harrassowitz Verlag · Wiesbaden

Dragomir Dimitrov & Anett Krause

Bruno Liebich

Leben und Werke eines schlesischen Indologen

2025
Harrassowitz Verlag · Wiesbaden

Bibliografische Information der Deutschen Nationalbibliothek
Die Deutsche Nationalbibliothek verzeichnet diese Publikation in der Deutschen Nationalbibliografie; detaillierte bibliografische Daten sind im Internet über https://dnb.de abrufbar.

Bibliographic information published by the Deutsche Nationalbibliothek
The Deutsche Nationalbibliothek lists this publication in the Deutsche Nationalbibliografie; detailed bibliographic data are available on the internet at https://dnb.de

Informationen zum Verlagsprogramm finden Sie unter
https://www.harrassowitz-verlag.de

Harrassowitz Verlag, Kreuzberger Ring 7c-d, 65205 Wiesbaden,
produktsicherheit.verlag@harrassowitz.de

Gedruckt auf alterungsbeständigem Papier.
Satz und Layout: Shantipriya
Druck und Verarbeitung: Prime Rate Zrt.
Printed in Hungary

ISSN 0567-4980 eISSN 2749-0041
ISBN 978-3-447-12402-7 eISBN 978-3-447-39697-4

B. Liebich

TAFEL 1
Bruno Liebich im Jahr 1907

Dieses Foto, das Bruno Liebich eigenhändig unterschrieben hat, wurde 1907 im Breslauer Fotoatelier »E. Walsleben« (Zwingerstr. 24) aufgenommen und wird derzeit in der Bibliothek der Deutschen Morgenländischen Gesellschaft in Halle aufbewahrt.

Vorwort

Bruno Liebich ist ein Symbol für die wirkliche Entwicklung einer Wissenschaft.[*]
(Meinrad Scheller)

Eine umfangreiche Veröffentlichung zum Leben und Wirken eines schlesischen Indologen, von dem bisher wahrscheinlich nur diejenigen, verhältnismäßig wenigen Fachleute etwas wußten, die sich auf das Gebiet der indischen Grammatik spezialisierten, mag vielleicht unerwartet sein. Einer Rechtfertigung bedarf aber eine solche Biographie trotzdem nicht, wenn man bedenkt, daß die meisten Publikationen von Bruno Liebich (1862–1939) auch mehr als einhundert Jahre nach ihrem Erscheinen nicht überholt sind und als musterhaft bezeichnet werden können. Indologen in der ganzen Welt benutzen Liebichs Editionen und Monographien weiterhin mit großem Gewinn und können über die Präzision, die Perfektion und den Pragmatismus dieses bemerkenswerten Gelehrten nur staunen.

Wie war es einem deutschen Studenten in Breslau im ausgehenden 19. Jahrhundert möglich, ein so tiefes Interesse für Sanskrit-Grammatik zu entwickeln und sich solch fundierte Kenntnisse anzueignen, die es ihm erlaubten, kurz nach seiner Promotion im Jahr 1885 im Alleingang eine bis dahin kaum bekannte grammatische Tradition aus dem 5. Jahrhundert n. Chr. zu erforschen und die ihr zugrundeliegenden Lehrwerke erstmals zu edieren? Wie kam er in Europa an die alten handschriftlichen Quellen in einer Zeit heran, als der Zugang zu indischen, nepalesischen, singhalesischen und tibetischen Textzeugnissen anders als in der heutigen digitalen Ära viel beschwerlicher und auch langsamer war? Wie konnte sich ein

[*] Aus einem Brief des Schweizer Indogermanisten Meinrad Scheller (1921–1991) vom 3. September 1975 an Bruno Liebichs Tochter Agnes-Hildegard Liebich. Der Brief befindet sich im Privatbesitz von Dagmar Ladisch-Grube, einer Großnichte von Liebichs Frau Klasina Liebich, geb. Humbert.

junger Wissenschaftler so zielstrebig einem äußerst schwierigen Wissensgebiet widmen und Neuland betreten? Wie schaffte es ein Privatdozent, trotz sehr geringer Studentenzahlen und daher bescheidener Kollegiengelder jahrzehntelang unter schwierigsten finanziellen Bedingungen Grundlagenforschung zu betreiben? Wie hielt es ein solcher Gelehrter durch, der im Alter von 51 Jahren außerordentlicher Professor in Heidelberg wurde und erst als Sechzigjähriger in den Genuß eines Ordinariats in Breslau kam? Welche Rolle spielte dieser schlesische Indologe an seiner Alma mater während der dunklen Jahre des Nationalsozialismus, als sein Nachfolger Otto Strauß (1881–1940) infolge der NS-Rassenpolitik im Oktober 1935 gezwungen wurde, wegen seiner jüdischen Herkunft seine Stelle aufzugeben? Wie haben Liebichs zeitgenössische Kollegen seine Schriften in ihren Rezensionen bewertet? Mit wem und worüber korrespondierte Liebich während seiner langen akademischen Laufbahn? Zu diesen und anderen Fragen, die Liebichs indologisches Wirken und sein wissenschaftliches Vermächtnis betreffen, lassen sich in verschiedenen öffentlichen und privaten Archiven und Bibliotheken relevante Quellen finden. Es erweist sich als möglich und nützlich, mehr Licht auf das Leben und die Werke dieses verdienstvollen Indologen zu werfen.

Nachdem eine große Anzahl von Dokumenten und Informationen bereits vor mehr als zehn Jahren in Breslau, München, Göttingen, Heidelberg und manch anderen Städten von mir aufgespürt und gesammelt wurden, ergab sich erst im letzten Jahr die Gelegenheit, in Zusammenarbeit mit Dr. Anett Krause (Berlin) die Ergebnisse dieser biographischen Untersuchung in eine geeignete Form zu gießen, die einem breiteren Kreis fachgeschichtlich interessierter Leser vorgelegt werden kann. Diese Biographie dürfte als Zeichen einer wohlverdienten Anerkennung der beachtenswerten Leistungen eines großen Gelehrten betrachtet werden, der, wie Meinrad Scheller in seinem Brief an Liebichs Tochter vom 3. September 1975 zu Recht meinte, »ein Symbol für die wirkliche Entwicklung einer Wissenschaft« ist und als ein glänzendes Vorbild zukünftiger Generationen von Indologen gelten darf.

Marburg, im Dezember 2024

Dragomir Dimitrov

Danksagung

Die vorliegende Biographie des schlesischen Indologen Bruno Liebich wäre ohne die großzügige Unterstützung zahlreicher Fachkollegen, Bibliothekare, Archivare und Privatleute nicht zustandegekommen. Für das Aufspüren und die Beschaffung von relevanter Literatur, Dokumenten und Digitalisaten gilt den folgenden Personen ganz besonderer Dank:

Holger Berwinkel (Göttingen), Daniel Brandl (Göttingen), Thomas Breitfeld (Berlin), Ramona Crawford (Harvard), Laila Guhlmann (Halle), Rainer Hering (Schleswig), Gertrud Heß (Wien), Annika Kalvelage (Göttingen), Sven Kuttner (München), Łukasz Krzyszczuk (Breslau), Dagmar Ladisch-Grube (Konstanz), Burkhard Quessel (London), Andreas Richter (Waldenburg), Rolf Röpper (Göttingen), Pratik Rumde (Göttingen), Kerstin Schimmeck (Berlin), Daniel Schneider (München), Sven Sellmer (Poznań), Walter Slaje (Mödling), Wolbert G. C. Smidt (Hamburg), Sven Staude (Freiburg), Przemysław Szczurek (Breslau), Cornelia Töpelmann (München), Małgorzata Wielińska-Soltwedel (Warschau)

Prof. Dr. Jürgen Hanneder (Marburg) war so freundlich, mehrere Teile dieser Biographie zu lesen und Korrekturvorschläge zu machen, wofür ihm ein herzlicher Dank gebührt. Dr. Petra Kieffer-Pülz (Weimar) hatte außerdem die große Güte, das komplette Buch noch einmal sehr sorgfältig Korrektur zu lesen, wofür ihr ganz besonders gedankt sei. Für seine Bereitschaft, die vorliegende Biographie in die Reihe »Abhandlungen für die Kunde des Morgenlandes« aufzunehmen, in der vor mehr als einem Jahrhundert zwei der wichtigsten Editionen Liebichs erschienen sind, gilt dem Herausgeber dieser Reihe, Prof. Dr. Roland Steiner (Marburg), ein aufrichtiger Dank. Ihm ist nicht zuletzt auch dafür herzlichst zu danken, daß er vor der Drucklegung das Buch ein letztes Mal mit beispielloser Aufmerksamkeit Korrektur las und zahlreiche Berichtigungen und nützliche Änderungsvorschläge beisteuerte. Was an Mängeln und Fehlern verblieben ist, haben selbstverständlich allein die beiden Autoren dieses Werkes zu verantworten.

Inhaltsverzeichnis

Abkürzungsverzeichnis

Abb.	Abbildung
al.	aleja (Allee)
AUWr	Archiwum Uniwersytetu Wrocławskiego
BArch	Bundesarchiv
BArchKo	Bundesarchiv, Koblenz
Bd.	Band
Bl.	Blatt
ca.	*circa*
Cān	Candragomins *Cāndravyākaraṇa* (Ed. Liebich 1902)
d. h.	das heißt
d. i.	das ist
DMG	Deutsche Morgenländische Gesellschaft
Ed.	Edition
Fn.	Fußnote
GLA	Generallandesarchiv Karlsruhe
ibid.	*ibidem*
Inv.-Nr.	Inventarnummer
LAA	Lastenausgleichsarchiv Bayreuth
NAK	National Archives in Kathmandu
n. Chr.	nach Christus
NGMCP	Nepalese-German Manuscript Cataloguing Project
NGMPP	Nepal-German Manuscript Preservation Project
Nr.	Nummer
ns	Nepal Saṃvat
NS	Nationalsozialismus
NSDAP	Nationalsozialistische Deutsche Arbeiterpartei
o. A.	ohne Angaben
Pāṇ	Pāṇinis *Aṣṭādhyāyī*
r	*recto*

reg.	regierte
S.	Seite
saṃ	*saṃvat*
Skt.	Sanskrit
Sp.	Spalte
SS	Sommersemester | Schutzstaffel
Tib.	Tibetisch
UAH	Universitätsarchiv Heidelberg
UAJ	Universitätsarchiv Jena
ul.	ulica (Straße)
UniA Gö	Universitätsarchiv Göttingen
Univ.	Universität
v	*verso*
WS	Wintersemester
z. B.	zum Beispiel
ZDMG	Zeitschrift der Deutschen Morgenländischen Gesellschaft

TEIL I

Leben

Tafel 2
Bruno Liebich um 1892

Dieses Foto wurde im Breslauer Fotoatelier »E. Walsleben« (Zwingerstr. 24) aufgenommen und befindet sich derzeit im Archiwum Uniwersytetu Wrocławskiego (Signatur: S 168, Nr. 401, *Photographien-Album der Curatoren, Professoren, Docenten und Beamten der Koeniglichen Universitaet in Breslau, od 1861*; siehe Drozd 1977, S. 37). Es wurde zuerst von Wilhelm Rau veröffentlicht, wobei dort als Quelle »Prof. Ludwik Skurzak, Wroclaw, Szewska 48: Katedra Filologii Indyjskiej« angegeben ist (Rau 1965, S. 105). Ein Exemplar dieses Bildes ist auch im Universitätsarchiv Heidelberg vorhanden (Signatur: UAH BA Pos I 01883).

Leben

1. Geburt und Schulzeit (1862–1880)

Bruno Arthur Franz Karl Liebich wurde am 7. Januar 1862 in Altwasser, Kreis Waldenburg in Schlesien, geboren.[1] Er entstammte einer evangelischen Familie und wurde am 5. Februar 1862 in der evangelischen Kirche in Waldenburg getauft.[2] Sein Vater, Reinhold Friedrich Wilhelm Liebich, war ein Müllermeister und Mühlenbesitzer.[3] Seine Mutter hieß Ernestine Henriette, geb. Conrad, und stammte selbst aus der Familie eines Müllers.[4] Liebich war nicht einmal ein Jahr alt, als sein Vater Ende 1862 verstarb.[5] Er hatte drei Geschwister, zwei ältere Schwestern –

---

[1] Heute heißt Liebichs Geburtsort Stary Zdrój und ist ein Stadtteil von Wałbrzych in der polnischen Woiwodschaft Niederschlesien. Nach Meyers Konversations-Lexikon von 1888 (S. 429) lebten 1880 im ehemaligen beliebten Badeort Altwasser 8087 Einwohner. Einige Jahre nach Liebichs Geburt waren allerdings die Mineralquellen in diesem beschaulichen, von waldigen Bergen umgebenen Dorf aufgrund des Bergbaus versiegt. [2] Der entsprechende Eintrag findet sich im evangelischen Kirchenbuch für Waldenburg (S. 61, Nr. 24). Dort sind die Namen Bruno Arthur Franz Carl eingetragen. Die Taufzeugen waren Hermann Conrad aus Seitendorf, Dorothea Conrad, geb. Böhm, ebenso aus Seitendorf und Mathilde Conrad, geb. Seidel, aus Polsnitz. [3] Liebichs Vater wurde am 4. April 1825 in Blasdorf bei Schömberg (heute Chełmsko Śląskie), Kreis Landeshut, geboren, und dessen Vater hieß Franz Liebich. [4] Die Tochter des in Seitendorf (heute Poniatów), Kreis Waldenburg, geborenen Mühlenbesitzers Carl Conrad und dessen Ehefrau Dorothea, geb. Böhm, kam am 9. Januar 1829 in Quolsdorf (heute Chwaliszów), Kreis Bolkenhain, zur Welt. In einem »Nachweis der Abstammung von deutschem oder artverwandtem Blut« vom 19. September 1938 in der Militärakte von Liebichs Sohn Bruno Hermann (siehe BArch PERS 6/298282) ist der 10. Januar 1829 als Geburtsdatum und Alt-Reichenau als Geburtsort von Liebichs Mutter angegeben. Wie aus dem evangelischen Kirchenbuch für Nieder Salzbrunn (Nr. 69, S. 184) zu erfahren ist, fand die Trauung von Reinhold Liebich und Henriette Conrad am 26. Oktober 1857 statt.
[5] Das genaue Sterbedatum läßt sich nicht feststellen, da ein entsprechender Eintrag in den Kirchenbüchern für Waldenburg bisher nicht gefunden werden konnte.

Ida Clara Johanna Theresia (*4.8.1858)[6] und Anna Laura Nathalie Hedwig (*11.12.1859)[7] – sowie einen jüngeren Bruder – Reinhold Friedrich Wilhelm Bruno (*21.7.1863).[8]

Volksschule in Freiburg

Die verwitwete Mutter und ihre Kinder zogen einige Monate nach dem Verlust des Familienvaters in die benachbarte Stadt Freiburg (heute Świebodzice), Kreis Schweidnitz, wo Liebich seine Kindheit verbrachte. Bevor er eingeschult wurde, heiratete seine Mutter Julius Leopold Gregor, den Rektor der dortigen Elementarschule, und so wuchs der kleine Bruno in dem Haus eines gebildeten Mannes auf, den er selbst als seinen zweiten Vater bezeichnete.[9] Die Familie wohnte in der Mühlstraße (heute ul. Młynarska) 20 in Freiburg. Ab dem Jahr 1869, als Liebich sieben Jahre alt war, besuchte er die von seinem Stiefvater geleitete Volksschule. Als 1874 in Freiburg eine höhere Bürgerschule eröffnet wurde, wechselte er zu Ostern desselben Jahres dorthin und blieb in dieser Schule ein Jahr lang.

Gymnasium in Liegnitz

Zu Ostern 1875 ging Liebich nach Liegnitz (heute Legnica) in Niederschlesien, wo er das dortige Gymnasium besuchte. Nach eigenen Angaben besuchte er »die oberen klassen dieses gymnasiums von Obertertia an«, weshalb man annehmen könnte, daß Liebich gleich zwei Klassen übersprungen hat. Es ist jedenfalls bekannt, daß er zu Ostern 1880 das Abitur bereits abgelegt hatte. Einem Eintrag in der Immatrikulationsakte der Universität Jena von 1910 kann man entnehmen, daß Liebichs gymnasiales Reifezeugnis auf den 4. Februar 1880 datiert war.[10] Die mündliche Prüfung wurde ihm vermutlich aufgrund seiner besonderen Leistungen erlas-

---

[6] Liebichs erste Schwester wurde am 29. August 1858 in der evangelischen Kirche in Waldenburg getauft (Eintrag im Kirchenbuch für Waldenburg, S. 152, Nr. 100). [7] Liebichs zweite Schwester wurde am 15. Januar 1860 ebenso in der evangelischen Kirche in Waldenburg getauft (Eintrag im Kirchenbuch für Waldenburg, S. 196, Nr. 4). Mindestens eine der beiden Schwestern von Liebich hatte noch vor September 1883 geheiratet, da er in einem Brief vom 15. September 1883 von einem Besuch bei seinem Schwager schrieb (siehe unten, S. 272). [8] Liebichs Bruder wurde am 9. August 1863 in der evangelischen Kirche in Waldenburg getauft (Eintrag im Kirchenbuch für Waldenburg, S. 121, Nr. 78). Es ist außerdem bekannt, daß er am 20. Juni 1891 Alwine Maria Clara Melzer (*12.8.1870, †13.11.1941) heiratete, wobei Liebich einer der beiden Trauzeugen gewesen ist (Standesamtregister Freiburg, Nr. 38 vom 20. Juni 1891). [9] Liebichs Stiefvater wurde 1821 in Namslau (heute Namysłów) als Sohn des Sattlermeisters Johann Gregor und dessen Ehefrau Elisabeth, geb. Eder, geboren und war ebenso evangelisch. [10] Siehe UAJ Bestand BA Nr. 887, Bl. 41v.

sen. Währenddessen blieben seine Mutter und sein Stiefvater bis zu ihrem Tod in Freiburg wohnen. Rektor Julius Gregor verstarb im Alter von 69 Jahren am 15. Juni 1890 in Freiburg,[11] und Henriette Gregor starb mit 67 Jahren am 28. Dezember 1896.[12]

Die evangelische Kirche in Waldenburg um 1911

[11] Laut einem Eintrag im Standesamtregister für Freiburg in Schlesien (Nr. 152 vom 16. Juni 1890) wurde sein Tod von Liebichs Mutter angezeigt. Später zeigte sie auch den Tod von Fanny Gregor, einer älteren Schwester ihres zweiten Mannes, an (Standesamtregister Freiburg, Nr. 127 vom 23. Mai 1891). Fanny Gregor kam 1813 in Namslau zur Welt und starb am 22. Mai 1891. [12] Die Todesanzeige von Henriette Gregor (Standesamtregister Freiburg, Nr. 313 vom 30. Dezember 1896) wurde von Heinrich Baumert jun. unterschrieben, der ebenso wie davor Liebichs Mutter, Rektor Julius Gregor und seine Schwester in der Mühlstraße 20 in Freiburg wohnhaft war und Eigentümer des Hauses war.

2. Studium in Breslau, München und Göttingen (1880–1885)

Studium in Breslau

SEIN Universitätsstudium begann Liebich im Alter von achtzehn Jahren. Zunächst schrieb er sich an der Königlichen Universität zu Breslau ein,[13] wo er insgesamt fünf Semester (SS 1880–SS 1882) studierte.[14] Seine ersten Sanskritlehrer waren Adolf Friedrich Stenzler (1807–1887) und Alfred Hillebrandt (1853–1927). Zu dieser Zeit boten die beiden verdienstvollen Indologen Kurse an, wie »Grammatik der Sanskritsprache«, »Geschichte des Brahmanismus«, »Erklärung vedischer Schriften« u. a. Es ist zwar nicht genau dokumentiert, man kann aber sicher davon ausgehen, daß Liebich seinen ersten Einführungskurs in das Sanskrit bei Stenzler absolvierte und dabei wahrscheinlich die Anfang 1880 erschienene fünfte Auflage des *Elementarbuchs der Sanskrit-Sprache* seines Lehrers verwendete.[15] Im Anschluß daran konnte Liebich an mehreren der in Breslau angebotenen Sanskrit-Lektürekurse von Stenzler und Hillebrandt teilnehmen.[16] So begann er dort mit der Lektüre des *R̥gveda* und

[13] Die Universität in Breslau trug diesen Namen seit 1811, wurde aber 1911 anläßlich des Jubiläums ihres hundertjährigen Bestehens und zu Ehren des preußischen Königs Friedrich Wilhelm III. (1770–1840) in Schlesische Friedrich-Wilhelms-Universität umbenannt und behielt diese Bezeichnung bis zum Ende des Zweiten Weltkrieges. [14] Laut dem *Allgemeinen Studentenregister* der Philologischen Fakultät für abgegangene Studenten (Bd. XXVIII; Sign. F 474, Filosofia Stud. Reg. 28 1882) erfolgte Liebichs Immatrikulation in Breslau am 23. April 1880, und er ließ sich am 23. September 1882 exmatrikulieren. [15] Die erste Auflage dieses grundlegenden Sanskrit-Lehrbuches erschien 1868 in Breslau. Darauf folgten in nahezu regelmäßigen Abständen weitere mehr oder weniger überarbeitete und erweiterte Auflagen (^{2}1872, ^{3}1875, ^{4}1880, ^{5}1885, ^{6}1892, usw.). Über dieses besonders wichtige Lehrwerk schrieb Wolfgang Par 1939 das Folgende: »Außerordentlich verdient um den Unterricht hat sich Stenzler durch sein 1868 veröffentlichtes, später immer wieder neu aufgelegtes „Elementarbuch der Sanskrit-Sprache" gemacht, das in einer bewunderungswürdigen Kürze abgefaßt nur die wesentlichen Punkte scharf hervorhebt und somit Stenzlers große pädagogischen Fähigkeiten in hellstes Licht rückt. Dieses Lehrbuch, das die bis dahin von den Anfängern benutzte „Kritische Grammatik der Sanskrita-Sprache in kürzerer Fassung" von Bopp ersetzte, ist bis auf den heutigen Tag maßgebend geblieben.« (PAX 1939, S. 288). Das Portrait des alten Stenzler von etwa 1880, das Par in seiner Kurzbiographie des berühmten Breslauer Indologen abgedruckt hat, befand sich damals in Liebichs Besitz. [16] Zu dieser Zeit war Hillebrandt, der nur neun Jahre älter als Liebich war, noch Privatdozent. 1883, als Liebich Breslau vorläufig verlassen hatte, wurde er zum außerordentlichen Professor ernannt. Den Breslauer Lehrstuhl für Indologie erhielt Hillebrandt erst 1887 als Nachfolger von Stenzler.

des *Aitareya Brāhmaṇa* und las indische Klassiker wie Kālidāsas Schauspiel *Abhijñānaśākuntala* und das Kunstgedicht *Meghadūta*. In Breslau beschränkte sich Liebich nicht nur auf das Studium der Indologie, sondern hörte auch Vorlesungen auf den Gebieten der alten Philologie, der Gräzistik, der Germanistik und der Sprachvergleichung. Nach eigener Auskunft besuchte er Seminare des Breslauer Theologen und Philosophen Wilhelm Dilthey (1833–1911), des Historikers Alfred Dove (1844–1916), der klassischen Philologen Martin Hertz (1818–1895), August Reifferscheid (1835–1887) und Konrad Zacher (1851–1907), des klassischen Philologen und Archäologen August Rossbach (1823–1898), des Anglisten Eugen Kölbing (1846–1899), der Germanisten Franz Lichtenstein (1852–1884) und Karl Weinhold (1823–1901) sowie des Philosophen Immanuel Oginski (1813–1886).[17] Während seines Studiums in der schlesischen Hauptstadt wohnte Liebich an den folgenden Adressen: Rosenthalerstr. 18 (SS 1880–WS 1880/81), Schuhbrücke 33 (SS 1881), Paradiesstr. 19 (WS 1881/82) und Altbüßerstr. 18 (SS 1882).

Studium in München

Zum Wintersemester 1882/83 wechselte der zwanzigjährige Liebich nach München, um sein Studium an der Ludwig-Maximilians-Universität fortzusetzen. Dort blieb er allerdings nur bis zum Sommersemester 1883. In Bayern konnte Liebich einige Kurse bei dem dortigen Indologen Ernst Kuhn (1846–1920), dem Sohn des bekannten Philologen und Sagenforschers Adalbert Kuhn (1812–1881), besuchen. Damals bot Kuhn unter anderem Lektürekurse zum *R̥gveda* und *Meghadūta* an, die sich der junge schlesische Student nicht entgehen ließ.[18] Seitdem hatte Liebich den Kontakt mit Kuhn nie verloren und wandte sich ab und zu brieflich an ihn, um sich fachlichen Rat einzuholen.[19] Außerdem belegte er romanisti-

[17] Vgl. Anhang II. [18] Da die Münchner Belegblattbände vor dem Wintersemester 1890/91 durch Kriegseinwirkung zerstört worden sind, läßt sich nicht mehr feststellen, an welchen Lehrveranstaltungen genau Liebich im Wintersemester 1882/83 und Sommersemester 1883 teilgenommen hat. Allerdings sind im Nachlaß Kuhn in München einige »Hörerlisten« erhalten geblieben. Dort findet man den Namen Liebich verzeichnet, und zwar im Wintersemester 1882/83 für das Kolleg »Erklärung ausgewählter Hymnen des Rig-Veda« und im Sommersemester 1883 für seine »Übersicht der Sanskrit-Literatur« sowie seine »Erklärung von Kâlidâsa's Meghadûta« (im letzteren Kurs war Liebich einziger Hörer neben Lucian Scherman (1864–1946), der davor wie Liebich bei Stenzler studiert hatte). [19] Siehe unten, S. 283, 297, 302 und 331.

sche Lehrveranstaltungen bei Hermann Breymann (1843–1910), studierte Philosophie bei Jakob Frohschammer (1821–1893), lernte Georg von Hertling (1843–1919) bei seinen philosophischen Vorlesungen kennen, verfolgte sein Interesse auf dem Gebiet der Germanistik bei Konrad Hofmann (1819–1890) und hörte auch den klassischen Philologen und Archäologen Gustav Oehmichen (1846–?). Während seiner Münchner Studienzeit bewohnte Liebich eine Stube in der Amalienstr. 71/1.

Studium in Göttingen

Einen entscheidenden Schritt für seine zukünftige indologische Karriere unternahm Liebich, als er sich im Wintersemester 1883/84 an der Georg-August-Universität zu Göttingen immatrikulierte. Er trug sich am 30. Oktober 1883 eigenhändig in das Matrikelbuch für das Studium der Philologie ein.[20] In Göttingen wurde Liebich Schüler von Franz Kielhorn (1840–1908), der zuvor ebenso bei Liebichs erstem Sanskritlehrer Stenzler in Breslau studiert hatte. Daher läßt sich vermuten, daß der alte Stenzler Liebich empfohlen hatte, sein Studium bei Kielhorn fortzusetzen. Nachdem er viele Jahre in Indien geforscht und gelehrt hatte, erhielt Kielhorn 1881 einen Ruf auf den indologischen Lehrstuhl in Göttingen. Im Jahr 1880 hatte Kielhorn den ersten Band seiner monumentalen Ausgabe von Patañjalis *Mahābhāṣya* in Bombay veröffentlicht. In der zweiten Hälfte des Jahres 1883, als Liebich bereits einige Monate in Göttingen verbracht hatte, folgte auch der zweite Band, und im Herbst 1885 erschien schließlich der dritte und letzte Band.[21] Als ausgewiesener Experte in der indischen einheimischen Grammatik vermittelte Kielhorn seinen Schülern in Deutschland sein Wissen über dieses zur damaligen Zeit in Europa noch wenig erforschte und besonders schwierige Gebiet. Aus der Liste der von ihm angebotenen Lehrveranstaltungen läßt sich schließen, daß Liebich bei Kielhorn hauptsächlich indische Grammatik studierte, die letztendlich sogar sein Studien- und Forschungsschwerpunkt wurde. Außer bei Kielhorn nahm Liebich an Lehrveranstaltungen des Göttinger Indogermanisten Friedrich Bechtel (1855–1924) teil, studierte Altgriechisch bei August Fick (1833–

[20] Siehe Universitätsarchiv Göttingen, Signatur: UniA Gö, Matr. 15, S. 21. [21] Eine überarbeitete zweite Ausgabe von Kielhorns Edition des *Mahābhāṣya* wurde zwischen 1892 und 1909 veröffentlicht. Einige Jahrzehnte später, nämlich zwischen 1962 und 1972, gab der indische Gelehrte K. V. Abhyankar (1890–1976) eine dritte noch einmal revidierte und erweiterte Ausgabe dieses Grammatikwerkes heraus.

1916) und belegte zahlreiche Kurse insbesondere auf dem Gebiet der Germanistik bei Karl Goedeke (1814–1887), Moritz Heyne (1837–1906), Wilhelm Müller (1812–1890) und Edward Schröder (1858–1942). Insgesamt studierte Liebich in Göttingen drei Semester lang bis zum Ende des Wintersemesters 1884/85. Während seines gesamten Studienaufenthaltes in der Universitätsstadt quartierte er sich bei einer Hauswirtin namens Leonhardt in der Weenderstr. 75 ein.

Promotion in Göttingen

Sein Studium in Göttingen schloß der junge Liebich mit einer Dissertation ab, die er noch im Wintersemester 1884/85 einreichte, als er gerade 23 Jahre alt geworden war. So lag Liebichs erste akademische Arbeit mit dem Titel »Zur Syntax des Aitareya Brâhmana« bereits am 16. Februar 1885 bei dem Dekan der Philosophischen Fakultät, dem Germanisten Wilhelm Müller, zusammen mit einem auf Latein verfaßten Gesuch, einer ebenso auf Latein geschriebenen Vita,[22] seinem Reifezeugnis des Gymnasiums zu Liegnitz, den Zeugnissen der Universitäten Breslau und München sowie dem Anmeldungsbuch der Universität Göttingen. Diese Unterlagen wurden entsprechend § 1 der seit dem 18. Oktober 1879 geltenden »Bestimmungen für die Doktorpromotionen bei der philosophischen Fakultät der Königlichen Universität zu Göttingen« eingereicht.[23] In Liebichs Gesuch, das im Universitätsarchiv in Göttingen erhalten geblieben ist, liest man das Folgende:[24]

Gottingae,
a. d. XVI. bal. Febr.

> Amplissimum philosophorum ordinem almae litterarum universitatis Georgiae Augustae oro et rogo, ut hanc dissertationem 'Zur Syntax des Aitareya-Brâhmaṇa', quam ad summos in philosophia honorer rite capessendor meis ipsius studiis me conseripsisse profiteor, accipiat et diem constituat, quo examen rigorosum in linguis Sanscrita et Germanica subeam.
>
> Rescripto ministerii d. d. 20/22 Novembris proximi anni mihi concessum est, ut in dissertatione sermone utar vernaculo.

---

[22] Siehe S. 400 [23] Ein Exemplar dieser Bestimmungen wird im Geheimen Staatsarchiv Preußischer Kulturbesitz in Berlin aufbewahrt (siehe dort Signatur: I. HA Rep. 76 Va Sekt. 1 Tit. VI Nr. 1, Adhibendum zu Bd. 7). [24] Siehe Dekanatsakten der Philosophischen Fakultät im Universitätsarchiv Göttingen, Signatur: UniA Gö, Phil. Fak. 170 b, S. 40d.

Dem lateinischen Text entnimmt man nicht nur den ursprünglichen Titel von Liebichs indologischer Dissertation, sondern auch das interessante Detail, daß die Arbeit nur dank einer drei Monate vor ihrer Abgabe erlassenen Ministerialverfügung vom 20.–22. November 1884 auf Deutsch anstatt auf Latein vorgelegt werden durfte.[25] Da gemäß § 4 der oben erwähnten Göttinger Promotionsordnung »Dissertationen aus dem Gebiete der klassischen und orientalischen Philologie, der alten Geschichte und der alten Philosophie [...] lateinisch geschrieben sein« mußten und für die deutsche Sprache bei Promotionen auf dem Gebiet der Orientalistik »Dispensation des K. Ministeriums nachzusuchen« war, muß sich Liebich Ende Oktober oder Anfang November 1884 mit einem entsprechenden Antrag an den Universitätskurator Adolf von Warnstedt (1813–1894) in Göttingen gewandt haben. Der Kurator sandte ein Schreiben am 10. November 1884 an den Kultusminister in Berlin und erhielt kurze Zeit später die folgende am 20. November 1884 erteilte Erlaubnis:[26]

> Auf den gefälligen Bericht vom 10. November d. Js. – № 1713. –, dessen Anlagen wieder beigeschlossen sind, will ich dem Studirenden der Philologie Bruno Liebich aus Freiburg i./Schl. die erbetene Dispensation von der Anwendung der lateinischen Sprache bei seiner Doktor-Dissertation hiermit ertheilen.

In seinem Gesuch vom 16. Februar 1885 verwies Liebich also auf genau diese Erlaubnis. Aus seinem Schreiben erfahren wir außerdem, daß Liebich nicht nur in Sanskrit (d. h., auf dem Gebiet der Indologie), sondern auch in Deutsch (d. h., auf dem Gebiet der Germanistik) geprüft werden wollte. Nachdem seine vollständigen Unterlagen den Dekan erreicht hatten, leitete Wilhelm Müller ein recht zügiges Promotionsverfahren ein. Bereits am 17. Februar 1885 bat er seinen Kollegen und Liebichs Doktorvater Franz Kielhorn, die eingereichte Dissertation zu begutachten. Nur einen Tag später stellte Kielhorn sein eigenhändig geschriebenes Gutachten der

[25] Über die Ablösung des Lateins und die Etablierung des Deutschen als Dissertationssprache im späten 19. Jahrhundert, insbesondere an den Universitäten in Berlin und Breslau, siehe Marti 2018. [26] Dieses Schreiben, das in der Göttinger Dekanatsakte fehlt, konnte im Geheimen Staatsarchiv Preußischer Kulturbesitz in Berlin aufgespürt werden (siehe dort Signatur: I. HA Rep. 76 Va Sekt. 1 Tit. I Nr. 12, Bd. 4, S. 205).

Promotionskommission zur Verfügung, in dem er Liebichs Dissertation folgendermaßen beschrieb und bewertete:[27]

> Herrn Liebich's Arbeit, welcher ich den Titel 'die Casuslehre der Ind. Gramm. verglichen mit dem Gebrauche der Casus im Ait. Brâhm.' geben würde, zerfällt in zwei Theile. In dem ersten Theile werden die Regeln über den Gebrauch der Casus kurz oder vollständig zusammengestellt & es wird dabei mit Sorgfalt geschieden zwischen dem was von Pâṇini selbst herrührt & den Zusätzen oder Verbesserungen der späteren Grammatiker. Der zweite Theil enthält in engem Anschluß an den ersten Theil eine Untersuchung über den wirklichen Gebrauch der Casus im Brâhmaṇa, aus der sich ergiebt daß die Lehren der Grammatiker (namentlich die des ältesten Grammatikers, des Pâṇini) bis in die kleinsten Einzelheiten mit der Praxis übereinstimmen. Herr Liebich hat sowohl bei der Bearbeitung der Lehren der Grammatiker die in einer schwer verständlichen Sprache geschrieben sind, wie bei der Untersuchung über die Casussyntax des Brâhmaṇa gezeigt daß er ein sorgfältiger Arbeiter & tüchtiger Kenner des Sanskṛit ist. Ich bin überzeugt daß seine Dissertation allgemein als eine recht gute Arbeit bezeichnet werden wird & empfehle deshalb seine Zulassung zum mündlichen Examen. Sollte mein Vorschlag angenommen werden & Herr Liebich das Examen bestehen, so würde ich (da die Dissertation lang ist & der Druck der diakrit. Punkte wegen sehr schwer werden wird) im Interesse des Candidaten um die Erlaubniß bitten in einer mit ihm zu vereinbarenden Weise einiges in dem 2ten Theile & den Tabellen streichen zu dürfen.

Am 21. Februar 1885 stimmten alle Mitglieder des Promotionsausschusses der Zulassung von Liebich zur mündlichen Prüfung zu. So konnte sein Rigorosum bereits am 25. Februar 1885, genau eine Woche nach Eingang von Kielhorns Gutachten, in der Kleinen Aula der Universität Göttingen stattfinden.[28] Die Sanskrit-Prüfung wurde von Kielhorn selbst innerhalb einer

---

[27] Für eine Abschrift des ganzen Gutachtens, das in den Dekanatsakten der Philosophischen Fakultät in Göttingen aufbewahrt wird, siehe unten, S. 405. [28] Die Göttinger Aula wurde vom Universitätsbaumeister Otto Praël (1793–1862) in den 1830er Jahren entworfen und am Wilhelmsplatz 1 in Göttingen errichtet. Die Kleine Aula wird heute als Sitzungssaal genutzt.

knappen Stunde, zwischen 18:14 Uhr und 19:05 Uhr, durchgeführt. Wie in der Akte steht, gab er »über die Gegenstände und den Ausfall derselben Folgendes zu Protokoll«:[29]

> Der Candidat übersetzte & erklärte Stellen aus Kâlidâsa's Kumârasambhava, Bâṇa's Kâdambarî, und den Anfang eines Indra-Hymnus aus dem Ṛigveda mit großem Geschick. Fragen über die Formenlehre & Syntax des classischen und vedischen Sanskṛit beantwortete er richtig. In der Literaturgeschichte zeigte er gute Kenntnisse.

Unmittelbar nachdem Liebichs indologische Kenntnisse geprüft worden waren, folgte seine Prüfung in Germanistik, die noch etwa eine Stunde (bis 20 Uhr) dauerte und von dem Dekan selbst abgenommen wurde. Den Verlauf des Examens beschrieb Müller folgendermaßen:

> Es wurden Stellen aus Ulfila (Markus 4, 3) und dem Nibelungenliede (No 1858 fg) vorgelegt die in befriedigender Weise beantwortet wurden. Auch die daran geknüpften sprachlichen und metrischen Fragen so wie die literarhistorischen, welche letzteren die ostgotischen westgotischen und die Nibelungensage betrafen, wurden befriedigend beantwortet.

Sowohl aus den Dekanatsakten als auch aus der in Göttingen aufbewahrten offiziellen Promotionsurkunde Liebichs erfahren wir, daß er zwar die Prüfung bestanden hat, allerdings nicht mit der höchsten Note »Summa cum laude«, wie man es vielleicht in seinem Fall erwartet hätte, sondern nur mit der zweitbesten Note, nämlich »Magna cum laude«. Zum Prüfungsergebnis fügte der Dekan die folgende Notiz bei:[30]

---

[29] Siehe Dekanatsakten der Philosophischen Fakultät im Universitätsarchiv Göttingen, Signatur: UniA Gö, Phil. Fak. 170 b, S. 40b. [30] Siehe Dekanatsakten der Philosophischen Fakultät im Universitätsarchiv Göttingen, Signatur: UniA Gö, Phil. Fak. 170 b, S. 40c; dieser Vermerk ist sowohl vom Germanisten W. Müller als auch vom Mathematiker Hermann Amandus Schwarz (1843–1921), der zum Fakultätsausschuß gehörte, unterschrieben. Der Tag und die Note von Liebichs Prüfung sind auch im *Liber actorum decanalium in Ordine Philosophico a Condita academia Georgia Augusta Goettingensi* (UniA Gö, Phil. Fak. 477, S. 302) eingetragen.

Bestanden mit dem zweiten Grade (magna cum laude). Es wurde zugleich dem Herrn Liebich gestattet Einiges in seiner Arbeit nach Anweisung des Herrn Professors Kielhorn vor dem Drucke zu streichen.

Druck der Dissertation

Wie aus diesem Vermerk ersichtlich wird, erlaubte man Liebich, vor der obligatorischen Veröffentlichung seiner Dissertationsschrift[31] die Arbeit noch einmal in Absprache mit Kielhorn zu revidieren. Aus der gedruckten Fassung der Dissertation wird außerdem klar, daß Liebich seinem Doktorvater tatsächlich auch in Bezug auf die vorgeschlagene Änderung des Titels folgte. Anstatt unter dem ursprünglichen Titel (»Zur Syntax des Aitareya-Brâhmaṇa«) erschien Liebichs Studie mit der Überschrift »Die casuslehre der indischen grammatiker verglichen mit dem gebrauch der casus im Aitareya-Brâhmaṇa«, genau wie es Kielhorn in seinem Gutachten empfohlen hatte. Vermutlich wegen der bereits von Kielhorn angesprochenen Länge von Liebichs Arbeit und der Komplexität des zweiten Teils hat man sich entschieden, lediglich den ersten Teil als offizielle Dissertation drucken zu lassen. Dieser Teil von Liebichs Abhandlung erschien noch 1885, und zwar zunächst als »Separatabdruck aus dem x. bande der beiträge zur kunde der indogermanischen sprachen«, der in der Univ.-Buchdruckerei von E. A. Huth in Göttingen gedruckt wurde. Die veröffentlichte Dissertation wurde 1887 in das *Jahres-Verzeichnis der an den Deutschen Universitäten erschienenen Schriften* (Berlin 1887, S. 73, Nr. 37 im Teil I: 15. August 1885 bis 14. August 1886) mit einem Umfang von »2 Bl.+30 S.+ 1 Bl. 8°« verzeichnet. Wie es den damaligen Vorschriften entsprach, erhielt Liebich seine auf Latein verfaßte Promotionsurkunde erst nach Einreichung der gedruckten Pflichtexemplare, was in diesem Fall wahrscheinlich erst nach Mitte August 1885 geschehen ist.[32] Der 10.

[31] Nach §§ 11–12 der bereits erwähnten Göttinger »Bestimmungen für die Doktorpromotionen« mußte der Kandidat »[n]ach bestandener Prüfung [...] seine Dissertation drucken lassen und zwar mit der Bezeichnung als solche und unter Beifügung eines kurzen Lebenslaufs in der Sprache, in welcher die Dissertation verfaßt ist. Die Promotion erfolgt erst nach der Einlieferung der gedruckten Dissertation in der vorschriftsmäßigen Anzahl von Exemplaren.«

[32] Ein Originaldruck dieser Urkunde ist im Universitätsarchiv Göttingen erhalten geblieben (für den genauen Wortlaut von Liebichs Urkunde siehe Anhang V, Abb. 2).

Band der *Beiträge zur Kunde der indogermanischen Sprachen*[33] verließ die Presse erst 1886, mehrere Monate nach Liebichs erfolgreicher Promotion. Die dreißig Seiten umfassende gedruckte Dissertationsschrift enthält die folgende persönliche Widmung an seinen ersten Sanskrit-Lehrer: »Herrn Geheimrat Professor Dr. Stenzler in tiefer Ehrfurcht zugeeignet.« Am Ende der kurzen Einleitung zu seiner Arbeit deutete Liebich an, daß diese früheste seiner Abhandlungen auf dem Gebiet der indischen Grammatik ohne die Unterstützung seines Doktorvaters Franz Kielhorn nicht entstanden wäre:[34]

> Die anregung zu dieser arbeit, sowie die bereitwillige und weitgehende unterstützung bei ausführung derselben verdanke ich herrn professor Kielhorn, welcher mich auch in das studium der indischen grammatik eingeführt hat.

Der erste Teil seiner Arbeit enthält, wie Liebich selbst kurz angab, »eine genaue darstellung der casuslehre Pâṇini's, d.h. also des 2. capitels des III. buches seiner grammatik, mit einigen ergänzungen aus andern büchern seines werkes, soweit sie zum verständniss notwendig sind.«[35] Am Ende von Liebichs Dissertation findet sich wie üblich eine eigenhändig verfaßte Vita.[36] Im zweiten Teil, der ebenso zunächst als »Separatabdruck aus dem elften bande der beiträge zur kunde der indogermanischen sprachen« 1886 in Göttingen erschienen ist[37] und im selben Jahr auch in dieser Zeitschrift abgedruckt wurde, analysierte Liebich das Verhältnis zwischen dem von Pāṇini gelehrten Kasussystem des Sanskrit und dem Gebrauch der Kasus im *Aitareya Brāhmaṇa*.

---

[33] Diese Zeitschrift wurde zwischen 1877 und 1906 von dem Königsberger Indogermanisten und Begründer der baltischen Philologie Adalbert Bezzenberger (1851–1922) in Göttingen herausgegeben und im Verlag »Vandenhoeck und Ruprecht« veröffentlicht. [34] LIEBICH 1885, S. 3. [35] *Ibid.* [36] Siehe unten, S. 401. [37] Der Separatabdruck des zweiten Teils von Liebichs Werk läßt sich in ganz wenigen Bibliotheken in Deutschland finden. Ein Exemplar davon liegt in der indologischen Seminarbibliothek in Göttingen vor (Signatur: A 700/33, 16b).

3. Breslau (1885–1907)

NACH der erfolgreichen Promotion bei Kielhorn in Göttingen kehrte Liebich noch 1885 nach Breslau zurück, wo er nur fünf Jahre zuvor von Stenzler in das Studium des Sanskrit eingeführt worden war. Zwar war Liebich mittlerweile ein bestens ausgebildeter Sanskritist, in der Stadt seiner Alma mater bekam er zunächst allerdings nur eine Anstellung an der dortigen Universitätsbibliothek. Seine Arbeit dort konnte er Ende 1885 oder spätestens Anfang 1886 beginnen.[38] Liebich widmete sich seiner Tätigkeit an der Universitätsbibliothek zu Breslau, ohne Militärdienst leisten zu müssen, da er, wie es auf seiner Hochschullehrerkarteikarte steht, »[d]ienstuntauglich wegen Kurzsichtigkeit« war.[39] Sein Ausmusterungsschein wurde am 6. Juli 1886 ausgestellt. Bis April 1887 war Liebich als »Volontär« in der Breslauer Universitätsbibliothek tätig, und von Ostern 1887 bis 1888 diente er dort als »Amanuensis«, wobei er wertvolle bibliothekarische Erfahrung sammelte.

Während Liebich noch an der Universitätsbibliothek in Breslau beschäftigt war, bemühte er sich um seine Mitgliedschaft bei der Deutschen Morgenländischen Gesellschaft. In einem Brief an Ernst Windisch (1844–1918) vom 14. September 1887 erkundigte sich Liebich zunächst über die Bedingungen eines Eintritts.[40] Einen Monat später, am 18. Oktober 1887, sandte er Windisch sein Beitrittsformular, wobei aus der erhaltenen Korrespondenz hervorgeht, daß sowohl Windisch selbst als auch Alfred Hillebrandt (1853–1927) für ihn bürgten.[41] Liebich wurde daher noch Ende Oktober 1887 im Alter von 25 Jahren ordentliches Mitglied der Deutschen Morgenländischen Gesellschaft. Aus den im 41. Band der *Zeitschrift der* DMG-Mitgliedschaft

[38] Die wenigen Angaben über die ersten Jahre nach seiner Rückkehr aus Göttingen sind einem Gesuch Liebichs an die Königliche Akademie der Wissenschaften zu Berlin vom 21. Dezember 1887 entnommen (siehe unten, S. 275). Auf seiner Hochschullehrerkarteikarte, die im Bundesarchiv im Bestand R 4901 Reichsministerium für Wissenschaft, Erziehung und Volksbildung aufbewahrt wird, ist andererseits in der Rubrik »Dienstlaufbahn« anscheinend weniger präzise nur »1886–88 Assist. an der Univ. Bibl. Breslau« angegeben. Auch in Liebichs »Standes-Liste« von der Universität Heidelberg findet man unter »Laufbahn im staatlichen Dienst« einen ähnlichen Eintrag, nämlich, »1886–88 Volontär an der Universitätsbibliothek zu Breslau« (siehe UAH PA 1935, S. 5). [39] Siehe BArch R 4901/13270, S. 511–512. [40] Siehe unten, S. 273. [41] Siehe unten, S. 274.

Deutschen Morgenländischen Gesellschaft (Leipzig 1887) gedruckten Personalnachrichten (S. xv) sowie aus dem Verzeichnis der Mitglieder im Jahr 1887 (S. xliii) erfährt man, daß er unter der Mitgliedsnummer 1110 aufgenommen wurde. In einem späteren Brief an Windisch vom 30. März 1902 beklagte sich Liebich über seine jüngeren Kollegen, die offenbar kein großes Interesse zeigten, der Fachgesellschaft der deutschen Orientalisten beizutreten. Seinen Unmut über diese unerfreuliche Situation drückte er mit den folgenden eindeutigen Worten aus:[42]

> Da ich einmal im Schimpfen bin, so möchte ich noch darauf hinweisen, dass mehrere jüngere Dozenten für Sanskrit es nicht einmal der Mühe wert halten, unsre Wissenschaft durch Beitritt zur DMG. zu stützen. Hat unsre Gesellschaft kein Mittel, diese Pflichtvergessenen zur Raison zu bringen?

Aus der Tatsache, daß Liebichs Name im jeweiligen »Verzeichniss der Mitglieder der Deutschen Morgenländischen Gesellschaft« in den Bänden der *Zeitschrift der Deutschen Morgenländischen Gesellschaft* für die Jahre von 1887 bis 1907, 1914, 1918, 1923, 1926 und 1930 immer mit derselben Mitgliedsnummer 1110 erschien und zuletzt 1939 in den »Mitgliedernachrichten« im 93. Band derselben Zeitschrift (S. 6) kurz über sein Ableben berichtet wurde, läßt sich schließen, daß Liebich seine Mitgliedschaft in der Deutschen Morgenländischen Gesellschaft, womöglich nur mit einigen Unterbrechungen, über einen Zeitraum von mehr als fünf Jahrzehnten bis zu seinem Tode 1939 beibehalten hat. Im 94. Band der *Zeitschrift der Deutschen Morgenländischen Gesellschaft* (Leipzig 1940) erschien Liebichs Name auch in der »Totenliste« (S. 137): »Bruno Liebich (Sanskrit), emer. ord. Prof., Univ. Breslau, * 7. Jan. 1862 Altwasser (Bez. Breslau), † 4. Juli 1939 Breslau.« Ein Nachruf auf ihn ist in dieser Zeitschrift allerdings nie gedruckt worden.

---

42 Siehe unten, S. 293. Aus den Personalnachrichten im 56. Band der *Zeitschrift der Deutschen Morgenländischen Gesellschaft* (Leipzig 1902) ergibt sich, daß seit Liebichs Eintritt im Jahr 1887 bis 1902, als Dr. Gustav Rothstein mit der Nummer 1323 aufgenommen wurde, etwas mehr als 200 Gelehrte dieser Gesellschaft beigetreten sind. Das entspräche weniger als fünfzehn neuen Mitgliedern pro Jahr.

Noch im Jahr seiner Aufnahme in diese Fachgesellschaft wurde im 41. Band der *Zeitschrift der Deutschen Morgenländischen Gesellschaft* (Leipzig 1887) eine kurze Notiz von Liebich gedruckt.[43] In seiner »Sâvitrî-Miscelle« machte er darauf aufmerksam, daß Guillaume Pauthier (1801–1873) Stenzlers französische Übersetzung der Sāvitrī-Episode aus dem *Mahābhārata* unberechtigt als seine eigene veröffentlicht hatte. Liebich entnahm diese Information Stenzlers eigenem Exemplar von Pauthiers *Sâvitrî: Épisode du Mahabharata, grande épopée Indienne* (Paris 1841), das während seiner Tätigkeit an der Breslauer Universitätsbibliothek in seine Hände gelangt war. Seine Mitteilung »Zu Pauthier's Sâvitrî-Übersetzung« war zugleich Liebichs erste, wenn auch ganz kurze, akademische Veröffentlichung nach der Drucklegung seiner Dissertation. Anscheinend bezahlte Liebich dem Verlag »F. A. Brockhaus« in Leipzig 16 Mark (das entspräche heute etwa 128 Euro) für die Sonderdrucke seiner Miszelle.[44] Es ist zwar unbekannt, wieviele Sonderdrucke er für diesen Preis bekommen hat, der erste aus einer halben Seite bestehende Beitrag in der *Zeitschrift Deutschen Morgenländischen Gesellschaft* war aber für den jungen Indologen in dieser Hinsicht nicht ganz billig.

Erster Beitrag in der ZDMG

Im Dezember 1887, als Liebich noch an der Universitätsbibliothek in Breslau tätig war, bewarb er sich bei der Königlichen Akademie der Wissenschaften zu Berlin um ein Forschungsstipendium. In Liebichs »Gesuch um Verleihung des Boppstipendiums« vom 21. Dezember 1887 liest man, daß er »nach Beendigung einer wissenschaftlichen Arbeit auf dem Gebiet der indischen Literatur«, mit der er sich zu der Zeit anscheinend bereits zwei Jahre lang beschäftigt hatte, »einen längeren Aufenthalt im Auslande [...], hauptsächlich zu handschriftlichen Studien«, plante.[45] Offenbar hatte Liebich kurz nach seiner Promotion begonnen, an seiner Studie *Panini. Ein Beitrag zur Kenntnis der indischen Literatur und Grammatik* in Breslau zu arbeiten,[46] faßte aber spätestens im Laufe des Jahres 1887 den Entschluß, sich nach England zu begeben, um an Ort und Stelle mehrere nepalesische Handschriften von grammatischen Werken nicht-pāṇineischer Tradition zu konsultieren.

Bewerbung um ein Stipendium Ende 1887

43 Siehe Anhang IV, Nr. I.5, S. 446. 44 Siehe unten, S. 274. 45 Siehe unten, S. 275.
46 Siehe Anhang IV, Nr. I.7, S. 446.

Cāndra-Fragmente in England

In den Jahren 1873–76 hatte Dr. Daniel Wright mehrere wertvolle Handschriften in Nepal erworben und nach England geschickt.[47] Unter diesen befanden sich auch einige Fragmente des *Cāndravyākaraṇa*. Spätestens Anfang 1877 muß Hermann Oldenberg (1854–1920) die Möglichkeit bekommen haben, mit der Abschrift von drei dieser Handschriften (nämlich, Cambridge MSS Add. 1691.4–6) zu beginnen, die einen wesentlichen Teil des *Cāndrasūtra* (34 Folios mit dem lückenhaften Text des Cān 1.4.14–6.4), einen Abschnitt der *Cāndravṛtti* (18 Folios mit dem Kommentar zu Cān 5.4) sowie einen Abschnitt von Ānandadattas *Ratnamatipaddhati* (14 Folios mit dem Subkommentar zu Cān 1.3) enthalten.[48] Liebichs Göttinger Lehrer Kielhorn, dem er seine *Panini*-Studie später widmete,[49] konnte diese Fragmente anhand von Oldenbergs Abschriften studieren. Er bewahrte die in zwei Heften gebundenen Abschriften bis zum Ende seines Lebens in seiner eigenen Sammlung auf. Erst nach seinem Tod 1908 wurden sie zusammen mit anderen handgeschriebenen Materialien aus

---

47 Daniel Wright beschaffte diese Handschriften während seiner Tätigkeit als Chirurg in der British Residency in Kathmandu und sandte sie nach Cambridge, wo sein Bruder, der Semitist William Wright (1830–1889), zur selben Zeit einen Lehrstuhl für Arabisch an der University of Cambridge innehatte. Dank seines eigenen Interesses für Sanskrit und seiner Freundschaft mit dem Indologen Edward Cowell (1826–1903) leitete William Wright die Übergabe der nepalesischen Handschriften an die Cambridge University Library in die Wege. Ein Teil dieser besonders wertvollen Sammlung wurde dann einige Jahre später von Cecil Bendall (1856–1906) katalogisiert und sorgfältig beschrieben (siehe Bendall 1883). Mittlerweile steht ein großer Teil dieser Sammlung in der Cambridge Digital Library frei zur Verfügung. 48 Über die Cambridge MSS Add. 1691.4–5 siehe Bendall 1883, S. 180–181. Auf der ersten Seite in Oldenbergs Abschrift des Cambridge MS Add. 1691.4 in »Sanskrit 208a« liest man das Folgende: »Palmblätter; nepales. Schrift. Von Dr. Wright nach Europa gebracht, gehört der Cambr. univers. libr. Dort noch nicht numerirt; die Nummer Wrights ist 10, 6. Die Blätter sind mit den Zahlzeichen u. übereinstim̄end mit den Buchstabenzeichen numerirt. 5 Zeilen. Beschädigungen theilweise an Rand u. Ecken. 22/24 Jan. 1877.« Am Anfang der Abschrift des Cambridge MS Add. 1691.5 im selben Heft steht: »Palmbl. H. der Cambr. univ. libr., noch nicht numerirt, bei Wright Nr. 10. 5–7 Zeilen. Commentar zu Cândravy. 5, 4.« In Oldenbergs Abschrift des Cambridge MS Add. 1691.6 in »Sanskrit 208b« mit einem Fragment von Ānandadattas *Ratnamatipaddhati* (siehe dazu Bendall 1883, S. 181 und Dimitrov 2016, S. 626) ist kein Datum vermerkt. Auf der ersten Seite dieser Abschrift steht lediglich »Palmblätter. H. der Cambr. University library, dort noch nicht numerirt, Wrights Nummer ist 10. 8–9 Zeilen«. 49 Die Widmung lautet: »Meinem hochverehrten Lehrer Franz Kielhorn am 27. Februar 1891 zur Erinnerung an den Beginn seiner Lehrtätigkeit vor fünfundzwanzig Jahren in Indien.«

Kielhorns Sammlung von seiner Witwe Caroline Luise der Universitätsbibliothek Göttingen geschenkt. Richard Fick (1867–1944) veröffentlichte 1930 ein Verzeichnis von Kielhorns Nachlaß und erwähnte Oldenbergs Abschriften der Cambridge MSS Add. 1691.4–5 und 1691.6 unter »Sanskrit 208a, 208b«, indem er sie als »[v]on Kielhorn 22./24. Jan. 1877 in Umschrift hergestellte Kopien der Hss. Add. 1691, IV. V. VI der Univ.-Bibl. Cambridge« beschrieb.[50] Offenbar ging Fick irrtümlicherweise davon aus, daß es sich um Abschriften von Kielhorns eigener Hand handelte, während sie eigentlich von Oldenberg zu einer Zeit angefertigt wurden, als Kielhorn noch in Indien weilte und schon deshalb keinen direkten Zugang zu den Handschriften in Cambridge haben konnte.[51] Im Juni 1886 veröffentlichte Kielhorn im 15. Band des *Indian Antiquary* seinen Artikel »The Chandra-vyakarana and the Kasika-vritti«, in dem er sich zum ersten Mal mit dem *Cāndravyākaraṇa*, wenn auch nur relativ knapp, auseinandersetzte.[52] Gleich im ersten Absatz dieses Beitrages bedankte sich Kielhorn bei Oldenberg, »who has placed at my disposal his copy of the fragments of C h a n d r a's grammar which are at Cambridge«.[53] Daraus läßt sich sicher schließen, daß Kielhorn einige der ersten nach Europa gelangten Fragmente des *Cāndravyākaraṇa* irgendwann zwischen 1877 und 1886 benutzen konnte, allerdings ohne die Originale selbst jemals gesehen zu haben. Bei der Abschrift von Ānandadattas *Ratnamatipaddhati* (Cambridge MS Add.

---

50 Siehe FICK 1930, S. 81. 51 Kielhorn blieb in Indien bis Dezember 1881 und übernahm den Lehrstuhl für indische Philologie in Göttingen ab 1882, den er bis zu seinem Tod im März 1908 behielt. Da Kielhorn in den 1870er Jahren die nepalesischen Fragmente in Cambridge sicherlich nicht gesehen haben dürfte, ist auch Ficks Angabe, daß »[d]em Text [...] 4 Bl. mit Bemerkungen K.'s über die Buchstaben und Ligaturen der Hs. [vorausgehen]«, zu berichtigen. Die dort gezeichneten »Buchstaben u. Buchstabengruppen, die in dieser H. leicht zu verwechseln sind«, stammen ohne Zweifel von Oldenberg. Diesen Abschriften fügte Kielhorn während seiner Lektüre der Texte lediglich einige Korrekturen, Notizen und Unterstreichungen hinzu. 52 Siehe KIELHORN 1886. 53 KIELHORN 1886, S. 183; Liebich verwies später auf dieselbe Abschrift, »die von Prof. Oldenberg hergestellt wurde« und »Prof. Kielhorn zur Grundlage seines Aufsatzes 'The Châdra-Vyâkaraṇa and the Kâśikâ-Vṛitti' im XV. Bande des Indian Antiquary« diente (LIEBICH 1895, S. 309–310). An derselben Stelle erwähnte Liebich noch eine andere Abschrift einiger nepalesischer Fragmente von Cāndra-Handschriften in Cambridge, die Julius Eggeling (1842–1918) – wohl erst nach Oldenberg – angefertigt und der India Office Library geschenkt hatte (für eine ausführliche Beschreibung dieser Abschriften, siehe EGGELING 1889, S. 193–196, Nr. 729 [3243]).

1691.6) wird er gewiß schnell erkannt haben, daß es sich um einen Subkommentar handelt. Anscheinend weil das darin erläuterte Werk ihm weder zugänglich noch bekannt war, beschäftigte sich Kielhorn damit nicht mehr. Zu jener Zeit wußte man so gut wie nichts über den Autor des in der *Ratnamatipaddhati* behandelten Kommentars, und selbst der vollständige Titel von Ānandadattas Werk war noch nicht bekannt. Man war außerdem kaum in der Lage, den darin kommentierten Text zu bestimmen oder etwas über das zugrundeliegende grammatische Lehrwerk zu sagen. Dank der aufmerksamen Lektüre der Abschrift des Cambridge MS Add. 1691.4 mit dem Text des *Cāndrasūtra* 1.4.14–6.4 konnte Kielhorn zwar den Samen der Cāndra-Studien in Europa säen,[54] er überließ es aber seinem Schüler Liebich, die grundlegenden Studien zu Candragomins grammatischer Schule fortzuführen. Liebich kannte mit Sicherheit die Pionierarbeit seines Lehrers sehr gut, und es ist auch naheliegend, daß Kielhorn selbst ihn dazu veranlaßt hat, sich intensiver mit den neu zugegangenen Cāndra-Fragmenten in England zu befassen.

Antrag auf Stipendium im März 1888 abgelehnt

Liebichs Versuch, mit einem Stipendium noch 1888 eine Auslandsreise zu Studienzwecken zu unternehmen, war jedoch nicht von Erfolg gekrönt. Sein Antrag wurde am 7. März 1888 in Berlin abgelehnt, wie in dem folgenden Beschluß zu lesen ist:[55]

> Die unterzeichnete Kommission beehrt sich hiermit, über ihre Sitzung am 1 März d. J., in welcher die Verwendung des Jahres-Ertrages der Bopp-Stiftung von 1887 zur Beratung stand, Bericht zu erstatten und den gefassten Beschluss zur Genehmigung zu unterbreiten. Seitens der Kgl. Akademie der Wissenschaften lag zwar das (anbei nebst den zugehörigen Beilagen zurück erfolgende) an dieselbe gerichtete Gesuch des Dr Bruno Liebich in Breslau vor.
>
> Die Commission aber beschloss einstimmig auf Antrag des Herrn Weber,[56] diesmal die ganze zur Verfügung stehende Summe von M.

[54] Da es in Oldenbergs Abschrift des Cambridge MS Add. 1691.5 mit dem Text der *Cāndravṛtti* 5.4 kaum Notizen von Kielhorn gibt, entsteht der Eindruck, daß er diesen Teil des Kommentars eher nur kursorisch gelesen hat. [55] Siehe Archiv der Berlin-Brandenburgischen Akademie der Wissenschaften, Bestand PAW (1812–1945), II-XI-12, S. 101. [56] Der deutsche Indologe Albrecht Weber (1825–1901).

1350 dem Herrn Fausböll[57] in Kopenhagen als Preis für seine verdienstvolle Ausgabe der Jâtaka zuzuerkennen, nach § 1 2, des Statuts.

Es gelang Liebich zwar nicht, im Jahr 1888 seine Forschungsreise ins Ausland zu unternehmen, er konnte aber zum Orientalistenkongreß in Stockholm und Christiania im September 1889 reisen. Soweit es sich anhand der vorliegenden *Actes du Huitième Congrès International des Orientalistes tenu en 1889 à Stockholm et à Christiania* (Section II: Aryenne, Leide 1892) rekonstruieren läßt, hielt Liebich keinen Vortrag während dieser großen Fachtagung und nahm daran anscheinend nur als Hörer teil. Von seiner Teilnahme an dieser Tagung erfährt man lediglich aus Liebichs eigenem Lebenslauf vom 2. Juli 1892.[58] Kongreßteilnahme im September 1889

Die zweite Hälfte der 1880er nutzte Liebich in Breslau, um seine Kenntnisse auf dem Gebiet der einheimischen indischen Grammatik zu erweitern und insbesondere Pāṇinis *Aṣṭādhyāyī* noch besser zu durchdringen. In dieser Zeit hatte er auch die Gelegenheit, eine lexikographische Studie seines ehemaligen Studienkollegen Rudolf Otto Franke (1862–1928) zu besprechen, die Franke 1890 in Kiel veröffentlicht hatte.[59] Die beiden lernten sich in Göttingen kennen, wo Franke ebenso bei Kielhorn im gleichen Jahr wie Liebich promovierte und nur einige Monate nach ihm, am 3. November 1885, mit einer Bearbeitung von Hemacandras *Liṅgānuśāsana* sein Studium abschloß.[60] Liebich und Franke blieben auch über die Studienzeit hinaus freundschaftlich miteinander verbunden, auch wenn sie sich fachlich nicht immer einig waren. Davon sprechen die abschließenden Worte Frankes in seiner Rezension von Liebichs Werk *Zwei Kapitel der Kâçikâ* (Breslau 1892):[61] Freundschaft mit R. O. Franke

---

57 Der dänische Pali-Forscher Michael Viggo Fausbøll (1821–1908). Bis 1887 hatte Fausbøll die ersten vier Bände seiner Pali-Ausgabe des *Jātaka together with its Commentary being Tales of the Anterior Births of Gotama Buddha* (London 1877, 1879, 1883, 1887) veröffentlicht. In den Jahren 1891, 1896 und 1897 folgten die übrigen drei Bände dieser bedeutenden Edition.
58 Siehe unten, S. 403. Der deutsche Indologe und Philosoph Paul Deussen (1845–1919) hat einige Erinnerungen von seiner Teilnahme an diesem Orientalistenkongreß in seiner Autobiographie *Mein Leben* (Leipzig 1922, S. 267–272) festgehalten.
59 Siehe Anhang IV, Nr. I.6, S. 446.
60 Für einen biographischen Abriß von Franke siehe HAHN 1995, S. 763–776.
61 FRANKE 1893, Sp. 1033; siehe Anhang IV, Nr. I.8 und Nr. II.8, S. 446 und 458.

> L. und ich sind seit der Studienzeit Freunde. Da unsere Specialforschungen sich häufiger enger berühren, kann es auch nicht ausbleiben, dass hie und da an uns die Anforderung herantritt, den anderen zu kritisieren. [...] Ich bin aber meinem Freund L. die Erklärung schuldig, dass ich auch da, wo er mich nicht erwähnt hat, ihm jeden dolus abspreche, und dass ich der erste sein würde, gegen Jemanden Front zu machen, der ihm einen solchen unterschieben wollte.

Panini (1891) Nachdem Liebich etwa fünf Jahre lang daran gearbeitet hatte, erschien im Jahr 1891 seine oben erwähnte aus sieben Kapiteln und zwei Anhängen bestehende Monographie über Pāṇini.[62] Liebichs erster umfangreicher wissenschaftlicher Beitrag nach seiner Promotion weckte in den Fachkreisen ein durchaus lebhaftes Interesse. Rezensionsexemplare wurden vom Leipziger Verleger Hermann Haessel (1819–1901) bereits im Sommer 1891 an verschiedene Fachzeitschriften verschickt,[63] und innerhalb von etwa zwei Jahren folgten dann nicht weniger als fünf Besprechungen von namhaften Indologen. Seine im September 1891 erschienene Rezension, die zugleich die erste eines Werkes von Liebich ist, schloß der französische Indologe Victor Henry (1850–1907) mit den folgenden Worten ab: »On ne peut que louer la haute compétence et la conscience scientifique qui ont présidé à l'exécution de l'une et l'autre partie de cette remarquable étude.«[64] Rudolf Otto Franke verfaßte eine ungewöhnlich lange, mehr als dreißig Seiten umfassende Besprechung mit eigenen »Betrachtungen« und äußerte darin zum Schluß voller Anerkennung die Hoffnung, daß Liebich »noch manche andere von gleicher Gewissenhaftigkeit und Gründlichkeit zeugende Schriften folgen lassen wird.«[65] Ernst Windisch widmete Liebichs Studie eine Spalte im *Literarischen Centralblatt*, und Albrecht Weber besprach sie ebenso sachlich und wohlwollend in der *Deutschen Litteraturzeitung*.[66] Sir George Grierson (1851–1941) beschrieb Liebichs Werk schließlich als »excellent and most interesting book«.[67]

---

[62] Siehe oben, S. 19. [63] In einem Brief an Wilhelm Streitberg, dem Herausgeber der *Anzeiger für indogermanische Sprach- und Altertumskunde*, vom 8. Februar 1892 (siehe unten, S. 278) erwähnte Liebich, daß ein Exemplar seiner Pāṇini-Studie vom Verleger an Streitberg selbst gesandt wurde. In dieser Zeitschrift ist allerdings keine Besprechung dieses Werkes erschienen. [64] Siehe Anhang IV, Nr. II.1, S. 457. [65] Siehe Anhang IV, Nr. II.2, S. 457. [66] Siehe Anhang IV, Nr. II.3 und 4, S. 457. [67] Siehe Anhang IV, Nr. II.5, S. 457.

Auseinandersetzung mit W. D. Whitney

Der amerikanische Indologe William Dwight Whitney (1827–1894), der Anfang der 1850er Jahre unter Franz Bopp und Albrecht Weber in Berlin und unter Rudolph von Roth in Tübingen Sanskrit studiert hatte, fand weniger Gründe, Liebichs »valuable collection of studies« über Pāṇini zu loben, auch wenn ihm die »decided quality« des jungen Forschers sowie auch seines Kommilitonen Rudolf Otto Franke sicherlich nicht entgangen war.[68] Der Hauptgrund für Whitneys insgesamt ablehnende Einstellung bestand vor allem darin, daß sich Liebich erlaubt hatte, im fünften Kapitel seines Werkes (S. 61–71) einige fragwürdige Positionen des amerikanischen Gelehrten kritisch zu untersuchen. Der deutsche Sanskritist lehnte hauptsächlich Whitneys besonders negative Meinung über den Wert von Pāṇinis *Aṣṭādhyāyī* und die Bedeutung der »native grammar« für das Studium des Sanskrit sowie seine Annahme von einem »grammarians' Sanskrit«[69] ab.[70] Ein Jahr vor seinem Tod befaßte sich Whitney in einer Art Replik in seinem Besprechungsaufsatz »On Recent Studies in Hindu Grammar« eingehend mit Liebichs Kritik und versuchte darin, seine eigenen dezidierten Ansichten zu verteidigen.[71] Whitney hielt Liebich für einen »partizan of the native grammar« und konnte sich auch am Ende dieses Aufsatzes nicht verkneifen, seine Überzeugung zum Ausdruck zu bringen, daß »any one who should master the Hindu grammatical science without losing his head, who should become thoroughly familiar with Pāṇini and escape being Pāṇini-bitten, would be able to make exposures of the weaknesses and shortcomings and needless obscurities of the grammar on

[68] Vgl. Whitney 1893, S. 171. [69] Whitney beschrieb Pāṇinis Meisterwerk als »a miracle of ingenuity, but of perverse and wasted ingenuity« (Whitney 1884, S. 280) und meinte, daß »[t]he task Pāṇini attempted was beyond the power of mortal man to accomplish, especially in the form adopted by him—which is one that no sensible man should ever have chosen, yet on account of which, it is very likely, his contemporaries and successors especially admired him, and made him their supreme authority.« (Whitney 1893, S. 176–177). [70] Liebich sprach am Ende seines Kapitels (S. 61) von »höchst oberflächlichen und oft ungenauen Bemerkungen« Whitneys, was den amerikanischen Sprachwissenschafler offenbar besonders mißfiel (vgl. Whitney 1893, S. 192: »It was hardly respectful for him, on his part, to pronounce (in his closing sentence) all my references to them "extremely superficial and often inaccurate," without quoting a single instance to show that they really bear that character.«).
[71] Siehe Whitney 1893.

a scale hitherto unknown.«[72] Liebich ließ sich von Whitneys Geringschätzung von Pāṇini und seiner grammatischen Tradition nicht beeindrucken und zog vielmehr vor, sich unbeirrt und noch tiefer »in the labyrinth of his rules«, wie sich Whitney am Ende seines Aufsatzes mit Abneigung ausgedrückt hat, hineinzubegeben.

Mitgliedschaft Alldeutscher Verband

In den 1890er Jahren, die Liebich vorwiegend in Breslau verbrachte, war er nicht nur akademisch aktiv, sondern engagierte sich auch außeruniversitär. Daß er sogar politisch interessiert war, und zwar anscheinend eher im deutschnationalen politischen Spektrum, belegt seine Mitgliedschaft im Alldeutschen Verband, einer heterogenen überparteilichen Vereinigung, die sich »als Koordinator und weltanschaulicher Vordenker sämtlicher anderen „nationalen" Vereinigungen (Filialvereine)« begriff und »in territorialer Ausdehnung des Bismarckreiches von 1870/71 ein größeres, mächtigeres Deutschland« forderte.[73] Wie sich aus einer knappen Angabe in Liebichs Hochschullehrerkarteikarte ergibt, gehörte er dem Alldeutschen Verband seit der Gründung dieser Organisation bis 1912 an.[74] Inwieweit Liebich im Alldeutschen Verband aktiv gewesen ist, wenn überhaupt, läßt sich allerdings nicht mehr genau feststellen. Sicher ist, daß er während der konstituierenden Versammlung am 9. April 1891 in Berlin nicht dabei gewesen ist. Sein Name fehlt jedenfalls in der Liste der zur konstituierenden Sitzung eingeladenen über sechzig Herren, und er wird auch nicht im Verzeichnis der in den Vorstand des Allgemeinen Deutschen Verbandes gewählten über siebzig Personen erwähnt.[75] Auch in den *Alldeutschen Blättern*, dem wichtigsten Publikationsorgan dieses Verbandes, der am 1. Juli 1894 »zweckmäßigerweise« in Allgemeiner Deutscher Verband umbenannt wurde,[76] gibt es keine Beiträge von Liebich. Am 17. November 1897 wurde zwar eine Breslauer Ortsgruppe gegründet, die bereits bei der Gründung 80 Mitglieder zählte, Liebich gehörte aber nicht zum Vorstand

---

[72] Whitney 1893, S. 197. Zu der Auseinandersetzung zwischen Liebich und Whitney siehe Cardona 1976, S. 308–311; die entsprechenden Aufsätze sowie auch Otto Böhtlingks und Georg Bühlers Entgegnungen auf Whitneys unberechtigte Vorwürfe wurden in Staal 1972, S. 135–204 abgedruckt. [73] Peters 1996, S. 303. [74] In der Rubrik »Politische Betätigung« steht auf der Karteikarte: »Altdeutscher (*sic!*) Verband von der Gründung bis 1912« (BArch R 4901/13270, S. 512). [75] Siehe BArch R 8048/2. [76] Siehe Peters 1996, S. 305.

und wird auch später nirgends in den Mitteilungen dieser Ortsgruppe namentlich aufgeführt.[77] Anscheinend ist er 1912 aus dem Alldeutschen Verband ausgetreten, wobei über die konkreten Gründe nichts bekannt ist. Ein möglicher Grund wäre die zunehmende Radikalisierung dieses Verbandes, die Erhöhung der Mitgliedsbeiträge oder auch die Änderung von Liebichs Lebensumständen Ende 1912 und Anfang 1913.

Mitgliedschaft schlesische Gesellschaften

Liebichs Mitgliedschaft in der Schlesischen Gesellschaft für Volkskunde bestand spätestens seit November 1894, wenn nicht sogar seit der Gründung dieser Gesellschaft am 28. Juni 1894. Seinen Namen, sowie im übrigen auch denjenigen seines Breslauer Lehrers Alfred Hillebrandt, findet man im »Verzeichnis der Mitglieder« bereits im ersten Heft, Nummer 1, Jahrgang 1894/95 der *Mitteilungen der Schlesischen Gesellschaft für Volkskunde* (S. 2), wo unter den mehr als 140 Namenseinträgen auch »Liebich, Dr., Privatdozent« zu lesen ist. In einem vollständigen Mitgliederverzeichnis »[n]ach dem Stande vom 1. April 1900« ist Liebich unter Nr. 69 eingetragen (»Liebich, Professor Dr., Ohlauufer 19.«). Als Geisteswissenschaftler mit schlesischen Wurzeln war er naturgemäß interessiert an der volkskundlichen Erforschung seiner Heimat, was auch durch seinen eigenen musikologischen Beitrag »Das Marlborough-Lied im schlesischen Gebirge« vom 26. Januar 1898 bezeugt ist.[78] Am 12. Januar 1900 hielt Liebich einen Vortrag über »die indische Fabel von den goldgrabenden Ameisen«, in dem er laut der *Mitteilungen der Schlesischen Gesellschaft für Volkskunde* (Band IV, Jahrgang 1900, Heft VII, Nr. 1, S. 17) das Folgende ausführte:

> Der Kampf um die Goldfelder von Transvaal lenkt den Blick auf die Berichte des Altertums über die Gewinnung dieses von jeher als allgemeiner Wertmesser wichtigsten Edelmetalles. Ausgehend von der Stelle im zweiten Teile des Faust, wo Goethe die Greife und die Ameisen „von der kolossalen Art“ antreten lässt, erläuterte der Vortragende zunächst diese Stelle durch Anführung der zu Grunde liegenden Berichte des Herodot und gab sodann einen Ueberblick über die weiteren Schicksale des Ameisenmythus durch das Altertum und Mittel-

---

[77] Vgl. *Alldeutsche Blätter, Mitteilungen des Allgemeinen Deutschen Verbandes*, Nr. 48 vom 28. November 1897, 7. Jahrgang, S. 250. [78] Siehe Anhang IV, Nr. I.21, S. 449. Über die Geschichte der volkskundlichen Forschung in Schlesien siehe Bönisch-Brednich 1994.

> alter bis zu den Erklärungsversuchen der Neuzeit. Sodann folgte er dem Mythus, im Anschluss an die Untersuchungen von Rawlinson, Schiern und Ball, zu seinen Quellen, von Herodot zu den Persern, von da zu den Indern, von Indien nach Tibet. Der Bericht des Herodot über die Goldgewinnung daselbst und über die Beraubung der als Ameisen bezeichneten Bergleute durch die angrenzenden Völker wird von zwei Griechen, die selbst, in Indien waren, Nearch und Megasthenes, und durch eine Stelle des indischen Epos Mahābhārata bestätigt. Aus der Stelle des Epos ergiebt sich, dass diese Art der Goldgewinnung durch Raub und Erpressung eine alte Einnahmequelle für die Darden im oberen Industhale bildete, und dass der Perserkönig, als er den Nordwesten von Indien eroberte, nur die alte Form der Steuerzahlung für sich beibehielt; auch Megasthenes sagt von den Darden: sie verkaufen den Goldsand um geringen Preis an die Händler, da sie des Schmelzens nicht kundig sind. Andrerseits zeigt die Reisebeschreibung von Moorcroft am Anfang dieses Jahrhunderts und der Bericht indischer Pandits über ihren Besuch von Tibet, dass die nämlichen Verhältnisse bis zum heutigen Tage fortdauern. Der Vortragende zeigte an Karten und Skizzen die genaue örtliche Uebereinstimmung der Angaben von Herodot und Megasthenes mit den heutigen Goldfeldern des Sarthol oder Goldlandes und erklärte die fabelhaften Ausschmückungen in den Berichten der Alten durch die eigenartigen Lebensgewohnheiten der Goldgräber, wie sie durch die klimatischen Verhältnisse bedingt und durch den Bericht der Pandits bezeugt werden.

Außerhalb der Universität konnte Liebich seine eigenen wissenschaftlichen Interessen auch im Rahmen seiner Mitgliedschaft in der Schlesischen Gesellschaft für vaterländische Kultur verfolgen, die einen regen wissenschaftlichen Austausch mit anderen schlesischen Gelehrten förderte und ihm ermöglichte, seine Forschungsergebnisse anderen Fachgenossen und einem breiteren Interessentenkreis in Breslau vorzustellen.[79] Lie-

[79] Als Gründungstag dieses Vereins, der zunächst unter dem Namen »Gesellschaft zur Beförderung der Naturkunde und Industrie Schlesiens« bestand und ab 1809 als »Schlesische Gesellschaft für vaterländische Cultur« bekannt wurde, gilt der 17. Dezember 1803. Interessante Einblicke in die Geschichte dieser wissenschaftlichen Organisation, die als eine Art Akademie fungierte, lassen sich anhand einer Sammelschrift gewinnen, die 1904 anläßlich des hundertjährigen Jubiläums ihres Bestehens veröffentlicht wurde (siehe Foerster *et al.* 1904; vgl. auch Gerber 1988).

bich trat dieser Gesellschaft, die zu seiner Zeit in Schlesien als wichtigster, international hoch angesehener Wissenschaftsverein galt, im Jahr 1900 bei. Im *Achtundsiebzigsten Jahres-Bericht der Schlesischen Gesellschaft für vaterländische Cultur* (Breslau 1901, S. 4) ist Liebich unter Nr. 23 als eines der im Jahr 1900 aufgenommenen »wirklichen einheimischen Mitglieder« erwähnt. Der entsprechende Eintrag lautet: »Liebich Bruno, Dr. phil. Universitäts-Professor«. Ein Jahr später wurde auch Hillebrandt Mitglied derselben Gesellschaft, wie man aus dem *Neunundsiebzigsten Jahres-Bericht der Schlesischen Gesellschaft für vaterländische Cultur* (Breslau 1902, S. 3, Nr. 37) erfährt. Mit einer Unterbrechung in den Jahren 1908 bis 1921, als Liebich nicht in Breslau wohnte, bestand seine Mitgliedschaft bis zu seinem Tode im Jahr 1939.[80] Hauptsächlich beteiligte er sich an Fachdiskussionen in der orientalisch-sprachwissenschaftlichen sowie in der philologisch-archäologischen Sektion.[81] Anders als sein Lehrer Hillebrandt führte er aber keine administrativen Aufgaben aus und wird dementsprechend auch nicht in Gerbers Personalübersicht der Gesellschaft erwähnt.[82] Wie Hillebrandt als jahrelanger Sekretär der orientalisch-sprachwissenschaftlichen Sektion in dem Sammelband zum hundertjährigen Jubiläum der Gesellschaft beschreibt, wurde diese Sektion »am 1. Mai 1902 gegründet [...], um ihren Mitgliedern Gelegenheit zu geben, vor einem Kreise von Fachgenossen über ihre wissenschaftlichen Arbeiten Vorträge zu halten und diese eventuell in möglichst kurzen Fristen in den Mitteilungen der Gesellschaft zum Abdruck zu bringen.«[83] In den Jahresberichten der Gesellschaft finden sich in der Tat konkrete Angaben über solche Aktivitäten, auch mit Liebichs Beteiligung. So fand zum Beispiel am 18. Juli 1902 eine Sitzung statt, bei der der Breslauer Vedist Walter Neisser (1860–1941) einen Vortrag über das Thema »Ueber die Herausgabe

---

80 Aus einem Eintrag im *101. Jahres-Bericht der Schlesischen Gesellschaft für vaterländische Cultur* (Breslau 1929, S. 26) geht hervor, daß Liebich 1922, als er nach Breslau zurückkehrte, wieder in die Gesellschaft aufgenommen wurde. Im *112. Jahresbericht der Schlesischen Gesellschaft für vaterländische Kultur* (Breslau 1940) wurde Liebichs Tod bekanntgegeben. 81 Zeitweise gehörte Liebich zusätzlich auch noch der naturwissenschaftlichen Sektion, der zoologisch-botanischen Sektion und der Sektion für Erdkunde an. 82 Siehe GERBER 1988, S. 86–98. 83 FOERSTER *et al.* 1904, S. 117.

eines altindischen Wurzelwörterbuches« hielt.[84] An der anschließenden Debatte beteiligten sich außer Neisser noch Hillebrandt und Liebich, die an diesem Tag bis 20 Uhr diskutierten. Ein Jahr später, am 16. Juli 1903, hielt auch Liebich selbst einen Vortrag, und zwar über »Das Datum des Candragomin und Kalidasas«. In dem entsprechenden Jahresbericht der Gesellschaft werden zwar keine Angaben über die Teilnehmer an dieser Sitzung gemacht, man findet aber dort den gesamten Text des Vortrages, der in Form eines Aufsatzes gedruckt wurde.[85] Aus einem späteren Bericht Hillebrandts erfährt man außerdem, daß es sich um die zweite Sitzung der orientalisch-sprachwissenschaftlichen Sektion in diesem Jahr handelte.[86] Über Liebichs Vortrag schrieb Hillebrandt das Folgende:

> Am 16. Juli 1903 sprach Dr. Liebich in Erwiderung auf eine Schrift Sylvain Lévis über das Datum Candragomins und Kālidāsas. Als untere Grenze ergibt sich für jenen das Auftreten der Hûṇa in Indien um 470 n. Chr., als obere mindestens zwei Generationen vor dem um 650 gestorbenen Bhartṛhari. Die zeitliche Fixierung Kālidāsas wurde im Anschluß an die Erwähnung der Hûṇa's im IV. Buch seines Raghuvariça (*sic!*) erörtert.

Offenbar fanden solche Sitzungen nicht allzu häufig statt, normalerweise nur zweimal im Jahr wie zum Beispiel 1903, und die Diskussionen wurden eher in relativ kleinen Fachkreisen von Breslauer Gelehrten geführt.[87] In

---

[84] Siehe den *Achtzigsten Jahres-Bericht der Schlesischen Gesellschaft für vaterländische Cultur* (Breslau 1903, S. 3). Neisser begann sein Studium in Breslau im Sommersemester 1877, wobei er wie später auch Liebich zunächst bei Stenzler studierte und danach, im Jahr 1882, mit seiner Arbeit »Zur vedischen Verballehre« bei August Fick in Göttingen promovierte. Neissers Dissertation wurde in den *Beiträgen zur Kunde der indogermanischen Sprachen* (Band 7, Göttingen 1882, S. 211–241) veröffentlicht und erschien im selben Jahr, wie üblich, auch als Sonderabdruck. Sein Leben endete tragisch im Dezember 1941, als der einundachtzigjährige deutsche Indologe jüdischer Herkunft aufgrund der Judenverfolgung im nationalsozialistischen Deutschland den Freitod vor einer bevorstehenden Deportation in ein Konzentrationslager wählte. [85] Siehe Anhang IV, Nr. I.25, S. 449. [86] Die erste Sitzung im Jahr 1903 fand am 26. Februar statt (siehe dazu Foerster *et al.* 1904, S. 117). [87] Im Laufe der Zeit kamen die Aktivitäten in dieser Sektion ganz zum Erliegen. Wie Gerber erwähnt, »[i]m gesamten Zeitraum zwischen 1918 und 1935 verzeichnen die Jahresberichte lediglich für das Jahr 1929 eine Sitzung. Die ganz offensichtlich autonom nicht arbeitsfähige Sektion wurde 1935 mit der philologisch-archäologischen Sektion zusammengeschlossen.« (Gerber 1988, S. 69).

den Jahresberichten der Schlesischen Gesellschaft für vaterländische Kultur wurde jedenfalls nur ein einziger Vortrag von Liebich abgedruckt.

Studium der Kāśikā

Die ersten Jahre nach seiner Promotion nutzte Liebich vor allem, um seine Kenntnisse von Pāṇinis Sanskrit-Grammatik weiter zu vertiefen, und studierte dafür insbesondere die *Kāśikāvṛtti* von Vāmana und Jayāditya (*ca.* 7. Jh. n. Chr.), einen grundlegenden Kommentar zur *Aṣṭādhyāyī*, der bereits seit 1878 vollständig in einer von dem indischen Gelehrten Bāla Śāstrī angefertigten Ausgabe vorlag.[88] Als Ergebnis dieser Beschäftigung mit der *Kāśikā* entstand Liebichs Übersetzung von zwei Abschnitten des Kommentars zu Pāṇ 2.1 (2.1.1–72) und 2.2 (2.2.1–38), die achtzig Seiten umfaßt und von einer vierzigseitigen Einleitung begleitet wird.[89] Wie Liebich selbst gleich zu Beginn dieser Einleitung (S. i) hervorhob, war seine Arbeit zugleich »der erste Versuch, einen zusammenhängenden Abschnitt der Kāçikā Vṛitti in eine andre Sprache zu übertragen«. Eine würdige Fortsetzung fand Liebichs partielle Übertragung der *Kāśikā* eher nicht, denn sogar mehr als ein Jahrhundert nach seinem ersten »Versuch« ist dieser wichtiger Kommentar immer noch nicht vollständig übersetzt worden.[90] Wie aus seiner wesentlich späteren Korrespondenz mit Wilhelm Printz von Anfang Mai 1938 hervorgeht,[91] hielt es Liebich bis zum Ende seines Lebens für besonders wichtig, nicht nur den Sanskrittext zu übersetzen, sondern zunächst einmal eine kritische Edition davon herauszugeben. Für diesen Zweck bereitete er selbst eine Kollation der *Kāśikā* in vier Bänden vor. Über die Zeit der Entstehung dieser Kollation und die dafür verwendeten Handschriften ist allerdings kaum etwas bekannt.[92] Es könnte sein, daß Liebich

---

[88] Diese Edition wurde in zwei Teilen unter dem Titel *Kāśikā, A Commentary on Pāṇini's Grammatical Aphorisms by Paṇdit Jayāditya* 1876 und 1878 in Benares veröffentlicht. Eine einbändige zweite Ausgabe erschien im Jahr 1898 ebenso in Benares. Für zusätzliche Details über diese und spätere Ausgaben dieses Kommentars siehe HAAG 2011. [89] Siehe Anhang IV, Nr. I.9, S. 447. [90] Zwar veröffentlichte Śrīśa Chandra Vasu zwischen 1891 und 1898 eine aus mehreren Faszikeln bestehende Ausgabe von Pāṇini's *Aṣṭādhyāyī*, die auf seiner Analyse der *Kāśikā* basiert und auch »a free rendering of the most important portions of that book« (VASU 1891, S. ii) enthält, der Kommentartext blieb aber der anglophonen Welt weitgehend verschlossen. [91] Siehe unten, S. 385. [92] Man erfährt aus einem späteren Vorwort Liebichs lediglich, daß er die »Kāśikā-Hs. Ind. Off. No. 2440« kollationiert hat (siehe LIEBICH 1918, S. xi). Über dieses zwischen 1630 und 1632 n. Chr. geschriebene Manuskript siehe EGGELING 1889, S. 159, Nr. 591–592 [2440–2441].

daran noch in den 1890er Jahren gearbeitet hat, da er sich eine kritische Ausgabe der *Kāśikā* bereits in seinem *Panini* (1891, S. 22) wünschte. Auch im Jahr 1895 sprach er davon, wobei er die Meinung vertrat, daß »eine Ausgabe des Cāndra-Vyākaraṇa, soweit es von Candragomin selbst herrührt, und seine Concordanz mit der Trias Panini – Kātyāyana – Patañjali [...] die notwendige Vorarbeit für eine kritische Ausgabe der Kāçikā Vṛitti [ist]«.[93] Da Liebich diese »brennende Arbeit« anscheinend aus gesundheitlichen Gründen nicht mehr vollenden konnte, überreichte er seine vier Bände um das Jahr 1933 seinem Kollegen Prabodh Chandra Lahiri.[94] Auch wenn Lahiri über die nötigen Kenntnisse auf dem Gebiet der indischen Grammatik verfügte, hatte er fünf Jahre später immer noch keine kritische Ausgabe der *Kāśikā* zustande gebracht.[95] Deshalb erwog Liebich im Jahr 1938, seine Kollation zurückzuholen, um sie Paul Thieme (1905–2001) zur weiteren Bearbeitung zu überlassen. Dies ist ihm allerdings nicht gelungen, und seine vier Bände sind anscheinend doch in Indien geblieben. Es gibt sogar Indizien dafür, daß Liebichs Kollation spätestens in den 1960er Jahren auf dem einen oder anderen Weg den ausgewiesenen indischen Pāṇini-Kenner Sumitra Mangesh Katre (1906–1998) erreicht hat, denn Katre stellte diese »copy of the Kāśikā with variant readings noted by Dr. Liebich in his own handwriting« den Herausgebern der kritischen Osmania-Ausgabe der *Kāśikā* zur Verfügung.[96] Die indischen Gelehrten erwähnen in ihrer Einleitung (S. v) in diesem Zusammenhang das Folgende: »Dr. Liebich, however, does not give any information regarding the manuscripts from which he collected the variants. We [...] have noted the readings given by Dr. Liebich but not found in other manuscripts used by us.« Der gegenwärtige Aufbewahrungsort von Liebichs *Kāśikā*-Kollation ist unbekannt.[97]

---

93 Liebich 1895, S. 318. 94 Im Jahr 1935 veröffentlichte der indische Gelehrte seine *Concordance Panini-Patañjali* im 10. Heft der Reihe »Indische Forschungen«, die zu dieser Zeit von Liebich herausgegeben wurde (siehe Anhang IV, Nr. III.4, S. 464). 95 In seinem Brief an Printz vom 4. Mai 1938 (siehe unten, S. 385) vermutete Liebich, daß der Grund dafür an Lahiris Berufsarbeit und Krankheit gelegen haben könnte. 96 Siehe Sharma/Deshpande/Padhye 1969–70. 97 Eine im Frühling 2023 durch Prof. Shrikant Bahulkar durchgeführte Überprüfung der Bibliotheksbestände des Deccan College in Pune, wo Katre jahrelang tätig war, ergab kein positives Ergebnis. Es könnte sein, daß die verschollenen Bände sich weiterhin in Hyderabad befinden.

Mit seiner partiellen Übersetzung der *Kāśikā* konnte sich Liebich 1892, etwas mehr als sieben Jahre nach seiner Promotion, im Alter von 30 Jahren habilitieren. Um sein Habilitationsverfahren in Gang zu bringen, richtete Liebich am 13. Oktober 1891 ein Gesuch an den Universitätskurator Otto Theodor von Seydewitz (1818–1898) in Breslau,[98] dem sechs Tage später entsprochen wurde. In einem Schreiben an Liebich vom 19. Oktober 1891 teilte ihm der Universitätskurator mit, daß »ich nach Einsicht der in 6 Anlagen hierbei zurückfolgenden Schriftstücken gegen Ihre Habilitation als Privatdozent bei der philosophischen Fakultät hiesiger Universität nichts zu erinnern finde.«[99] Diese erforderliche Genehmigung und die übrigen vorgeschriebenen Zeugnisse und Dokumente, einschließlich seiner *Kāśikā*-Übersetzung, eines weiteren »Gesuch[s] an Seine Excellenz den Herrn Minister um Genehmigung des Gebrauchs der deutschen Sprache« in dieser Abhandlung sowie eines Lebenslaufes auf Latein, legte Liebich der philosophischen Fakultät am 24. November 1891 vor.[100] Einen Tag später informierte der damalige Dekan, der Orientalist Franz Praetorius (1847–1927), alle Fakultätsmitglieder über Liebichs Antrag, wobei sie darauf hingewiesen wurden, daß er sich »für indische Sprache und Literatur habilitiren« möchte und sich »[d]ie Papiere usw. [...] in einem mitcirkulirenden Pappkasten« befinden.[101] Knapp dreißig Fakultätsmitglieder bestätigten die Kenntnisnahme dieser Mitteilung des Dekans mit ihrer Unterschrift. Über Liebichs Habilitationsverfahren muß man spätestens Anfang 1892 beraten haben, wobei Alfred Hillebrandts positives Gutachten und seine Empfehlung, Liebich »zu den weiteren Habilitationsleistungen zuzulassen«, sicherlich eine entscheidende Rolle gespielt haben.[102]

Habilitationsverfahren seit Oktober 1891

---

[98] Laut einer Angabe im *Handbuch für das Deutsche Reich auf das Jahr 1887* (Berlin 1887, S. 22) war von Seydewitz zu dieser Zeit Abgerodneter im Reichstag und zugleich »Königl. preußischer Wirklicher Geheimer Rath, Ober-Präsident der Provinz Schlesien, zu Breslau, Kurator und Ehren-Doktor der Königl. preußischen Universität zu Breslau, Stiftshauptmann des adligen Fräuleinstifts der preußischen Ober-Lausitz und Ehren-Kurator des Gräflich von Campaninischen Fräuleinstifts zu Barschau bei Lüben«. [99] AUWr, F 99, S. 314; zu der Akte siehe Drozd 1977, S. 92. [100] Siehe unten, S. 276 f. Eine Abschrift von Liebichs Lebenslauf vom November 1891 findet sich auf S. 402. [101] Siehe AUWr, F 99, S. 310. [102] Für eine Abschrift dieses Gutachtens, das dem Dekan Praetorius spätestens am 19. Januar 1892 vorlag, siehe unten, S. 407.

Gebrauch deutscher Sprache

Zusätzlich befürwortete Hillebrandt auch Liebichs Gesuch um Genehmigung des Gebrauchs der deutschen Sprache in seiner Habilitationsschrift, und schrieb dazu das Folgende:[103]

> Ferner beehre ich mich gehorsamst zu beantragen, daß ich das Gesuch des Dr. L. an den Herrn Minister, ihm den Gebrauch der deutschen Sprache bei seiner Habilitation zu gestatten, befürworten werde. Die von ihm angeführten Gründe, daß das Lateinische bei Sanskritschriften nahe zu außer Gebrauch gekommen sei und eine lateinische Abhandlung bei den Kreisen, für die sie bestimmt sei, wahrscheinlich ungeachtet bleiben würde, sind vollkommen stichhaltig. Ich erlaube mir darauf zu verweisen, daß auch in einem früheren Fall die Habilitation eines Sanskritprivatdocenten in deutscher Sprache mit Genehmigung des Herrn Ministers bei uns vor sich gegangen ist und auch in Berlin das Latein m. Wissens im Sanskrit nicht gefordert wird.

Noch am 18. Januar 1892 wurde in der Philosophischen Fakultät ein Entwurf eines Gesuches an den Minister der geistlichen, Unterrichts- und Medizinal-Angelegenheiten in Berlin vorgelegt, um Liebich die Verwendung der deutschen Sprache zu ermöglichen. Dieser Entwurf, der ebenso Hillebrandt zu verdanken ist und von ihm selbst am 18. Januar 1892 in Breslau niedergeschrieben wurde, lautet wie folgt:[104]

> Euer Excellenz
>
> beehrt sich die gehorsamst unterzeichnete Fakultät das Gesuch des Dr. phil. B. Liebich um Befreiung vom Gebrauch der lateinischen Sprache bei seiner Habilitation für indische Sprache und Literatur zu geneigter Berücksichtigung zu empfehlen. Die Gründe, welche ihn zur Stellung seines Gesuches veranlaßten, entsprechen den Ansichten der Fakultät, [daß] der Gebrauch des Lateinischen [auf] dem Gebiet der Indologie mehr [und me]hr in Abnahme gekommen ist und [außerdem] auch vereinzelt indische Leser in Betracht kommen, denen die Kenntnis des [Latein]ischen ferner als die des [Deut]schen liegt. Die

[103] Siehe AUWr, F 99, S. 320. [104] Siehe AUWr, F 99, S. 322–323. Die in eckigen Klammern gesetzten Teile des Textes sind im Original nicht lesbar und mußten hier deshalb rekonstruiert werden.

> Fakultät erlaubt sich noch darauf hinzuweisen, daß der Herr Minister schon in einem früheren, gleichen Fall den Gebrauch der deutschen Sprache gestattet hat. Da Dr. Liebichs Habilitationsschrift im Wesentlichen die Übersetzung eines schwierigen indischen Textes ist, dessen Wiedergabe und Verständnis schon im Deutschen großen Schwierigkeiten begegnet, so d[ürfte] die Anwendung des Lateinischen den [wissen]schaftlichen Zwecken in diesem Fall widersprechen.

Bei dem von Hillebrandt in beiden Schreiben angesprochenen Präzedenzfall handelt es sich wahrscheinlich um Hillebrandts eigene, aus 31 Seiten bestehende Habilitationsschrift vom 12. Mai 1877, die er unter dem Titel »Varuṇa als Himmelsgott und Herr über Tag und Nacht« auf Deutsch eingereicht hatte.[105] Die von mehreren Fakultätsmitgliedern unterschriebene Begründung für den Gebrauch der deutschen Sprache in Liebichs Habilitationsschrift wurde am 28. Januar 1892 an den Universitätskurator geschickt, der sich seinerseits am 30. Januar mit einem »Randbericht« an das Ministerium in Berlin wandte. Nur wenige Tage später, am 10. Februar, erhielt der Universitätskurator in Breslau die entsprechende Genehmigung, worüber er die Philosophische Fakultät am 18. Februar informierte.[106]

Noch während Liebich auf diese Genehmigung wartete, nannte er in einem Schreiben an die Philosophische Fakultät vom 18. Januar 1892 die folgenden drei Themen für seine Probevorlesung: »Neuere Ansichten über die Nachrichten der Griechen von Indien«, »Über die vier indischen Āçrama's« und »Inwieweit kann die indische Literatur gegenwärtig in Deutschland ein Interesse beanspruchen?«[107] Am folgenden Tag durfte Hillebrandt auf Bitte des Dekans eines der drei Themen auswählen, wobei er sich für »Neuere Ansichten über die Nachrichten der Griechen von Indien« entschieden hat, da in der Dekanatsakte der folgende Vermerk zu lesen ist: »Ich halte das erste Thema für das geeignetste und erlaube mir des- Probevorlesung

[105] Siehe Nr. 2855 in Pretzsch 1905, S. 303. Eine erweiterte, aus 159 Seiten bestehende Ausgabe erschien im selben Jahr in Breslau unter dem Titel »Varuṇa und Mitra. Ein Beitrag zur Exegese des Veda«. Drei Jahre zuvor habilitierte sich auch Richard Pischel in Breslau, allerdings war seine Habilitationsschrift vom 22. Januar 1874 auf Latein abgefaßt und trug den Titel »De grammaticis Prâcriticis« (siehe Nr. 2861 in Pretzsch 1905, S. 302). [106] Siehe AUWr, F 99, S. 324. [107] Siehe unten, S. 277.

sen Wahl vorzuschlagen.«[108] Wann genau diese Probevorlesung gehalten wurde, ist zwar nicht bekannt, es läßt sich aber aus den anderen datierbaren Vorgängen im Rahmen dieses Habilitationsverfahrens schließen, daß Liebich noch vor Ende Juni 1892 vorgetragen haben muß. Da der Vortrag naturgemäß mündlich gehalten wurde, uns aber kein Vortragsmanuskript vorliegt und Liebich zu diesem Thema nie etwas veröffentlichte, kann dessen Inhalt nicht mehr rekonstruiert werden.

Disputation

Es steht fest, daß Liebich die Möglichkeit bekam, seine Habilitationsschrift am 27. Juni 1892 um 12 Uhr in der berühmten Breslauer Aula Leopoldina öffentlich zu verteidigen. Als Grundlage dafür diente ihm seine vorher erwähnte Arbeit zur *Kāśikā*, wobei für die Zwecke der öffentlichen Verteidigung nur ein Auszug aus dieser Arbeit, nämlich die vierzigseitige Einleitung zusammen mit einer aus elf Seiten bestehenden Übersetzungsprobe, verwendet wurde.[109] Liebichs zuvor erwähnter Göttinger Studienkollege Rudolf Otto Franke,[110] zu der Zeit Privatdozent an der Universität Berlin, und der klassische Philologe Franz Skutsch (1865–1912), Privatdozent an der Universität Breslau, waren seine Opponenten. Über den Verlauf dieser Disputation ist nur wenig bekannt. Einen Eindruck davon erhält man ausschließlich aus Frankes Buchbesprechung von Liebichs gedruckter Habilitationsschrift. Am Anfang seiner Besprechung von Liebichs *Zwei Kapitel der Kāçikā* erwähnte Franke, daß er ein »historisches Interesse« an diesem Werk habe und fügte das Folgende hinzu: »Sie ist gewissermassen mein Pathenkind, da sie den Gegenstand öffentlicher Disputation zwischen L. und mir bei Gelegenheit von dessen Habilitation in Breslau bildete. Was ich damals vorgebracht habe, werde ich z. Th. hier wiederholen, manches auch hinzufügen müssen.«[111] Zwar hielt Franke seinen alten Freund für den »nächst Kielhorn und Böhtlingk besten Kenner

---

[108] AUWr, F 99, S. 325. [109] Siehe Anhang IV, Nr. I.8, S. 446. Dieser Auszug wurde 1892 in der Druckerei »Maretzke & Märtin« in Trebnitz, Schlesien wahrscheinlich auf Liebichs eigene Kosten gedruckt und ist identisch mit den entsprechenden Seiten aus seiner vollständigen *Kāśikā*-Arbeit, die im selben Jahr erschien (siehe Anhang IV, Nr. I.9, S. 447). Darauf verweist explizit auch ein entsprechender Vermerk auf dem Verso der Titelseite der eingereichten Schriftprobe: »Die vollständige Übersetzung erscheint gleichzeitig im Verlage von Preuss und Jünger in Breslau.« (die von »Preuss & Jünger« verlegten Schriften wurden bei »Maretzke & Märtin« in Trebnitz gedruckt). [110] Siehe oben, S. 23. [111] Siehe Anhang IV, Nr. II.8, S. 458.

Pâṇini's« (Sp. 1029), doch er konnte sich nicht allen Positionen Liebichs anschließen. Da Franke sich von Liebich in manchen Punkten mißverstanden oder nicht gebührend berücksichtigt fühlte, scheute er keine Polemik und übte Kritik im Hinblick auf Liebichs Analyse der Sanskrit-Komposita. Wahrscheinlich kamen einige von Frankes Kritikpunkten auch während der Disputation am 27. Juni 1892 zur Sprache.

Kāçikā (1892)

Die Verteidigung seiner Habilitationsschrift ist Liebich jedenfalls gelungen. So konnte er sich mit der Veröffentlichung seiner Arbeit im Jahr 1892 als einer der bedeutendsten Forscher auf dem Gebiet der Sanskrit-Grammatik etablieren. Franke war zu Recht der Ansicht, daß Liebichs Buch »für die Indologie, für das Eindringen in die einheimische indische Grammatik (vielen Indologen eine terra incognita) von grossem Nutzen sein wird«, und schätzte seine »fast etwas wortkarge und spröde Klarheit des Gedankens und dieselbe genau abgemessene Sprache« (Sp. 1029). Trotz aller Differenzen mit Liebich zollte auch Whitney diesem Werk Anerkennung: »It is a laborious and useful contribution to the study of Pāṇini himself and of one of the most noted comments upon his work, smoothing a little the way to their comprehension for those who shall approach it hereafter.«[112] Noch im November 1892 veröffentlichte Victor Henry eine Kurzbesprechung von Liebichs *Zwei Kapitel der Kāçikā*, in der er – ebenso wie Ernst Windisch ein Jahr später – Liebichs Schrift durchaus positiv bewertete. Henry kam zu dem Schluß, daß »sa traduction, quoique littérale, est fort claire, et l'étudiant qui l'aura scrupuleusement collationnée avec le texte ne craindra plus désormais d'affronter le texte lui-même.«[113] Windisch schrieb seinerseits, daß »Liebich [...] mit dem vorliegenden Buche besonders die Studierenden im Auge [hat], denen er das Eindringen in die einheimische Form der Grammatik erleichtern will, womit jedoch nicht gesagt sein soll, daß nicht auch reifere Gelehrte sein Buch mit Nutzen lesen werden.«[114] Liebichs Abhandlung muß spätestens Ende Juli 1892 gedruckt worden sein, da sie in seinem Lebenslauf vom 2. August 1892 ausdrücklich erwähnt wurde.[115]

---

[112] WHITNEY 1893, S. 193–194. [113] Siehe Anhang IV, Nr. II.6, S. 457 f. [114] Siehe Anhang IV, Nr. II.7, S. 458. [115] Siehe unten, S. 403.

Antritts-vorlesung

Eine weitere notwendige Leistung im Rahmen des aufwendigen Habilitationsverfahrens bestand in dem Halten einer Antrittsvorlesung.[116] Für diesen Zweck erklärte Liebich noch am 13. Juni 1892, zwei Wochen vor der öffentlichen Verteidigung seiner Habilitationsschrift, seine Bereitschaft, eine Antrittsvorlesung über das Thema »die vier indischen Āçrama's (Lebensstationen)« zu halten.[117] Offenbar handelte es sich um dasselbe Thema, das er bereits ein halbes Jahr zuvor an zweiter Stelle im Zusammenhang mit seiner Probevorlesung in Erwägung gezogen hatte. Liebich hielt seine Antrittsvorlesung am 30. Juni 1892 um 12 Uhr, wobei auch diese akademische Veranstaltung – genau wie die Verteidigung seiner Habilitationsschrift drei Tage zuvor – in der Aula Leopoldina in Breslau stattfand.[118] Damit erfüllte Liebich auch die letzte Voraussetzung für die Erteilung der Venia legendi, so daß er sich ab Juli 1892 als Privatdozent bezeichnen durfte. Der Bericht über den erfolgreichen Abschluß des Habilitationsverfahrens wurde am 1. Juli 1892 niedergeschrieben, und nach Kenntnisnahme durch den Universitätskurator erhielt ihn die Philosophische Fakultät am 23. Juli 1892 zurück.[119] Mehr als vier Jahrzehnte später, als der hochbetagte Liebich sein Augenlicht schon fast verloren hatte, veröffentlichte er seine alte Antrittsvorlesung mit der folgenden Widmung: »DER ALMA MATER VIADRINA (SCHLESISCHEN FRIEDRICH-WILHELMS-UNIVERSITÄT) aus Anlaß ihres 125 jährigen Bestehens gewidmet von einem Schlesier«.[120] Wie er am Anfang seines Nachwortes (S. 26) schrieb, ist »[d]ieser bisher ungedruckte Vortrag [...] hier so wiedergegeben, wie er vor 44 Jahren gehalten wurde. Einige Stellen, die jetzt einer Änderung oder Ergänzung bedürftig schienen, sind durch die beigefügten Fußnoten als solche kenntlich gemacht.« Liebich fühlte sich als Schlesier offenbar so eng mit seiner Alma mater

---

[116] Nützliche Beobachtungen über das Prozedere bei einer Habilitation im 19. Jahrhundert und insbesondere über die Rolle der Antrittsvorlesung findet man in DEHRMANN 2013. [117] Siehe unten, S. 281. [118] Die entsprechende Einladung der Philosophischen Fakultät zu Liebichs Antrittsvorlesung ist in der Dekanatsakte erhalten geblieben (AUWr, F 99, S. 328; siehe Anhang V, Abb. 3). [119] Siehe AUWr, F 99, S. 329; in seinem Schreiben teilte der Kurator mit, daß er »die Druckschriften des gefälligen Berichtes vom 1ten Juli a., betreffend die Habilitation des Dr. phil. Bruno Liebich, mit Ausnahme der Dissertation und des Lebenslaufes, welche Schriftstücke seitens des Herrn Ministers der geistlichen, usw. Angelegenheiten entnommen sind, anliegend ergebenst« zurücksende. [120] Siehe Anhang IV, Nr. I.60, S. 456.

in Breslau verbunden, daß er trotz seines hohen Alters, als er schon nicht mehr allein lesen und schreiben konnte, seine Verbundenheit unbedingt zum Ausdruck bringen wollte. Dafür bot sich an, im Jahr 1936 genau denjenigen Vortrag drucken zu lassen, mit dem seine professorale Karriere in der schlesischen Hauptstadt 1892 begonnen hatte.

Liebichs Rezensionen

Im Februar 1892, als Liebichs Habilitationsverfahren noch lief, erhielt er von Wilhelm Streitberg (1864–1925) eine Einladung zur Mitarbeit an der von Karl Brugmann (1849–1919) und ihm selbst herausgegebenen Zeitschrift *Indogermanische Forschungen*. Liebich nahm dieses Angebot dankend an und erklärte sich bereit, »indianistische Werke zur Besprechung im Anzeiger« zu übernehmen.[121] In einem Brief vom 23. April 1892 lehnte er aber ab, Maurice Bloomfields »Contributions to the Interpretation of the Veda« zu besprechen, da er »im Rigveda bisher noch zu wenig selbständig gearbeitet« habe, »um da mit gutem Gewissen über andre urteilen zu können.«[122] Er empfahl Streitberg, das Werk Bloomfields von »einem eigentlichen Vedisten« rezensieren zu lassen. Eine Besprechung für den *Anzeiger für indogermanische Sprach- und Altertumskunde* lieferte Liebich erst mehr als zwei Jahre später. In einem typisch milden Ton, aber ohne gleichzeitig auf Kritik zu verzichten, besprach er die partielle Edition und Übersetzung des *Ṣaḍviṃśabrāhmaṇa*, die Kurt Klemm (1852–1908) 1894 herausgegeben hatte.[123] Liebich nutzte die Gelegenheit, auch an der von Klemm edierten Textprobe des *Ṣaḍviṃśabrāhmaṇa* seine Methode für die Datierung indischer Texte anhand einer Sprachanalyse unter Berücksichtigung von Pāṇinis *Aṣṭādhyāyī* anzuwenden. Er kam zu dem Schluß, daß »dieses Brāhmaṇa nicht nur der vorchristlichen, sondern sogar der vorpanineischen Zeit zuzuweisen ist.«[124] Eine weitere Kurzbesprechung lieferte Liebich den *Indogermanischen Forschungen* erst 1905, als er den Aufsatz »Die Wortstellung im nachvedischen Altindischen und im Mittelindischen« von Eduard Thommen rezensierte. Aus einer Postkarte an Streitberg erfährt man außerdem, daß Liebich im März 1897 den Wunsch äußerte, das zweite Heft des zweiten Bandes von Richard Pischels

[121] Siehe unten, S. 279. [122] Siehe unten, S. 280. [123] Siehe Anhang IV, Nr. I.15, S. 448. Diese Rezension erwähnte Liebich in einer Postkarte an Streitberg vom 5. Oktober 1894 (siehe unten, S. 284), doch sein Text wurde erst 1895 veröffentlicht. [124] LIEBICH 1895, S. 31.

und Karl Geldners *Vedischen Studien* (Stuttgart 1897) zu besprechen, wozu es aber aus unbekannten Gründen nicht gekommen ist.[125] Produktiver war in dieser Hinsicht seine Zusammenarbeit mit der *Deutschen Litteraturzeitung*, in der Liebich schon 1890 seine erste Buchbesprechung veröffentlichte[126] und in den Jahren 1892–94 sowie 1896 noch sechs weitere Rezensionen beisteuerte.[127] Unter diesen befand sich auch eine Kurzbesprechung des ersten Bandes von Jacob Wackernagels *Altindischer Grammatik*, ein Werk, das Liebich ausgesprochen positiv bewertete.[128] Nach einer langen Pause begann er ab 1916 etwas häufiger zu rezensieren, wobei alle seine Besprechungen zwischen 1916 und 1921 im *Literarischen Zentralblatt für Deutschland* erschienen sind.[129] Lediglich seine letzten beiden Rezensionen – von Leslie Milnes *An elementary Palaung grammar* (1921) und von Louis Renous *Grammaire Sanscrite* (1930) – wurden nicht darin abgedruckt, sondern in der *Deutschen Literaturzeitung* (1923) bzw. in der *Orientalistischen Literaturzeitung* (1932).[130]

Privatdozent in Breslau

Nachdem sich Liebich im Sommer 1892 erfolgreich habilitierte hatte und ihm die Venia legendi für indische Sprache und Literatur erteilt worden war, nahm er im Wintersemester 1892/93 seine Lehrtätigkeit an der Universität Breslau als Privatdozent auf.[131] Wie aus dem entsprechenden Vorlesungsverzeichnis zu erfahren ist, lehrte er in seinem ersten Kurs »Sanskritgrammatik für Anfänger« und hielt im selben Semester noch eine zweite Lehrveranstaltung mit dem Titel »Interpretation eines schwierige-

---

[125] Siehe unten, S. 285. [126] Es handelt sich um die oben erwähnte Rezension einer lexikographischen Studie seines Freundes Rudolf Otto Franke (siehe oben, S. 23). [127] Siehe Anhang IV, Nr. I.10–13, S. 447, Nr. I.17–18, S. 448. [128] Seine Rezension eröffnete er mit den folgenden Worten: »So haben wir denn endlich eine Lautlehre des Sanskrit, im modernen, sprachwissenschaftlichen Sinne! Was Whitney uns geben sollte, aber noch nicht geben konnte, da die Aufgabe auf einen Wurf zu schwer war, das ist jetzt, auf seine und anderer Vorarbeiten gegründet, trefflich gelungen. Ich denke mir, dass jeder meiner Fachgenossen das Buch mit grosser Spannung zur Hand genommen und wie ich mit Dank und Bewunderung für die Arbeitskraft des Verf.'s hingelegt haben wird.« (Liebich 1896, Sp. 1482). [129] Siehe Anhang IV, Nr. I.32, S. 451, Nr. I.37–39, S. 451, Nr. I.42–43, S. 453 und Nr. I.45–47, S. 454. [130] Siehe Anhang IV, Nr. I.50, S. 455 und Nr. I.58, S. 456. [131] Liebichs Name wurde erstmals unter den Privatdozenten der Philosophischen Fakultät im *Personal-Bestand der Königlichen Universität zu Breslau* für das Wintersemester 1892/93 (Breslau 1892, S. 7) erwähnt. Zu dieser Zeit wohnte er noch am Ritterplatz 12 II in Breslau.

ren indischen Textes«.[132] In den Jahren vor seiner Habilitation beschäftigte er sich hauptsächlich mit Pāṇinis Grammatik, nun aber verschaffte ihm seine neue Stellung bessere Bedingungen, sich der Erforschung der grammatischen Schule Candragomins zu widmen.

Bewerbung um ein Stipendium im Mai 1892

Auch wenn Liebichs Bewerbung um ein Bopp-Stipendium im März 1888 abgelehnt wurde,[133] gab er seine Pläne für eine Forschungsreise nach England nicht auf und bewarb sich Ende Mai 1892 erneut um ein Stipendium, diesmal beim Preußischen Ministerium der geistlichen-, Unterrichts- und Medizinalangelegenheiten. Wie üblich erhielt seinen Antrag zunächst der Universitätskurator in Breslau, der ein entsprechendes Schreiben am 12. Juli 1892 nach Berlin sandte. Die positive Entscheidung des Ministers wurde erst ein halbes Jahr später am 7. Januar 1893 gefällt. Darüber informierte der Breslauer Kurator die Philosophische Fakultät am 14. Januar:[134]

> Der Herr Minister der geistlichen usw. Angelegenheiten hat durch Rescript vom 7$^{t.}$ d. M. – U. I 10008. – dem Privatdozenten Dr. Bruno Liebich hierselbst ein Stipendium von 1200 Mrk. vom 1 April 1893. ab auf ein Jahr bewilligt und die Königl. Regierung hierselbst beauftragt, dasselbe durch ihre Hauptkasse in vierteljährlichen Raten praenumerando zahlen zu lassen.
>
> Die Bewilligung ist erfolgt vorbehaltlich des Erlöschens mit Ablauf des Vierteljahres, in welchem der Stipendiat aufhört, Privatdozent hierselbst zu sein, oder in welchem derselbe eine Anstellung im Staats- oder Kommunaldienste erhält.
>
> Mit Bezug auf das gefällige Schreiben vom 30 May v. J. sowie meine Verfügung vom 12 July v. J. – U. C. 1857. – ersuche ich die Fakultät ergebenst, dem g. Dr. Liebich hiervon mit dem Bemerken gefälligst Nachricht geben zu wollen, daß demselben, wie der Herr Minister annimmt, durch diese Bewilligung die beabsichtigte wissenschaftliche Studienreise nach England nunmehr möglich gemacht worden ist.

Die Fakultätsmitglieder nahmen diese Mitteilung am 18. Januar zur Kenntnis, und kurze Zeit später muß auch Liebich die für ihn sicherlich sehr er-

[132] Siehe unten, Anhang III, S. 432. [133] Siehe oben, S. 19. [134] Siehe AUWr, F 99, S. 333.

freuliche Nachricht erhalten haben.[135] In seinem Schreiben vom 3. Februar 1893 drückte er der Philosophischen Fakultät seine Dankbarkeit für die Befürwortung seines Gesuches aus und beantragte zugleich ein Freisemester im Sommer 1893, damit er seine Forschung in England innerhalb von etwa fünf bis sechs Monaten durchführen könne.[136]

Reise nach England im Jahr 1893

Wann genau sich Liebich nach England begeben hat, ist zwar nicht bekannt, seine Forschungsreise muß er aber im April 1893 begonnen haben, und spätestens im Oktober desselben Jahres kehrte er zurück nach Breslau.[137] In England hatte er eine Londoner Adresse und trat dort in engen Kontakt mit Heinrich Wenzel (1855–1893) und Cecil Bendall (1856–1906), die ihn während seines Auslandsaufenthaltes sehr unterstützten. Bendall ermöglichte Liebich den Zugang zu den in Cambridge aufbewahrten und von ihm selbst katalogisierten nepalesischen Handschriften, insbesondere zu den bereits erwähnten Cāndra-Fragmenten,[138] sowie auch zu einigen Manuskripten aus Nepal in seinem Privatbesitz, einschließlich der Handschrift von Sāriputta's *Candrālaṃkāra*.[139]

Zusammenarbeit mit Wenzel

Mit Wenzel, der zwei Jahre lang ab 1881 bei dem Tibetologen Heinrich Jäschke (1817–1883), »dem damals einzigen gründlichen Kenner dieser Sprache in Deutschland«,[140] studiert hatte, war Liebich eng befreundet. Wenzel unterstützte ihn insbesondere bei der Untersuchung der tibetischen Übersetzungen indischer grammatischer Texte, die Liebich im tibetischen Kanon in der India Office Library in London konsultieren konnte. Von der Existenz dieser tibetischen Übertragungen wußte Liebich spätestens seit der Zeit, als er an seinem *Panini* (1891) arbeitete, wie aus seiner allerersten Erwähnung Candragomins überhaupt hervorgeht. In dieser Abhandlung erwähnte er in dem Kapitel über »Panini und die übrigen Gram-

[135] Nach einer Tabelle der »Kaufkraftäquivalente historischer Beträge in deutschen Währungen« der Deutschen Bundesbank (Stand: März 2023) entsprach die 1893 gewährte Summe von 1200 Mark im Jahr 2023 etwa 9240 Euro. [136] Siehe unten, S. 282. [137] Am 30. Oktober 1893 sandte Liebich eine Postkarte an seinen ehemaligen Münchner Lehrer Ernst Kuhn von der Adresse Moltkestr. 10 pt. in Breslau (siehe unten, S. 283). Liebich wohnte dort bis zum Ende des Wintersemesters 1895/96. [138] Siehe oben, S. 20. [139] Über diesen bemerkenswerten Kodex und die damals wenig bekannte Saindhavī-Schrift, in der er vorliegt, siehe Dimitrov 2010 (mit einer Faksimile-Ausgabe), Dimitrov 2020 und Dimitrov 2025a. [140] Liebich 1896, S. 736. Jäschke hat sich vor allem mit seinem grundlegenden *Tibetan-English Dictionary* (1881) einen Namen gemacht.

matiker«, daß Candragomin »eine eigne Grammatik geschrieben [hat], das Candravyākaraṇa, welche im Original nur in Bruchstücken, vollständig in tibetanischer Übersetzung erhalten ist.«[141] Dort findet man Candragomins Namen lediglich noch ein zweites Mal, und zwar in einem Hinweis auf die Erstausgabe des *Śiṣyalekha*, die Ivan Pavlovič Minayeff (1840–1890) 1889 in St. Petersburg veröffentlicht hatte.[142] Damit er die kanonischen tibetischen Übersetzungen der indischen grammatischen Werke besser verstehen kann, brachte sich Liebich Tibetisch selbst bei. Mit dem Erlernen dieser Sprache könnte er sich auch in London beschäftigt haben, wobei ihm Wenzel wertvolle Hinweise und Lehrmaterialien gegeben haben könnte.[143] In Liebichs nur partiell erhaltenem Nachlaß, der in der Bibliothek der Deutschen Morgenländischen Gesellschaft in Halle aufbewahrt wird, gibt es einige Hefte, die während seiner Zusammenarbeit mit Wenzel in London entstanden sind.[144] So befinden sich in der zweiten Archivschachtel unter anderem sieben in England gekaufte Hefte (»The Imperial Exercise Book«), die den tibetischen Text von Candragomins Grammatik in Abschrift von Wenzel und Liebich enthalten. Im ersten dieser Hefte ist folgendes dazu angegeben: »Rechts Copie von Dr. Wenzel aus dem Londoner Tanjur (Band 116), links Transcription von mir des dem Asiatischen Museum zu St. Petersburg gehörigen Exemplares.« Die Arbeit an seiner eigenen Abschrift begann Liebich erst nach seiner Heimkehr aus England, wofür seine Datumsangabe »Breslau, 9. XI. 93.« im ersten Heft spricht. Wie dem Vermerk »Beendet am 1. XII. 93« im siebten Heft zu entnehmen ist,

---

[141] Liebich 1891, S. 9–10. [142] Vgl. Liebich 1891, S. 11 und Minayeff 1889. Aus Liebichs Bemerkung läßt sich schließen, daß er keinerlei Zweifel in Bezug auf die Identität des Grammatikers und des Dichters Candragomin hegte. [143] Jäschke veröffentlichte zunächst 1865 in Kye-lang eine lithographische Ausgabe seiner *Tibetan grammar*, die Wenzel 1883 überarbeitete und in der Reihe »Trübner's collection of simplified grammars of the principal Asiatic and European languages« (herausgegeben von Reinhold Rost) in London drucken ließ. Es kann daher durchaus sein, daß Liebich ein Exemplar dieser Grammatik direkt von seinem Freund erhalten hat oder von ihm darauf hingewiesen wurde. [144] Eine Kurzbeschreibung von Liebichs Nachlaß findet sich in Pohlus 2003 (siehe Anhang IV, Nr. IV.12, S. 466). Wenzels Nachlaß, der in derselben Bibliothek in Halle liegt, enthält einige weitere Abschriften grammatischer Werke (z. B. seine Kopie der tibetischen Übersetzung des *Cāndrasūtra* aus dem Berliner Tanjur).

schloß er die Kollation Anfang Dezember 1893 ab.[145] Als er sich noch in London aufhielt, wurde Liebich vom vorzeitigen Tod Wenzels schwer getroffen, worüber er 1896 in einem Nachruf auf seinen Freund in der *Allgemeinen Deutschen Biographie* berichtete:[146]

> Hier ereilte ihn am 16. Juni 1893 ein früher Tod, die Folge einer Blutvergiftung, zu der sich nach dem Sectionsbefund eine beiderseitige Lungenentzündung gestellt hatte.

Im Jahr 1895, noch vor der Veröffentlichung dieses Nachrufes, schrieb Liebich über seine Zusammenarbeit mit Wenzel das Folgende:[147]

> Nachdem ich schon früher durch die Gefälligkeit Dr. Wenzels eine Abschrift des tibetischen Cāndra-Vyākaraṇa-Sūtra (No 3604) erhalten und aus ihr den Wert dieser Uebersetzungen kennen gelernt hatte, ging ich im Frühjahr 1893 nach London, um diese beiden Bände gemeinsam mit Dr. Wenzel durchzuarbeiten. Wir beschlossen, die entsprechenden Bände der beiden Petersburger Exemplare des Tanjur zur Vergleichung nach London kommen zu lassen, deren Benutzung uns durch die gütige Vermittlung des Herrn von Oldenburg auch gestattet wurde. Unser Plan wurde aber vereitelt durch den jähen Tod meines armen Freundes, am 16. Juni 1893. Wenige Tage später kamen die Bände aus Petersburg auf dem India Office an.

Nach Wenzels Ableben war Liebich bei der Bearbeitung der tibetischen Quellen ganz auf sich allein gestellt und hatte, soweit bekannt, keine Kontakte zu anderen Tibetologen. Daß er sich mit den tibetischen Übersetzungen indischer grammatischer Texte auch nach 1893 beschäftigte, belegen weitere Hefte in Liebichs Nachlaß. So findet man in der ersten Archivschachtel dieses Nachlasses fünf Hefte mit Abschriften tibetischer Texte, an denen Liebich anscheinend erst am 6. Februar 1894 zu arbeiten begonnen hat. Darin transliterierte er anhand der ihm zugänglichen Tanjur-

---

[145] Der Text des *Cāndravyākaraṇa* ist in den sieben Heften wie folgt verteilt: Heft 1 (bis Cān 1.4.22), Heft 2 (Cān 1.4.23–2.4.71), Heft 3 (Cān 2.4.72–4.1.149), Heft 4 (Cān 4.1.150–5.1.94), Heft 5 (Cān 5.1.95–5.4.115), Heft 6 (Cān 5.4.116–6.4.58) und Heft 7 (Cān 6.4.59–152).
[146] Siehe Liebich 1896, S. 736–737. [147] Siehe Liebich 1895, S. 279.

Ausgaben[148] unter anderem die tibetische Übersetzung des *Adhikārasaṃgraha*, des *Cāndra-Dhātupāṭha* und des *Uṇādisūtra* samt der *Uṇādivṛtti*.

Vermittlung von Rost

Spätestens während seines Aufenthaltes in London konnte Liebich den deutschen Orientalisten Reinhold Rost (1822–1896), der von 1869 bis 1893 als Head Librarian der India Office Library tätig war, persönlich kennenlernen. Diese Begegnung ist von großer Bedeutung gewesen, da es Liebich durch Rosts Vermittlung gelang, Zugang zu handschriftlichen Quellen zu bekommen, die den Lauf seiner Forschungen auf dem Gebiet des *Cāndravyākaraṇa* entscheidend prägten. Rost, der nicht nur mehrere orientalische Sprachen beherrschte,[149] sondern auch besonders gut vernetzt war, eignete sich bestens als Vermittler bei der Beschaffung indischer Handschriften. Eben diese Eigenschaft von Rost hob auch Bendall in seinem Nachruf auf ihn hervor, indem er über ihn schrieb: »Hardly an important edition of an Indian classic depending on varied manuscript material has been published in Europe in the last two decades without some affectionate tribute to his good offices, whether as a librarian at home, or as intermediary between continental Europe and British India in his capacity of an official in the public service ...«[150] Den ersten Beleg dafür, daß auch Liebich Rosts Hilfe erhalten hat, findet man in einem Heft in der dritten Archivschachtel seines Nachlasses in Halle. In diesem Heft, das eine Abschrift von MahāKassapas *Bālāvabodhana* (12. Jh.) in singhalesischer Schrift auf 47 Seiten enthält, fügte Liebich auf der Titelseite die folgende Notiz hinzu: »Erhalten durch Dr. Rost von A. Mendis Gunasekara in Ceylon als Geschenk, am 9.X.93.« Im Jahr 1895 bezog er sich in einer Übersicht des »Cāndra-Vyākaraṇa in Ceylon« auf dieselbe Abschrift, indem er sie ausführlich beschrieb:[151]

---

[148] Zu dieser Zeit lagen in Europa lediglich zwei Versionen des tibetischen Tanjur in insgesamt vier Exemplaren vor. Liebich unterschied zwischen einer schwarzen Ausgabe (d. h., dem Narthang-Tanjur), die er anhand der Blockdrucke der India Office Library in London (heute British Library), der Königlichen Bibliothek zu Berlin (heute Staatsbibliothek zu Berlin) und der Universitätsbibliothek in St. Petersburg konsultieren konnte, und einer roten Ausgabe (d. h., dem Peking-Tanjur), von der er die entsprechenden Bände vom Asiatischen Museum in St. Petersburg ausgeliehen hatte und eine Zeit lang benutzen konnte (siehe dazu Liebich 1895, S. 279–280). [149] Siehe Windisch 1917–20, S. 361–362. [150] Bendall 1896, S. 218. [151] Liebich 1895, S. 273.

> Durch die gütige Vermittlung von Herrn Dr. Rost und Mr. Mendis Gunasekara in Colombo erhielt ich eine vollständige Copie des Bālāvabodhana in singhalesischer Schrift. Nach dem Begleitschreiben des zuletzt genannten Herrn ist das Werk bereits vollständig gedruckt, aber nicht veröffentlicht. Die mir übersandte Copie ist nach einem der gedruckten Exemplare hergestellt.

Liebich konnte Teile des *Bālāvabodhana* zum ersten Mal vermutlich einige Jahre zuvor kennenlernen, da der singhalesische Gelehrte William Goonetilleke (†1893) bereits Anfang 1880 über seine Entdeckung dieser abgekürzten und neu geordneten Version von Candragomins *Cāndravyākaraṇa* in der Zeitschrift *The Academy* berichtet[152] und zwischen 1884 und 1886 in den ersten beiden Bänden der Zeitschrift *The Orientalist* knapp ein Drittel des Werkes herausgegeben hatte.[153] Diese singhalesische Inkarnation des *Cāndravyākaraṇa*, die dem Leser nur einen indirekten Eindruck von Candragomins Grammatik verschaffen konnte, bestärkte Liebichs Interesse noch mehr, Zugang auch zu Handschriften des *Cāndrasūtra* und der *Cāndravr̥tti* aus Kathmandu und Calcutta zu bekommen. Rosts Hilfe erwies sich in dieser Hinsicht als besonders wichtig, wie es Liebichs spätere Publikationen deutlich machen.

Cāndra-Prolegomena (1895)

Nach seiner Rückkehr aus England setzte Liebich seine Lehrtätigkeit an der Universität Breslau fort, wobei er in der Regel zwei Seminare pro Semester anbot und in mindestens einem davon indische Grammatik behandelte. So lehrte er im Wintersemester 1893/94 »Sanskrit-Grammatik für Anfänger« und bot noch einen Kurs mit dem Titel »Erklärung der Laghukaumudī, zur Einführung in Panini« an. Im Sommersemester 1894 konnte man neben einem Lektürekurs über Kālidāsa's *Kumārasaṃbhava* den zweiten Teil seiner »Sanskrit-Grammatik« belegen. Auch in den folgenden Semestern ging es bei Liebich hauptsächlich um indische Grammatik, wie zum Beispiel im Falle seiner dreiteiligen »Einführung in die indischen

[152] Siehe Goonetilleke 1880a und 1880b; dasselbe wurde auch in Goonetilleke 1880c abgedruckt. [153] Siehe Goonetilleke 1884–86; vgl. dazu Liebich 1895, S. 272–274. Erstmals wurde das ganze Werk 1895 in Colombo gedruckt, was Liebich wenig überraschend nicht entgangen ist (siehe Paññāsāra 1895; vgl. Liebich 1896, S. 106 und Bechert 1987, S. 11). Eine andere Ausgabe des *Bālāvabodhana* mit singhalesischem Kommentar erschien erst einige Jahrzehnte später (siehe Seelaskhandha 1924).

Grammatiker« (WS 1894/95–WS 1895/96), in der er die Aufmerksamkeit seiner Studenten jeweils auf Pāṇini, die *Kāśikā* und das *Mahābhāṣya* lenkte.[154] Die Zeit unmittelbar nach seinem Forschungsaufenthalt in England nutzte Liebich vor allem, um die neu gewonnenen Erkenntnisse zu verarbeiten und auch weitere Materialien zum *Cāndravyākaraṇa* zu besorgen und zu beschreiben. Die Ergebnisse dieser Bemühungen faßte er 1895 in einer Schrift zusammen, die er später ganz bescheiden nur als einen »bibliographischen Versuch«[155] oder »*résumé* of his inquiries«[156] bezeichnete. Liebichs fünfzigseitige Schrift mit dem schlichten Titel »Das Cāndra-Vyākaraṇa«, die man durchaus als Prolegomena für seine Editio princeps von Candragomins Grammatik betrachten kann, wurde am 11. Mai 1885 von seinem Doktorvater Franz Kielhorn in einer Sitzung der Königlichen Gesellschaft der Wissenschaften zu Göttingen vorgelegt. Sie erschien noch im selben Jahr in den *Nachrichten von der Königl. Gesellschaft der Wissenschaften zu Göttingen* und kam auch als Sonderdruck in Umlauf.[157] In dieser Veröffentlichung, von der 1896 auch eine kurze englische Zusammenfassung im *Indian Antiquary* gedruckt wurde,[158] teilte Liebich alles mit, was er bis zu diesem Zeitpunkt über die Primärquellen von Werken des Cāndra-Systems in Erfahrung bringen konnte. In den ersten beiden kurzen Abschnitten, nämlich »Cāndra-Vyākaraṇa in Ceylon« und »Cāndra-Vyākaraṇa in Kashmir«, wies er auf die wenigen ihm damals bekannten relevanten Quellen aus den beiden Regionen hin, wobei er sich im Falle Ceylons (heute Sri Lanka) allein mit dem zuvor erwähnten *Bālāvabodhana* begnügen mußte und sich bei den Quellen aus Kaschmir auf eine einzige aus einem Blatt bestehende Handschrift des *Varṇasūtra* und des *Paribhāṣāsūtra* der Cāndras beziehen konnte.[159] Über die Handschrift aus Kaschmir berichtete Liebich, daß sie von Georg Bühler (1837–1898) im Jahr 1875 erworben, unter der Nr. 289 in seinem *Detailed Report of a Tour in Search of Sanskrit Mss.* erwähnt[160] und nach Poona (heute Pune) gebracht wurde. Dieses Papier-Manuskript in Śāradā-Schrift ist in der Sammlung des

---

[154] Für eine Auflistung aller Lehrveranstaltungen, die Liebich im Laufe seiner Universitätskarriere gehalten hat, siehe unten, Anhang III, S. 432 ff. [155] LIEBICH 1902, S. vii. [156] LIEBICH 1896, S. 103. [157] Siehe Anhang IV, Nr. I.14, S. 448. [158] Siehe Anhang IV, Nr. I.16, S. 448. [159] Siehe LIEBICH 1895, S. 272–275. [160] Siehe BÜHLER 1877, S. xix und 72.

Bhandarkar Oriental Research Institute allerdings nicht mehr auffindbar; dort wird unter der Nr. 289/1875–76 nur eine Nāgarī-Abschrift des *Varṇasūtra* vermutlich von Ende der 1870er Jahre aufbewahrt.[161] Eine andere Abschrift des Manuskriptes aus Kaschmir, die sowohl das *Varṇasūtra* als auch das *Paribhāṣāsūtra* enthält und aus derselben Zeit wie die unvollständige Pune-Abschrift stammt, wurde von Bühler 1878 der Königlichen Bibliothek zu Berlin (heute Staatsbibliothek zu Berlin) geschenkt. Den Berliner Kodex, der 1886 von Albrecht Weber katalogisiert wurde,[162] konnte Liebich in Berlin benutzen, und genau diese Abschrift diente ihm später als Grundlage für seine Edition der beiden kurzen Texte.[163] Den größten Teil seiner Schrift zum *Cāndravyākaraṇa* widmete er zum einen der Analyse der im Tanjur enthaltenen tibetischen Übersetzungen der Cāndra-Werke (»Cāndra-Vyākaraṇa in Tibet«, S. 275–308), einschließlich solcher, die er niemals auf Sanskrit lesen konnte, wie z. B. die *Viṃśatyupasargavṛtti* (Tib. *Ñe bar bsgyur ba ñi śu pa'i 'grel pa*).[164] Zum anderen beschrieb Liebich die ihm zugänglichen nepalesischen Manuskripte des *Cāndrasūtra* und der späteren Cāndra-Texte (»Cāndra-Vyākaraṇa in Nepal«, S. 308–316), die er in London und im Falle von drei anderen bemerkenswerten Handschriften direkt vor Ort in Breslau in Augenschein nahm.

Cāndrasūtra-Handschrift in Breslau

Das erste besonders wichtige nepalesische Manuskript, das Liebich »durch die Liberalität der indischen Behörde«[165] zu Hause benutzen durfte, war eine Palmblatt-Handschrift des *Cāndrasūtra*. Sie wurde in Nepal gefunden und konnte von dem bengalischen Gelehrten Haraprasāda Śāstrī (1853–1931) Anfang der 1890er Jahre zusammen mit elf anderen nepalesischen Handschriften erworben werden. Śāstrī brachte die Manuskripte nach Calcutta und berichtete über die Neuentdeckungen noch im November 1893, wobei er den hohen Wert der *Cāndrasūtra*-Handschrift hervorhob.[166] Es handelte sich um ein datiertes, aus 41 Folios bestehendes, voll-

---

[161] Für die Erstausgabe des *Varṇasūtra* anhand dieser Abschrift siehe Belvalkar 1915, S. 117. [162] Siehe Weber 1886, S. 200–201, Nr. 1633, Ms. or. fol. 850. [163] Dem Verzeichnis *Manuscripta orientalia Berolinensia – Benutzung in Berlin 1881–1927* (Hs. or. sim. 8948, S. 76) ist zu entnehmen, daß Liebich die Handschrift vom 14. bis zum 16. September 1891 konsultierte. Seine Ausgabe des *Varṇasūtra* erschien in Liebich 1918, S. 515–517, und das *Paribhāṣāsūtra* wurde erstmals in Liebich 1928, S. 49–52 veröffentlicht. [164] Siehe Liebich 1895, S. 283–284; vgl. Dimitrov 2007. [165] Liebich 1895, S. 312. [166] Siehe Śāstrī 1894, S. 249–250.

ständiges Manuskript, das laut Kolophon saṃ. 476, am 10. Tag der hellen Hälfte des Monats Phālguṇa (d. h. am 2. Dezember 1356 n. Chr.) von einem Vajrācārya namens Kṣemendra während der Herrschaft von König Rājadeva (reg. 1347–1361) im Kathmandu-Tal angefertigt wurde. Śāstrīs Beschreibung dieser wertvollen Handschrift entging Liebich nicht, und es gelang ihm recht schnell, vermutlich wieder mit der unentbehrlichen Hilfe von Reinhold Rost in London, den Kodex von Indien nach Europa schicken zu lassen. Daß sich Liebich diese Handschrift tatsächlich ausleihen durfte und sie ihm in Breslau eine Zeit lang zur Verfügung stand, geht aus seiner eigenen Beschreibung hervor.[167] Dieser Kodex diente Liebich als die wichtigste Grundlage für seine Editio princeps des *Cāndrasūtra*, das er 1902 herausgab. Die Handschrift gelangte danach unversehrt zurück nach Calcutta und wurde einige Jahrzehnte später von Śāstrī als Bestandteil der Sammlung der Asiatic Society of Bengal katalogisiert.[168]

Moderne Cāndravṛtti-Handschrift in Breslau

Die zweite nepalesische Handschrift, die Liebich in Breslau benutzen konnte und die sogar in seinen Besitz überging, enthielt nahezu den vollständigen Text der *Cāndravṛtti*. Dank des glücklichen Umstandes, daß diese Handschrift derzeit in der Bibliothek der Deutschen Morgenländischen Gesellschaft in Halle aufbewahrt wird und dort leicht zugänglich ist,[169] kann man mehrere interessante Details darüber erfahren. Liebichs Handschrift der *Cāndravṛtti* ist nicht nur deshalb wichtig, weil sie eine zentrale Rolle während seiner Arbeit an der Ausgabe dieses Kommentars gespielt hat, sondern auch weil man anhand dieser Quelle Rückschlüsse über seine Arbeitsweise und seine Qualitäten als Wissenschaftler ziehen kann. Es handelt sich um eine weniger wertvolle moderne Abschrift einer wesentlich älteren nepalesischen Palmblatt-Handschrift, von deren Existenz, wie Liebich selbst angab, »[d]ie erste Kunde […] 1868 nach Europa [kam], in einem amtlichen Bericht, jetzt im India Office: List of Sanskrit Works supposed by the Nepalese Pandits to be rare in the Nepalese Libraries at Khatmandoo, unterzeichnet von dem damaligen Resident R. Lawrence.«[170] Das

---

[167] Vgl. Liebich 1895, S. 312–313. [168] Siehe Śāstrī 1931, S. 115–116, Nr. 4411, Signatur: G 3823. Später wurde diese Handschrift in Calcutta auch mikrofilmiert. [169] Dieser Kodex trägt dort die Signatur B 1060 und kann seit November 2019 nicht nur physisch sondern auch in digitaler Form konsultiert werden (siehe *http://dx.doi.org/10.25673/32111*). [170] Liebich 1895, S. 313; siehe auch Lawrence 1868, S. 9.

erste Mal erfuhr Liebich davon wahrscheinlich erst, als er in Bendalls ausführlichem Reisebericht las, wie dieser die Bibliothek des nepalesischen Maharaja am 27. November 1884 in Kathmandu besucht hatte. Bendall durfte in der Durbar School mehrere alte Palmblatt-Handschriften sichten[171] und fand unter ihnen auch eine umfangreiche *Cāndravyākaraṇa*-Handschrift mit der Bibliotheksnummer 1558, deren besonderen Wert er sofort erkannte. Wenig später beschrieb er sie so:[172]

> Library No.: 1558; Page in Lawrence's List: 9
> *Cāndravyākaraṇa*, with commentary by Dharmadāsa. Palm-leaf; 158 leaves, 20 inches by 2; straight-topped character of XII.–XIII. cent., comparable to that of Add. 1648.

Dieser kurze Hinweis reichte aus, um Liebich den festen Entschluß fassen zu lassen, sich Zugang zu der alten nepalesischen Handschrift zu verschaffen. Anfangs bestand für ihn die einzig mögliche Lösung darin, eine moderne Abschrift in Nepal zu bestellen. Dafür konnte er sich wieder auf Reinhold Rosts Vermittlung in London verlassen, wobei sich in diesem Fall hauptsächlich der britische Offizier Henry Wylie (1844–1918) in Kathmandu für sein Anliegen eingesetzt haben muß,[173] wie aus einer Angabe Liebichs klar wird:[174]

> Durch die gütige Vermittlung des Herrn Dr. Rost und des britischen Geschäftsträgers in Nepal, Col. Wylie, habe ich eine Abschrift des Cāndra-Manuskriptes erhalten, das sich in der Bibliothek des Mahārāja in Kathmandu befindet.

---

[171] Siehe BENDALL 1886, S. 16. Bendall schrieb in seinem Bericht, daß er den Bibliotheksraum zwar nicht sehen konnte, »but the whole collection, consisting of many thousands of MSS., was brought for me from the palace to the Durbar-school building.« Anders als Richard Charles Lawrence (1817–1896), der als Britischer Resident in Nepal zwischen 1867 und 1872 diese große Sammlung nur anhand einer Titelliste kennenlernen konnte, erhielt Bendall die Erlaubnis des damaligen nepalesischen Premierministers und Maharaja Ranoddip Singh (1825–1885), die Handschriften mit eigenen Augen zu sehen. [172] BENDALL 1886, S. 18. [173] Henry Wylie war zwischen 1891 und 1900 Britischer Resident in Nepal. Nachdem er 1893 den Rang »Colonel« erlangte, wurde er 1899 zum »Major-General« befördert. [174] LIEBICH 1895, S. 313; vgl. auch LIEBICH 1896, S. 106: »Through the kind intervention of Col. Wylie, British Resident in Nêpâl, Dr. Liebich obtained a copy.«

Die genaue Entstehungszeit von Liebichs moderner nepalesischer Handschrift ist zwar nicht bekannt, und man weiß auch nicht, wann genau die Arbeit daran in Auftrag gegeben wurde, doch wurde die Abschrift wahrscheinlich um 1893–94 angefertigt.[175] Spätestens im Mai 1895 kam sie aus Kathmandu, womöglich über London, nach Breslau. Die aus 281 Blättern bestehende Papier-Handschrift wurde von einem nepalesischen Schreiber namens Padmānand zwar schön, aber nicht besonders korrekt in Nāgarī-Schrift geschrieben.[176] Padmānands Abschrift blieb in Liebichs Privatbesitz bis April 1932, als er sie zusammen mit einigen anderen »Handschriften, Kollationen und Handschriften-Photogramme[n] (im ganzen 10 Nummern)« der Deutschen Morgenländischen Gesellschaft zur Verfügung stellte, und zwar mit dem ausdrücklichen Vermerk, daß diese Materialien mit seinem Tod »sodann automatisch und ohne Entschädigung in den Besitz der D.M.G« übergehen.[177] Der nepalesischen Papier-Handschrift stellte Liebich ein im selben Format beschnittenes Blatt voran, auf dem er sehr sorgfältig die folgende Notiz schrieb:[178]

> Diese Handschrift wurde in meinem Auftrag (und auf meine Kosten) hergestellt von Pandit Padmānand in Kathmandu, der Hauptstadt von Nepal. Es ist die Kopie der Palmblatt-Handschrift No. 1558 in der Bibliothek des Mahārāja von Nepal, enthaltend die Candra-Vṛtti (vgl. darüber Liebich, das Cāndra-Vyākaraṇa, Nachrichten der Göttinger Ges. d. Wiss., hist.-phil. Klasse, 1895, S. 313), und zwar ist dies die einzig existierende vollständige Handschrift dieses Werkes (ausserdem nur einige Fragmente in Cambridge). Im Jahre 1901 erhielt ich durch

[175] Die erste Erwähnung von Candragomin in Liebichs *Panini* (1891, S. 9–11) hinterläßt den Eindruck, daß Liebich zu dieser Zeit noch nichts von der Existenz der umfangreichen Palmblatt-Handschrift der *Cāndravṛtti* wußte. [176] Über diesen Padmānand schrieb Liebich, daß er, »wie aus seiner Beischrift ersichtlich, ein Bruder des gegenwärtigen Residency Pandit Indrānand und Sohn des Guṇānand, des Compilators der von Wright veröffentlichten Chronik von Nepal« (Liebich 1895, S. 314, Fn. 2), war. Padmānand war anscheinend ein Nachfahre des wohlbekannten nepalesischen Gelehrten Amṛtānand (*ca.* 1754/55–1830), wofür auch die Angaben Bendalls in einer schriftlichen Mitteilung an den Herausgeber des *Journal of the Royal Asiatic Society of Great Britain and Ireland* sprechen (siehe Bendall 1893, S. 620). [177] Der Brief, in dem Liebich dieses großzügige Angebot Wilhelm Printz (1887–1941), dem Bibliothekar der Deutschen Morgenländischen Gesellschaft, machte, sowie das Dankschreiben von Printz sind erhalten geblieben (siehe unten, S. 343 f.). [178] Siehe Anhang V, Abb. 7.

> Vermittlung von Prof. Sylvain Lévi in Paris das Original selbst geliehen und habe es mit der vorliegenden Abschrift genau kollationiert, sodass diese nunmehr dem Original an Wert nahezu gleichkommt, zumal das Original für Europa jetzt wieder unerreichbar ist.

Alte Cāndravṛtti-Handschrift in Breslau

Liebich ist es offenbar gelungen, nicht nur in den Besitz einer modernen Abschrift der alten Palmblatt-Handschrift zu kommen, sondern sogar die wertvolle Vorlage für einige Zeit in Breslau zu benutzen. Anscheinend konnte der in Nepal gut vernetzte französische Indologe Sylvain Lévi (1863–1935) den damaligen nepalesischen Premierminister und Maharaja Chandra Shamsher Jang Bahadur Rana (1863–1929) überzeugen,[179] das alte Manuskript nach Europa senden zu lassen. Dank dieser bemerkenswerten Großzügigkeit konnte Liebich die wichtigsten Abweichungen, Verlesungen, Zusätze und Auslassungen in Padmānands mangelhafter Abschrift sowie den Beginn jeder neuen Blattseite der alten Handschrift direkt in seiner modernen Kopie der *Cāndravṛtti* notieren. Er beendete seine Kollation zwar am 16. Juli 1902,[180] behielt aber die Handschrift noch mindestens bis September 1902, als er diese »ihm durch Herrn Prof. Sylvain Lévi zugegangene Hs. aus Khatmandu (*sic!*)« den Teilnehmern des XIII. Orientalistenkongresses in Hamburg »mit Genehmigung des Besitzers, des Maharaja von Nepal« zeigte. Davon erfährt man aus einem Bericht mit dem Titel »Bruno Liebich. Vorzeigung der einzigen existierenden Handschrift der Candra-Vṛtti aus der Bibliothek des Maharaja von Nepal« in den *Verhandlungen des XIII. internationalen Orientalisten-Kongresses, Hamburg September 1902* (Leiden 1904, S. 67). In diesem Bericht wurde die Handschrift folgendermaßen beschrieben:

> Sie enthält auf 149 Palmblättern von 58 : 5½ cm., mit Schrift des 12–13. Jh., die Candra-Vṛtti, d. h. den von Candragomin selbst verfassten Original-Kommentar zu seinem grammatischen Sūtra.

---

179 Chandra Shamsher kam am 27. Juni 1901 an die Macht, nachdem er seinen älteren Bruder Dev Shamsher (1862–1914) zum Rücktritt gezwungen hatte. Dev Shamsher selbst regierte nur kurz, und zwar nach dem Tod von Bir Shamsher (1852–1901) am 5. März 1901.

180 Am Ende von Fol. 281a der Abschrift fügte Liebich die folgende Notiz hinzu: »Das blau eingeklammerte ist Zusatz von Padmānand; die drei letzten Zeilen sind im Original von anderer Hand hinzugefügt. Kollation beendet am 16. Juli 1902. B. L.« (siehe Anhang V, Abb. 8).

Vermutlich wurde die alte Palmblatt-Handschrift der *Cāndravṛtti* nur ein wenig später, womöglich direkt aus Hamburg, zusammen mit einem Exemplar von Liebichs Editio princeps des *Cāndravyākaraṇa* (Leipzig 1902) zurück nach Kathmandu geschickt, wo sie sicher ankam. Das nach Nepal gesandte Exemplar von Liebichs Edition enthält eine handschriftliche Widmung an Chandra Shamsher[181] und befindet sich derzeit in der Bibliothek der National Archives in Kathmandu (Signatur: Ca. 197). Als Liebich 1918 auch die *Cāndravṛtti* zum ersten Mal veröffentlichte, brachte er seine Dankbarkeit im Vorwort dieser Ausgabe mit den folgenden Worten zum Ausdruck:[182]

> Zu meiner großen Freude gelang es mir denn auch wirklich, durch Vermittlung von Professor Sylvain Lévi in Paris, dessen Hülfe ich schon für das Candra-Uṇādi erwähnen konnte, dieses Unikum, eine Palmblatthandschrift des 12. bis 13. Jahrhunderts, sehr sorgfältig geschrieben und so gut wie lückenlos erhalten, zur Benutzung hierher zu bekommen. Die Indologie ist dem Besitzer der Handschrift, dem Maharaja von Nepal, für diese weitgehende Liberalität jedenfalls zu Dank verpflichtet.

Die alte, heute aus 146 Palmblättern bestehende Handschrift wurde am 25. Oktober 1970 im Rahmen des Nepal-German Manuscript Preservation Project unter der Rollennummer A 52/14 mikrofilmiert und befindet sich auch heute noch in den National Archives in Kathmandu (Akzessionsnummer 1/1558), wo sie vor einigen Jahren schließlich digitalisiert werden konnte.[183]

Als Liebich im Herbst 1893 aus London zurück nach Breslau kam, um sich dort in den nächsten Jahren hauptsächlich dem Studium von Candragomins Grammatik zu widmen, zog er zunächst in die Moltkestr. 10 pt. (heute ul. Władysława Łokietka) um, wo er bis zum Wintersemester 1895/96 wohnte. Da er zu dieser Zeit als unbesoldeter Privatdozent Stipendium im April 1896

---

[181] Es steht dort: »Presented to His Highness Chander Sham Shere Jang Rao Bahadur, Maharaja, by the editor.«; für ein Faksimile dieser Widmung siehe Dimitrov 2025b. [182] Liebich 1918, S. ix. [183] Anscheinend sind kurz nach der Erstellung von Padmānands Abschrift die ersten zwei Folios der alten Handschrift verlorengegangen (für weitere Angaben zu diesem Kodex siehe Dimitrov 2025b).

nur über ein gewiß sehr geringes Einkommen verfügen konnte, das vor allem aus den verhältnismäßig bescheidenen Hörergeldern für seine zwei bis drei Kurse pro Semester bestand,[184] verwundert es nicht, daß sich Liebich drei Jahre nach seiner vom Ministerium geförderten Englandreise wieder um ein Stipedium beim Preußischen Ministerium der geistlichen-, Unterrichts- und Medizinalangelegenheiten bewarb.[185] Daß er auch in diesem Fall Glück hatte und ihm ab April 1896 ein einjähriges Stipendium in Höhe von 1200 Mark gewährt wurde,[186] erfährt man lediglich aus einem Schreiben des Breslauer Universitätskurators Hermann Fürst von Hatzfeldt-Trachenberg (1848–1933) vom 9. April 1896 an die Philosophische Fakultät:[187]

> Der Herr Minister der geistlichen, Unterrichts- und Medizinal-Angelegenheiten hat durch Erlaß vom 1 d. Mts. – U I Nr. 729 – dem Privat-Dozenten Dr Bruno Liebich hierselbst ein Stipendium von 1200 M vom 1. April d. Js. ab auf ein Jahr bewilligt und die Königliche Regierung hierselbst beauftragt, dasselbe durch ihre Hauptkasse in vierteljährlichen Raten praenumerando zahlen zu lassen.
>
> Indem ich bemerke, daß die Bewilligung erfolgt ist, vorbehaltlich des Erlöschens von dem Tage ab, an welchem der Stipendiat aufhört, Privatdozent in der gedachten Fakultät zu sein, oder an welchem derselbe eine Anstellung im Staats- oder Kommunaldienste erhält, und daß die weitere Gewährung nach Ablauf der Bewilligungsperiode außer von der Fortdauer des Bedürfnisses vor Allem von der Bewährung des Stipendiaten als Dozent und in literarischer Hinsicht abhängen

---

[184] Es konnten keine genauen Angaben über die Zahl von Liebichs Zuhörern eruiert werden, seine Studenten ließen sich aber zu dieser Zeit wahrscheinlich häufig nur an einer Hand abzählen. [185] Es gehörte zu den typischen Merkmalen der deutschen Privatdozentur, daß die Privatdozenten keine finanzielle Sicherheit genießen konnten und oft unter erheblichen pekunären Schwierigkeiten litten (zur Geschichte der Privatdozentur in Deutschland siehe Busch 1959; vgl. auch Tütken 2005 mit weiteren Literaturhinweisen). [186] Die Kaufkraft dieser Summe entsprach im Jahr 2023 etwa 9600 Euro. [187] Siehe AUWr, F 99, S. 384–385. Wie es der *Chronik der Königlichen Universität zu Breslau für das Jahr vom 1. April 1894 bis zum 31. März 1895* (Jahrgang 9, Breslau 1895, S. 3) zu entnehmen ist, übernahm Hermann Fürst von Hatzfeldt-Trachenberg im Dezember 1894 das Amt des Universitätskurators als Nachfolger des aus Altersgründen ausgeschiedenen Otto Theodor von Seydewitz (1818–1898).

wird ersuche ich die Fakultät ergebenst, dem g. Dr Liebich hiernach gefälligst die geeigneten Eröffnungen zu machen.

Da in diesem Schreiben kein konkretes Forschungsprojekt erwähnt ist und auch Liebich sich nirgendwo in seinen späteren Schriften ausdrücklich auf dieses Stipendium bezogen hat, sieht es so aus, daß ihm das Ministerium diese Summe nur zur Milderung seiner vermutlich wenig beneidenswerten finanziellen Lage zur Verfügung gestellt hat. Ob sein erneuter Wohnungswechsel in Breslau – er bewohnte ab dem Sommersemester 1896 bis zum Wintersemester 1900/01 eine Wohnung unter der Adresse »Am Ohlauufer 19 II.« (heute al. Juliusza Słowackiego) – in irgendeiner Weise im Zusammenhang mit der Unterstützung des Ministeriums steht und sich einer leichten Verbesserung seiner Lebenssituation verdankt, läßt sich nicht mehr genau bestimmen.

Es kann andererseits sicher festgestellt werden, daß dem 35-jährigen Liebich am 17. April 1897 das Prädikat »Professor« durch Patent verliehen wurde. Die früheste Information über seine Auszeichnung findet man in der *Chronik der Königlichen Universität zu Breslau für das Jahr vom 1. April 1897 bis zum 31. März 1898* (Jahrgang 12, Breslau 1895, S. 11). Daß Liebich dieses Prädikat erhalten hat, geht außerdem aus einer späteren Personalakte hervor, die er Ende 1912 oder spätestens Anfang 1913 eigenhändig ausgefüllt hat und die derzeit im Generallandesarchiv Karlsruhe aufbewahrt wird.[188] Liebichs Eintrag unter Punkt 9 »Laufbahn im staatlichen Dienst« in dieser Akte lautet: »1886–88 Volontär an der Universitätsbibliothek zu Breslau, 1892 Privatdozent der philos. Fak. daselbst für indische Sprache und Literatur, Prädikat Professor durch Patent v. 17. April 1897«.[189] Bei diesem Prädikat handelte es sich um eine durch ministerielles Patent verliehene Auszeichnung, die es der damit gewürdigten Person erlaubte, den Titel »Professor« zu tragen, noch bevor man – wenn

Das Prädikat »Professor« im April 1897

[188] Siehe GLA Karlsruhe 235/2210. [189] Später wurden dort drei weitere Einträge von anderer Hand hinzugefügt: »1913 Titel: außerord. Professor. [1913] Privatdozent für indische Philologie an der Univ. Heidelberg. 1922 ausgeschieden«. Ein zweites, ebenso von Liebich eigenhändig ausgefülltes Exemplar dieser »Standes-Liste«, in dem jedoch einige zusätzliche Einträge einschließlich der eben erwähnten drei Zeilen fehlen, liegt im Universitätsarchiv Heidelberg vor (siehe dort PA 1935, S. 3–6).

überhaupt – in den Genuß eines besoldeten Ordinariats kam. Wie in einer alten Schrift zum preußischen Schulwesen aus dem Jahr 1864 zu lesen ist, konnten auf diese besondere Weise nur Lehrer ausgezeichnet werden, »welche nicht zu den ordentlichen Professoren der Universitäten und derjenigen Unterrichtsanstalten gehören, welche einzelne Facultäten einer Universität umfassen«.[190] Außerdem galt generell, daß »der Professortitel eine sparsam gewährte Auszeichnung für diejenigen bleiben soll, welche die Qualifikation in einem Haupt-Lehrfach für die Prima besitzen und sich nicht nur als Lehrer vorzüglich bewährt, sondern auch in wissenschaftlicher Beziehung von vortheilhafter Seite bekannt gemacht haben.«[191] Das ministerielle Schreiben vom 17. April 1897, womit Liebich die Verleihung des Titels »Professor« mitgeteilt wurde, scheint nicht erhalten geblieben zu sein, dessen Wortlaut stimmte aber gewiß im wesentlichen mit dem folgenden Formulartext überein:[192]

> Nachdem ich dem N. N. in Rücksicht seiner anerkennungswerthen Leistungen das Prädicat Professor verliehen habe, ertheile ich demselben das gegenwärtige Patent, in dem Vertrauen, daß der nunmehrige Professor N. N. Sr. Maj. dem Könige und dem Allerh. Königlichen Hause in unverbrüchlicher Treue ergeben bleiben und die Pflichten des ihm übertragenen Amts in ihrem ganzen Umfange mit stets regem Eifer erfüllen werde; wogegen derselbe sich des Ranges und der Prärogative, welche den von mir ernannten Professoren zustehen, zu erfreuen haben soll. Urkundlich ist dieses Patent von mir vollzogen und mit dem Insiegel des K. Ministeriums der geistl. etc. Angelegenh. bedruckt worden. Berlin etc. Der Minister etc.

Seit der Verleihung dieser Auszeichnung durfte sich Liebich als »Professor« bezeichnen, auch wenn er weiterhin zu der Gruppe der Privatdozenten, dem sogenannten »akademischen Proletariat«, gehörte.[193] Er blieb ein titulierter Privatdozent ohne Anspruch auf staatliche Besoldung insgesamt sechzehn Jahre, bis Anfang 1913, als er bereits 51 Jahre alt war.

---

[190] Wiese 1864, S. 570. [191] *Ibid.* [192] Wiese 1864, S. 713–714. [193] Zum ersten Mal wurde »Dr. Bruno Liebich, Professor« im *Verzeichniss der Vorlesungen an der Königlichen Universität Breslau im Winter-Semester 1897/98 vom 15. October 1897 bis 15. März 1898* (S. 23) erwähnt.

Deutsche Wortforschung

In den letzten Jahren des ausgehenden 19. Jahrhunderts widmete sich Liebich nicht nur der Indologie, sondern arbeitete auch auf dem Gebiet seines zweiten Faches, nämlich der Germanistik, wobei er insbesondere deutsche Wortforschung betrieb. Als Grundlage dafür diente ihm vor allem Moritz Heynes *Deutsches Wörterbuch*, das sein ehemaliger Göttinger Lehrer in den Jahren 1890, 1892 und 1895 in Leipzig herausgegeben hatte. Indem er davon ausging, daß ein solches alphabetisches Wörterbuch »einer Ergänzung nach der genetischen Seite, welche alle verwandten, in jenem zerstreuten Bildungen an einer Stelle vereinigt, [bedarf]«,[194] entschied er sich, ein Wörterbuch der Wortfamilien zu erstellen. Zu einer Zeit, als die Bedeutungslehre nach den Worten Liebichs »ein richtiges Neuland« war, »dessen Grenzen wir noch nicht kennen, und wo jeder für seine Persönlichkeit freien Spielraum findet«, plädierte er dafür, »anstelle des Suchens nach den Wurzeln zunächst an die möglichst vollständige Aufzeichnung der Wortfamilien [zu] gehen«.[195] Unter Wortfamilie verstand Liebich »im weitesten Sinne [...] alle uns bekannten Worte desselben Sprachstammes, die aus derselben Wurzel hervorgegangen sind«[196] und wandte die sogenannte »genetische Methode« an, bei der diejenigen Wörter vereinigt wurden, »die wir aufgrund unsres Sprachgefühls, unterstützt und korrigiert durch Sprachgeschichte und Etymologie, als verwandt ansehen.«[197] Sein Grundsatz war, Verwandtschaft nur dann anzuerkennen, wenn er das »aus lautlichen und semasiologischen Gründen für möglich hielt.«[198] Liebich stellte auf dieser Basis insgesamt 2679 Wortfamilien (mit mehr als 47 000 Wörtern) auf über 500 Seiten zusammen und teilte diese in einem wesentlich kürzeren Teil im selben Band in sieben Kategorien ein. Der erste Teil seines Wörterbuches, der laut seiner Einleitung (S. 15) noch Mitte März 1898 »nahezu druckfertig« gewesen ist, erschien 1899 in Breslau.[199] Liebichs Bestrebungen auf dem Gebiet der Bedeutungslehre basierten auf seiner Überzeugung, die er noch 1892 in seiner Monographie *Zwei Kapitel der Kâçikâ* so zum Ausdruck brachte:[200]

---

194 LIEBICH 1899, S. 11. Er hielt die alphabetische Anordnung eines Wörterbuches für »praktisch, aber unwissenschaftlich« und die synonymische für »subjektiv und darum mehr oder weniger willkürlich« (*ibid.*, S. 503). 195 LIEBICH 1899, S. 3 und 6. 196 LIEBICH 1899, S. 6. 197 LIEBICH 1899, S. 503. 198 *Ibid.*, S. 14. 199 Siehe Anhang IV, Nr. I.22, S. 449. 200 LIEBICH 1892, S. xxxvii.

> Es scheint mir aber, dass die systematische Entwicklung einer selbständigen Bedeutungslehre, die der rein formalen Lautlehre ein kräftiges Gegengewicht zu bieten vermöchte, die Sprachwissenschaft vor Einseitigkeit bewahren und ihrer höchsten Aufgabe, der Entwicklungsgeschichte des menschlichen Geistes zu dienen, näher führen würde.

Eine zweite unveränderte, aber billigere Ausgabe von Liebichs Wörterbuch der Wortfamilien der deutschen Sprache erschien im Jahr 1905.[201] Der einzige Unterschied zur Erstausgabe besteht darin, daß auf der Titelseite dieses Nachdruckes der Untertitel »I. Die Wortfamilien in alphabetischer Ordnung« hinzugefügt wurde. Ein zweiter Teil, der von Liebich ursprünglich geplant war,[202] ist allerdings nie veröffentlicht worden; in Liebichs Nachlaß finden sich auch keine Vorarbeiten dazu. In diesem zweiten Teil beabsichtigte er anscheinend, den von ihm im ersten Teil behandelten Wortschatz nun nach der synonymischen Methode anzuordnen.[203] Es bleibt unklar, aus welchem Grund Liebich seinen ursprünglichen Plan nicht umsetzen konnte.

Kurz nach der Veröffentlichung des ersten Teils von Liebichs Wörterbuch wurde sein Werk gleich viermal rezensiert. Noch nach dem Erscheinen der ersten Lieferung des Werkes wurde es von einem anonymen Rezensenten im April 1899 kurz besprochen.[204] In dieser Besprechung wollte der Rezensent Liebich den »Vorwurf der Ungleichmäßigkeit nicht ganz« ersparen. Er monierte außerdem die »fast etwas zu üppig[e]« Ausstattung und den damit verbundenen höheren Preis des Wörterbuches. Anfang 1900 schrieb Alfred Bauer eine kurze Besprechung auf Französisch, in der er »le travail de M. Bruno Liebich« als »utiles« einschätzte, wollte aber »un jugement définitif« erst nach der Veröffentlichung des zweiten Bandes abgeben.[205] Der Germanist Richard Meyer (1860–1914) verfaßte seiner-

---

[201] Vgl. die Werbung darüber im *Börsenblatt für den deutschen Buchhandel* vom 18. August 1905, Nr. 191, S. 7232. [202] Vgl. die folgende Bemerkung in seiner Einleitung zum ersten Teil (S. 11–12): »Einzelne darüber hinausweisende Erscheinungen, z. B. dass häufig mehrere ähnliche Wurzeln gleichsam bündelförmig um einen Bedeutungskern lagern, widersprechen dem nicht, können übrigens erst im dritten (meinem zweiten) Teil näher behandelt werden.« [203] Vgl. Liebich 1899, S. 503. [204] Siehe Anhang IV, Nr. II.9, S. 458. [205] Siehe Anhang IV, Nr. II.10, S. 458.

seits Anfang 1900 eine wohlwollende Rezension auf Deutsch.[206] Auch er war der Meinung, daß »[e]in abschliessendes urteil über Liebichs buch [...] natürlich erst nach dem erscheinen des zweiten, synonymischen teils möglich sein [wird]«, schloß aber seinen Text zugleich mit den folgenden positiven Worten ab: »Jedenfalls ist für eine beschreibende übersicht des nhd. vorrats an ausdrucksmitteln hier eine neue grundlage geliefert, und unter wissenschaftlichen, einen fortschritt bedeutenden principien. Möge die anregendere arbeit am zweiten teil bald und glücklich zum ziele führen!« (S. 416). Recht kritisch äußerte sich andererseits der Leipziger Gelehrte Ottmar Dittrich (1865–1951), indem er feststellte, daß ihm »all die viele Mühe und Sorgfalt an einen Gegenstand gewendet scheint, der sie bei weitem nicht lohnt« (S. 118).[207] Sein Urteil fiel dementsprechend hart aus: »Die Zusammenstellungen des Vfs. können nicht als geeignete Grundlage für eine nhd. Bedeutungslehre gelten. Sie gewähren durchaus kein zutreffendes Bild von den etymologischen Gruppierungsverhältnissen im Bewusstsein der nhd. Sprechenden; auch von den sprach- und kulturhistorischen Verhältnissen des nhd. Wortschatzes nicht.« (S. 122). Die Zurückhaltung seiner Rezensenten und die scharfe Kritik Dittrichs sind Liebich sicherlich nicht entgangen und könnten dazu beigetragen haben, daß er seine weiteren Bestrebungen auf dem Gebiet der deutschen Bedeutungslehre aufgab. Der fehlende Zuspruch mag ihn besonders enttäuscht haben, er machte ihn aber zugleich entschlossener, seine indologischen Forschungen mit noch größerem Eifer beharrlich fortzusetzen. Besonders deutlich wird Liebichs Entschiedenheit in seinem Schreiben an Ernst Windisch vom 23. Dezember 1901, das er mit den folgenden Worten abschloß:

> Dass ein Werk wie meine 'Wortfamilien', das ganz neue Wege einschlägt, zunächst wenig Anerkennung findet, hatte ich kaum anders erwartet; diese kann nur allmählich zugleich mit dem Verständnis wachsen, und selbst wenn der Versuch sich als misslungen herausstellen sollte, so wird es wohl kein Verbrechen sein, einen neuen Weg versucht zu haben. An meiner Stellung als Sanskritist aber lasse ich mir nicht rütteln, und werde den Kampf nötigenfalls bis aufs äusserste führen.

---

206 Siehe Anhang IV, Nr. II.11, S. 458. 207 Siehe Anhang IV, Nr. II.12, S. 459.

Zwar hielt Liebich am 28. September 1899 in der indogermanischen Sektion auf der Bremer Philologenversammlung noch einen allgemeinen sprachwissenschaftlichen Vortrag über »Querschnitte von Sprachen und ihre Vergleichung«[208] und mag noch einige Zeit auf diesem Gebiet Studien betrieben haben, doch widmete er sich in den folgenden Jahren fast ausschließlich der Indologie, vor allem der Erforschung der Grammatik Candragomins. Dabei erwies sich die Fortsetzung seiner Karriere als Sanskritist alles andere als einfach, und er mußte tatsächlich viele Hindernisse auf diesem steinigen Weg überwinden.

Druck der Ausgabe des Cāndrasūtra (1902)

Ende der 1890er Jahre arbeitete Liebich noch fieberhaft an seiner Editio princeps des *Cāndrasūtra*, für deren Anfertigung er die Primärquellen, wie oben erwähnt, noch in der ersten Hälfte dieses Jahrzehnts besorgt hatte.[209] Anfang Dezember 1899 bemühte er sich bereits darum, eine geeignete akademische Reihe zu finden, in der seine Ausgabe erscheinen könnte. Da seine Wahl auf die *Abhandlungen für die Kunde des Morgenlandes* fiel, wandte er sich am 7. Dezember 1899 mit einer entsprechenden Bitte an Ernst Windisch, dem verantwortlichen Redakteur dieser von der Deutschen Morgenländischen Gesellschaft herausgegebenen Reihe.[210] Zu dieser Zeit war der Sūtra-Teil – wie Liebich in seinem Brief an Windisch angab – »nahezu druckfertig«, und für die Vollendung dieser Arbeit waren nur noch »etwa zwei Monate« notwendig. Liebich plante, seine Ausgabe

[208] Darauf scheint auch Meyer am Ende seiner oben erwähnten Besprechung von Liebichs *Wortfamilien* Bezug genommen zu haben. Über diesen Vortrag berichtete der Indogermanist Hermann Hirt (1865–1936) ausführlich in einer Mitteilung, die im 10. Band der *Indogermanischen Forschungen* (Strassburg 1899, S. 364–368) gedruckt wurde. Es wird klar, daß Liebich bei dieser Gelegenheit sein Wörterbuch der Versammlung vorgelegt hat. Zum Inhalt von Liebichs Vortrag schrieb Hirt u. a. das Folgende (S. 364–365): »Die historische Methode in der Sprachwissenschaft geht einer einzelnen sprachlichen Erscheinung durch die Jahrhunderte und Jahrtausende nach und beobachtet ihre Entwicklung in ihrem zeitlichen Verlauf. Ein wohl allgemein empfundener Übelstand bei dieser Methode liegt darin, dass sie neben den Lauten vorzugsweise die Sprachformen berücksichtigt, während der begriffliche Inhalt der Worte, die ganze psychologische Seite der Sprache dabei zu kurz kommt. Redner schlägt daher vor, zu ihrer Ergänzung gleichsam Querschnitte herzustellen, d. h. auf sehr sorgfältiger Analyse beruhende Bilder von Einzelsprachen in einem bestimmten Zeitpunkt, die alle ihre charakteristischen Merkmale anzugeben hätten, und auf denen das Nebeneinander der sprachlichen Erscheinungen zum Ausdruck käme.« [209] Siehe oben, S. 48 ff. [210] Siehe unten, S. 286.

in zwei Teilen zu veröffentlichen, wobei das *Cāndrasūtra* im ersten Teil erscheinen sollte, während der *Dhātupāṭha* und das *Uṇādisūtra* für den zweiten Teil vorgesehen waren. Auch wenn ihm viel daran lag, den ersten Teil möglichst schnell drucken zu lassen, mußte sich Liebich noch zweieinhalb Jahre gedulden, bis seine bahnbrechende Edition nach langer Verzögerung das Licht der Welt erblickte. Aus der vorliegenden Korrespondenz läßt sich schließen, daß Windisch die Publikation zwar angenommen hat, es aber im Laufe der Drucklegung zu erheblichen finanziellen Schwierigkeiten gekommen ist, so daß die Deutsche Morgenländische Gesellschaft die Veröffentlichung der Abhandlung zeitweise sogar auf Eis legen mußte. Fast genau zwei Jahre nach seiner ersten Anfrage bei Windisch, als bereits neun Bogen für den Druck vorbereitet waren, erhielt Liebich vom Leipziger Buchdruckereibesitzer G. Kreysing die für ihn sicherlich erschreckende Nachricht, daß »die Gesellschaft augenblicklich nicht die Absicht habe, die Abhandlung fortzusetzen.«[211] Es sieht so aus, daß die ursprünglich zugesicherten Mittel nur für eine begrenzte Anzahl von Bogen reichten, so daß die Idee von zwei separaten Teilen nicht verwirklicht werden konnte und es nicht ohne weiteres möglich war, die von Liebich nachgelieferten Seiten mit seinem »Verzeichnis der Sūtra« und dem *Dhātupāṭha* im selben Band wie den Sūtra-Text zu drucken. In einem Brief vom 23. Dezember 1901 wandte sich Liebich wieder an Windisch mit der Bitte um Aufklärung, wobei er seine Enttäuschung nicht verheimlichte und gleichzeitig deutlich machte, daß er keineswegs bereit war, sein Vorhaben aufzugeben. Ab diesem Moment nahm die Sache eine positive Wendung. Zwei Tage später, am 25. Dezember, erhielt er bessere Nachrichten aus Leipzig und den Rest des neunten Bogens zum Korrekturlesen. Nachdem Liebich dann über die Jahreswende zusätzlich noch einen Zuschuß von 300 Mark (umgerechnet etwa 2220 Euro) von einem ungenannten Breslauer Unterstützer zugesichert bekam, konnte die Ausgabe nun zügig vollständig gedruckt werden. Wie Liebich in seinem Brief an Windisch vom 26. Dezember 1901 schrieb, hatte sich sein Gönner, »ein hiesiger Bekannter«,[212] »aus freien Stücken erboten, die Druckkosten für den noch ausstehenden Rest, jeden-

---

[211] Siehe unten, S. 289. [212] Die Identität von Liebichs Förderer bleibt ungeklärt, da er ihn an keiner Stelle namentlich erwähnt hat.

falls aber eine Summe von 300 Mark beizusteuern«, was allerdings an die »Bedingung der sofortigen Drucklegung« geknüpft war.[213] Mitte Februar 1902 mußte sich Liebich nur noch um eine Vignette kümmern, die er gern auf die Titelseite seiner Ausgabe drucken lassen wollte, und er hatte außerdem ein kurzes Vorwort zu schreiben.[214] Die Titelvignette beruhte auf einem Bildnis Candragomins, das Liebich zum ersten Mal 1893 im Londoner Druck des Narthang-Tanjur gesehen hatte. Während seines Aufenthaltes in England hatte er Adolf Rost, den Sohn des bereits mehrmals erwähnten Reinhold Rost, auf eigene Kosten beauftragt, das Bild nachzuzeichnen.[215] Bei der Anfertigung der Druckfassung ließ Liebich sogar solche kleinen Details nicht außer acht, wie der auf Tibetisch geschriebene Name von Candragomin unter der Titelvignette transkribiert werden solle: »Der Accent auf dem C darf nicht fehlen. Auf alle Fälle möchte ich zuvor eine Probeansicht haben.«[216] Für die Verschönerung seiner Ausgabe mit der kleinen Zeichnung rechnete Liebich mit zusätzlichen Ausgaben in Höhe von nicht mehr als 20 Mark (heute etwa 150 Euro). Was sein Vorwort betrifft, so schlug er im selben Brief vor, die Vorrede nicht nur auf Deutsch, sondern auch auf Englisch zu verfassen, da »dann das Buch auch in Indien guten Absatz finden würde«. Letztendlich verzichtete Liebich jedoch darauf – wahrscheinlich auf Anraten von Windisch – und unterschrieb sein lediglich auf Deutsch verfaßtes Vorwort am 9. Mai 1902. Kurz danach muß dann auch die gedruckte Erstausgabe des *Cāndrasūtra* endlich erschienen sein, in der der *Dhātupāṭha* vor und das *Uṇādisūtra* sowie ein »Verzeichnis der Uṇādi-Worte« und das zuvor erwähnte »Verzeichnis der Sūtra« nach dem Haupttext im selben Band veröffentlicht wurden. Auf knapp 250 Seiten des elften Bandes der *Abhandlungen für die Kunde des Morgenlandes* konnte Liebich auf diese Weise die wichtigsten Bestandteile von Candragomins Grammatik drucken und somit das Studium dieser höchst interessanten und einflußreichen grammatischen Tradition auf eine solide Basis stellen. Mit dieser Ausgabe leistete er einen seiner bedeutendsten Beiträge

---

213 Siehe unten, S. 290. 214 Siehe unten, S. 292. 215 Reproduktionen des tibetischen Originals sowie der gedruckten Titelvignette sind in diesem Band abgebildet (siehe unten, S. 417 f., mit zusätzlichen Angaben dazu; vgl. auch S. 103). 216 Brief an Windisch vom 14. Februar 1901 (siehe unten, S. 292).

auf dem Gebiet der Indologie und verband seinen Namen für immer mit Candragomin.

Rezeption der Ausgabe des Cāndrasūtra

Seine gerade erschienene Editio princeps des *Cāndravyākaraṇa* konnte Liebich im September 1902 während des XIII. Orientalistenkongresses in Hamburg vorlegen und die Aufmerksamkeit seiner Fachgenossen darauf lenken. Der ein oder andere Kollege wird gewiß ein vom Herausgeber persönlich überreichtes Exemplar erhalten haben.[217] Wie bereits erwähnt, sandte Liebich seine Veröffentlichung auch nach Nepal an den nepalesischen Premierminister und Maharaja Chandra Shamsher.[218] Die Erstedition des *Cāndravyākaraṇa* wurde von der Fachwelt mit großer Zustimmung aufgenommen. Fünf Buchbesprechungen, die ab Januar 1903 nacheinander in den wichtigsten Rezensionsorganen der Zeit erschienen sind, zeigen dies eindeutig.[219] Richard Pischel (1849–1908) schloß seine Besprechung mit der Bemerkung ab, daß Liebichs außerordentlich sorgfältige Ausgabe ihm »hoffentlich die Anerkennung eintragen [wird], die ihm so lange versagt geblieben ist« (Sp. 80). Theodor Zachariae (1851–1934) meinte, daß Liebich seine Arbeit »so ausgeführt [hat], wie man es von ihm, einem der besten Kenner der indischen Grammatik, erwarten konnte.« (Sp. 219). Auch Arthur Anthony Macdonell (1854–1930) war voller Lob, als er im März 1903 schrieb, daß »Prof. Liebich is to be congratulated on his thoroughly accurate and scholarly publication, which not only marks in itself an advance in our knowledge of the intricate systems of native grammar, but is also a stepping-stone to further advance in the subject« (S. 380). Der deutsche Indologe und Indogermanist Johann Kirste (1851–1920) verwies auf die »musterhaft edierten Texte« (Sp. 400), und auch der britische Indologe and Tibetologe Frederick William Thomas (1867–1956) schloß sich der großen Anerkennung an, indem er erwähnte, daß »[f]or the purpose of mere reference, therefore, the work is complete, and we may congratulate

---

[217] Ein Exemplar, das Liebich um diese Zeit dem Indologen Ludwig Heller (1866–1945), einem anderen Schüler Kielhorns, geschenkt hat, wird in der Universitätsbibliothek Marburg aufbewahrt (Signatur: 023 HAP 26 011 EVZ Cb 364). Dieses Buch mit Liebichs handschriftlicher Notiz »Überreicht vom Herausgeber« kam nach Marburg dank des Marburger Universitätsbundes, vermutlich erst nach 1951 und durch die Vermittlung von Hellers Nachlaßverwalter Diether Lauenstein (1914–1990), der 1943 in Marburg promoviert wurde. [218] Siehe oben, S. 53. [219] Siehe Anhang IV, Nr. II.13–17, S. 459 ff.

Dr. Liebich on the accomplishment in a very convenient form of this part of his difficult and laborious undertaking.« (S. 396).

Heirat

Als Liebich noch mit der Arbeit an seiner Ausgabe des *Cāndravyākaraṇa* beschäftigt war, heiratete er am 9. März 1901 im Alter von 39 Jahren die drei Jahre jüngere Klasina Agnes Humbert.[220] Seine Frau wurde am 18. Juli 1865 in Breslau geboren und war das erste von fünf Kindern von Hermann Poppo Humbert (*22.3.1838 in Ditzum, †27.8.1904 in Breslau) und der Engländerin Agnes Taylor (*6.10.1835 in Birmingham, †21.7.1910 in Breslau). Liebichs Schwiegervater stammte aus einer alten ostfriesischen Familie und erhielt eine kaufmännische Ausbildung in Birmingham. 1863 siedelte er nach Breslau über, um dort die Vertretung einer englischen Firma für landwirtschaftliche Maschinen aufzubauen und danach seine eigene Firma H. Humbert GmbH zu gründen. Außer als Kaufmann war er zunächst ab 1877 als britischer Vizekonsul und spätestens ab 1902 bis zu seinem Tod im August 1904 als Konsul in Breslau tätig.[221] Zum Sommersemester 1901, nur kurz nach seiner Vermählung mit Klasina Humbert, zog Liebich in die Kaiser Wilhelmstr. 53 I. (heute ul. Powstańców Śląskich), wo spätestens seit 1900 bereits Angehörige der Familie Humbert wohnhaft waren.[222] Mit seiner Gattin bezog Liebich eine Wohnung, die sich in unmittelbarer Nähe seiner Schwiegereltern befand und zum Familienbesitz der Humberts gehörte.[223] Die Liebichs blieben dort bis zum Ende des Sommersemesters 1907, bis sie Breslau für etwa 15 Jahre verließen. Klasina Liebich verstarb in Breslau am 12. März 1924 im Alter von 58 Jahren. Liebich heiratete kein zweites Mal und blieb 15 Jahre bis zum Ende seines Lebens verwitwet.

---

220 Der Vorname von Liebichs Ehefrau wurde in der Heiratsurkunde als »Klazina« eingetragen, und in dieser Form erscheint der Name auch in manchen anderen Quellen. 221 Diesen Posten übernahm später sein Sohn, der jüngere Bruder von Liebichs Frau, Hermann Hugo Humbert (1866–1947). Zur Geschichte der ostfriesischen Familie Humbert mit weiteren Details über Hermann Poppo Humbert, einem jüngeren Bruder des deutsch-französischen Romanisten und Literaturhistorikers Claas Hugo Humbert (1830–1904), siehe Smidt 1977, S. 175–177. 222 Der Hauptwohnsitz der Humberts war zunächst in der Moritzstr. 4 (ul. Lubuska). Noch in den 1920ern waren die Humberts unter beiden Adressen gemeldet, später verkaufte man aber das Wohnhaus in der Moritzstr. (siehe dazu LAA, ZLA 1/11387841, S. 92). 223 Nach dem Tod ihres Vaters im August 1904 erbte Klasina Liebich einen Teil des Hauses in der Kaiser Wilhelmstr. 53.

Etwas mehr als zwei Jahre nach Liebichs Heirat mit Klasina Humbert wurde am 23. April 1903 sein Sohn Bruno Hermann in Breslau geboren. Zwischen 1913 und 1922 besuchte er das Humanistische Gymnasium in Heidelberg, wo er sein Reifezeugnis erhielt.[224] Er kehrte dann nach Breslau zurück und absolvierte dort zweieinhalb Jahre lang, zwischen 1922 und 1925, seine praktisch-kaufmännische Ausbildung bei der Kolonialwaren-Großhandlung Carl Becker & Co. Von 1925 bis 1929 studierte er Rechts- und Staatswissenschaften an den Universitäten Heidelberg und Breslau. Im Dezember 1927 bestand er das volkswirtschaftliche Diplom-Examen und im Februar 1929 den mündlichen Teil der staatswissenschaftlichen Doktorprüfung. Liebichs Sohn promovierte mit einer Arbeit über »Das Problem der Autarkie«, die 1930 in Breslau veröffentlicht wurde.[225] Ab dem 1. Februar 1930 arbeitete er zwei Jahre lang in der Hamburger Kolonialwaren-Importfirma Walter Mangold GmbH, wo er zunächst eine weitere Ausbildung durchlaufen mußte. Danach wurde er Vertrauensmann für die schlesischen Geschäfte der Firma in Breslau, wo er für die Kredite der dortigen Kundschaft verantwortlich war und die Interessen der Breslauer Niederlassung vertrat. Nachdem er am 1. Februar 1932 auf eigenen Wunsch kündigte, nahm er ein Angebot des Arbeitsamtes Glogau an und trat am 1. August 1932 als Zeitangestellter in den Vermittlungsdienst der Reichsanstalt zur Arbeitsvermittlung und Arbeitslosenversicherung. Ein Jahr später wurde er als Alleinvermittler in der Nebenstelle Haynau des Arbeitsamtes Liegnitz in das Tarifangestelltenverhältnis übernommen. Am 2. April 1934 heiratete er Eva Stenzel (*7.1.1907 in Strassburg, Westpreußen, †9.7.1958 in Hamburg), Tochter des Rechtsanwaltes und Notars Leo Stenzel (*12.2.1877) und seiner Ehe- Sohn

[224] Hier war er Anfang der 1920er Jahre u. a. mit dem späteren evangelischen Theologen und Kirchenhistoriker Hans von Campenhausen (1903–1989) befreundet. In seinen Erinnerungen aus der Jugendzeit erwähnt von Campenhausen den »Alldeutschen Bruno Liebich«, mit dem er zusammen mit noch einigen anderen Freunden dem »Club der edlen Geister«, »der Corona«, angehörte (siehe Slenczka 2005, S. 67). [225] Die biographischen Angaben über Liebich jun. stammen aus seinem Lebenslauf, der am Ende seiner Dissertation gedruckt wurde, aus einem späteren Lebenslauf vom 10. Oktober 1934 (für den vollständigen Text der beiden Lebensläufe siehe unten, S. 411 f.) sowie aus weiteren Unterlagen aus seiner Militärakte, die im Militärarchiv in Freiburg im Breisgau aufbewahrt wird (siehe BArch PERS 6/298282).

frau Käthe Wendt (*23.10.1882). Als Unteroffizier[226] war er während des Zweiten Weltkrieges nur im Sommer 1940 an Kriegshandlungen in Frankreich (am Rheinübergang nach Colmar und danach im Kampf um die Vogesenstellungen) beteiligt. Im August 1940 wurde er aus dem Heeresdienst wegen »Unabkömmlichkeit« entlassen,[227] und so konnte er sich längere Zeit, anscheinend sogar bis zum Ende des Krieges, erfolgreich einer erneuten Einberufung in die Wehrmacht entziehen. Was seine politischen Anschauungen angeht, so gab er am 3. Juli 1935 das Folgende an: »Politisch habe ich nur während meiner Studienzeit dem Alldeutschen Verbande, sonst niemals einer politischen Partei angehört; im übrigen bin ich seit 1922 als Mitglied der Burschenschaft Frankonia-Heidelberg Angehöriger der „Deutschen Burschenschaft".«[228] Er gehörte zwar seit Mai 1934 der Vereinigung fördernder Mitglieder der SS an, mit der NSDAP und dem Nazi-Regime hat er aber nie richtig sympathisiert.[229] Nach Informationen von Dagmar Ladisch-Grube,[230] einer Großnichte von Bruno Liebichs Frau, wurde ihr Großonkel Hermann Hugo Humbert im November 1946 aus Breslau vertrieben, so daß er »die Zerstörung des Familienanwesens miterlebt hat« und »es der Neffe Bruno Liebich jun. war, der ihn aus den Trümmern seines Hauses herausgeholt hat.«[231] Bruno Hermann Liebich und Eva Liebich, geb. Stenzel, verließen die zerstörte Stadt noch vor Ende 1946 und ließen sich später in Hamburg nieder.[232] Die Familie blieb kinderlos. Am 19. August 1961, drei Jahre nach dem Ableben seiner Ehefrau, wählte Liebichs Sohn im Alter von 58 Jahren den Freitod. Die Trauerfeier

---

[226] Bruno Hermann Liebich wurde am 26. März 1935 Gefreiter und am 10. August 1939 Unteroffizier. Am 18. Dezember 1941 wurde ihm die Eignung zum Offizier d. B. bescheinigt (siehe BArch PERS 6/298282). [227] Seine Unabkömmlichkeit wurde mit seiner kaufmännischen Erfahrung und seiner Tätigkeit als Betreuer und Berater auf diesem Gebiet begründet. [228] Schreiben von Bruno Hermann Liebich an das Wehrbezirkskommmando Bunzlau (siehe BArch PERS 6/298282). [229] Am 4. Mai 1937 unterschrieb Liebichs Sohn eine »Erklärung über politische Einstellung«, in der er erklärte, daß er »rückhaltslos auf dem Boden der nationalsozialistischen Staatsauffassung« stehe und sich »nicht im volksfeindlichen Sinne betätigt« habe. Ohne diese Unterschrift hätte man ihn aus der Liste der Offiziersanwärter des Beurlaubtenstandes gestrichen. [230] E-Mail vom 18. September 2009. [231] Hermann Hugo Humbert starb am 21. Februar 1947 nach einem Flüchtlingstransport in Teuplitz (heute Tuplice). [232] Der Name von Bruno Hermann Liebich erscheint zum ersten Mal im Hamburger Adreßbuch von 1952 (wohnhaft im Woldsenweg 12, später in der Husumerstr. 34).

fand am 25. August statt, und die Urnenbeisetzung erfolgte am 7. September in Hamburg-Ohlsdorf.

Tochter

Liebich hatte auch eine Tochter, die Agnes-Hildegard hieß und am 8. Dezember 1905 ebenso wie sein Sohn in Breslau geboren wurde. Nach dem Tod ihrer Mutter im März 1924 übernahm die Achtzehnjährige die Leitung des Haushaltes und half ihrem Vater, indem sie ihn während seiner Reisen begleitete und ihn als private Sekretärin unterstützte. Nach Liebichs Tod wollte sich seine Tochter um seinen wissenschaftlichen Nachlaß kümmern. Da sie allerdings kurz danach, noch vor dem Ausbruch des Zweiten Weltkrieges am 1. September 1939, einen Mobilmachungsbefehl erhalten hatte, konnte sie »nur noch den fachwissenschaftlichen (Indologie) Bibliothekskatalog fertigstellen«.[233] Dieser Katalog scheint verschollen zu sein, und auch das Schicksal von Liebichs Nachlaß während der Kriegsjahre bleibt weitestgehend im Dunkeln. Es läßt sich sicher nur feststellen, daß immerhin ein kleiner Teil seiner Fachbibliothek unbeschadet durch die Wirren des Krieges gekommen ist, denn einige seiner Bücher befanden sich im Juli 2009 noch immer in Breslau, und zwar in zwei etwas verstaubten Regalen einer Seminarbibliothek im Universitätsgebäude des Instytut Historyczny in der ul. Szewska 49.[234] Unter den Büchern, die mit Liebichs Stempelaufdruck »Prof. Dr. B. Liebich« versehen sind, findet man Jacobis *Ausgewählte Erzählungen in Mâhârâshṭrî* (1886), den dritten Band von Satyavrata Sāmaśramīs Ausgabe des *Nirukta* (1886), Oldenburgs *Buddijskija legendy* (1894), den zweiten Band von Kielhorns Ausgabe des *Mahābhāṣya* (1906), de la Vallée Poussins *Madhyamakāvatāra par Candrakīrti* (1907), Nobels Ausgabe des *Suvarṇaprabhāsottamasūtra* (1937), Nitti-Dolcis *Les grammairiens Prakrits* (1938), Sardesais *Picturesque Orientalia* (1938), Liebichs Privatexemplar seines eigenen *Panini* (1891), seine Ausgabe des *Cāndrasūtra* (1902) mit handschriftlichen Korrekturen, sein

[233] Diese und weitere Details sind einem handgeschriebenen Lebenslauf entnommen, den Liebichs Tochter für die Bewerbung um eine Arbeitsstelle am 19. Dezember 1955 in München verfaßt hat (siehe unten, S. 413). Diesen Lebenslauf fand Dagmar Ladisch-Grube unter der Papieren ihrer Mutter Agnes Hertha Humbert (1911–2008), einer Cousine von Liebichs Tochter. [234] Mittlerweile wurden diese Bücher Bestandteil der Bibliothek des Instytut Studiów Klasycznych, Śródziemnomorskich i Orientalnych in der ul. Św. Jadwigi 3/4.

Sanskrit-Lesebuch (1905) sowie einige andere Werke.[235] Darüber hinaus kann ein anderer kleiner und wichtiger Teil von Liebichs Nachlaß dank seiner Großzügigkeit und Weitsicht auch heute noch in der Bibliothek der Deutschen Morgenländischen Gesellschaft in Halle konsultiert werden.[236] Wahrscheinlich noch Ende April oder Anfang Mai 1932 sandte er seine Handschriften und Kollationen von Breslau nach Halle, wo sie seitdem sicher aufbewahrt werden. Alle anderen Arbeitsmaterialien Liebichs sowie seine Korrespondenz, Durchschläge u. ä., die er bei sich in Breslau behalten haben könnte, gingen vermutlich während des Krieges verloren. Seine Tochter konnte sich jedenfalls nicht mehr darum kümmern, weil sie am 26. August 1939, nur wenige Wochen nach Liebichs Tod und unmittelbar vor dem Ausbruch des Zweiten Weltkrieges, als Deutsche Rot-Kreuz-Schwesternhelferin in die Wehrmacht eingezogen und erst am 15. Januar oder nach eigenen Angaben spätestens am 13. August 1946 in Marne entlassen wurde.[237] Wie sie selbst in ihrem Lebenslauf schreibt, »folgte [nach Kriegsende] das übliche Nachkriegserleben mit Suchreisen nach Angehörigen bis in die russische Zone, Antichambrieren vor den Ämtern usw.« Nach einem erholsamen Aufenthalt bei ihren ostfriesischen Verwandten,

---

[235] Zu dieser Sammlung gehören auch viele von Alfred Hillebrandt selbst gesammelte und in mehreren Kapseln sorgfältig geordnete Sonderdrucke. Vgl. dazu die folgenden Details, die Elpidius Pax in seinem Nachruf auf Otto Strauß (1881–1940), Liebichs Nachfolger in Breslau, mitgeteilt hat: »[...] das indologische Seminar hatte die große Privatbibliothek von Hillebrandt erworben und im obersten Stockwerk des ehemaligen Polizeipräsidiums auf der Schuhbrücke repräsentative Räume erhalten, die zwar Strauss wegen des „Breslauer Rußes", dem sie ausgesetzt waren, nicht sonderlich liebte, deren Stille und Abgeschiedenheit, die nur durch das dreimalige Aveläuten des nahen Ursulinenklosters unterbrochen wurden, für Forschung und Unterricht so recht geeignet waren.« (Pax 1951, S. 43).

[236] Siehe oben, S. 43 f. und 51; für die relevante Korrespondenz siehe unten, S. 343 und 344.

[237] Nach Auskunft von Dagmar Ladisch-Grube war Agnes-Hildegard »wohl am Kriegsende zunächst in Kriegsgefangenschaft gewesen« (E-Mail vom 18. September 2009). Diese Information läßt sich anhand der Angaben in ihrer bei der Deutschen Dienststelle für die Benachrichtigung der nächsten Angehörigen von Gefallenen der ehemaligen deutschen Wehrmacht aufbewahrten Karteikarte (Signatur: BArch B 563-1 KARTEI/L-593/167) jedoch nicht bestätigen. Der Karteikarte ist lediglich zu entnehmen, daß Hildegard Liebich (Erkennungsmarke: VIII–1008) vom 26. August 1939 bis zum 29. November 1945 im Marinelazarett in Marne tätig war, zum Truppenteil »Berlin-Lichterfelde« gehörte und aus der Wehrmacht am 15. Januar 1946 entlassen wurde. Sie war bei der Sanitäts-Kompanie 1/233 gemeldet (BArch B 563/15347).

ging Agnes-Hildegard nach Heidelberg, wo sie die Privat-Handelsschule Feil besuchte, »um mit kaufmännischen Dingen vertraut zu werden.« Ab 1949 bis 1955 hatte sie verschiedene Stellen, die ihr von den Arbeitsämtern zugewiesen wurden. Was für Tätigkeiten Liebichs Tochter danach ausgeübt hat, ist unbekannt. Man weiß lediglich, daß sie ihre letzten Jahre in München-Pasing verbracht hat[238] und am 30. Januar 1987 in Peißenberg gestorben ist. Agnes-Hildegard gründete keine Familie. Da auch sie wie ihr Bruder kinderlos blieb, hat Liebich keine direkten Nachfahren.

Sanskrit-Lesebuch (1905)

Im ersten Jahrzehnt des 20. Jahrhunderts widmete sich Liebich nicht nur seiner Familie und der Erziehung seiner beiden Kinder,[239] sondern er setzte auch seine Lehrtätigkeit in Breslau fort und konzentrierte sich auf den Unterricht des Sanskrit sowie anderer indischer Sprachen. An der Universität bot er im Winter- und Sommersemester 1900/01 »Vedische Uebungen« an, in den folgenden Semestern unterrichtete er Sanskrit- und Pali-Grammatik, veranstaltete mehrere Lektürekurse (insbesondere zu Bhartr̥haris *Śatakatraya*, Daṇḍins *Kāvyādarśa* und Viśākhadattas *Mudrārākṣasa*), las mit seinen Studenten im Sommersemester 1903 sogar Texte in Prakrit und neuindischen Dialekten, und ab dem Wintersemester 1903/04 gab er immer wieder Einführungskurse in die Sanskritsprache. Wohl in enger Beziehung mit Liebichs Lehrtätigkeit ist auch sein *Sanskrit-Lesebuch* in dieser Periode entstanden. Einer Postkarte an Johannes Hertel (1872–1955) vom 27. Oktober 1902 kann man entnehmen, daß sich Liebich bereits Ende Oktober 1902 damit befaßte, eine Auswahl bestimmter Sanskrittexte und dazu passender Übersetzungen für ein Lesebuch zu treffen. Wie er Hertel kurz nach ihrem Treffen während des XIII. Orientalistenkongresses in Hamburg berichtete,[240] habe er sich für die Auszüge aus Bhartr̥haris *Śatakatraya* entschieden, und neben zahlreichen Prosaübersetzungen aus Otto Böhtlingks *Indische Sprüche* (1870–73, knapp über 200 Strophen) auch einige metrische Wiedergaben aus August Wilhelm von Schlegels *Poetische Uebersetzungen und Nachbildungen* (1846, 3 Strophen), Friedrich Rückerts im ersten Band der *Zeitschrift für die Kunde des Morgen-*

---

[238] Sie wohnte dort zunächst in der Weinbergerstr. 19 und später in der Peter-Putz-Str. 1.
[239] Für ein Familienfoto aus einem Kururlaub in Salzungen an der Werra im Mai 1912 siehe unten, S. 393. [240] Siehe unten, S. 295.

landes gedruckten »Uebersetzungen aus Bhartrihari« (1837, 22 Strophen), Hermann Brunnhofers *Ueber den Geist der indischen Lyrik* (1882, 1 Strophe), Ludwig Fritzes *Indische Sprüche* (1880, 12 Strophen), Leopold von Schroeders *Mangoblüten* (1892, 25 Strophen) sowie aus Hertels *Indische Gedichte* (1900, 51 Strophen) zu übernehmen. Darüber hinaus nahm Liebich Auszüge aus dem *Mahābhārata* (die obligatorische Nala-Geschichte), *Pañcatantra* (1. Buch), Somadevas *Kathāsaritsāgara* (1. Buch) und Kālidāsas *Kumārasaṃbhava* (1. Gesang) auf. Er schloß die Einleitung zu seinem Lesebuch im Mai 1905 ab. Das Buch erschien noch im selben Jahr in Leipzig, indem gleich 1000 Exemplare im großzügigen Lexikonoktav-Format zum Preis von 10 Mark auf den Markt gebracht wurden. Der Druck eines solchen stattlichen Bandes war mit hohen Kosten verbunden, wie in einer Postkarte an Hertel vom 6. Juni 1904 zu lesen ist.[241]

Präparierheft

Liebich hat sich aber nicht nur diesen üppigen Band geleistet, sondern bot zusätzlich dazu ein *Präparierheft zu Liebich Sanskrit-Lesebuch* zum Preis von 1 Mark an. In diesem Heft, das im Querformat (quer 8°) gedruckt wurde, ist der Text der ersten drei *sarga*s aus dem *Nalopākhyāna* zu Übungszwecken zeilenweise mit großen Abständen auf knapp einhundert Seiten gesetzt, so daß man in den Zeilenzwischenräumen entsprechend Liebichs Anweisungen in der Einleitung zu seinem Lesebuch (S. v) die Stammformen und andere Notizen einfügen konnte. Von diesem in einer unbekannten Auflagenhöhe gedruckten *Präparierheft* sind nur sehr wenige Bibliotheksexemplare erhalten geblieben.[242] Das Exemplar in Harvard trägt eine Aufschrift (»Präparierheft zu Liebich Sanskrit-Lesebuch«), die mit denselben Typen gesetzt wurde wie Liebichs von »Preuss & Jünger« in Breslau herausgegebenes und in der Buchdruckerei »Maretzke & Märtin« im

---

[241] Siehe unten, S. 300. Dort wird die Auflage von 1000 Exemplaren ausdrücklich genannt. Diese erstaunlich hohe Auflage ist auch auf der Rückseite des Titelblattes von Liebichs Lesebuch angegeben. Dort steht außerdem der Preis von 10 Mark, dem heute die Summe von etwa 71 Euro entsprechen würde. [242] Siehe, zum Beispiel, das Exemplar in der Widener Library der Harvard University (Hollis-Nr.: 990034649770203941, alte Signatur: 3246.37.5; ein Digitalisat findet sich in der HathiTrust Digital Library). Diese seltene Veröffentlichung ist in einem *Bücher-Catalog* (Nr. 313: Die Indische Bibliothek von Sir W. W. Hunter nebst anderen Sammlungen) der Otto Harrassowitz Buchhandlung und Antiquariat (Leipzig 1908, S. 11) unter dem Titel »Präparierheft zum Sanskrit-Lesebuch« aufgelistet.

schlesischen Trebnitz gedrucktes Wörterbuch *Die Wortfamilien der lebenden hochdeutschen Sprache* (1899 und 1905). Daher ist es sehr wahrscheinlich, daß Liebichs *Präparierheft* ebenfalls dort verlegt und gedruckt wurde. Das Lesebuch selbst erschien nach den Angaben auf der Titelseite im »Lesebuchverlag« (vermutlich Liebichs Selbstverlag) »in Kommission bei Otto Harrassowitz, Leipzig« und wurde gleichfalls in Trebnitz gedruckt.

Transliteration indischer Texte

Was in diesem üppigen Band besonders auffällt, ist die Tatsache, daß sich Liebich bewußt dagegen entschieden hat, die Sanskrittexte in Nāgarī-Schrift setzen zu lassen. Anders als es bereits zu seiner Zeit bei Chrestomathien indischer Texte üblich war,[243] bevorzugte er, die indischen Lesetexte in lateinischer Umschrift anzubieten und dazu noch in der unteren Hälfte der jeweiligen Seite die entsprechende deutsche oder englische Übersetzung beizufügen. Sein ungewöhnliches Lesebuch versah Liebich außerdem mit einem vollständigen, sich auf über 300 Seiten erstreckenden Glossar, in dem er alle in den Lesestücken vorkommenden Sanskritwörter – ebenso mit lateinischen Buchstaben transliteriert – mit ihrer deutschen Entsprechung und einer knappen grammatischen Analyse sowie Stellenhinweisen aufnahm. Daß Liebich viel Wert auf die Transliteration legte[244] und es ihm nicht gleichgültig war, welche Konvention genau befolgt wird, geht aus der folgenden Bemerkung in der Einleitung zu seinem Lesebuch hervor:[245]

> Über die Transkription des indischen Alphabetes ist jetzt zwischen den massgebendsten orientalischen Gesellschaften nahezu Übereinstimmung erzielt worden: die Royal Asiatic Society und die Deutsche Morgenländische Gesellschaft unterscheiden sich nur noch inbezug auf den Anusvāra, der von jener durch ṁ, von dieser durch m mit Punkt darunter wiedergegeben wird. Aus Gründen der Natürlichkeit (Ähnlichkeit mit dem indischen Zeichen) und aus pädagogischen Er-

---

243 Vgl. Otto Böhtlingks *Sanskrit-Chrestomathie* (1846^1, 1877^2, 1909^3), Charles Rockwell Lanmans *Sanskrit Reader* (1884–89) und Alfred Hillebrandts *Vedachrestomathie* (1885). Sowohl Lanman als auch Hillebrandt druckten die Vokabeln in ihren Glossaren jedoch in Transliteration (Böhtlingks Chrestomathie fehlt ein Glossar). Nebenbei sei noch bemerkt, daß Liebich Hillebrandts Glossar Korrektur gelesen und seinem Lehrer am 27. Juni 1883 einige Korrekturen geschickt hatte (siehe unten, S. 270). 244 Er verwendet eigentlich den Begriff »Transkription« statt »Transliteration«. 245 LIEBICH 1905, S. iv.

wägungen (Vermeidung der falschen Assoziation mit der Zerebralen-Gruppe) ist hier dem englischen Zeichen der Vorzug gegeben worden.

Das Thema der Transliteration von Sanskrittexten beschäftigte Liebich schon früher. So hielt er es für notwendig, im Vorwort zu seiner Ausgabe des *Cāndrasūtra* (1902, S. x) ausdrücklich auf die dort angewandten Regeln hinzuweisen, indem er die folgende lapidare Notiz beifügte: »In der Transkription war ich an die Beschlüsse der DMG gebunden.« Bekannterweise hatte der deutsche Indologe und Iranist Hermann Brockhaus (1806–1877) bereits 1841 einen Vorschlag »Ueber den Druck Sanskritischer Werke mit Lateinischen Buchstaben« unterbreitet,[246] der noch auf der 1806 im ersten Band der *Asiatick Researches* erschienenen »Dissertation on the Orthography of Asiatick Words in Roman Letters« von Sir William Jones (1746–1794) basierte.[247] Da jedoch im deutschsprachigen Raum auch ein halbes Jahrhundert später keine Einigkeit über solche Konventionen herrschte, wurde auf Initiative des Schweizer Orientalisten Albert Socin (1844–1899) im Jahr 1893 während der Generalversammlung der Deutschen Morgenländischen Gesellschaft in Bonn eine Kommission zur Festlegung einer einheitlichen Transkription der semitischen und der indischen Sprachen eingesetzt.[248] Zu dieser Kommission gehörten außer Socin selbst nur noch die Indologen Georg Bühler und Ernst Windisch. Noch während der nächsten XLVIII. Generalversammlung der Deutschen Morgenländischen Gesellschaft am 1. September 1894 in Basel legte Bühler im Namen der Kommission ein »gedrucktes Transscriptionssystem für die indischen Sprachen« vor. Im entsprechenden Protokoll, das im 48. Band der *Zeitschrift der Deutschen Morgenländischen Gesellschaft* (1894, S. xxi–xxvii) abgedruckt wurde, beschrieb man das neue System wie folgt:

---

[246] Dieser Vorschlag wurde 1841 in Leipzig in einem gleichnamigen Band gedruckt, der das von Brockhaus vorgeschlagene System mit seinen Erläuterungen enthielt und mehrere Texte in Umschrift (u. a. Auszüge aus dem *Nalopākhyāna*, dem *Śrutabodha* und dem *Ghaṭakarpara*) veranschaulichte. [247] Wie Ernst Windisch schrieb, »stellte Jones eine Umschreibung des Sanskritalphabets durch lateinische Buchstaben auf, die besser war als die von Wilkins, und an die sich die heute herrschenden Umschreibungen angeschlossen haben.« (Windisch 1917, S. 24). [248] Siehe darüber die Angaben in dem »Protokollarischen Bericht über die zu Bonn am 15. und 16. September 1893 abgehaltene Generalversammlung der D. M. G.« im 47. Band der *Zeitschrift der Deutschen Morgenländischen Gesellschaft* (1893, S. xxiii–xxviii).

> Nach demselben soll die Länge der Vocale nicht durch ^ sondern durch ¯ bezeichntet werden, die Lingualen durch Punkte u n t e r den Dentalen, ebenso das vedische *ḷ* und der linguale Sibilant *ṣ*; gutturales *n* soll durch *ṅ*, der Anusvāra zur Vermeidung von Druckfehlern durch *ṃ*, das palatale *s* durch *ś* bezeichnet werden, letzteres namentlich deshalb, weil die sonst übliche Wiedergabe durch *ç* bei der Anfertigung von Indices eine Durchbrechung der für das Sanskrit naturgemässen alphabetischen Reihenfolge nöthig macht.

Auf Vorschlag von Georg Bühler und Ernst Leumann wurden außerdem die ursprünglich vorgesehenen Zeichen *r̥*, *r̥̄* und *l̥* durch *ṛ*, *ṝ* und *ḷ* ersetzt.[249] Nachdem sich die Versammlung »mit dem gedruckten Vorschlag für Transscription« und den zusätzlichen Änderungen einverstanden erklärte, wurde ein System zur Transliteration von indischen Sprachen eingeführt, das seitdem von den deutschen Indologen einheitlich angewandt werden sollte. Der Beschluß galt zumindest für die Veröffentlichungen der Deutschen Morgenländischen Gesellschaft als verbindlich, wie auch die folgende Notiz im Protokoll vom 1. September 1894 (S. xxiii, Fn. 1) zeigt:

> Es soll also von jetzt an in der Zeitschrift für das Sanskrit folgende Transscriptionsweise eingehalten werden: *a ā i ī u ū o ṛ ṝ ḷ e o ai au k kh g gh ṅ c ch j jh ñ ṭ ṭh ḍ ḍh ṇ t th d dh n p ph b bh m y r l ḷ v ś ṣ s h ḥ* (Visarga) *ẖ* (Jihvāmūlīya) *ḫ* (Upadhmānīya) *ṃ* (Anusvāra) *m̐* (Anunāsika).

Ähnlich ging man auch in der Royal Asiatic Society of Great Britain and Ireland vor. Die Initiative für »formulating a uniform and international system of transliteration of Oriental alphabets« ergriff Monier Monier-Williams (1819–1899) schon im April 1890, und Thomas William Rhys Davids (1843–1922) machte dieses Vorhaben im November 1890 international bekannt. Der konkrete britische Vorschlag konnte allerdings erst am 8. Mai 1894 beschlossen werden und wurde im selben Jahr unter dem Titel »Report of the Transliteration Committee« gedruckt.[250] Anders als

---

[249] Der Antrag für diese Änderung wurde, wie man aus demselben Protokoll erfährt, »mit 9 gegen 5 Stimmen angenommen« (S. xxiii). [250] Siehe am Ende des *Journal of the Royal Asiatic Society of Great Britain and Ireland for 1894*, London 1894. Dieser »Report« erschien auch als Sonderdruck.

ihre deutschen Kollegen schlugen Indologen wie Bendall, Rhys Davids u. a. *ṁ* statt *ṃ* für den Anusvāra vor.[251]

Kurze Zeit nachdem die britischen und die deutschen Orientalisten ihre Vorschläge erarbeitet hatten, wurde am 10. September 1894 während des X. Orientalistenkongresses in Genf ein »Rapport de la Commission de Transcription« verabschiedet,[252] in dem eine Tabelle mit den für die »Transliteration of the Sanskrit and Pali Alphabets« notwendigen Zeichen, einige Erläuterungen von dem französischen Indologen Émile Senart (1847–1928) sowie weitere Vorschläge für die Transliteration des arabischen Alphabets vorgelegt wurden. Der folgende in der Schweiz festgelegte Zeichensatz stimmte größtenteils mit dem zuvor in Deutschland angenommenen Vorschlag überein:

> अ *a*, आ *ā*, इ *i*, ई *ī*, उ *u*, ऊ *ū*, ऋ *ṛ*, ॠ *ṝ*, ऌ *ḷ*, ॡ *ḹ*, ए *e*, ऐ *ai*, ओ *o*, औ *au*, क *k*, ख *kh*, ग *g*, घ *gh*, ङ *ṅ*, च *c*, छ *ch*, ज *j*, झ *jh*, ञ *ñ*, ट *ṭ*, ठ *ṭh*, ड *ḍ*, ढ *ḍh*, ण *ṇ*, त *t*, थ *th*, द *d*, ध *dh*, न *n*, प *p*, फ *ph*, ब *b*, भ *bh*, म *m*, य *y*, र *r*, ल *l*, व *v*, श *ś*, ष *ṣ*, स *s*, ह *h*, ळ *ḻ*, ं *(Anusvāra, Niggahīta) ṁ*, ँ *(Anunāsika) m̐*, ः *(Visarga) ḥ*, × *(Jihvāmūlīya) ẖ*, ᳶ *(Upadhmānīya) ḫ* , ऽ *(Avagraha) ’*, *Udātta ´*, *Svarita ˆ*, *Anudātta ˋ*

Die wichtigste Abweichung bestand in der Wiedergabe des Anusvāra durch das von den Briten bevorzugte Zeichen *ṁ* statt *ṃ*. Diese Änderung konnte sich in Deutschland jedoch nicht durchsetzen, vermutlich weil der Indologe Ernst Kuhn und der Oberbibliothekar Hans Schnorr von Carolsfeld im Jahr 1897 neue »Vorschläge zur Lösung der Frage auf Grund des Genfer „Rapport de la Commission de Transcription“ und mit Berücksichtigung von Bibliothekszwecken« in Leipzig veröffentlichten und sich darin wiederum für das *ṃ* entschieden. In ihrer Schrift, die den Haupttitel

---

[251] Zwei andere auffällige Abweichungen im britischen Vorschlag für die Transliteration von indischen Sprachen betrafen *ŋ* statt *ṅ* und *ç* statt *ś*. [252] Zu der Kommission, die diesen Rapport erarbeitete und kurze Zeit später bei Brill in Leiden veröffentlichen ließ, gehörten auch Georg Bühler und Ernst Windisch. In seinem »Referat über die Transcriptionsfrage« (erschienen im 49. Band der *Zeitschrift der Deutschen Morgenländischen Gesellschaft*, S. 180–183) machte Socin noch einige zusätzliche Angaben zu den Vorschlägen dieser Kommission, insbesondere über die semitischen Sprachen. Über den X. Orientalistenkongreß an dem ungewöhnlichen Ort Genf siehe Blaser 2022, S. 594–596 (mit weiteren bibliographischen Angaben).

»Die Transcription fremder Alphabete« trägt, wurde in diesem Zusammenhang folgendermaßen argumentiert: »Statt *ṁ* steht besser *ṃ*, um Verwechslungen seitens der Setzer mit *in* unmöglich zu machen.« (S. 7). Diese Begründung reichte aber Liebich offenbar nicht aus. Da er die Wiedergabe des Anusvāra durch *ṁ* weiterhin für »die natürliche, sich gleichsam von selbst einstellende« hielt und ihm andererseits der genannte Grund zugunsten *ṃ* »für eine internationale Abmachung ziemlich belanglos« erschien, wandte er sich am 16. Oktober 1904 direkt an Kuhn mit der Bitte um Aufklärung.[253] Die Antwort Kuhns ist zwar nicht erhalten geblieben, aus Liebichs Vorgehensweise ab 1905 läßt sich jedoch schließen, daß ihm anscheinend keine zwingenderen Gründe für die Verwendung von *ṃ* genannt wurden. Angefangen mit seinem *Sanskrit-Lesebuch* hat sich Liebich entschieden, in allen seinen späteren Veröffentlichungen – selbst in Publikationen der Deutschen Morgenländischen Gesellschaft entgegen ihrer Konvention – den Anusvāra konsequent mit *ṁ* und nicht mehr mit *ṃ* wiederzugeben.[254] Diesen Sonderweg ist Liebich in der deutschsprachigen Indologie allerdings mehr oder weniger allein gegangen. Sowohl in Deutschland als auch international hat sich trotz seiner Einwände das *ṃ* für die Transliteration des Anusvāra etabliert.[255] Das International Alphabet of Sanskrit Transliteration (IAST), das im digitalen Zeitalter mehrheitlich von den Indologen auf der ganzen Welt benutzt wird, entspricht jedenfalls – auch in Bezug auf *ṃ* für den Anusvāra – Kuhns und von Carolsfelds Vorschlägen von 1897. Erst in dem im Oktober 2001 veröffentlichten ISO 15919 »Transliteration of Devanagari and related Indic scripts into Latin Characters«[256] wurde für den Anusvāra wieder dem von Liebich favorisier-

[253] Siehe unten, S. 302. [254] Siehe Anhang IV, Nr. I.33 und I.48, S. 451 und 454. In seiner 1920 in Heidelberg erschienenen Studie zum *Dhātupāṭha* (Nr. I.40, S. 452) wurde zwar neben *ṁ* »hie und da« auch *ṃ* gesetzt, das war aber nur eine Notlösung, »[d]a einige jetzt schwer zu beschaffenden Lettern nicht vorhanden« waren, wie Liebich in einer Vorbemerkung auf dem Verso der Titelseite erwähnt hat. Die letzte umfangreiche Publikation, in der er *ṁ* statt *ṃ* verwendete, war seine Ausgabe der *Kṣīrataraṅgiṇī* (Nr. I.55, S. 455). [255] Im April 1912 wies Kuhn während des XVI. Orientalistenkongresses in Athen noch einmal auf »la méthode adoptée pour le sanscrit« hin; siehe dazu *Actes du seizième Congrès international des orientalistes*, Session d'Athènes (6–14 Avril 1912), Athènes 1912, S. 98 und 182–183. [256] Siehe *www.iso.org/standard/28333.html*.

ten »englischen Zeichen« *ṁ* der Vorzug gegeben, indem man dem Genfer »Rapport« vom 10. September 1894 folgte.

Rezeption des Sanskrit-Lesebuches

Im November 1905, nur kurze Zeit nach dem Erscheinen des *Sanskrit-Lesebuchs*, wurde es zum ersten Mal besprochen. In seiner Rezension wies Eugen Hultzsch (1857–1927) knapp auf den Inhalt des »vornehm ausgestattete[n] Band[es]« hin, und am Ende sprach er den Wunsch aus, daß Liebichs »mühevolle Arbeit dem klassischen Sanskrit, das jetzt so „unmodern" geworden ist, neue Freunde erwerben« möge.[257] Ausführlicher fiel die Besprechung von Sir George Abraham Grierson aus, der gleich zu Beginn betonte, daß Liebichs Lesebuch »new both in form and method« sei.[258] Diese neue Methode, bei der die Leser direkt in die Klassiker der Sanskrit-Literatur eingeführt wurden, bewertete Grierson nicht zuletzt aufgrund seiner eigenen reichen Erfahrung bei der Aneignung von diversen Sprachen als durchaus positiv. Wie er sich recht optimistisch ausdrückte, »[t]o us, who groaned in our salad days over pages and pages of paradigms — the driest of the dry —, this is a sufficiently startling innovation, but I am not at all sure that it is not a step, and a great step, in the right direction.« Liebichs Methode hielt er sogar für »a development of the Ollendorfian system along a path strewn with flowers«,[259] und sie schien ihm zugleich »practicable and practical«. Außer seinem primären Zweck erkannte Grierson noch einen weiteren Nutzen von Liebichs *Sanskrit-Lesebuch* darin, daß »it will equally well introduce German to Sanskrit Paṇḍits. If even half-a-dozen good Paṇḍits are helped to acquire German by its pages, it will have done excellent work.« Ob die von Grierson anvisierte Zahl jemals erreicht wurde, läßt sich zwar nicht belegen, es ist aber sicher, daß sich auch andere Indologen der positiven Bewertung des Lesebuches an-

---

257 Siehe Anhang IV, Nr. II.19, S. 460. 258 Siehe Anhang IV, Nr. II.20, S. 460. Vgl. dazu die folgende Aussage Liebichs, die er in einem Brief an Hertel vom 13. Oktober 1905 formulierte: »Ich gebe mich darüber keiner Täuschung hin, dass mein Buch den meisten Kollegen sehr wider den Strich geht, weil es sie nötigen würde, mit alten, liebgewonnenen Vorurteilen zu brechen.« (siehe unten, S. 305). 259 Die Methode des deutschen Sprachpädagogen Heinrich Gottfried Ollendorff (1803–1865) wurde im 19. Jahrhundert nicht nur zum Erlernen von modernen Sprachen wie etwa Deutsch und Französisch angewandt, sondern man erprobte sie auch an alten Sprachen wie Latein (vgl. Ollendorffs *Nouvelle méthode pour apprendre a lire, a écrire et a parler une langue en six mois appliquée au latin*, Paris 1866).

schlossen. So erkannte auch Johannes Hertel in seiner Besprechung von 1908 an, daß Liebichs Werk »mit großem didaktischen Geschick und außerordentlicher Sorgfalt« verfaßt worden ist.[260] Er war überzeugt, daß dieses Lesebuch »vor allem denen vorzügliche Dienste leisten [wird], die Sanskrit nicht als Berufsstudium, sondern nur als Hilfswissenschaft treiben können«. Zugleich empfahl Hertel das »schöne« und »mit Rücksicht auf seinen reichen Inhalt billige Unterrichtswerk« auch »zum vollständigen Selbststudium«. Vielleicht der bekannteste Nichtindologe, der dieses Lesebuch mit Gewinn verwendet hat, war Max Weber (1864–1920).[261]

In Breslau bis 1907

Trotz seiner Leistungen sowohl als Herausgeber der Erstedition des *Cāndravyākaraṇa* wie auch als Universitätslehrer, der ein sehr gelungenes Lesebuch zum Studium des Sanskrit zustandebrachte und diese Sprache intensiv unterrichtete, verbesserte sich Liebichs Situation an der Universität in Breslau kaum. In den ersten Jahren des 20. Jahrhunderts blieb er weiterhin nur als Privatdozent tätig, was für ihn als mittlerweile anerkannter Experte auf dem Gebiet der indischen Grammatik und auch als Vater zweier Kinder weder beruflich noch materiell zufriedenstellend gewesen sein dürfte. Im Sommersemester 1905 unterrichtete Liebich sogar mehr als üblich, da er die Vertretung von Alfred Hillebrandt übernahm, während sich sein schlesischer Lehrer und Kollege auf einer Forschungsreise in Indien befand.[262] Selbst diese zusätzlichen Aufgaben trugen wenig zur Verbesserung seiner Lage bei, wofür die damals in Breslau relativ geringen Studentenzahlen auch ein Grund gewesen sein könnten. Es ist jedenfalls bekannt, daß Liebichs Kurs »Elemente des Sanskrit« im Wintersemester 1900/01 und seine »Einführung in die Sanskritsprache« im Wintersemester 1906/07 – vermutlich aufgrund fehlender Teilnehmer – nicht gehalten wurden.[263] Solche Ausfälle führten zu noch geringeren Einnahmen, so daß er in dieser Periode mindestens einmal sogar eine Reise zu einem Ort

---

[260] Siehe Anhang IV, Nr. II.21, S. 460. Hertel teilte Liebich seine positive Einschätzung bereits im Oktober 1905 privat mit (siehe unten, S. 305). [261] Siehe Weber 1996, S. 673. [262] Die Philosophische Fakultät wurde über die Genehmigung der Forschungsreise Hillebrandts in einem Schreiben des Universitätskurators vom 23. September 1904 informiert (siehe AUWr, F 100, S. 63). Darin wurde auch erwähnt, daß sich Hillebrandt mit seiner Vertretung durch Liebich einverstanden erklärt hat. [263] Siehe Anhang III, S. 432 ff.

wie Halle aus finanziellen Gründen nicht unternehmen wollte.[264] Im Laufe des Jahres 1907 müssen sich Liebichs Lebensumstände dermaßen verschlechtert haben, daß sogar seine weitere indologische Karriere in Frage stand. Im Alter von 45 Jahren und immer noch ohne eine feste Stelle wird er sich wohl ernsthaft mit der Frage beschäftigt haben, ob er überhaupt noch indologisch tätig bleiben sollte. Die folgenden Zeilen aus einem vertraulichen Schreiben Hillebrandts an Hertel vom 12. Oktober 1907 lassen eindeutig auf Liebichs prekäre Situation schließen:[265]

> Mehr bekümmert mich Liebich's Zukunft. (Darüber aber nur vertraulich.) Vorläufig hat er einjährigen Urlaub genommen; ich fürchte daß wir den feinsinnigen Gelehrten und glänzenden Kenner der Grammatiken wie der Sprache, für unser Fach gänzlich verlieren, wenn er nicht schnellstens eine Professur bekommt. Ich würde sein Ausscheiden auf's Lebhafteste um der Sache willen beklagen und als einen schweren Verlust ansehen. Aber schließlich kann ich es ihm nicht verdenken. Ich war vor Jahren auch einmal nahe daran. Jedenfalls ist diese Erfahrung für meinen alten Grundsatz, Niemanden in meinem Fach zur Promotion (obwohl ich immer Zuhörer habe u. recht tüchtige) zu veranlassen und erst recht nicht zur Habilitation, eine Bestätigung. Lasciate ogni speranza.

In der Tat ließ sich Liebich ab dem Wintersemester 1907/08 beurlauben und verließ Breslau für anderthalb Jahrzehnte. Seine Beurlaubung dauerte laut den Breslauer Vorlesungsverzeichnissen bis zum Wintersemester 1912/13 an. Liebich beschäftigte sich in diesem langen Zeitraum anscheinend weniger mit der Indologie und widmete sich stattdessen vor allem einem ganz anderen Wissensgebiet, nämlich der Medizin. Da er seit dem Erscheinen seines Lesebuches bis 1912 nichts anderes veröffentlichte und aus dieser Zeit nur wenige aussagekräftige Briefe erhalten geblieben sind, bleibt nichts anderes übrig, als sich in diesem Zusammenhang auf eine begrenzte Anzahl von sekundären Quellen zu beziehen.

---

[264] In einem Brief an Hertel vom 29. September 1906 schrieb Liebich das Folgende: »Nach Halle kann ich leider heuer nicht kommen. Ich war 5 Wochen mit Weib und Kind im Gebirge und muss jetzt sparen.« (siehe unten, S. 311). [265] Dieser Brief befindet sich im Nachlaß Johannes Hertel (Universitätsbibliothek Leipzig, Signatur: NL 271/1/8/38, S. 2–3).

4. München und Jena (1907–1913)

WIE aus seiner Personalakte im Generallandesarchiv Karlsruhe zu erfahren ist, war Liebich seit 1907 »zu wissenschaftlichen Arbeiten« beurlaubt.[266] Es folgte eine Periode von etwa sechs Jahren, in der die Indologie anscheinend keine zentrale Rolle in seinem Leben spielte, obwohl er weiterhin Kontakte mit Indologen pflegte und auf diesem Gebiet privat tätig blieb.

Zunächst begab sich Liebich nach München und blieb dort bis zum Ende des Sommersemesters 1910. Er schrieb in einem Lebenslauf vom August 1912, daß er sich in München von 1907 bis 1910 »für ethnologische Studien« aufgehalten habe, und in einem späteren Lebenslauf vom 12. März 1923 steht, daß dies eine Beurlaubung »zu anthropologischen Studien« gewesen sei.[267] Tatsächlich findet man Liebichs Namen im *Amtlichen Verzeichnis der Lehrer, Beamten und Studierenden an der Königlich Bayerischen Ludwig-Maximilians-Universität zu München* für das Wintersemester 1907/08.[268] Ein viertel Jahrhundert nachdem er 1882/83 in München Indologie studiert hatte, schrieb sich Liebich diesmal als Student der Medizin ein. Was genau er im Rahmen seiner ethnologischen oder anthropologischen Studien an der Medizinischen Fakultät betrieb, läßt sich den erhaltengebliebenen Belegblättern der Münchner Quästur entnehmen. Es wird daraus klar, daß der habilitierte Indologe und ausgewiesene Kenner der indischen einheimischen Grammatik ab dem Wintersemester 1907/08 bis zum Sommersemester 1910 in der Tat ein Medizinstudium absolvierte, indem er an den folgenden zahlreichen Lehrveranstaltungen teilnahm:[269]

In München bis 1910

---

[266] Siehe GLA 235/2210, Punkt 13 »Beurlaubungen und Erkrankungen von mehr als 4-wöchentlicher Dauer«. [267] Siehe unten, S. 404. [268] Diesem Verzeichnis (München 1907, S. 102) kann man unter anderem entnehmen, daß Liebich zu dieser Zeit in der Pettenkoferstr. 20/1 unweit des Universitätsklinikums in München wohnte. [269] Siehe im Universitätsarchiv München die Quästur-Bände mit den folgenden Signaturen: Stud-BB-279, Stud-BB-291, Stud-BB-305, Stud-BB-319, Stud-BB-335, Stud-BB-351. Die vollständigen Bezeichnungen der jeweiligen Kurse und die Namen der Dozenten sind den entsprechenden Verzeichnissen der Vorlesungen an der Königlichen Ludwig-Maximilians-Universität zu München und den Amtlichen Verzeichnissen der Lehrer, Beamten und Studierenden an der Königlichen Ludwig-Maximilians-Universität zu München entnommen.

WS 1907/08 – *Deskriptive Anatomie*, I. Teil (Osteologie, Myologie, Splanchnologie) und *Präparierübungen* [Prof. Dr. Johannes Rückert], *Experimentalphysik*, I. Theil [Prof. Dr. Wilhelm Conrad Röntgen], *Unorganische Experimentalchemie* [Prof. Dr. Ritter von Baeyer].

SS 1908 – *Organische Experimentalchemie* und *Chemisches Praktikum für Mediziner* [Prof. Dr. Ritter von Baeyer], *Botanische Exkursionen* [Privatdozent Dr. Gustav Hegi], *Anatomie am Lebenden für Nichtmediziner* [Prof. Dr. Ludwig Neumayer], *Experimentalphysik*, II. Theil [Prof. Dr. Wilhelm Conrad Röntgen], *Deskriptive Anatomie* [Prof. Dr. Johannes Rückert].

WS 1908/09 – *Physiologie*, I. [Prof. Dr. Otto Frank], *Allgemeine Botanik* [Prof. Dr. Karl Goebel], *Zoologie* [Prof. Dr. Richard Hertwig], *Histologie* [Prof. Dr. Siegfried Mollier], *Präparierübungen* [Prof. Dr. Johannes Rückert].

SS 1909 – *Experimentalphysiologie* (Nerven, Muskeln, Kreislauf, Sinnesorgane) und *Physiologisches Praktikum* [Prof. Dr. Otto Frank], *Zoologie*, II. Teil (Systematik und verlgeichende Anatomie der Wirbeltiere) [Prof. Dr. Richard Hertwig], *Entwicklungsgeschichte der Wirbeltiere und des Menschen* [Prof. Dr. Siegfried Mollier], *Topographisch-chirurgische Anatomie* [Prof. Dr. Johannes Rückert], *Physiologische Chemie* [Prof. Dr. Ernst Friedrich Weinland].

WS 1909/10 – *Histologie* und *Mikrotechnischer Kurs für Anfänger* [Prof. Dr. Siegfried Mollier], *Präparierübungen* [Prof. Dr. Johannes Rückert].

SS 1910 – *Kurs der allgemeinen Massage und Heilgymnastik* [Prof. Dr. Ritter von Baeyer], *Über spezielle Pathologie und Therapie des Verdauungsapparates* [Prof. Dr. Ritter von Bauer], *Psychiatrische Poliklinik* [Prof. Dr. Hans Gudden], *Gehirnkrankheiten mit Krankenvorstellung und Demonstrationen* [Prof. Dr. Wilhelm Kattwinkel], *Praktischer Kurs der Haut- und Geschlechtskrankheiten mit Krankenvorstellung* [Prof. Dr. Karl Kopp], *Psychiatrische Klinik* [Prof. Dr. Emil Kraepelin], *Medizinische Klinik für Anfänger* und *Kurs der Perkussion und Auskultation für Anfänger: Theoretische Stunde* [Prof. Dr. Friedrich Ritter von Müller], *Prähistorisches Seminar* [Prof. Dr. Johannes Ranke], *Kurs der röntgenologischen Diagnostik* [Prof. Dr. Hermann Rieder].

Liebich studierte insgesamt sechs Semester lang Medizin in München, bis er sich dort am 10. September 1910 exmatrikulieren ließ. Er ging dann mit seiner Familie nach Jena und, nachdem er vom Universitätskurator am 25. Oktober 1910 die erforderliche Genehmigung »nach § 6 der Gesetze für die Studierenden« erhielt,[270] immatrikulierte er sich an der Universität Jena.[271] Dem *Amtlichen Verzeichnis der Lehrer, Behörden, Beamten und Studierenden der Großherzogl. und Herzogl. S. Gesamt-Universität Jena* für das Wintersemester 1910/11 und das Sommersemester 1911 läßt sich entnehmen, daß Liebich in Jena nur zwei Semester lang eingeschrieben war, und zwar an der Medizinischen Fakultät wie bereits zuvor in München.[272] Anscheinend hat Liebich in Jena sein Medizinstudium fortgesetzt, allerdings läßt sich nicht mehr feststellen, an welchen Kursen er dort teilgenommen hat, da der Jenaer Quästur-Bestand für den Zeitraum 1910/11 eine Überlieferungslücke aufweist.[273] Es bleibt auch unklar, ob Liebich zum Ende des Sommersemesters 1911 in Jena sein Medizinstudium abgeschlossen hat. Da er sich in seinen späteren Schriften und in den bisher zugänglichen Briefen über seine Studien in München und Jena nie konkret geäußert, als Mediziner nicht gearbeitet und auch nichts auf diesem Gebiet publiziert hat, kann man nur mutmaßen, weshalb sich der schlesische Indologe in den Jahren 1907–1911 gerade der Medizin zuwandte. Ob er während dieser fünf Jahre ernsthaft an einen Berufswechsel gedacht hat, läßt sich daher nicht mehr genau ermitteln. Sicher ist lediglich, daß Liebichs Beurlaubung offiziell bis zum Ende des Wintersemesters 1912/13 galt. Es ist außerdem klar, daß er ein Jahr lang ab dem Wintersemester 1911/12 bis zum Schluß seiner Beurlaubung nicht mehr als Medizinstudent in Jena eingeschrieben war, sich aber weiterhin dort aufhielt.

In Jena bis 1913

---

[270] Der betreffende Paragraph besagte Folgendes: »Verheiratete bedürfen zur Aufnahme der Erlaubnis des Universitätskurators. Den Erlaubnisgesuchen ist ein Nachweis darüber beizufügen, daß den Gesuchstellern ausreichender Unterhalt für sich und ihre Familie zu Gebote steht.« (*Gesetze für die Studierenden der Großherzöglich Sächsischen Gesamt-Universität zu Jena*, Jena 1908, S. 10). [271] Siehe die erhaltenen Unterlagen im Universitätsarchiv Jena, Signatur: UAJ Bestand BA Nr. 887, Bl. 41r und 41v sowie UAJ Bestand BA Nr. 887, Bl. 104r. [272] Während seines Aufenthaltes in Jena bewohnte Liebich mit seiner Frau und den beiden kleinen Kindern ein schmuckes Haus in der Talstr. 34. [273] So nach der schriftlichen Auskunft von Herrn Marcus Dudek vom Universitätsarchiv Jena (E-Mail vom 16. Januar 2023).

Zusammenarbeit mit Cappeller

In dieser Zeit blieb Liebich trotz seiner anderweitigen Interessen mit seinen indologischen Kollegen in Kontakt. Dies trifft jedenfalls in Bezug auf Carl Cappeller (1840–1925) zu, mit dem Liebich während seines zweieinhalbjährigen Aufenthaltes in Jena die Gelegenheit hatte zusammenzuarbeiten. Cappeller war seit Oktober 1875 außerordentlicher Professor an der Philosophischen Fakultät in Jena und zur Zeit von Liebichs Besuch trotz seines hohen Alters immer noch an der Universität tätig.[274] In Cappellers Dankeswort zum Schluß der »Vorrede« zu seiner deutschen Übersetzung des *Kirātārjunīya* wird Liebich ausdrücklich erwähnt: »Ebenso bin ich Herrn Professor B r u n o L i e b i c h sehr verbunden, der einen grossen Teil der Korrektur mitgelesen hat, und dessen Rat mir an mehr als einer Stelle nützlich gewesen ist.«[275] In Jena standen die beiden Philologen in engem Kontakt miteinander und hatten sicherlich viele Themen zu besprechen, allem voran auf dem Gebiet der Sanskrit-Didaktik und der Lexikographie. Ähnlich wie Liebich einige Jahre zuvor in Breslau unterrichtete Cappeller in Jena »Sanskrit-Grammatik« und »Sanskrit-Texte für Fortgeschrittene« (so auch im Wintersemester 1910/11) sowie »Sanskrit, Kursus II (im Sommersemester 1911)«. Mehr als 20 Jahre vor ihrem Zusammentreffen in Jena hatte Cappeller sein *Sanskrit-Wörterbuch* (1887) und dessen englische Version, nämlich sein *Sanskrit-English Dictionary* (1891), in Straßburg veröffentlicht.

Festschrift Delbrück

Während eines Gesprächs mit Cappeller erfuhr Liebich im Winter 1911 von den Plänen für eine Festschrift für Berthold Delbrück (1842–1922).[276] Da Liebich während seines Aufenthaltes in Jena auch mit dem großen Jenaer Indogermanisten persönlich in Verbindung stand, wollte er sich unbedingt an der »literarischen Ehrengabe« zum 70. Geburtstag von Delbrück beteiligen. Wie er am 27. November 1911 Karl Brugmann (1849–1919), einem der beiden Herausgeber der Festschrift, schrieb,[277] konnte er aufgrund der zu kurzen Vorbereitungszeit nur einen kleinen Beitrag anbieten, und so sandte er ihm mit demselben Schreiben nur eine »anspruchs-

---

[274] Ausführliche biographische Angaben über Cappeller und eine Bibliographie findet man in Kraatz/Kraatz 2010, S. 1–33; vgl. auch Stache-Weiske 2017, S. 263–267. [275] Cappeller 1912, S. xv. Sein Vorwort unterschrieb Cappeller am 18. April 1912 in Jena. [276] Für eine Biographie von Delbrück siehe Hermann 1923 und 1928. [277] Siehe unten, S. 315.

lose Gabe«.[278] Es handelte sich um seinen Artikel »Das Datum des Kalidasa«, in dem Liebich eine kurze Übersicht der wichtigsten ihm damals bekannten Datierungsvorschläge präsentierte und noch einmal seine eigene Position vertrat, wonach Kālidāsas »literarische Tätigkeit etwa auf 450–480« anzusetzen sei.[279] Anscheinend hatte Brugmann anfangs gewisse Bedenken, diesen Beitrag anzunehmen, da ihm der Inhalt nicht sprachwissenschaftlich genug war und der Artikel aus seiner Sicht deshalb weniger gut in die Festschrift paßte, die zugleich als der 31. Band der *Indogermanischen Forschungen* erscheinen sollte. So sah sich Liebich veranlaßt, in seinem nächsten Brief an Brugmann vom 2. Dezember 1911 darauf hinzuweisen, daß sein Beitrag »speziell für Linguisten geschrieben und berechnet« sei und dieser »für ein indologisches Blatt« eher weniger geeignet wäre, da in dem Text »der referierende Teil zu sehr« überwiege und »ein Eingehen in Details, die nur den Sanskritisten interessieren, überall vermieden« werde.[280] Liebichs Beitrag wurde jedenfalls im Rahmen der Festschrift veröffentlicht, die Delbrück anläßlich seines Geburtstages am 26. Juli 1912 von »Freunden und Schülern« überreicht bekam.

Das Jahr 1912 wurde aufgrund einiger wichtiger Ereignisse bestimmend für Liebichs weitere indologische Karriere. Am 14. Januar 1912 starb in Heidelberg Salomon Lefmann (1831–1912), der bereits seit 1866 als Privatdozent für Sanskrit an der Universität Heidelberg tätig war, dort im Jahr 1870 die Stelle eines außerordentlichen Professors erhielt und ab 1901 bis zu seinem Tode im Alter von 80 Jahren als Honorarprofessor Sanskrit unterrichtete und indologische Kurse veranstaltete. Für die Gründung eines etatmäßigen Extraordinariats für indisch-iranische Philologie an der Universität Heidelberg machte sich Albrecht Weber (1825–1901) 1896 stark, wobei er dafür in einem Brief an den Indogermanisten Hermann Osthoff (1847–1909) vom 4. Februar 1896 insbesondere Lefmann empfahl.[281]

Stellensuche im Jahr 1912

---

[278] In einer Postkarte an seinen Breslauer Lehrer Alfred Hillebrandt vom 15. Dezember 1912 sprach Liebich mit ähnlichen Worten von einer »kleinen und anspruchslosen Gelegenheitsarbeit« (siehe unten, S. 317). [279] Siehe Anhang IV, Nr. I.29, S. 450; vgl. auch Nr. I.25, S. 449 und siehe auch oben, S. 30. [280] Siehe unten, S. 316. [281] Siehe GLA 235/3758. Das Extraordinariat wurde anscheinend erst 1899 genehmigt.

> Nimmt man dazu die persönlichen Momente, und vor Allem das neue Buch, so hoffe ich werden Sie sowohl bei Ihrer Facultät wie bei Ihrer Regierung mit einem Antrage, ein festes Extraordinariat für Sanskrit zu begründen, wohl durchkommen können. Es wäre das so zu sagen ein letzter Ehrengruss an unsern gemeinsamen Altmeister Bopp, der ja sowohl als der Begründer der Sanskrit-Philologie in Deutschland, wie als der Schöpfer der vergleichenden Sprachforschung für die ganze Welt dasteht.

Lefmann bot laut der Heidelberger *Anzeige der Vorlesungen* im Sommersemester 1911 »Sanskrit, Grammatik und Interpretation (Elementarkurs für Anfänger)« und »Mythologie der alten Inder, Griechen und Deutschen in historischer Entwicklung« an, und auch im Wintersemester 1911/12 waren von ihm Kurse wie »Mahâbhârata- und Râmâyana-Episoden (Anfängerkurs)«, »Rigveda-Hymnen oder Lalita-Vistara (mit Einführung ins Prâkrit)« sowie »Buddha und Buddhatum« angekündigt, bis er mitten im Semester knapp drei Wochen nach seinem 80. Geburtstag unerwartet starb.[282] Nach dem Ableben Lefmanns, der sich in der Indologie vor allem mit seiner Edition des *Lalitavistara* und seiner partiellen deutschen Übersetzung dieser Buddha-Biographie einen Namen gemacht hat,[283] mußte man in Heidelberg nach einem Nachfolger suchen. Um diese Lücke vorerst zu schließen, sprang der Buddhologe Max Walleser (1874–1954) ein, der aus Mannheim stammte und zu dieser Zeit dort in C7 Nr. 14 wohnte. Er hatte Ende der 1890er Jahre in Heidelberg studiert und stand seitdem mit der Universität in Verbindung, indem er sich dort im November 1911 habilitierte und außerdem ab 1904 bei Carl Winter's Universitätsbuchhandlung mehrere seiner Publikationen veröffentlichte. So erschien 1904 *Die philosophische Grundlage des älteren Buddhismus* als erster Teil seiner Reihe »Die buddhistische Philosophie in ihrer geschichtlichen Entwicklung«. In den Jahren 1911 und 1912 folgten der zweite und dritte Teil (*Die Mittlere Lehre des Nāgārjuna*) dieser Serie. Erst 1927 kam noch ein vierter Teil (*Die*

[282] Für einen kurzen biographischen Abriß mit Bild von Lefmann siehe Stache-Rosen 1981, S. 77 (Nr. 36); dasselbe Bild ist auch in Rau 1982, S. 35 abgedruckt. [283] Lefmanns Textausgabe des *Lalitavistara* erschien in zwei Teilen (Halle 1902 und 1908) mehrere Jahre nach seiner Übersetzung der ersten fünf Kapitel des Werkes (Berlin 1874).

Sekten des alten Buddhismus) heraus.[284] Während Walleser im Sommersemester 1912 und Wintersemester 1912/13 jeweils zwei Kurse (»Buddhistische Sanskrittexte« und »Sanskrit für Anfänger« bzw. »Sanskrit-Lektüre« und »Buddhismus«) anbot,[285] suchte man für den Heidelberger Lehrstuhl der indischen Philologie einen geeigneten Nachfolger für Lefmann. Die Wahl fiel auf Liebich, der sich 1912 nach seinem Medizinstudium in München und Jena immer noch in Jena aufhielt, von der Universität Breslau weiterhin beurlaubt war und den überschaubaren indologischen Arbeitsmarkt im deutschsprachigen Raum mit regem und zugleich besorgtem Interesse verfolgte. Dafür, daß er tatsächlich längere Zeit nach einer Möglichkeit gesucht hatte, seine indologische Laufbahn fortzusetzen, sprechen auch seine Ausführungen in seinem Beitrag »Sanskrit und Indogermanistik«, den er Ende 1913 in der Wochenzeitschrift *Die Geisteswissenschaften* in Leipzig drucken ließ.[286] Dort thematisierte Liebich die Berufung von Professoren für Sanskrit und vergleichende Sprachwissenschaft zu einer Zeit, als die beiden Wissensgebiete seiner Meinung nach inzwischen »zwei großen Kreisen vergleichbar« waren, »die sich nur zu einem kleinen Teil schneiden« (S. 289). Er war überzeugt, daß es keinem Lehrstuhlinhaber zumutbar wäre, beide Fächer gleichzeitig zu vertreten, da weder ein Indologe – Liebich hielt schon damals den Namen »Sanskritist« zu Recht nur noch für »pars pro toto« – noch ein Indogermanist in der Lage wäre, diese komplexen Disziplinen »noch annähernd gleichmäßig zu beherrschen«. Was ihn damals besonders kränkte, war die von ihm beobachtete Tendenz, auf solche Lehrstühle Linguisten zu berufen, »die die Zumutung, als Sanskritisten zu gelten, vermutlich selbst mit Lächeln ablehnen würden«. Wie aus seinem Beitrag (S. 289) hervorgeht, zählte Liebich im Laufe des Jahres 1912, als er selbst auf der Suche nach einer Stelle war, insgesamt vier solche Berufungen von Linguisten. Liebich verriet nicht, welche Berufungen genau er im Sinne hatte. In dieser Zeit wurden der deutsche Indogermanist Hermann Hirt (1865–1936) 1912 ordentlicher Professor für Sans-

[284] Für einen kurzen biographischen Abriß von Walleser siehe Stache-Rosen 1981, S. 191–192 (Nr. 93). Für eine umfangreiche Biographie mit Abschriften von zahlreichen Briefen siehe Peschke 2017. [285] Siehe dazu die ausführlicheren Angaben in Peschke 2017, S. 262–263. [286] Siehe Anhang IV, Nr. I.31, S. 450.

krit und Indogermanische Sprachwissenschaft an der Universität Gießen und im selben Jahr der Schweizer Klassische Philologe und Indogermanist Eduard Schwyzer (1874–1943) ordentlicher Professor für Vergleichende indogermanische Sprachwissenschaft und Sanskrit an der Universität Zürich.[287] Darüber hinaus übernahm der deutsche Indogermanist und Klassische Philologe Ferdinand Sommer (1875–1962) 1913 als Nachfolger von Berthold Delbrück den Lehrstuhl für Vergleichende Sprachwissenschaft in Jena. Sein Doktorvater, der Schweizer Sprachwissenschaftler Rudolf Thurneysen (1857–1940), lehrte von 1913 bis 1923 in Bonn als ordentlicher Professor für Indogermanische Sprachwissenschaft. Nach Liebichs Auffassung ging dieser Trend zugunsten der Linguisten auf die »Regierungen« zurück, »die ihnen gern die Indologie im Nebenfach übertragen, um dadurch einen eigenen Vertreter, wenn auch nur als etatmäßigen Extraordinarius, zu ersparen.« (S. 290). Er befürchtete, daß unter derartig ungünstigen Bedingungen »[d]er Indologe daneben … dem Fernerstehenden leicht entbehrlich und wohl gar als spezialistischer Eigenbrödler, der sich dem großen Zug der modernen Wissenschaft nach Synthese nur hartnäckig verschließt«, erscheinen würde. Liebichs Sorge war sicherlich nicht unbegründet, zumal da die Gefahr für die Indologen im Laufe der Zeit tatsächlich immer größer wurde. Es ist bezeichnend, daß sich Karl Brugmann nur zehn Jahre früher öffentlich darüber echauffierte, daß eine an der Rostocker Universität neu errichtete, »ausdrücklich für indogermanische Sprachwissenschaft und Sanskrit bestimmte Professur … einem Sanskrit-Spezialisten übertragen« wurde.[288] Während er schon damals beobachtete, daß »die Sanskrit-Philologen von heute keine Indogermanisten mehr sind und die Indogermanisten keine Sanskrit-Philologen«, vertrat er die Position, daß bei der Berufung gerade an kleineren Universitäten die Indogermanisten vorzuziehen seien. Brugmann verglich sie mit »Brotbäckern«,

---

[287] Über Schwyzer vgl. Blaser 2022. [288] Siehe Brugmann 1903, S. 482. Der Indologe, den Brugmann nicht namentlich erwähnt hat, war Heinrich Lüders (1869–1943). Im Jahr 1894 wurde Lüders, genau wie Liebich ein Jahrzehnt früher, bei Kielhorn in Göttingen promoviert. Nachdem er sich 1898 ebenso in Göttingen habilitierte, wurde Lüders 1903 zunächst außerordentlicher Professor in Rostock. 1905 erhielt er dort das Ordinariat, zog aber 1908 für kurze Zeit nach Kiel und folgte schließlich 1909 einem Ruf nach Berlin, wo er 1935 emeritiert wurde (vgl. Stache-Rosen 1981, S. 178–180, Nr. 87).

während die Indologen für ihn nur »Tortenbäcker« waren, deren »Gewerbe« weniger wichtig sei. Er war sich sicher, daß »der Bedarf an Indologen bei uns stets nur ein äußerst geringer sein wird«, weil »an allen größeren Hochschulen deutscher Zunge vortreffliche Sanskrit-Spezialisten wirken und deren Hauptaufgabe immer die sein wird, wieder Sanskritisten heranzubilden«.[289] Wie nicht weiter überraschend, konnte sich Liebich mit diesem Standpunkt Brugmanns nicht anfreunden. Daß er sich davon nicht nur persönlich betroffen sah, sondern darin auch eine große Bedrohung für das ganze Fach erkannte, erfährt man aus einem Brief Liebichs an Windisch. So schrieb er ihm am 6. Januar 1914 aus Heidelberg: »Aber die Fortdauer der jetzigen Verhältnisse, bei denen die Linguisten stets die Gewinnenden, die Sanskritisten die Leidhabenden sind, bedeutet eine Rechtsunsicherheit, die den Fortbestand der Indologie zu gefährden droht.«[290] Er bedauerte insbesondere, daß »auf den Vorstoss Brugmanns im Jahre 1903 keiner der dazu Berufenen das Wort ergriffen hat, um Brugmanns einseitige Darlegung zu ergänzen u. dadurch ihre schädliche Wirkung zu parieren.« Trotz allem hatte Liebich insofern Glück, daß er wenigstens zum nichtetatmäßigen außerordentlichen Professor in Heidelberg ernannt werden konnte, was ihm erlaubte, auf dem Gebiet der indischen Grammatik weiterhin zu forschen und in den nächsten Jahren weitere wichtige Publikationen zu veröffentlichen.

Berufung Universität Heidelberg

Es ist zwar nicht dokumentiert, wann genau Vorgespräche mit Liebich über die Besetzung des Lehrstuhls der indischen Philologie an der Universität Heidelberg geführt wurden, einem Schreiben von Christian Bartholomae (1855–1925), dem Heidelberger Indogermanisten, Iranisten und Indologen,[291] ist aber zu entnehmen, daß Liebich spätestens Anfang August seine Bereitschaft, die Heidelberger Lehrauftragsstelle zu übernehmen, signalisiert hatte. In seinem Brief an die Philosophische Fakultät vom 5. August 1912 schrieb Bartholomae unter anderem das Folgende:[292]

[289] BRUGMANN 1903, S. 482. [290] Siehe unten, S. 319. [291] Bartholomae wurde 1909 nach Heidelberg berufen und lehrte dort bis 1924. [292] Eine Abschrift dieses Schreibens findet sich in der Akte »Diener und Dienste: Lehrstellen. Lehrstelle für vergleichende Sprachwissenschaft und Sanskrit« (UAH RA 6863).

Ich beantrage, die philosophische Fakultät Heidelberg wolle bei Grossh. Ministerium des Kultus und Unterrichts für die durch den Tod des ord. Honorarprofessors Dr. Lefmann freigewordene Lehrauftragsstelle für Sanskritphilologie Herrn Privatdozenten Professor Dr. Bruno Liebich in Breslau in Vorschlag bringen, ferner die Bitte auszusprechen, dass Herrn Dr. Liebich für die notwendige Umhabilitierung Erlass der vorgeschriebenen Leistungen gewährt, sowie dass ihm alsbald nach seinem Eintritt in den akademischen Lehrkörper Heidelberg der Titel eines nichtetatmässigen ausserordentlichen Professors verliehen werde.

Herr Dr. Liebich steht nicht nur unter all denen, die für die zu besetzende Lehrauftragsstelle in Betracht kommen könnten, an erster Stelle: er ist in der Tat ein ausserordentlich tüchtiger Vertreter der Sanskritphilologie, und die Tatsache, dass er trotz seiner fünfzig Jahre noch immer die bescheidene Stelle eines Privatdozenten einnimmt, ist lediglich dem Umstand zuzuschreiben, dass auf dem Gebiet der Sanskritphilologie eine überaus geringe Nachfrage besteht. Dieses Urteil wird von allen Sanskritphilologen, die deswegen um Rat angegangen wurden, übereinstimmend bestätigt.

Herr Dr. Liebich hat sich auf Anfrage bereit erklärt, die Lehrauftragsstelle zu übernehmen. So ist die philosophische Fakultät in der Lage, einerseits einem verdienten Gelehrten eine – wenn auch späte und kleine – Anerkennung zu verschaffen, anderseits ihre eigenen Interessen in wirksamster Weise zu vertreten.

Das Berufungsverfahren muß irgendwann zwischen Januar und Anfang August 1912 begonnen haben und dauerte mehrere Monate. Nachdem darüber zunächst im Engeren Senat der Universität zustimmend beraten wurde, stellte der damalige Prorektor der Universität Heidelberg, der deutsche Jurist Karl von Lilienthal (1853–1927), am 19. September 1912 einen »Antrag auf Uebertragung der durch den Tod des Professors Dr. Lefmann freigewordenen Lehrauftragsstelle für Sanskritphilologie an den Privatdozenten Professor Dr. Bruno Liebich in Breslau«.[293] Über diesen Antrag wurde im Grossherzöglichen Ministerium des Kultus und Unterrichts in Karls-

[293] Siehe GLA 235/3758 (Nr. 5791).

ruhe binnen weniger Tage positiv entschieden. Bereits am 25. September lag ein entsprechender Erlaß vor, der Folgendes besagte:[294]

> Wir sind bereit, die Nostrifikation des Privatdozenten Professors Dr. Bruno Liebich in Breslau unter Nachsichtserteilung von den vorgeschriebenen Habilitationsbedingungen zu genehmigen, nach erfolgter Nostrifikation die Verleihung des Titels außerordentlicher Professor an ihn Höchsten Orts zu beantragen und ihm einen Lehrauftrag für Sanskritphilologie zu erteilen. Der Lehrauftrag wird aber nur auf je eine höchstens vierstündige Vorlesung im Semester erstreckt und der Konsequenzen wegen nur mit dem üblichen Lehrauftragshonorar von 200 M für die Wochenstunde ausgestattet werden können.

Nur einen Tag später informierte von Lilienthal den Engeren Senat über die Zusage des Ministeriums.[295] Liebich zögerte offenbar nicht lange, das Angebot der Universität Heidelberg anzunehmen, und so konnte der Dekan der philosophischen Fakultät, der Soziologe Alfred Weber (1868–1958), am 16. November Folgendes berichten:[296]

> Dem engeren Senat beehre ich mich auf den Ministerial-Erlass vom 25. September No. A. 9219 zu berichten, dass Herr Dr. Liebich bereit ist unter den gestellten Bedingungen den Lehrauftrag für Sanskritphilologie hier zu übernehmen. Wir bitten die Erteilung des Lehrauftrags beim Ministerium unter Zubilligung der bewilligten 2000 M beantragen zu wollen und bemerken, dass die Fakultät es für zweckmässig halten würde den Lehrauftrag für indische Philologie als für Sanskritphilologie erteilt zu bezeichnen.

Auch wenn es sich nicht beweisen läßt, liegt die Vermutung nahe, daß der Vorschlag über die Umbenennung des Lehrauftrages auf Liebich selbst zurückgeht. Er betrachtete die Sanskrit-Philologie nur als einen Teil der Indologie, zumal da sich der Indologe – wie er 1913 schrieb – »einem Sprach-

---

294 Siehe UAH RA 6863 (Nr. A. 9219); eine Abschrift davon findet sich in Liebichs Personalakte in Heidelberg (UAH PA 1935, S. 7); das handschriftliche Exemplar dieses Erlasses liegt in Karlsruhe vor (GLA 235/3758 [Nr. A. 9219]), und eine weitere Abschrift wurde Liebichs Dienstakte in Karlsruhe (GLA 235/2210) beigefügt.

295 Siehe UAH RA 6863 (Nr. 5820).

296 Siehe UAH PA 1935 (Nr. 75), S. 9.

komplex gegenüber [sah], der zeitlich eine Spanne von mehreren Jahrtausenden umfaßt, auf dessen einer Seite das vedische Sanskrit, auf der anderen die heutigen indo-arischen Volkssprachen stehen«.[297] Liebich betrachtete sich selbst nicht bloß als einen Sanskritisten, sondern vielmehr als einen Indologen. Um seine Berufung in Heidelberg zu ermöglichen, war es zunächst notwendig, daß seine in Schlesien erlangte Habilitation für indische Sprache und Literatur anerkannt wird. Die Anerkennung seiner Leistungen erfolgte durch eine Nostrifikation, die vom Großherzöglichen Ministerium des Kultus und Unterrichts in Karlsruhe genehmigt werden mußte.[298] Der Antrag dafür wurde vom Engeren Senat am 21. November wie folgt formuliert:[299]

> Im Anschlusse beehren wir uns den Bericht der philosophischen Fakultät vom 16. lf. Mts. No. 75 mit dem Antrage ergebenst vorzulegen, die Nostrifikation des Privatdozenten Professor Dr. Bruno Liebich in Breslau unter Nachsichterteilung von den vorgeschriebenen Habilitationsbedingungen zu genehmigen, für den Genannten nach erfolgter Nostrifikation die Verleihung des Titels ausserordentlicher Professor Höchsten Orts zu beantragen und ihm einen Lehrauftrag für indische Philologie unter Gewährung einer Jahresvergütung von 2000 M zu erteilen.

Nur zwei Tage später, am 23. November, wurde die entsprechende Genehmigung zur Nostrifikation erteilt, und am 29. November lag sie in Heidelberg vor.[300] Nun stand der Berufung nichts mehr im Wege, und so konnte der Dekan mit einem Schreiben vom 10. Dezember Liebich die ersehnte Venia legendi für indische Philologie erteilen:[301]

> Dem Engeren Senat beehre ich mich anzuzeigen daß ich heut Herrn Professor Bruno Liebich, bisher Privatdozent an der Universität Bres-

[297] Siehe Anhang IV, Nr. I.31, S. 450. [298] Zu dieser Zeit gehörte die Provinz Schlesien zu Preußen, während Heidelberg administrativ im Großherzogtum Baden mit Karlsruhe als Hauptstadt lag. [299] Siehe GLA 235/3758 (Nr. 7884); für das handschriftliche Original dieses Antrages siehe UAH RA 6863 (Nr. 7884). [300] Siehe UAH RA 6863 (Nr. A. 11390); eine Abschrift davon findet sich in Liebichs Personalakte (UAH PA 1935, S. 11); für das handschriftliche Exemplar dieses Erlasses siehe GLA 235/3758 (Nr. A. 11390) und für eine weitere Abschrift in Liebichs Dienstakte siehe GLA 235/2210. [301] Siehe UAH RA 6863 (Nr. 127).

lau, nach erfolgter Nostrifikation hierselbst die venia legendi für indische Philologie erteilt habe. Unter gleichzeitiger Anfügung der Standesliste bitte ich um Anzeige der Nostrifikation beim Großh. Ministerium zum Zweck der Erwirkung des zugesagten Lehrauftrags.

Da die Hälfte des Wintersemesters 1912/13 bereits vergangen war, als Liebich diese erfreuliche Nachricht erhielt, blieb ihm nichts anderes übrig, als sich in Jena noch etwas zu gedulden und seine Lehrtätigkeit an der Universität Heidelberg erst zum Sommersemester 1913 anzufangen. Er muß Bartholomae persönlich darüber informiert haben, da auf Webers Schreiben vom 10. Dezember auch ein entsprechender Vermerk von zweiter Hand zu lesen ist: »Telegf. Mitteilung des Geh. Rats Dr. Bartholomae: Professor Liebich wird seinen Dienst erst auf Ostern 1913 (zu Beginn des S.S. 1913) übernehmen.« Dementsprechend berichtete der Prorektor von Lilienthal dem Ministerium des Kultus und Unterrichts in Karlsruhe am 12. Dezember das Folgende:[302]

> Die philosophische Fakultät hat unterm 10. lf. Mts. dem Professor Bruno Liebich bisher Privatdozent an der Universität Breslau nach erfolgter Nostrifikation die venia legendi für indische Philologie erteilt. Die Standesliste des Dr. Liebich, der seinen Dienst zu Anfang des Sommersemesters 1913 anzutreten beabsichtigt, beehren wir uns hier beizufügen.

Weber wandte sich seinerseits am 16. Dezember noch einmal an den Engeren Senat und bekräftigte den Wunsch der philosophischen Fakultät, den Lehrauftrag breiter zu definieren, anstatt ihn ausschließlich auf die Sanskrit-Philologie zu beschränken:[303]

> Dem engeren Senat beehre ich mich auf den Ministerial-Erlaß vom 25 September (N A 9219) zu berichten, daß Herr Dr Liebich bereit ist unter den gesetzten Bedingungen den Lehrauftrag für Sanskritphilologie hier zu übernehmen. Wir bitten die Erteilung des Lehrauf-

---

[302] Siehe GLA 235/3758 (Nr. 8485); für das handschriftliche Exemplar siehe UAH RA 6863 (Nr. 8485); eine Abschrift davon findet sich in Liebichs Personalakte (UAH PA 1935, S. 13).

[303] Siehe UAH RA 6863 (Nr. 750 1912/13).

trags beim Ministerium unter Zubilligung der bewilligten Remuneration von nunmehr 2000 Mk beantragen zu wollen und bemerken, daß die Fakultät es für zweckmäßig halten würde den Lehrauftrag als für indische Philologie, nicht für Sanskritphilologie erteilt zu bezeichnen.

Die Erteilung von Liebichs Lehrauftrag wurde vom Ministerium in Karlsruhe unmittelbar vor Weihnachten am 24. Dezember 1912 mit einem Schreiben an den Engeren Senat in Heidelberg abgesegnet:[304]

> Wir erteilen dem Privatdozenten Professor Dr. Bruno Liebich mit Wirkung vom 1. April 1913 ab einen Lehrauftrag zur Abhaltung von Vorlesungen und Übungen aus dem Gebiet der indischen Philologie von insgesamt vier Wochenstunden unter Gewährung einer Jahresvergütung von 2000 M.

Damit stand auch Liebichs Gehalt fest, nämlich 2000 Mark per annum, das im Jahr 1913 dem heutigen Wert von etwa 12.000 Euro oder gerade mal 1000 Euro pro Monat entsprach.[305] In einem längeren Schreiben gleichen Datums erstattete das Ministerium einen ausführlicheren Bericht über Liebichs Berufungsverfahren und stellte zugleich einen Antrag, ihm den Titel »außerordentlicher Professor« zu verleihen:[306]

> Durch den im Januar d.J. erfolgten Tod des ordentlichen Honorarprofessors Dr. Lefmann hat die Sanskritphilologie, für die der verstorbene Gelehrte Lehrauftrag hatte, an der Universität Heidelberg ihren besonderen Vertreter verloren. In dem Privatdozenten Professor Dr. Liebich, bisher an der Universität Breslau, hat die philosophische Fakultät der Universität Heidelberg einen geeigneten Ersatz für Professor Lefmann gefunden.

---

304 Siehe UAH RA 6863 (Nr. A. 12417); eine Abschrift dieses Dokumentes ist Liebichs Personalakte beigefügt (UAH PA 1935, S. 15). 305 Laut einer Anweisung an die Universitätskasse vom 4. April 1913 sollte Liebich für die ersten neun Monate des laufenden Jahres dementsprechend 1500 Mark erhalten (siehe UAH PA 1935 [Nr. 2869], S. 21; für das handschriftliche Exemplar dieses Schreibens siehe UAH RA 6863 [Nr. 2869]). 306 Siehe GLA 235/2210 (Nr. A. 12417); für das handschriftliche Exemplar bzw. den Entwurf dieses Schreibens siehe GLA 235/3758 (Nr. A. 12417). Punkt III dieses Dokumentes ist wortgleich mit dem oben zitierten Text in UAH RA 6863 (Nr. A. 12417).

Dr. Bruno Liebich ist im Jahre 1862 zu Altwasser (Schlesien) geboren. Nach Absolvierung des Gymnasiums studierte er an den Universitäten Breslau, München und Göttingen und promovierte 1885 an der letztgenannten Universität zum Dr. phil. Hierauf war er zwei Jahre als Volontär an der Universitätsbibliothek zu Breslau tätig und habilitierte sich im Jahre 1892 an der Universität daselbst für das Fach der indischen Sprache und Literatur. Im Jahre 1897 wurde ihm das Prädikat Professor verliehen.

Nachdem sich Professor Dr. Liebich unterm 10. ds. Mts. mit unserer Genehmigung an der Universität Heidelberg nostrifiziert hat, haben wir ihm heute mit Wirkung vom Beginn des Sommersemesters 1913 den Lehrauftrag für Sanskritphilologie, der sich auf Vorlesungen und Übungen von insgesamt vier Wochenstunden erstreckt und mit einer Jahresvergütung von 2000 M verbunden ist, übertragen.

Der Engere Senat der Universität Heidelberg hat in Übereinstimmung mit der philosophischen Fakultät weiterhin beantragt, für Privatdozent Dr. Liebich bei E.K.H. die Verleihung des Titels außerordentlicher Professor in Vorschlag zu bringen. Da der Genannte schon bisher den Titel Professor geführt hat und dessen Weiterführung durch ihn sowohl der Bedeutung des von ihm zu versehenden Lehrauftrags entsprechen, als auch im Hinblick auf das wissenschaftliche Ansehen, das er genießt, und seine langjährige Wirksamkeit als Hochschullehrer gerechtfertigt erscheinen dürfte, möchten wir den Antrag des Engeren Senats ehrerbietigst befürworten. Wir gelangen sonach zu dem untertänigsten Antrag:

Ew. Kgl. Hoheit möchten gnädigst geruhen, dem Privatdozenten Dr. Bruno Liebich an der Universität Heidelberg den Titel außerordentlicher Professor zu verleihen.

II. E. E.

III. An den engeren Senat der Universität Heidelberg: …

Hiernach wolle das Weitere veranlaßt werden.

Wegen Verleihung des Titels a. o. Professor an Privatdozenten Dr. Liebich haben wir Höchsten Orts Vortrag erstattet.

Nachdem dieser Antrag am 3. Januar 1913 im Großherzöglichen Staatsministerium in Karlsruhe genehmigt wurde, sandte man die offizielle Bestätigung dafür an das Ministerium des Kultus und Unterrichts am 7. Januar, genau am Tag von Liebichs 51. Geburtstag. Auch dieses Schreiben ist im Generallandesarchiv Karlsruhe erhalten geblieben und lautet wie folgt:[307]

> Seine Königliche Hoheit der Großherzog haben mit Allerhöchster Staatsministerial-Entschließung d.d. Karlsruhe den 3ten Januar d.J. № 9 auf den untertänigsten Vortrag des Ministeriums des Kultus und Unterrichts vom 24. Dezember 1912 № A 12417 gnädigst geruht, dem Privatdozenten Dr. Bruno Liebich an der Universität Heidelberg den Titel außerordentlicher Professor zu verleihen.

Der letzte Schritt in Liebichs Berufungsverfahren bestand darin, den Engeren Senat sowie Liebich selbst über die Verleihung des Titels »außerordentlicher Professor« schriftlich zu informieren. Das entsprechende Schreiben des Ministeriums des Kultus und Unterrichts vom 13. Januar erreichte die Universität Heidelberg am 17. Januar.[308] Liebich muß die schriftliche Mitteilung aus Karlsruhe einige Tage später erhalten haben,[309] da man im Ministerium erst nach einer Anfrage bei dem Sekretariat der Universität Heidelberg seine Adresse in Jena erfahren hatte.[310] Diesem Schreiben vom 17. Januar 1913 wurde eine handschriftliche Notiz nachträglich hinzugefügt, wonach Liebichs Anschrift zu dieser Zeit angeblich »Jena, Thalstr. 36« lautete.[311] Aus einem weiteren Vermerk (»telephonisch erledigt«) im selben Schreiben wird klar, daß Liebich über die Verleihung seines neuen Titels noch am 18. Januar per Telefon benachrichtigt wurde. Weniger als eine Woche später konnte man in der schlesischen Presse von Liebichs Weggang

---

[307] Siehe GLA 235/3758 (Nr. 9); für ein Faksimile siehe Anhang V, Abb. 5. [308] Siehe UAH PA 1935 (Nr. A. 279), S. 17; der Wortlaut dieses Schreibens ist zum größten Teil mit dem Text des oben zitierten Schreibens vom 7. Januar identisch. Für den handschriftlichen Entwurf siehe GLA 235/3758 (Nr. A. 279). [309] Siehe GLA 235/2210 (Nr. A. 279). [310] Diese Anfrage wird in Liebichs Personalakte in Heidelberg aufbewahrt (siehe UAH PA 1935, S. 19). [311] Bei der Straßenangabe »Thalstr. 36« handelt es sich um einen Fehler für »Talstr. 34«. Die Nummer 36 war zu dieser Zeit gar nicht vergeben, und außerdem bestätigen auch die Einträge im *Adreßbuch 1911 der Residenz- und Universitätsstadt Jena* und im *Adreßbuch 1912 der Residenz- und Universitätsstadt Jena* (S. 222 bzw. 240), daß Liebich in den Jahren 1911–12 tatsächlich in der Talstr. 34 wohnhaft war. Sein Beruf ist dort als »Privatgelehrter« angegeben.

nach Heidelberg lesen, zum Beispiel in der *Schlesischen Zeitung* vom 24. Januar 1913 (Nr. 60, S. 2):

> Der Privatdozent Prof. Dr. Bruno Liebich ist als Nachfolger des verstorbenen Hofrats Prof. Dr. Salomon Lefmann auf den Lehrstuhl der indischen Philologie an der Universität Heidelberg berufen worden; zugleich wurde ihm der Titel eines außerordentlichen Professors verliehen.

Das Berufungsverfahren wurde erst Anfang März mit der Zustellung von Liebichs Bestallung als außerordentlicher Professor endgültig abgeschlossen. Die Urkunde, die am 8. März 1913 »[z]um Großhl. Geheimen Kabinett abgegeben« wurde, hat den folgenden Wortlaut:[312]

> Bestallung
> für
> den außerordentlichen Professor
> Dr. Bruno Liebich
> an der Universität Heidelberg.
>
> Friedrich,
> von Gottes Gnaden
> Großherzog von Baden,
> Herzog von Zähringen.
>
> Wir haben Uns gnädigst bewogen gefunden, dem Privatdozenten Dr. Bruno Liebich an der Universität Heidelberg den Titel außerordentlicher Professor zu verleihen.
>
> Dessen zur Versicherung haben Wir diese mit dem Staatssiegel versehene Urkunde eigenhändig unterzeichnet.
>
> Gegeben zu Karlsruhe den 3. Januar 1913.
>
> Auf Seiner Königlichen Hoheit
> Höchsten Befehl.

[312] Siehe GLA 235/2210; es handelt um ein kalligraphisch vorgefertigtes Formular, in dem der Name und der Titel des Berufenen sowie das Datum der Berufung eingefügt werden mußten. Für ein Faksimile dieses Dokumentes siehe Anhang V, Abb. 4.

Damit war Liebichs Berufung nach Heidelberg besiegelt. Da er seinen Dienst zum 1. April 1913 antreten mußte, wird Liebich Jena spätestens im März verlassen haben. In einem Schreiben an das Ministerium des Kultus und Unterrichts bestätigte Bartholomae am 5. April 1913 Liebichs Antritt der Stelle:[313]

> Der mit Lehrauftrag für indische Philologie bei der phil. Fakultät Heidelberg betraute nichtetatsmäßige außerordentliche Professor Herr Dr. Bruno Liebich hat am 1. April d. J. seine Stelle angetreten.

Nachdem die Fortsetzung seiner indologischen Karriere während der Aufenthalte in München und Jena mehr als sechs Jahre lang in Frage gestanden hatte, gelang es dem schlesischen Wissenschaftler, trotz der langen Unterbrechung im Alter von 51 Jahren als außerordentlicher Professor an der Universität Heidelberg seine Tätigkeit als Indologe wiederaufzunehmen. Die Befürchtung Hillebrandts, daß man »den feinsinnigen Gelehrten und glänzenden Kenner der Grammatiken wie der Sprache« für die Indologie »gänzlich verlieren« würde, »wenn er nicht schnellstens eine Professur bekommt«,[314] hat sich dadurch zum Glück nicht bewahrheitet. Es ist durchaus denkbar, daß nicht jeder über Liebichs Berufung nach Heidelberg gleichermaßen erfreut war, zumal da auch andere Kandidaten die Hoffnung hegten, Lefmanns Nachfolge anzutreten.[315] Für das Fach ist es aber sicherlich ein großer Gewinn gewesen, daß Liebich seine indologische Karriere nicht vorzeitig aufgab und dank seiner Einstellung in Heidelberg bis zum Ende seines Lebens auf diesem Gebiet lehren, forschen und publizieren konnte.

---

[313] Siehe UAH RA 6863 (Nr. 2877). [314] Siehe oben, S. 78. [315] So schreibt zum Beispiel Peschke über die Reaktion von Max Walleser, daß es »nicht bekannt [ist], wie Walleser auf die Berufung Liebichs reagiert hat. Er kam wohl mit ihm aus, wenngleich es wahrscheinlich ist, dass er sich selbst an dessen Stelle gewünscht haben dürfte.« (Peschke 2017, S. 265). Andererseits ist es sicher, daß andere Gelehrte wie etwa Christian Bartholomae die Ankunft Liebichs in Heidelberg sehr befürwortet und ihn dort auch in den folgenden schwierigen Jahren während und nach dem Ersten Weltkrieg unterstützt haben.

5. Heidelberg (1913–1922)

NACH der Ankunft in Heidelberg mußte sich Liebich zunächst um ein neues Zuhause und andere familienbezogene Angelegenheiten kümmern, wie z. B. die Schule seiner beiden Kinder, die bereits im Schulalter waren. Es sieht so aus, daß die Familie Liebich von Anfang an ein schönes Haus in der Römerstr. 52 gegenüber der evangelischen Christuskirche[316] bewohnte und dort knapp zehn Jahre lang bis zu Liebichs Berufung nach Breslau im Jahr 1922 blieb.[317] Sein Sohn Bruno Hermann besuchte von Herbst 1913 bis Ostern 1922 das Heidelberger Humanistische Gymnasium (heute das Kurfürst-Friedrich-Gymnasium), und seine Tochter Agnes-Hildegard ging ebenso in Heidelberg zur Schule.

Lehrtätigkeit in Heidelberg

Liebich begann seine Lehrtätigkeit an der Universität Heidelberg im Sommersemester 1913 und kündigte in den nächsten Jahren zwei bis drei Kurse pro Semester an. So bot er gleich am Anfang eine »Einführung in die Sanskritsprache und Literatur«, einen weiteren »Sanskritkurs« sowie »Lektüre vedischer Texte« an. Solche Lehrveranstaltungen wiederholte er auch später, wobei danach Kurse wie »Sanskritgrammatik« und »Einführung in die Pali-Sprache und die Literatur des Buddhismus« (SS 1914), »Einführung ins Prakrit« (SS 1915), »Uebungen in Mittelindisch (Pali und Prakrit)« (WS 1916/17), »Einführung in die indische einheimische Grammatik« (WS 1918/19), »Paligrammatik« (SS 1919), »Erklärung von Yāska's *Nirukta*« (SS 1920), »Ueber den Yoga, mit Erklärung von Patanjali's *Yoga-Sutra*« (WS 1920/21), »Lektüre von Manu und Kautilya« (SS 1921), »Kalidasa's Wolkenbote, mit Mallinatha's Kommentar« (SS 1922) u. a. hinzukamen.[318] Genau wie Liebich es früher in Breslau zu tun pflegte, hielt er sei-

[316] Die Christuskirche wurde weniger als zehn Jahre zuvor, am 3. Januar 1904, eingeweiht. Da Liebich selbst evangelisch war, wird er womöglich mit Absicht sein neues Domizil in nächster Nähe der nach den Plänen von Karl Hermann Behaghel (1839–1921) erbauten evangelischen Kirche in der Heidelberger Weststadt aufgeschlagen haben. [317] Liebichs Adresse in der Römerstr. 52 wurde zum ersten Mal in der *Anzeige der Vorlesungen der Grossh. Badischen Ruprecht-Karls-Universität zu Heidelberg für das Winter-Halbjahr 1913/14*, Heidelberg 1913, S. 49 erwähnt; Liebichs Name mit derselben Adresse wurde etwas später auch im *Adreßbuch der Stadt Heidelberg nebst den Stadtteilen Neuenheim, Schlierbach und Handschuhsheim sowie dem angrenzenden Teile der Gemeinde Rohrbach für das Jahr 1914*, Heidelberg 1914, S. 264 aufgeführt. [318] Siehe unten, Anhang III, S. 435 ff.

ne Kurse auch in Heidelberg immer nur nachmittags zwischen 15 und 18 Uhr ab. Liebichs Quästurakte läßt sich entnehmen, daß er verhältnismäßig wenige Hörer hatte, was in diesen Jahren auch üblich war.[319] In seinem ersten Semester in Heidelberg trug sich für den Kurs »Sanskritsprache, zweiter Kurs« ein einziger Student ein, nämlich Heinrich Fesel. Danach hatte Liebich meistens zwei bis drei Zuhörer pro Kurs. Bei seinem »Sanskrit, 1. Kurs« im Wintersemester 1919/20 meldeten sich acht Studenten an, und für seine »Einführung in die altindische Literatur« gewann er im Sommersemester 1920 zwölf Interessierte. Unter seinen bekanntesten Studenten waren die deutsche Indologin Betty Heimann (1888–1961),[320] der polnische Indologe Stanisław Schayer (1899–1941)[321] und laut von Glasenapp auch der deutsche Indologe Alexander Zieseniss (1899–1945).[322] Darüber hinaus studierten bei Liebich noch der deutsch-amerikanische Hethitologe Albrecht Götze (1897–1971),[323] der Germanist Heinrich Hempel (1885–1973), der Anthropologe Heinrich Meinhard (1900–1975), die Ärztin Edith Pette, geb. Graetz (1897–1972), der Philosoph und Bibliothekar Friedrich Kreis (1893–1942), der Philosoph und Logiker Gotthard Günther (1900–1984), der Heidelberger Realschullehrer Dr. Ludwig Demuth (1873–1948) und der russisch-französische Philosoph Alexandre Kojève (1902–1968). Neben einigen anderen hatte Liebich auch zwei Inder als Hörer, nämlich Vadaka Kurupath Raman Menon, einen Sohn des Rajas von Cochin Rama Varma XV. (reg. 1895–1914), der bei ihm Pali und Sanskrit lernte,[324] sowie den Chemiker Vasanji Dalal. Nach Liebichs eigenen Angaben trieb bei ihm auch »Frau Geh. Gothein, die Tagore- u. Shakespeare-Uebersetzerin,[325] […] mit bewunderungswürdigem Eifer Skr.« Unter sei-

[319] Siehe UAH Rep 27/766. [320] Für einen biographischen Abriß über Heimann mit einem Werkverzeichnis siehe Pohlus 2019. Sie studierte bei Liebich drei Semester lang (WS 1914/15–WS 1915/16). [321] Für eine kurze Biographie von Schayer siehe Kunst 1964 sowie auf Polnisch Mejor 2022. Er studierte bei Liebich insgesamt fünf Semester lang (WS 1917/18–WS 1919/20). [322] Für einen Nachruf auf Zieseniss siehe von Glasenapp 1950a. Trotz der Angabe, daß er in Heidelberg »bei Bezold das Arabische, bei Liebich das Sanskrit erlernte« (S. 157), fehlen in Liebichs Quästurakte entsprechende Einträge. [323] Götze besuchte insgesamt vier Semester lang Kurse bei Liebich (SS 1919–SS 1921). [324] Über Raman Menon siehe Stasiewicz 1918. Er studierte bei Liebich drei Semester (WS 1914/15–WS 1915/16). [325] Die deutsche Kunsthistorikerin Marie Luise Gothein (1863–1931).

nen Schülern hatte er außerdem noch eine Tochter des Münchner Indologen Richard Nathan Simon (1865–1934).[326]

Druck der Ausgabe der Cāndravṛtti (1918)

Als Liebich nach Heidelberg kam, war bereits mehr als ein Jahrzehnt seit dem Erscheinen seiner Erstausgabe des *Cāndrasūtra* vergangen. Somit ermöglichte er zwar erstmals den Zugang zu Candragomins grundlegendem Grammatikwerk, es fehlte aber immer noch die Ausgabe der *Cāndravṛtti*, ohne die ein tiefes Verständnis dieses Textes und eine umfassende Erklärung des radikalen Umbaus von Pāṇinis Grammatik praktisch unmöglich waren. Die Notwendigkeit des Kommentarwerkes war Liebich wohl bewußt, und schon deshalb hatte er vor, auch die *Cāndravṛtti* erstmals herauszugeben. Dazu schrieb er Anfang Mai 1902 im Vorwort zu seiner Ausgabe des *Cāndravyākaraṇa*:[327]

> Die ganze Vṛtti schon zugleich mit dem Sūtra zu edieren war nicht angängig, weil dazu ein alphabetisches Verzeichnis der Sūtra, der Wurzeln und überhaupt der Hülfsmittel nicht gut zu entbehren waren, die erst durch die gegenwärtige Ausgabe geschaffen werden. Doch würde ich allerdings gern eine Ausgabe der Candra-Vṛtti folgen lassen, womöglich mit Übersetzung und Erklärung aller schwierigen Stellen.

Wie bereits oben erwähnt, beendete Liebich Mitte Juli 1902 seine Kollation der ihm großzügigerweise aus Nepal geliehenen alten Palmblatt-Handschrift der *Cāndravṛtti* und der sich in seinem Besitz befindlichen modernen nepalesischen Abschrift von Padmānand.[328] Zwar hatte er 1895 zu Padmānands Abschrift zunächst gemeint, daß die Schreibfehler darin »ziemlich häufig, aber gewöhnlich leicht zu verbessern« seien,[329] einige Jahre später beurteilte er jedoch seine moderne handschriftliche Quelle etwas nüchterner:[330]

> Die Herausgabe der Vṛtti hatte allerdings die Benützung des Originals der einzigen vollständigen Handschrift dieses Werkes, die sich in der Durbar-Bibliothek in Kathmandu befindet (in der Sūtra-Ausgabe mit

326 Davon erfährt man aus einer Postkarte Liebichs an Hillebrandt vom 2. Juni 1921 (siehe unten, S. 337). Die Tochter seines Münchner Kollegen hieß wahrscheinlich Helene Simon, da man diesen Namen in Liebichs Quästurakte (SS 1921) tatsächlich findet. 327 Liebich 1902, S. viii. 328 Siehe oben, S. 52 f. 329 Liebich 1895, S. 314. 330 Liebich 1918, S. ix.

> C bezeichnet) zur unumgänglichen Voraussetzung. Denn die an Ort und Stelle für mich angefertigte Kopie, die ich damals besaß, hatte mir zwar für Feststellung und Verständnis des Sūtra-Textes gute Dienste geleistet, für eine zuverlässige Ausgabe der Vṛtti selbst reichte sie jedoch natürlich nicht hin, und nur von einer solchen war wirkliche Förderung der so verschiedenartigen Probleme, die sich an Panini und seine Nachfolger knüpfen, zu erwarten.

Die Tatsache, daß er sich die alte nepalesische Vorlage von Padmānands Abschrift, wenn auch nur für relativ kurze Zeit, in Breslau genau anschauen konnte, erlaubte ihm schließlich, eine größere Zuversicht über die Zuverlässigkeit des auf dieser Grundlage erstellten Textes zu gewinnen:[331]

> Wenn ich glaube, trotz dieser verhältnismäßig spärlichen handschriftlichen Hülfsmittel für einen bis auf wenige bezeichnete Stellen durchaus zuverlässigen Text einstehen zu können, so beruht dies teils auf der guten Beschaffenheit der Hauptquelle, teils auf der Hülfe, die Kāśikā und Mahābhāṣya fortlaufend gewährten.

Man kann davon ausgehen, daß Liebich an der Fertigstellung der *Cāndravṛtti*-Ausgabe in den Wochen und Monaten nach Juli 1902, womöglich noch in Breslau, aber auch später in München und vor allem in Jena, gearbeitet hat. Darüber, daß er diese Arbeit noch vor Ende des Jahres 1913 abgeschlossen hat, spricht die Tatsache, daß sich Liebich kurz nach seiner Ankunft in Heidelberg um die Veröffentlichung der zu dieser Zeit offenbar weitestgehend fertigen Ausgabe bemühte. Er wandte sich zunächst an die Deutsche Morgenländische Gesellschaft, die darüber am 1. Oktober 1913 in Marburg beriet. Unter Punkt 7 im entsprechenden »Protokollarischen Bericht über die am 1. Oktober 1913 zu Marburg abgehaltene Allgemeine Versammlung der D. M. G.« wurde Folgendes festgehalten:[332]

> Auf Antrag Liebich's wird folgende, von Hultzsch und Hillebrandt warm unterstützte Resolution gefaßt: „Die Allgemeine Versammlung der D. M. G. erklärt einstimmig die baldige Herausgabe

[331] Liebich 1918, S. xi. [332] Siehe den 67. Band der *Zeitschrift der Deutschen Morgenländischen Gesellschaft*, Leipzig 1913, S. liv.

> und Drucklegung der *Candra-Vṛtti* als eines wichtigen Textes der indischen grammatischen Literatur für sehr erwünscht. Die D. M. G., welche früher bereits die kleineren Texte dieses Systems (*Sūtra, Uṇādi, Dhātupāṭha*) in ihren Abhandlungen veröffentlicht hat, würde die Herausgabe gern selbst übernehmen, wenn sie finanziell dazu in der Lage wäre."

Liebich nahm persönlich an der Allgemeinen Versammlung im Auditorium 2 der Universität Marburg teil,[333] und so erfuhr er noch vor Ort von der Zustimmung der Deutschen Morgenländischen Gesellschaft. Mehr oder weniger gleichzeitig und wahrscheinlich auf Anraten seines wohlwollenden Kollegen Christian Bartholomae, der Mitglied der Heidelberger Akademie der Wissenschaften war, bat Liebich die Heidelberger Akademie um Aufnahme seiner Edition in die Heidelberger Abhandlungen der philosophisch-historischen Klasse. In einem Schreiben vom 9. November 1913 wurde ihm mitgeteilt, daß die Akademie zwar »prinzipiell mit der Aufnahme [...] einverstanden« sei, die Verwirklichung des Vorhabens wurde aber davon abhängig gemacht, »dass irgendwie von anderer Seite ein Beitrag für die Kosten gewonnen wird.«[334] Da Liebich mit seinem äußerst kargen Gehalt nicht in der Lage war, die Druckkosten privat zu tragen, blieb ihm nichts anderes übrig, als sich um ein Bopp-Stipendium zu bewerben. Den entsprechenden Antrag stellte er am 12. Januar 1914.[335] Anders als es ihm im März 1888 ergangen war, als sein erster Antrag von der Bopp-Stiftung abgelehnt wurde,[336] entschied man diesmal zu seinen Gunsten. Über die positive Entscheidung und die Zusicherung einer Summe in Höhe von 1350 Mark (etwa 7560 EUR im heutigen Geldwert) »zur Herausgabe der Candra-Grammatik« wurde Liebich am 16. Mai 1914 informiert.[337] Doch mit der Drucklegung konnte sogar anderthalb Jahre später noch nicht begonnen werden. Am 4. Dezember 1915 schloß Liebich

333 Insgesamt waren dabei 21 Teilnehmer, unter ihnen auch andere Indologen wie Eugen Hultzsch, Alfred Hillebrandt, Karl Geldner und Johannes Hertel. 334 Siehe unten, S. 318. 335 Siehe unten, S. 321. 336 Siehe oben, S. 19 ff. 337 Siehe unten, S. 322. Die Nachricht über die Vergabe des Stipendiums konnte man kurz danach, wie es damals üblich war, auch in der Presse lesen (z. B. im *Deutschen Reichsanzeiger und Preußischen Staatsanzeiger* vom 12. Juni 1914, Nr. 136, S. 5, in der *Badischen Presse* vom 16. Juni 1914, Nr. 273, S. 2, im *Leipziger Tageblatt* vom 17. Juni 1914, Nr. 302, S. 7, u. a.).

einen Vertrag mit der Deutschen Morgenländischen Gesellschaft ab, wonach »die D. M. G. von den Herstellungskosten des umfangreichen Werkes nur den Betrag für Papier, Heften und Falzen bis zum Höchstbetrage von 400 ℳ zu tragen [hatte] (daraufhin wurden an C. F. Winter 346 ℳ 30 ₰ gezahlt), erhält aber die Hälfte des Reingewinnes aus dem Verkaufe des Buches.«[338] Liebich mußte trotz allem noch zwei weitere Jahre warten, bis seine Edition in den Druck gehen konnte. Diese Verzögerungen sind vor allem auf die äußerst ungünstigen Bedingungen während des Ersten Weltkrieges zurückzuführen. Auch wenn er von den Kampfhandlungen nicht direkt betroffen war, war diese Zeit für den schlesischen Indologen und seine Familie in Heidelberg mit vielen Entbehrungen verbunden. Es ist bezeichnend, daß Liebich am Ende seines im November 1917 verfaßten Vorwortes zur *Cāndravr̥tti*-Edition den bescheidenen Wunsch äußerte, »man möge es dieser Ausgabe nicht zu sehr anmerken, unter welchen äußeren Hemmungen und – seelischen Nöten sie durch die Presse geführt worden ist.«[339] Das aus mehr als 500 Seiten bestehende Buch erschien erst im April 1918 in Leipzig als der 14. Band der *Abhandlungen für die Kunde des Morgenlandes*. Liebichs Vorwort ist zu entnehmen, daß zu den erheblichen Druckkosten »die Heidelberger Akademie der Wissenschaften den größeren Teil, die Berliner eine Rate des Bopp-Stipendiums beigesteuert« (S. xiii) hat. Die Ausgabe wurde »Chr. Bartholomae in Dankbarkeit zugeeignet«, wahrscheinlich wegen seiner Rolle bei der Beschaffung des Druckkostenzuschusses von der Heidelberger Akademie, aber auch wegen der großen Unterstützung, die Liebich von Bartholomae insgesamt erhielt. Anders als es bis dahin bei den Publikationen der Deutschen Morgenländischen Gesellschaft üblich war, wurde die *Cāndravr̥tti*-Ausgabe nicht in der Leipziger Buchdruckerei von G. Kreysing gedruckt, sondern von der Darmstädter Offizin im Auftrag der C. F. Winter'schen Verlagsbuchhandlung in Heidelberg. Dies geschah auf Liebichs ausdrückliche Bitte, wie aus den folgenden Zeilen hervorgeht:[340]

---

[338] Siehe den »Protokollarischen Bericht über die am 25. September 1918 zu Leipzig abgehaltene Allgemeine Versammlung der D. M. G.« (Beilage C) im 72. Band der *Zeitschrift der Deutschen Morgenländischen Gesellschaft*, Leipzig 1918, S. xlvii. [339] Liebich 1918, S. xiii. [340] Liebich 1918, S. xiii.

> Manche kleinere Wünsche in technischer Hinsicht mußten der Ungunst der Verhältnisse wegen zurücktreten. Ich darf aber dankbar hervorheben, wie unermüdlich die hiesige Winter'sche Verlagsbuchhandlung als Auftraggeberin der Darmstädter Offizin bestrebt gewesen ist, die während des Druckes immer neu auftretenden Schwierigkeiten zu überwinden. Ohne ständige Rücksprache und gemeinsame Beratung wäre das in einigen Fällen überhaupt nicht zu erreichen gewesen, sodaß auch dem Vorstand der DMG dafür Dank gebührt, daß er, den Verhältnissen Rechnung tragend, eingewilligt hat, diesen Band der Abhandlungen an einem mir jederzeit erreichbaren Ort herstellen zu lassen, obwohl er damit von langgeübtem Brauch abweichen mußte.

Es hat Liebich offenbar sehr viel daran gelegen, den Druck seiner Edition stets im Auge zu behalten und über mögliche Änderungen und andere Sonderwünsche direkt mit der Druckerei beraten zu können. Mehrere treffliche typographische Lösungen, die wesentlich zur Benutzerfreundlichkeit der vollständig in lateinischer Schrift gesetzten *Cāndravṛtti*-Ausgabe beigetragen haben, sind wahrscheinlich ihm selbst zu verdanken. Die Verwendung von Großbuchstaben für den Satz der vorangestellten Regeln des *Cāndrasūtra*, die dezente Hervorhebung von Adhikāras durch Sperrsatz mit zusätzlichen Randbemerkungen und die konsequente Anwendung von verschiedenen westlichen Interpunktionszeichen sowie Großbuchstaben im Fall von Eigennamen helfen erheblich, um den komplexen grammatischen Text leichter zu verstehen und auch nachzuvollziehen, wie Liebich ihn interpretiert hat. Wie bereits in der Ausgabe des *Cāndrasūtra* verzichtete er auch in der Ausgabe des Kommentars nicht darauf, die Titelseite zu verzieren, und verwendete dafür wieder die schöne Titelvignette mit dem Bildnis Candragomins aus dem tibetischen Tanjur.[341]

Rezeption der Ausgabe der Cāndravṛtti

Es dauerte etwa ein halbes Jahr, bis die neu erschienene *Cāndravṛtti* im November 1918 von Theodor Zachariae (1851–1934) zum ersten Mal rezensiert wurde. Diese Besprechung erschien im *Literarischen Zentralblatt für Deutschland* nicht zuletzt dank Liebichs eigener Initiative, indem er per Postkarte vom 17. April 1918 den Herausgeber Eduard Zarncke (1857–

[341] Siehe dazu oben, S. 62.

1936) auf Zachariae in Halle verwies, »[d]a Sachverständige f. indische einheimische Grammatik sehr dünn gesät sind« und der hallensische Indologe »im Interesse des Zentralblatts zu der Sache selbst als kompetent ziemlich allein inbetracht kommt.«[342] Zachariae hatte bereits im Jahr 1903 die Veröffentlichung von Liebichs Ausgabe des *Cāndrasūtra* begrüßt, und so übernahm er auch in diesem Fall die Aufgabe, das Fachpublikum auf das Erscheinen des so wichtigen Folgebandes aufmerksam zu machen.[343] Er hob hervor, daß es Liebich gelungen ist, »[t]rotz der Ungunst der Zeiten … die Candravṛtti, die notwendige Ergänzung zu seiner Ausgabe der Candrasūtras (vgl. 54. Jahrg. [1903], Nr. 6, Sp. 218 d. Bl.), herauszubringen.« (Sp. 907). Ein Jahr später zeigte sich auch Hermann Oldenberg (1854–1920) in der *Deutschen Literaturzeitung* hocherfreut darüber, daß es Liebichs »Energie gelungen ist, die Schwierigkeiten zu überwinden, die der Veröffentlichung des zugehörigen, von Candragomin selbst herrührenden Kommentars entgegenstanden.« So hat er mit dem 1918 erschienenen Buch »das Band, das diesen Zweig der grammatischen Literatur Indiens mit seinem eigenen wissenschaftlichen Namen verknüpft, aufs neue verstärkt.« (Sp. 639).[344] Im Jahr 1922 druckte der deutsche Indologe Richard Fick (1867–1944), der zu dieser Zeit bereits die Universitätsbibliothek Göttingen leitete, eine dritte Besprechung in den *Göttingischen gelehrten Anzeigen*. Er hielt die *Cāndravṛtti*, »die in Stil und Behandlung des Gegenstandes der Kāśikā-Vṛtti entspricht«, zu Recht für den »wichtigste[n] Text des ganzen Systems« und betrachtete die unerläßliche »Veröffentlichung des Original-Kommentars von Candragomin zu seinem grammatischen Sūtra« als Liebichs »Vorarbeit für eine künftige kritische Ausgabe der Kāśikā« (S. 63).[345] Fick hoffte, »daß wir von Liebich als Krönung seines Lebenswerkes die kritische Ausgabe der Kāśikā erwarten können, eine Aufgabe, zu deren Lösung dieser ausgezeichnete Kenner der einheimischen indischen Sprachwissenschaft wie kein anderer berufen ist« (S. 64). Dazu ist es allerdings nie gekommen, obwohl ihm diese Aufgabe sein ganzes Leben lang zweifellos am Herzen lag.[346]

---

[342] Siehe unten, S. 328. [343] Siehe Anhang IV, Nr. II.22, S. 460 f. [344] Siehe Anhang IV, Nr. II.23, S. 461. [345] Siehe Anhang IV, Nr. II.24, S. 461. [346] Siehe oben, S. 31 f.

Auch wenn es Liebich nicht vergönnt war, seine indologische Karriere mit einer textkritischen Edition der *Kāśikā* zu krönen, setzte er mit seiner umfangreichen Ausgabe der *Cāndravṛtti* einen bemerkenswerten Meilenstein auf dem Gebiet der indischen Grammatik. Dies ist mit Sicherheit das bedeutendste Werk, mit dem Liebich in der Indologie in Erinnerung bleiben wird. Nicht nur seine Zeitgenossen wie Zachariae, Oldenberg und Fick erkannten bereits zu seinen Lebzeiten die besondere Bedeutung dieser Ausgabe, sondern auch in den nächsten Generationen von Indologen sowohl im Westen als auch in Indien hat sie seitdem immer eine große Wertschätzung genossen. So schrieb der indische Gelehrte Kshitish Chandra Chatterji 1953 in der kurzen Einleitung zu seiner vollständig in Nāgarī-Schrift gesetzten Ausgabe des *Cāndravyākaraṇa* (*Sūtra* und *Vṛtti*):[347]

Bewertung der Ausgabe der Cāndravṛtti

> Liebich did a great service to the cause of Sanskrit learning by bringing out two edditions (*sic!*) of the Cāndra Vyākaraṇa, the first containing the text only and the second the text along with the Vṛtti which is attributed to Candra himself. Liebich's books have long gone out of print and the need of a new edition was felt strongly by scholars, especially by grammarians and lexicographers. No apology is therefore necessary for the present edition, which though based upon Liebich, utilises the quotations in the commentaries of lexicons and of other systems of grammar current in Bengal and suggests better readings in many cases.

Chatterji konnte in Indien keine anderen Handschriften des *Cāndravyākaraṇa* finden, und da er anscheinend im benachbarten Nepal nicht weiter gesucht hatte, begnügte er sich lediglich damit, eine indische Inkarnation von Liebichs Ausgabe zustandezubringen. In textkritischer Hinsicht brachte die indische Edition daher nichts Neues, und selbst viele der »better readings« bei Chatterji erwiesen sich später als unnötig und zeigten nur, daß es ohne das Heranziehen anderer relevanter handschriftlicher Materialien kaum möglich ist, den Text von Liebich signifikant und sicher genug zu verbessern.[348] Ähnlich wie Chatterji ging auch der indische Gelehrte Becaradāsa Jīvarāja Dośī vor, als er 1967 eine indische Ausgabe des

[347] Chatterji 1953, S. v. [348] Vgl. dazu Dimitrov 2025b.

Cāndrasūtra, des *Varṇasūtra*, des *Uṇādisūtra* und des *Cāndra-Dhātupāṭha* veröffentlichte.[349] Auch diese in Nāgarī-Schrift gedruckte Ausgabe beruhte gänzlich auf Liebich und ging textkritisch nicht über seine bahnbrechenden Arbeiten hinaus. Der erste westliche Wissenschaftler, der sich Liebichs Ausgabe der *Cāndravr̥tti* genauer anschaute, scheint der Marburger Indologe Wilhelm Rau (1922–1999) gewesen zu sein. Nachdem ihm im Januar 1960 in Bhaktapur eine unvollständige, aus 20 Blättern bestehende nepalesische Palmblatt-Handschrift der *Cāndravr̥tti* »in die Hände kam«,[350] konnte Rau die darin überlieferten *Pratyāhārasūtra*s sowie den ganzen ersten Abschnitt des ersten Kapitels des Kommentarwerkes mit Liebichs Erstausgabe vergleichen und stellte dabei mehrere Abweichungen fest. Dies führte ihn zu der Schlußfolgerung, daß Liebich bei der Einschätzung der Zuverlässigkeit seiner eigenen Edition doch »ein wenig zu optimistisch« gewesen sei.[351] Einige Jahre später bemerkte Robert Birwé, daß die große Zahl der von Rau »mitgeteilten Varianten, so unbedeutend sie auch im Einzelfalle sein mögen,« zeigt, daß »eine verbindliche Aussage darüber, ob der ursprüngliche Wortlaut der Candra-Vr̥tti in der einen vollständigen Handschrift vorliegt, sehr fraglich ist.«[352] Ebenso hatte auch Hartmut Scharfe grundsätzlich Zweifel in dieser Hinsicht und schrieb deshalb, daß »[t]he manuscripts (almost exclusively from Nepal, a fragment from Kashmir) have remained precariously few for the constitution of a reliable text; Tibetan translations have been of some help.«[353] Als in den 1970er Jahren dank der Aktivitäten des Nepal-German Manuscript Preservation Project viele nepalesische Handschriften wesentlich leichter zugänglich wurden, ergab sich die Möglichkeit, Liebichs Text anhand mehrerer neu entdeckter Cāndra-Handschriften zu überprüfen. Bereits zu dieser Zeit hielt Rau die Anfertigung einer »Neu-Edition des Cāndravyākaraṇa

[349] Siehe Dośī 1967. Wie aus der Vorrede des Herausgebers der Serie *Rājasthāna Purātana Granthamālā* hervorgeht, hatte Dośī seine Arbeit an dieser indischen Ausgabe schon 1952 angefangen, die Veröffentlichung verzögerte sich aber um mehr als ein Jahrzehnt. [350] Rau 1964, S. 521. Aus einer weiteren Bemerkung Raus geht hervor, daß er tatsächlich in den Besitz dieser in »Proto-Bangālī-Schriftzeichen« geschriebenen Handschrift aus dem 13. Jahrhundert gekommen ist (siehe ebenda, S. 523). Über den aktuellen Aufbewahrungsort von Raus Manuskript ist allerdings nichts bekannt. [351] Rau 1964, S. 529. [352] Birwé 1968, S. 134. [353] Scharfe 1977, S. 164.

nach den zahlreichen 1972 aus Nepal in Mikrofilmen an die DMG gelangten Palmblatt-Mss.« für eine der wünschenswerten Forschungsaufgaben auf dem Gebiet der indischen Grammatik.[354] Eine gründliche textkritische Auswertung und insbesondere »die Überprüfung der Frage, ob Liebichs Textkonstitution in allen Punkten gehalten werden kann«, unternahm Paul Thiemes Schüler Thomas Oberlies im Rahmen seiner Tübinger Dissertation *Studie zum Cāndravyākaraṇa*.[355] Als »eines der wichtigsten Ergebnisse« dieser Arbeit hob Oberlies hervor, daß »sie Liebichs Text durch Vergleich mit allen mir zugänglichen neuen Handschriften als im großen und ganzen zuverlässig erweist.«[356] Für seine »kritische Bearbeitung von Candra IV.4.52–148 und V.2« zog er drei vollständig erhaltene *Sūtra*-Handschriften und sieben Textzeugen der *Vr̥tti* heran, von denen er nur zwei, nämlich seine Manuskripte A und B, als »vollständig« bezeichnete.[357] Oberlies' Handschrift mit dem Siglum B (NAK 3/379, NGMPP A 53/2) wurde im Jahr NS 276 (1155 n. Chr.) in der Regierungszeit von König Ānandadeva I. (reg. 1147–1166) geschrieben und bestand ursprünglich aus 170 Palmblättern. Diese alte und für die textkritische Arbeit an der *Cāndravr̥tti* in der Tat recht wichtige Handschrift ist allerdings erheblich beschädigt, wobei zehn Palmblätter ganz fehlen.[358] Die andere »vollständige« Handschrift, der Oberlies wahrscheinlich nicht zuletzt wegen ihrer »ausgezeichneten Qualität« das Siglum A (NAK 1/1558, NGMPP A 52/14) gab, erweist sich ebenfalls als nicht komplett erhalten, insofern als die ersten zwei Palmblätter bereits zur Zeit der Mikrofilmierung durch das Nepal-German Manuscript Preservation Project fehlten. Was Oberlies in den 1980er Jahren offenbar entgangen ist, ist die Tatsache, daß sein Manu-

[354] Siehe RAU 1993, S. 160. [355] Diese Dissertation wurde im Herbst 1986 angenommen, und die Druckfassung erschien drei Jahre später (siehe OBERLIES 1989). [356] OBERLIES 1989, S. 20. Diese Schlußfolgerung veranlaßte Michael Hahn in seiner Buchbesprechung von Oberlies' Werk zu den folgenden anerkennenden Worten: »Dies kann nur sehr selten von den älteren Textausgaben gesagt werden, die auf nepalesischen Handschriften beruhen, wie ich nicht nur aus eigener leidvoller Erfahrung weiß, und man kann daher hierin ein nachträgliches Kompliment für die große Kompetenz und Sachkunde sehen, mit der LIEBICH die Grammatik Candragomins herausgegeben hat.« (HAHN 1994, S. 217); so ähnlich auch PALSULE 1991, S. 381: »This speaks volumes in praise of the insight Liebich had and the reliability of the work he has produced so admirably well.« [357] Siehe dazu OBERLIES 1989, S. 21. [358] Für weitere Details siehe DIMITROV 2025b, S. 146, Fn. 44.

skript A genau derjenige wertvolle Kodex mit der Nr. 1558 ist, den Bendall erstmals 1884 in der Durbar Library sah, den Pandit Padmānand etwa ein Jahrzehnt später im Auftrag von Liebich abschrieb und der schließlich zu Beginn des 20. Jahrhunderts dem schlesischen Indologen für einige Monate in Europa geliehen wurde, bevor die Handschrift wahrscheinlich im Herbst 1902 nach Nepal zurückgesandt wurde. Da Oberlies' Manuskript A mit jener »Hauptquelle« identisch ist, die Liebich seiner Erstedition der *Cāndravṛtti* zugrundelegte, liegt es in der Natur der Sache, daß der von ihm 1918 gedruckte Text mit dem in seiner wichtigsten und auf weite Strecken einzigen Quelle überlieferten Wortlaut in den allermeisten Fällen übereinstimmt. Eine solche Übereinstimmung besagt allerdings kaum etwas über die Zuverlässigkeit von »Liebichs Text« in textkritischer Hinsicht. Der Vergleich von Liebichs Edition mit seiner Handschrift hilft vor allem festzustellen, wie treu der Herausgeber seiner Hauptquelle geblieben ist und inwieweit er vom Textbefund abgewichen ist. Daß die alte Ausgabe der *Cāndravṛtti* im Hinblick auf die lange Überlieferungsgeschichte des Kommentartextes doch nicht so vertrauenswürdig ist, wie Oberlies und manch andere ihm folgende Forscher annahmen, und daß Liebichs Edition ein Jahrhundert nach seiner Veröffentlichung zumindest zum Teil anhand anderer Handschriften verbessert werden kann, beweisen neuere Ausgaben der *Cāndravṛtti* und Ratnamatis *Cāndrapañjikā* zu Cān 1.3, 2.1 und 5.1.[359] Selbst nach der Anfertigung moderner Ausgaben, die auf zu Liebichs Zeit unzugänglichen Quellen basieren, läßt sich sagen, daß seine Editio princeps der *Cāndravṛtti* als Ganzes unüberholt bleiben und noch lange für den größeren Teil des Textes als einziges Referenzwerk dienen wird.

Weitere Publikationen in Heidelberg

Nachdem es Liebich mit großer Verzögerung und trotz aller Schwierigkeiten gelungen war, seiner Ausgabe des *Cāndrasūtra* von 1902 auch die Edition des Kommentars im Jahr 1918 folgen zu lassen, setzte er in Heidelberg seine Arbeit auf dem Gebiet der indischen einheimischen Grammatik fort. Es lag ihm sehr daran, weitere Studien herauszubringen, die sich gut als Einführung in dieses schwierige Gebiet eignen. Dabei versuchte Liebich, zum einen die Leser allgemein in das Grammatikidiom der Inder einzuführen, indem er dafür zunächst Śarvavarmans *Kātantra* wählte, zu-

359 Siehe dazu Ed. Deokar/Dimitrov/Yazaki 2024 and 2026.

mal da dieses Werk »seine Aufgabe in recht praktischer Weise löst und uns, weit entfernt von der Wortalgebra des Panini und Candra, in schlichter, mehr nach Verständlichkeit als nach Kürze strebender Sprache doch mit einer Menge von technischen Ausdrücken und mit der speziellen grammatischen Redeweise, also dem unentbehrlichen Handwerkszeug des Vyākaraṇa, bekannt macht.«[360] Um diese indische Grammatik leichter vermitteln zu können, bereitete er eine deutsche »Übertragung des ältesten Stückes der Kātantra-Grammatik, des auf Śarvavarman selbst zurückgehenden Teiles des Sūtrapāṭha«,[361] und fügte dabei auch den entsprechenden Sanskrittext in Umschrift hinzu.[362] Liebichs *Kātantra*-Übersetzung wurde am 15. März 1919 von seinem Kollegen Christian Bartholomae der Heidelberger Akademie der Wissenschaften vorgelegt und im selben Jahr als 4. Abhandlung in den Sitzungsberichten der Akademie gedruckt.[363] Zum anderen verfolgte Liebich das Ziel, den Benutzern von Pāṇinis und Candragomins Grammatikwerken mehrere Hilfsmittel zur Verfügung zu stellen, die das Verständnis dieser komplexen Texte erleichterten und auch deren Vergleichung ermöglichten. So veröffentlichte er in den Jahren 1919 und 1920 gleich nach seiner *Kātantra*-Übersetzung noch drei weitere Studien, nämlich, seine *Historische Einführung und Dhātupāṭha*, *Der Dhātupāṭha* und *Analyse der Candra-Vṛtti*, die ebenso von Bartholomae der Heidelberger Akademie der Wissenschaften am 30. Juli 1919, am 22. Mai 1920 bzw. am 30. Juni 1920 vorgelegt wurden. Diese vier Abhandlungen erschienen in Heidelberg als einzelne Hefte in einer Reihe, die Liebich passend »Zur Einführung in die indische einheimische Sprachwissenschaft« nannte.[364] Jede dieser Abhandlungen zeichnete sich durch einen hohen praktischen Wert aus und leistete späteren Forschern auf dem Gebiet der indischen Grammatik große Dienste. Das trifft insbesondere auf Liebichs Studie des *Dhātupāṭha* zu, die auch heute noch sehr lesenswert und äußerst hilfreich ist. Zwar präsentierte er eine Ausgabe von Pāṇinis *Dhātupāṭha*, die »keine kritische ist, sondern erst die Grundlage für eine solche schafft«,[365] da aber

---

360 Liebich 1919, S. 3. 361 Liebich 1919, S. 13. 362 Für seine Zwecke benutzte Liebich die in Nāgarī-Schrift gesetzte Ausgabe von Eggeling, verzichtete aber auf alle Bestandteile des Werkes, die er Śarvavarman nicht zuschreiben wollte (vgl. Eggeling 1874–78). 363 Siehe Anhang IV, Nr. I.35, S. 451. 364 Siehe Anhang IV, Nr. I.35–36 und 40–41, S. 451 ff. 365 Liebich 1920, S. 5.

bis dato keine bessere Ausgabe dieser Wurzelsammlung erschienen ist, hält Liebichs Text weiterhin den Status eines Referenzwerkes. Auch dank solcher maßgeblichen Werke erwarb der deutsche Indologe selbst unter indischen Grammatikexperten großes Ansehen. So hat, zum Beispiel, Gajanan Balkrishna Palsule (1921–2005) seine kritische Studie *The Sanskrit-Dhātupāṭhas* vier Jahrzehnte später niemand anderem als Liebich, »[t]he most understanding and sympathetic Western exponent of the Sanskrit Dhātupāṭhas«, gewidmet.[366]

Rezeption von Liebichs Einführungen

Wie bereits im Falle seiner früheren Publikationen folgten auch nach der Veröffentlichung von Liebichs Einführungsreihe mehrere positive Besprechungen seiner Heidelberger Abhandlungen. Zunächst lobte sein ehemaliger Breslauer Lehrer Hillebrandt im April 1921 den »ausgezeichnete[n] Kenner der indischen Grammatik« dafür, daß er mit seinen »meisterhaften Studien«, die »trotz des schwierigen Stoffes klar und gut geschrieben [sind] und [...] jedes überflüssige Wort [vermeiden]«, das Verständnis der schwer durchschaubaren indischen Grammatik erleichtert hat. Hillebrandt betrachtete dieses Wissensgebiet »trotz der Arbeiten von Böhtlingk und Kielhorn« immer noch als »ein unwegsames Gebirge [...], zu dem nicht nur dem Anfänger, sondern auch dem auf anderen Gebieten wirkenden Fachmann der Zutritt recht erschwert ist.«[367] Ähnlich äußerte sich ein Jahr später auch Friedrich Weller (1889–1980), der Liebichs *Kātantra*-Übersetzung für »eine gute Einführung in diese einzigartige indische Literaturgattung« hielt, »zu der die Zugänge doch einigermaßen durch Dornensträucher verwehrt sind«.[368] Liebichs Abhandlungen wurden auch zweimal im *Journal of the Royal Asiatic Society of Great Britain and Ireland* besprochen. Die erste englische Besprechung verfaßte Arthur Anthony Macdonell, der sie im Juli 1922 mit den Worten abschloß, daß angesichts einer gewissen Stagnation der »classical Sanskrit grammatical studies« im 20. Jahrhundert Liebichs Beiträge »a decided advance« darstellen.[369] Anfang 1925 steuerte dann auch der britische Indologe Ralph Lilley Turner (1888–1983) in derselben Zeitschrift eine Kurzbesprechung bei, in der er Liebichs *Zur Einführung in die indische einheimische Sprachwissenschaft* »a

[366] Siehe Palsule 1961. [367] Siehe Anhang IV, Nr. II.25, S. 461. [368] Siehe Anhang IV, Nr. II.26, S. 461. [369] Siehe Anhang IV, Nr. II.27, S. 462.

notable addition to our knowledge of that science to which India gave a more original contribution than any other, the science of grammar« bezeichnete.[370] Diese durchaus positive Bewertung von namhaften deutschen und ausländischen Fachvertretern war die logische Konsequenz für die grundlegende Arbeit Liebichs, der die indische Grammatik in diesen Jahren wie kaum ein anderer westlicher Indologe mit viel Akribie studierte und auch nachhaltig vermittelte.

Finanzielle Not in Heidelberg

Trotz seiner unbestreitbaren wissenschaftlichen Erfolge seiner Arbeiten verbesserte sich Liebichs finanzielle Situation in Heidelberg während und nach dem Ende des Ersten Weltkrieges keineswegs. Er blieb weiterhin nur als außerordentlicher Professor beschäftigt, wobei sein schon bei der Einstellung ohnehin niedriges Jahresgehalt im Laufe der Kriegsjahre signifikant an Wert verlor. Um seine Notlage ein wenig zu lindern, beantragte er am 12. Februar 1918 eine Kriegszulage und eine Teuerungsbeihilfe.[371] In seinem Antrag, den er an den Engeren Senat mit der Bitte um Weiterleitung an das Ministerium des Kultus und Unterrichts in Karlsruhe sandte, argumentierte Liebich, daß er im Land Baden praktisch im Hauptberuf und »nicht nebenamtlich oder aushilfsweise im Staatsdienst tätig« sei. Er erwähnte, daß er »keinerlei Nebenerwerb« habe und seine »vom Lehramt freie Zeit ausschliesslich der wissenschaftlichen Forschung« auf dem Gebiet der Indologie widme. Liebich verwies außerdem auf eine frühere Verfügung des Ministeriums vom 19. März 1917, in der das Folgende bestätigt wurde:[372]

> Der außerordentliche Professor Dr. Liebich gilt nach § 2 des Gesetzes über den vaterländischen Hilfsdienst als im vaterländischen Hilfsdienst tätig, da er als mit Lehrauftrag versehener Dozent bei einer Behörde beschäftigt ist. Er ist, weil im Hauptberuf im Staatsdienste, (wenn auch nicht als Beamter), tätig, nach § 5 der Bekanntmachung vom 1. März 1917, betr. Bestimmungen zur Ausführung des § 7 des Gesetzes über den vaterländischen Hilfsdienst, von der Aufnahme in die (von den Ortsbehörden zu liefernden) Nachweisungen und von der Meldepflicht ausgenommen.

---

370 Siehe Anhang IV, Nr. II.28, S. 462. 371 Siehe unten, S. 325 f. 372 Siehe GLA 235/2210 (Nr. A. 2657).

Unter diesen Umständen und offenbar aus purer Not wagte er es, sich mit seiner Bitte an das Ministerium im Interesse seiner Familie zu wenden, und zwar in der Hoffnung, daß man sein »nicht formales, aber doch vielleicht moralisches Anrecht auf Einbezug in die staatliche Fürsorge in dieser schweren Zeit« respektieren und ihm »Kriegszulage und Teuerungsbeihilfe wie anderen Staatsdienern gnädigst gewähren« würde. Zwar war er dank des oben zitierten Ministerialschreibens von der gesetzlichen Arbeitsverpflichtung in der Rüstungsindustrie befreit,[373] aber weder diese Tatsache noch seine weiteren Argumente halfen ihm, eine positive Entscheidung über seinen Antrag zu bewirken. Seine eindringliche Bitte wurde eine Woche später, am 20. Februar 1918, vom Ministerium mit der folgenden Begründung abgewiesen:[374]

> Die Bestimmungen über die Teuerungs- und Kriegszulagen finden auf die lediglich mit einem Lehrauftrag für einzelne Vorlesungen und Übungen ausgestattete Dozenten keine Anwendung. Die Bewilligung einer fortlaufenden Teuerungszulage und einer Kriegszulage an den Vertreter der indischen Philologie a.o. Professor Dr. Liebich ist darnach nicht möglich.

Angesichts der äußerst prekären Lage Liebichs oder, wie es im selben Schreiben weniger eindeutig ausgedrückt wird, »[i]n Berücksichtigung der vorliegenden besonderen Verhältnisse«, entschied man sich in Karlsruhe immerhin, seine Jahresvergütung um 400 Mark rückwirkend ab dem 1. Januar 1918 zu erhöhen. Die entsprechende Anweisung des Engeren Senats an die Universitätskasse erfolgte am 1. März 1918.[375] Diese relativ geringe Gehaltserhöhung ist aber für Liebich in den Schlußmonaten des Ersten Weltkrieges und der darauffolgenden wirtschaftlichen Notzeit sicherlich nur ein Tropfen auf den heißen Stein gewesen. Auch Anfang

---

[373] Das »Gesetz über den vaterländischen Hilfsdienst« wurde am 5. Dezember 1916 erlassen und trat am folgenden Tag in Kraft. Da Liebich zu dieser Zeit sein 60. Lebensjahr noch nicht erreicht hatte und nicht zur Armee eingezogen worden war, wäre er von der darin geregelten Arbeitsverpflichtung grundsätzlich betroffen gewesen. [374] Siehe UAH PA 1935, S. 25–26 (Original) und S. 30 (Abschrift) sowie GLA 235/3758 (Nr. A. 1647); für das handschriftliche Exemplar bzw. den Entwurf dieses Schreibens siehe GLA 235/2210 (Nr. A. 1647). [375] Siehe UAH PA 1935, S. 27 und 29.

1919 gab es keine Besserung. Am 6. Februar 1919 informierte ihn sein Kollege Christian Bartholomae im Namen des Engeren Senats, daß »das Ministerium des Kultus und Unterrichts in Karlsruhe durch Erlass vom 24. Januar 1919, Nr. A. 286 entschieden [hat], dass die nichtetatmässigen ausserordentichen Professoren und die Privatdozenten, denen Lehraufträge für bestimmte Vorlesungen und Uebungen erteilt sind, keinen Anspruch auf die den Beamten und Bediensteten zustehenden Teuerungsbezüge haben.«[376] Das Ministerium gewährte ihm aber für das Wintersemester 1918/19 »eine einmalige Aufbesserung« seiner Vergütung in Höhe von 400 Mark. Solche einmaligen Zahlungen änderten nur wenig an Liebichs Misere. Seine andauernde Notlage war in der Universität kein Geheimnis, wie aus einem Brief von Bartholomae an das Ministerium in Karlsruhe klar hervorgeht. Indem Bartholomae Bezug auf ein Gespräch mit dem Dekan der Philosophischen Fakultät, dem Semitisten Ernst Bezold (1859–1922), nahm, schilderte er Liebichs Situation am 20. November 1919:[377]

> Hochgeehrter Herr Geheimrat,
>
> wie mir gestern von dem Herrn Dekan der phil. Fakultät mitgeteilt wurde, befindet sich der mit einem Lehrauftrag für Sanskritphilologie versehene aord. Prof. Dr. Bruno Liebich in schwerer pekuniärer Bedrängnis.
>
> Herr Liebich, der im Januar 58 Jahre alt wird, hat bislang mit den Zinsen aus seinem Kapitalvermögen und mit dem, was ihm der Lehrauftrag brachte – Kollegiengeld kommt so gut wie nicht in Anschlag – leidlich gut auskommen können. Allein die außerordentliche Verteuerung des Lebensunterhalts zusammen mit der Erhöhung der Steuerlast bei gleichbleibendem Einkommen hat ihn in böse Not versetzt.
>
> Mit Rücksicht darauf, daß ja seine Lehrtätigkeit bestimmt ist eine Ergänzung der meinigen zu bilden, gestatte ich mir die Bitte, zu erwägen, ob nicht die Besoldung für seinen Lehrauftrag erhöht werden könnte. Er beträgt, so viel mir bekannt, gegenwärtig M 2100. – Ich

---

[376] Siehe UAH PA 1935, S. 31. [377] Dieses Schreiben wird in Liebichs Personalakte in Karlsruhe aufbewahrt (siehe GLA 235/2210). Der Brief wurde anscheinend an Geheimrat Victor von Schwoerer (1865–1943), Ministerialrat und Hochschulreferent beim Badischen Ministerium des Kultus und Unterrichts, gerichtet.

weise dabei nochmals darauf hin, daß die Einnahmen Liebichs aus Kollegiengeldern ganz minimal sind, und das sollte doch auch in Anschlag gebracht werden.

Wenn ich nächsten Samstag die Ehre haben werde, Sie zu sprechen, werde ich mir gestatten, auf die aufgeworfene Frage zurückzukommen.

In ausgezeichneter Hochachtung
Ihr sehr ergebener
Bartholomae

Bartholomae versuchte damit, eine weitere Gehaltserhöhung für seinen Kollegen zu erreichen. Zusätzlich dazu stellte er zwei Tage später einen Antrag an das Ministerium des Kultus und Unterrichts, in dem er um eine außerordentliche Zulage für Liebich bat:[378]

Der außeretatsmäßige aord. Professor der Sanskritphilologie Herr Dr. Bruno Liebich hat sich vor einigen Jahren um das sprachwissenschaftliche Seminar der Universität Heidelberg dadurch außerordentlich verdient gemacht, daß er zu dem von mir hergestellten Sachen-Zettelkatalog einen Namen (alfabetischen) Zettelkatalog als willkommene Ergänzung gefertigt hat, der mehrere hundert Zettel umfasst. Ich habe mich damals damit begnügt, Herrn Dr. Liebich schriftlich für seine Mühewaltung im Namen des Seminars zu danken. Heute, nachdem sich die Verhältnisse wesentlich verschoben haben, komme ich darauf zurück und stelle den Antrag:

Bad. Ministerium für Kultur und Unterricht möge Herrn aord. Professor Dr. Bruno Liebich als Entschädigung für die seinerzeit zugunsten des sprachwissenschaftlichen Seminars getane verdienstliche Arbeitsleistung eine entsprechende außerordentliche Zulage bewilligen.

Dr. Bartholomae
Direktor des sprachw. Seminars

---

378 Auch dieses Schreiben von Bartholomae findet sich in Liebichs Personalakte in Karlsruhe (siehe GLA 235/2210). Der Brief trägt einen Eingangsstempel vom 23. November 1919 und wurde unter der Nr. A. 18188 aufgenommen.

Die Bewilligung einer besonderen Vergütung in Höhe von 300 Mark aus allgemeinen Universitätsmitteln wurde schon am 28. November 1919 erteilt, so daß der Engere Senat am 3. Dezember eine entsprechende Anweisung an die Universitätskasse schicken konnte.[379] Da Liebich in Heidelberg nicht verbeamtet wurde und daher keinen Anspruch auf Teuerungsbezüge hatte, verschärften sich seine finanziellen Probleme im Jahr 1920 noch mehr. Die inflationäre Geldentwertung nach dem Krieg nahm zu und traf gerade solche nichtetatmäßigen Angestellten wie ihn besonders hart. Unter diesen schwierigen Bedingungen willigte man am 18. Juni 1920 im Ministerium des Kultus und Unterrichts ein, Liebich eine »einmalige Vergütungsaufbesserung« in Höhe von 2000 Mark zu gewähren.[380] Am 3. Juli 1920 bedankte er sich bei dem zuständigen Minister für die ihm zugewiesene Summe.[381] Wegen der galoppierenden Inflation mußte aber noch vor Ende des Jahres eine Neuregelung der Lehrauftragshonorare erarbeitet werden. Ein entsprechender Erlaß, der auch Liebich betraf, wurde am 19. November 1920 (Nr. A. 20549) mit Wirkung ab dem Wintersemester 1920/21 verabschiedet. Einen Monat später, am 23. Dezember 1920, informierte man Liebich, daß er »bei einem 4 stündigen Lehrauftrag einen Garantiebetrag von (4+1000 M = 4000 M + 50 % T. Zuschlag auf 2000 M=) 6000 M im Semester anzusprechen« hat.[382] Im Jahr 1921 mußte Liebich daher trotz solcher Anpassungen aufgrund der Inflation mit noch weniger Geld auskommen, als in den Jahren zuvor.[383]

Aufgrund seiner unerquicklichen Finanzlage, die sich nach Kriegsende drastisch verschärfte, suchte Liebich spätestens seit 1920 nach Möglichkeiten, seine Stellung in Heidelberg langfristig zu verbessern. An einen Weggang dachte er anscheinend zunächst nicht, sondern er wollte wohl nur er- Weggang aus Heidelberg

---

379 Für das handschriftliche Exemplar der Bewilligung siehe GLA 235/2210 (Nr. A. 18188); für eine Abschrift und die Anweisung an die Universitätskasse siehe UAH PA 1935, S. 33.
380 Siehe GLA 235/2210 (Nr. A. 9585). Dem Historiker Otto Cartellieri (1872–1930), der zu dieser Zeit ähnlich wie Liebich als außerordentlicher Professor in Heidelberg tätig war, wurde mit dem gleichen Beschluß eine einmalige Zulage in Höhe von 1400 Mark gewährt.
381 Siehe unten, S. 333. 382 Siehe GLA 235/2210 (Nr. A. 22258) und GLA 235/3758 (Nr. A. 22258). 383 Eine Kaufkraftberechnung nach der Tabelle der »Kaufkraftäquivalente historischer Beträge in deutschen Währungen« der Deutschen Bundesbank (Stand: März 2023) ergibt, daß die Summe von 6000 Mark im Jahr 1921 heute etwa 2400 Euro entsprechen würde.

reichen, daß seine schlecht bezahlte Lehrauftragsstelle, die er als nichtetatmäßiger außerordentlicher Professor lediglich haben durfte, in ein Ordinariat oder wenigstens in ein etatmäßiges Extraordinariat umgewandelt wird. Um die Entscheidungsträger in Heidelberg und Karlsruhe dazu zu bewegen, versuchte Liebich ein besseres Angebot von einer anderen Universität außerhalb des Landes Baden zu bekommen. Dabei hoffte er, daß die Universität Heidelberg im Falle eines möglichen Weggangs geneigter wäre, ihm ein entsprechendes Gegenangebot zu machen. Bekannt ist mindestens ein solcher Versuch, als sich Liebich Ende April 1920 bemühte, bei dem Berufungsverfahren für die Nachfolge von Hermann Oldenberg (1854–1920) in Göttingen berücksichtigt zu werden. Oldenberg starb am 18. März 1920 und, da man fest davon ausgehen konnte, daß ein Nachfolger für sein Ordinariat gesucht werden würde, wandte sich Liebich an den Göttinger Iranisten Friedrich Carl Andreas (1846–1930). Er kannte zwar den über 70 Jahre alten Gelehrten persönlich nicht, schickte ihm aber Ende Juni 1920 einige seiner Arbeiten, um auf sich aufmerksam zu machen. Da Andreas nicht darauf reagiert hatte, verfaßte Liebich am 26. Mai einen zweiten, recht aufschlußreichen Brief, in dem er seine Gemütszustände und Absichten offenlegte:[384]

> Als göttinger Doktor u. Schüler von Kielhorn müsste ich es aber besonders peinlich empfinden, wenn ich hier gar nicht einmal in die engere Wahl käme; auch hätte ich nach einer Niederlage in diesem Falle bei meinen 58 Jahren wohl überhaupt keine Aussichten mehr u. müsste mich als endgültig gescheitert betrachten. Denn ich kann die Stellung eines nicht etatmässigen Extraordinarius mit Lehrauftrag nicht als gerechten Entgelt für ein ganz der Wissenschaft gewidmetes Leben anerkennen; u. in Baden pflegt ohne vorangegangenen Ruf nach auswärts nichts zu geschehen.

Er machte kein Geheimnis daraus, daß er eigentlich »wenig Neigung« hatte, seinen Standort zu wechseln und sich in seinem Alter von knapp 60 Jahren in einer anderen Universitätsstadt einzuleben. Vielmehr wollte er der Heidelberger Philosophischen Fakultät durch einen Ruf von außerhalb

---

[384] Siehe unten, S. 332.

die Legitimation verschaffen, ihn als ordentlichen Honorarprofessor vorzuschlagen. Liebich hoffte also, daß ein entsprechendes Angebot der Universität Göttingen auf seine »Stellung in der Fakultät, sowie Bartholomae gegenüber im Seminar, von günstiger Rückwirkung sein« werde. Er war sich dabei sicher, daß es »auch im Interesse des Faches u. meiner Wirkungsmöglichkeit hierselbst [liegt], wenn ich versuche, eine solche zwar äusserliche, aber eben darum auch dem Fernerstehenden leicht verständliche Anerkennung zu erringen, u. diese Erwägung musste schliesslich gegenüber den naheliegenden Bedenken, die sich der Absendung dieses Schreibens entgegenstellen, den Ausschlag geben.« Es bleibt Liebichs Geheimnis, ob er im Falle einer positiven Entwicklung des Göttinger Berufungsverfahrens tatsächlich auf die Nachfolge von Oldenberg verzichtet und mit den Heidelbergern nur über eine Aufbesserung seines Gehaltes und die Beförderung zum Ordinarius verhandelt hätte. Dazu ist es jedenfalls nicht gekommen, da für den Lehrstuhl für Indologie in Göttingen letztendlich Emil Sieg (1866-1951) bevorzugt wurde, der dort bis zum Ende seines Lebens blieb.[385]

Nachfolge Hillebrandt

Die erste reelle Chance, seine unzumutbare Situation in Heidelberg grundsätzlich zu ändern, ergab sich im Jahr 1921, als sich Alfred Hillebrandt (1853–1927) im Alter von 68 Jahren in Breslau zum Ende des Wintersemesters 1920/21 am 31. März 1921 emeritieren ließ. Da zwischen den beiden schlesischen Gelehrten eine alte Freundschaft bestand, ist anzunehmen, daß Liebich mit den Plänen seines ehemaligen Lehrers in Breslau von vornherein vertraut gewesen ist. Wahrscheinlich wußte Liebich daher bereits Anfang 1921, daß er die Möglichkeit bekommen könnte, als Nachfolger Hillebrandts nach Breslau zurückzukehren. Daß das die Absicht oder zumindest der Wunsch von Hillebrandt selbst gewesen ist, läßt sich aus dem Verlauf des Berufungsverfahrens erkennen, worüber man aus den Berichten der »Kommission zur Besetzung der Nachfolge Hillebrandt« einiges erfahren kann. Die erste Sitzung der Kommission, der auch Hillebrandt angehörte und darin sogar eine bedeutende Rolle spielte, fand am

---

385 Das war das zweite Mal, daß Sieg Nachfolger von Oldenberg wurde. Das erste Mal folgte er ihm 1909 in Kiel nach, als Oldenberg selbst nach Göttingen berufen wurde. Für eine Kurzbiographie von Sieg siehe Stache-Rosen 1981, S. 169–171 (Nr. 82).

12. Februar 1921 statt. Nachdem berichtet wurde, daß aufgrund eines Erlasses des Preußischen Ministeriums für Wissenschaft, Kunst und Volksbildung vom 21. Januar 1921 »kaum mehr als ein Extraordinariat zu erreichen« wäre und »womöglich« nur noch ein »persönliches Ordinariat erstrebt werden« könne, schlug Hillebrandt zwei Listen von möglichen Kandidaten vor.[386] Zu den älteren Indologen gehörten Liebich an erster Stelle als »bester Kenner der ind. Grammatik« gefolgt von Friedrich Otto Schrader (1876–1961), Richard Nathan Simon (1865–1934) und Hermann Beckh (1875–1937). Die Liste der jüngeren bestand aus Willibald Kirfel (1885–1964), Helmuth von Glasenapp (1891–1963), Otto Strauß (1881–1940), Max Lindenau (1885–1980), Wilhelm Printz (1887–1941) und Walther Schubring (1881–1969). Da um diese Zeit mehrere andere indologische Lehrstühle neu zu besetzen waren oder ein baldiger Wechsel bevorstand, war man sich in Breslau einig, daß »die rein dilatorische Behandlung nicht mehr so angebracht« wäre. Um nicht »zu sehr ins Hintertreffen« zu geraten, hielt man die zweite Sitzung der Berufungskommission nur zwei Wochen später, am 26. Februar, ab. Nach erneuter Beratung über die in Frage kommenden Gelehrten wurde auf Hillebrandts Initiative die Liste auf vier Kandidaten reduziert. Liebich war weiterhin an erster Stelle, Schrader folgte an zweiter Stelle, während sich den dritten Platz von Glasenapp und Kirfel teilten.[387] Gegen Simon wurde sein Alter hervorgebracht (»Simon ist auch schon 56 Jahre alt!«), obwohl dasselbe Argument bei dem noch älteren Liebich – zu dieser Zeit war er bereits 59 Jahre alt – anscheinend nicht angeführt wurde. Ein wenig später, am 17. März, informierte der Universitätskurator die Philosophische Fakultät über die am 11. März in Berlin gebilligten Pläne des Ministeriums, »[f]ür die Berufung eines Nachfolgers für den Geheimen Regierungsrat Hillebrandt [...] ein planmäßiges Extraordinariat zur Verfügung« zu stellen und »[d]en künftigen Inhaber dieses Lehrstuhls [...] als persönlichen Ordinarius zu berufen.«[388] Am 5. April folgte dann die dritte Kommissionssitzung, bei der die Liste vom 26. Februar mit denselben Kandidaten bei gleicher Reihenfolge »definitiv angenommen« wurde.[389] Auch wenn bereits zu dieser Zeit

[386] Siehe AUWr, F 100, S. 296. [387] Siehe AUWr, F 100, S. 297. [388] Siehe AUWr, F 100, S. 305. [389] Siehe AUWr, F 100, S. 298.

bekannt war, daß der zweitplazierte Schrader gleich zwei Rufe, nämlich nach Wien und Kiel, erhalten hatte und unter diesen Umständen nicht nach Breslau gekommen wäre, entschied man sich, ihn auf der Liste zu belassen. Dadurch war Liebich praktisch ohne wirkliche Konkurrenz für die Stelle in Breslau. Nachdem die von der Kommission besprochene Auswahl am 18. April der Philosophischen Fakultät vorgestellt wurde, sandte man zwei Tage später die offizielle Berufungsliste an das Ministerium in Berlin.[390] In dem Schreiben an den Minister für Wissenschaft, Kunst und Volksbildung wurden zu jedem der fünf Gelehrten relevante Angaben gemacht, wobei die Beschreibung der akademischen Vita Liebichs am ausführlichsten ausfiel.[391] In diesem Schreiben stand ausdrücklich, daß Liebich der Wunschkandidat war. Er sei »ein ausgezeichneter Gelehrter und Kenner des Sanskrit, auf dem Gebiet der indischen Grammatiken die hervorragendste, wenn nicht alleinige Autorität«. Die Zeit sei gekommen, ihn in Anerkennung seiner Leistungen »auf den Lehrstuhl seiner Heimatprovinz zu berufen, an die er – auch als persönlicher Ordinarius – sicherem Vernehmen nach gern zurückkehren würde.« Spätestens im April 1921 muß Liebich daher seine Bereitschaft angedeutet haben, die Professur für indische Philologie in Breslau zu übernehmen.

Bis Liebich ein förmliches Angebot für den Breslauer Lehrstuhl für Indologie erhielt, mußte er sich jedoch noch ein halbes Jahr gedulden. Am 21. Oktober 1921 informierte Werner Richter (1887–1960), Ministerialrat beim Preußischen Ministerium für Wissenschaft, Kunst und Volksbildung, seinen Amtskollegen Victor von Schwoerer (1865–1943) im Badischen Ministerium des Kultus und Unterrichts offiziell, daß er im Auftrag seines Ministers »Herrn Professor Liebich in Heidelberg die Nachfolge des Professors Hillebrandt in Breslau angeboten« habe.[392] Die Nachricht darüber erschien noch am nächsten Tag in der Presse, zum Beispiel im *Leipziger Tageblatt* vom 22. Oktober 1921, Nr. 518, S. 2: Berufung Universität Breslau

[390] Siehe AUWr, F 100, S. 307–311. [391] Zwar läßt sich anhand des in Breslau vorhandenen Exemplars nicht mehr feststellen, wer genau den Text über Liebich und die anderen Kandidaten verfaßt hat, die Vermutung liegt aber nahe, daß Hillebrandt dafür verantwortlich war. Für eine Abschrift von Liebichs Lebenslauf siehe unten, S. 409 f. [392] Siehe GLA 235/2210 (Nr. A. 20783).

> Der a. p. Professor an der Heidelberger Universität Dr. Bruno Liebich hat einen Ruf auf den Lehrstuhl für Sanskrit an der Universität Breslau als Nachfolger A. Hillebrandts erhalten.

Um diese Zeit muß auch Liebich die gute Nachricht aus Berlin persönlich erhalten haben, worüber er anscheinend gleich mit seinem Kollegen Bartholomae in Heidelberg gesprochen hat. Bartholomae wandte sich bereits am 21. Oktober an Schwoerer mit dem folgenden Schreiben:[393]

> Hochverehrter Herr GehRat,
>
> soeben war Herr Prof. Liebich bei mir, um mir mitzuteilen, daß er einen Ruf als ord. Prof. an die Universität Breslau erhalten habe. So sehr ich mich über die endliche Anerkennung seiner wissenschaftlichen Verdienste freue, so sehr bedauere ich im Interesse der Universität, daß wir voraussichtlich die schätzenswerte Kraft verlieren müssen. Ich möchte darum bitten, zu erwägen, ob nicht Herr Liebich unserer Hochschule erhalten werden kann. Ich glaube bestimmt annehmen zu dürfen, daß er sich gern halten lassen wird. Heut in 8 Tagen wird er nach Berlin reisen, um wegen des Rufs nach Breslau sich genauer zu unterhalten.
>
> In ausgezeichneter Hochachtung
> Ihr ergebener
> Bartholomae

Tatsächlich richtete Liebich am Tag darauf seine Bitte an das Ministerium in Karlsruhe, ihm Urlaub »zu der für mündliche Verhandlung erforderlichen Fahrt nach Berlin« zu gewähren.[394] Es läßt sich darüber nur spekulieren, ob und, wenn ja, unter welchen Bedingungen er trotz der ihm angebotenen Breslauer Stelle in Heidelberg geblieben wäre. Bartholomaes Schreiben hat zumindest bewirkt, daß Liebichs Lehrauftragshonorar im Wintersemester 1921/22 erhöht wurde. Am 25. November 1921, anscheinend wenige Wochen nach seiner Reise nach Berlin, informierte man ihn aus Karlsruhe, daß er »bei einem vierstündigen Lehrauftrag einen Garantiebetrag von 4 × 2800 – 11200 Mark – m. W. – für dieses Semester anzusprechen« hat.[395] Angesichts der Möglichkeit, als persönlicher Ordinarius zur

---

[393] Siehe GLA 235/2210 (Nr. A. 20829). [394] Siehe unten, S. 338. [395] Siehe GLA 235/2210 (Nr. A. 23525).

Alma mater in seine schlesische Heimat zurückzukehren, konnte ihn diese beinahe Verdoppelung seines Gehaltes unter den inflationären Verhältnissen Ende 1921 allerdings nicht mehr in Heidelberg halten.[396] Seine Ernennung zum ordentlichen Professor an der Philosophischen Fakultät der Universität Breslau wurde Liebich mit einem Schreiben des Preußischen Ministers für Wissenschaft, Kunst und Volksbildung vom 28. Dezember 1921 mitgeteilt.[397] Er erhielt die entsprechende Bestallung mit dem Hinweis, daß ihm »ein planmässiges Extraordinariat mit der Verpflichtung« verliehen worden ist, »die indische Philologie in Vorlesungen und Uebungen zu vertreten.« Gleichzeitig wurde er »zum Mitdirektor des indogermanisch-semitischen Seminars der Universität in Breslau« ernannt. Spätestens Anfang 1922 wußte man in Heidelberg, daß Liebich zum Ende des Wintersemesters 1921/22 die Universität definitiv verlassen würde, um den Breslauer Lehrstuhl für Indologie zu übernehmen. Der Dekan der Heidelberger Philosophischen Fakultät, der Historiker Karl Hampe (1869–1936), machte sich deshalb bereits Mitte Januar 1922 Sorgen um »eine Vertretung der indischen Philologie« für das Sommersemester 1922, auch weil »die Bedeutung des Faches [...] ja in letzter Zeit immer mehr zugenommen« hat.[398] In seinem Brief an das Ministerium vom 19. Januar schrieb Hampe unter anderem das Folgende:

> Herr Prof. Liebich hat aus einer Überängstlichkeit heraus bisher gezögert, der Fakultät Mitteilung von seiner Annahme des Breslauer Rufes zu machen. Er wollte erst die sichere Ernennung in der Tasche haben. Diese ist inzwischen erfolgt, und ich werde in diesen Tagen seine amtliche Mitteilung erhalten und sie nach Karlsruhe weitergeben.

Liebich teilte dem Dekan noch am folgenden Tag offiziell mit, daß er die Universität Heidelberg in der Tat verlassen werde. Hampe schickte am selben Tag die Nachricht nach Karlsruhe, daß »Herr Prof. Liebich der Fakultät jetzt endgültig sein Ausscheiden aus dem Lehrkörper der Universität

[396] Aufgrund der großen Geldentwertung und der erheblichen materiellen Schwierigkeiten beschloß man noch im Sommer 1921, Universitätslehrern wie Liebich die Auszahlung der Koleggeldgarantie in monatlichen Teilbeträgen zu gestatten (siehe GLA 235/2210, Nr. A. 11900). [397] Siehe AUWr, F 100, S. 361. [398] Siehe GLA 235/2210 (Auszug neben Nr. A. 1100).

angezeigt hat, da er dem Rufe als Ordinarius nach Breslau folgt.«[399] Wenige Wochen vor seiner Abreise aus Heidelberg schrieb Liebich am 25. Februar 1922 an Schwoerer, »um die vorschriftsmässige Entlassung aus dem badischen Staatsdienst mit Schluss dieses Semesters« zu bitten, und erhielt einige Tage später ein entsprechendes kurzes Dankschreiben des Ministeriums vom 2. März, in dem man sich für seine »unserer Hochschule gewidmete Arbeit« bedankte und ihm für seine »Tätigkeit auf dem Breslauer Lehrstuhl alles Gute« wünschte.[400] Nach genau neun Jahren in Heidelberg endete somit eine in akademischer Hinsicht durchaus wichtige Periode in Liebichs Leben, das mit der Herausgabe seiner Edition der *Cāndravr̥tti* im Jahr 1918 gekrönt wurde. Da diese Zeit für ihn und seine Familie in materieller Hinsicht jedoch mit großen Schwierigkeiten verbunden war, wird Liebich Heidelberg mit Erleichterung und Freude verlassen haben. Sein Sohn legte zu Ostern 1922 die Reifeprüfung am Heidelberger Gymnasium ab, so daß dann auch in dieser Hinsicht nichts mehr im Wege stand, nach Breslau zurückzukehren. In seiner alten Heimat, wo die Verwandtschaft seiner Frau weiterhin lebte, konnte er eine neue Lebensphase beginnen und seine akademische Karriere in der schlesischen Hauptstadt zum Abschluß bringen, in der er sich vor drei Jahrzehnten habilitiert und die Venia legendi bekommen hatte. Nach seinem Weggang aus Heidelberg im Frühling 1922[401] wurden dort seine indologischen Schwerpunkte und seine philologische Methodik nie wieder so zielstrebig und erfolgreich betrieben. Für das Sommersemester 1922 kündigte nur Max Walleser (1874–1954) drei Kurse (»Sanskrit, Anfangskurs«, »Sanskrit-chinesische Paralleltexte« und »Sanskrit-tibetische Paralleltexte«) an, bis im Wintersemester 1922/23 Liebichs Lehrauftrag für indische Philologie Heinrich Zimmer (1890–1943) übertragen wurde[402] und die Zahl der in Heidelberg angezeigten indologischen Kurse wieder anstieg. Zwar hatte Liebich

---

399 Siehe GLA 235/2210 (Nr. A. 01393) und GLA 235/3758 (Nr. A. 1393). 400 Siehe unten, S. 339. 401 Liebichs Name erschien zum letzten Mal im *Stadtbuch der Stadt Heidelberg … für das Jahr 1922*, S. 307. 402 Für einen Nachruf auf Zimmer siehe von Glasenapp 1950b; für eine Kurzbiographie von ihm siehe Stache-Rosen 1981, S. 229–231 (Nr. 112). Wie aus Zimmers Korrespondenz mit Walleser hervorgeht, hatte Zimmer spätestens Anfang März 1922 das Angebot erhalten, Liebichs Stelle in Heidelberg zu übernehmen (siehe Peschke 2017, S. 407).

noch am 2. Juni 1921 Hillebrandt geschrieben, daß als sein Nachfolger in Heidelberg »wohl Walleser drankommen« würde, »dem es ja auch zu gönnen ist«,[403] Walleser hatte allerdings schon aus gesundheitlichen Gründen kaum eine Chance gegenüber Zimmer, der am 1. Februar 1926 außerdem zum außerordentlichen Professor in Heidelberg ernannt wurde.[404] Liebich konnte anscheinend keinen Einfluß auf die Verhandlungen über seinen Nachfolger in Heidelberg ausüben und war in den Jahren danach nicht mehr in die Belange des indologischen Lehrstuhls dort involviert.

Liebichs letzte wissenschaftliche Publikation aus seiner Heidelberger Periode erschien zu einer Zeit, als er bereits mit den Vorbereitungen für seinen Wechsel nach Breslau beschäftigt war. Es handelte sich um einen weiteren Beitrag zur indischen Grammatik. Seine *Materialien zum Dhātupāṭha* wurden wie im Falle seiner *Einführungen* wieder von Bartholomae der Heidelberger Akademie der Wissenschaften vorgelegt, und zwar am 12. November 1921.[405] In der aus sechzig Seiten bestehenden Abhandlung stellte Liebich drei Verzeichnisse zusammen, die seine frühere Arbeit zum *Dhātupāṭha* vervollständigten. Das Verzeichnis der »Wurzeln des Dhātupāṭha, geordnet nach den Bedeutungen« (S. 15–30) wurde eigentlich bereits Mitte 1920 fertiggestellt, konnte aber aus Platzgründen nicht im Rahmen des dritten Teils seiner *Einführungen* gedruckt werden. Nun kamen noch zwei Verzeichnisse hinzu, nämlich eine alphabetische Liste der »Parasmaipadinaḥ, Ātmanepadinaḥ, Ubhayapadinaḥ nach Panini und Candra« (S. 30–56) und ein Verzeichnis der »in den Nighaṇṭu's und bei Yāska mit Bedeutungsangabe aufgeführten Verben« (S. 4–14). Wie es der Britische Indologe Lionel David Barnett (1871–1960) in seiner im *Journal of the Royal Asiatic Society of Great Britain and Ireland* erschienenen Kurzrezension dieser Publikation trefflich formulierte, »[t]his is work of an unpretentious, but very sound and useful sort«.[406] Das war zwar Liebichs letzte Heidelberger Arbeit, in Breslau folgten aber später noch einige Werke ähnlicher Art.

Dhātupāṭha Materialien (1922)

[403] Siehe unten, S. 337. [404] Über Wallesers erfolglose Versuche, Liebichs Nachfolger zu werden, siehe Peschke 2017, S. 397–426 und 2410–2415. [405] Siehe Anhang IV, Nr. I.44, S. 453. [406] Siehe Anhang IV, Nr. II.32, S. 463.

6. Breslau (1922–1939)

Zurück in Breslau quartierten sich die Liebichs zunächst in der Moritzstr. 4 ein, wo Hermann Hugo Humbert (1866–1947), einer der drei Brüder von Liebichs Ehefrau Klasina, in einem von ihrem Vater errichteten Haus wohnte und dort den Sitz seiner Maschinenbaufirma registriert hatte. An dieser Adresse lebte Liebich mit seiner Familie bis 1923 und zog dann in eine große Sechszimmerwohnung in die Parkstr. 40 um, wo er bis zuletzt blieb. Weniger als zwei Jahre nach der Rückkehr nach Breslau verstarb seine Ehefrau im Alter von 58 Jahren am 12. März 1924. Liebich war zu dieser Zeit 62 Jahre alt und heiratete kein zweites Mal. Bis zum Ende seines Lebens konnte er sich auf die Unterstützung seiner Tochter Agnes-Hildegard verlassen.

Lehrtätigkeit in Breslau

Liebich nahm seine Lehrtätigkeit an der Universität Breslau ab dem Sommersemester 1922 auf und kündigte zunächst eine »Einführung in die Sanskrit-Sprache« sowie einen Lektürekurs zu Kālidāsas *Meghadūta* an. Er blieb weiterhin seinem Spezialgebiet treu und führte seine Breslauer Studenten auch in die einheimische indische Sprachwissenschaft ein. Seine »Einführung in die indische einheimische Sprachwissenschaft« bot er auch in den nächsten drei Sommersemestern (SS 1923, 1924 und 1925) an.[407] Neben seiner regelmäßig stattfindenden »Einführung in die Sanskritsprache« (SS 1923, 1926 und 1928) und »Sanskritgrammatik« (SS 1924 und 1925) las er mit Studenten Daṇḍins *Daśakumāracarita* (SS 1923), Viśākhadattas *Mudrārākṣasa* (SS 1924), Budhasvāmins *Bṛhatkathāślokasaṃgraha* (SS 1926), eines der Bhāsa zugeschriebenen Schauspiele (WS 1927/28), philosophische Texte (WS 1923/24 und SS 1926) sowie indische Poetik (SS 1927). Auch eine »Einführung in die indische Poetik« (WS 1926/27), Seminare zur Prakrit- und Paligrammatik (SS 1927 und 1928), Kolloquia über Brahmanismus und Buddhismus (WS 1922/23 und 1923/24) sowie über Grundlagen der Ethnologie (WS 1924/25), Kurse wie »Grundfragen der Völkerkunde« (WS 1925/26 und 1926/27), »Pali und (älterer) Buddhismus« (SS 1925 und WS 1926/27) und »Sprache und Literatur des Veda«

[407] Einen Kurs mit demselben Titel hielt er bereits in Heidelberg im Wintersemester 1919/20 und 1921/22.

(WS 1924/25 und 1925/26) gehörten zu Liebichs reichem indologischen Lehrprogramm. Sein letzter Kurs, den er im WS 1928/29 anbot, war eine »Einführung in Patañjalis Mahābhāṣya«, die seinen Hörern die Möglichkeit gab, eines der schwierigsten grammatischen Werke Indiens von einem der besten westlichen Kenner der indischen Grammatik erläutert zu bekommen. Seine Lehrveranstaltungen fanden wie immer nur nachmittags, in der Regel zwischen 15 und 18 Uhr, statt. Über Liebichs Studenten in Breslau läßt sich kaum etwas sagen, da die Belegblätter der Breslauer Quästur nach Auskunft des Archiwum Uniwersytetu Wrocławskiego nicht erhalten sind. Die Zahl seiner Hörer wird vermutlich noch niedriger gewesen sein als in Heidelberg. Zu den wenigen Namen von jüngeren Wissenschaftlern, die von Liebich während seiner zweiten Breslauer Periode in der einen oder anderen Form unterstützt wurden, gehört der deutsche Sprachwissenschaftler und spätere katholische Theologe Wolfgang Elpidius Pax (1912–1993). Am stärksten wurde Pax zwar von dem Indogermanisten Wilhelm Havers (1879–1961) und Liebichs Nachfolger Otto Strauß (1881–1940) geprägt, aber er erhielt auch von Liebich persönlich Unterstützung, wie aus einer Erwähnung seines Namens am Anfang eines im Jahr 1936 erschienenen Artikels zum *Rāmāyaṇa* hervorgeht: »Herrn Professor Liebich, der vorliegende Studie angeregt und durch zahlreiche Ratschläge gefördert hat, auch an dieser Stelle meinen herzlichen Dank auszusprechen, ist mir ein aufrichtiges Bedürfnis.«[408] In seinem Nachruf auf Strauß beschrieb Pax Liebich später zu Recht als den »Meister in der Erforschung der indischen einheimischen Sprachwissenschaft«.[409] Auch der bereits im Zusammenhang mit Liebichs Arbeit an der *Kāśikā* erwähnte indische Gelehrte Prabodh Chandra Lahiri stand mit ihm in Kontakt und bekam Anregungen von ihm.[410] Nach Abschluß seiner unter Ralph Lilley Turner entstandenen Dissertation *Studies in the word-order of Sanskrit prose,* die er im Februar 1933 bei der School of Oriental Studies in London einreichte, ging Lahiri nach Breslau, um dort den alten Liebich persönlich zu treffen. Wie aus Liebichs auf den 22. Mai 1933 datierten Vorwort zu erfahren ist, kam Lahiri zu ihm, »to work for some time on Sans-

[408] PAX 1936, S. 616. [409] PAX 1951, S. 41. [410] Siehe oben, S. 32.

krit grammar«, und erstellte auf Liebichs Anregung hin seine *Concordance Panini-Patañjali*.[411]

Kürzere Werke in Breslau

Während seiner Lehrzeit in Breslau ab April 1922 publizierte Liebich bis zum Schluß seiner Universitätskarriere im Jahr 1928 verhältnismäßig wenig. Er wurde zu dieser Zeit wieder in der Schlesischen Gesellschaft für vaterländische Kultur aktiv,[412] und so entstand im Rahmen eines Vortrages in der Philosophisch-psychologischen Sektion dieser Gesellschaft ein Artikel, der 1923 in der *Zeitschrift der Deutschen Morgenländischen Gesellschaft* gedruckt wurde.[413] Diesen Vortrag hielt er unter dem Titel »Über den Sphota, ein Kapitel aus der Sprachphilosophie der Inder« am 12. Juni 1923 in Breslau.[414] Nach seiner kurzen »Sâvitrî-Miscelle« im 41. Band (1887) und einer zweiseitigen Mitteilung über den Namen »Mlēccha« im 72. Band (1918)[415] stellte Liebichs Beitrag »Über den Sphoṭa« seinen ersten und einzigen Aufsatz dar, den er in dieser Zeitschrift veröffentlichte. Nachdem Liebich in diesem Aufsatz über die Sphoṭa-Lehre der Grammatiker anhand Patañjalis *Mahābhāṣya* und Mādhavas *Sarvadarśanasaṃgraha* referierte, schloß er seine Ausführungen mit einem lesenswerten Absatz, in dem er seine Position zur Genese der indischen Grammatik kurz darlegte, den Wert dieser außergewöhnlich tiefgründigen Sprachlehre hervorhob und seine eigene Bewunderung für sie zum Ausdruck brachte:

> Man mag nun den Wert dieser Theorien und Diskussionen hoch oder gering einschätzen – ich selbst möchte mich eines Urteils enthalten und zum Schluß nur auf e i n e n Umstand mit Nachdruck hinweisen: Ohne diesen Glauben, diese gesteigerte Vorstellung von der Wichtigkeit des gesprochenen Wortes, in welchem sie ein Stück Ewigkeit sahen, hätten die indischen Grammatiker in einer Zeit, in der die Schrift noch nicht als Vehikel der Literatur in Frage kam, sicherlich

---

411 Siehe Anhang IV, Nr. III.4, S. 464. 412 Siehe dazu oben, S. 27. 413 Siehe Anhang IV, Nr. I.48, S. 454. Am 10. April 1923, noch vor dem Druck des Artikels, wurde Liebich als Vertreter für das Sondergebiet »Indologie und Iranistik« bei der *Zeitschrift der Deutschen Morgenländischen Gesellschaft* gewählt (siehe den »Protokollarischen Bericht« im Band 2 [neue Folge] dieser Zeitschrift, Leipzig 1923, S. ii), 414 Siehe *Siebenundneunzigster Jahres-Bericht der Schlesischen Gesellschaft für vaterländische Cultur* (1919–1924, Breslau 1925, S. 48). 415 Zum selben Thema veröffentlichte Liebich 1936 in der Festschrift für George Grierson einen Nachtrag mit dem Titel »Nochmals *mleccha*« (siehe Anhang IV, Nr. I.59, S. 456).

> nicht die gewaltige Arbeit geleistet, durch die ein Panini, das Werk von Generationen von Vorgängern zusammenfassend, in den Stand gesetzt wurde, die Hochsprache seiner Zeit in so erstaunlicher Vollständigkeit und Genauigkeit zu schildern, daß sein Werk noch heut, nach Benfeys Urteil, als Behandlung einer Einzelsprache nicht allein unübertroffen, sondern sogar noch unerreicht dasteht. Nur ein starker und hoher Glaube, mochte er sich immerhin auf ein irriges Ziel richten, konnte auch diese Andacht zum Kleinen und scheinbar Unwichtigen erzeugen, die grade, wie es uns in neuerer Zeit die Naturwissenschaften gelehrt haben, die Mutter und Vorbedingung der wichtigsten Erkenntnisse ist. Darin liegt die Stärke der indischen Grammatik gegenüber der griechischen, darauf beruht das Geheimnis ihres Erfolges, und somit indirekt auch des Aufschwungs, den die europäische Sprachwissenschaft der Bekanntschaft mit dem Sanskrit und seinen Grammatikern verdankt.

In der *Zeitschrift der Deutschen Morgenländischen Gesellschaft* kam von Liebich danach nur noch sein Nachruf auf Hillebrandt im Jahr 1928 heraus.[416] Dieser Nachruf beruhte auf einer Gedenkrede, die er am 5. November 1927 in Breslau gehalten hatte, nachdem Hillebrandt im Alter von 74 Jahren am 18. Oktober 1927 in Deutsch-Lissa (heute Leśnica, Stadtteil von Breslau) starb. Auch die wenigen anderen Aufsätze, die Liebich in dieser Periode veröffentlichte, zeichnen sich nicht nur durch seine charakteristische Lakonik, sondern auch durch seine große Belesenheit aus. Dabei zogen ihn vor allem lexikologische und etymologische Fragestellungen an. Im Jahr 1924 steuerte Liebich in der Festschrift für den Indogermanisten Wilhelm Streitberg (1864–1925) eine knapp vierseitige Studie über das Sanskritwort *kampanā̆-* »Heer, Feldheer« bei, in der er vorschlug, das in Indien relativ spät belegte Wort als Entlehnung aus Lat. *campus* »Lager, Feld« über die griechische Akkusativform *κάμπον* zu erklären.[417] Sieben Jahre später, diesmal in der Festschrift für den britischen Indologen Edward James Rap-

---

[416] Siehe Anhang IV, Nr. I.54, S. 455. [417] Siehe Anhang IV, Nr. I.51, S. 455. In seinem *Kurzgefaßten etymologischen Wörterbuch des Altindischen* (Band I, Heidelberg 1956, S. 160) verzeichnete Manfred Mayrhofer das Wort als »nicht völlig geklärt« und verwies u. a. auch auf Liebichs Ansatz. In Mayrhofers *Etymologisches Wörterbuch des Altindoarischen* (Band III, Heidelberg 2001, S. 58) wurde *kampana-* als »Fremdwort« bezeichnet.

son (1861–1937), bekräftige Liebich seine Erklärung von *kampanā̆-* als Entlehnung aus dem Latein durch das Griechische, indem er auf einige weitere »griechische militärische Wörter im Indischen« hinwies.[418] Ein anderes Sanskritwort, das ihn schon lange beschäftigte, war *matkuṇa* »Wanze«. Als er im September 1906 feststellte, daß Hertel dieses Wort in seinem Werk *Das südliche Pañcatantra* (Leipzig 1906, S. 15–16 und 140) mit »Floh« übersetzt hatte, wandte er sich an ihn, um auf die unzutreffende Wiedergabe hinzuweisen, denn »[d]ie hübsche pikante Geschichte verliert sehr durch diese unglückliche Umtaufe«.[419] Da später auch der amerikanische Indologe Franklin Edgerton (1885–1963) das Sanskritwort *matkuṇa* in seinem *Panchatantra Reconstructed* (New Haven 1924, Bd. 1, S. 94 und Bd. 2, S. 302) mit »flea« übersetzte, veröffentliche Liebich 1927 in der *Zeitschrift für Indologie und Indoiranistik* seinen Artikel »Floh oder Wanze?« als Beitrag zur Festschrift für Eugen Hultzsch (1857–1927).[420] Er plädierte darin für die Wiedergabe »Wanze« und erklärte, wie es zur Verwechslung mit dem Floh gekommen sei. Vier Jahre davor ließ Liebich in derselben Zeitschrift einen anderen Artikel mit seinen »Bemerkungen zu Śaṅkara's Sarva-Siddhānta-Saṃgraha« drucken.[421] Da er in der Zeit von April 1922 bis zu seiner Emeritierung im März 1927 insgesamt nur vier Rezensionen und vier relativ kurze Artikel veröffentlichte, läßt sich sagen, daß der schlesische Gelehrte in dieser Hinsicht während seiner letzten Jahre an der Universität Breslau nicht besonders produktiv gewesen ist.

Pāṇini–Candra Konkordanz (1928)

Sein Hauptaugenmerk war weiterhin auf die indische Grammatik gerichtet, und so stellte er 1928 eine besonders hilfreiche *Konkordanz Panini–Candra* zusammen.[422] Nachdem er in seiner Ausgabe des *Cāndravyākaraṇa* (1902) bei jedem Sūtra Candragomins »zur Erleichterung des Verständnisses auf die entsprechende Regel im panineïschen System (Panini, Katyayana, Bhāṣya oder Kāśikā) hingewiesen« hatte, stellte er in seiner neuen Publikation eine Konkordanz »in der umgekehrten Richtung« zur Verfügung, um die frühere Konkordanz Candra–Pāṇini auch »für kritisch vergleichende Studien nutzbar« zu machen (S. 8). Sieben der acht Seiten der

---

418 Siehe Anhang IV, Nr. I.57, S. 456. 419 Siehe unten, S. 308; vgl. auch Liebichs Brief an Hertel vom 29. September 1906 (S. 311). 420 Siehe Anhang IV, Nr. I.52, S. 455. 421 Siehe Anhang IV, Nr. I.49, S. 454. 422 Siehe Anhang IV, Nr. I.53, S. 455.

Einleitung zu seiner Konkordanz verwendete Liebich allerdings vor allem, um einige unzutreffende Behauptungen des schwedischen Sprachwissenschaftlers Hannes Sköld (1886–1930) in seinen *Papers on Pāṇini and Indian Grammar in General* (Lund 1926) zu kritisieren. Darüber hinaus steuerte er am Ende der Konkordanz noch einige wichtige Bemerkungen bei, insbesondere zur Frage nach den in Candragomins Grammatik fehlenden Akzentregeln. Liebich verwies darauf, daß der Grammatiker »bei Beginn der Ausarbeitung seinen Sūtrapāṭha ebenso wie Panini auf acht Bücher berechnet hatte; im achten sollten alle Akzentregeln zusammengefaßt werden (IV, 3, 93 *svaraviśeṣaṃ tu svarādhyāye vakṣyāmaḥ*, I, 1, 145 *svaraviśeṣaṃ aṣṭame vakṣyāmaḥ* u. a.).« Seiner Auffassung nach scheine Candragomin jedoch später diese Absicht aufgegeben zu haben, »denn in keiner Handschrift, auch nicht in der tibetischen Uebersetzung, findet sich eine Spur von einem siebenten und achten Buch.« (S. 47). Auf den letzten vier Seiten dieser knappen, aber wichtigen Publikation ließ Liebich seine Erstausgabe der *Paribhāṣāsūtra*s der Cāndra-Schule folgen. Für diese Edition lag ihm lediglich die zuvor erwähnte Berliner Kopie vor, die anhand der von Bühler in Kaschmir entdeckten Śāradā-Handschrift angefertigt worden war.[423]

Rezeption der Konkordanz

Auch dieser Beitrag Liebichs wurde von der Fachwelt mit Dank entgegengenommen. Gleich fünfmal besprach man seine neue Veröffentlichung in den wichtigsten Fachzeitschriften. Die erste Kurzbesprechung schrieb Wilhelm Printz, der sie in der *Zeitschrift der Deutschen Morgenländischen Gesellschaft* noch im Erscheinungsjahr der Publikation drucken ließ.[424] Kurz danach wurde man auch im *Journal of the Royal Asiatic Society of Great Britain and Ireland* auf Liebichs Konkordanz aufmerksam gemacht.[425] Die darin veröffentlichte Anzeige eröffnete Lionel David Barnett mit der zutreffenden Beobachtung, daß »[t]he title of this excellent little work describes its contents with a brevity worthy of Pāṇini himself«. Im März 1929 erschien in der *Orientalistischen Literaturzeitung* Paul Thiemes sachliche Besprechung der »von Liebich in seinem Heftchen gegebenen Konkordanz«, mit deren Hilfe man »zunächst feststellen [kann], an welcher Stelle von Candra's Grammatik, Vṛtti, Paribhāṣā- oder Varṇasūtra eine ge-

---

[423] Siehe oben, S. 47. [424] Siehe Anhang IV, Nr. II.30, S. 462. [425] Siehe Anhang IV, Nr. II.31, S. 463.

gebene Regel Pāṇinis sich findet, sodann aber auch, welche Regeln fehlen.«[426] Im selben Jahr wurde außerdem ein wesentlich längerer Rezensionsartikel des amerikanischen Sprachwissenschaftlers Leonard Bloomfield (1887–1949) in *Language*, der Zeitschrift der Linguistic Society of America, veröffentlicht.[427] Darin nutzte Bloomfield die Gelegenheit, die Vorzüge der indischen Sprachlehre hervorzuheben, indem er zunächst festhielt, daß »[t]he descriptive grammar of Sanskrit, which Pāṇini brought to its highest perfection, is one of the greatest monuments of human intelligence and (what concerns us more) an indispensable model for the description of languages.« (S. 268). Er nannte unter anderem drei wesentliche Gründe (nämlich, »a misconception of its historical place«, »a sense of superiority«, und »its form«), weshalb die indische Grammatik trotzdem von vielen, insbesondere amerikanischen Linguisten, »undervalued and neglected« sei. Bloomfield beschloß seine »elementary bibliography of the subject« mit einer ausdrücklichen Nennung der drei besten Kenner der indischen Grammatik im Westen: »Three Europeans take rank beside the great Hindu authorities on Pāṇinean descriptive Sanskrit grammar: Franz Kielhorn, Otto Böhtlingk (through his indices), and, among the living, Bruno Liebich.« (S. 275–276). Eine größere Anerkennung für seine jahrzehntelange Beschäftigung auf diesem Gebiet hätte sich Liebich wahrscheinlich kaum wünschen können. Zu dem einzigen Kritikpunkt in der Rezension von Bloomfield, der sich in einer Fußnote über einen unvollständigen bibliographischen Hinweis in Liebichs »pamphlet« beklagte (S. 268, Fn. 3), äußerte sich Liebich in einer Notiz im nächsten Band von *Language*, in der seine Eigenschaften wie Genauigkeit und Bescheidenheit noch deutlicher hervortraten.[428] Die letzte Rezension der *Konkordanz Panini–Candra* ließ der französische Indologe Louis Renou (1896–1966) im *Journal asiatique* drucken. Auch er wußte diese Arbeit zu schätzen, die Liebich, wie er schrieb, »avec son soin et sa compétence habituels« vorgelegt habe.[429]

---

426 Siehe Anhang IV, Nr. II.32, S. 463. 427 Siehe Anhang IV, Nr. II.33, S. 463. 428 Siehe Anhang IV, Nr. I.56, S. 456. Liebich meinte, daß aufgrund der vollständigen Erwähnung des besagten Artikels in seiner *Cāndravṛtti*-Ausgabe, die Bloomfield anscheinend übersehen hat, »a full repetition in this place was deemed unnecessary and might have been taken as due to an author's vanity.« 429 Siehe Anhang IV, Nr. II.34, S. 463.

Seine Konkordanz veröffentlichte Liebich als das 6. Heft der Reihe »Indische Forschungen«, die Hillebrandt 1906 begründet hatte. Bis zu seinem Tod 21 Jahre später gab sein Lehrer und Kollege insgesamt fünf Hefte heraus, nämlich *Die Apokryphen des Ṛgveda* von Isidor Scheftelowitz (1906), *Die Jaiminīya-Saṃhitā* von Willem Caland (1907), *Die altindischen Personennamen* von Alfons Hilka (1910), seine eigene Ausgabe von Viśākhadattas *Mudrārākṣasa* (1912) und schließlich das *Pañcavidhasūtra* von Richard Simon (1913). Nachdem mehr als ein Jahrzent in dieser Reihe »in zwanglosen Heften« nichts mehr veröffentlicht wurde, entschied sich Liebich, die Reihe wieder ins Leben zu rufen. Ein Jahr nach der Veröffentlichung seiner Konkordanz gab er in derselben Reihe auch die Monographie *Gesetzbuch und Purāṇa* von Johann Jacob Meyer heraus. Es folgten danach nur noch seine eigene *Kṣīrataraṅgiṇī* (1930) und die bereits erwähnte *Concordance Panini-Patañjali* (1935) seines jüngeren indischen Kollegen Prabodh Chandra Lahiri.[430] Mit dem Erscheinen dieses 10. Heftes kam die Reihe »Indische Forschungen« zum Erliegen, da sich der über 70 Jahre alte Liebich aus Altersgründen nicht mehr darum kümmern konnte und auch seine Breslauer Nachfolger kein Interesse an einer Fortsetzung zeigten. Indische Forschungen

Liebichs Ausgabe von Kṣīrasvāmins *Kṣīrataraṅgiṇī*, einem alten und profunden Kommentar zum *Dhātupāṭha* der Pāṇini-Schule, war seine letzte umfangreiche Publikation, die er im Juni 1930 in Breslau abschloß. Darauf folgten nur noch die zuvor erwähnten kurzen Beiträge in den Festschriften für Rapson und Grierson, seine knappe Entgegnung auf Bloomfields Besprechung, eine Rezension von Renous *Grammaire Sanscrite* und schließlich der späte Abdruck seiner Antrittsvorlesung.[431] Zwei Jahre vor seinem 70. Geburtstag veröffentlichte er auf knapp 400 Seiten nicht nur eine sorgfältig angefertigte Edition von Kṣīrasvāmins Werk, sondern auch fünf Anhänge dazu mit einer Zusammenstellung der zahlreichen Zitate in diesem Kommentar (Anhang I), der tibetischen Übersetzung des *Kātantra-Dhātupāṭha* (Anhang II), einer neuen Ausgabe von Śākaṭāyana's *Dhātupāṭha* (Anhang III), einer »Synopsis der sieben ältesten Dhātupāṭha's« (Anhang IV) sowie einem alphabetischen Verzeichnis der Wurzeln »[n]ach Kṣīrataraṅgiṇī (1930)

---

430 Siehe Anhang IV, Nr. III.1–4, S. 464. 431 Siehe dazu oben, S. 38 f., 126 ff. und Anhang IV, Nr. I.56–60, S. 456.

Böhtlingks zweiter Panini-Ausgabe, mit Einfügung der bei Kṣ. neu hinzukommenden« (Anhang V). Vier dieser Anhänge sind mit mehr oder weniger ausführlichen Einleitungen versehen, die Liebich genauso gut auch als selbständige Aufsätze in einer Fachzeitschrift hätte veröffentlichen können. Allerdings entschloß er sich wahrscheinlich aus rein finanziellen Gründen, alles in eine einzige Publikation aufzunehmen, die mit der Unterstützung der Deutschen Gemeinschaft zur Erhaltung und Förderung der Forschung gedruckt wurde, wie in der Titelei ausdrücklich erwähnt.[432] So ist es ihm gelungen, die wichtigsten Ergebnisse seiner wissenschaftlichen Tätigkeit aus der zweiten Hälfte der 1920er Jahre in einem einzigen Band zugänglich zu machen. Wie bereits im Fall der *Cāndravṛtti* wurde auch die Anfertigung von Liebichs Editio princeps der *Kṣīrataraṅgiṇī* nur deshalb möglich, weil er es einrichten konnte, selbst ohne Deutschland zu verlassen die wenigen in Indien und England zugänglichen Primärquellen dieses Textes zu benutzen. Ihm waren zunächst drei relevante Handschriften bekannt, von denen die wichtigste nach einem Umzug aus dem Deccan College seit 1923 im Bhandarkar Oriental Research Institute (MS 287/1875–76) aufbewahrt wurde. Dieses im europäischen Buchformat gebundene Śāradā-Manuskript, das Bühler noch in den 1870er Jahren in Kaschmir entdeckt und nach Pune gebracht hatte,[433] konnte Liebich »durch die gütige Vermittlung der India Office Library« ausleihen.[434] Eine zweite Nāgarī-Handschrift aus Calcutta[435] konnte er in Breslau zwar

---

[432] Zur Geschichte dieser Institution, die am 30. Oktober 1920 als die »Notgemeinschaft der Deutschen Wissenschaft« gegründet und im Jahr 1929 den Namen »Deutsche Gemeinschaft zur Erhaltung und Förderung der Forschung« oder kurz »Deutsche Forschungsgemeinschaft« erhielt, siehe WAGNER 2021. Der Druckzuschuß für Liebichs *Kṣīrataraṅgiṇī* wurde noch 1929 bewilligt (vgl. *gepris-historisch.dfg.de/fall/125013?*), nachdem er bereits im Jahr davor einen Druckzuschuß für die Veröffentlichung von Meyers *Gesetzbuch und Purāṇa* als Heft 7 der »Indischen Forschungen« bekommen hatte (vgl. *gepris-historisch.dfg.de/fall/125012?*). [433] Siehe dazu BÜHLER 1877, S. xix, Nr. 287 und S. 73. [434] Die Handschrift bestand laut Liebich aus 224 Blättern, während Bühler in seinem *Detailed Report* die Zahl 257 mitgeteilt hat. [435] Dieses aus 163 Folios bestehende und auf kaschmirischem Papier geschriebene Manuskript wurde erstmals im Jahr 1886 katalogisiert (siehe MITRA 1886, S. 13–14, Nr. 2588). Da dieser Kodex genau wie die Śāradā-Handschrift aus Kaschmir die gleiche Textlücke im Bereich der Wurzel 10.140–189 aufweist, konnte Liebich leicht erkennen, daß beide Handschriften »trotz zahlreicher kleinerer Varianten letzten Endes auf das gleiche Original zurück[gehen]« (LIEBICH 1930, S. vii).

nicht bekommen, aber sie stand ihm immerhin »in einer guten Abschrift« zur Verfügung, »die sich Theodor Aufrecht von der Calcuttaer Handschrift hat herstellen lassen, und die sich jetzt in der IOL (Aufrecht collection no. 80, vgl. JRAS 1908 p. 1054/55) befindet.«[436] Außerdem ließ sich Liebich eine Handschrift des *Kṣīrataraṅgiṇīsaṃketa* mit einem Auszug von Kṣīrasvāmins Werk aus Pune zusenden. Auch dieses in Nāgarī-Schrift geschriebene und aus 57 Folios bestehende Manuskript wurde von Bühler in Kaschmir beschafft und war ab 1923 im Bhandarkar Oriental Research Institute (MS 288/1875–76) zugänglich.[437] Als seine Arbeit an der Edition weit fortgeschritten war und der Text druckfertig vorlag, erfuhr Liebich anhand einiger weniger Hinweise in Krishnaji Govind Okas Ausgabe des *Amarakośa* mit dem Kommentar Kṣīrasvāmins[438] von einem weiteren Manuskript der *Kṣīrataraṅgiṇī* aus Okas eigener Sammlung in Pune. Diese Handschrift gehörte zu jener Zeit bereits der Bibliothek des Bhandarkar Oriental Research Institute (MS 42/1919–24). Dank des »immer hülfsbereiten« indischen Gelehrten Shripad Krishna Belvalkar (1880–1967) und wieder einmal »durch die gütige Vermittlung der IOL« konnte der deutsche Indologe auch diese wertvolle Quelle »unter den üblichen Bedingungen« entleihen und in Breslau benutzen. Anhand dieser vier Handschriften konnte er trotz aller Widrigkeiten seine Erstedition von Kṣīrasvāmins Kommentar zum *Dhātupāṭha* auf rund 200 Seiten vorlegen. Wie schon früher entschied sich Liebich auch in diesem Fall, den Text in lateinischer Schrift mit westlicher Interpunktion zu drucken, was zum besseren Verständnis dieses grammatischen Textes beitrug. Nach der Vollendung und der Veröffentlichung seiner Edition gingen die geliehenen indischen Handschriften spätestens Ende 1930 zurück nach Pune, und zwar zusammen mit einem Exemplar der gedruckten Ausgabe, die der dankbare Herausgeber der Bibliothek des Bhandarkar Oriental Research Institute schenkte.[439] Knapp drei Jahrzehnte später, im Jahr 1957, gab Yudhiṣṭhira Mīmāṃsaka (1909–1994) eine indische, in Nāgarī-Schrift gesetzte Ausgabe des Textes mit sei-

---

[436] LIEBICH 1930, S. vii; für einige zusätzliche Informationen über diese moderne Abschrift siehe THOMAS 1908, S. 1054 f. [437] Siehe BÜHLER 1877, S. xix, Nr. 288. [438] Siehe dazu OKA 1913, S. 9 und 13. [439] Das Buchgeschenk (»Presented to the Manuscript Dept. by the editor«) wurde im Bhandarkar Oriental Research Institute am 21. Januar 1931 aufgenommen und trägt die Signatur VIII/4723.

nen eigenen Verbesserungen heraus, wobei er sich in textkritischer Hinsicht größtenteils auf Liebichs Arbeit verließ und keine Handschriften heranzog.[440]

Rezeption der Kṣīrataraṅgiṇī-Ausgabe

Innerhalb von zwei Jahren nach dem Erscheinen von Liebichs Ausgabe der *Kṣīrataraṅgiṇī* wurde sein Werk gleich dreimal besprochen. Mittlerweile war Liebich die positiven Bewertungen seiner Veröffentlichungen sicherlich gewohnt, und so wird es ihn nicht überrascht haben, als Louis Renou über seine letzte Ausgabe schrieb: »L'édition de ce texte, il va sans dire, est menée avec le soin et le savoir qui caractérisent tous les travaux de M. Liebich.« (S. 363).[441] Seinen Namen neben Böhtlingk und Kielhorn zu erwähnen war ein Zeichen der wohlverdienten Anerkennung seiner bleibenden Leistungen in der Erforschung der indischen Grammatik. So faßte Renou seine kurze Darstellung von Liebichs inhaltsreichen Anhängen zur *Kṣīrataraṅgiṇī*-Ausgabe mit den folgenden Worten zusammen: »Soit une série de monographies très poussées, qui couronne en quelque manière l'ensemble des travaux grammaticaux de M. L. et résume l'effort méthodique qu'a fourni dans ce domaine l'école allemande, depuis les temps de Böhtlingk et de Kielhorn.« (S. 364). Auch der Schweizer Indogermanist Albert Debrunner (1884–1958) war voller Anerkennung für Liebichs »höchst dankenswerte Arbeitshilfen« und meinte, daß der schlesische Gelehrte damit »seinen vielen Verdiensten um die Erschließung der indischen Grammatiker auch für Indogermanisten ein neues hinzugefügt [hat].«[442] In einem längeren Besprechungsartikel mit dem Titel »Zur Geschichte der einheimischen indischen Grammatik«, in dem sich Paul Thieme mit mehreren Einzelheiten aus Liebichs Anhängen auseinandersetzte und sich dazu insgesamt positiv, wenn auch nicht immer zustimmend, äußerte, bemerkte er zum Hauptteil des Buches kurz und bündig: »Liebichs Ausgabe ist vorzüglich.«[443]

Emeritierung März 1927

Als Liebich seine Ausgabe der *Kṣīrataraṅgiṇī* abschloß, war er bereits seit drei Jahren emeritiert. Die Emeritierung erfolgte in seinem 65. Lebensjahr und wurde, wie es damals üblich war, auch in der Presse bekanntge-

---

440 Für eine spätere korrigierte Auflage dieser indischen Ausgabe siehe Mīmāṃsaka 1985.
441 Siehe Anhang IV, Nr. II.35, S. 463. 442 Siehe Anhang IV, Nr. II.36, S. 463. 443 Siehe Anhang IV, Nr. II.37, S. 464.

macht. So konnte man zum Beispiel im *Oberschlesischen Wanderer* (Nr. 85, 100. Jahrgang, S. 6) am 12. April 1927 die folgende Nachricht lesen:

> Der Ordinarius der indischen Philologie an der Universität Breslau, Professor Dr. Bruno Liebich, ist vom 1. April 1927 ab von den amtlichen Verpflichtungen entbunden worden.

Einige Tage später wurde eine kurze Mitteilung über Liebichs Emeritierung auch in der *Deutschen Literaturzeitung* (Neue Folge 4. Jahrgang, Heft 16, 16. April 1927, Sp. 780) abgedruckt. Liebichs Verbindung mit der Alma mater wurde dadurch jedoch nicht gleich unterbrochen. Er lehrte an der Universität Breslau auch als emeritierter Professor, und zwar noch vier Semester lang bis zum Wintersemester 1928/29, als Otto Strauß (1881–1940) seine Nachfolge antrat.[444] Das Berufungsverfahren für die Nachfolge Liebichs lief in Breslau bis Ende Juni 1927. Strauß erfuhr von seiner Ernennung zum ordentlichen Professor jedoch erst neun Monate später aus einem Schreiben des Preußischen Ministers für Wissenschaft, Kunst und Volksbildung vom 26. März 1928. Der Breslauer Universitätskurator fertigte am 7. April 1928 eine Abschrift dieser Benachrichtigung an, die knapp eine Woche später, am 12. April 1928, an der Philosophischen Fakultät einging. Darin war das Folgende zu lesen:[445]

> Namens des Preußischen Staatsministeriums habe ich Sie zum ordentlichen Professor in der Philosophischen Fakultät der Universität zu Breslau ernannt.
>
> Indem ich Ihnen die darüber ausgefertigte Bestallung übersende, verleihe ich Ihnen in dieser Fakultät die durch das Ausscheiden des Professors Liebich freigewordene planmäßige Professur mit der Verpflichtung, die Indische Philologie und die vergleichende Sprachwissenschaft in Vorlesungen und Übungen zu vertreten. Zugleich ernenne ich Sie zum Direktor des Indogermanisch-semtitistischen (*sic!*) Seminars der Universität Breslau. Wie Ihnen bekannt, handelt es sich bei Ihrer Bestallung um die Ernennung zum persönlichen Ordinarius. Es finden deshalb in Bezug auf Ihr Diensteinkommen die für planmäßige Extraordinariate geltenden Bestimmungen auf Sie Anwendung.

---

[444] Für eine Kurzbiographie von Strauß siehe Stache-Rosen 1981, S. 211–213 (Nr. 104); vgl. auch Grüttner 2023, S. 288. [445] Siehe AUWr, F 100, S. 648.

> Sie wollen Ihr neues Amt zum Beginne des Sommersemesters 1928 übernehmen und das Verzeichnis der von Ihnen hierfür anzukündenden Vorlesungen an den Dekan der Fakultät einsenden.

Dieselbe Nachricht muß Anfang April 1928 auch der Universitätskurator in Kiel sowie Strauß selbst erhalten haben. Da Strauß zu dieser Zeit jedoch immer noch in der Holtenauerstr. 194 in Kiel wohnte und von seiner Berufung offenbar zu spät erfuhr, konnte er seine Lehrtätigkeit in Schlesien erst im Wintersemester 1928/29 aufnehmen. Im Vorlesungsverzeichnis für dieses Semester wurden seine ersten Lehrveranstaltungen an der Universität Breslau angekündigt, nämlich »Hauptprobleme der indischen Philosophie«, »Sanscrit-Grammatik II (Fortsetzung der Übungen und Betrachtung der Grammatik vom indogermanistischen Standpunkt)«, »Vetālapañcaviṃśatikā« und »Nyāyasūtra nebst Bhāṣya«. Das war zugleich das letzte Semester, in dem Liebich einen Kurs anbot. Passend zu seiner wissenschaftlichen Karriere, die ganz von der Erforschung der indischen Grammatik geprägt war, beendete er seine Lehrtätigkeit mit einer »Einführung in Patañjali's Mahābhāṣya«. Im Vorlesungsverzeichnis für das Sommersemester 1929 stand dann nur: »Prof. Dr. Liebich liest nicht.« Seinen Namen erwähnte man aber weiterhin, zum letzten Mal im Breslauer *Personal- und Vorlesungsverzeichnis* für das Sommersemester 1939. Zwischen Liebich und Strauß muß mindestens ein kollegiales Verhältnis bestanden haben. Dafür, daß der emeritierte Professor von seinem Nachfolger sehr geschätzt wurde, zeugt eine Initiative von Strauß anläßlich des 70. Geburtstages von Liebich. Zwar wurde für ihn keine Festschrift herausgegeben, aber um den großen Gelehrten zu würdigen, »der wie kein andrer unter den heute Lebenden zur Aufhellung der einheimischen indischen Grammatik beigetragen hat«, verfaßte Strauß mit Unterstützung des Breslauer Verlegers Theodor Marcus (1894–1973)[446] ein Glückwunsch-Schreiben mit den Unterschriften seiner Fachkollegen und Freunde. Das gedruckte Schreiben, das mehr als 80 deutsche und ausländische Gelehrte unterzeichnet hatten, scheint nicht erhalten geblieben zu sein. Man weiß

---

[446] In dem von seinem Vater Max Marcus (1862–1929) am 1. Juli 1897 gegründeten M. & H. Marcus Verlag erschienen u. a. alle Bände der von Hillebrandt und später von Liebich herausgegebenen »Indischen Forschungen«.

davon nur aus einem Brief von Strauß an Johannes Hertel vom 1. Dezember 1931 sowie aus einer Personalnachricht in der *Schlesischen Zeitung* vom 6. Januar 1932.[447] Eine ähnliche Initiative hatten Liebich und Lucian Scherman (1864–1946) elf Jahre früher, im Dezember 1922, ergriffen, als sie für Hillebrandt anläßlich seines 70. Geburtstages am 15. März 1923 eine »Glückwunsch-Adresse« anfertigen ließen. Der folgende Wortlaut dieser »Adresse«, die Liebich wahrscheinlich selbst verfaßte und dem Jubilar in seinem Domizil in Deutsch-Lissa persönlich überreichte, wurde in der *Schlesischen Zeitung* vom 17. März 1923 abgedruckt:

> Hochverehrter Herr Geheimrat!
>
> Heut vor zehn Jahren wurde Ihnen eine Festgabe überreicht, zu der Ihre Freunde und Schüler sich vereinigt hatten, um den mangala, einem Werk guter Vorbedeutung, zu eröffnen.[448] Die Kluft, die uns von jenen Tagen trennt, scheint unüberbrückbar: fast nur die rein menschlichen Gefühle der Freundschaft und Treue haben sich nicht gewandelt, und ihnen wollen wir auch heut Ausdruck geben, wenngleich in einer Form, die den veränderten Verhältnissen Rechnung trägt. Da von mancher Seite Bedenken geäußert wurden, ob bei der gegenwärtigen Notlage der Wissenschaft eine in würdiger künstlerischer Form gehaltene Widmung sich fachlich rechtfertigen lasse, so haben wir uns diesen Bedenken, die einen richtigen Kern zu bergen scheinen, nicht verschließen zu sollen geglaubt. Wir haben daher für diese Adresse, die Ihnen die Glückwünsche von 122 Verehrern übermittelt, bewußt auf jeden künstlerischen Schmuck verzichtet, und wir hoffen, auch bei Ihnen Verständnis für eine solche Enthaltsamkeit zu finden. Den dadurch ersparten Betrag bitten wir Sie, nach Ihrem Ermessen zum Nutzen unseres Faches zu verwenden. Auch eine Anzahl von wissenschaftlichen Beiträgen für eine neue Festschrift ist eingegangen, deren

---

[447] Siehe unten, S. 387 und 410. [448] Damit ist ein schöner Band mit dem Titel *Beiträge zur Sprach- und Völkerkunde: Festschrift für den Geheimen Regierungsrat Dr. phil. Alfred Hillebrandt zu seinem sechzigsten Geburtstage am 15. März 1913 von seinen Breslauer Schülern dargebracht* (Halle 1913) gemeint. Vielleicht etwas überraschend findet sich unter den 13 Aufsätzen in dieser Festgabe kein Beitrag von Liebich. Sein Name erscheint aber in der Tabula gratulatoria unter den 39 Unterzeichneten, die »zur materiellen Sicherung des Unternehmens beitragen« und dadurch ihre »Anteilnahme betätigen« konnten, wie der schlesische Sagenforscher Richard Kühnau in der Einleitung dieses Sammelbandes schrieb.

Titel und Verfasser Sie ebenfalls am Schluß dieser Widmung finden. Es sind auch, namentlich aus dem Ausland, dankenswerte Anerbieten zur Druckunterstützung einer solchen Festschrift gemacht worden. Da aber die Deutsche Morgenländische Gesellschaft beschlossen hat, den laufenden Jahrgang ihrer Zeitschrift für Indologie und Iranistik Ihnen zu widmen, worin ein Teil dieser Beiträge Aufnahme finden wird,[449] während die übrigen im nächsten Bande erscheinen sollen, so ist die Lösung dieser Frage nicht mehr dringend und kann weiterer gemeinsamer Erwägung vorbehalten bleiben.

Wie die Gesinnung Ihrer Freunde, so sind auch Sie selbst, verehrter Herr Jubilar, in diesem Dezennium allen Stürmen zum Trotz unverändert der Alte geblieben. Neben umfassendem Wirken für das Gemeinwohl, mit unzweideutiger Betonung Ihres politischen Standpunktes, aber ohne verletzende Schärfe gegen Andersdenkende, ist die Wissenschaft nicht leer ausgegangen, – sie war Ihnen Trost und Ablenkung in schweren Stunden. Der größte indische Dichter fand eine literarische Würdigung, die auch durch die Anmut der sprachlichen Form ihres Gegenstandes nicht unwert ist. Aus Veda, Brahmana's und Upanisaden haben Sie uralte Weisheit geschöpft, so noch einmal zurückkehrend zu dem Gebiet, dem Sie einst Jahrzehnte Ihres Lebens in hingebender, entsagender und fruchtbarer Arbeit gewidmet haben. Aber die erstaunliche politische Unfähigkeit unseres Volkes führte Sie mit einer Art innerer Nötigung zu besonders eindringendem Studium der Meister der altindischen Staatskunst und ihrer Werke, und wir sehen der Frucht dieser langjährigen Arbeit mit großen Erwartungen entgegen. Unser Asirvada lautet: mögen Ihnen, im nicht mehr einsamen Heim, noch viele Jahre eines fruchtbaren Schaffens in ungeminderter Frische und Rüstigkeit beschieden sein und möge Ihr Lebensabend noch von den Strahlen der wiederaufgehenden Sonne des Vaterlandes erleuchtet und erwärmt werden! Dies ist der herzliche Wunsch Ihrer Fachgenossen, Freunde und Schüler.

Erneuerung des Doktordiploms

Zu seinem 70. Geburtstag im Jahre 1932 erhielt Liebich zwar keine Festschrift, drei Jahre später, im Februar 1935, richtete man jedoch anläßlich seines fünfzigjährigen Doktorjubiläums eine Feier für ihn aus, bei

449 In der Tat erschien der 2. Band der *Zeitschrift für Indologie und Iranistik* (Leipzig 1923) mit einer Widmung an Hillebrandt.

der sein Doktordiplom vom Februar 1885 »erneuert« wurde. Die Erneuerung seines Doktordiploms stellte eine Form besonderer Ehre dar, die ihm für seine bedeutenden wissenschaftlichen Verdienste und seine lebenslange Verbundenheit mit der Universität Breslau erwiesen wurde. Über diese Ehrenerweisung in Breslau berichtete sogar die Presse, zum Beispiel der *Münsterische Anzeiger* vom 27. Februar 1935:

> Hier feierte der entpflichtete Professor der Friedrich-Wilhelms-Universität Dr. Bruno Liebich sein 50jähriges Doktorjubiläum.

Auch im *Stuttgarter Neuen Tagblatt* vom 1. März 1935 schrieb man darüber:

> In Breslau feierte der entpflichtete Professor der dortigen Universität Dr. Bruno Liebich sein fünfzigjähriges Doktorjubiläum. Liebich, der sich 1892 für indische Philologie in Breslau habilitiert hatte, kehrte 1922 als Nachfolger seines Lehrers Hillebrandt auf den Breslauer Lehrstuhl der Indologie zurück. Sein Spezialgebiet ist indische Sprachwissenschaft.

Dies war die letzte akademische Ehre, die Liebich im Alter von 73 Jahren erhielt. Mit seiner Alma mater blieb er aber auch danach verbunden.

Während der NS-Diktatur

Sein Nachfolger Otto Strauß, den noch Hillebrandt 1921 unter den jüngeren Indologen als Nachfolger für seine eigene Stelle in Erwägung gezogen hatte, vertrat das Fach in seiner ganzen Breite. So kündigte er im Sommersemester 1929 vier sehr unterschiedliche Kurse an, nämlich »Hymnen des Rgveda«, »Bhagavadgītā«, »Daśakumāracarita«, »Übungen zur Einführung in die Sanskrit-Grammatik«. Ähnlich vielseitig lehrte er die Indologie auch Anfang der 1930er Jahre. Im Wintersemester 1929/30 bot er fünf Kurse an, nämlich »Sanskrit II (Vergleichende Lautlehre und leichte Lektüre mit grammatischen Wiederholungen)«, »Indische Literaturgeschichte, ein Überblick«, »Bṛhadāraṇyaka-Upaniṣad«, »Cārvākadarśana des Sarvadarśanasaṃgraha« und »Vetālapañcaviṃśatikā«. Sein Schüler Wolfgang Elpidius Pax bemerkte zu Recht in seinem Nachruf auf Strauß, daß die Wahl von Strauß auf den Breslauer Lehrstuhl für Indologie als »ein Beweis für das große Ansehen [war], das dieser Gelehrte bereits genoß und auf den man mit Recht die größten Hoffnungen setzte.«[450] Nicht lange nach

450 Pax 1951, S. 41.

der Machtergreifung durch die NSDAP am 30. Januar 1933 fanden jedoch die Karrieren von Wissenschaftlern wie Strauß, der jüdischer Herkunft war, ein jähes Ende in Deutschland. Da die restriktiven Maßnahmen der Nationalsozialisten nur schrittweise vorgenommen wurden, unterschätzten viele jüdische Gelehrte, Künstler und Intellektuelle die drohende große Gefahr zunächst. Nicht wenige davon glaubten anfangs sogar, daß das Hitler-Regime bald untergehen und der schreckliche Spuk vorbei sein würde. Am 7. April 1933 wurde jedoch das »Gesetz zur Wiederherstellung des Berufsbeamtentums« erlassen, wodurch viele nicht regimekonforme Personen sowie »Beamte nicht arischer Abstammung« entlassen werden konnten. Strauß, der während des Ersten Weltkrieges als Deutscher für mehrere Jahre in Ahmednagar (Indien) interniert war, war zwar von dieser ersten Entlassungswelle noch nicht direkt betroffen,[451] doch verschlechterte sich im Laufe der nächsten Monate die Situation auch für ihn zusehends. Ende Juli 1933 wurde der »Hitlergruß« eingeführt. Die entsprechende Anordnung des Reichs- und Preußischen Ministers für Wissenschaft, Kunst und Volksbildung Bernhard Rust (1883–1945) vom 22. Juli 1933 wurde im *Zentralblatt für die gesamte Unterrichts-Verwaltung in Preußen* am 5. August 1933 (Jahrgang 75, Heft 15, § 241, S. 203–204) veröffentlicht. Diese Maßnahme wurde folgendermaßen begründet:

> Nachdem der Parteienstaat in Deutschland überwunden ist und die gesamte Verwaltung im Deutschen Reiche unter der Leitung des Reichskanzlers Adolf Hitler steht, erscheint es angebracht, den von ihm eingeführten Gruß allgemein als deutschen Gruß anzuwenden. Damit wird die Verbundenheit des ganzen deutschen Volkes mit seinem Führer auch nach außen hin klar in Erscheinung treten.

Alle Beamten und Angestellten in den Universitäten sowie auch die Lehrer waren daher verpflichtet, »im Dienst und innerhalb der dienstlichen Gebäude und Anlagen durch Erheben des rechten Armes« zu grüßen, und von ihnen wurde außerdem erwartet, »daß sie auch außerhalb des Dienstes in gleicher Weise grüßen.« Gleichfalls am 22. Juli 1933 (§ 242, S. 204)

---

[451] Ob er von dem sog. »Frontkämpferprivileg« oder einer anderen Ausnahmeregelung geschützt wurde, läßt sich nicht belegen. Vgl. Grüttner 2023, S. 288: »1933 vermutlich wegen „hervorragender Bewährung“ nicht entlassen«.

ordnete der preußische Kultusminister vertreten durch den Ministerialdirektor Wilhelm Stuckart (1902–1953) an, daß alle Beamten, Lehrer, Angestellten und Arbeiter sowie alle Schulen und Universitäten die folgenden Ausführungen des Reichsministers des Innern Wilhelm Frick (1877–1946) beachten müßten:[452]

> Es ist allgemein Übung geworden, beim Singen des Liedes der Deutschen und des Horst-Wessel-Liedes (1. Strophe und Wiederholung der 1. Strophe am Schluß) den Hitlergruß zu erweisen ohne Rücksicht darauf, ob der Grüßende Mitglied der N.S.D.A.P. ist oder nicht. Wer nicht in den Verdacht kommen will, sich bewußt ablehnend zu verhalten, wird daher den Hitlergruß erweisen. Nach Niederkämpfung des Parteienstaates ist der Hitlergruß zum Deutschen Gruß geworden.

Außerdem erwartete man von allen Beschäftigten, daß sie den Hitlergruß »Heil Hitler!« als Schlußformel in ihrer offiziellen Korrespondenz gebrauchten. Der Verzicht darauf wurde als eine bewußte Distanzierung von der NSDAP-Ideologie interpretiert, auch wenn andererseits sicherlich nicht alle, die sich in Zeiten der NS-Diktatur für die Verwendung des Hitlergrußes entschieden, aktive und überzeugte Unterstützer des Regimes waren.[453] Am 11. November 1933 wurde das »Bekenntnis der Professoren an den deutschen Universitäten und Hochschulen zu Adolf Hitler und dem nationalsozialistischen Staat« von ca. 900 deutschen Gelehrten unterzeichnet, einschließlich einiger weniger Indologen, nämlich Johannes Hertel, Johannes Nobel, Walther Schubring, Emil Sieg und Friedrich

---

[452] Wie aus einem in Breslau aufbewahrten »Auszug aus dem Preußischen Besoldungsblatt Nr. 27 vom 29. Juli 1933« (siehe AUWr, PL-372-1-0-1-S_149, S. 25) hervorgeht, erreichte diese Anordnung Anfang August 1933 auch die Universität Breslau. [453] Unter Liebichs Briefen findet sich nur ein einziges Schreiben an Wilhelm Printz vom 4. April 1938, das mit dem Hitlergruß endet (für diesen Brief, der eigentlich von seiner Tochter Agnes-Hildegard unter seinem Diktat geschrieben wurde, siehe unten, S. 385). Einige wenige Briefe Liebichs (an Jakob Wilhelm Hauer vom 6. November 1935 und an Erich Frauwallner vom 20. November und 12. Dezember 1935 sowie vom 28. Februar 1936) enden mit dem Ausdruck »Mit deutschem Gruss« (siehe unten, S. 347, 360, 361 und 377). Anscheinend zog er es vor, selbst in den Jahren des Nationalsozialismus weiterhin Grußformeln wie »Mit kollegialem Gruß« und »Mit freundlichem Gruß« zu verwenden, wobei er sich vermutlich auch nach den Erwartungen seines jeweiligen Adressaten richtete. Manchmal verzichtete Liebich ganz auf solche Ausdrücke und verwendete stattdessen lediglich das Kürzel »B. L.«

Weller. Auch wenn kein Breslauer Indologe dieses Dokument unterzeichnet hatte, griff das »Gesetz zur Wiederherstellung des Berufsbeamtentums« weiterhin massiv in die wissenschaftliche Lehrfreiheit in Breslau ein, so daß auch dort die Arbeitsatmosphäre für die Wissenschaftler jüdischer Herkunft zunehmend bedrückend wurde. Mehr und mehr Einschränkungen wurden eingeführt, die ihr Leben wesentlich erschwerten und ihre Forschung stark beeinträchtigten, bis ihnen die Möglichkeiten dazu im »Dritten Reich« ganz genommen wurden.

Emeritierung von Strauß

Spätestens als das »Reichsbürgergesetz«, eines der sog. »Nürnberger Rassengesetze«, am 16. September 1935 verkündet wurde, wird es Strauß klar geworden sein, daß seine Tage in Breslau gezählt waren. Ob es die Verkündung des Reichsbürgergesetzes und des gleichzeitig erlassenen »Gesetzes zum Schutze des deutschen Blutes und der deutschen Ehre« (bekannt auch als »Blutschutzgesetz«) gewesen ist, die zu seiner Entscheidung, die Universität zu verlassen, geführt haben, ist ungewiß. Einem Brief Liebichs an Jakob Wilhelm Hauer (1881–1962) vom 6. November 1935 läßt sich aber entnehmen, daß Strauß »wegen des Arierparagraphen im vorigen Monat das Gesuch um Emeritierung eingereicht« habe.[454] Mit »Arierparagraph« meinte Liebich wahrscheinlich die rassistischen und antisemitischen Paragraphen des »Gesetzes zur Wiederherstellung des Berufsbeamtentums« vom 7. April 1933.[455] Laut der »Ersten Verordnung« dieses Gesetzes vom 11. April 1933 galt als »nicht arisch« jeder, der »von nicht arischen, insbesondere jüdischen Eltern oder Großeltern abstammt.« Strauß sah sich im Oktober 1935 offenbar gezwungen, sich nach weniger als zehn Jahren Dienstzeit in Breslau im Alter von nur 54 Jahren emeritieren zu lassen.[456] So wurde Liebich unter diesen unwürdigen Umständen von der Breslauer Philosophischen Fakultät mit der ungewöhnlichen Aufgabe betraut, nach einem Nachfolger seines eigenen Nachfolgers zu

---

[454] Siehe unten, S. 347 f. Liebich erwähnte auch in einem Brief an Erich Frauwallner vom 12. November 1935, daß »der jetzige Inhaber wegen des Arierparagraphen um seine Emeritierung ersucht hat« (siehe unten, S. 350). [455] Nach § 3, Absatz 1 dieses Gesetzes waren »Beamte, die nicht arischer Abstammung sind, [...] in den Ruhestand (§§ 8 ff.) zu versetzen.«
[456] Aufgrund einer zusätzlichen Bestimmung in § 8 des »Gesetzes zur Wiederherstellung des Berufsbeamtentums« konnte Strauß nicht einmal mit Ruhegeld rechnen, da solche Ausgaben nur für Beamte mit mindestens zehnjähriger Dienstzeit vorgesehen waren.

suchen. Nachdem am 4. November 1935 während einer Fakultätssitzung eine Kommission für die Neubesetzung der Stelle von Strauß gebildet wurde, erhielt Liebich den Auftrag, in der ersten Kommissionssitzung recht kurzfristig eine Vorschlagsliste vorzulegen. Strauß' Versetzung in den Ruhestand zum Ende 1935 wurde besiegelt, als am 14. November 1935 die »Erste Verordnung« zum »Reichsbürgergesetz« erlassen wurde, die den Juden in NS-Deutschland grundsätzlich untersagte, ein öffentliches Amt innezuhaben. Da die bisherigen Ausnahmebestimmungen keine Anwendung mehr fanden, konnten Universitätslehrer wie Strauß ihre Stellung an den deutschen Universitäten nach dem 31. Dezember 1935 nicht mehr behalten.[457]

Die erste Sitzung der Berufungskommission für die Nachfolge Strauß fand am 16. November 1935 statt. Zur Kommission, die anfangs »Indologie« genannt wurde, gehörten außer Liebich und dem Breslauer Gräzisten Ludolf Malten (1879–1969), der zu dieser Zeit als Dekan der Philosophischen Fakultät amtierte und, wie Liebich ihn einschätzte, »ein Mann von guten Formen« war,[458] außerdem der Semitist Carl Brockelmann (1868–1956), der Althistoriker Ernst Kornemann (1868–1946), der Turkologe Friedrich Giese (1870–1944), der Altorientalist Theo Bauer (1896–1957), der klassische Philologe Hans Drexler (1895–1984), der Indogermanist Wilhelm Havers (1879–1961) sowie der Sprachwissenschaftler Wolfgang

Nachfolge Strauß, 1. Sitzung

[457] So besagte § 4, Absatz 1 der »Ersten Verordnung« zum »Reichsbürgergesetz« das Folgende: »Ein Jude kann nicht Reichsbürger sein. Ihm steht ein Stimmrecht in politischen Angelegenheiten nicht zu; er kann ein öffentliches Amt nicht bekleiden.« Der kurzfristige Kündigungstermin wurde im nächsten Absatz explizit genannt: »Jüdische Beamte treten mit Ablauf des 31. Dezember 1935 in den Ruhestand.« Allein in Heidelberg »fielen vom Lehrkörperbestand des Wintersemesters 1932/33 den Säuberungen 56 Dozenten (= 28 %) zum Opfer, davon in der Gruppe der Ordinarien 21 (= 35.6 %).« (Wolgast 1987, S. 367). Darunter waren mehrere ehemalige Kollegen von Liebich und im Jahr 1938 selbst sein »jüdisch versippter« Heidelberger Nachfolger Heinrich Zimmer (vgl. Eckart/Sellin/Wolgast 2006, S. 376, mit weiteren Angaben). Nach den Berechnungen Grüttners war die Universität Breslau nach Frankfurt und Berlin mit Entlassungen von etwa 28 % des Lehrkörpers die am drittstärksten betroffene Universität Deutschlands (siehe Grüttner 2022, S. 517). [458] Siehe unten, S. 347 f. Malten muß das Vertrauen der Nationalsozialisten gewonnen haben, da er ab 1933 fünf Jahre lang als Dekan der Philosophischen Fakultät in Breslau wirken konnte (für einige biographische Details über ihn siehe Unte 1980).

Jungandreas (1894–1991).[459] Um während der ersten Sitzung dieser Kommission eine belastbare Vorschlagsliste unterbreiten zu können und den gefährdeten indologischen Lehrstuhl in Breslau unter den gegebenen politischen Bedingungen zu retten, wandte sich Liebich noch am 6. November 1935 schriftlich an mehrere potentielle Kandidaten. Wie er in seinem Brief an Hauer ausdrücklich schrieb, war er ursprünglich geneigt, diesen an erster, Bernhard Breloer (1894–1947) an zweiter und Erich Frauwallner (1898–1974) an dritter Stelle vorzuschlagen.[460] Liebich wies im selben Schreiben darauf hin, daß es sich für die Indologie in Breslau »vielleicht um die Rettung des Lehrstuhls überhaupt handelt«. Er mache sich nicht zuletzt deshalb Sorgen, denn der Dekan sei der Meinung, daß er »eine Dringlichkeit der Neubesetzung […] allerdings dem Minister schwer

[459] In der Einladung des Dekans vom 13. November 1935 zur ersten Kommissionssitzung (AUWr, S 220–492, S. 7) erscheint auch der Name des Breslauer Zoologen Wilhelm Goetsch (1887–1960), er beteiligte sich an dem Berufungsverfahren jedoch nicht. Der Biologe Johannes Buder (1884–1966) war ebenso eingeladen, nahm aber nur an der ersten Sitzung teil.

[460] Siehe unten, S. 347 f. In seinen Briefen an Hauer kam Liebich dessen weltanschaulichen Ansichten weit entgegen – ob aus strategischen Überlegungen oder innerer Überzeugung läßt sich aufgrund der Quellenlage nicht eindeutig sagen. Seine Korrespondenz mit Hauer (siehe unten etwa den Brief an Hauer vom 17. November 1935, S. 357 f.) könnte man jedenfalls so deuten, daß er in dieser späten Phase seines Lebens völkischen Ideen möglicherweise nicht fernstand. In eine ähnliche Richtung weisen auch Liebichs Schlußworte in seinem Nachwort zu seiner allerletzten Veröffentlichung (*Die vier indischen Āçrama's*): »Ich bilde mir nun nicht ein, daß mein schwaches Wort eine Änderung zur Folge haben wird. Die Brugmänner sind in Deutschland noch immer in der Überzahl und werden schon Gegengründe finden. Aber ich hoffe auf die Jugend. Wir haben in den letzten drei Jahren viel größere Zöpfe über Bord geworfen, und in zehn Jahren wird eine neue Generation auch in der Wissenschaft am Ruder stehen.« (Liebich 1936, S. 40). Dazu schrieb Meinrad Scheller am 13. Februar 1971 in einem Brief an Liebichs Tochter das Folgende: »Im Übrigen hege ich auch Bedenken, ob irgend ein bundesdeutscher Verleger heute den Abdruck des letzten Satzes des Nachworts verantworten möchte: Selbstverständlich zweifle ich persönlich keine Sekunde an der absoluten Lauterkeit des 74-jährigen. In- und ausländisches Lesepublikum kann den Satz aber als direktes Bekenntnis interpretieren und unerfreulich hochspielen.« (Brief im Privatbesitz von Dagmar Ladisch-Grube). Der NSDAP hat Liebich mit hoher Wahrscheinlichkeit wohl nie angehört, denn anhand der zu ca. 80 % überlieferten NSDAP-Mitgliederkartei konnte im April 2009 keine NSDAP-Mitgliedschaft von ihm festgestellt werden (vgl. auch Liebichs Hochschullehrerkarteikarte [BArch R 4901/13270, S. 512], in der keine NSDAP-Parteizugehörigkeit vermerkt ist). Insgesamt scheint er sich nur wenig für Politik interessiert zu haben und ist nie wirklich politisch aktiv gewesen.

plausibel machen [könne], angesichts der Tatsache, dass im vorigen Semester nur zwei Studenten die indischen Vorlesungen belegt hätten.« In seinem Brief an Hauer sprach Liebich »[v]on der ungeheuren Bedeutung, die gerade jetzt die uralte indische Tradition und Literatur für die Erkenntnis unsrer arischen Seele gewonnen hat«, und hoffte möglicherweise, daß man mit einem Kandidaten wie Hauer, der die Indologie nach seinem eigenen Bekunden »mit einem Lehrauftrag für arische Weltanschauung« verknüpfen wollte,[461] eine bessere Chance hätte, den Lehrstuhl zu bewahren und die Fortsetzung der indologischen Forschung in Breslau trotz aller Gefahren und Widerstände zu gewährleisten. Da Hauer allerdings bereits seit 1927 ein volles Ordinariat in Tübingen hatte und nicht geneigt war, nach Breslau zu kommen, wurde seine Kandidatur noch während der ersten Kommissionssitzung abgelehnt.[462] Bereits am 2. November 1935 schrieb Liebich auch Breloer an, erhielt aber erst Anfang Januar 1936 eine Antwort von ihm mit dem Hinweis, daß dieser am 1. Oktober 1935 nach Berlin berufen worden sei.[463] So blieb von Liebichs ersten Kandidaten nur noch Frauwallner, mit dem er im November und Dezember 1935 mehrere Briefe austauschte und von dem er einen »Selbstbericht« und mehrere Sonderdrucke erhielt.[464] Wenige Tage vor der ersten Sitzung der Berufungskommission traf bei Liebich außerdem die Rückmeldung

---

[461] Siehe unten, S. 351 f. Um auf die Bedeutung der Indologie, »besonders wenn sie mit der Erforschung arischer Weltanschauung verknüpft wird, für den inneren Bau des Reiches« hinzuweisen, richtete Hauer sogar »eine kleine Denkschrift an den Reichskultminister«. Darüber hinaus bemühte er sich auch bei Liebich um seine Unterschrift für eine weitere »kleine Denkschrift [...], in der eine Anzahl von Fachgenossen dem Reichskultminister die Wichtigkeit der arischen Forschung vortragen werden mit bestimmten Vorschlägen«. Hauer ging es insbesondere darum, daß den Inhabern von Lehrstühlen für Indologie und Iranistik »regelmässig begabte junge Nationalsozialisten zur Einführung in die Wissenschaft zugewiesen werden, damit der Nachwuchs und damit die Erforschung der arischen Urzeit und die Weltgeltung der deutschen indologischen und iranistischen Forschung in Zukunft erhalten bleibt.« Liebich signalisierte seine Bereitschaft, diese Denkschrift zu unterzeichnen, »wenn mir der Wortlaut vorher mitgeteilt wird« (siehe unten, S. 357). [462] In seiner Antwort an Liebich vom 13. November 1935 verband Hauer einen eventuellen Weggang aus Tübingen mit der Bedingung, »dass mit der Professur für Indologie ein ausgesprochener Lehrauftrag für arische Weltanschauung verknüpft würde und die Zusicherung gegeben werden (*sic!*), dass damit der Lehrstuhl von der nationalsozialistischen Regierung als gesichert bezeichnet wird.« (siehe unten, S. 351 f.). [463] Siehe unten, S. 370. [464] Siehe unten, S. 350, 353 ff., 360 f. und 363 f.

von Paul Thieme (1905–2001) mit seiner Publikationsliste ein. Thieme bestätigte damit ebenso sein Interesse an der Nachfolge Strauß. Auch dem Dekan Malten lag viel daran, geeignete Kandidaten für den indologischen Lehrstuhl in Breslau zu finden, zumal da die Nationalsozialisten zu dieser Zeit danach strebten, alle vakanten Stellen im öffentlichen Dienst mit getreuen Mitgliedern der NSDAP wiederzubesetzen. Bereits am 16. August 1933 wurden die Universitäten angewiesen mitzuhelfen, »bewährte Kämpfer der N.S.D.A.P. in ihrem Dienstbereich anzustellen, soweit eine Anstellung nach Eignung und Persönlichkeit der Bewerber und nach den bestehenden Bestimmungen nur irgendwie verantwortet werden kann.«[465] Die Behörden waren verpflichtet »zu prüfen, ob und inwieweit freie und freiwerdende Stellen des öffentlichen Dienstes zur Unterbringung von S.A.- und S.S.-Leuten sowie alten Parteigenossen der N.S.D.A.P. in Betracht kommen.« Angesichts der Gefahr, einen nationalsozialistisch gesinnten Indologen – zu dieser Zeit gab es nur wenige solche Fachleute, die überhaupt in Frage gekommen wären – oder eine ungeeignete parteitreue Person in Breslau einstellen zu müssen oder im schlimmsten Fall den Lehrstuhl ganz zu verlieren, bemühte sich Malten dieses Szenario zu vermeiden, indem er sich am 13. November 1935 mit einer außerordentlichen Bitte an den seiner eigenen Stelle beraubten Strauß wandte. Der Dekan bat seinen Kollegen, ihm »privatim zu meiner Belehrung« mitzuteilen, »welche Persönlichkeiten« ihm für seine Nachfolge »ganz besonders in Frage zu kommen scheinen« und »wer ... ausgeschaltet werden sollte«.[466] Ohne Zeit zu verlieren, schickte Strauß noch am 14. November – am selben Tag, als die »Erste Verordnung« zum »Reichsbürgergesetz« seine Entlassung unumgänglich machte – eine sehr hilfreiche und sachliche Antwort, in der er sich ausführlich über die möglichen Kandidaten äußerte und auf Bitte von Malten auch einen Vorschlag für die Berufungsliste machte.[467] Strauß favorisierte Heinrich Zimmer (1890–1943), den er als einen solchen Gelehrten »von Geist und Weltblick« einschätzte, »der es wie kein anderer Indologe in Deutschland verstanden hat, das Wesen indischer Weltanschauung in der Tiefe zu begreifen«. Strauß hatte keine Zweifel, daß

---

465 *Zentralblatt für die gesamte Unterrichts- Verwaltung in Preußen*, Jahrgang 75, Heft 15, § 278, S. 228. 466 Siehe unten, S. 388. 467 Siehe unten, S. 388 ff.

»[i]n ihm ... die Universität einen Mann von überragender Bedeutung und breitester Wirkung gewinnen« könnte. Er war aber zugleich bereit, auch Paul Thieme, »vorzüglich geschult im Veda und in einheimischer indischer Grammatik«, *pari passu* mit Zimmer an die erste Stelle zu setzen. Die anderen Indologen auf seiner Liste waren Ernst Waldschmidt (1897–1985) und Erich Frauwallner (1898–1974) an zweiter Stelle sowie Hans Losch (1902–1995) und Ludwig Alsdorf (1904–1978) an dritter. Mit einem rasch durchgeführten Berufungsverfahren scheint der Dekan Malten das Ziel verfolgt zu haben, den indologischen Lehrstuhl möglichst schnell und unauffällig mit einem geeigneten Wissenschaftler wiederzubesetzen und somit die Indologie in Breslau zu retten, noch bevor etwas anderes in Berlin entschieden werden konnte. Er muß befürchtet haben, daß bei einer frühzeitigen Einmischung des preußischen Kultusministeriums die Universitätsleitung dem Ministerium gegenüber machtlos gewesen wäre und die Chancen für die Rettung des Lehrstuhls sowie für die Berufung eines würdigen Nachfolgers von Strauß wesentlich geringer ausgefallen wären. Daß Gefahren für die Breslauer Indologie nicht nur außerhalb, sondern auch innerhalb der Universität lauerten, zeigte sich noch während der ersten Sitzung der Berufungskommission, als der Biologe Buder »einen Brief von Naturwissenschaftlern« überreichte »mit dem Antrag, zu erwägen, ob zweckmäßiger, die Wiederherstellung der astronomischen Professur zu beantragen statt einer Neubesetzung der Indologie.«[468] Man strebte damit ungeniert an, auf Kosten der Indologie eine ordentliche Professur für den Breslauer Astronomen Erich Schoenberg (1882–1965) zu schaffen, da er bis zu diesem Zeitpunkt nur als nichtverbeamteter außerordentlicher Professor beschäftigt war.[469] Nachdem der beabsichtigte »Tausch« entschlossen abgewehrt werden konnte,[470] stellte Liebich fünf mögliche Kandidaten vor.

---

[468] Siehe »Protokoll der Sitzung der Kommission "Indologie" am 16.11.1935«, AUWr, S 220–492, S. 14. [469] Schoenberg war seit 1926 Direktor der Universitätssternwarte Breslau. Ein Nachruf auf ihn wurde von seinem Schüler Hans-Ullrich Sandig in den *Mitteilungen der Astronomischen Gesellschaft*, Band 20, Hamburg 1966, S. 6–12 veröffentlicht. [470] Das wichtigste Argument dagegen war, daß eine solche »Verschiebung Sache der Regierungen« wäre und »die Fakultäten [...] allgemein an der festen Verteilung festhalten« sollten. Darüber hinaus wurde hervorgehoben, daß die Gefahr bestünde, sowohl die Indologie zu verlieren als auch nichts für den Astronomen Schönberg zu gewinnen.

Interessanterweise erwähnte er zunächst – womöglich in Absprache oder zumindest nach einer Besprechung mit Strauß[471] – den Namen seines eigenen Heidelberger Nachfolgers Heinrich Zimmer. Dieser Kandidatur wollte man allerdings nicht mehr nachgehen, da Zimmer mit einer Jüdin, nämlich Christiane von Hofmannsthal (1902–1987), der Tochter des österreichischen Schriftstellers Hugo von Hofmannsthal (1874–1929), verheiratet war. Offenbar ahnte man bereits Ende 1935, daß aufgrund der nationalsozialistischen Rassenpolitik auch der »deutschblütige« Zimmer als »jüdisch versippter« in Breslau nicht zu halten gewesen wäre, wie später, am 24. Februar 1938, der Entzug seiner Lehrbefugnis in Heidelberg tatsächlich zeigte. Liebichs andere Kandidaten, die er am 16. November 1935 zur Diskussion brachte, waren Breloer, Thieme, Frauwallner und Hauer. Während der ersten Kommissionssitzung wurde auch die Liste von Strauß präsentiert. Der von ihm genannte Waldschmidt fand breite Zustimmung, während sich Liebich eindeutig gegen Losch aussprach. Während Frauwallner als »ungeklärt« und Alsdorf als »unbekannt« galten, brachte man noch den Namen von Helmuth von Glasenapp (1891–1963) ins Gespräch. Da die Beratung mit einem relativ unbefriedigenden Ergebnis (laut Protokol: »Die Position schwach«) beendet wurde, blieb »zu erwägen, ob der Charakter der Professur nach der iranistischen Seiten zu erweitern ist«, wobei das Stichwort »Arische Philologie« fiel.

Nachfolge Strauß, 2. Sitzung

Bis zur zweiten Kommissionssitzung, die zwei Monate später, am 15. Januar 1936, stattfand, mußte Liebich weitere potentielle Kandidaten für die um die Iranistik erweiterte indologische Stelle von Strauß finden. Da er vom Dekan am 18. Dezember ausdrücklich darauf hingewiesen wurde, »sich auf eine Iranisten-Liste zu präparieren«,[472] wandte sich Liebich an einige andere Wissenschaftler, die für eine indo-iranistische Professur geeignet waren. Der norwegische Indo-Iranist Georg Morgenstierne (1892–1978) lehnte Liebichs Angebot höflich ab,[473] zwei deutsche Indo-Iranisten,

[471] Es läßt sich vermuten, daß Strauß im direkten Kontakt mit Liebich stand, auch wenn dafür keine Belege erhalten sind. Ein möglicher Austausch zwischen den beiden Indologen wurde jedenfalls von Malten in seinem Schreiben an Strauß vom 13. November 1935 mit den folgenden Worten in Erwägung gezogen: »Vielleicht sprechen Sie auch privatim einmal über die Angelegenheit mit Herrn Liebich, damit auch er über Ihre Anschauungen Bescheid weiss.« (siehe unten, S. 388). [472] Siehe unten, S. 362. [473] Siehe unten, S. 365.

nämlich Herman Lommel (1885–1968) und Hans Reichelt (1877–1939), bekundeten hingegen ihr Interesse, als Nachfolger von Strauß nach Breslau zu kommen.[474] Gleichzeitig erhielt Liebich von Frauwallner und Thieme Auskunft über ihr iranistisches Profil.[475] Noch am 19. November 1935 bestätigte auch von Glasenapp in einem Brief an Kornemann, daß er bereit wäre, »voraussichtlich einen Ruf nach Breslau an[zu]nehmen, weil« er nach mehr als sieben Jahren als Nachfolger von Rudolf Otto Franke in Königsberg »gern etwas neues kennenlernen würde«.[476] Von Glasenapp ist der einzige Gelehrte, von dem bekannt ist, daß er im Zusammenhang mit dem indologischen Lehrstuhl in Breslau auch seine Betroffenheit über die Entlassung von Strauß deutlich zum Ausdruck brachte, indem er seinen Brief an Kornemann mit den folgenden Worten eröffnete:

> Haben Sie vielen Dank für Ihr liebenswürdiges Schreiben. Es ist mir eine große Freude zu sehen, daß Sie bei Freiwerden des Lehrstuhls sofort meiner gedenken. Es tut mir leid, daß Strauß nun auch ausscheiden muß, nachdem er bis jetzt gehalten werden konnte. Da er, wie Sie schreiben, emeritiert worden ist, hoffe ich, daß seine Zukunft finanziell gesichert ist.

Die zweite Kommissionssitzung war zwar ursprünglich für den 13. Januar 1936 geplant, mußte aber auf den 15. Januar verlegt werden.[477] Während dieser Sitzung der kurzerhand zu »Iranistik« umbenannten Kommission plädierte der Dekan Malten dafür, daß »zwischen dem Ideal und den

[474] Siehe unten, S. 366 und 369. [475] Frauwallner schrieb am 27. Dezember 1935, daß er sich »mehrere Jahre ziemlich viel mit Iranistik beschäftigt [hat], vom Avesta bis Firdausi, vor allem aber mit den mitteliranischen Sprachen« (siehe unten, S. 364). Thieme erklärte seinerseits am 6. Januar 1936, daß er bei dem Göttinger Iranisten Friedrich Carl Andreas »im Nebenfach promoviert« hatte, ihm »[d]as ganze große Gebiet der Iranistik [...] natürlich nur sehr stückweise vertraut« sei und »[d]as einzige Teilgebiet der Iranistik, das [er] mit Freude und einiger Kompetenz vertreten könnte,« die »Awesta-interpretation« sei (siehe unten, S. 367).
[476] AUWr, S 220–492, S. 16. Der Adressat wurde in diesem Brief zwar nicht ausdrücklich erwähnt, Kornemann hat aber diesem Schreiben am 21. November 1935 die folgenden Zeilen handschriftlich hinzugefügt: »Nachfolge Strauß / Brief v. Glasenapp / Dem Herrn Dekan zur gefälligen Kenntnisnahme / Br. 21/XI 35 / E. Kornemann«. [477] Siehe AUWr, S 220–492, S. 24 und 27. Interessanterweise erwähnte Malten in seinen Einladungen die Indologie nicht mehr und sprach nur von Iranistik.

praktischen Gegebenheiten ein Mittelweg gefunden« werden müsse. Dieser Mittelweg bestand für ihn darin, die Professur mit einem Lehrauftrag für Indologie *und* Iranistik zu vergeben und nicht, wie Havers vorgeschlagen und dafür von Brockelmann und Giese Beifall bekommen hatte, einen Iranisten statt eines Indologen zu wählen.[478] Wie Liebich noch am 17. November 1935 an Hauer schrieb, hatte er nichts gegen einen Iranisten in Breslau, »aber nicht statt des Indologen, sondern neben ihm, dessen vornehmste Aufgabe es bleibt, die wunderbar erhaltene uralte Literatur zu erschliessen und kulturell auszuwerten.«[479] Während der zweiten Sitzung argumentierte er, daß zum einen eine ausschließlich aus Iranisten bestehende Bewerberliste nicht zustandegekommen wäre und zum anderen in Breslau bisher »[w]ohl Indologie, aber nicht Iranistik [...] eine Rolle gespielt« hatte.[480] Da Liebich weder Lommel noch Reichelt befürworten wollte,[481] schlug er vor, in die Liste nur Waldschmidt, Thieme und Frauwallner aufzunehmen, auch wenn die ersten beiden für ihn eigentlich nicht in Betracht kamen, »wohl aber der dritte, der jung und tüchtig sei.« Der Dekan stand Liebichs Vorschlagsliste »durchaus sympathisch« gegenüber, hatte aber gewisse Bedenken, daß Frauwallner die »Iranistik nur im Nebenfach mitvertreten« kann, und wies deshalb noch einmal auf den »Mittelweg« als einzige Alternative zum möglichen Abbau der Professur. Trotzdem unterstützte Malten Liebichs Wunschkandidaten und schlug vor, weitere Gutachten über Frauwallner einzuholen, aber zusätzlich auch über den Tocharologen Wilhelm Siegling (1880–1946), den er ebenso in Betracht zog. Waldschmidt, der zu jener Zeit Leiter der indischen Sammlung des Völkerkundemuseums in Berlin war, wurde von Kornemann vorgeschlagen, es blieb aber zu klären, ob jener im Falle einer Ernennung überhaupt bereit sei, nach Breslau zu kommen.

---

478 Siehe »Protokoll der Kommissionssitzung "Iranistik" (Nachfolge Strauss) II. am Mittwoch den 15. Januar 1936«, AUWr, S 220–492, S. 28–30. 479 Siehe unten, S. 357. 480 Wie dem Sitzungsprotokoll zu entnehmen ist, hat Liebich außerdem davon gesprochen, wie »besonders gegenwartsnah« die Indologie sei, da »die arische Tradition [...] bei den Indern besonders lebendig [sei]«. 481 Lommel kam für ihn wegen »seiner wissenschaftlichen Einstellung und Eignung« nicht in Frage, während gegen Reichelt sein Alter und seine »Fernstellung der Indologie gegenüber« sprachen.

Nachfolge Strauß, 3. Sitzung

Die dritte und letzte Sitzung der Berufungskommission sollte zwei Wochen später, am 29. Januar 1936, stattfinden. Wegen einer Erkrankung des Dekans traf man sich aber erst am 5. Februar.[482] Inzwischen hatte Liebich von Heinrich Lüders die Nachricht über Wilhelm Sieglings »völlige Ablehnung« der Breslauer Professur erhalten.[483] Lüders wies zwar auf Andreas' Schüler Walter Henning (1908–1967) hin, als reiner Iranist konnte er aber trotz seiner »wirklich hervorragend[en]« Leistungen für die indoiranistische Stelle in Breslau kaum berücksichtigt werden. Während der Beratungen wurde noch ein weiterer Iranist und ebenso Schüler von Andreas, nämlich Wolfgang Lentz (1900–1986), ins Gespräch gebracht, aber auch er konnte aufgrund der fehlenden indologischen Kenntnisse nicht in die Vorschlagsliste aufgenommen werden. Die besten Aussichten hatten weiterhin die drei Indologen Waldschmidt, Thieme und vor allem Frauwallner. Letzterer war angeblich »durch S. Magnifizenz empfohlen worden«.[484] Seine Eignung für eine »Sanskrit-Professur« wurde von dem deutschen Indogermanisten in Wien Paul Kretschmer (1866–1956) in einem Schreiben vom 25. Januar 1936 bestätigt.[485] Auch der zur Emeritierung gezwungene Nachfolger Liebichs äußerte sich positiv über ihn, insofern als protokolliert wurde, daß der Dekan »ein Urteil von Prof. Strauss vor[liest], das günstig lautet.«[486] Liebich favorisierte Frauwallner und schlug der Kommission vor, ihn und Waldschmidt *pari passu* an erste Stelle zu setzen, während für Thieme der zweite Platz blieb. Der Dekan erklärte sich damit einverstanden und, wie im Protokoll notiert, »formuliert[e] die Liste in der Weise, wie Prof. Liebig (*sic!*) vorgeschlagen hatte.«

Nachfolge Strauß, Abschluß

Wenige Tage nach der dritten Sitzung erhielt Malten die Nachricht, daß Waldschmidt »grundsätzlich bereit ist, der Berufung auf einen Lehrstuhl für Indologie nach Breslau Folge zu leisten«, worüber auch Liebich am

[482] Für die entsprechenden Einladungen siehe AUWr, S 220–492, S. 31 und 39. [483] Siehe unten, S. 374. [484] Frauwallner scheint vom Breslauer Rektor Gustav Adolf Walz (1897–1948) vorgeschlagen worden zu sein. Wie der Völkerrechtler Walz, der sich 1927 in Marburg habilitierte und dort bis Ende Oktober 1933 blieb, auf den Wiener Indologen gekommen ist, bleibt allerdings unklar. [485] Siehe unten, S. 373. [486] Ob Malten einen Auszug aus dem bereits erwähnten Brief von Strauß vom 14. November 1935 vorgelesen hat (siehe unten, S. 388) oder Strauß sich über Frauwallner in einem weiteren, unbekannten Schreiben geäußert hat, läßt sich schwer beurteilen.

8. Februar vom Dekan informiert wurde.[487] Da nun nichts mehr im Wege stand, konnte die Vorschlagsliste mit den drei Kandidaten der Philosophischen Fakultät vorgestellt werden. Die Fakultätssitzung fand am 17. Februar statt. Wie Liebich drei Tage später an Frauwallner schrieb, wurde seine Liste auch diesmal »ohne Widerspruch angenommen. [...] Damit ist das geschehen, was wir in Breslau tun konnten; die Entscheidung liegt nun in Berlin.«[488] Die entsprechenden Unterlagen wurden noch am selben Tag nach Berlin geschickt.[489] Malten eröffnete sein Schreiben an den Reichs- und Preußischen Minister für Wissenschaft, Erziehung und Volksbildung Rust damit, daß die »durch das am 1. Januar 1936 erfolgte Ausscheiden des Prof. Dr. Otto Strauss« freigewordene Professur den Titel »Professur für Indologie und Iranistik« führt. Er erklärte insbesondere, daß diese Formulierung »nicht bedeutungslos« sei, weil »gerade die Iranistik eine besondere Rolle in der Zukunft spielen wird; berührt doch die Iranistik von Vorderasien und Kleinasien aus überall die Indogermanenfrage und stellen sich der Forschung gerade für das Eindringen der Indogermanen in den vorderasiatischen Raum Probleme von grösster Wesentlichkeit entgegen.« Offenbar lag es dem Dekan daran, den Kultusminister zu überzeugen, wie unentbehrlich die Breslauer Professur sei, damit ein Abbau der Stelle verhindert werden konnte. Es fällt dabei auf, daß Malten der Versuchung widerstand, sich nationalsozialistischer Begrifflichkeit zu bedienen und selbst Wörter wie »Arier« und »arisch« vermied.[490] Indem er darauf hinwies, daß »[e]ine reine Iranistenliste aufzustellen [...] nicht möglich« gewesen sei, stellte er die drei Indologen vor, »von denen wir uns überzeugt haben, dass sie auch Iranisten sind.« Diesem Schreiben wurden auch »[d]ie Voten des früheren Fachvertreters, des emeritierten Professors Dr. Liebich über Waldschmidt, Frauwallner und Thieme« beigelegt, so daß ab diesem Moment die Entscheidung tatsächlich in Berlin lag. Der alte Liebich – er war mittlerweile 74 Jahre alt – setzte sich aber auch in dieser Schlußphase für seinen Favoriten Frauwallner ein. So wandte er sich in seinem Interesse persönlich an den NS-Rassenforscher Hans Günther (1891–

---

[487] Siehe unten, S. 375. [488] Siehe unten, S. 376. [489] Siehe AUWr, S 220–492, S. 45–46.
[490] Zu diesem Begriffspaar mit seiner »komplexe[n] Geschichte« und »oft verschwommene[n] Gebrauchsweise« vgl. SCHMITT 2012.

1968)[491] und auch an den Kultusminister Rust selbst, um für Frauwallner zu werben.[492] Es hat aber offenbar ernsthafte Einwände in Berlin gegeben, und so bewirkten weder Liebichs Bemühungen etwas, noch konnte Frauwallner aus seinem NSDAP-Eintritt am 29. November 1932 und seiner seit März 1933 belegten Zugehörigkeit zum NS-Lehrerbund einen Vorteil ziehen.[493] Die Entscheidung wurde im März 1936 getroffen, und zwar überraschenderweise nicht zugunsten der beiden erstplazierten Kandidaten, sondern zugunsten des zweitplazierten Thieme. Was genau für die Wahl des jüngsten Bewerbers – Thieme wurde um diese Zeit gerade 31 Jahre alt – den Ausschlag gab, ob es sein Alter, seine überragenden Qualifikationen oder etwas anderes war, ist unbekannt. Parteipolitische Gründe kann es in Thiemes Fall gewiß nicht gegeben haben, zumal da er anscheinend weder der NSDAP angehörte, noch mit den Nationalsozialisten sympathisierte.[494] Die Nachricht von der Ernennung Thiemes erreichte die Philosophische Fakultät in Breslau am 30. März, als der Universitätskurator dem Dekan das Folgende schrieb:[495]

> Der Herr Minister hat den Dozenten Dr. phil. habil. Paul Thieme in Göttingen widerruflich beauftragt, vom Sommersemester 1936 ab in der Philosophischen Fakultät der hiesigen Universität die Indologie in Vorlesungen und, soweit nötig, in Übungen zu vertreten. Gleichzeitig hat der Herr Minister nach §17 der Reichshabilitationsordnung vom

[491] Günther wurde im Wintersemester 1935/36 als Professor für Rassenkunde, Völkerbiologie und ländliche Soziologie an die Universität Berlin berufen und verfügte anscheinend über Kontakte und Informationen, von denen sich Liebich erhoffte, daß Frauwallner profitieren könnte. [492] Siehe unten, S. 377. [493] Zu Frauwallners NSDAP-Mitgliedschaft und einer differenzierten Behandlung seiner Vergangenheit in den 1930er und 40er Jahren siehe Slaje 2024 und 2026. [494] Auf Thiemes Hochschullehrerkarteikarte ist keine Parteizugehörigkeit vermerkt (siehe BArch R 4901/13278, S. 646–647). In einem britischen Geheimdienstbericht vom Januar 1945 wird Thieme sogar als »strong anti-Nazi« beschrieben. Anders war es bei Ernst Waldschmidt, der der NSDAP nahe stand und 1937 deren Mitglied wurde. Während des Zweiten Weltkrieges gehörte Waldschmidt der Wehrmacht an und verhörte als Luftwaffenoffizier Kriegsgefangene, wie zum Beispiel die amerikanischen Piloten George R. Klare (1922–2006) und Jacob Edward Smart (1909–2006), die er 1944 und 1945 in Oberursel vernahm (siehe dazu Lassiter 2004, S. 20–25 und *www.hohemark.de/ueber-uns/werte-philosophie/geschichte* [Reservelazarett Klinik Hohe Mark, Jacob Edward Smart, Colonel US Army Forces]). [495] Siehe AUWr, S 220–492, S. 59 und S 200, S. 67.

13. Dezember 1934 die Eingliederung des Genannten als Dozent in die hiesige Philosophische Fakultät vom 1. April d. Js. ab angeordnet.

Thieme erhielt nicht nur den Ruf nach Breslau, sondern auch den nach Leipzig und Göttingen, er entschied sich aber für Breslau. Im Breslauer *Personal- und Vorlesungsverzeichnis* für das Sommersemester 1936 konnte man zwar noch keine Kurse von ihm anzeigen,[496] in das Verzeichnis für das Wintersemester 1936/37 wurden aber fünf Lehrveranstaltungen unter seinem Namen eingetragen, nämlich »Erklärung eines klassischen Sanskrittextes«, »Einführung ins Sanskrit«, »Interpretation vedischer Hymnen«, »Einführung in die Sprache und Graphik des Avesta« und »Die Religion der Arier (nach Veda und Avesta)«.[497] Während Thieme von Göttingen nach Breslau ging, wurde Waldschmidt auf den Lehrstuhl für Indologie in Göttingen als Nachfolger von Sieg berufen. Anfang Mai 1936 gratulierte Sieg Liebich zu Thiemes Wahl in Breslau und erklärte, daß er »ein Sanskritist allerersten Ranges [ist], der auf einen indologischen Lehrstuhl passt wie kaum ein zweiter, da er nicht nur das klassische Sanskrit und den Veda vorzüglich beherrscht, sondern auch im Avesta und der vergleichenden indogermanischen Sprachwissenschaft gut zu Hause ist.«[498] Liebich blieb zwar mit Frauwallner in Kontakt, konnte für ihn beruflich jedoch nichts mehr tun.[499] Am 19. Juli 1936 schrieb ihm der Breslauer Emeritus über die Berufung von Thieme (»Hierher ist Thieme aus Göttingen mit Lehrauftrag kommissarisch berufen worden, während nach Göttingen Waldschmidt vom berliner Museum gekommen ist.«), womit das Thema endgültig abgeschlossen wurde.[500] Strauß, der während des Berufungsverfahrens für seine Nachfolge um Rat gebeten und zumindest vom

---

496 Es steht dort lediglich »N. N., Indische Philologie«. 497 Ähnlich vielfältige Kurse bot Thieme auch im Sommersemester 1937 an (angezeigt wurden diesmal »Einführung in die indische Logik«, »Übungen zur vedischen Religionsgeschichte«, »Ausgewählte Kapitel des Jung-Awesta« und »Einführung ins Pali«). 498 Siehe unten, S. 378. 499 Erst nachdem der österreichische Indo-Iranist Bernhard Geiger (1881–1964) aufgrund der kurz nach dem »Anschluß« auch in Österreich eingeführten nationalsozialistischen Rassengesetzgebung seine Stelle in Wien zum Ende des Sommersemesters 1938 verlor, ergab sich für Frauwallner ein Jahr später, im September 1939, die Möglichkeit, Geigers Lehrstuhl zu übernehmen. 500 Siehe unten, S. 379. In den wenigen späteren Briefen (zuletzt vom 19. Mai 1937) ging es um andere Fragen, die Liebich beschäftigten (S. 380 ff.).

Dekan Malten und wahrscheinlich auch von Liebich selbst trotz der unwürdigen Umstände mit gebührendem Respekt behandelt wurde, hatte wie viele andere vertriebene jüdische Gelehrte ein trauriges Schicksal.[501] Mit der Berufung von Strauß' Nachfolger in Breslau endete auch Liebichs letzte Amtshandlung an der schlesischen Universität. Er blieb zugleich der letzte Breslauer Indologe, der dort bis ins hohe Alter wirken konnte, da sich Thieme nur bis zum ersten Trimester 1941 in Breslau aufhielt und im Alter von 36 Jahren nach Halle wechselte.[502] Weniger als fünfzehn Jahre nach Liebichs altersbedingter Emeritierung und nur fünf Jahre nach der erzwungenen frühzeitigen Emeritierung seines Nachfolgers endete vorerst die Geschichte der Breslauer Indologie, die etwa ein Jahrhundert zuvor von Liebichs erstem Sanskritlehrer Stenzler gegründet worden war.[503]

Letzte Jahre

Nach dem Abschluß des Berufungsverfahrens für die Nachfolge Strauß im März 1936 lebte Liebich nur noch etwas mehr als drei Jahre. Er wohnte weiterhin in seiner Sechszimmerwohnung in der Parkstr. 40, wo sich hauptsächlich seine unverheiratete Tochter Agnes-Hildegard um ihn kümmerte. Seine Augen hatten weiter nachgelassen, und so konnte er keine Sanskrittexte mehr lesen. Bereits im Juni 1934 beklagte er sich bei Hertel, daß ihm »Schreiben u. Lesen schon recht schwer fällt; die Augen wollen nicht mehr«.[504] Im November 1935 erwähnte er auch Frauwallner gegenüber seine »schwachen Augen«, die ihm nur wenig von den ihm zugesandten Sonderdrucken Frauwallners zu lesen erlaubten.[505] Ein Jahr später schrieb ihm Liebich außerdem, daß er »schon seit Jahren keine Bücher

---

[501] Über die letzten Jahre seines Lehrers schrieb Pax in seinem Nachruf auf Strauß: »Nach seiner Amtsenthebung siedelte STRAUSS zunächst nach Berlin-Dahlem, später zu guten Freunden nach Bloemendaal in Holland über, wo er am 20. Oktober 1940 an einer Angina pectoris starb.« (PAX 1951, S. 44). Zumindest bis 1936 blieb Strauß noch Mitglied der Deutschen Morgenländischen Gesellschaft (im 90. Band der *Zeitschrift der Deutschen Morgenländischen Gesellschaft* [S. *2*] wurde jedenfalls seine neue Berliner Adresse in der Hundekehlenstr. 33 mitgeteilt). [502] Thiemes letzte angezeigte Kurse in Breslau waren »Einführung ins Sanskrit oder Pali«, »Erklärung eines vedischen Textes«, »Die Dramen des Bhavabhûti«, »Interpretation eines indischen Grammatikers« und »Erklärung einer Gâthâ des Zarathustra«. Im Breslauer Vorlesungsverzeichnis für das Sommersemester 1941 wurde über Thieme lediglich vermerkt: »mit der komm. Wahrnehmung des Lehrstuhls für Indologie an der Univ. in Halle beauftragt.« [503] Über die Anfänge der Breslauer Indologie siehe HILLEBRANDT 1911. [504] Siehe unten, S. 346. [505] Siehe unten, S. 360.

mehr lesen kann und für Sanskrit natürlich auch keinen Vorleser« habe.[506] Wegen seiner »schlechten Augen« konnte Liebich nicht am 8. Orientalistentag im September 1936 in Bonn teilnehmen, wie er Frauwallner noch im Juli 1936 mitteilte.[507] In diesen letzten Jahren seines Lebens stützte sich der alte Indologe vor allem auf seine Tochter, die bei ihm wohnte und ihm auch als Privatsekretärin zur Seite stand. Er diktierte ihr Briefe, und sie las ihm vor. Ihre Aufgaben als Sekretärin ihres Vaters beschrieb Agnes-Hildegard im Juli 1963 folgendermaßen:[508]

> Ich war bis zum Tode meines Vaters als dessen Sekretärin tätig, ohne außerdem einen anderen Beruf auszuüben. Meine Aufgabe bestand darin, daß ich meinem Vater, zur Schonung seiner Augen, aus Fachbüchern und wissenschaftlichen Büchern vorlesen mußte. Ich habe bei ihm Korrekturlesen gelernt und ausgeübt. Außerdem habe ich im Stenogramm Diktate aufnehmen und Schreibmaschinenarbeiten erledigen müssen. Alles in allem habe ich alle bei einem Wissenschaftler anfallenden Arbeiten als dessen Sekretärin verrichtet. Ein versicherungspflichtiges Arbeitsverhältnis hat dabei nicht bestanden. Die Bezahlung erfolgte vielmehr in Form eines nicht besonders festgelegten, jedoch reichlichen Taschengeldes.

Da seine Tochter keine Sanskrit-Kenntnisse hatte und indische Schriften wie Nāgarī nicht lesen konnte, mußte sich Liebich ausschließlich mit Literatur in lateinischer Schrift begnügen. Er konnte immer noch wissenschaftliche Arbeiten zur Kenntnis nehmen und genoß in dieser Periode auch schöne Literatur, die ihm vorgelesen wurde. Agnes-Hildegard las ihm unter anderem die ins Deutsche übersetzten Tagebücher der russischen Schriftstellerin Alja Rachmanowa (1898–1991) vor. Galina Djurjagina, die später unter ihrem literarischen Pseudonym Alja Rachmanowa bekannt wurde, mußte 1925 ihre Heimat verlassen und ging zunächst nach Wien

---

506 Siehe unten, S. 380. 507 Siehe unten, S. 379. Liebich scheint an keiner Orientalistentagung der Deutschen Morgenländischen Gesellschaft aktiv teilgenommen zu haben (während seiner Wirkungszeit fanden zwischen 1921 und 1936 insgesamt acht solche Tagungen statt). In seinem Brief an Frauwallner vom 19. Juli 1936 bemerkte er dazu noch das Folgende: »die Tagungen pflegen jetzt auch, namentlich von Sanskritisten, schlecht besucht zu werden.«
508 LAA, ZLA 1/11387841, S.109.

und dann nach Salzburg, wo die von ihrem Mann Arnulf von Hoyer übersetzte Trilogie *Meine russischen Tagebücher* erstmals beim Verlag Anton Pustet erschien.[509] Die Trilogie gefiel Liebich so sehr, daß er seine Tochter bat, ein Namensverzeichnis zu erstellen.[510] Außerdem trat er mit der Autorin brieflich in Kontakt. Ende 1937 kam es sogar zu einem persönlichen Treffen in Breslau, als Rachmanowa dort einen Vortrag hielt.[511] Weitere Details über das Zusammenleben von Vater und Tochter unter einem Dach sowie auch über Liebichs Bibliothek lassen sich der Akte seiner Tochter im Lastenausgleichsarchiv entnehmen. So gab Agnes-Hildegard in einem Schreiben vom 24. Februar 1963 das Folgende an:[512]

> … ich hatte nach dem Tode meiner Mutter im Jahre 1924 – unter Aufgabe meiner eigenen Berufspläne – zuerst die Leitung unseres Haushaltes übernommen. In der Folge besuchte ich die Universität und lernte alles, was ich brauche, um die Privatsekretärin meines Vaters sein zu können. Bei ihm lernte ich dann noch Korrekturlesen und wissenschaftliche Arbeiten druckreif zu machen.

Im selben Schreiben erwähnte sie, daß nach dem Auszug ihres Bruders aus der Familienwohnung »in seinem Zimmer ein vierschäftiger Webstuhl« für sie aufgestellt wurde und sie ihr Hobby »jederzeit … in ein Gewerbe [hätte] verwandeln können«. Wichtiger sind aber die folgenden Zeilen aus diesem Brief:[513]

> Damit ich mein Leben in gewohnter Weise weiterführen könne, hatte mein Vater vor seinem Tode testamentarisch bestimmt, daß ich seinen wissenschaftlichen Nachlaß allein erbte.[514] Ich sollte seine noch vorlie-

---

509 Das dreibändige Tagebuch, das Rachmanowa einen großen Erfolg brachte, besteht aus den folgenden Büchern: *Studenten, Liebe, Tscheka und Tod* (1931), *Ehen im roten Sturm* (1932) und *Milchfrau in Ottakring* (1933). 510 Agnes-Hildegard erstellte in der Tat ein Register, das aus 35 Seiten besteht und derzeit in der Kantonsbibliothek Thurgau aufbewahrt wird (Ref. code: 9'43, 3.7/5; alte Signatur: Rach E-4-a). 511 Siehe unten, S. 383 f. 512 LAA, ZLA 1/11387841, S. 96. 513 LAA, ZLA 1/11387841, S. 97. 514 In ihrer Klagebegründung im Zusammenhang mit einer Verwaltungsstreitsache gegen die Landeshauptstadt München wegen Schadensfeststellung erwähnte Liebichs Tochter am 8. November 1964 ebenso den geerbten Nachlaß ihres Vaters: »Weil mein Vater […] sicher sein wollte, daß ich die übertragenen Aufgaben finanziell gesichert erledigen könne, hatte er mich hinsichtlich seines wissenschaftlichen Nachlasses als Alleinerbin eingesetzt.« (LAA, ZLA 1/11387841, S. 23).

genden Arbeiten herausgeben und dann auch weiterhin wissenschaftliche Arbeiten nach Diktat, Manuskripten usw. druckfertig machen.

Wie Liebichs Tochter außerdem erläuterte, befand sich in der Wohnung im zweiten Stockwerk in der Parkstr. 40 auch »das Studierzimmer meines Vaters mit einer Handbibliothek aus allen Zweigen der Wissenschaft, die – den vielseitigen Interessen meines Vaters entsprechend – sehr reichhaltig war.« Darüber hinaus gab es ein »Lager der neuen Bücher in hierfür eingerichteten Kellerräumen, die mein Vater herausgegeben hatte, und die je nach Bedarf von der Buchhandlung Preuß & Jünger in Breslau am Ring abgerufen wurden.« Zu diesen Büchern in Liebichs Keller gab seine Tochter am 1. Juli 1963 noch die folgende Auskunft:[515]

> Außerdem lagerten im Keller des Hauses neue Bücher, die mein Vater zum Teil im Selbstverlag herausgegeben hatte und die zum Verkauf bestimmt waren.[516] Der Verkauf fand in der Weise statt, daß die Bücher je nach Bedarf von der Buchhandlung Preuß und Jünger, Breslau, abgerufen wurden. Der Umsatz daran war nicht so groß, daß ich davon hätte leben können. Es wurden jährlich etwa 20 Bücher verkauft.

Liebichs Bibliothek, deren Geldwert laut seiner Tochter am Ende des Zweiten Weltkrieges »20 bis 30000,– RM« betrug,[517] bestand vor allem aus seiner Fachbibliothek (»2/6 der Bibliothek meines Vaters«) und der Handbibliothek (»3/6«), wozu noch ein kleiner Teil mit schöner Literatur (»1/6«) gehörte. Über die Bibliothek ihres Vaters machte Liebichs Tochter am 1. Juli 1963 beim Ausgleichsamt in München die folgende Aussage:[518]

> Er hinterließ eine Fachbibliothek und eine allgemeine wissenschaftliche Bibliothek. Mein Vater hatte zu seinen Lebzeiten mit mir vereinbart, die Fachbibliothek nach seinem Tode an ein wissenschaftliches Institut zu verkaufen. Bei Kriegsende stand ich deshalb in Verkaufsverhandlungen mit einer Dienststelle, dessen Name mir augenblick-

---

[515] LAA, ZLA 1/11387841, S. 109. [516] Möglicherweise lagen in Liebichs Keller zu dieser Zeit immer noch einige Exemplare seines *Sanskrit-Lesebuches* (siehe dazu oben, S. 69). [517] LAA, ZLA 1/11387841, S. 39 und 97; heute entspricht diese vielleicht etwas übertriebene Summe ungefähr 82.000 bis 123.000 Euro. [518] LAA, ZLA 1/11387841, S. 109.

lich nicht mehr erinnerlich ist. Zu einem Verkauf ist es jedoch nicht gekommen.

Unmittelbar vor ihrer Einberufung zur Wehrmacht Ende August 1939 ist es Agnes-Hildegard gelungen, mit Hilfe von Paul Thieme einen Katalog von Liebichs Fachbibliothek zu erstellen. Dieser Katalog scheint allerdings nicht mehr vorhanden zu sein.[519] Auch wenn Liebich während der letzten Jahre seines Lebens keinen richtigen Gebrauch von seiner Fachbibliothek machen konnte, zog er es vor, seine Bücher zu Lebzeiten nicht zu verkaufen.

Bruno Liebich starb im Alter von 77 Jahren am 4. Juli 1939 in Breslau. Tod
Wie der Öffentlichkeit im Namen seiner Hinterbliebenen am 6. Juli mitgeteilt wurde, verschied er »infolge eines inneren Leidens, doch ungebrochen an Körper und Geist«.[520] Der damalige Rektor, der Pathologe Martin Staemmler (1890–1974), und der Dekan der Philosophischen Fakultät, der Anglist Paul Meißner (1897–1945), ließen einen Nachruf drucken, in dem Liebich folgendermaßen gewürdigt wurde:[521]

> Der Verstorbene hat der Schlesischen Friedrich-Wilhelms-Universität, der er schon als Student angehörte, zweimal als akademischer Lehrer gedient. Als Privatdozent seit 1892 und Professor seit 1895, und dann später wieder seit 1922 bis zu seiner Emeritierung, als Nachfolger Alfred Hillebrandts und Inhaber des Lehrstuhls für Indologie. Auf seinem eigentlichsten Gebiet, der Geschichte der einheimischen indischen Sprachwissenschaft, hat er als Vorkämpfer und Vorbild gewirkt. So gilt sein Name auch im Lande seiner wissenschaftlichen Arbeit, in Indien, mit Recht als ein Symbol deutschen Forscherernstes und Pionierwillens. Als schlichter und edler Mensch wird er denen, die ihn kannten, stets unvergeßlich vor Augen stehen. Wie die deutsche Indienwissenschaft, so fühlt auch die Schlesische Universität mit Stolz, daß er einer der ihren war.

Da diese Würdigung offenbar von jemandem verfaßt wurde, der Liebich sehr gut kannte, mit den Arbeiten auf »seinem eigentlichsten Gebiet« ver-

519 Siehe oben, S. 67. Ob ein Exemplar dieses Katalogs womöglich in Thiemes Nachlaß erhalten geblieben ist, ließ sich bisher nicht überprüfen. 520 Siehe Anhang V, Abb. 12. 521 Siehe Anhang V, Abb. 13.

traut war und auch über ihre Rezeption in Indien Bescheid wußte, ist es denkbar, daß der Nachruf Paul Thieme zu verdanken ist. Als Forscher der indischen Grammatik konnte Thieme wie kaum ein anderer deutscher Indologe dieser Zeit Liebichs wissenschaftlichen Beitrag gebührend einschätzen. Die Nachricht über das Ableben des schlesischen Indologen wurde auch in der Presse verbreitet. So erschien der oben zitierte Nachruf auf Liebich im Namen der Universität Breslau am 7. Juli 1939 in der *Schlesischen Zeitung*.[522] Ein Auszug aus demselben Nachruf wurde außerdem in der regionalen schlesischen Presse abgedruckt, wie zum Beispiel auf den Seiten des *Anzeigers für Zobten am Berge und Umgegend* vom 7. Juli 1939.[523] Von Liebichs Tod konnte man einige Tage später auch in den Zeitungen aus anderen Regionen erfahren, zum Beispiel im *Gießener Anzeiger* vom 15. Juli 1939:

> Professor Dr. phil. Bruno Liebich, der von 1922 bis zu seiner Emeritierung Ordinarius der Indologie an der Universität Breslau war, ist im 78. Lebensjahr gestorben.

Der sehr gut informierte *Schwäbische Merkur* berichtete am 11. Juli 1939:

> Am 4. Juli verstarb im 78. Lebensjahr der em. ord. Prof. Dr. Bruno Liebich. Er stammte aus Altwasser bei Waldenburg in Schlesien. Von 1922 bis zu seiner Emeritierung hatte Professor Liebich in Breslau den Lehrstuhl für Indologie inne. Anläßlich seines 50jährigen Doktorjubiläums, das der Gelehrte 1935 begehen konnte, hat die Universität Breslau sein Doktordiplom erneuert.

So konnte man im ganzen Land von Liebichs Ableben erfahren und verabschiedete sich von ihm im Juli 1939 in voller Anerkennung.[524] Liebich wurde am 8. Juli im Krematorium Gräbschen in Breslau um 11 Uhr eingeäschert. Zu den Hinterbliebenen gehörten außer seiner Tochter Agnes-Hildegard, seinem Sohn Bruno Hermann und dessen Ehefrau Eva Liebich,

---

[522] Siehe Anhang V, Abb. 14. [523] Zobten am Berge (heute *Sobótka*) liegt etwa 30 km südwestlich von Breslau. [524] In den Fachzeitschriften teilte man den Todesfall wie üblich nur kurz mit, z. B. in der *Deutschen Literaturzeitung* (60. Jahrgang 1939, Heft 31) vom 30. Juli 1939, Sp. 1118 sowie in der *Zeitschrift der Deutschen Morgenländischen Gesellschaft*, Band 93 (Neue Folge Band 18), Leipzig 1939, S. 6 und Band 94 (Neue Folge Band 19), Leipzig 1940, S. 137. Ein Nachruf auf ihn erschien darin nicht.

geb. Stenzel, noch Geschwister Liebichs, deren Kinder sowie einige Verwandte aus der Familie Humbert.[525] Eine Grabstätte von Liebich existiert nicht mehr, und selbst von dem Krematorium, in dem er eingeäschert wurde und auf dessen Tympanon Goethes Worte »Des Todes ruhendes Bild steht nicht als Schrecken dem Weisen und nicht als Ende dem Frommen« aus seinem *Hermann und Dorothea* zu lesen waren, ist nichts mehr übrig geblieben.[526]

Am 1. September 1939, weniger als zwei Monate nach Liebichs Tod, überfiel das nationalsozialistische Deutsche Reich Polen, womit der Zweite Weltkrieg begann. Dieser Krieg, der millionenfache Opfer forderte und unvorstellbare Zerstörung, Leid und Elend mit sich brachte, führte zugleich zum Tod oder zur Vertreibung vieler von Liebichs Verwandten, Freunden, Kollegen und Studenten. Nach der »Schlacht um Breslau« in der ersten Hälfte des Jahres 1945, knapp sechs Jahre nach seinem Tod, lag ein Großteil der schlesischen Hauptstadt in Schutt und Asche. Das Haus in der Parkstr. 40 blieb zwar stehen,[527] alles, was Liebich an Hab und Gut – einschließlich seiner Fachbibliothek und einer Schreibmaschine – hinterlassen hatte, ging allerdings verloren. Wie aus der Akte von Liebichs Tochter im Lastenausgleichsarchiv zu erfahren ist, löste Agnes-Hildegard die Wohnung Ende 1939 auf und ließ in ihrer Abwesenheit »die gesamte Wohnungseinrichtung mit dem wissenschaftlichen Nachlaß meines Vaters« von der Spedition Hugo Przemeck in Breslau einlagern.[528] Was damit in den nächsten tragischen Jahren passiert ist, läßt sich nur erahnen. Von dem wissenschaftlichen Nachlaß, der in den Wirren des Krieges wahrscheinlich restlos vernichtet wurde, ist nur so viel bekannt, daß darin mindestens »ein Manuskript vor[lag]«, das Liebichs Tochter in Buchform her- Epilog

[525] Zur Traueranzeige der hinterbliebenen Verwandten vom 6. Juli 1939 siehe unten, Abb. 12. [526] Über das Krematorium Gräbschen, das 1913 geplant, 1926 im Kommunal Friedhof (Teil III) nach dem Entwurf von Richard Konwiarz (1883–1960) errichtet und in den 1960er Jahren abgetragen wurde, siehe Burak/Okólska 2007, S. 231–241. [527] In Trümmern lag allerdings das Haus in der Kaiser Wilhelmstr. 53, wo früher Liebichs Familie und bis zuletzt die Verwandten seiner Frau Klasina Liebich, geb. Humbert, wohnten. Seine Tochter Agnes-Hildegard erhielt erst in den 1960er Jahren vom Münchner Ausgleichsamt eine kleine Entschädigung für den sog. »Vertreibungsschaden« (siehe LAA, ZLA 1/11387841). [528] Siehe LAA, ZLA 1/11387841, S. 38, 53, 97, 109–110.

ausgeben wollte. Dazu ist es aber »infolge der Kriegsereignisse« nie gekommen, weshalb über den Inhalt dieser letzten wissenschaftlichen Arbeit Liebichs nichts mehr in Erfahrung gebracht werden kann.[529] Am Ende des Zweiten Weltkrieges war die Stadt Breslau, wie sie der junge Liebich Anfang der 1880er Jahre als Student zum ersten Mal kennengelernt und im Laufe seiner langjährigen indologischen Karriere an der dortigen Universität erlebt hatte, nicht mehr zu erkennen und nie wieder so zu sehen. Die Breslauer indologische Tradition, die ihre Bedeutung nicht zuletzt Liebichs vortrefflichen wissenschaftlichen Arbeiten verdankt, wurde unterbrochen.[530] Bruno Liebich mag aufgrund seiner engen Spezialisierung auf das Vyākaraṇa unter den Indologen keinen solchen Ruhm erlangt haben wie etwa Otto Böhtlingk und Franz Kielhorn, mit denen er die Triade der bedeutendsten deutschen Forscher der indischen Grammatik bildet. Meinrad Scheller hatte aber sicherlich recht, als er am 3. September 1975 Liebichs Tochter über das Vermächtnis ihres Vaters schrieb:

> Die stille Leistung bleibt bestehen, aber die Tageswirkung ist doch von ganz merkwürdigen Umständen abhängig. De Saussure ist ja auch zu Lebzeiten keineswegs die gefeierte Anerkennung zuteil geworden, die sich jetzt um seinen Namen rankt. Stefan Zweig zitiert ein Wort Rilkes, das mir nie aus dem Sinn geht: "Ruhm, diese Summe aller Missverständnisse, die sich an einen Namen heftet."

Liebich selbst hätte sich keine größere Anerkennung seiner Leistung wünschen können als den Umstand, daß seine wissenschaftlichen Arbeiten selbst nach mehr als einem Jahrhundert kaum an Wert verloren haben und auch heute noch als mustergültig gelten.

---

529 Siehe LAA, ZLA 1/11387841, S. 28, 39, 109–110. 530 Nachdem die Schlesische Friedrich-Wilhelms-Universität am 24. August 1945 aufgelöst und in die polnische Uniwersytet Wrocławski umgewandelt wurde, dauerte es noch einige Jahre, bis man dort wieder Indologie studieren konnte und im Jahr 1957 ein selbständiges indologisches Institut (Zakład Filologii Indyjskiej) gründete. Der erste polnische Leiter dieses indologischen Institutes in Breslau war Ludwik Skurzak (1900–1979), der in den 1930er Jahren unter anderem bei Renou in Paris sowie bei Liebichs Schüler Schayer in Warschau studiert hatte.

TEIL II

Werke

Tafel 3
Bruno Liebich im Jahr 1922

Das Originalfoto wurde im Fotoatelier »Josef Knippschild« (Hauptstr. 25) in Heidelberg wahrscheinlich Anfang der 1920er Jahre aufgenommen. Ein Exemplar davon wird im Archiwum Uniwersytetu Wrocławskiego aufbewahrt (Signatur: S 170, Nr. 145, *Photographien-Album der Koeniglichen Universitaet in Breslau, od 1900*; siehe Drozd 1977, S. 37).

Werke

Bei einem Verfasser wie Bruno Liebich, dessen wichtigste Werke zum größten Teil vor mehr als einem Jahrhundert veröffentlicht wurden, läßt sich leichter über den Wert seiner Arbeit urteilen als im Falle eines Gelehrten, der in unserer Gegenwart forscht oder vor nicht allzu langer Zeit gewirkt hat. Das ist vor allem deshalb so, weil bei den Werken solcher Pioniere der Indologie recht mühelos festgestellt werden kann, ob sie den Test der Zeit bestanden haben. Die Tatsache, daß Liebichs Veröffentlichungen sogar mehr als einhundert Jahre später kaum an Bedeutung verloren haben und darin verhältnismäßig wenig als überholt betrachtet werden muß, spricht eindeutig für ihre hohe Qualität und die besonderen Fähigkeiten ihres Verfassers. In Bezug auf Liebichs Ausgaben des *Cāndravyākaraṇa*, insbesondere im Fall seiner ausgezeichneten Editio princeps der *Cāndravṛtti*, läßt sich sogar voraussagen, daß große Teile dieser Werke noch viele weitere Jahre unersetzlich bleiben und Forschern der indischen Grammatik gute Dienste leisten werden. Daher erübrigt es sich hier, Liebichs indologische Forschung einer ausführlichen Bewertung und Analyse zu unterziehen.

Liebichs Veröffentlichungen wurden von seinen damaligen Fachkollegen mit regem Interesse erwartet, gelesen und von ihnen häufig besprochen. So wurde seine 1891 erschienene Monographie über Pāṇini gleich fünfmal von namhaften Indologen wie Victor Henry, Rudolf Otto Franke, Ernst Windisch, Albrecht Weber und George Abraham Grierson rezensiert. Eine ähnliche Rezeption erfuhren auch seine späteren Publikationen. Seine partielle Übersetzung der *Kāśikā* aus dem Jahr 1892 wurde wieder von Henry, Windisch und Franke besprochen. Liebichs überaus wichtige Erstedition des *Cāndrasūtra* (1902) konnte der Aufmerksamkeit von Richard Pischel, Theodor Zachariae, Arthur Anthony Macdonell, Johann Kirste und Frederick William Thomas nicht entgehen. Auch die sechzehn Jahre später veröffentlichte Ausgabe der *Cāndravṛtti* (1918) wurde von seinen Fachgenossen mit großer Anerkennung aufgenommen. Es konnten insgesamt knapp vierzig Rezensionen aufgespürt werden, die über Liebichs Werke zwischen 1891 und 1932 in Fachzeitschriften wie *Critique d'Histoire et de Littérature, Deutsche Literaturzeitung, Indian Antiquary, Journal asiatique, Literarisches Zentralblatt für Deutschland, Orientalistische Literaturzeitung* u. a. erschienen sind. Der Haupttenor dieser Besprechungen ist durchaus positiv. Es ist deutlich zu sehen, daß Liebichs Zeitgenossen den hohen Wert seiner zahlreichen Beiträge auf dem Gebiet der indischen Grammatik sofort erkannt haben. Man schätzte Liebichs »ruhige, fast etwas wortkarge und spröde Klarheit des Gedankens und dieselbe genau abgemessene Sprache« (Franke 1892, Sp. 1029), auch wenn Ralph Lilley Turner, womöglich mit einem Augenzwinkern, monierte, daß »it is to be regretted that the author from the study of the Sanskrit grammarians seems to have caught a little of the crabbedness of their style« (Turner 1925, S. 179). Schon damals waren sich große Gelehrte wie z. B. Richard Pischel und Louis Renou einig, daß Liebichs Ausgaben »mit grösster Sorgfalt und Sachkenntniss« (Pischel 1903, Sp. 80) bzw. »avec son soin et sa compétence habituels« (Renou 1931, S. 364) gemacht sind. Auch diejenigen Indologen, die sich heutzutage mit dem schwierigen Stoff der indischen Grammatik befassen, wissen diese Vorzüge sehr zu schätzen.

Auf den folgenden Seiten werden mit einer Ausnahme alle bekannten Rezensionen von Liebichs Publikationen vollständig vorgelegt. Die einzige Ausnahme bildet ein umfangreicher Besprechungsaufsatz von Franke über Liebichs *Panini* (II.2), bei dem ein längerer Abschnitt ausgelassen wurde, da es darin nicht um Liebich und seine Arbeit geht. In diesen Abschriften werden die allermeisten typographischen Besonderheiten der gedruckten Besprechungen übernommen. Texte, die in Fraktur gesetzt waren, werden auch hier in dieser Schrift präsentiert. Gelegentliche Fehler wurden beibehalten, meistens ohne darauf ausdrücklich hinzuweisen. Besprechungen, die ursprünglich zweispaltig gedruckt wurden, erscheinen hier der besseren Lesbarkeit halber einspaltig.

II.1 Panini (1891)

Rezensent: **Victor Henry**

Revue Critique d'Histoire et de Littérature. Nouvelle Série. Tome XXXII. Nr. 39, 28 septembre. Paris 1891, S. 153–154.

430. – **Panini** *(sic)*. Ein Beitrag zur Kenntniss der Indischen Literatur und Grammatik. Von Bruno Liebich, Dr. phil. Leipzig, H. Haessel, 1891. In-8. 164 pp.

M. Bruno Liebich consacre la première moitié de son livre à l'étude de deux questions déjà débattues, qu'il ne prétend point résoudre, mais auxquelles il apporte incontestablement de sérieux éléments de solution : — 1° en quel temps a vécu Pâ*n*ini ? — 2° le grand grammairien hindou nous enseigne-t-il une langue proprement dite, réellement écrite ou parlée par ses contemporains, ou bien une forme artificielle de langage qui n'eut jamais d'existence que dans les spéculations des théoriciens ?

A raison de la méthode employée par l'auteur, les deux problèmes n'en font qu'un ; car c'est dans les écrits même de l'Inde qu'il prétend retrouver l'application des règles que Pâ*n*ini n'aurait fait que codifier, et par suite il n'hésitera point à le considérer comme à peu près contemporain de l'œuvre dont la langue se rapproche le plus de celle qu'il enseigne. Déjà il nous avait fait voir l'étroit rapport de la théorie pâ*n*inienne des cas avec l'emploi des formes casuelles dans la prose de l'Aitareya-Brâhma*n*a[1]. Aujourd'hui, complétant et développant ses vues, il dresse dans quatre textes, chosis à des époques différentes, la minutieuse statistique des formes verbales qui concordent avec la doctrine de Pâ*n*ini et de celles qui en divergent, en calcule la proportion, et arrive à cette conclusion (p. 37) que le père de la grammaire sanscrite doit avoir vécu postérieurement à la rédaction de la B*r*hadâra*n*yaka-Upanishad et antérieurement à celle de la Bhagavad-Gîtâ.

Même en tenant ce résultat pour certain, il laisse encore, il est vrai, une assez vaste marge ; mais la méthode de M. B. L. ne permet guère de déterminations plus approchées. Celle de M. Sylvain Lévi[2] fournirait des données plus précises, si l'on pouvait être sûr que le ga*n*apâ*t*ha ne s'est pas encombré d'additions postérieures à Pâ*n*ini ou que celui-ci n'y a point introduit des paradigmes de beaucoup antérieurs et traditionnels. C'est, je pense, en les combinant l'une et l'autre, et en multipliant dans l'histoire générale de la littérature de l'Inde les points de repère et les synchronismes, qu'on parviendra à se fixer sur l'âge exact de la compilation pâ*n*inienne.

---

[1] *Bezzbg. Btr.*, X, p. 205 sq. et xi. p. 273 sq. [2] *Journ. Asiat.*, 8e sér., XV, p. 236.

Mais ce qui sera décisif, ce sont les synchronismes et autres éléments extrinsèques, non pas les rapprochements grammaticaux. Quelque science, quelque rigueur que déploie M. B. L., c'est M. Lévi qui a vu juste en allant chercher en dehors de la grammaire les données du problème qu'elle pose sans le résoudre. Car — on ne saurait trop y insister — l'extrême ressemblance de la langue de Pâ*n*ini et de celle d'un autre écrit de l'Inde ne prouvera rien quant à la contemporanéité de ces
S. 154 deux ouvrages, tant qu'on ne sera point sûr par ailleurs que Pâ*n*ini a enseigné une langue vraiment existante : que son sanscrit soit ou non de fantaisie, par cela seul que c'est du sanscrit, il faut bien qu'il ressemble à un certain sanscrit littéraire plus qu'à tous les autres, et sa concordance avec la langue de la B.-U. ne deviendra un argument irréfutable que du jour où précisément une chronologie plus avancée aura établi la date de la B.-U., la date de Pâ*n*ini, et de combien la première est antérieure au second.

C'est là, si je ne me trompe, le point délicat de l'argumentation de M. B. L. : l'antithèse où se complaisait Benfey « admirable grammaire d'une langue inexistante » lui répugne à ce point, qu'il ira jusqu'à écrire (p. 55) : « Et où donc Pâ*n*ini aurait-il pris cet incroyable métaplasme, si la langue même ne le lui avait fourni ? » Ainsi, moins serait vraisemblable une forme pâ*n*inienne, plus elle s'imposerait à notre foi. Ce n'est point, sans doute, ce que l'auteur a voulu dire, mais c'est son raisonnement poussé à bout, et il n'en faut pas davantage pour faire voir l'im possibilité de rien construire encore de définitif sur ce sable mouvant. Il a beau exposer et critiquer d'une manière aussi complète que loyale les travaux de ses devanciers : on ne pourra s'empêcher de le trouver sévère pour M. Whitney, qui peut-être, de son côté, l'avait été trop pour les grammairiens hindous. Après tout, raffiner à l'infini sur une langue, ce n'est pas, si l'on veut, la forger de toutes pièces ; mais ce n'est pas non plus, convenons-en, l'enseigner telle qu'elle se parle ou s'écrit. Le μέμνησ' ἀπιστεῖν était ici mieux que jamais en situation.

Au cours de son exposition M. Liebich a eu l'occasion d'exprimer le vœu que la grammaire de Pâ*n*ini soit minutieusement scrutée dans toutes ses parties et transposée à l'européenne, pour qu'on puisse juger de la valeur de son enseignement. Dans la seconde moitié de son livre, l'auteur joint l'exemple au précepte : il nous donne en appendices la théorie de la voix dans les verbes et celle de la formation du féminin des noms d'après Pâ*n*ini. On ne peut que louer la haute compétence et la conscience scientifique qui ont présidé à l'exécution de l'une et l'autre partie de cette remarquable étude.

V. Henry.

II.2 Panini (1891)

Rezensent: **Rudolf Otto Franke**

Göttingische gelehrte Anzeigen. Unter der Aufsicht der Königl. Gesellschaft der Wissenschaften. Erster Band, Nr. 24, 1. December 1891. Göttingen 1891, S. 951–983.

Liebich, Bruno, Panini, ein Beitrag zur Kenntnis der indischen Literatur und Grammatik. Leipzig, H. Haessel, 1891. 161 S. Gr. 8°. Preis M. 10.

Lassen sprach, was Liebich selbst auf S. 42 der vorliegenden Schrift hervorhebt, den wahren Satz aus: »Man urteilt am zuverlässigsten über das, was man nicht kennt; so ist es Herrn Bopp mit den indischen Grammatikern ergangen«. Aber nicht allein dem großen Bopp ergieng es so. Auch heutzutage gibt es unter den Vertretern der Sanskrit-Wissenschaft noch solche, die ebenso urteilen. Ich denke dabei nicht an Whitneys gewichtigen Schiedsspruch, den ich später zu besprechen haben werde, und der durchaus ernst erwogen werden will, sondern an die leichtfertige Art, über Pâṇini den Stab zu brechen, die manche der jüngsten Forscher auf sanskritistischem und auf verwandten Gebieten zur Schau tragen, gewislich in noch höherem Grade als Bopp aus dem Grunde, weil sie ihn nicht kennen. Denn schon die bescheidenste Bekanntschaft mit seinen Lehren genügt, um von der Haltlosigkeit derartiger Urteile zu überzeugen. Wer seine Augen nicht absichtlich verschließt, der muß dabei sehen, daß eine möglichst vertiefte – leider ja allerdings schwer zu gewinnende – Kenntnis von Pâṇinis Grammatik nicht allein für das Studium der Sanskrit-Sprache und -Litteratur, sondern auch für das Verständnis anderer arischer Dialekte und Schriftwerke von ganz hervorragender, auf andere Weise nicht zu ersetzender Bedeutung ist. Nicht allein, daß seine Lehren der richtigen Auffassung sprachlicher Erscheinungen den oftmals einzig gangbaren Weg bahnen, selbst z. B. in der volkssprachlichen Litte|ratur, sondern das Studium seiner S. 952
Sûtras wirkt auch formal erzieherisch. Wer bei Pâṇini gelernt hat, jedes Wort, jede Endung, ja jeden Buchstaben als wichtig zu betrachten, dem passiert es nicht so leicht, daß er die sprachlichen Textschwierigkeiten mit eleganter Leichtfertigkeit überspringt. Was ferner Pâṇini der litterarischen Chronologie noch nützen wird, das ist bisher zum großen Teil nur zu vermuten und von der Zukunft zu erhoffen, sicher aber nicht gering anzuschlagen.

Wer sich also als Interpret des größten Grammatikers das Wort erbittet, der hat von Anfang an einen wohlgegründeten Anspruch darauf, aufmerksam gehört zu werden, und er hat ihn in um so höherem Grade, wenn sein Werk die Spuren von

Pâṇinis geistigem Einflusse, d. h. wissenschaftlichen Ernst und präcise Exaktheit und Sachlichkeit zeigt.

Der Verfasser hat sich in vorliegender Schrift ebenso wie in seiner Doctor-Dissertation »Die Casuslehre der indischen Grammatiker verglichen mit dem Gebrauch der Casus im Aitareya-Brâhmaṇa«, die im X. und XI. Band von Bezzenbergers Beiträgen erschien, das Ziel gesteckt, auf das er hoffentlich mit noch recht zahlreichen Schriften hinarbeiten wird, Pâṇinis Bedeutung und Stellung in der indischen Litteratur mit Hilfe innerer, in dessen Lehren selbst liegender Beweisgründe zu kennzeichnen und damit eins der wichtigsten Probleme der Indologie der Lösung näher zu bringen. Der Weg ist mühsam und erfordert Geduld, die Resultate der Mühe können, das liegt in der Natur der Sache, nur wenig zahlreiche, nicht einmal immer definitive sein. Aber jeder Tropfen höhlt den Stein; und dies ist der einzige Weg, auf dem wir ans Ziel zu kommen hoffen dürfen. Dem, der die entsagungsvolle Leitung auf demselben übernimmt, gebührt rückhaltloser Dank.

Der Inhalt von Liebichs Buch ist folgender. Zunächst gibt der Verf. eine chronologische Uebersicht der bisherigen Versuche zur Datierung Pâṇinis. Sie sind zum Teil misglückt, zum Teil entbehren sie stichhaltiger Begründung und umschreiben im Ganzen genommen nur mit einer gewissen Wahrscheinlichkeit einen noch dazu ziemlich weiten Zeitraum als mögliches Ansetzungsgebiet für Pâṇini, die Periode zwischen Buddha und Christi Geburt. Es sei mir gestattet, hier einzelne eigene Bemerkungen anzuknüpfen, da Liebich auf Einzelkritik meist verzichtet hat, um die eigenen Untersuchungen mit möglichster Unbefangenheit zu unternehmen. Westergaard wies, an sich ja ganz wahrscheinlich, unserem Grammatiker als diesseitige Zeitgrenze die Epoche Açokas an. Die Gründe dafür aber sind durchaus
S. 953 hinfällige. Er hebt nämlich hervor, daß die Sprache | der Açoka-Inschriften im Verhältnis zu der von Pâṇini gelehrten einen solchen Fortschritt und Verfall zeigt, daß dieser eine geraume Zeit vor Açoka gelebt haben müsse. Haben die hochdeutschen Schriftsteller unserer Tage eine geraume Zeit vor Fritz Reuter, oder vor jedem deutschen Autor gelebt, der einen korrumpierten Vulgärdialekt litterarisch courfähig macht oder gemacht hat? Und doch sind diese *letzteren* Volksdialekte z. T. wenigstens erst aus dem Hochdeutschen entstanden. Das Idiom Açokas aber geht nicht einmal auf das Sanskrit zurück, sondern mit diesem auf einen gemeinsamen alten Dialekt. Alle generellen Beweise, die aus dem Zustand der alten Prâkrit-Dialekte für das Sanskrit abgeleitet werden, sind von der Hand zu weisen.

Was Sylvain Lévi im Journal As. 1890 aus gewissen Namen des Gaṇapâṭha für Pâṇinis Datierung gefolgert hat, habe ich an anderer Stelle in meiner Anzeige von dessen Schrift »Quid de Graecis veterum Indorum monumenta tradiderint«[1] in

[1] Berliner Philol. Wochenschr. 1891, Nr. 45.

das rechte Licht gesetzt. In zarter Andeutung wenigstens hat auch Liebich auf S. 6/7 ausgesprochen, daß diese Schlüsse aus dem Gaṇapâṭha verfehlt sind.

Was sich über oder gegen die übrigen erwähnten Datierungsversuche sagen läßt, ist mehr oder weniger häufig schon gesagt worden.

Im 2. Kapitel erörtert Liebich das Verhältnis zwischen Pâṇini und den nachfolgenden Grammatikern seiner Schule und gibt hier eine nützliche Uebersicht, wenn auch meist bekannter, so doch verstreuter Daten. Unter anderem handelt es sich um die für zeitliche Fixierung Patañjalis maßgebenden Punkte. Die Ansetzung desselben ins 2. vorchristliche Jahrhundert, betreffs deren Liebich keine Entscheidung ausspricht, um seinen eigenen Untersuchungen nicht vorzugreifen, scheint mir die größte Wahrscheinlichkeit für sich zu haben. Daran wird auch nichts wesentliches geändert werden, wenn der Yavana, von dem Patañjali sagt: *aruṇad yavanaḥ sâketam*, nicht, wie bisher meist angenommen wurde, der griechisch-indische König Menander, sondern Demetrius sein sollte, der etwa ein halbes Jahrhundert früher herrschte. Sylvain Lévi entscheidet sich in seiner oben genannten Schrift, S. 38 und 63, nämlich für diesen; und es läßt sich nicht läugnen, daß seine Annahme viel für sich hat. Die von Liebich S. 13 citierte Stelle aus der Gârgîsaṃhitâ spricht mit ihrer Zeitangabe mehr für Demetrius als für Menander. Auch die Angaben (bei Strabo) über die räumliche Ausdehnung von Menanders Eroberungen wollen, wie Lévi dargelegt hat, nicht recht zu der Notiz des angeführten Sanskritwerkes passen.

Daß das angebliche Citat aus einem Werke Kumâradâsas nicht | notwendig et- S. 954
was für die Posteriorität Patañjalis gegenüber diesem Dichter, der erst auf Kâlidâsa folgte, zu beweisen braucht, hat Bühler (Ind. Ant. 1886, S. 241) dargelegt, der jenes Versfragment für eine *samasyâ* hält. Die neusten Forschungen über die Renaissance-Litteratur erscheinen einigen Gelehrten als geeignet, auch einen Ausweg zu bieten selbst für den Fall, daß Patañjali hier aus Kumâradâsa geschöpft hätte. Man müßte dann eben annehmen, daß Kumâradâsa, Kâlidâsa und alle zugehörigen Dichter der sogen. Renaissance-Periode älter als Patañjali seien, selbst wenn dieser dem 2. vorchristlichen Jahrhundert angehört. Auch Liebich zieht S. 14 diese Konstruktion in den Bereich der Möglichkeit. Ich mag mich dieses Argumentes nicht bedienen, ziehe vielmehr, ganz abgesehen davon, daß der angeblich dem Kumâradâsa zugehörige von Pat. citierte Pâda in Râyamukuṭas Comm. zum AK. dem Bhâravi zugeschrieben wird, vor, jenen Versteil mit Bühler und Zachariae, Gött. gel. Anz. 1887, S. 93 ff. für eine *samasyâ* zu halten. Denn wenn ich auch vollständig überzeugt bin, daß die Wurzeln der klassischen Poesie, deren Höhe- und annähernd Endpunkt Kâlidâsa bezeichnet, in eine viel frühere Zeit zurückreichen als bis vor Kurzem angenommen wurde, und wenn ich auch recht gern die Möglich-

keit einer kleinen zeitlichen Zurückschiebung Kâlidâsas zugeben will, so bestreite ich doch, daß er vor Patañjali, ja vielleicht auch nur vor Christi Geburt gelebt hat, bis erdrückende Beweise vorgebracht werden. Die Entwickelungsform seiner Mâhârâṣṭrî ist für mich mit einer so bedeutenden Rückdatierung nicht vereinbar. Ich denke bei passender Gelegenheit auf diese Frage zurückzukommen. Vielleicht ist auch die Stelle aus dem Mahâbhâṣya zu erwägen, wo Patañjali von dem Litteraturkreise spricht, der als Gebiet des Vorkommens der Worte in Betracht zu ziehen sei (Kielhorn I, S. 9). Da wird nämlich nichts erwähnt, das im entferntesten an das Schrifttum der sogenannten Renaissance-Periode erinnerte. Und mir scheint, daß Patañjali hier das Interesse haben mußte, möglichst erschöpfend aufzuzählen. Allerdings kommt eine ähnliche Aufzählung schon in den Brâhmaṇas vor. Man wird aber nicht annehmen dürfen, daß sie durch Patañjali urteilslos von dort herübergenommen sei, da sich die seine nicht durchgehend mit jener deckt.

Nebenbei will ich hier noch erwähnen, daß Zachariae a. a. O. konstatiert hat, daß schon vor Petersons Enthüllungen (Bombay Sanskrit Series 31, p. 25) die Autorschaft des Kumâradâsa für das Jânakîharaṇa bekannt war.

Liebichs 3. Kapitel behandelt das Verhältnis Pâṇinis zu Werken der nicht-
S. 955 grammatischen Litteratur und gibt den Kern von des Ver|fassers eigenen Untersuchungen. Nach einem einleitenden historischen Ueberblick über die Ansichten, die bisher über diesen Punkt geäußert sind, skizziert er seine eigene Methode, die darin besteht, daß zur Aufhellung der chronologischen Verhältnisse Pâṇinis Lehren mit der Sprache der einzelnen Litteraturdenkmäler verglichen werden, und die den doppelten Vorteil bietet, daß sie einmal den Forscher vom Zufall unabhängig macht, insofern als er jedes vorhandene Werk zum Vergleich heranziehen kann, und dann, daß sie sich auch auf einzelne Teile eines Buches anwenden läßt und so zu einem wichtigen Hilfsmittel für Text-Geschichte und -Kritik werden kann. Es folgt dann die praktische Anwendung dieser Methode, vorerst nur auf 5 Werke, das Aitareya-Brâhmaṇa, die Bṛhadâraṇyaka-Upaniṣad, das Âçvalâyana- und Pâraskara-Gṛhyasûtra und die Bhagavadgîtâ, also auf Schriften, die entweder die Grenze bilden für, oder gleichzeitig sind mit der Periode, welcher nach den früheren Datierungsversuchen Pâṇini wahrscheinlich zuzuweisen ist. Als tertium comparationis dient hier noch nicht der ganze sprachliche Inhalt der beiderseitigen Vergleichsobjekte – deshalb nicht, weil das Handwerkszeug dafür erst noch geschmiedet werden muß, da Pâṇinis Lehre erst zu kleinen Teilen in europäische Form umgegossen, vor dem Prozeß dieser Umschmelzung aber für die bezeichneten Zwecke schwer zu handhaben ist. Liebich selbst hat diese Vorarbeiten nicht unwesentlich gefördert, früher schon durch seine Darstellung von Pâṇinis Casus-

Lehre, hier, im Anhang I und II seines vorliegenden Buches, mit einer übersichtlichen Entwickelung der pâṇineischen Lehre vom Genus verbi und von der Femininbildung der Nomina,[1] die sehr nützlich werden wird und einen nicht unbedeutenden Fortschritt in der Erschließung der in Pâṇinis Grammatik ruhenden Schätze bezeichnet. Ich denke, daß Liebich bei seiner vorzüglichen Kenntnis der indischen Grammatik auch der geeignete Mann sein wird, die seit Jahrzehnten drängende und stets zurückgeschobene Aufgabe der exoterischen Nutzbarmachung Pâṇinis für die westländische Wissenschaft definitiv zu lösen.

Aus den drei von ihm selbst zugänglicher gemachten Gebieten der pâṇineischen Grammatik hat Liebich hier nun die Lehre vom Genus verbi als Boden der Vergleichung gewählt und auch auf diesem enger umgrenzten Arbeitsfeld hat er die genannten Vergleichsobjekte nicht in ihrer ganzen Ausdehnung zu verwerten vermocht, sondern aus jedem Werke nur die 1000 ersten Formen des Verbum | finitum excerpiert. Daß eine derartige (durch die Verhältnisse diktier- S. 956
te) Beschränkung natürlich nur provisorische Ergebnisse liefern kann, hebt der Verf. auf S. 22 selbst hervor. Die provisorische Natur der gefundenen Resultate thut aber selbstverständlich der Realität derselben keinen Eintrag, wenn sie auch Ergänzung durch weitere Untersuchungen verlangt. Die, vielleicht einfach klingenden und eventueller Erwartung entsprechenden, trotzdem ihrer objektiv-wissenschaftlichen Fundierung wegen wichtigen Resultate nun sind folgende: Unter den verglichenen Werken »steht Pâṇini den beiden Gṛhyasûtras am nächsten«. »Nicht nur das Aitareya-Brâhmaṇa, sondern auch die Bṛhadâraṇyaka-Upaniṣad sind sicher vorpâṇineisch«. »Die Bhagavadgîtâ ist sicher jünger als Pâṇini«. Das Gleiche gilt natürlich in jedem Einzelfalle von Denkmälern, die auf den respektive gleichen Stufen der sprachlichen Entwickelung stehn wie die genannten.

Ein Einzelpunkt ist hierbei noch von Interesse, nämlich die Bestätigung dafür, daß die Bhagavadgîtâ von Pâṇinis Regeln noch ganz unabhängig ist, dabei aber auch sowohl diesen wie der alten Sprache gegenüber ihre eigenen, abweichenden Wege geht, d. h. doch wohl, daß zur Zeit ihrer Entstehung die Sanskrit-Bhâṣâ noch eine gesprochene, sich weiter entwickelnde Sprache war.

Daß sich Liebichs Methode auch in ihrer Anwendung auf einzelne Partieen von Litteraturwerken bewährt und gute Ergebnisse zu Tage fördert, wird dann, um das gleich hier anzuschließen, in den Kapp. 6 und 7 praktisch erwiesen. In Kap. 6 erörtert der Verf., mit z. T. neuen Gesichtspunkten, die Zusammensetzung der

[1] Auf einen einigermaßen verwandten Artikel von Leumann in der Zeitschr. für vergl. Sprachf. XXXII. 294 ff.: »Eine arische Femininbildungsregel« möchte ich bei dieser Gelegenheit hinzuweisen nicht verfehlen.

Kâṇva-Recension der Bṛhadâraṇyaka-Upaniṣad aus einer Anzahl disparater Teile. Der Verdacht, daß hier eine Verschmelzung von Produkten verschiedener Zeiträume stattgefunden haben könnte, mußte natürlich zur Anwendung der neuen Methode geradezu herausfordern. Es hat sich dabei als Resultat ergeben, daß diese Recension in allen ihren Teilen (mit einigem Vorbehalt inbetreff des V. Buches, wegen unzureichenden Vergleichsmaterials) für vorpâṇineisch zu halten ist.

Die Behandlung des Aitareya-Brâhmaṇa nach gleichen Gesichtspunkten (im 7. Kap.) bestätigt ebenfalls die Brauchbarkeit von Liebichs Untersuchungsmethode. Sämtliche Abschnitte des Werkes sind vor Pâṇini entstanden – bis auf einen, den 31. Adhyâya. Dieser hat die ursprünglich an dieser Stelle stehende Partie von sprachlich altem Charakter ersetzt. Andere, in gleicher Richtung beweisende Indicien, die Liebich aufführt, geben uns die beruhigende Zuversicht, daß uns die
S. 957 Grundsätze der Untersuchung nicht in die Irre führen. | Und wenn sich weiter sogar zwischen Ṛgveda- und Aitareya-Dialekt noch eine Mittelstufe konstatieren läßt (S. 80), die durch die Gâthâs der Çunaḥçepa-Episode repräsentiert wird, so sehen wir wiederum, welch feines Reagens wir in der grammatisch-vergleichenden Methode besitzen.

Das 4. Kap. behandelt Pâṇinis Verhältnis zur indischen Sprache und das Problem »Was ist Sanskrit?«, und Kap. 5 bietet dazu insofern eine Ergänzung, als Liebich in demselben Gelegenheit nimmt, speciell gegen Whitneys Anschauungen über diesen Punkt zu polemisieren. Ich werde weiter unten den Kreis dieser Fragen im einheitlichen Zusammenhange erörtern und ziehe es daher vor, hier erst gleich die geringfügigen Corrigenda in Liebichs Buche zu erledigen, die ich für notwendig erachte, die aber dem Wert der Schrift und der Richtigkeit ihres Grundgedankens keinen Eintrag thun.

S. 983 … | …

Ich schließe meine Betrachtungen, zu denen Liebichs gewissenhaftes und anregendes Buch mir Veranlassung gegeben hat. Wenn ich eingehender, als es bei einem minder guten Buche vielleicht geschehen sein würde, über dasselbe referiert habe, so möge der Verfasser daraus das Interesse erkennen, das seine Abhandlung in mir – und hoffentlich auch in vielen anderen – geweckt hat. Ich denke, die Wissenschaft kann Liebich für seine Leistung aufrichtig dankbar sein und sich der Hoffnung hingeben, daß er noch manche andere von gleicher Gewissenhaftigkeit und Gründlichkeit zeugende Schriften folgen lassen wird.

Berlin, August 1891. R. Otto Franke.

II.3 Panini (1891)

Rezensent: **Ernst Windisch**

Literarisches Centralblatt für Deutschland. Nr. 20, 14. Mai 1892. Leipzig 1892, Sp. 719–720.

Liebich, Bruno, Dr. phil., **Panini**. Ein Beitrag zur Kenntniss der indischen Literatur u. Grammatik. Leipzig, 1891. Haessel. (163 S. Gr. 8.) *M* 10.

Wenn man auch nicht sagen kann, daß der Verf. dieses Buches zu ganz neuen Resultaten über Pāṇini komme, so verfolgt er doch Ziele, die zu billigen sind. Zu Anfang hat er kurz zusammengestellt, was über die Zeit des Pāṇini vorgebracht worden ist. Seine Ansicht, daß Pāṇini vor Christi Geburt gelebt habe und zwar nicht allzulange nach Buddha, ist nicht überraschend, wohl aber S. 19 die Prophezeiung, es werde sich bei genauerem Studium herausstellen, daß Yāska's Commentar zum Nirukta erst in der Zeit des Patañjali entstanden ist. Das Hauptaugenmerk Liebich's ist aber darauf gerichtet, nach einer, wie er sagt, neuen Methode das zeitliche Verhältniß der Literaturwerke zu der Grammatik des Pāṇini aus ihrer Sprache zu bestimmen. Diese Methode ist jedoch nicht so neu. Man hat auch bisher, abgesehen von den sachlichen Gesichtspuncten, nach ebensolchen sprachlichen Kriterien das relative Alter der Literaturwerke abgeschätzt, als dies L. von S. 23 an thut. Daher seine Ergebnisse nur das bestätigen, was schon bisher als wahrscheinlich oder sicher galt. Aber wir erkennen gern an, daß L. die Vergleichung der Sprache großer Texte mit den Vorschriften Pāṇini's systematischer durchgeführt hat, als bisher geschehen war. Sein viertes Capitel führt die Ueberschrift „Pāṇini's Verhältniß zur indischen Sprache". Dieses Verhältniß wird hier zutreffend geschildert. Die Hauptpuncte sind, daß das Sanskrit, wie es Pāṇini lehrt, eine von den Gebildeten seiner Zeit und späterer Zeiten wirklich gesprochene Sprache gewesen ist, daß Pāṇini hauptsächlich eine wirklich gesprochene Sprache hat darstellen wollen. Besonders die Beispiele des Mahābhāshya, die sich auf das gewöhnliche Leben beziehen, sprechen deutlich dafür. Die zu seiner Zeit vorhandene Literatur kommt bei Pāṇini erst in zweiter Linie in Betracht, sie ist jedenfalls nicht in höherem Grade Norm, als der lebendige Sprachgebrauch der Gebildeten und Gelehrten. Auch ist Pāṇini nicht darauf ausgegangen, die | ganze Sp. 720
vorhandene Literatur auszubeuten, vielmehr scheint er nur berücksichtigt zu haben, was er nach seinem Bildungsgang und seiner Schulangehörigkeit in seinem Kopfe hatte. In gewissem Sinne muß aber Pāṇini doch auf Vollständigkeit ausgegangen sein. Denn was er darstellt, geht weit über das hinaus, was ein einzelner Mensch an Wörtern und Formen gebraucht. Vielleicht spiegelt sich darin die weite Ausdehnung des „Hochindisch" wieder, wie L. an den Begriff „Hochdeutsch"

anknüpfend diese Sprache der Gebildeten und der Literatur zunennen empfiehlt. L. tritt entschieden für die Glaubwürdigkeit und die Autorität Pāṇini's ein, namentlich Whitney's Angriffen gegenüber. Eine nochmalige Beleuchtung des Bṛhadāraṇyaka und des Aitareyabrāhmaṇa unter den von ihm aufgestellten Gesichtspuncten beschließt den Hauptttheil der Schrift. Als Specimen dafür, wie der Inhalt der grammatischen Literatur vollständig und verständlich deutsch wiedergegeben werden kann, ist in Anhang I die Lehre vom Genus verbi, in Anhang II die Femininbildung nach Pāṇini, Mahābhāshya und Kāçikā mitgetheilt. Wi.

II.4 Panini (1891)

Rezensent: **Albrecht Weber**

Deutsche Litteraturzeitung. XIII. Jahrgang, Nr. 28, 9. Juli 1892. Berlin 1892, Sp. 910–914.

BRUNO LIEBICH, Panini. Ein Beitrag zur Kenntnis der indischen Literatur und Grammatik. Leipzig, H. Haessel, 1891. 163 S. gr. 8°. M 10.

Die Frage nach Pâṇini's Zeit und Wirken bildet einen Kernpunkt in der indischen Litteratur-Geschichte. Jeder ernsthafte Beitrag zu ihrer Lösung ist daher hochwillkommen. Liebichs Schrift beruht auf einem eingehenden, liebevollen Studium des Grammatikers. Sie handelt zunächst von den bisherigen Ansichten über seine Zeit, sucht dann auf einem neuen Wege dieselbe näher zu fixiren, erörtert die Frage, welche Sprachform ihm eigentlich als Vorlage gedient habe, ob bezw. das »Sanskṛit« damals noch eine lebendige Sprache gewesen sei, und giebt zum Schluss zwei Detail-Studien über das genus verbi und über die Feminin-Bildung. Der Verf. verfährt dabei durchweg scharfsinnig und sorgfältig. Bei alledem hätten wir indessen teils doch Manches anders gewünscht, teils vermissen wir Manches, was hergehört hätte.

Die Darstellung zunächst der bisherigen Ansichten über die Zeit Pâṇini's ist etwas mager ausgefallen. Es fehlen dabei einige Punkte, die für die, kurz gesagt, nachgriechische und nachbuddhistische Zeit desselben von Bedeutung sind. So die Verwendung der Buchstaben in der Reihenfolge des Alphabets als Zahlzeichen, in griechischer Weise, – die Regel Âpiçali's, eines von Pâṇini citirten Grammatikers, über die Bildung des Wortes: *kshaudrakamâlavî*, Heer der Kshudraka (*Οξυδρακοι*) und der Mâlava (*Μαλλοι*), – die falsche Erklärung und Rückübersetzung des prâkṛitisch-buddhistischen *kukkuia* (*kaukṛitika*) durch *kaukkuṭika*(!) – Was

Pâṇini's Verhältnis zu Kâtyâyana und Patanjali betrifft, so geht L. mit Recht dabei rückwärts. Für die Geschichte des Mahâbhârhya (*sic!*) sind ja in der That verhältnismäßig reiche Angaben vorhanden, und giebt es uns durch die Erwähnung der Candraguptasabhâ, Pushyamitrasabhâ, und der Beziehungen des Yavana zu Sâketa und zu den Mâdhyamika zum wenigsten einen sicheren terminus ante quem non. Für die wirkliche Zeit des Werkes freilich ist damit nichts gewonnen, solange nicht erwiesen ist, dass es sich hiebei um Beispiele handelt, die auf Patanjali selbst zurückgehen; denn es können dies ja ebensogut solenne, mûrdhâbhishikta-Beispiele der Schule sein, die auf Pâṇini oder gar noch auf Pâṇini's Vorgänger zurückgehen!

Hier ist denn eben noch viel zu thun. Es fehlt noch gänzlich eine zusammenfassende Darstellung der sprachlichen, sprachwissenschaftlichen wie sprachgeschichtlichen, Daten, die vor Pâṇini vorausliegen. Die Angaben des Çâñkhâyana brâhmaṇa über die größere Reinheit der Sprache | im Norden, – des Aitareya- Sp. 911
brâhmaṇa über die pûtâ vâc der Çyâparṇa, – des Pañcaviṅçabrâhmaṇa über die Sprache der vrâtya, – des Çatapathabrâhmaṇa über die Sprache uttarâhi und Kurupaṇcâlatrâ, sowie über die Mlecha, – des Câñkhâyanâraṇyaka und des Aitareyâr. über die âryâ vâc – des Nirukta über die Ârya, Kamboja, etc., – die grammatischen termini technici in den brâhmaṇa und sûtra (vergl. z. B. den terminus: *sadvant*), – die in den Prâtiçâkhya, dem Nirukta etc. citirten Autoren und Ansichten, – Pâṇini's eigene Angaben hierüber (über die Udañcas, Prañcas, Prâcya-Bharata etc.), – alles dies bildet einen Hintergrund von enormen Dimensionen, an den sich Pâṇini's Werk nur als Schlussstein einer langen, vieljährigen Entwickelungs-Periode anschließt.

Der »neue Weg«, den L. einschlägt, um über die sprachlichen, speciell die litterarischen Vorlagen Pâṇini's festen Anhalt zu gewinnen, besteht darin, dass er die je ersten 1000 Verbal-Formen einiger brâhmaṇa etc. mit den Regeln Pâṇini's vergleicht und durch die geringere oder größere Uebereinstimmung, die er hierbei findet, auf die Priorität, Gleichzeitigkeit oder Posterioriät des betreffenden Textes, Pâṇini gegenüber, schließt. Es ist dies eine in sich ganz wertvolle, und jedenfalls gut durchgeführte Idee, aber doch kein zu wirklicher Evidenz führender Weg. Man wird dabei an den ja auch ganz ingeniösen, und für die Ṛiksaṃhitâ in der That anscheinend glücklichen Vorgang Brunnhofers erinnert, der die einzelnen manḍola derselben nach den in ihnen vorkommenden Infinitiv-Formen chronologisch zu ordnen suchte. Die Beschränkung auf diese eine Form zeigte sich dabei von Uebel, wie klar zu Tage trat, als Brunnhofer seine Methode auch auf das Çatapathabrâhmaṇa anwandte. Diese Einseitigkeit hat L. vermieden. Aber sein Vorgehen entbehrt doch auch einer stricten Ueberzeugungskraft. Die Voraussetzung dabei ist, dass Pâṇini ein so Alles umfassender und so mustergiltiger Zeuge sei, dass mangelnde Uebereinstimmung mit seinen Bildungs-Regeln notwendig auf Priorität, vorhandene dagegen auf Gleichzeitigkeit bezw. Posteriorität schließen lasse. Quod erat demonstrandum. Pâṇini's autorative Stellung ist sicher nicht mit einem Schlage errungen worden, und auch nachdem sie es war, hat es sicher noch Autoren genug gegeben, die entweder gar nichts von ihm wussten oder sich um ihn nicht kümmerten. Und ebenso wäre doch auch erst zu erweisen (ist bezw. stark zu bezweifeln), dass ihm Alles zugänglich war, was zu seiner Zeit an entsprechenden Vorlagen factisch existirte.

Sicherer erscheint immer noch der Weg, der zuerst von mir (1849) betreten wurde, und der dann von Goldstücker, Bhâṇḍârka, L. v. Schroeder u. A. weiter verfolgt ward, nachzuforschen, was sich von litterarisch-bedeutsamen Sp. 912 Wör|tern in Pâṇini selbst vorfindet. Durch die Bemühungen Kielhorns, Eggelings (leider fehlt noch immer, seit 1881, der Index zu seiner Ausgabe des gaṇaratnamahodadhi, und, seit 1878, das Schlussheft zu seiner Ausgabe des Kâtantra), Burnell's, Böhtlingk's u. A. liegen die Daten und Materialien zur Verwertung des in Pâṇini enthaltenen Wortschatzes jetzt denn doch in reicher Fülle vor, und harren nur ihrer antiquarisch-kritischen Verwertung. – Da wird sich dann doch wohl auch für die Zeit Paṇini's etwas Näheres ermitteln lassen. Einstweilen aber bleibt noch: sub judice lis. Denn auch Pischels Identificirung des Dichters Pâṇini mit dem Grammatiker Pâṇini ist doch nicht so gleich a limine abzuweisen. Was Letzterer an Alter dabei verlöre, würde jener gewinnen.

Dass Pâṇini's Vorlage nicht lediglich litterarischer Art war, sondern eine lebendige »bhâshâ«, geht gerade aus dem Wortschatz, den er uns bietet, klar und sicher hervor. Freilich nur eine im »vyavahâra« der Gebildeten, der Schulen etc., lebende Sprache, denn das Volk sprach längst die mannichfachsten prâkṛitischen Idiome. Das Pfingst-Sprachenwunder wird schon von Buddha berichtet: »though he spoke in Mâgadhî, each one thought that he spoke in his own language (Spence Ha[r]dy, Manual Buddhism S. 187; 1853). Aber »Sanskrit« war diese »bhâshâ« noch nicht, das ist sie erst durch Pâṇini geworden! Er kennt zwar das Wort *saṃskṛita*, braucht es aber nicht in Bezug auf die Sprache (das Wort *prâkṛita* erwähnt er überhaupt nicht). Unter den Händen Paṇini's und seiner Nachfolger ward die »bhâshâ« zu dem, was Whitney das »Grammatik-Sanskrit« genannt hat. – Neben der lebendigen Sprache, von der sein Wortschatz Zeugnis ablegt, hat ihm aber auch allem Anschein nach eine weit reichere Fülle literarischen Materials zu Gebote gestanden, als die trotz ihres Umfanges, doch nur kümmerlichen

Reste der Art, die uns erhalten sind. Durch die Citate darin, und sonstigen Traditionen, speciell durch die dabei genannten Namen, liegen uns die Beweise dafür vor, dass auch hier, und zwar gerade auch bei der vedischen Literatur, derselbe Unstern gewaltet hat, welcher uns z. B. bei der dramatischen Literatur als älteste Documente derselben nur diejenigen Stücke beließ, in denen sie ihren Gipfelpunkt erreicht hat, während die bis dahin vorausgehenden Entwickelungs- und Vorstufen uns gänzlich verloren gegangen sind. Den citirten Worten und Namen zufolge muss dereinst ein sehr bedeutendes vedisches Material existirt haben, von dem uns nur, so zu sagen, die letzten Ausläufe geblieben sind; *nigado'nveshaṇîyah* ist die lakonische Notiz für die zahlreichen in den Nighaṇṭu aufgeführten, aber nicht belegbaren Wörter, die zur Zeit von deren Zusammenstellung offenbar noch belegbar waren. Auch was Pâṇini selbst z. B. über *proktam* angiebt und was im Anschluss daran überliefert wird, geht weit über unseren vorhandenen Bestand hinaus. Sp. 913

Bei aller Ehrerbietung übrigens vor dem, was der große Meister geleistet hat, dürfen wir uns nun aber doch auch das Recht der Kritik ihm gegenüber nicht beschränken lassen. Hat doch schon der böse Kâtyâyara (*sic!*) ihm scharf auf die Finger gesehen, und ist Ehren-Patanjali nicht immer im Stande gewesen, ihn dabei völlig zu exculpiren. Wenn Pâṇini, wie bereits oben angeführt, das prâkṛitisch-buddhistische *kukkuia* durch *kaukkuṭika* erklärt, und auf *kukkuṭî* zurückführt, wenn er *kshetriya* »organisches« oder »tötliches« Leiden durch: *parakshetre cikitsya* erklärt, und *vâjayati* von √*vâ* herleitet, wenn er in seinen Dhâtupâṭha z. B. (lassen wir denselben im übrigen ganz bei Seite!) die prâkṛitische Wurzel *daṅs* »sehen« aufgenommen hat (daher die Scholiasten-Erklärung von *dasma*, *dasra* etc. durch darçanîya), nun, dann hat man wohl das volle Recht, an ihm auch anderweit Kritik zu üben. Wiederholt giebt ja schon die rein äußerliche Beschaffenheit seines Textes in orthographischer sowohl wie sogar in grammatischer Beziehung, an seinen eigenen Regeln gemessen, zu mannichfachen Ausstellungen Anlass. Mag sein, dass dabei auch die mangelhafte Ueberlieferung, ebenso wie in Betreff der mangelnden Accente und adhikâra-Marken, mitgewirkt hat. Ganz reicht dies indess nicht aus und scheint vielmehr auch reine Willkür und defectus ab origine vorzuliegen. Die stummen Buchstaben z. B. sollten unbedingt von jeder saṃdhi-Regel im Satz wie in der Flexion oder Composition eximirt sein, da sonst die Deutlichkeit leidet. Einzelne Buchstaben werden bald consonantisch, bald auf *a* auslautend, bald gar nicht flectirt. Gelegentlich liegt direct irrige Flexion vor, z. B. *ne* als Locativ von *nâ* (8,2,7) Singular oder Plural steht, wo man Dual erwarten sollte, z. B. 6, 4, 10. 7, 1, 70; in diesen beiden Fällen gehört zugleich ein Genetiv nur zu dem einen Glied des betreffenden Compositums. Dies ist überhaupt sehr häufig

der Fall (etwa wie: ein lederner Handschuhmacher!). Die Themata werden vielfach nicht als selbständige Wörter sondern so flectirt, wie sie in der Sprache selbst flectirt werden, z. B. 7, 1, 85 *ṛibhukshâm* (man nennt das ein: jnâpakam, hat aber für den betreffenden Fall nur Unklarheit davon). Die Verbalwurzeln werden bald in der Form des Dhâtupâṭha, bald abweichend davon (bezw. mit Varianten dazu), bald in der dritten Person Singul. Praes. Par. aufgeführt. Dass in den çivasûtra *ṇ* sowohl als *l* je zweimal als stumme Buchstaben verwendet sind, es somit je zwei pratyâhâra *aṇ* (*iṇ*, *uṇ*) und *hal* gibt, während ein dergleichen für: *kh ph k p* fehlt (*kupvoḥ* in 8, 3, 37 umfasst nach 1, 1, 69 alle savarṇa, auch die tönenden) greift schon in die Composition des Werkes selbst ein, die bekanntlich sehr großen Ausstellun-
Sp. 914 gen unterliegt. Neben empfindlichen Lücken (cf. die vielen vâcya-Fälle, speciell z. B. das Mangeln einer Angabe bei 8, 4, 1 über den lingualisirenden Einfluss des *ṛi* auf ein folgendes *n*, sowie bei 4, 1, 10 über die Geschlechtslosigkeit der Pronomina der ersten und zweiten Person) steht da vor Allem die häufig viel zu große Weite der Regeln, die durch die hinzugefügten Ausnahmen und Unterausnahmen nicht wieder gut gemacht wird. Und dazu dies ganze Substituten-Spiel! Wie oft müssen die Scholien zum: pûrvavipratishedha oder avripatishedha (*sic!*), oder zu der Bankeruttserklärung: anityatva greifen. Kurz, etwas ab omni parte perfectes ist der heilige Pâṇini nicht. Es thut dies jedoch seiner Großartigkeit keinen Eintrag. Nur hüte man sich vor Ueberschätzung.

Ein Stoßseufzer noch zum Schluß. Wie sind die vielen lingual auslautenden Wurzeln in den Dhâtupâṭha, wie in den Nighaṇṭu (viele von ihnen z. Z. noch ganz unbelegbar) zu erklären? Dass die späteren Prâkṛitgesetze zum Teil schon für den Veda gelten, dafür treten Wörter wie dûḷabha, dûṇâça etc. ein. (Ja, man ist versucht, ihr Wirken schon in die indo-germanische Zeit zurückzuversetzen, vergl. *nidus*, Indische Streifen 1, 141 n. 9.) Die Lingualen spielen überhaupt im Veda eine große Rolle. Die durch Pâṇini und seine Leute erfolgte Verwandlung der alten »bhâshâ« in eine »saṃskṛitabhâshâ« scheint gerade in dieser Beziehung einen günstigen, die weitere lingualisirende Depravation hemmenden Einfluss geübt zu haben.

Berlin. A. Weber.

II.5 Panini (1891)

Rezensent: **George Abraham Grierson**
The Indian Antiquary, a Journal of Oriental Research. Volume XXII. Bombay 1893, S. 222–224.

PÂṆINI. Ein Beitrag zur Kenntniss der indischen Literatur und Grammatik. Von Bruno Liebich, *Dr. Phil.*, Leipzig. Hassel, 1891.

It is an observation as trite as it is true, that an epoch-making work, besides having an importance of its own, renders possible the production of other good books, and thereby open out paths of investigation, which but for them would have remained closed to the most adventurous pioneers by an impassable barrier. As Gumânî of Paṭnâ puts it:

पूर्वजशुद्धिमिषाद्भुवि गङ्गाम्
प्रापितवान्स भगीरथभूपः ।
बन्धुरभूज्जगतः परमोऽसौ
सज्जन है सब का उपकारी ॥

Dr. Kielhorn's Edition of the *Mahâbhâshya* is a case in point. A monument of accurate and solid learning in itself, it has incited Dr. Liebich, and made it possible for him, to write the excellent essay which forms the subject of this review.

The work may be described as having the same object as Goldstücker's well-known essay—to determine the place of Pâṇini in Sanskṛit Literature—and it may be at once stated that the author has made a great advance in this interesting investigation. He has had at his command materials not available to former authors, and he has employed new methods, which they had hitherto not been able to adopt. Dr. Liebich's first chapter is devoted to a review of the attempts of former authors to fix the date of Pânini, from Goldstücker's suggestion of not later than 700 B. C., to that of Dr. Pischel, which puts him 1,100 years later. The author's own opinion on this point is that we have not yet sufficient ground to come to a definite conclusion, but that in all probabitity he came after the Buddha and before the commencement of the Christian Era: and that he was nearer the earlier than the later limit. In the second chapter the author continues the inquiry, by seeking to establish the dates of Pâṇini's commentators. The author of the *Kâśikâ Vṛitti*, died about 660 A. D. He was preceded by Chandragômin, who appears to have lived in the 4th or early in the 5th century A. D. Before him came Patañjali, the author of the *Mahâbhâshya*, who probably lived in the second century B. C. Kâtyâyana, the author of the *Vârttika*, lived some generations before Patañjali, and Pâṇini was at least one generation before Kâtyâyana.

Dr. Liebich in his third chapter opens the most original and interesting portion of the work. He compares the Sanskṛit language as laid down in Pâṇini's Grammar with the actual Grammar exhibited by four stages of Sanskṛit literature, between the first and last of which he must certainly have lived. For this purpose he takes a thousand verbal forms in each of the following—(*a*) the *Aitarêya Brâhmaṇa*, (*b*) the *Bṛihadâraṇyaka Upanishad*, (*c*) the *Âśvalâyana* and *Pâraskara Gṛihyasûtras*, and (*d*) the *Bhagavadgîta*. The first represents the language of the older *Brâhmaṇas*, the second that of the later *Brâhmaṇas*, the third that of the *sûtras* and the fourth that
S. 223 of Epic poetry. Every form is compared with what Pâṇini says it ought to have been, and each departure from his grammar is recorded and classified. Omitting irregularities which are noticed by Pâṇini himself, as belonging to the *Chhandas* or older (*i. e.* before him) language, the following is the number of forms found to be grammatically false according to his rules, out of the thousand examined in each work,—(*a*) 6, (*b*) 27, (*c*) 41, (*d*) 37. From these statistics, and from a consideration of the nature of the irregularities in each case, he comes to the following conclusions:—

1. That Pâṇini is nearest in time to the *Gṛihyasûtras*.
2. That both the *Aitarêya Brâhmaṇa* and the *Bṛihadâraṇyaka Upanishad* certainly belong to a time earlier than his.
3. That the *Bhagavadgîtâ* certainly belongs to a time later than his.

In his fourth chapter the author deals with the Pâṇini's relation to the language of India; without a clear comprehension of which it is impossible to solve the problem of the extent to which Sanskṛit was a living speech. The author first gives a brief *résumé* of the various propositions on this point which have hitherto been advanced, in which I may notice that he omits to mention Senart's arguments, contained in his essays on the Inscriptions of Piyadasi. His own opinion is that Pâṇini taught the language spoken in India at his time, that the Sanskṛit which he taught was, syntactically, practically identical with that of the *Brâhmaṇas* and of the *Sûtras*, and that in grammar, it only differed from the *Brâhmaṇas* by the absence of a few ancient forms, most of which were specially noted by him as Vedic peculiarities, and from the *Sûtras* by the omission to notice certain loosely used forms, such as those which exist in every language besides the stricter ones enjoined by grammar.

In suggesting that Pâṇini taught in his grammar the Aryan language, in the form in which it was at the time generally spoken even by the educated in India, I think Dr. Liebich goes too far. That Pâṇini, in his grammar, illustrated a language which was spoken at the time by some persons, and probably by himself, is possible, and may be allowed; but I, for one, cannot admit that that language was in Pâṇini's time the general spoken language of India, or even of North-Western India. One fact alone makes the thing seem to me impossible. Pâṇini probably lived somewhere about 300 B. C., but supposing him to have lived a hundred years earlier or a hundred years later, in the matter of the growth of a language really makes very little difference. Now we know that the Vêdic hymns, which, in their original forms, were in the vernacular language of the people who first sang them, existed certainly some centuries before Pâṇini. The older *Brâhmaṇas*, equally certainly were composed some centuries before Pâṇini's time, and finally, the *Sûtras* were composed about his time. On the other hand, the Aśôka Inscriptions, which were in the vernacular language of the Court of Magadha, were fifty, or at most a hundred and fifty, years later than Pâṇini. Now, taking Pâṇini's own time as the standpoint and looking backwards and forward, what do we see? Looking backward, through a long vista of centuries we see the hymns of the *Vêdas*, the searchings of the *Brâhmaṇas* and the teachings of the *Sûtras*, all couched in what is practically one and the same language. The oldest hymns of the *Ṛig Vêda* have ancient forms, and it may be argued that we should exclude them,—be it so. Between the oldest *Brâhmaṇas* and Pâṇini at least one century must have elapsed, and the language of the *Brâhmaṇas* and the language of Pâṇini are identical. Between Paṇini and Aśôka, certainly not more than a century and a half elapsed, and the language of Aśôka is as different from that treated by Pâṇini, as Italian is from Latin. Nay, this was the case, although the people of Aśôka's time had Pâṇini's Grammar before them as a guide, and though the Aśôka Inscriptions show plain signs of a striving after style more in accordance with the teachings of the Sanskṛit schools than the existing vernacular of the day. Aśôkâ, it is true, lived in Eastern Hindûstan, and Pâṇini in the North-west, but that can be of little weight. It is impossible to suppose that, while language developed along its natural lines in the east, that development remained arrested in the west.

Those, therefore, who maintain that Pâṇini wrote a grammar of the language generally spoken at his time must account for two things. Before his time, for at least a hundred years[1] the vernacular language remained, fixed, unchanged, in a state of arrested development. After, his time, during at most a century and a half, and possibly during only half a century, the same vernacular language underwent

[1] Of course I do not for a moment suggest that the oldest *Brâhmaṇas* were only a hundred years older than Pâṇini. I am only stating the case in the most favourable way I can for the other side.

a course of decay or development, as great as the development of Latin into Italian. This, too, during a time when it had before it Pâṇini's great Grammar to keep it
S. 224 straight, in the right way, and to arrest its development, as suddenly and fixedly as the development of Sanskṛit was arrested. The assumption of such two conditions of existence in two periods of a language's history, one of which immediately succeeds the other, is too violent to be credible.

But I have admitted that it is possible that at the time of Pâṇini, Sanskṛit was a spoken language. If it was not spoken by the common people, by whom was it spoken? The answer is, by the schools.

From the earliest times the Brâhmaṇs devoted themselves to the study of the language of their sacred books, and no doubt they used it amongst themselves, in the school, as a medium of disputation, and, perhaps, even, of ordinary intercourse. In later times we find, in the *Râmâyaṇa*, Hanumân considering whether he should address Sîtâ in Sanskṛit or in Prâkṛit, and no doubt this illustrated the state of affairs in Pâṇini's time as well. Brâhmaṇs could address each other in the holy language, which they so carefully studied and kept up in its integrity, but in communication with the outer world beyond the boundaries of their school, they had to use that vernacular language of the people, which, descended from the dialects in which the Vedic Hymns were first composed, passed, regularly and inevitably, in the course of centuries, into (amongst others) the language of Aśôka, and thence into that of Hâla and of Tulasî Dâs. Call that Vernacular language what you will, so long as it is not called Sanskṛit. Many things add proof to the existence of this vernacular language at the time when Sanskṛit was fixed,—nay, Sanskṛit itself bears witness to it itself, on its very face, in the way in which it has borrowed some of these vernacular words, in their vernacular forms, and then retransferred them, by a process of reversed etymology into what it imagined to be their original Vedic forms. Its mistakes in this process of reversion betray the secret.[2] No doubt in speaking Sanskṛit in the schools many things were referred to, of which the original Vedic name was forgotten and of which the vernacular form had perforce to be used in a form dressed up for the occasion.[3] In short, Sanskṛit was used in the

---

[2] An example is the Sanskrit *aṅgâra*, sugarcane sprouts, which I have referred to (*ante*, p. 166) in reviewing Dr. Macdonell's *Sanskṛit Dictionary*. This word is manufactured from the old Prâkṛit *aggaada*. Sanskṛit took *aggaada*, and by a mistaken etymology assumed that it was derived from *aṅgâra*, and therefore it declared that *aṅgâra* was the Sanskṛit word for sugarcane sprout. Really, the word is derived from *agra* with pleonastic *da* (quasi *dṛiś*). There are many examples of this sort. [3] Just as Father Tom said to the Pope in their immortal conversation: 'Dimidium cyathi vero apud metropolitanos Hibernicos dicitur *dandæus* (a dandy!)'

schools in Pâṇini's time much as Latin was used in the schools in the Middle Ages. It was habitually used and spoken as a scholastic language, and in the course of time had even branched out into scholastic dialects, as Dr. Liebich's statistics of the *Sûtras* show.

I think, therefore, that Dr. Liebich goes too far, if I understand him aright, when he says that Pâṇini's Sanskṛit was 'the spoken, the living speech of the learned men of his time.' Unless he means by this that it was merely a school language of the learned, entirely distinct from the general language of Hindûstân, also spoken by, and actually the vernacular even of, these learned men, I cannot but consider him, and the many who agree with him, to be labouring under a false impression.

In concluding this subject, Dr. Liebich's classification of the various stages of the Sanskṛit language may be given here. He divides them as follows:—

1. Ante-classical
   The *Saṁhitas* of the four *Vêdas*.
2. Classical
   (*a*) *Brâhmaṇas* and *Sûtras*.
   (*b*) Pâṇini's teaching.
3. Post-classical
   (*a*) Literature not governed by Pâṇini: The Epic poems.
   (*b*) Literature arisen under the influence of Pâṇini: the language of Kâlidâsa, &c.

In the fifth chapter Dr. Liebich combats Prof. Whitney's attacks on the Sanskṛit grammatical school in general, and in the sixth he applies the statistics already given to deciding whether any portions of the *Bṛihadâraṇyaka Upanishad* and of the *Aitarêya Brâhmaṇa* are older or more modern than other portions; but I must refer the reader to both these essays directly; as the demands of space do not allow me to describe their contents. Suffice it to say that with regards to the Kâṇva Recension of the former, he considers the whole of it (with a reservation regarding the 5th book) to be earlier than Pâṇini. So also the *Aitarêya Brâhmaṇa* with the exception of the 31st *Adhyâya*.

This excellent and most interesting book concludes with two useful appendices, in which the author explains the Paninian teaching on the genus (*pada*) of the Verb, and on the formation of the Feminine of nouns.

II.6 Zwei Kapitel der Kāçikā (1892)

Rezensent: **Victor Henry**
Revue Critique d'Histoire et de Littérature. Nouvelle Série. Tome XXXIV. Nr. 47, 21 novembre. Paris 1892, S. 333–334.

513. – **Zwei Kapitel der Kâçikâ übersetzt und mit einer Einleitung versehen** von Bruno Liebich, Dr. phil. – Breslau, Preuss u Jünger, 1892. In-8, xxxx-80 pp.

M. Bruno Liebich s'est voué à l'étude des grammairiens hindous : il les connaît, les comprend à merveille et nous fait pénétrer toutes les subtilités de leur nomenclature (p. VIII, XI, n. 2, etc.). On sait[1] qu'il a entrepris de les venger des dédains de M. Hitney ; et en fait on trouvera dans son nouveau livre de quoi donner amplement raison aux deux adversaires à la fois : toujours le même soin du détail, la langue regardée à la loupe, un luxe de distinctions et de sous-distinctions souvent curieuses (p. 35) ; toujours aussi la même absence de réflexion et de méthode, les classifications artificielles, la lettre morte et la statistique brute substituées à l'esprit grammatical. On croira difficilement que, dans une phrase du type « Montmartre est au nord de Paris, Montrouge au sud », le commentateur ait éprouvé le besoin d'avertir que les deux mots « Paris » et « Montrouge » ne pouvaient étre réunis en un seul composé : c'est pourtant ce qu'on lira développé et parfaitement traduit, p. 1–2. Quand le commentateur prend pour un dvandva (p. XII et 74) le mot *dampatî*, qui est manifestement un simple tatpurusha au duel, il n'y a qu'à passer condamnation ; mais, quand M. B. L. croit savoir que Pâ*n*ini s'est rendu compte des vices de sa division des composés et s'est résigné « la mort dans l'âme » (p. IX) à sacrifier la logique aux nécessités pratiques de l'enseignement, peut-être lui fait-il honneur d'un sens linguistique qui n'appartient qu'à son moderne champion.

La question toujours discutée de savoir quelle langue enseignait Pâ*n*ini est résolue
S. 334 par l'auteur en faveur de la langue parlée contemporaine (p. XXIX). L'examen de ses arguments ingénieux, mais discutables, m'entraînerait trop loin. Mais, à supposer que l'argot des tavernes hindoues eùt créé des monstres tels que *apacasi* (p. 56) = lat. **incoquis* « tu ne cuis pas », on doit convenir qu'ils sont à nos yeux quasi négligeables, puisqu'ils n'ont ni attache préhistorique, ni emploi constaté dans le sanscrit littéraire.

En traduisant les deux chapitres de la théorie des composés, M. Liebich a fait pour les commentaires grammaticaux ce que j'ai essayé de faire jadis pour les commentaires littéraires dans mes *Stances du Bhâminî-Vilâsa* : initier les débutants à

[1] Cf. *Revue critique*, nouv. sér. XXXII, p. 153. Nouvelle série XXXIV.

leur nomenclature et à leur tour de phrase. Je crois qu'il y a pleinement réussi : sa traduction, quoique littérale, est fort claire, et l'étudiant qui l'aura scrupuleusement collationnée avec le texte ne craindra plus désormais d'affronter le texte lui-même. V. H.

II.7 Zwei Kapitel der Kāçikā (1892)

Rezensent: **Ernst Windisch**

Literarisches Centralblatt für Deutschland. Nr. 46, 11. November 1893. Leipzig 1893, Sp. 1646.

Liebich, Dr. phil. Bruno, Privatdoc., **Zwei Kapitel der Kāçikā**, übersetzt und mit einer Einleitung versehen. Breslau, 1892. Preuss & Jünger. (XL, 80 S. Gr. 8.) ℳ 4.

Kāçikā Vṛtti, d. i. commentarius Calcuttensis, ist der bekannte Commentar zu den Regeln des Pāṇini. Die ersten vier Bücher werden dem Jayāditya zugeschrieben, die letzten vier dem Vāmana; was die Zeit anlangt, so hat der letztere jedesfalls vor Hemacandra (1088–1172 n. Chr.) gelebt. Einige interessante Abschnitte dieses Commentars hat schon Böhtlingk durch Aufnahme in seine Chrestomathie weiteren Kreisen, namentlich auch den Studierenden, zugänglich gemacht. Auch Liebich hat mit dem vorliegenden Buche besonders die Studierenden im Auge, denen er das Eindringen in die einheimische Form der Grammatik erleichtern will, womit jedoch nicht gesagt sein soll, daß nicht auch reifere Gelehrte sein Buch mit Nutzen lesen werden. Die beiden von ihm ausgewählten Capitel sind das erste und zweite des zweiten Buchs, die von der Bildung und Bedeutung der Composita im Sanskrit handeln. Es ist dies ein auch für die vergleichende Sprachwissenschaft wichtiger Gegenstand, und Niemand, der sich näher mit ihm befaßt, darf die vorliegende Schrift Liebich's unbenutzt lassen. Der Uebersetzung ist eine lesenswerthe Einleitung vorangestellt, aus der wir besonders den Abschnitt über das Eintheilungsprincip der indischen Composita (S. VI fg.) hervorheben. Auch auf die Frage nach dem Charakter der Sprache, die Pāṇini darstellt, kommt Liebich wieder zu sprechen. Die beste Antwort wird die bleiben, daß es die Umgangssprache der çishṭa (vgl. Jacobi, Rāmāyaṇa S. 113) war, mit Einschluß der Literatur, die zu ihren Bedürfnissen und zu ihrer Bildung gehörte. In dieser Umgangssprache mögen einzelne Wörter vorgekommen sein, die man als slang bezeichnen könnte. L. scheint aber S. XXVII diesen Begriff etwas zu weit auszudehnen und der Sache eine für die Sprache Pāṇini's nicht zutreffende Bedeutung zu geben. Die letzten kurzen Abschnitte sind der Würdigung von Pāṇini's System gewidmet. Wir sind mit L. der Ansicht, daß die moderne Wissenschaft noch Manches von den indischen Grammatikern lernen kann. Wi.

II.8 Zwei Kapitel der Kāçikā (1892)

Rezensent: **Rudolf Otto Franke**
Deutsche Litteraturzeitung. XIV. Jahrgang, Nr. 33, 19. August 1893. Berlin 1893, Sp. 1028–1033.

Bruno Liebich, Zwei Kapitel der Kâçikâ. Uebersetzt und mit einer Einleitung versehen. Breslau, Preuss u. Jünger, 1892. XL u. 80 S. 8°.

Ich habe an der vorliegenden Schrift ein historisches Interesse. Sie ist gewissermaassen mein Pathenkind, da sie den Gegenstand öffentlicher Disputation zwi-
Sp. 1029 schen L. und mir bei Ge|legenheit von dessen Habilitation in Breslau bildete. Was ich damals vorgebracht habe, werde ich z. Th. hier wiederholen, manches auch hinzufügen müssen. Und mein Interesse für das Pathenkind wird auch einige Streiche mit der Ruthe nach dem bekannten pädagogischen Grundsatze verständlich erscheinen lassen.

Im Voraus sei gesagt, dass — was bei einem besonnenen Arbeiter von der soliden Gründlichkeit L.'s eigentlich selbstverständlich ist — das hier zu besprechende Buch sich des Verfs. früheren Arbeiten würdig anreiht und dass es für die Indologie, für das Eindringen in die einheimische indische Grammatik (vielen Indologen eine terra incognita) von grossem Nutzen sein wird. Auch hier findet man wieder dieselbe ruhige, fast etwas wortkarge und spröde Klarheit des Gedankens und dieselbe genau abgemessene Sprache, wie früher. Und diesen formalen Vorzügen reihen sich wichtige inhaltliche an, auch ganz abgesehen von dem durch den Titel gekennzeichneten Kern des Buches, welcher vollständig den Erwartungen entspricht, die man dem nächst Kielhorn und Böhtlingk besten Kenner Pâṇini's entgegenbringt. Die lange und gehaltreiche Einleitung, die hier und da den eng spezialwissenschaftlichen Kreis überschreitet, der durch das Thema gezeichnet ist, enthält so manchen neuen Gedanken, der dauernder beherzigt zu werden verdient. So auf S. XXXVII den Satz: »Es scheint mir aber, dass die systematische Entwicklung einer selbständigen Bedeutungslehre, die der rein formalen Lautlehre ein kräftiges Gegengewicht zu bieten vermöchte, die Sprachwissenschaft vor Einseitigkeit bewahren und ihrer höchsten Aufgabe, der Entwicklungsgeschichte des menschlichen Geistes zu dienen, näher führen würde«. Wer sich in der unangenehmen Zwitterstellung befindet, dass er nur den Bruchtheil seiner Zeit, den ihm seine eigentliche Fachwissenschaft dafür übrig lässt, auf die Verfolgung der sprachwissenschaftlichen Resultate verwenden kann, und doch andererseits für diese Fragen ein stetiges Interesse hegt, dem müssen diese Worte aus der Seele gesprochen sein.

Es sind vielleicht nicht die lauesten unter den exoterischen Freunden der Sprachvergleichung, die schliesslich mit resignirter Trauer den Versuch aufgeben, sich z. B. noch weiter durch das Meer diakritischer Zeichen hindurchzufinden, in die ein Theil der Linguistik zu verschwimmen droht. L. ist nicht der Einzige, dessen Brust mit Rücksicht darauf ein Seufzer entsteigt. In Vodskov's »Sjæledyrkelse og Naturdyrkelse«, einem Buche, das ich noch freudig begrüssen würde, wenn sich auch nicht ein einziger der darin ausgesprochen geistvollen Gedanken als begründet herausstellte, steht auf S. CXVIII ein analoger Satz, der in Uebersetzung lautet: »Das hat seinen Grund in der gegenwärtigen Vergötterung des Wortes und des Lautes, der 'Macht der Sprache über den Ge|danken', um einen grossen Forscher der Sp. 1030
Gegenwart zu citiren«.

L. behandelt in seiner Einleitung folgende Kapitel: Zweck und Gebrauch der Uebersetzung (»Wir brauchen«, abgesehen vom formalen, erzieherischen Nutzen, den mir der Verf. in einer versteckten Replik auf meine Worte in GGA. 1891 Nr. 24 S. 952 zu gering anzuschlagen scheint, »die Kenntniss der grammatischen Sprache aus einem sehr nüchternen und zwingenden Grunde, zum Verständniss der einheimischen Kommentare«. »Den inneren Zusammenhang der Regeln untereinander etc. kann man aber nirgends besser als aus der Kâçikâ kennen lernen«); Inhalt des übersetzten Abschnittes (Zusammensetzung der Nomina); Eintheilungsprinzip der indischen Composita (Das von der alten indischen Grammatik aufgestellte Vierklassensystem wird aufrecht erhalten und vertheidigt. S. XII–XXIV werden alle in der Kâçikâ behandelten Composita nach Pâṇini's und L.'s vereinigten Gesichtspunkten schematisch dargestellt); Pâṇini's Verhältniss zur indischen Sprache; Verhältniss des übersetzten Theiles zum Ganzen (Ein sehr werthvoller und instruktiver Ueberblick über Inhalt und System von Pâṇini's Grammatik); Grundidee des pâṇini-Systems (Es geht in der einzig richtigen Weise vom Satze, nicht vom Worte aus, »synthetische Darstellung der von ihm behandelten Sprache, soweit sie sich durch Gesetz und Regel erfassen lässt, bewirkt durch Herleitung und Entwicklung von den letzten erreichbaren Elementen, den Wurzeln, bis zur logischen Einheit, dem Satze«); Vergleich des indischen Systems mit dem griechischen (»In Indien ist« die nothwendige »Scheidung in Laut- und Wortlehre seit alter Zeit durchgeführt« und die indische Grammatik enthält schon die Stammbildungslehre und Syntax, die sogar unseren Grammatiken meist noch abgeht); Schluss.

Es ist nothwendig, auf einige von des V.'s Gedanken kritisirend und polemisch einzugehen. In dem Kapitel über »Pâṇini's Verhältniss zur indischen Sprache« zunächst sind gewisse Verhältnisse schief dargestellt. Dass ich dabei z. Th. auf meine eigenen früher vorgetragenen Anschauungen die Aufmerksamkeit lenken muss,

ist nicht meine Schuld. Auf S. XXIV sagt L., der, wie hervorgehoben, Pâṇini's Sprachquelle in der lebenden Sprache sieht, folgendes: »Die von mir auf diese Weise gefundene Antwort kommt unter den früheren Ansichten über das Verhältniss von Bhâshâ, Pâṇini und der Litteratursprache, soviel ich sehe, der von Weber (Indische Litteraturgeschichte S. 192 [167 der älteren Auflage]) am nächsten«. Diesem etwas unüberlegten Ausspruche halte ich, um nicht durch Citate Raum zu verlieren, das entgegen, was ich schon vor mehreren Jahren über die gänzlich hiervon abweichen-
Sp. 1031 den Ansichten von Prof. Weber in meinem Artikel »Was ist Sanskrit?«, B. B. XVII S. 82/3 ausgeführt habe. Ich muss im Gegentheil die Ehre in Anspruch nehmen, Anschauungen ausgesprochen zu haben, die mit denen von L. dem Wesen nach am nächsten verwandt sind, — nicht aus persönlichen, sondern aus sachlichen und Wahrheitsgründen. L.'s fundamentalster Satz ist der, dass Pâṇini die *lebende* Sprache copirte. Wenn man nun seine oben angeführten Worte über seine eigene Ansicht im Vergleich mit den älteren Meinungen liest, dann kann man kaum auf den Gedanken kommen, dass ich in meinem genannten Artikel Sätze veröffentlicht habe, wie diese: »Wir können also jetzt den Begriff der Bhaṣâ in dieser Weise näher umschreiben: Sie ist die an sich der Grammatik nicht bedürfende, d. h. lebende Sprache der Gebildeten von ganz Âryâvartâ« (S. 71) und: »Pâṇini's Sanskrit ist also in der Hauptsache Bhâṣâ« S. 75), oder sogar einen, der mit einem von L. eine grosse ihm nicht zum Bewusstsein gekommene Verwandtschaft zeigt, nämlich bei mir S. 68: »Es wird darum vermuthlich immer aussichtslos sein, nach Pâṇini's Sprachquellen zu forschen. Denn seine Regeln sind wahrscheinlich nicht Litteraturwerken, sondern der Bhâṣâ entnommen, und nur mit aus litterarischen Quellen entlehnten Einzelheiten durchsetzt«. L. S. XXVIII: »und unmerklich mussten sich Bildungen einschleichen, die man in der ernsten Litteratur ... niemals verwendet, nach deren Bestätigung wir daher dort immer vergebens suchen werden«.

GGA. 1891 Nr. 24 S. 972 steht ferner von mir geschrieben: »Selbst die Ungebildeten also *sprachen* ein nur in Einzelpunkten modifizirtes, verunreinigtes Sanskrit«, und: »Begnügen wir uns hier mit dem Sicheren: das ist, dass Pâṇini und seine unmittelbaren Nachfolger eine lebende Sprache copirten«. L. wird mir sofort einwenden, es schlösse sich bei mir an einer der citirten Stellen (B. B. XVII S. 75) sogleich die Einschränkung an, dass nach mir Pâṇini neben dem die Hauptsache bildenden lebenden Material auch aus der grammatischen Ueberlieferung herübergenommenes todtes mit gelehrt habe. Ich bestehe trotz L.'s Einwendungen weiter auf dieser letzteren Behauptung (wenn ich auch seinen Gegengründen das Gewicht nicht abgesprochen habe), mindestens darf ich erst entscheidende Gegenbeweise erwarten; um so mehr, als gewisse von L. in seinem Werke über Pâṇini angestellte

Erörterungen, wie ich schon GGA. 1891 S. 974 dargethan habe, wider seine Absicht eher zu meinen als zu seinen Gunsten ausgeschlagen sind. Wie dem aber auch sei, es handelt sich hier nur um eine unwesentliche Ergänzung des Hauptgedankens, den ich bisher mit aller Energie vertreten habe und weiter vertreten werde, dass Pâṇini den Grundstock seiner Lehren der lebenden Sprache entnahm. Meine ganze neue Theorie | der indischen Sprachgruppirung würde ohne diesen grundlegenden Sp. 1032
Satz einfach unmöglich sein. Ich muss wiederum fragen: »wird man über diese meine Stellung zu der Frage klar aus L.'s einseitiger und daher irreführender Erwähnung eines herausgerissenen Fetzens meiner Ansichten (auf S. XXV, wo es — das betone ich — sich darum handelt, die früheren Ansichten über Leben oder Todtsein des Sanskrit des Verfs. eigenen Ansichten gegenüberzustellen): »der Versuch Franke's (Was ist Sanskrit? Bezz. Beitr. XVII S. 54–90), zwischen der Lehre Pâṇini's und der Bhâshâ zu seiner Zeit einen Unterschied zu machen, scheint mir mit den Thatsachen nicht vereinbar«? — Weiter muss ich dagegen protestiren, dass man die auf S. XXVI aus meinem Aufsatze citirten Worte »todtes linguistisches Material«, die in Zusammenhang mit ganz anderen Dingen gesetzt sind als in meinem Artikel, so auffasst, wie man sie an der Stelle nur auffassen kann, als ob ich die dort angeführten (von mir gar nicht erwähnten) Bildungen mit dieser Wendung charakterisirt hätte.

Zu der Bemerkung auf S. XXVI, dass die Frage nach dem localen Ursprung der indischen Hochsprache noch nicht spruchreif sei, muss ich daran erinnern, dass ich auch dieser Frage schon mit nicht ganz ungewichtigen Gründen näher getreten bin, indem ich, besonders in der späteren von meinen beiden angeführten Abhandlungen (GGA. a. a. O. S. 975 ff.) dem Sanskrit als Heimath das Ganges-Land zuzuweisen suchte. Wenn dadurch die Frage noch nicht »spruchreif« geworden ist (wofür ich sie vorläufig selbst noch nicht ausgeben will), so würde sich doch wenigstens ein orientirender Hinweis auf diese meine gänzlich neue Theorie gelohnt haben.

Mehr Entgegenkommen hat mir der Verf. in seiner Betrachtung über die Sanskrit-Composita gezeigt. Wenn ich den Passus von S. VIII/IX mit seiner früheren Auffassung (Pâṇini S. 59 60) vergleiche, dann sehe ich, dass meine gegen Pâṇini und seinen Vertheidiger L. bezüglich der Kompositionsfrage gerichtete Kritik nicht vergeblich geschrieben ist (GGA. a. a. O. S. 962), wenn auch meines Einflusses nicht Erwähnung gethan wird, obwohl L. eine Anzahl meiner beweisenden Beispiele nunmehr in gleichem Sinne adoptirt hat. Dass ich trotz dieser Korrektur der Ansichten L.'s im Einzelnen dessen Schematisirung (S. XII–XXIV) der in der Kâçikâ gegebenen Composita nicht für glücklich und dem Wesen der Composition entsprechend halte (wenn sie auch immerhin für die Praxis noch die brauchbarste sein mag), das näher zu erörtern und zu begründen würde zu weit führen. In einiger Hinsicht kann ich dafür auf meine zuletzt citirte Abhandlung verweisen. L. nennt S. X seine und der indischen Grammatiker 4 Kategorien ‚logisch'; ich kann sie nur technisch nennen, und Sp. 1033 nun gar die Ausfüllung derselben, selbst in L.'s Gruppirung, ist alles andere als logisch. Man sehe sich z. B. das Sammelsurium von ganz verschiedenen Composita an, das in Gruppe C vereinigt ist, (ganz abgesehen davon, dass z. B. *kumâragarbhiṇî* in Gruppe B, das ganz analoge *gogarbhiṇî* dagegen in C. untergebracht ist); oder man vergegenwärtige sich, mit welchem Recht die Bahuvrîhis *pâñcaphalî*, *dvimuni* etc. S. XIV unter die Tatpuruṣas verpflanzt sind. *Kṛṣṇalohita* = dunkelroth ist kein congruentes Tatpuruṣa, sondern ein Bahuvrîhi = dessen Roth dunkel ist; u. s. w.

Dagegen ist es sehr entschieden zu billigen, wenn sich der Verf. gegen die hergebrachte Bezeichnung der Bahuvrîhis als »possessive« Composita (S. XI) wendet. Selbst Whitney § 1294 kann mich nicht von der Angemessenheit dieses Namens überzeugen. — Die Angabe der Kâçikâ über Formen wie *a-pacasi* (S. XXIV) »du kochst nicht«, die L. auf S. XXIX vertheidigt, aber ohne Beweisgründe, hat von gewisser Seite skeptische Bemerkungen hervorgerufen. Ich bin im Stande, zum Succurs für L., den Beweis zu erbringen (an anderer Stelle werde ich das thun), dass die indische Grammatik vollständig im Recht ist.

Zur richtigen Würdigung meiner obigen Erörterungen habe ich nur noch eine Bemerkung zu machen. L. und ich sind seit der Studienzeit Freunde. Da unsere Specialforschungen sich häufiger enger berühren, kann es auch nicht ausbleiben, dass hie und da an uns die Anforderung herantritt, den anderen zu kritisiren. Wir haben es uns zum Prinzip gemacht, uns in solchen Fällen nichts zu schenken, sondern uns mit spartanischer Rigorosität zu behandeln. Von diesem Gesichtspunkte aus mag der unparteiische Leser meine vielleicht etwas scharfe Kritik beurtheilen. Ich habe auch in den Fällen, wo z. B. jahrelanger Briefwechsel über gemeinsame Interessen und sonstige Ideengemeinschaft die Grenzen des Sondergutes, wie jeder Forscher aus eigener Erfahrung wird bestätigen können, etwas verschwimmen lässt, unverblümt mein Recht gefordert, meinem erwähnten Grundsatz zu Folge. Ich bin aber meinem Freund L. die Erklärung schuldig, dass ich auch da, wo er mich nicht erwähnt hat, ihm jeden dolus abspreche, und dass ich der erste sein würde, gegen Jemanden Front zu machen, der ihm einen solchen unterschieben wollte.

Berlin. R. Otto Franke.

II.9 Die Wortfamilien der lebenden hochdeutschen Sprache (1899)

Rezensent: **Anonym**

Literarisches Centralblatt für Deutschland. Nr. 16, 22. April 1899. Leipzig 1899, Sp. 561–562.

Liebich, Dr. Bruno. **Die Wortfamilien der lebenden hochdeutschen Sprache** als Grundlage für ein System der Bedeutungslehre. Nach Heyne's deutschem Wörterbuch bearbeitet. Erster Theil. 1. Lfg. Breslau, 1898. Preuss & Jünger. (S. 1–80.) *M* 2.

Beim ersten Durchblättern dieses neuen Wörterbuches werden die meisten Leser sich fragen: wozu diese Wortlisten? In der Einleitung giebt der Verf. erschöpfende Antwort, sie sollen einer (künftigen) wissenschaftlichen Wortlehre dienen, welche Bedeutung und Form zugleich berücksichtigt. Der einzelne Artikel hat an und für sich wenig Werth, wohl aber der hier bequem gemachte Vergleich der Ausdehnung der verschiedenen Wortfamilien. Der erste Theil soll die deutschen und die Lehnwörterfamilien bringen, ein zweiter die Familien der Fremdworte nach der Ursprungssprache vereint. Den bisher vorliegenden Lieferungen kann der Vorwurf der Ungleichmäßigkeit nicht ganz erspart werden. Heyne's Wörterbuch ist zu Grunde gelegt, aber da und dort ergänzt. Warum nicht an mehr Stellen? Die Mundarten sind hier und da herbeigezogen. Warum nicht durchweg? Vollständigkeit wäre bei einem Unternehmen wie Liebich's Buch in hohem Grade wünschenswerth. Im ersten Theil ist vom Neuhochdeutschen ausgegangen. Aber von diesem Standpunct aus durfte doch kaum Dorn und Darm oder gar Armee und Artikel in eine Familie gestellt werden. Die Gruppierung der Familienglieder, zumal der Zusammen|setzungen Sp. 562 überläßt dem Leser viel zu viel. So wenn unter Blatt 1 wohl Einblatt und Dreiblatt von den andern getrennt, aber Deckblatt, Eichblatt, Herzblatt in einer Gruppe durch einander stehen, wenn Papierblume und Wollblume, Herbstblume und Mittagsblume, Todtenblume ungetrennt erscheinen. Ein abschließendes Urtheil wird erst nach Erscheinen des zweiten Theiles möglich sein. Die Ausstattung ist fast etwas zu üppig und die Raumausnutzung zu wenig sparsam; der Preis hätte, wenn jede Seite drei oder vier Spalten statt zwei erhalten hätte, niedriger gestellt werden können.

—nn—

II.10 Die Wortfamilien der lebenden hochdeutschen Sprache (1899)

Rezensent: **Alfred Bauer**

Revue Critique d'Histoire et de Littérature. Nouvelle Série. Tome XLIX. Nr. 1, 1er Janvier. Paris 1900, S. 14–15.

Die Wortfamilien der lebenden hochdeutschen Sprache, als Grundlage für ein System der Bedeutungslehre. Nach Heynes deutschem Wörterbuch bearbeitet, von Dr. Bruno Liebich. Erster Theil, livres 1–5. Breslau, Preuss und Jünger. 1899. Grand in-4. (La première partie comprendra six livraisons et coûtera 10 marks).

Dans une courte Introduction, M. Bruno Liebich nous éclaire sur le but qu'il s'est proposé en dressant ces listes de mots allemands groupés d'après leurs familles respectives : elles doivent servir de base à une future théorie scientifique des mots (*Wortlehre*), où ceux-ci seraient considérés à la fois au point de vue de la signification et de la forme.

S. 15 L'auteur est, je crois, le premier savant allemand qui emploie le terme de *Semantik*[1], d'après le français *sémantique*, créé par M. Bréal, et il explique, ou plutôt il essaie de nous expliquer ce qu'il entend par ce mot. Selon lui, il ne désigne pas simplement la *Bedeutungslehre*, c'est-à-dire l'étude stricte de la signification des mots, il doit être pris dans un sens beaucoup plus vaste ; la *Bedeutungslehre* ne forme qu'une partie de la sémantique p. 9. Cette explication est fort obscure : mais il ne faut pas trop s'en étonner ; elle réflète bien la confusion qui règne depuis assez longtemps déjà dans la terminologie linguistique, et qui tend à s'accroitre tous les jours.

Cela n'empêche pas que le travail de M. Bruno Liebich ne soit des plus utiles. La première partie de l'ouvrage renferme les familles de mots d'origine germanique ou entrés de très bonne heure dans la langue allemande de manière à y avoir acquis depuis longtemps droit de cité (*Lehnwörter*) ; une deuxième partie donnera les mots étrangers (*Fremdwörter*), classés d'après leur origine respective. Dans la première partie, les mots de chaque famille sont groupés suivant les divisions adoptées dans les articles du grand dictionnaire allemand de M. Heyne, dont tous les mots sont reproduits, avec de nombreuses additions, qu'on pourrait d'ailleurs augmenter encore. Les groupements paraissent quelquefois arbitraires ; mais ce défaut est difficile à éviter, pour des raisons pratiques qu'il serait trop long d'exposer ici. Du reste, l'auteur nous avertit lui-même que certains de ses groupes ne doivent

[1] On employait déja *Semasiologie, semasiologisch* : mais le premier de ces termes passait pour rigoureusement synonyme de *Bedeutungslehre*.

encore être regardés que comme provisoires. Tous les mots sont imprimés sur colonnes verticales, de façon à présenter un aperçu commode de chaque famille, avec ses divisions et subdivisions. Ceux qui ne se trouvent pas dans le dictionnaire de M. Heyne, sont munis d'une indication spéciale. Çà et là l'auteur a donné une courte note explicative ou justificative. Il faudra attendre la publication de la deuxième partie de l'ouvrage pour pouvoir formuler sur sa valeur un jugement définitif.

Alfred BAUER

II.11 Die Wortfamilien der lebenden hochdeutschen Sprache (1899)

Rezensent: **Richard M. Meyer**
Zeitschrift für Deutsche Philologie. Zweiunddreissigster Band. Halle 1900, S. 413–416.

Die wortfamilien der lebenden hochdeutschen sprache als grundlage für ein system der bedeutungslehre. Nach Heynes deutschem wörterbuch bearbeitet. Von **Bruno Liebich**. Breslau, Preuss und Jünger. 1899. VII, 521 s. Lex.-8. 10m.

Dass ein sanskritist ein buch verfasst, das er selbst in gewissem sinne als einen index zu Heynes Deutschem wörterbuch aufgefasst haben will (s. 11), das mag zunächst befremden; aber die vorrede erläutert dies beginnen in völlig befriedigender weise. L. verlangt eine kräftigere entwickelung der bedeutungslehre und will für deren betrieb ein beispiel geben; mit vollem recht wählt er hierzu eine sprache, die ihm zunächst von innen aus vertraut ist, und für die zweitens eine gewisse vollständigkeit der lexikologischen bearbeitung vorliegt. Auf diese weise ist ihm eine übersicht der deutschen worte als eines systems von ausdrucksmitteln möglich, wie er sie analog bei andern sprachen nicht besässe; und ferner kann er dies als werbemittel für eine neue phase der „semasiologie" gemeinte werk so einer grösseren zahl von lesern und kritikern vorlegen, als bei einem wörterbuch der indischen oder anderer wortfamilien zu erreichen wäre.

Das buch verfolgt nun allerdings neben seinem theoretischen auch einen praktischen zweck. J. Grimms worte über den gebrauch des wörterbuchs im hause seien oft bespöttelt worden (s. IV); ich wüsste doch nicht wo, wie ich denn auch für Grimms rede nicht gerade die bezeichnung „pathos" (ebd.) gebrauchen würde. Aber jedesfalls sind sie wirkunglos verhallt; und L. will mit seinem hilfsbuch nun Heynes von ihm (s. IV; 10) warm gelobtes lexikon zum familienbuch machen. Die geisteswissenschaften, meint er im anschluss an Wundt (s. 1 fg.), hätten heute die

stellung der naturwissenschaft teils schon eingenommen, teils noch in anspruch zu nehmen. Soweit es sich um das allgemeine interesse handelt, muss ich auch hier widersprechen. Noch heute finden schriften von der art der „Insektenbelustigungen“ (s. III) ein ganz anderes publikum als Max Müller oder Whitney (ebd.) je besessen haben; ich nenne nur etwa die schriften des Leipziger zoologen Marshall und vor allem die sehr populären von Ernst Krause (Carus Sterne) und Wilhelm Bölsche. Das junge sprachliche interesse, das Hildebrand, Schroeder, Wustmann erweckt haben, ist viel mehr ästhetischer als wissenschaftlicher natur und übrigens auch selbst auf engere kreise beschränkt. Ich hege also einstweilen nur schwache hoffnung, dass der familienvater sich eine wortfamilie aus L. herausnehmen und das
S. 414 skelett durch die | belege bei Heyne beleben wird. Bin ich im unrecht, so wird sich darüber niemand mehr freuen als ich.

Ungleich wichtiger ist die theoretische seite. Mit vollstem recht bedauert L. das zurücktreten der bedeutungslehre, über deren grundlagen sogar noch unklarheit herrscht. Er stellt nun (s. 5 fg.) selbst ein system der bedeutungslehre auf und gibt hier den ersten teil; der zweite, synonymische, soll dem genetischen folgen.

Liebichs auffassung, so entschieden sie auch einen fortschritt über die herrschende anschauung — oder über den herrschenden indifferentismus bedeutet, scheint mir nun aber an zwei doctrinären mängeln zu leiden. Er geht zu weit in dem (auch in den beiden vorreden allzu oft und zum teil mit ganz demselben wortlaut widerholten) vergleich des wortschatzes mit der flora, und er lässt sich zu sehr durch das parallelisieren von laut- und bedeutungslehre leiten.

Der vergleich der wortfamilien mit pflanzenfamilien und die anwendung des „natürlichen systems“, das hier wie dort die „künstlichen systeme“ beerben soll, wäre überhaupt völlig abzuweisen, wenn der verfasser mit seinem eigenen ausspruch im recht wäre, dass es „keine sprache an sich“ gebe (s. 5). Denn wenn wir in der tat nur ganz getrennte sprachsysteme besässen, so wäre ein natürliches system völlig unmöglich, da es eben an jeglicher gemeinschaftlicher grundlage der klassifikation fehlen würde. Allerdings ist nun aber jener ausspruch weder so selbstverständlich noch so sicher, wie L. zu meinen scheint. Der versuch, das allen sprachen gemeinsame wissenschaftlich festzustellen, ist bisher zwar immer nur in unzulänglicher weise unternommen worden (am geistreichsten durch W. v. Humboldt, zuletzt durch A. Stöhr in seiner Algebra der grammatik, Leipzig und Wien 1898); aber daraus folgt keineswegs, dass er nicht einmal gelingen wird. Man muss nur eben den alten fehler ablegen, vom wort auszugehen und muss die einheit des sprachmaterials im satz suchen, wie schon vor bald einem halben jahrhundert Heinrich Leo (Nominalistische gedankenspäne s. 124) verlangt hat. Nur so kann man zu einer „urpflanze“ im sinne Goethes gelangen und von dieser — rein gedachten, nicht etwa historisch zu nehmenden! — grundlage aus die klimatischen veränderungen studieren. Aber selbst wenn wir dies gegen und eigentlich dennoch für den verfasser geltend machen, bleibt der allzu gern widerholte vergleich mit der botanik gefährlich. Gefährlich deswegen, weil die botanik doch immer wesentlich eine morphologische wissenschaft bleibt, indem sogar die pflanzenphysiologie ganz direkt der erklärung von formproblemen (aststellung u. dgl.) dient; und weil deshalb gerade dieser vergleich dem psychologischen element der sprachgeschichte zu nahe tritt.

Praktisch noch wichtiger ist der zweite meines erachtens unberechtigt ausgedehnte parallelismus.

Liebich gehört natürlich nicht mehr zu den linguisten, die sich die „wurzel“ als die wirkliche urform der rede dachten, aus der sich alle wortformen erst „entwickelt“ hätten. Er hält sich gegenwärtig, dass die wurzel eine pure abstraktion ist und dass die epoche der chinesisch-indogermanischen ursprache überwunden ist. Dennoch aber, indem er von der lautlichen grundanschauung zu der semasiologischen steuert, (s. 5 fg.), gibt er für die bedeutungslehre diese unhistorische „historische“ wurzel, dieses vor aller rede vorhandene noch-nicht-wort in der form des „bedeutungskerns“ wider. Dieser „bedeutungskern“ ist aber gerade die wurzel alles übels in der lexikologie und der bedeutungslehre. Man stellt eine „grundbedeutung“ oder „urbedeutung“ auf und „leitet ab“. Das ist klärlich das alte schulverfahren, wo jede beliebige conjugationsform aus den formen des a verbo „gebildet“
wurde: „*amari* entstellt aus aus *amare*, indem das *e* in *i* verwandelt wird“. Ganz vor- S. 415
trefflich hat neuerdings Edward Schröeder gegen diese in den wörterbüchern nicht aussterbende unwissenschaftliche anschauung polemisiert. Prellwitz hatte (Etymol. wb. d. griech. spr. s. X) gesagt: „Jedesfalls ist die wurzel das fundament, auf welchem man die wissenschaft der bedeutungsentwickelung zunächst aufbauen muss.“ „Ganz das gegenteil ist richtig“, erwidert Schroeder (Ztschr. f. d. a. 37, 241), eine „wissenschaft der bedeutungsentwickelung“ kann nur vom wortmaterial der zusammenhängenden überlieferung aus geschaffen werden, und der beginn dieser überlieferung ist von den tagen der wortbildung meist durch viele jahrhunderte, oft durch jahrtausende getrennt.“ Ebenso polemisiert er (Anz. f. d. a. 23, 154) gegen die versuche selbst so geübter und scharfsinniger etymologen wie Kluge, bis zu einer vorhistorischen urbedeutung aufzusteigen, die wir nie erlangen können, während „unser wissenschaftliches rüstzeug stark und fein genug ist, um die nerven der bedeutungsgeschichte an dem historischen sprachkörper bloszulegen.“ Aber die verführerische tendenz zum „simplificieren“ lockt immer wider,

die blaue blume der éinen grundbedeutung aus der bunten flora der historischen anwendungen herauszusuchen.

Der „bedeutungskern“ existiert nicht einmal in dem bildlichen sinn, in dem die „wurzel“ eine berechtigung hat. Denn die verschiedenen formen lassen sich wenigstens tatsächlich auf eine graphische urformel bringen, die verschiedenen worte aber absolut nicht auf eine geistige. Man nehme, um sich das klar zu machen, nur einmal eine ganz moderne kleine wortfamilie wie die um „magnet“ gelagerte. Nicht irgend ein bedeutungskern ist worten und wortanwendungen wie „magnetisieren“ und „magnetisch anziehen“ gemein, sondern eben die volle deutliche anschauung des magnetischen wesens. Von diesem ist das „anziehen“, das etwa Max Müller als bedeutungskern herausziehen würde, nur eine seite, die in der metapher „sie zog ihn mit magnetischer kraft an sich“ zum ausdruck kommt. Wenn dagegen der arzt die kranke magnetisiert, so zieht er sie nicht an, sondern er lässt in ganz anderer weise magnetische kräfte auf sie wirken.

In wahrheit muss auch hier J. Schmidts princip durchgeführt und der „stammbaum“ aufgegeben werden. Nicht die „urbedeutung“ gilt es festzustellen, sondern *für jede epoche ist der wechselnde umfang der bedeutung festzustellen*. Dies ist die eigentliche aufgabe der lexikologie. Das gleiche „wort“ hat etwa ahd. den ganzen umfang der bedeutung „diener“ und wird später auf die eine nuance „schlechter diener, schalk“ eingeschränkt. Es könnte aber ebenso gut wider an umfang der bedeutung zunehmen, wie es denn wenigstens in der zusammensetzung „marschall“ längst einen edlen, freilich ganz verdunkelten sinn angenommen hat.

Liebichs grosses verdienst besteht nun darin, dass er seine theoretische meinung vom „bedeutungskern“ tatsächlich nicht durchführt. Denn die „wortfamilien“ sind eben nichts anderes, als der versuch, den bedeutungsumfang lebender nhd. worte auszumessen. Allerdings wäre hierfür ein grösseres streben nach vollständigkeit wünschenswert; mindestens hätten *Gomberts* wertvolle beiträge zur nhd. lexikologie herangezogen werden müssen. Dagegen sind rein lautliche varietäten wie „henkermässig“ und „henkersmäßig“ (n. 1413) für den vorliegenden zweck ganz belanglos.

Suchen wir uns das sprachliche gesamtmaterial zu vergegenwärtigen, so ergeben sich als die wichtigsten provinzen jene riesengruppen, die ich in meinen vorlesungen „wortkreise“ zu nennen pflege. Wir denken uns — wider systematisch, nicht etwa historisch-chronologisch! — eine „wurzel“ mit sämtlichen mitteln der „wortbildung“ im weitesten sinne ausgestattet: stammbildende suffixe und endungen und zwischen beiden vermittelnd die klassensuffixe (vgl. P.-Br. Beitr. 22,

S. 416

548 fg.). Durch das antreten dieser sämtlichen differenzierungsmittel, zu denen noch präfixe und compositionsteile treten, entsteht ein ausgedehnter complex von „wörtern", die eine bestimmte summe zusammenhängender anschauungen ausdrücken. Innerhalb jedes kreises lassen sich nun wider „wortfamilien" unterscheiden, indem man die mit gewissen suffixen versehenen „worte" unter die einheit eines „wortes" zusammenfasst und also etwa „vater" „vaters" „väter" unter der marke „casus von ‚vater'" summiert. Der wortkreis gibt den weitesten, die wortfamilie aber den wichtigsten massstab zur beurteilung der wechselnden bedeutungslatituden. Nimmt man ein beispiel wie n. 2275 „stirn", so würde man von dem älteren standpunkt aus sagen, hier lägen alle bedeutungserweiterungen der wurzel „ausbreiten" vor. Nun ist das schon deshalb ganz irreführend, weil etwa bei „stadt" die materielle anschauung die factitive längst verdrängt hat. Eine anzahl von wortfamilien also stehen hier nebeneinander, die aus einer grundanschauung herausgewachsen sind, für die der begriff des ausbreitens wesentlich, keineswegs aber allein vorhanden war. Und so können wir nun übersehen, welche verzweigungen der urbegriff oder, wie wir viel besser sagen sollten, die uranschauung heute noch aufweist.

Aber völlig verständlich werden diese wortfamilien doch nur auf sprachvergleichender basis. Wie oft sind zwischen zwei heute noch lebenden familien die einst vermittelnden ausgefallen! nicht nur fast scherzhaft, sondern ernstlich befremdend stehen a. a. o. „stirn" und „stroh" nebeneinander. Die übersichten des rückblicks (s. 503) über die herkunft der familien sind deshalb unentbehrlich; wie denn auch die genealogische statistik am schluss (die natürlich nur einen annäherungswert haben kann) ungemein lehrreich ist: fast genau so viel lat.-rom. wie specifisch germ. wortfamilien, dagegen aber dreimal so viel indogerm., zweimal so viel germ. wie lat.-rom. worte!

Ein abschliessendes urteil über Liebichs buch wird natürlich erst nach dem erscheinen des zweiten, synonymischen teils möglich sein. Einem erläuternden vortrag, den der verfasser auf der Bremer philologen-versammlung hielt, habe ich leider nicht beiwohnen können. Aufgefallen ist mir noch, dass Liebich, der sich im allgemeinen (s. 15) auf Paul beruft, dessen bedeutenden vortrag „Über die aufgaben der wortbildungslehre" nicht näher berücksichtigt hat. Theoretisch nicht unwichtig ist die frage, ob nicht gerade ein wörterbuch, das einem system der bedeutungslehre als grundlage dienen soll, auf die zahlreichen absichtlichen entstellungen und umdeutungen der worte eingehen sollte, auf das ganze für die bedeutungslehre ungemein ergiebige gebiet der „künstlichen sprachen" (über die ich in einiger zeit eine umfassende studie zu veröffentlichen hoffe), und vielleicht auf grenzerscheinungen wie die der fachlichen terminologie. Überhaupt bildet der anschluss an Heyne (dessen wortvorrat Liebich allerdings widerholt ergänzt hat), manche bedenken (wie ich denn auch seine urteile über die andern wörterbücher s. IV nicht billigen kann; Paul ist gar nicht genannt). Doch war ein solcher anschluss an ein einzelnes lexikon für Liebichs zweck ja unvermeidlich.

Jedesfalls ist für eine beschreibende übersicht des nhd. vorrats an ausdrucksmitteln hier eine neue grundlage geliefert, und unter wissenschaftlichen, einen fortschritt bedeutenden principien. Möge die anregendere arbeit am zweiten teil bald und glücklich zum ziele führen!

BERLIN, DEN 9. JAN. 1900. RICHARD M. MEYER.

II.12 Die Wortfamilien der lebenden hochdeutschen Sprache (1899)

Rezensent: **Ottmar Dittrich**

Anzeiger für indogermanische Sprach- und Altertumskunde. Beiblatt zu den Indogermanischen Forschungen. 12. Band. Strassburg 1901, S. 115–122.

Liebich B. Die Wortfamilien der lebenden hochdeutschen Sprache als Grundlage für ein System der Bedeutungslehre. Nach Heynes deutschem Wörterbuch bearbeitet. I. Band. Breslau Preuss u. Jünger 1899. VIII u. 522 S. 8°. 10 M

Wer mit dem landläufigen Begriff von Wortfamilie oder -sippe an dieses Buch herantritt, wird nicht ohne Verwunderung Zusammenstellungen lesen wie *ab* (mit *her-, kurz-, bach-* usw. *-ab*), *aber, after-, von* (mit *da-, hier-, wovon*); *achten* (mit *Acht, Achtung, achtsam,* usw.), *Auge* (mit *Gross-* usw. *-auge, augig, äugen,* usw.), *Bake* (mit *Feuerbake*); *Ähre* (mit Derivaten), *Eck* (m. Der.); *Akten, Zwischen-, Schlussakt, Pilgrim* (m. Der.); *Wein* (m. Der.), *Veil(chen), Felleisen; Mansarde, Monete, Münze* (m. Der.), *Muster* (m. Der.); *nobel* (m. Der.), *Note* (m. Der.), *sackerlot; Zieche* (m. Der.), *Apotheke* (m. Der.), *Hypothek*; er wird vielmehr nur geneigt sein, Sippen anzuerkennen wie die unten S. 120 Z. 23 ff. angeführten. Aber des Vf. Begriff von Wortfamilie ist eben nicht der landläufige, sondern weicht von diesem in einer Weise ab, die es ihm ermöglicht, "alle Worte [zu einer Familie] zu vereinigen, die wir auf Grund unsres Sprachgefühls, unterstützt durch Sprachgeschichte und Etymologie, als verwandt ansehen." Unter "Wortfamilie im weitesten Sinne" versteht der Vf. nämlich (S. 6) "alle uns bekannten Worte desselben Sprachstammes, die aus derselben Wurzel hervorgegangen sind", unter Wurzel "einen Lautkomplex mit einem Bedeutungszentrum, die beide, wenn auch noch so umgewandelt, in sämtlichen Ableitungen nachweisbar sein müssen." Gestützt auf diese beiden Definitionen und auf Erwägungen allgemeiner Art unternimmt er es | (S. VI:) "einen Leitfaden durch S. 116 das Labyrinth zu schaffen, als welches das alphabetische Wörterbuch von einem höheren Standpunkt aus erscheint", ein Wortfamilienbuch, das (S. V:) "in noch so vielen Einzelheiten verbessert werden kann, aber als Ganzes bleiben wird, da es thatsächlich vorhandene Beziehungen zum Ausdruck bringt, die bei der alphabetischen Anordnung zu Gunsten einer raschen und sicheren Benutzung geopfert werden müssen." Als geeignetes alphabetisches Wörterbuch könne dabei nur der Dreibänder von Heyne in Betracht kommen, denn nur in diesem seien (S. 10:) "Streben nach Vollständigkeit und Würdigung der besten Schriftsteller unsrer eignen Zeit miteinander vereinigt", und infolge planmässiger Quellenbenutzung (S. 504:) "die zum Begriffe der hochdeutschen Gemeinsprache zu rechnenden Stammworte und Ableitungen nahezu vollständig, von den Zusammensetzungen die wichtigsten und gebräuchlichsten aufgeführt", wodurch es "dem Ideal eines Abbildes der wirklichen Sprache in den richtigen Proportionen am nächsten komme." Dem gegenüber fällt allerdings auf, dass es L. trotzdem noch für nötig gehalten hat, Zusätze zu machen, welche – es handelt sich vor allem um Komposita – (S. II:) "besonders empfindliche Lücken ausfüllen sollen, wie sie bei der Zusammenstellung unter dem regierenden Gliede sichtbar wurden".[1] Auf dieser Grundlage werden nun als 1. Teil (S. 17–501) des vorliegenden 1. Bandes die Worte der lebenden nhd. Sprache zunächst so zu Familien zusammengestellt, dass (S. 12:) "die über den einzelnen Sprachzweig [d. h. das Germ., Lat.-Rom., Griech., usw.] hinausreichende Urverwandtschaft noch nicht berücksichtigt, also der Begriff Wortfam. noch nicht im weitesten Sinne genommen" wird; einige Proben des Ergebnisses habe ich eingangs mitgeteilt. Von dem 2., ursprünglich ganz für den Schlussband bestimmten Teil

[1] Die Art, wie der Vf. bei der Ausfüllung solcher Lücken zu Werke gegangen ist, muss ich leider als ganz unsystematisch bezeichnen: die Zusätze fehlen fast durchweg gerade an den Stellen, wo sie am nötigsten gewesen wären: bei gewissen Familien, die nur ein oder ein paar Worte enthalten, während doch (mehr) Ableitungen und Zusammensetzungen dazu allgemein üblich sind; vgl. Fam. 25 *Ahle*, 19 *Adam*, 33 *Alkohol*, 29 *Akademie*, 64 *Apostel*, usw. Dadurch, dass all diese Wörter als isoliert oder fast isoliert hingestellt und so denen gleichgestellt werden, welche wirklich isoliert geblieben sind (vgl. *Andorn*, *au*, usw.), mehr aber noch dadurch, dass bei solchen Wörtern, die als scheinbare oder wirkliche Endglieder von unzähligen Kompositis vorkommen, launenhaft bisweilen nur wenige, bisweilen aber auch ziemlich viele aufgenommen werden (vgl. *-ähnlich* mit 3, *-lei* mit 21, **-artig* mit 41, *-voll* mit 85 Derivaten), erleidet die Statistik am Schlusse des Bandes einen argen Stoss. Hier hätte der in den Augen L.s sprachwissenschaftlich wertlose Sanders mit seinen "reichen, aber unverdauten und unübersichtlichen Stoffmassen" recht gute Dienste leisten können.

wird uns anhangsweise (S. 504–21) der Anfang geboten: eine Zusammenfassung der Familien des ersten Teiles zu folgenden Kategorien: 1. Idg. Familien, 2. Germ. F., 3. Hochd. F., 4. Entlehnungen aus dem Lat.-Roman., 5. aus dem Griech., 6. aus andern idg. Spr., 7. aus nichtidg. Spr., gefolgt von einer statistischen Übersicht der (2680) Familien und (47531) Worte, in welcher der Anteil der Idg., germ. usw. Familien an dem Gesamtwortschatz in Prozenten ausgedrückt wird; auch dabei kann
S. 117 man sich eines gewissen Staunens nicht erwehren, wenn man erfährt, dass z. B. *Almanach, Barke, Bibel, Ebenist* usw. Lehnworte aus dem Agypt. sein sollen, dass wir den *Esel* aus dem Sumerischen oder den *Smaragd* aus dem Skythischen bezogen haben sollen. Der noch ausstehende Rest des 2. Teils soll (vielleicht unter anderm? vgl. die S. 503 angedeutete Anwendung der "synonymischen Methode als sekundäres Einteilungsprinzip") nach S. 13 ein weiteres Verzeichnis bringen, in dem die Vertreter der einzelnen Sprachzweige im Nhd. nicht, wie in den eben erwähnten Kategorien, unter dem im 1. Teil gebrauchten Stichwort (z. B. *Frett, faktisch, Staat, Interesse*), sondern unter dem einheimischen Stammwort (*ferre, facere, stare, esse*) aufgezählt werden. – Was ist nun der Zweck dieser Zusammenstellungen? L. spricht sich darüber S. 503 so aus: "Grundlage für jedes wissenschaftliche System ist die zweckmässige Anordnung des betreffenden Materials. Das Material für eine deutsche Bedeutungslehre ist der Wortschatz, in erster Linie der Wortschatz der jetzt lebenden Sprache; eine übersichtliche und sachgemässe Gruppierung desselben war daher das Ziel dieses Bandes ... Eine auf die Verwandtschaft der Worte gestützte Einteilung der Worte, wie sie schon Pott in seinem Wurzelwörterbuch der idg. Spr. versuchte, darf gegenüber der äusserlichen alphabetischen und der schwankenden synonymischen als das natürliche System der Worte einer Sprache bezeichnet werden." Nur geht der Vf. nicht wie Pott von der idg. Grundsprache aus, sondern wählt die rückwärts blickende Betrachtungsweise, aus wissenschaftlichen (S. 503 f.) und praktischen Gründen; unter letztern schlägt er (S. 7) besonders den hoch an, dass man bei Voranstellung der hypothetischen Urform und Unterordnung der thatsächlich vorhandenen Bildungen unter diese mehr als nötig von der wechselnden Tagesmeinung abhängig werde.[1] Auf diese Weise glaubt der Vf. wenigstens fürs Deutsche die Grundlage für ein System der Bedeutungslehre geschaffen zu haben (S. I:) "der Bedeutungswandel des wurzelhaften Bestandteils der Worte ist der bisher am wenigsten studierte, aber nicht der einzige Teil der Bedeutungslehre. Es wird später zu zeigen sein, wie auch die bisher unter Formenlehre, Syntax und Sti-

[1] Dass auch der Vf. von dieser nicht unabhängig bleibt, beweise die "provisorischen" oder jetzt schon unhaltbaren Familien, von denen unten S. 118 Z. 25 f. u. Anm. 1 die Rede ist.

listik, aber ungleichmässig und ohne innern Zusammenhang behandelten Gebiete: Zusammensetzung, Wortbildung, Wortbiegung, Satzbildung, Satzfügung sich sozusagen organisch an den hier gemachten Anfang anschliessen lassen (vgl. dazu vorläufig Zwei Kap. der Kāçikā S. XXXII ff.), so dass die Bezeichnung: Grundlage für ein System der Bedeutungslehre in der That berechtigt ist." Zunächst, wie gesagt, fürs Deutsche, denn auch in der Bedeutungslehre müsse man (S. 7:) "von der eignen Muttersprache ausgehen, alle Probleme regelmässig zuerst an ihr studieren und die hier gewonnenen Gesichtspunkte sodann auf entferntere Objekte übertragen"; (S. 5:) "wir müssen erst eine deutsche, englische, italienische, arabische usw. Bedeutungslehre haben, ehe wir erwarten können, zu einer Bedeutungslehre an sich zu gelangen, die wirklich diesen Namen verdient." Der wissenschaftliche Gewinn der von L. befolgten Methode könne (S. I:) "erst dann recht hervortreten, wenn eine Reihe ähnlicher Arbeiten für die verwandten Spr. vorliegt, in denen die identischen Familien durch Kreuzverweise miteinander verbunden werden, da ein einziger Querschnitt eines einzelnen|Zweiges noch nicht hinreicht, um eine S. 118
anschauliche Vorstellung von einem ganzen Baume zu gewähren." Dagegen habe man von dem Buche schon jetzt auch praktischen Gewinn zu erhoffen, insofern sich dessen auch die Pädagogen als Hilfsmittels für den Sprachunterricht bedienen könnten, und auch weiteren Kreise von Gebildeten Gelegenheit geboten wäre, an der Hand dieses Führers die Artikel bei Heyne so zu studieren, dass ihnen ein tieferes Verständnis für die sprachwissenschaftlichen Probleme erschlossen würde. – Dies in kurzem Inhalt und Tendenz des L.schen Unternehmens. Soll ich nun mein Urteil über den vorliegenden 1. Band abgeben, so freue ich mich einerseits, dem Vf. rückhaltlose Anerkennung für die von tiefer lautgeschichtlicher Kenntnis und grosser Sorgfalt zeugende Art zollen zu können, mit der er sich der keineswegs leichten Aufgabe unterzogen hat, seine Wortfamilien aus Heyne herauszuschälen: die Verweise bei Heyne sind gewissenhaft benutzt; wo diese nicht ausreichen, tritt Kluge helfend ein; Abweichungen von diesen werden in der Regel (nicht immer) durch Verweisung auf Franck motiviert; auch an der Heranziehung der andern neuern und neuesten sprachhistorischen Litteratur fehlt es nicht, wobei es allerdings z. B. begegnet, dass fürs Roman. Körting eine meines Erachtens etwas zu hervorragende Rolle spielt[1]; dass der Vf. es sich ferner (S. 14) zum Grundsatz gemacht

[1] *Schaffot* z. B. hat mit *Balken* nichts zu thun. s. Darmesteter-Hatzfeld-Thomas, Dict. général (dessen Etymologien die Körtingschen oft überholt haben) s. v. *chafaud*; die Etym. von *Flamberg* (Fam. 155), die Kört. nach Diez gibt, ist mehr als unsicher, s. D.-H.-T. s. v. *flamberge* u. Darmesteter Mots composés 2. Aufl. S. 155; usw.; Benutzung von D.-H.-T. hätte den Vf. auch z. B. davor bewahrt, *Allee* mit *halali* oder (Fam. 213:) *Posse* mit *Amboss* zusammenzustellen u. a. m.

hat, "keine Verwandtschaft anzuerkennen, die er nicht aus lautlichen und semasiologischen Gründen für möglich hielt", und dass er unumwunden (S. 15 u. Fam. 1414) zugibt, "manche Familien seien einfach als provisorisch zu betrachten"[2], ist ebenfalls nur zu loben; anderseits aber kann ich leider nicht umhin, es mit ebenso rückhaltloser Offenheit auszusprechen, dass mir all die viele Mühe und Sorgfalt an einen Gegenstand gewendet scheint, der sie bei weitem nicht lohnt. Ich greife, um den Beweis dafür zu erbringen, zunächst 1. auf die oben S. 115 Z. 44–47 angezogene Stelle und auf die ebenda Z. 47 ff. mitgeteilten Definitionen der Begriffe Wortfamilie und Wurzel zurück. Ich glaube nicht, dass man mit dieser Methode und mit diesen Begriffen in einer nhd. oder überhaupt in einer Bedeutungslehre, bezüglich deren Nichtbeschränkung auf die Lehre vom Bedeutungswandel ich dem Vf. übrigens vollkommen beipflichte, operieren kann, und zwar aus folgenden Gründen: a) wenn irgend eine sprachpsychologische Thatsache, so ist doch die als unumstösslich sicher anzuerkennen, dass es in allen Sprachperioden Worte gibt, deren Zurückführung auf ihr Etymon den Sprechenden entweder dadurch unmöglich gemacht wird, dass dieses nicht mehr in der Sprache vorhanden ist (vgl. *Hagestolz* usw.), oder dadurch, dass das Wort bereits fertig und isoliert aus einer
S. 119 andern Sprache herübergenommen wurde, in der es bisweilen auch für die Einheimischen schon etymologisch unklar geworden war (vgl. *Felleisen* usw.). Tritt aber einer dieser beiden Fälle ein, und lehnt der Sprechende ein solches Wort infolge lautlicher und andrer Assoziationen an Wörter der lebenden Sprache an, mit denen es ursprünglich nichts zu thun hatte, so ist es doch klar, dass für ihn gar keine Möglichkeit besteht, diese nach dem Urteil sprachhistorisch gebildeter Grammatiker "falsche" Etymologie zu "korrigieren", es sei denn, er studierte Sprachgeschichte und nähme auf Grund seiner so erworbenen Kenntnis absichtliche Korrekturen vor, mit denen er aber in der Regel wenig Erfolg haben dürfte. Aber auch derartige Ausnahmsfälle, die dann als solche zu behandeln sind, bestätigen doch nur die fundamentale Wahrheit, dass in weitaus den meisten Fällen beim Sprechen keine Korrektur des angeblichen Irrtums stattfindet. Findet aber keine statt, so ist es auch dem Sprachpsychologen nicht erlaubt, eine solche Korrektur aus seiner sprachhistorischen Kenntnis an das von ihm zu beobachtende Objekt, nämlich den psychischen Vorgang, in dem eine solche "Volksetymologie" besteht, heranzubringen, will er nicht die zu untersuchende Thatsache von vornherein fälschen. Dieser

[2] So wird z. B. die Fam. 413 *Erbe, Arbeit, arm*, die bei Kluge[5] nur durch eine Vermutung s. v. *arm* zusammenhing, schon nach Kluge[6] hinfällig; vgl. auch die Selbstkorrektur der Fam. 365 in Fam. 2370, der Fam. 339 in Fam. 2452.

methodischen Forderung ist der Vf. nicht nachgekommen, und die Zuordnung von *Hagestolz* zu *still*, von *Felleisen* zu *Wein* wäre demzufolge auch dann falsch, wenn die Zurückführung dieser Worte auf ein und dieselbe "Wurzel" das Richtige träfe, was nicht ausser Zweifel ist. *Hagestolz* gehört für den Deutschen am Ende des 19. Jh. zu *stolz*, *Felleisen* zu *Fell* und *Eisen*[1], während *velîs* für den Mhd. vielleicht (?) an *vël* anklang, und *valise*, *valigia* für den Franzosen und Italiener vollkommen isoliert dastehen. *Hagestolz* und *Felleisen* führen uns also nur auf nhd. Wörter *stolz*, *Feld*, *Eisen* zurück, von einer "Wurzel" im Sinne Liebichs kann somit gar keine Rede sein[2]. Nicht anders steht es **b**) um Familien wie *Artikel*, *Armee*. Für den Nhd. besteht zwischen diesen Wörtern gar kein etymologischer Zusammenhang, da sie fertig mit ihren ganz und gar unvermittelbaren Bedeutungen aus Fremdsprachen herübergenommen wurden; aber auch für die Bildung dieser Wörter ist es ganz unmöglich anzunehmen, dass ihre Bildner irgend welches Bewusstsein von ihrer Rückleitbarkeit auf dieselbe "Wurzel" besessen hätten: *art-iculus* aus *art-us*, *arm-ée* aus *arm-er* aus *arm-are* aus *arm-a*; *artus* wurde also bei der Bildung von *articulus* nicht in *ar-tus* zerlegt, ebenso wenig wie *arma* bei der Bildung von *armare* in *ar-ma*; der etymologische Zusammenhang, der zur Zeit der Bildung von *ar-tus* und *ar-ma* zwischen d i e s e n zwei Worten bestanden hat, war also schon für die Bildner von *articulus* und *armare* nicht mehr vorhanden, wie viel weniger erst für den Schöpfer von *armée* (14. Jh.), zu dessen Zeit *articulus* ein für ihn unetymologisierbares Wort einer fremden Sprache, und *article* (seit 13. Jh.) ein ebenso unetymologisierbares Lehnwort war. | Der Vf. hat hier den wichtigen, von Brugmann I², 37 ff. mit so S. 120
grosser Klarheit erörterten Unterschied zwischen psychologischen und morphologischen Suffixen übersehen, und es musste ihm daher auch verborgen bleiben, dass das psychologische Etymon von *articulus* : *artus*, das von *armée* : *armer* ist, und dass wir also in dem einen Falle auf ein lat., in dem andern Falle auf ein frz. Wort zurückgelangen, niemals aber auf eine idg. Wurzel **ar*. **c**) Über Familien wie *ab*, *aber*, *after-*, *von*, oder *achten*, *Auge*, *Bake* ist eigentlich kein Wort mehr zu verlieren; diese Worte mögen in grauer Vorzeit, als die phonetischen Verhältnisse dem noch günstig waren, vielleicht einmal als verwandt angesehen worden sein, für den heu-

[1] So schon Adelung in der Anm. zu *Felleisen*: "Viele haben geglaubt, dass dies Wort aus *Fell* und *Eisen* zusammengesetzet sey, weil diese Art des Sackes jetzt nicht nur aus Fellen bereitet, sondern auch wirklich mit Eisen verwahret wird." [2] Dass *hagestolz* schon im Mhd. vorkommt, hat hier natürlich nichts zu sagen, denn davon wissen die nhd. Sprechenden in der Regel nichts; es beweist nur, dass schon in mhd. Zeit die Anlehnug an *stolz* existierte, und dass sich seitdem nichts geändert hat; für den Nhd. ist das n h d. *stolz* das Etymon, nicht das mhd.

tigen Deutschen aber fallen sie vollkommen auseinander. – Aus allem vorstehend Gesagten aber geht zugleich 2. hervor, was es mit den "thatsächlich vorhandenen Beziehungen" auf sich hat, welche Liebichs Wortfamilienbuch, soweit "Wurzeln" in seinem Sinne in Frage kommen, angeblich (vgl. oben S. 116 Z. 5 ff.) zum Ausdruck bringt: psychologisch sind sie allesamt fürs Nhd. thatsächlich nicht vorhanden, und wer sie als vorhanden annimmt, der gelangt notwendigerweise zu einer vollkommen falschen Vorstellung von den Wortgruppierungsverhältnissen im Bewusstsein der nhd. Sprechenden. Thatsächlich vorhanden sind, um zu den eingangs erwähnten Beispielen zurückzukehren, nur etymologische Beziehungen zwischen Wörtern wie *ab, her-, kurz-, bach-* usw. *-ab*; *von, da-, hier-, wovon*; *achten, Acht* (haben), *Achtung, achtsam, beachtlich* usw.; *Auge, Gross-* usw. *-auge, augig, äugen* usw.; *Bake, Feuerbake*; *Akten, Prozessakten*; *nobel, hochnobel*; *Note, Fussnote, notieren*; *sackerlot, kreuzsackerlot*; *Zieche, Bettzieche*; *Apotheke, Hofapotheke, Apotheker, apothekern*; kurzum: der landläufige Begriff von Wortfamilie, wonach in jeder bestimmten Sprachepoche nur diejenigen Wörter als etymologisch zusammengehörig betrachtet werden, die lautlich und der Bedeutung nach (noch) aneinander anklingen, ist zugleich auch der psychologisch richtige. Und somit 3. der sprachhistorisch und kulturhistorisch allein brauchbare. Das Bild, welches der Vf. auf Grund seines Begriffes von Wortfamilie von dem Zustandekommen des nhd. Wortschatzes (S. 504–21) entwirft, kann gar keinen Vergleich mit der von Mentz in Kluges 5. u. 6. Aufl. gegebenen chronologischen Darstellung des nhd. Wortschatzes aushalten. Während sich Mentz nämlich auf die Anführung von Stammwörtern beschränkt, die sich aus idg., europ., urdeutscher, altdeutscher, neuhd. Zeit bis auf unsre Tage herauf erhalten haben, und die Lehnwörter in diese Epochen derart einreiht, dass ihre nächsten Quellen (also z. B. für *Almanach* das Frz., für *Barke* das Roman., für *Bibel* das Griech.-Lat.) aufgedeckt werden, gerät L. a) mit der Chronologie in argen Konflikt, indem er z. B., um nur einiges Wenige anzuführen, in seiner "idg. Fam." *ab* die Komposita *hügelab* und *trepp-, bachab* mitzählt, deren erster Bestandteil nach S. 507, 510 u. 508 erst in europäischer bezw. gemeingerm. Zeit gebildet ist, oder *strassab, kurzab* die vorahd. Lehnwörter enthalten; oder in seiner "europ. Fam." *ernten, Ernte* auch *Reisernte* (*Reis* in mhd. Zeit aus dem Ital. entlehnt) und *Kartoffelernte* (*Kartoffel* im 17. Jh. aus dem Ital.), wobei noch zu bemerken, dass nach Liebichs etymologischen Prinzipien Reis auf ai. *vrīhi* zurückzuführen wäre; die in der "germ.-kelt. Fam." *reiten* untergebrachten Worte *Reiterei, Reederei* haben ein franz. Suffix, ebenso wie *Kinderei*, das in der "idg." Fam. *Kind* steht, *Christkindel* ebenda ist spezifisch oberdeutsch (wegen *-el*), enthält übrigens ein griech.-lat. Lehnwort, usw. usw. Was der Vf. in seinem Verzeichnis darzustellen sich vorgesetzt hat (S. 7:) "welcher Prozentsatz des jetzt von uns gebrauchten Wortschatzes spezifisch hochdeutsch, welcher gemeingerm., welcher schon idg. sei", das hat er in diesem Verzeichnis gründlich verwischt: Komposita und Ableitungen können doch nicht von dem Zeitpunkt an datiert werden, wo ihre Stammworte in die Sprache eingetreten sind, und bei Kompositis müssen doch alle Glieder in Betracht gezogen werden, nicht nur das oft imaginäre "Grundwort"; auch das chronologische Auftreten der Suffixe und ihre regionale Verteilung ergeben wichtige Kriterien, die L. nicht ausgenutzt hat. **b**) Bedeutende Verschiebungen muss sich auch die Darstellung des Anteils gefallen lassen, welcher nach des Vfs. Zusammenstellungen den aussergerm. Sprachen beim Zustandekommen des nhd. Wortschatzes zuzuschreiben ist: über die angeblichen ägypt. Lehnworte wurde schon oben S. 117 Z. 1 f. u. S. 120 Z. 42 f. gesprochen, und nicht anders ergeht es den iber.-bask., skyth., vielen semit. usw. Lehnworten, die alle durch das Medium anderer Sprachen zu uns gedrungen sind; ob sie ins Lat., Franz., Ital., Niederländ. usw., direkt oder wieder auf Umwegen gelangt sind, geht uns fürs Deutsche nichts an, sondern ist eine Frage der lat., franz. usw. Sprach- und Kulturgeschichte; zwischen dem Nhd. und dem Agypt. usw. Beziehungen anzunehmen, wo nicht direkte Entlehnung in nhd. Zeit vorliegt, ist sprach- und kulturgeschichtlich unstatthaft. Auch das ist unstatthaft, z. B. *natürlich* als Lehnwort (in der Fam. *Genie*) mitzuzählen, was sich der Vf. auch bezüglich *karten, skaten* unter *Karte*, bezüglich *käsen* unten (*sic!*) *Käse*, und sonst sehr häufig gestattet; wir haben es hier mit spezifisch deutschen Ableitungen von eingedeutschten Lehnwörtern zu thun, und selbst *genialisch* kann nur als spezifisch deutsche Fortbildung des Lehnwortes *genial* gelten. 4. Eine weitere Reihe von Fällen, in denen ich mit der Behandlung, die der Vf. seinem Material hat angedeihen lassen, nicht einverstanden bin[1], will ich hier nicht zum Beweise heranziehen, da ich nicht mit Sicherheit zu behaupten wage, ob sie nicht als blosse Inkonsequenzen in der Durchführung an sich richtiger Grundsätze anzusehen sind; das S. 121

[1] Ich meine a) die Fälle, wo die einzelnen Bedeutungen eines Lautkomplexes als selbständige Worte aufgezählt werden (vgl. die Fam. *Abend, Abenteuer, Arm, Art*, usw. usw.) gegenüber andern Fällen, wo sämtliche Bedeutungen eines Lautkomplexes zusammengezogen werden (Fam. 17 *achten*, 167 *bieten*, usw. usw.); b) die Fälle, wo phonetische, bisweilen auch graphische Varianten, an denen gar kein Bedeutungsunterschied haftet, als besondere Worte aufgeführt und entweder zu selbständigen Familien zusammengestellt (Fam. 68 *Arak, Arrak, Rack*, 88 *Aue, Au*, 34 *Alkove, Alkoven*, usw.) oder (sehr häufig) in grössere Familien eingeschoben werden (Fam. 20 *adelich, adlich*, 756 *Häring, Hering*, usw.); dadurch, dass diese Inkonsequenzen auch in den Anhang verschleppt worden sind, erleidet die Statistik am Schluss wiederum (vgl. oben S. 116 Anm. 1 und S. 120 Nr. 3) einen Stoss.

S. 122 unter 1)–3) Geltendgemachte[2] scheint mir ausreichend, meine Überzeugung zu erhärten: Die Zusammenstellungen des Vfs. können nicht als geeignete Grundlage für eine nhd. Bedeutungslehre gelten. Sie gewähren durchaus kein zutreffendes Bild von den etymologischen Gruppierungsverhältnissen im Bewusstsein der nhd. Sprechenden; auch von den sprach- und kulturhistorischen Verhältnissen des nhd. Wortschatzes nicht. Und wäre dies selbst der Fall, so könnten sie noch immer höchstens für den Teil nhd. Bedeutungslehre als Grundlage dienen, dessen Material der Wortschatz ist. Denn man darf nicht vergessen, dass man sich einer, wenn auch im Hinblick auf gewisse Zwecke berechtigten Abstraktion bedient, wenn man von einem solchen spricht. In ihm geht keine Sprache auf, und das Material für eine nhd. Bedeutungslehre ist daher nicht, wie Liebich S. 503 meint, der Wortschatz, sondern die Gesamtheit der in bestimmten Situationen gesprochenen und geschriebenen Rede, soweit sie von den nhd. Sprechenden und Schreibenden unsrer Zeit herrührt. Nicht eine semasiologische Erscheinung kann ohne Berücksichtigung nicht nur des Satz-, sondern auch des Rede- und Situationszusammenhanges verstanden werden, weil nur dieser gestattet, alle in Betracht kommenden Faktoren zu überblicken. Eine rein synthetische Darstellung der Sprechthätigkeit, wie sie der Vf. nach dem Vorbilde Paninis auch heute noch für möglich hält[1], verbietet sich schon aus dem einfachen Grunde, weil die Sprache keine synthetische, sondern eine analytisch-synthetische Funktion ist. Aber damit gerate ich schon aufs Gebiet allgemeiner prinzipieller Erörterungen, und diese muss ich mir für heute versagen. Denn die eben angezogene Stelle von S. 503 des L.schen Buches, die man oben S. 117 Z. 13 ff. in extenso nachlesen wolle, tritt, wenigstens für mich, in auffallenden Widerspruch mit der S. 5 aufgestellten Behauptung, die Bedeutungslehre besitze das erforderliche System schon, “wenigstens als Rohmaterial; das System der Lautlehre ist das Alphabet[2], das der Bedeutungslehre der Wortschatz”, wogegen S. 7 der Versuch gefordert wird, “diesen Wortschatz nach einheitlichen Gesichtspunkten in Familien aufzuteilen; es fehlt nur an den nötigen Zusammenstellungen; Zusammenstellung aber heisst eben auf griechisch System”; dadurch

[2] Übrigens nur eine sprachpsychologische Begründung und Bestätigung dessen, was auf Grund sprachhistorischer Erwägungen auch schon von andrer Seite hervorgehoben worden ist; vgl. Dict. général, p. XI: “Donner l'étymologie d'un mot de notre langue, c'est … indiquer le mot latin, grec, étranger, français même, qui lui a donné naissance …; Kluge 6. A. S. VII f.: “Etymologische Forschung zielt nicht überall auf die Ermittlung von Urwurzeln … keine Sprachwurzeln suchen wir, wir suchen die Wurzeln unsrer Worte in unsrer Sprachgeschichte, und diese deckt uns auch die geographischen Ausgangspunkte der Einzelerscheinungen auf.” [1] Zwei Kap. der Kāçikā S. XXXVII. [2] Der Vf. meint wohl das nach lautphysiologischen Gesichtspunkten geordnete indische.

erhalten aber die allgemeinen Ausführungen auf S. 1 ff. des Buches, ebenfalls vielleicht nur für mich, ein so undeutliches Gepräge, dass ich es für besser halte, eine etwaige Auseinandersetzung damit solange hinauszuschieben, bis sich der Vf. über jene anscheinenden Widersprüche geäussert hat. Auch mit meinem Urteil über den praktischen Wert des Buches will ich zurückhalten, bis der 2. Band vorliegt; wenn ich im Vorstehenden meine Meinung über den wissenschaftlichen Wert des 1. Bandes bereits definitiv abgeben zu können glaubte, so möge man dies nicht voreilig finden: es geschah in der Ueberzeugung, dass auch das Erscheinen des 2. Bandes daran nichts Wesentliches zu ändern vermag.

Leipzig. O. Dittrich.

II.13 Cāndra-Vyākaraṇa (1902)

Rezensent: **Richard Pischel**

Deutsche Litteraturzeitung. XXIV. Jahrgang, Nr. 2, 10. Januar 1903. Berlin 1903, Sp. 78–80.

Cāndra-Vyākaraṇa. Die Grammatik des Candragomin. Sūtra, Uṇādi, Dhātupāṭha. Herausgegeben von Bruno Liebich [Prof. f. indische Philol. an der Univ. Breslau]. [Abhandlungen für die Kunde des Morgenlandes herausgegeben von der Deutschen Morgenländischen Gesellschaft. XI. Band. Nr. 4.] Leipzig, in Komm. bei F. A. Brockhaus, 1902 (X, 47* u. 235 S. 8°.)

Liebich hat bereits 1895 in den Nachrichten von der Königl. Gesellschaft der Wissenschaften zu Göttingen S. 272 ff. ausführlichen Bericht über das Material erstattet, das er zur Herausgabe der Grammatik des Candragomin mit vieler Mühe gesammelt hat. Das Cāndravyākaraṇa ist ins Tibetische übersetzt und in den Tanjur aufgenommen worden. Der Herausgeber musste also Tibetisch lernen und hat dies, wie die Ausgabe zeigt, mit gutem Erfolge gethan. Obwohl seine Handschriften z. Th. ganz vorzüglich sind, war doch die tibetische Uebersetzung von grösstem Werthe, namentlich für die Herausgabe des Uṇādisūtra und Dhātupāṭha. Candragomin war eine Autorität nicht nur nördlich von Indien, in Tibet, sondern auch südlich von Indien, in Ceylon. Wie L. in dem angeführten Aufsatze gezeigt hat, ist das Bālāvabodhana des Kāśyapa ein Auszug aus Candra, zu dem es sich verhält wie die Laghukaumudī zu Pāṇini. Ferner aber war Candra die Hauptquelle für den Pāligrammatiker Mŏggallāna, wie Franke in seiner sorgfältigen und gelehrten Geschichte und Kritik der einheimischen Pali-Grammatik und -Lexikographie

(Strassburg 1902) S. 42 f. nachgewiesen hat. Franke konnte nur nach dem Wenigen urtheilen, das bisher von Candra bekannt war. Jetzt, wo L.s Ausgabe vorliegt, ergiebt sich, dass die Abhängigkeit des Mŏggallāna von Candra in der That sehr gross ist. Man vergleiche z. B. Mŏggallāna 1, 2 mit Candra 1, 1, ein Abschnitt, der für die ganze Darstellung der Grammatik grundlegend ist. Hier finden wir Mŏggallāna 1, 2, 1 *vidhib bisesanantassa* = Candra 1, 1, 6 *vidhir viśeṣaṇāntasya*; M. 1, 2, 2 *sattamiyaṃ pubbassa* = C. 1, 1, 7 *saptamyāṃ pūrvasya*; M. 1, 2, 3 *pañcamiyaṃ parassa* = C. 1, 1, 8 *pañcamyaṃ parasya*; M. 1, 2, 4 *adissa* = C. 1, 1, 9 *ādeḥ* usw. In andern Fällen ist, wie schon Franke hervorgehoben hat, die Uebereinstimmung nicht wörtlich, sondern nur dem Sinne nach genau. So ist M. 1, 2, 6 *nanubandho* = C. 1, 1, 11 *ṅit*; M. 1, 2, 9 *manubandho saranaṃ antā saro* = C. 1, 1, 14 *mid aco 'ntyāt paraḥ* usw. L. hat diese Quellen für seine Ausgabe nicht verwerthet, obwohl ihm eine Abschrift des
Sp. 79 Bālāvabodhana in singhalesischer Schrift vorlag. Ein grosser Schaden ist dadurch der Ausgabe nicht erwachsen, da Candra für die Kritik dieser späteren Werke viel wichtiger ist als umgekehrt diese Werke für Candra. Immerhin wäre es von Interesse, mitunter auch von Werth gewesen, wenn L. auch diese Quellen herangezogen hätte. So z. B. bei C. 1, 1, 10. L. schreibt hier *ṣaṣṭhyāntyasya*. Die Handschriften haben theils *antasya*, theils *antyasya*. L. hat sich für *antyasya* entschieden, weil die tibetische Uebersetzung dies hat. Nun hat aber Mŏggallāna 1, 2, 5 *chaṭṭhiyantassa*, also *antasya*, nicht *antyasya*, das im Pāli *antiyassa* wäre. Wenn auch das Bālāvabodhana *antasya* lesen sollte, so würde es doch fraglich sein, ob nicht *antasya* für Candra richtiger wäre als *antyasya*, das ich sonst ebenso wie L. aufgenommen hätte. Zweifelhaft bin ich, ob L. richtig urtheilt über Fälle wie C. 1, 4, 119 *bhujo 'pālane*. Für *'pālane* lesen die blossen Texthandschriften *'navane*. L. will dies als nachträgliche Aenderung von Candragomins eigener Hand ansehen und in *'navane* die spätere, definitive Lesung finden. Dann hätte er sie aber auch in den Text setzen müssen. Sollte aber nicht *'navane* spätere Korrektur nach Pāṇini 1, 3, 66 sein? Das Gleiche könnte man von 5, 2, 88 vermuthen, wo die Lesart von ABT nach Vārttika 1 zu Pāṇini 6, 1, 144 geändert sein kann. Leider hat L. die Vṛtti nicht zugleich mit dem Texte herausgegeben, wodurch trotz der sehr dankenswerthen Verweise auf Pāṇini und das Mahābhāṣya und der Auszüge in den Anmerkungen für den schnellen Gebrauch des Buches manche Schwierigkeit bleibt. Bei besserer Benutzung des Raumes wäre es wohl möglich gewesen, die Vṛtti gleich mit zu veröffentlichen. Hoffentlich führt L. seine Absicht, dies noch zu thun, recht bald aus, wobei ich die Berücksichtigung des Bālāvabodhana und Mŏggallāna empfehlen möchte. Von besonderem Interesse ist das Uṇādisūtra, das von Pāṇini vielfach abweicht. L. war hier theilweise allein auf die Tanjur-Version angewiesen, da er nur eine einzige,

unvollständige und zwei einzelne Blätter einer zweiten Handschrift des Originals hatte. Nach den Proben in Gött. Nachr. 1895 S. 299 und 301 zu schliessen, hat er die Uebertragung mit Scharfsinn und bestem Erfolge ausgeführt.

In der Wiener Ztschr. f. d. Kunde d. Morgenl. XIII, 312 ff. hat L. hervorgehoben, dass die Vṛtti zu C. 1, 2, 81 *parokṣe liṭ* ein Beispiel giebt, dass für die Zeitbestimmung des Candragomin von Wichtigkeit ist. Leider ist die Lesart verderbt. Für das sinnlose *ajayaj Japto Hūṇān* hat L. korrigirt *ajayad Gupto Hūṇān*, und unter Gupta will er Skandagupta verstehen. Die Korrektur ist etwas gewaltsam, und L. theilt in der Ausgabe nicht mit, ob er weitere Fälle der Vertauschung von *jja* und *dgu* in der Vṛtti gefunden hat. Näher läge die Verbesserung | *ajayaj Ja[yagu]pto Hūṇān*, Sp. 80
wenn wir von Jayagupta mehr wüssten als das Wenige und Unsichere, das Rapson, Indian Coin S. 27 erwähnt.

Candragomins Grammatik ist ein Beispiel dafür, welchen Umfang die Sanskritstudien jetzt gewonnen haben, und welche Anforderungen heut an den Sanskritisten gestellt werden, namentlich, wenn es sich um einen buddhistischen Schriftsteller handelt. L. hat zum ersten Male die tibetischen Texte zu einer durchgehenden Kritik eines Sanskritwerkes benutzt, und dies allein würde seiner Arbeit schon einen hervorragenden Platz anweisen. Auch sonst aber ist die Ausgabe mit grösster Sorgfalt und Sachkenntniss gemacht, und sie wird L. hoffentlich die Anerkennung eintragen, die ihm so lange versagt geblieben ist.

Berlin. R. Pischel.

II.14 Cāndra-Vyākaraṇa (1902)

Rezensent: **Theodor Zachariae**
Literarisches Centralblatt für Deutschland. Nr. 6, 54. Jahrg., 7. Februar 1903. Leipzig 1903, Sp. 218–220.

Cāndra-Vyākaraṇa. Die Grammatik des Candragomin. Sūtra, Uṇādi, Dhātupāṭha. Hrsg. von Bruno Liebich. Leipzig, 1902. Brockhaus in Comm. (X, 47, 235 S. Gr. 8.) *M* 9. Abhandlungen für die Kunde des Morgenlandes, hrsg. v. d. deutschen morgenländ. Gesellschaft. Bd. XI. Nr. 4.

Der Buddhist Candra, oder Candragomin, wie er mit dem Vollnamen heißt, nimmt in der
Sp. 219 Geschichte der indischen | Grammatik eine hervorragende Stellung ein. Bhartṛhari berichtet im Vākyapadīya, daß das Mahābhāṣya, dessen traditionelles Studium unterbrochen worden war, von Candrācārya und anderen Gelehrten in den Kreis der grammatischen Studien wieder eingeführt worden sei. Ungefähr dasselbe berichtet Kalhaṇa in der oft, zuerst von Böhtlingk 1840 und zuletzt von demselben 1900 besprochnen Stelle Rājatar. I, 176 und fügt hinzu, daß Candra eine eigne Grammatik verfaßt habe. Kalhaṇa verlegt die grammatische Thätigkeit des Candra in die Regierungszeit des Königs Abhimanyu I von Kaschmir. Nach Minayeff lebte Candra im 4. oder im Anfang des 5. Jahrh.s n. Chr. (Zapiski 4, 29 fg.; Ind. Ant. 19, 349), nach Kern in der ersten Hälfte des 7. Jahrh.s (Manual of Indian Buddhism 130); neuerdings hat Liebich, mit guten Gründen, den Candra in die zweite Hälfte des 5. Jahrh.s gesetzt (WZKM. 13, 315). Bis vor etwa 25 Jahren wußten wir von Candras Grammatik nicht viel. Allerdings werden Candra und seine Anhänger, die Cāndras, in der grammatischen Literatur häufig citiert (GGA. 1884, 760); aber was wir erfahren, sind doch nur Einzelheiten, wie z.B. daß Candra (V, 2, 5 tapas statt tamas Pāṇ. VI, 3, 3 liest (Bezzenb. Beitr. V 43. 302). Genaueres über das grammatische System des Candra berichteten erst Goonetilleke (Ind. Ant. 9, 80 fg., auf Grund des Bālāvabodhanam, einer in Ceylon gefertigten Umarbeitung des Cāndram), sowie Kielhorn (Ind. Ant. 15, 183 fg.) und Eggeling (Catalogue of the Skr. MSS. in the Library of the India Office 193 fg.) auf Grund von mehr oder weniger unvollständigen Hdschrr. der Cāndra-Grammatik. Das Cāndravyākaraṇa umfaßt sechs Bücher mit rund 3000 Regeln. Das fünfte und sechste Śivasūtra Pāṇinis ist in eins zusammengezogen. Candra hat nicht nur, wie andre spätere Grammatiker, Pāṇinis Sūtra und das Mahābhāṣya ausgezogen, er hat auch eigne Zuthaten, oder er hat Quellen benutzt, die nicht auf uns gekommen sind. Eine ganze Reihe von Kunstausdrücken sind dem Candra eigentümlich, wie aden̄ für guṇa, ādaic für vṛddhi, prādi für upasarga, sarvādi für sarvanāman, cārtha für dvaṃdva, anyārtha für bahuvrīhi, vyāpya für karman ꝛc. (weshalb die Cāndra-Grammatik, mit einiger Uebertreibung asaṃjñakaṃ

vyākaraṇam genannt wird). Diese Kunstausdrücke kehren zu einem großen Teile bei Späteren wieder, z. B. bei Śākatāyana (Ind. Ant. 16, 26) und bei Moggallāna (Franke, Geschichte und Kritik der einheimischen Pāli-Grammatik 42 fg.). Sehr wichtig ist Kielhorns Nachweis, daß die Verfasser der Kāśikā den Candra (ohne ihn jemals zu nennen) sehr stark benutzt haben. Für eine neue, kritische Ausgabe der Kāśikā ist eine Ausgabe des Candra eine notwendige Vorarbeit. Diese Arbeit hat Liebich übernommen und so ausgeführt, wie man es von ihm, einem der besten Kenner der indischen Grammatik, erwarten konnte. Es ist Liebichs langjährigen Bemühungen gelungen, die Texte der Cāndragrammatik, soweit sie von dem Begründer der Schule selbst herrühren, wiederaufzufinden. Leicht war Liebichs Aufgabe nicht. Aus dem eigentlichen Indien ist Candra fast ganz verschwunden; erhalten ist er in den Ländern, in denen der Buddhismus noch fortbesteht: in Ceylon (in der oben genannten Umarbeitung), in Nepal, in Tibet (in tibetischer Uebersetzung). Eine Uebersicht über das von ihm gefundne und benutzte Material giebt Liebich in den Nachrichten der Göttinger Ges. der Wiss. 1895, Heft 3 (ein Auszug daraus im Ind. Ant. 25, 103 fg.). Die Ausgabe des Candra umfaßt drei Texte: Den Dhātupāṭha, die eigentliche Grammatik (das Cāndrasūtra) und das Uṇādisūtra. Zum besseren Verständnis der Grammatik hat Liebich jeder Regel die Entsprechung aus Pāṇini oder dem Bhāṣya beigefügt. Wo er eine Sp. 220
solche Entsprechung nicht nachweisen konnte, hat er einen Auszug aus der von Candra selbst herrührenden Vṛtti oder auch einen Hinweis auf die Kāśikā, die das Neue aus Candra meist aufgenommen hat, gegeben. Das Uṇādisūtra besteht aus drei Capiteln mit etwa 330 Regeln. Die Suffixe sind, abweichend von Pāṇini, nach den Endbuchstaben geordnet. Wie jedes neue Uṇādisūtra, das zum Vorschein kommt, unbekannte Wörter darbietet, so auch das vorliegende Werk. Ref. erwähnt kacūka ein Kraut (vgl. kacū Vaij. 62, 416?), juṇḍa Wald, paṭāyu Kleid, patatrīkā Vogel, pṛṣvi Staub oder Wasser, maṇīkā Gürtel, manāka wenig, vaṭala eine Augenkrankheit (vgl. paṭala), viśapa Haus, vṛṣat groß, śyānda Gold, śrathira schlaff. Eigentümliche Schreibungen sind aṅgura, rugma für aṅkura, rukma. Für einen Buddhisten bezeichnend ist die Erklärung von kuṇāla mit pakṣin, von mahat mit mahāyāna. Einige Worterklärungen sind auffällig und vielleicht falsch überliefert. Für āpatiko bālaḥ II, 9 erwartet man: kālaḥ, für jaṭharo mūrkhaḥ III, 31: mūrtaḥ, für bhṛśo gatyarthaḥ III, 55 : atyarthaḥ. Für śvaḍala (Bedeutung von harit III, 76) ist wohl śādvala (śāḍvala) zu lesen; für charāḥ (Bedeutung von bhasman III, 81) vielleicht chāraḥ d. h. kṣāraḥ. Die Erklärung von palvala und vṛśa mit śākhāpattra und go beruht auf der Verwechslung jener Wörter mit pallava und vṛṣa. Für kaṇṭaphalam III, 65 lies kaṇṭakiphalam. Zu jarā „Epidemie, Pest" Dhātupāṭha IV, 99 vgl. jarā rugbhaṅgayoḥ (?) Maṅkhakośa 699. Wir schließen mit dem Wunsche, daß uns Liebich einige Mitteilungen über das im Tanjur erhaltene Lokānandanāṭaka des Candragomin machen möge.

Th. Z.

II.15 Cāndra-Vyākaraṇa (1902)

Rezensent: **Arthur Anthony Macdonell**
The Indian Antiquary, a Journal of Oriental Research. Volume XXXII. Bombay 1903, S. 379–380 [March 10th, 1903]

Cāndra-vyākaraṇa: Die Grammatik des Candragomin. Sūtra, Uṇādi, Dhātupāṭha. Edited by Dr. Bruno Liebich. Brockhaus, Leipzig, 1902.

The foundations of the scientific study of the native system of Sanskrit grammar having been laid by Böhtlingk in his two editions of Pâṇini and by Kielhorn in his monumental edition of the *Mahâbhâshya*, the *paramparâ* of researches in this field is being worthily continued by the latter scholar's pupil, Prof. Liebich, of the University of Breslau, himself long well-known by his writings on Pâṇini and the *Kâśikâ Vṛitti*. He has in the volume now before us produced a valuable critical edition of the most important parts of the system of the Buddhist Sanskrit grammarian Chandragômin. This grammar, though not belonging to the Pâninean system, is yet of historical value in connexion with that system, since Sûtras of Chandra which have no parallel in Pâṇini and Patanjali, are borrowed, in a modified or unmodified form, by the authors of the Kâśikâ Vṛitti, but always without any acknowledgment of the source (e. g., *Chândra Sûtra* III, ii, 61 in K. V. IV, ii, 138 and IV, iv, 72–73 in K. V. V, iv, 75). Hence Prof. Liebich's edition of Chandragômin is a necessary preliminary step towards the elucidation of several passages in the present text of the *Kâśikâ*. Sanskritists will look forward to the critical edition of the latter commentary which Prof. Liebich intends to bring out later on.

The expectation that MSS. of Chandragômin's grammar might turn up in a Buddhist country like Ceylon, has never been fulfilled. But the work was at one time undoubtedly known there; for an elementary Sanskrit grammar entitled *Bâlâvabôdhana*, which is an abstract of Chandra written about 1200 A. D. by a Buddhist monk in Ceylon, has been preserved (published at Colombo in 1895).

In Kashmir, which was probably the native country of Chandragômin, nothing beyond a single leaf containing the *varṇa-sûtras*, or phonology, and the *paribhâshâ-sûtras*, or rules of interpretation, belonging to this grammarian's system, has been brought to light. This fragment, though so small in extent, has, however, proved critical value in connexion with the texts subsequently discovered.

On the other hand, Nepal, that small country to which we owe the preservation of so many works of Buddhistic Sanskrit literature, has yielded, after persistent search, MSS. of all the most important treatises connected with Chandra's gram-

mar. These and several subsidiary texts and commentaries, comprising altogether
twenty works (briefly described in the *Indian Antiquary* for 1896, pp. 103–5), are
all preserved in the Tibetan translations made between 700 and 900 A. D., and
contained in the *Tanjur*. These accurate translations are of the utmost value to the
editors of the corresponding Sanskrit texts.

The main part of Prof. Liebich's edition consists of the *Sûtra* of the grammar
itself (pp. 1–139). This is preceded by the *Dhâtupâṭha* (pp. 1*–34*), to which is
added a transliterated list of the roots in alphabetical order (pp. 35*–47*). Judging
by the pagination, this part of the volume was added after the rest had been printed.
The third part is formed by the *Uṇâdi-Sûtra* (pp. 140–171), to which is appended
a transliterated alphabetical list of the Uṇâdi words (pp. 172–181). The volume
concludes with an index to the grammatical and the Uṇâdi Sûtras combined (pp.
182–235). There is a short preface of four pages dealing chiefly with the MS. mate-
rial used by the editor. A long introduction was unnecessary after the author's ex-
tensive article on the *Chândra-vyâkaraṇa* in the *Göttinger Nachrichten* for 1895 (pp.
272–321), and his contribution to the *Vienna Oriental Journal* for 1899 on the date
of Chandragômin (pp. 308–315). His chronological argument, in the latter article,
is based on a happy and convincing conjectural emendation of a sentence occur-
ring in his MS. of the *Chandra-vṛitti*, a commentary on the *Chândra-sûtra*, which he
believes Chandragômin himself to have composed, though he reserves the proof of
this belief for a future occasion. The sentence in question, *ajayad Guptô Hûṇân iti*,
is employed as an illustration of the use of the imperfect to express that an event
occurred within the lifetime of the speaker. Now the event here spoken of can only
refer to the temporary defeat of the Hûṇas by Skandagupta soon after 465 A. D.,
or to their final expulsion, in the year 544 A. D., by Yaśôdharman. The author of
the Chandravṛitti must therefore have flourished either about 480 or 550 A. D., the
former date being the more probable according to Prof. Liebich's showing. Even
if the foregoing argument were to be set aside, the date of Chandragômin's gram-
mar could not be later than 600 A. D., as it was known to the author's of the *Kâśikâ
Vṛitti*.

The grammatical Sûtras, which number about 3,100, are printed separately,
each line containing but one Sûtra together with the reference to the correspond- S. 380
ing passage in Pâṇini, the *Mahâbhâshya*, or the *Kâśikâ*, when such exist. The whole
work is divided into six books (each subdivided into four *pâdas*), which correspond
to the last six of Pâṇini, the contents of the latter's first two books being scattered
over various parts of Chandra's grammar. The first thirteen Sûtras are identical
with Pâṇini's fourteen *Śiva Sûtras*, the only variation being, that the fifth and sixth

of Pâṇini – *hayavaraṭ laṇ* – are here run into one: *hayavaralaṇ*. The degree of correspondence between Chandra's sûtras and Pâṇini's varies. There is sometimes complete identity; *e. g.*, *upamânâd âchârê* (I, i, 25 = P. III, i, 10). Occasionally the sûtras differ in the order of the words only, as *śid anêkâl sarvasya* (I, i, 12) = *anêkâl śit sarvasya* (P. I, i, 55). The agreement in many cases is only partial; for instance, *shashṭhyântyasya* (I, i, 10) = *alô 'ntyasya* (P. I, i, 52). The identity is, lastly, often restricted to the matter, as *ṛikô 'ṇô ralau* (I, i, 15) = *ur aṇ raparaḥ* (P. I, i, 51). Chandra's new material, amounting apparently to about 35 Sûtras, has for the most part been incorporated in the *Kâśikâ*.

The commentary on this Sûtra, the Chandravṛitti already referred to, is no doubt the most important text of the whole system. Corresponding in style and treatment of the subject-matter to the *Kâśikâ Vṛitti*, it will most probably render important help in emending the corrupt passages of the printed text of the latter commentary. It is therefore to be hoped that Prof. Liebich will before long publish the complete text of this valuable work also. In the meantime, he has in the present volume given extracts from it, in the form of notes to those portions of Chandra's sûtra which have no parallel in the Pâninean system.

Prof. Liebich's text of the *Dhâtupâṭha-sûtra* is based on a Cambridge MS. (dated A. D. 1356) and on one of the three recensions of the work in the Tibetan *Tanjur* (No. 3724). That recension he regards as containing the purest form of the *Dhâtupâṭha* of the Chândra system (see *Gött. Nachrichten*, p. 304). The number of roots enumerated in that recension is 1,659, while that in Liebich's text is, according to my reckoning, hardly 1,600. It would be interesting to have this discrepancy explained. The Sûtras are here printed in two columns to the page, the number of the corresponding root in Böhtlingk's *Dhâtupâṭha* (contained in his edition of Pâṇini, 1887) being added in each case. In matter, Chandra agrees here pretty closely with Pâṇini, the roots being similarly divided according to the ten classes. The arrangement of the verbs within the classes is, however, different, Chandra grouping them according to the voices of the verb. Thus in the second or *ad-âdi* class we have first 36 Parasmaipada verbs (called *atanânâḥ*), then 19 Âtmanêpada ones (*tanâninaḥ*), and lastly seven conjugated in both voices (*vibhâshitâḥ*).

Prof. Liebich points out the interesting fact that the Dhâtupâṭha of the Kâtantra Grammar is in reality that of the Chândra system as modified by Durgasiṁha, the well-known commentator of the *Kâtantra*. This modified *Chândra Dhâtupâṭha* is No. 3727 in the *Tanjur*. The genuine *Dhâtupâṭha* of the *Kâtantra* is also preserved in the Tibetan version as No. 3723 in the same encyclopædic collection, but the original Sanskrit text appears to have been lost.

Prof. Liebich has constituted the text of the *Uṇâdi-sûtra* from two incomplete Nepalese Sanskrit MSS. of the *Uṇâdisûtra-vṛitti*. One of these MSS. contains, in this commentary, all the Sûtras, except the last fifteen, of the first two books, while the second MS. has preserved the whole of the third book except the first six Sûtras. Fortunately the missing twenty-one Sûtras can be restored with certainty from the very faithful Tibetan version of the *Tanjur*.

Chandragômin disposes the *Uṇâdi* words in his three books independently of Pâṇini, the suffixes being arranged by him according to their final letter; he also frequently derives the words in a different way. Owing to the great divergencies in this case, Prof. Liebich has not thought it worth while to refer to the parallel sûtras of the Pâninean system. He has, instead, added after each sûtra the complete *Uṇâdi* word and its paraphrase from the commentary. Thus the Sûtra III, 105, *vaśeḥ suṭ cha*, is followed by the derived and explanatory words *vakshaḥ : krôdaḥ*. The Tibetan version retains the Sanskrit synonym intact, but adds to it the Tibetan translation.

Prof. Liebich is to be congratulated on his thoroughly accurate and scholarly publication, which not only marks in itself an advance in our knowledge of the intricate systems of native grammar, but is also a stepping-stone to further advance in the subject. His work should also be specially welcomed by Indian Sanskritists, to whom the study of the native grammar is a peculiarly interesting and important branch of Sanskrit learning. The employment of German being almost entirely limited to the brief preface, a knowledge of that language can be dispensed with for the perusal of the book.

A. A. MACDONNELL.

Oxford, March 10th, 1903.

II.16 Cāndra-Vyākaraṇa (1902)

Rezensent: **Johann Kirste**

Allgemeines Literaturblatt. XII. Jahrgang: 1903 [Nr. 13, 1. Juli]. Wien und Stuttgart 1903, Sp. 399–400.

Liebich, Bruno: **Cāndra-Vyākaraṇa, die Grammatik des Candragomin. Sūtra, Uṇādi, Dhātupāṭha.** (Abhandlungen für die Kunde des Morgenlandes. Band XI, Nr. 4.) Leipzig, F. A. Brockhaus, 1902. gr. 8° (X, 47*, 235 S.) M. 9.–.

Während auf allen anderen Gebieten des indischen Altertums lebhafte Tätigkeit herrscht, sind die eigentlich grammatischen Studien in neuester Zeit etwas in

Sp. 400 den Hintergrund getreten, was wohl darauf zurückzuführen ist, daß mit der Herausgabe der Hauptwerke der alles dominierenden Schule Pāṇinis das Wichtigste geschehen zu sein schien. Das Wichtigste vom indischen Standpunkte allerdings, aber nicht vom kritisch-historischen der europäischen Forschung, da die Geschichte der indischen Grammatik noch dunkel genug ist. Umso lebhafter wird daher von den Freunden dieser Disziplin, in der der indische Geist weder an den Arabern, noch an den Griechen ebenbürtige Rivalen gefunden hat, die alle viel zu sehr an der äußeren Form der Sprache hängen, eine vorzügliche Textausgabe einer einheimischen Grammatik, die in ziemlich frühe Zeit hinaufreicht, begrüßt werden. Candra oder, wie er mit einer etwa unserem »ehrwürdig« äquivalenten Verlängerung seines Namens auch heißt, Candragomin lebte in der zweiten Hälfte des 5. Jhdts. und seine Werke sind uns deshalb erhalten geblieben, weil sie besonders in dem als Hort des sanskritischen Buddhismus fungierenden Nepal, das leider noch immer der europäischen Forschung verschlossen ist, Verbreitung fanden und von da mit dem Buddhismus nach Tibet gelangten, wo sie in die einheimische Sprache übersetzt und in die Sammlung der heiligen Schriften aufgenommen wurden. Der Hrsg. mußte sich daher vor allem mit dem Tibetischen vertraut machen, eine nicht gerade angenehme Vorarbeit für einen Sanskritisten, um die Übersetzungen mit den Originalen vergleichen zu können, zumal bei deren lückenhaftem Zustand die tibetische Paraphrase oft genug als Grundlage dienen mußte.

Die vorl. Arbeit enthält zuerst den Dhātupāṭha (Verzeichnis der Verba mit ihren Bedeutungen), dann den Text der eigentlichen Grammatik und schließlich die sogenannten Uṇādi, d. h. Worte, die sich nach Bildung und Bedeutung nicht ohneweiters in die großen Kategorien der regelmäßigen Ableitung einreihen lassen. Zu jeder grammatischen Regel führt der Herausgeber als Ersatz für den leider nicht veröffentlichten Kommentar die entsprechende pāṇineische an, eine Vergleichung, die gewiß viel Zeit und Mühe verursacht hat, das Verständnis des Originals ungemein erleichtert, aber trotzdem nicht überall ausreicht, um die Tragweite jeder Regel zu bestimmen. Manchmal gibt der Herausgeber allerdings den Kommentar *in extenso*, wenn sich nichts Entsprechendes finden wollte; dies war jedoch z. B. zu IV, 1, 5 nicht notwendig, da zum Verständnis das Mah. zu P. V, 1, 7 und die Kāś. zu P. V, 1, 9 ausgereicht hätten; auch wäre zum zweitnächsten Sūtra das Mah. zu P. V, 1, 6 besser zu zitieren gewesen als die Kāśikā zur nächsten Regel. Es ist hier nicht der Ort, auf solche Details der musterhaft edierten Texte einzugehen, und ich möchte nur mit dem Wunsche schließen, daß es uns recht bald vergönnt sein möge, auch die Vṛtti in gleich sauberer Form benutzen zu können.

Graz. J. Kirste.

II.17 Cāndra-Vyākaraṇa (1902)

Rezensent: **Frederick William Thomas**
The Journal of the Royal Asiatic Society of Great Britain and Ireland. London 1903, S. 396–398.

Cāndra-vyākaraṇa. Die Grammatik des Candragomin. Sūtra, Uṇādi, Dhātupāṭha. Herausgegeben von Bruno Liebich, Dr. Phil. Abhandlungen für die Kunde des Morgenlandes, XI, 4. (Leipzig: Brockhaus, 1902.)

This, the first part of Dr. Liebich's long promised work on the Grammar of Candragomin, was presented to the Hamburg Orientalist Congress in September last. It includes the text of the Sūtra, Uṇādi, and Dhātupāṭha, with full indices, and in the case of the Uṇādi paraphrases from the commentary. The Sūtras and the Dhātupāṭha are accompanied by references to the corresponding parts of the Pāṇinean system.

For the purpose of mere reference, therefore, the work is complete, and we may congratulate Dr. Liebich on the accomplishment in a very convenient form of this part of his difficult and laborious undertaking. But by far the most interesting part of the work is still to come, in the shape of an edition in full of the commentary, which is now ascertained to be, as Professor Eggeling first conjectured, by Candragomin himself. Based upon a fine MS., the property of the Nepal Durbar, which Dr. Liebich exhibited at Hamburg, and the exact Tibetan rendering in the Tanjur, it will present a quite reliable text, and must contain much that is of importance for the history of Sanskrit Grammar. The authors of the Kāśikā made use, as Professor Kielhorn pointed out (*Indian Antiquary*, xv, pp. 183–5), of the Cāndra sūtras, and therefore probably also of the commentary.

For a general discussion of Candragomin's work Dr. Liebich refers to his article in the *Nachrichten der Göttingische Gesellschaft der Wissenschaften* for 1895, where he has discussed all the works connected with Candragomin's system which are found in the Tanjur (*Mdo* cxvi and cxxxii). He now gives some further information regarding new manuscript material from Nepal. The total result is that, with the exception of a very small gap, the whole of the Sanskrit original is now recovered. The immense help which the existence of Tibetan versions of mūla and | commentary lends towards the establishment of a critical text is now suffi- S. 397
ciently known; even in case we should not be able to fix the limits of date for these renderings within so narrow a period as "700 to 900 A.D."

I do not propose to discuss the text which Professor Liebich has elicited from these sources. On p. 27, n. 6, we find the interesting fact elicited that when issuing the sūtras with the Commentary Candragomin made certain small corrections in style and orthography. The reader will observe that most of the sūtras are derived from Pāṇini and the Mahābhāṣya. Generally the effort after brevity has led to a curtailment, quite in conformity with the statement of Tāranātha (trans., p. 152) that this was a principle of Candragomin's work. Professor Liebich's excellent critical notes call attention to the passages where there exists any cause for hesitation.[1]

It is curious that neither Candragomin nor his predecessor and antagonist Candrakīrti is known to us from Chinese sources, and we are consequently without an important aid in fixing their dates. Professor Liebich would regard Candragomin as contemporary with the Hūṇa invasions between 465 and 544 A.D. When fuller reports of the Congress at Hanoi reach us we shall be made acquainted with the view of M. Sylvain Lévi, a paper by whom on this subject was there read. The Lokānanda-Nāṭaka, when it is read by some scholar, may throw light on the question. At present we can only say that Candrakīrti and Āryadeva, who refer to each other, must be contemporaries.

The Cāndra Grammar being now restored to the world, it is perhaps time to inquire what can be done towards the investigation of the Sārasvata school. Presumably the published text of this grammar represents a late recension. But among the grammatical works in the Tanjur there are several of this school, and perhaps something may be attained by these means. It would be worth while if, as we ap-
S. 398 pear | to be informed by Mallinātha *ad* Meghadūta, v. 14, Kālidāsa belonged to this school.

I may here add the name of a grammatical work in the Tanjur which does not appear either in Schiefner's list or in any other enumeration known to me, viz.:—

Mañjuśrīśabdalakṣaṇa, Tanjur *Mdo* cxxxiv, 1–44, by Legs . par . grags (Sukīrti?).

F. W. Thomas.

[1] On p. 61, n. 2, should we not read (for *bdun . du* = *prāk*) *mdun . du*? The doubtful word *śvaḍala*, given p. 168 as the rendering of *harit*, would probably be for *śādvala*, adj. = 'green.'

II.18 Das Datum Candragomins und Kalidasas (1903)

Rezensent: **Anonym**

Deutsche Literaturzeitung. XXV. Jahrgang, Nr. 3, 23. Januar 1904. Berlin 1904, Sp. 151.

B. Liebich [Privatdoz. f. indische Philol. an der Univ. Breslau, Prof.] Das Datum Candragomins und Kalidasas. [S.-A. aus dem Jahresbericht der Schlesischen Gesellschaft für vaterländische Kultur. Sitzung der orientalisch-sprachwissenschaftlichen Sektion vom 16. Juli 1903.] Breslau, G. P. Aderholz, 1903. 11 S. 8°. M. 0,60.

Der Verf. sucht in diesem Aufsatz, den er zuerst dem Orientalistenkongress in Hamburg vorgelegt hat, für die Bestimmung der Lebenszeit des Candragomin, des Nachfolgers Paninis, neue Stützen zu geben. Ausgegangen war er von der Angabe eines Sieges über die Hunnen bei Candragomin. Er erwähnt jetzt, dass Kalidasa im Raghuvamsa von den Hunnen spricht, dass nach den vor kurzem veröffentlichten Ausführungen eines gelehrten Hindu Kalidasa diese Stelle nur zwischen 465 und 485 n. Chr. geschrieben haben kann; er, Liebich, hält an 470 für den Raghuvamsa als oberste Grenze fest. Dazu passe gut die Annahme von 450 als Datum für den Meghaduta, das „Bravourstück eines jungen um Anerkennung werbenden Dichters". — Candragomins Zeit hatte Sylvain Lévi auf die Mitte des 7. Jahrh.s angesetzt. L. prüft seine Gründe und kommt zu dem Ergebnis, dass keiner von ihnen zwingend sei; die Gleichsetzung mit Candradasa sei abzulehnen, obere Grenze bleibe das Auftreten der Hunnen in Indien um 470, untere: zwei Generationen von Bhartṛhari, der um 650 gestorben ist.

II.19 Sanskrit-Lesebuch (1905)

Rezensent: **Eugen Hultzsch**

Literarisches Zentralblatt für Deutschland. Nr. 48, 56. Jahrg., 25. November 1905. Leipzig 1905, Sp. 1626.

Liebich, Bruno, **Sanskrit-Lesebuch**. Zur Einführung in die altindische Sprache und Literatur. Leipzig, 1905. Harrassowitz in Komm. (X, 651 S. Lex. 8.) Geb. *M* 10.

Dieser vornehm ausgestattete Band enthält folgende Stücke in lateinischer Umschrift: Nala, Pañchatantra I., Kathâsaritsâgara I., Bhartṛihari und Kumârasaṁbhava I. Unter dem Texte jeder Seite ist eine freie Uebersetzung abgedruckt. Ein vollständiges Wörterbuch bildet die zweite Hälfte des Werkes. Liebich empfiehlt dem Anfänger, zunächst die in der Vorrede gegebenen Sandhiregeln zu erlernen und dann sofort zur Lektüre der transkribierten Texte überzugehen. Einem besonders begabten und eifrigen Studenten mag es gelingen, sich auf diesem Wege mit Hilfe der Uebersetzung und des Glossars eine praktische Kenntnis des Sanskrit anzueignen. Bequemer und schneller dürfte sich im allgemeinen dasselbe Ziel erreichen lassen, wenn, wie bisher üblich, der Lektüre ein systematischer Abriß der Formenlehre vorausgeschickt wird. Die demnächst zu überwindenden Schwierigkeiten sind in L.s Lesebuch durch Anwendung der Umschrift und Durchführung der Worttrennung aus dem Wege geschafft oder doch wesentlich gemindert. Die den Text begleitende Uebersetzung soll keine „Eselsbrücke“ sein. L. hat daher dem Nala die Rückertsche Umdichtung beigefügt, dem Pañchatantra die Uebersetzung von Fritze, und den Strophen des Bhartṛihari die Uebertragungen von Hertel und anderen. Den beiden übrigen Stücken sind die englischen Versionen von Tawney und Griffith beigegeben. Möge L.s mühevolle Arbeit dem klassischen Sanskrit, das jetzt so „unmodern“ geworden ist, neue Freunde erwerben!

E. H.

II.20 Sanskrit-Lesebuch (1905)

Rezensent: **George Abraham Grierson**

The Indian Antiquary, a Journal of Oriental Research. Volume XXXV. Bombay 1906, S. 184.

SANSKRIT-LESEBUCH. ZUR EINFÜHRUNG IN DIE ALTINDISCHE SPRACHE UND LITERATUR. VON BRUNO LIEBICH. Leipzig, 1905. Pp. i–x., 1–651. 4°.

PROFESSOR BRUNO LIEBICH'S *Sanskrit Reader* is new both in form and method. It is intended for beginners, to whom the *Dêva-vâṇî* is absolutely strange, and yet it plunges at once into the middle of things, and, without any previous explanation beyond a brief account of the rules of *sandhi*, introduces the student directly to the masterpieces of Sanskrit literature. To us, who groaned in our salad days over pages and pages of paradigms — the driest of the dry —, this is a sufficiently startling innovation, but I am not at all sure that it is not a step, and a great step, in the right direction. It is a development of the Ollendorfian system[1] along a path strewn with flowers, and the method inculcated is certainly one which I have found practicable and practical in the case of several languages for which no grammars or dictionaries are available.

Of course the success of such a manner of teaching depends on the form in which it is conveyed, and this brings us to a description of the contents of the work before us. After a couple of pages devoted to telling the reader how to use the materials offered to him, we have a short account of Sanskrit pronunciation and three pages in which the mysteries of external *sandhi* are explained. This last is the only thing that the learner has to make himself acquainted with before commencing to read his *Nala*. He is, for instance, expected to be aware of the fact that *nalô* in *nalô nâma* is for *nalas*, because *as* becomes *ô* before a sonant consonant, and so on for other external changes.

Then come the 335 pages of text and translation. The upper half of each page has the text in the Roman character, and the lower half a translation, not a word-for-word, literal, translation, but a free version by some well known writer. The following are the contents of this portion of the book:–

[1] Grierson bezieht sich hier auf ein System zur aktiven Erlernung von Fremdsprachen, das der deutsche Sprachpädagoge Heinrich Gottfried Ollendorff (1803–1865) basierend auf der Methode von Jean Manesca entwickelte.

1. The *Nala*, with German translations in prose and verse by Rückert and Kellner.
2. The *Pañchatantra*, Book I., with German translation in prose and verse by Fritze.
3. The *Kathâsaritsâgara*, Book I., with English translation in prose by Tawney.
4. The *Nîti-*, *Śṛiṅgâra-*, and *Vairâgyaśatakas* of Bhartṛihari, with German translations in prose and verse from various sources.
5. The *Kumâra-saṁbhava*, Canto I., with English translation in verse by Griffith.

The last named has also extracts from the Sanskrit commentary, in order to introduce the student to this style of prose.

The whole concludes with a full vocabulary, Sanskrit and German, in which each form of each word as it occurs in the texts is carefully registered.

I do not think that there can be any doubt that if a person entirely ignorant of things Indian took up this book and read it as Professor Liebich tells him he wishes him to read it, he would acquire a very competent knowledge of Sanskrit in a comparatively short time, and with a minimum of that dry grinding away at uninteresting formulas which is a stumbling-block to so many students of this noble language. After he has gone through those parts of the *Reader* that interest him, and has a certain practical familiarity with the tongue as used in its best literature, it will be time for him to take up the study of grammar, which in his case will be the coping stone, not the foundation, of his efforts.

The book has other uses. I am myself not ashamed to confess that I am often glad to read in a European tongue versions of masterpieces which I have previously studied in Sanskrit. Here we have a capital anthology of translations, with the original text at hand for purposes of comparison.

Again, while the book will introduce Sanskrit to Europeans, it will equally well introduce German to Sanskrit Paṇḍits. If even half-a-dozen good Paṇḍits are helped to acquire German by its pages, it will have done excellent work.

George A. Grierson.

II.21 Sanskrit-Lesebuch (1905)

Rezensent: **Johannes Hertel**
Studien zur vergleichenden Literaturgeschichte. Achter Band. Heft 1. Berlin 1908, S. 142–143.

Liebich, Bruno, Sanskrit-Lesebuch. Zur Einführung in die altindische Sprache und Literatur. Lesebuchverlag 1905. In Kommission bei Otto Harrassowitz, Leipzig. IX, 650 S. gr.-8°.

Dieser stattliche Band enthält zweisprachige Texte, Sanskrit und Deutsch oder Englisch, aus der klassischen Sanskritliteratur, und zwar als Probe des Epos die Nala-Erzählung aus dem Mahābhārata (deutsch von Rückert und im 14. Gesang von Kellner), aus der Fabelliteratur die Einleitung und das erste Buch des textus simplicior des Pañcatantra (nach Kielhorn, mit Ausscheidung einer Anzahl von Erzählungen; deutsch von Fritze), aus der Märchenliteratur das erste Buch des Kathāsaritsāgara (englisch von Tawney). Die Spruchpoesie ist durch die drei Centurien vertreten, die (fälsch|lich) Bhartrhari zugeschrieben werden. Die Übersetzungen S. 143
sind teils in prosaischer (nach v. Böhtlingk's indischen Sprüchen), teils in poetischer Form (nach A. W. v. Schlegel, Rückert, Fritze, Brunnhofer, L. v. Schroeder, Hertel) gegeben. Endlich ist das Kunstepos durch den ersten Gesang des Kumārasambhava vertreten, dem Mallinātha's Kommentar (in Sanskrit) und die Übersetzung von R. Griffith in englischen Versen beigegeben ist. Das Werk ist mit großem didaktischen Geschick und außerordentlicher Sorgfalt gearbeitet. Es wird vor allem denen vorzügliche Dienste leisten, die Sanskrit nicht als Berufsstudium, sondern nur als Hilfswissenschaft treiben können, und die deshalb nur wenig Zeit dafür verfügbar haben. Auch zum vollständigen Selbststudium kann es warm empfohlen werden. Die Texte sind so gewählt, daß die Hauptgebiete der sogenannten schönen Literatur vertreten sind, mit Ausnahme selbstverständlich des Dramas, da die indischen Dramen ohne eine eingehende Kenntnis der verschiedenen Prākrits nicht verständlich sind. Der Anfänger, für den das Buch berechnet ist, kann ohne vorhergehendes Studium der Grammatik, über dem erfahrungsgemäß die meisten erlahmen, wenn ihnen nicht ein Lehrer zur Seite steht, mit der Lesung eines Literaturwerkes beginnen. Die Texte sind in lateinischer Umschrift gegeben, jede Wortform ist in dem musterhaft gearbeiteten „Wortverzeichnis" mit jeder Stelle, an der sie vorkommt, aufgeführt, so daß der Lernende sich selbst überzeugen kann, ob er das Richtige gefunden hat. Die unter dem Texte abgedruckte Über-

setzung erlaubt es ihm, sich vorher über den Inhalt eines größeren Abschnittes zu unterrichten. Nimmt er etwa für den Anfang noch die sehr empfehlenswerte „Praktische Grammatik der Sanskrit–Sprache“ von R. Fick zu Hilfe (geb. 2 M. im Verlage von Hartleben), die die Paradigmen auch in lateinischer Umschrift enthält, im Anhang aber das Devanāgarī–Alphabet mit Leseübungen bietet, so wird er sehr rasch vorwärtskommen; und hat er dann erst einen Grundstock von grammatischen und lexikalischen Kenntnissen, dann wird er leicht an der Hand eines in Devanāgarī gedruckten Textes (etwa des Bhartrhari in der Nirnaya-Sāgara-Press-Ausgabe) zur Lesung indischer Sanskritdrucke übergehen können. Es würde sich da für manchen Vertreter der Volkskunde Gelegenheit bieten, auf dem großen Felde der indischen Philologie, das der Bearbeiter in einzelnen Gebieten wie dem der Erzählungsliteratur so dringend bedarf, sehr Ersprießliches zu leisten durch Untersuchung und Ausbeutung der vielen Handschriften, die ohne einen stärkeren Zuzug von Arbeitskräften wohl noch lange Jahre ungenutzt auf den Bibliotheken in Europa und Indien liegen werden.

Dafür, daß Prof. Liebich seine Zeit an die mühsame Ausarbeitung dieses schönen und mit Rücksicht auf seinen reichen Inhalt billigen Unterrichtswerkes gewendet hat, müssen ihm die Sanskritisten dankbar sein, denen es neue Mitarbeiter werben wird, und ebenso alle diejenigen, die einer Kenntnis des Sanskrit als Hilfswissenschaft dringend benötigen, denen aber bis jetzt ein geeignetes Werk zum Selbststudium gefehlt hat.

Döbeln. Johannes Hertel.

II.22 Candra-vṛtti (1918)

Rezensent: **Theodor Zachariae**

Literarisches Zentralblatt für Deutschland. Nr. 46/47, 69. Jahrg., 23. November 1918. Leipzig 1918, Sp. 907–909.

Candra-vṛtti. Der Original-Kommentar Candragomin's zu seinem grammatischen Sūtra. Hsgb. von Bruno Liebich. Leipzig, 1918. Brockhaus in Komm. (XIII, 521 S. Gr. 8.) ℳ 10. Abhandlungen für die Kunde des Morgenlandes, hgb. von der Deutschen Morgenländischen Gesellschaft. XIV. Band.

Trotz der Ungunst der Zeiten ist es Liebich gelungen, die Candravṛtti, die notwendige Ergänzung zu seiner Ausgabe der Candrasūtras (vgl. 54. Jahrg. [1903], Nr. 6, Sp. 218 d. Bl.), herauszubringen. Der Text der Vṛtti, d. h. der von Candra selbst verfaßten Erläuterung seiner grammatischen Regeln, beruht in erster Linie auf der einzigen, überdies vorzüglichen Palmblatthandschrift aus der Durbar-Bibliothek in Kathmandu. Das Original der Handschrift wurde dem Hrsgbr. von ihrem Besitzer, dem Mahārādscha von Nepal, zur Benutzung übersandt. Benutzt wurden außerdem drei Bruchstücke der Vṛtti, die in der Universitäts|bibliothek zu Cambridge auf- Sp. 908
bewahrt werden. Der den Schlüssel zu Candras Regeln bildende Adhikārasaṃgraha (s. Vorwort S. XI fg.) ist in der Form von Randglossen verwertet worden. Die Güte der handschriftlichen Ueberlieferung bringt es mit sich, daß der Hrsgbr. einen zuverlässigen, fast variantenlosen Text der Vṛtti hat herstellen können. Viel Hilfe gewährten auch das Mahābhāṣya und die Kāśikāvṛtti. Die für ein volles Verständnis von Candras Grammatik unentbehrlichen Erläuterungen hat L. seiner Ausgabe nicht beigegeben; er hat die Absicht, sie getrennt folgen zu lassen, und hofft, den ersten, den Dhātupāṭha behandelnden Teil dieser Erläuterungen bald veröffentlichen zu können. Als Anhang zur Ausgabe der Vṛtti gibt L. auf S. 515 das Varṇasūtra der Candra-Schule und zum Schluß S. 518 die Anfangsworte der Gaṇas in alphabetischer Ordnung. Auf die Herstellung des Gaṇapāṭha hat L. besondre Sorgfalt verwandt, mit dem Endergebnis, „daß durch den Candra-Gaṇapāṭha eine große Anzahl Gaṇa-Worte als durch handschriftliche Varianten entstanden erwiesen werden. Spätere Gelehrte, die nicht wußten, welche Variante den Vorzug verdiene, nahmen gewöhnlich beide Formen nebeneinander auf, und so ging zwar nichts verloren, aber es sammelte sich allmählich um die echten Formen ein ständig wachsender Ballast von Dubletten an, ein Vorgang, der sich durch die verschiedenen Systeme oft sehr deutlich und in allen Phasen verfolgen läßt" (S. XI; vgl. Liebich zu Candra IV 2, 104. 111). Da L. im ganzen zwölf verschiedene Ausgaben und Fassungen der Gaṇas verschiedener Schulen mit dem Candra-Gaṇapāṭha verglichen hat, so dürfte es schwer halten, seine Angaben zu vervollständigen oder zu berichtigen. Die Wörter malaya im Gaṇa ajirādi V 2, 133, asihatyā im Gaṇa anuśatikādi VI 1, 30 und darbhapūtika im Gaṇa gavāśvādi II 2, 57 stehn auch im Saṃkṣiptasāra des

Kramadīśvara. Zu der Lesart vida im Gaṇa śaradādi IV 4, 90 hätte auf Kātantra S. 144, Sūtra 38 und auf Vopadeva 6, 62 verwiesen werden können. Der Schluß des Gaṇa gahādi III 2, 58 svaparajanadevarājñāṃ kuṭ (kuk) ca wird in der Durghaṭavṛtti IV 2, 138 als ein Cāndraṃ sūtram bezeichnet. Die Formen asata, asathāḥ I 1, 64 gibt auch Hemacandra in seinem Śabdānuśāsana IV 3, 68; vgl. seinen Dhātupāṭha VIII 2. Zu vaṅkaṃ kāṣṭham Candravṛtti VI 1, 92 vgl. Hemacandra, Śabdānuśāsana IV 1, 113 und Dhātupāṭha I 106. 608. Da L. in der Vṛtti zu II 4, 76 Bāhuleyaḥ (mit großem Anfangsbuchstaben) hat drucken lassen, so hat es den Anschein, als halte er das Wort für einen Eigennamen (= Skanda). Das Wort ist vielmehr ein Appellativum und bedeutet: Stier. oder eine bestimmte Art Stier („von einer bahulā stammend"). Ich habe in den Epilegomena zu meiner Ausgabe des Maṅkhakośa (Wien 1899) S. 45 über bāhuleya gehandelt und dort auf Vaijayantī 268, 70 (bāhuleyo Guhe vṛṣe) sowie auf den Gebrauch des Wortes in der Mandasor-Inschrift hingewiesen (valinam iva vilambaṃ kambalaṃ bāhuleyaḥ). Auch Kumārila gebraucht das Wort (nach Jacobi, Deutsche Literaturzeitung 1902, 2264). Professor Leumann teilt mir mit, daß das Wort in den heiligen Schriften der Jainas in der Form bāhulera erscheint (Āvaśyaka-Erzählungen II 54, 1). In den Petersburger Wörterbüchern finde ich bāhuleya „Stier" nicht verzeichnet, ebensowenig das bei Candra und im Kommentar zu Maṅkha 195 neben bāhuleya stehende Wort śābaleya. In dem Zitat kāmakrodhau IV 3, 91 (vgl. Ind. Spr. 2350) lies manuṣyāṇāṃ. In einer Anmerkung zu V 2, 64 hat L. das sinnlose mṛgaśīrṣaś ca in dem, wohl aus einem alten Lexikon stammenden Zitat ilvalā usw. bei Mahendra zum Anekārthasaṃgraha III 619 meiner Ausgabe
Sp. 909 richtig zu mṛgaśīrṣasya verbessert. Vielleicht ist mṛgaśīrṣaś ca nur Druckfehler (oder Lesart meiner Handschriften?); jedenfalls habe ich schon vor Jahren die richtige Lesart in mein Handexemplar des Anekārthasaṃgraha eingetragen. Zur Schreibung jāṇṭāra pāṇṭāra Candra II 4, 60 vgl. Hemacandra Śabdānuśāsana VI 1, 82; Uṇādigaṇasūtra 140. Die Schreibung kuṭmala im Kommentar zu Candra IV 4, 133 war vielleicht beizubehalten wegen Uṇādisūtra III 48 kuṭeḥ kmalac. Zu den Schreibungen veśa und kulmāsa IV 1, 119. III 4, 104 im Gaṇa kathādi) vgl. meine Epilegomena S. 10 fg.; gopaveśasya Meghadūta 15 ed. Hultzsch. Sonderbar ist die Schreibung cuṇcu IV 2, 27: schwerlich auf eine Stufe zu stellen mit der Schreibung caṇpaka (Epilegomena S. 10 Kielhorn, Ind. Antiquary 17, 11; Hultzsch ebenda 18, 105 Anmerkung).

Th. Zachariae.

II.23 Candra-vṛtti (1918)

Rezensent: **Hermann Oldenberg**

Deutsche Literaturzeitung. XXXX. Jahrgang, Nr. 33/34, 23. August 1919. Berlin 1919, Sp. 639–640.

Candra-Vṛtti. Der Original-Kommentar Candragomin's zu seinem grammatischen Sūtra herausgegeben von Bruno Liebich [Prof. f. vergl. Sprachwiss. an der Univ. Heidelberg]. [Abhandlungen für die Kunde des Morgenlandes, hgb. von der DMG unter verantw. Redaktion des Prof. Dr. H. Stumme. XIV. Bd.]. Leipzig, in Komm. bei F. A. Brockhaus, 1918. XIII u. 521 S. 8°. M. 10.

Seit wohl einem Vierteljahrhundert finden wir Liebich mit dem Candrasystem der indischen Grammatik (ungefähr 500 oder 6. Jahrh. n. Chr.) beschäftigt. Bekanntlich hat er das Sūtra 1902 herausgegeben. Es ist hocherfreulich, daß es seiner Energie gelungen ist, die Schwierigkeiten zu überwinden, die der Veröffentlichung des zugehörigen, von Candragomin selbst herrührenden Kommentars entgegenstanden. So hat er das Band, das diesen Zweig der grammatischen Literatur Indiens mit seinem eigenen wissenschaftlichen Namen verknüpft, aufs neue verstärkt. Man kennt nur eine vollständige Handschrift des Kommentars, eine Palmblatths. des 12.–13. Jahrh.s im Besitz des Maharaja von Nepal. Dem Einfluß S. Lévis gelang Sp. 640 es, Übersendung der Handschrift nach Europa zu erreichen; Liebich hat sie dem Orientalistenkongreß zu Hamburg vorgelegt. Zu ihr kommen dann noch Fragmente in der Universitätsbibliothek zu Cambridge. So konnte die hohe Sorgfalt L.s die vorliegende Ausgabe herstellen. Ihr werden Erläuterungen folgen, die L. erfreulicherweise beschlossen hat, in Anbetracht der engen Beziehungen zwischen Pāṇini und der Candragrammatik auch auf Pāṇini mit zu erstrecken. Wird nun L. auf diese Weise einmal dabei angelangt sein, auch Pāṇineisches zu kommentieren, möchte ich nicht unterlassen bei dieser Gelegenheit auszusprechen, in welcher Richtung sich bewegend ein Pāṇinikommentar meines Erachtens eine wahre indologische Großtat darstellen würde. Er sollte nicht allein feststellen, was die einzelnen Regeln des Pāṇini besagen, sondern er sollte die Motive klarlegen, die dazu geführt haben, daß das pāṇineische System eben diese Architektur erhalten hat, daß, um in diesem Bilde zu bleiben, sein Grundriß eben dieser gewesen ist, der darauf errichtete Bau eben diese Formen zeigt, eben mit diesen Ornamenten ausgestattet ist. Würde L. nicht geneigt sein, bei seinen jetzt im Fluß befindlichen Arbeiten zur Geschichte der indischen Grammatik auch diese Problemstellung im Auge zu behalten?

Göttingen. H. Oldenberg.

II.24 Candra-vṛtti (1918)

Rezensent: **Richard Fick**

Göttingische gelehrte Anzeigen. Unter der Aufsicht der Königl. Gesellschaft der Wissenschaften. 184. Jahrgang. Berlin 1922, S. 63–64.

Candra-Vṛtti. Der Originalkommentar Candragomin's zu seinem grammatischen Sūtra. Hrsg. v. Dr. **Bruno Liebich.** Leipzig 1918, F. A. Brockhaus in Komm. (Abhandlungen für die Kunde des Morgenlandes. Bd. 14.)

Im Jahrgang 1895 der ›Nachrichten‹ dieser Gesellschaft hatte Liebich nachgewiesen, daß das ganze System der buddhistischen Sanskrit-Grammatik in 21 teils handschriftlich überlieferten teils — namentlich in den Holzdrucken des tibetischen Tanjur — gedruckten Texten vorläge, und eine erschöpfende Bibliographie der ihm bekannt gewordenen Stücke gegeben. Der wichtigste Text des ganzen Systems ist zweifellos die Sūtra-Vṛtti, die in Stil und Behandlung des Gegenstandes der Kāśikā-Vṛtti entspricht. Daß Jayāditya und Vāmana, die Verfasser der Kāśikā, die Grammatik des buddhistischen Autors Candragomin benutzt haben, hatte schon Kielhorn (Indian Antiquary 1886, p. 183 ff.) gezeigt. Als Vorarbeit für eine künftige kritische Ausgabe der Kāśikā war daher die Veröffentlichung des Original-Kommentars von Candragomin zu seinem grammatischen Sūtra unerläßlich. Dem Sūtra selbst, das Liebich 1902 herausgegeben hatte, hat er 1918 die Vṛtti folgen lassen, nachdem es ihm gelungen war, durch Vermittelung von Sylvain Lévi die einzige vollständige Handschrift des Werkes, die sich im Besitz des Maharaja von Nepal in der Durbar-Bibliothek in Kathmandu befindet, zur Benutzung nach Europa zu bekommen.

Neben dieser nepalesischen Palmblatthandschrift standen Liebich für die Herstellung des Textes noch die drei Cambridger Fragmente zur Verfügung, die nur etwa ein Drittel der 24 Kapitel des ganzen Werks umfassen. Die gute Beschaffenheit seiner Hauptquelle und die Hilfe, die ihm Kāśikā und Mahābhāṣya fortlaufend gewährten, haben aber L. in den Stand gesetzt, einen im ganzen zuverlässigen Text zu bieten.

Den Adhikāra-Saṃgraha, der vollständig nur in tibetischer Uebersetzung im Tanjur vorliegt, hat L. in Gestalt von Randglossen verwertet, die angeben, was und wie weit etwas im Folgenden zu ergänzen ist; er bildet ein unentbehrliches Glied des Candra-Systems und ist sicher von Candragomin verfaßt. Darin, daß an einer Stelle Worte der Candra-Vṛtti als Adhikāra verwendet werden, sieht L. einen schlechthin zwingenden Beweis für Candragomins Verfasserschaft der Vṛtti.

Für den Gaṇapāṭha, den, wie L. sagt, ›am meisten von Zweifeln umgebenen Teil der grammatischen Lehre‹, hat L. zwölf von einander abweichende Fassungen der Gaṇas verschiedener Schulen verglichen, darunter auch die von ihm kollationierte Kāśikā-Hs. Ind. Off. No. 2440 (Kāś.-Ms.). Die Göttinger Universitäts-Bibliothek be- S. 64
sitzt aus dem Nachlaß von Kielhorn zwei noch unkatalogisierte Kāśikā-Hss., eine ältere Hs. (Saṃvat 1464) und eine moderne Devanāgarī-Kopie; beide lassen sich zur Entscheidung, welche Lesart des Gaṇapātha den Vorzug verdient, heranziehen. Insbesondere gilt dies von den Kapiteln über die Femininbildung der Nomina und über die Bildung der sekundären Nominalstämme: in den Listen der Gotra-Namen (II, 3, 82 ff., II, 4, 16 ff.) sind viele Formen zweifelhaft und manche sind sicher dadurch entstanden, daß ›spätere Gelehrte, die nicht wußten, welche Variante den Vorzug verdiene, gewöhnlich beide Formen nebeneinander aufnahmen‹ (Vorw. S. XI). Eine Stichprobe, die ich unter Vergleichung der beiden Göttinger Hss. angestellt habe, zeigt die große Unsicherheit der Namensformen. So liest z. B. Candra-Vṛtti II, 3, 84 (= Kāśikā IV, 1, 80) Āpikṣiti, so auch Kāś.-Ms. In der gedruckten Ausgabe der Kāśikā steht Āpakṣiti, so auch in der modernen Göttinger Kopie, während die ältere Hs. Āpikṣati liest. Candra II, 4, 41 (= Kāś. IV, 1, 112) steht Prauṣṭhika, ebenso im Kāś.-Ms., dagegen lesen die gedruckte Ausgabe und beide Göttinger Hss. Proṣṭhika. An derselben Stelle hat L. die Lesart Kalandana, die bestätigt wird durch Vardhamāna als Lesung Bhoja's, beibehalten; die beiden Göttinger Hss. stützen aber die Form der Kāśikā-Ausgabe Bhalandana, d. i. ein Gotraname, der auch im Matsya-Purāṇa unter den Atri-Nachkommen erwähnt wird. Die Form Saradvāra (II, 4, 53 = Kāś. IV, 1, 123) stimmt überein mit Kāś.-Ms. und der jüngeren Göttinger Kopie, während die ältere Hs. mit der gedruckten Kāś. Śatadvāra liest.

Schon aus diesen wenigen Beispielen geht hervor, welch große Schwierigkeiten der Herstellung eines einwandfreien Textes der Kāśikā im Wege stehen. Trotzdem ist zu hoffen, daß wir von Liebich als Krönung seines Lebenswerkes die kritische Ausgabe der Kāśikā erwarten können, eine Aufgabe, zu deren Lösung dieser ausgezeichnete Kenner der einheimischen indischen Sprachwissenschaft wie kein anderer berufen ist.

Göttingen. Fick.

II.25 Zur Einführung in die ... Sprachwissenschaft (1919/20)

Rezensent: **Alfred Hillebrandt**
Literarisches Zentralblatt für Deutschland. Nr. 14/15, 72. Jahrg., 9. April 1921. Leipzig 1921, Sp. 292–293.

Liebich, Bruno, **Zur Einführung in die indische einheimische Sprachwissenschaft.** I. Das Kātantra. II. Historische Einführung und Dhātupāṭha. III. Der Dhātupāṭha. IV. Analyse der Candravṛtti. Heidelberg, 1920/21. Winter. (95; 53; 86; 38 S. Gr. 8.).
Sitzungsberichte der Heidelberger Akademie der Wissenschaften, Stiftung Heinrich Lanz. Philosophisch-historische Klasse. Jahrg. 1919, 4. und 15. Abhandlung. 1920, 10. und 13. Abhandlung.

Der ausgezeichnete Kenner der indischen Grammatiker hat seiner großen Ausgabe der Can-
Sp. 293 dravṛtti einige wertvolle Hefte nachfolgen lassen, die er als Einführung in die indische einheimische Sprachwissenschaft bezeichnet. Tatsächlich liegt die schwierige, indische Grammatik, trotz der Arbeiten von Böhtlingk und Kielhorn, noch wie ein unwegsames Gebirge vor uns, zu dem nicht nur dem Anfänger, sondern auch dem auf anderen Gebieten wirkenden Fachmann der Zutritt recht erschwert ist. Die hier vorliegenden meisterhaften Studien helfen dem zum Teil ab und geben außer einer Uebersetzung des ältesten Stückes der Kātantragrammatik (die in stofflicher Hinsicht ein verkürzter Panini ist und mehr nach Verständlichkeit als nach Kürze strebt) und der Analyse der Candragrammatik, welche der Verf. zu lesen rät, ehe man an die Kāsikā geht, zwei Hefte: eine historische Einführung in die Geschichte der indischen Grammatik mit ihrer Terminologie, „ein Streifzug durch die vorpaninische Literatur“, und den Dhātupātha, sowie eine wichtige Kritik und Schilderung dieses letzteren, an deren Schluß er die Wurzeln Paninis in alphabetischer Reihenfolge anführt. Sie stellt sich im wesentlichen das Ziel, den Dhātupātha Paninis möglichst rein in der Form herzustellen, in der er Sāyana vorlag, und die Grundlage für eine Ausgabe zu schaffen. Dies letzterwähnte Heft scheint mir besonders wertvoll, weil ich die Schwierigkeiten dieses Textes immer besonders groß gefunden habe. Die Schriften enthalten noch manches andere, was über das grammatische Interesse hinausgeht, so z. B. die erneute Erörterung der Frage, ob der Grammatiker Patanjali mit dem Verfasser des Mahābhasihya identisch sei, zu deren Bejahung L. mit guten Gründen neigt. Die Arbeiten sind trotz des schwierigen Stoffes klar und gut geschrieben und vermeiden jedes überflüssige Wort. Für Bollensen Heft 2 (21, S. 19) lies Bolling. Der Heidelberger Akademie sei ein besonderer Dank dafür abgestattet, daß sie diesen eindringenden Arbeiten zum Druck verholfen hat.

Alfred Hillebrandt.

II.26 Zur Einführung in die ... Sprachwissenschaft (1919/20)

Rezensent: **Friedrich Weller**

Orientalistische Literaturzeitung. 25 Jahrg. Nr. 3, März 1922. Leipzig 1922, Sp. 128–129.

Liebich, Bruno: **Zur Einführg. in die ind. einheim. Sprachwissenschaft. I.: Das Kātantra.** (Sitzgsber. d. Heid. Akad. d. Wiss., Phil.-hist. Klasse 1914, 4). (95 S.) gr. 8°. Heidelberg, C. Winter 1919. M. 12.40. Bespr. von F. Weller-Leipzig.

L. bietet den Text des ältesten Teiles der Kātantra Grammatik mit einer trefflichen Übersetzung, die durch Verweise und Erklärung grammatischer Kunstausdrücke die Schwierigkeiten der indisch-einheimischen Grammatik geschickt behebt, so daß das Heft eine gute Einführung in diese einzigartige indische Literaturgattung, zu der die Zugänge doch einigermaßen durch Dornensträucher verwehrt sind, abgibt. Man kann nur hoffen, daß L. uns noch mehr solche Bearbeitungen schenkt.

In der Einleitung scheidet L. mit guter Begründung Buch II, 5, 6 (7), und IV als späte Zusätze aus, wozu vielleicht auch I, 3 zu stellen sei. Buch III mit seinen acht Kapiteln bildete ursprünglich Buch III und IV mit je 4 Kapiteln. Die Abfassungszeit des ursprünglichen Textes setzt L. in die Zeit 200 vor bis 200 n. Chr. Das IV. Buch wurde von einem jüngeren Vararuci zugefügt, der nach L. mit dem Verfasser des ältesten Lirigānuśāsana und auch mit dem Verfasser des Prākṣtaprakāśa identisch sein könnte, und der von einem älteren Träger dieses Namens zu scheiden ist. Auch macht L. in der Einleitung Gründe dafür geltend, daß es noch nicht als gesichert betrachtet werden könne, daß der Patañjali des Yogasūtra und der des Mahābhāṣya Sp. 129
wirklich zwei verschiedene Personen sind.

II.27 Zur Einführung in die … Sprachwissenschaft (1919/20)

Rezensent: **Arthur Anthony Macdonell**
The Journal of the Royal Asiatic Society of Great Britain and Ireland. Part III.—July. London 1922, S. 433–439.

Bruno Liebich. Zur Einführung in die indische einheimische Sprachwissenschaft. Sitzungsberichte der Heidelberger Akademie der Wissenschaften. Heidelberg: Carl Winter, 1919–20.

Prof. Liebich, well known as an authority on the grammatical systems of Pāṇini and Candragomin, has herewith contributed four treatises to the *Transactions of the Heidelberg Academy of Sciences* for the purpose of facilitating in the west the study of native Indian works on Sanskrit grammar. One of them is an introduction tracing the rise and development of grammatical speculation from the earliest Vedic period down to the culmination of grammatical science in the work of Pāṇini, while the other three are concerned with the elucidation of the three grammatical texts best adapted to the object he has in view. Recognizing that the Sūtras of Pāṇini, the *Mahābhāṣya* of Patañjali, and the commentary of the *Kāśikā Vṛtti* are too intricate in their arrangement and subject-matter for beginners, he commences with a representative of the later systems which may be called elementary or school grammars, as it is composed from the point of view of the learner rather than the scholar, and is adapted even for us as a first introduction to indigenous Sanskrit grammar. He takes the earliest of these later grammars, the *Kātantra* (edited by Eggeling in 1874–8), which dates probably from the third century of our era and which is practically an abridgment of Pāṇini's system. The Sūtras of this work, printed in transliteration, he renders (Part I, pp. 14–94) into German, with the addition of explanatory notes. The four chapters of this grammar deal first with Sandhi, then with the noun, together with its declensions and the use of the cases, and finally with the verb, including its various stem formations, its conjugation,
S. 434 and the phonetic changes involved. It | is interesting to note here that the modern term *visarga* is not only unknown to the *Kātantra*, but even to the *Kāśikā Vṛtti* (7–8 cent. A.C.), where the old name *visarjanīya*, used in the Prātiśākhyas and in Pāṇini, still continues to be employed.

Part IV (pp. 38) is an analysis of the *Candravṛtti*, the commentary on the Sūtras of Chandragomin's grammar (fifth century A.C.), which were edited by Prof. Liebich in 1902. This work belongs to the easy (*laghu*) type of commentaries. The learner is accordingly advised to work through it after the *Kātantra* as a preparation for the study of the more difficult *Kāśikā Vṛtti*.

Part III (pp. 86) deals with the *Dhātupāṭha*, the pre-Pāṇinean list of about 2,000 Sanskrit roots. This list has been twice printed in Europe, first by Westergaard as *Radices Linguæ Sanskritæ* (1841) and later by Böhtlingk in the second edition of his Pāṇini (1887). It has also been published in India: at Bombay in two editions of the *Siddhānta Kaumudī* (1886 and 1899), and at Benares in the edition of Sāyaṇa's *Mādhavīya Dhātuvṛtti* (1897). Prof. Liebich's text represents an advance on all these, though it does not profess to be a critical edition, as its object is simply to restore the *Dhātupāṭha* as far as possible to the form in which it was known to Sāyaṇa in the fourteenth century. That form will still have to be collated with the root-lists of Chandragomin, of Hemacandra (which were both unknown to Westergaard), and of the *Kātantra*. Prof. Liebich shows that the *Dhātupāṭha* goes back to before the time of Pāṇini, who, however, added the accents and indicatory letters (*anubandhas*) which distinguish the roots in his form of the list. He also indicates that the meaning or meanings which appear after every verb in the list and serve to separate the roots from each other, were not added till after Pāṇini's time, and that this innovation was in fact not introduced till shortly before or after the beginning of our era. Prof. Liebich first prints this completed text with accents, indicatory letters, and meanings (pp. 5–26). Next come comments (pp. 26–38), for example, on the interesting roots *bhrajj* and *majj*, which Pāṇini, by a kind of divination, gives S. 435
as *bhrasj* and *masj*, proved by comparative philology to be historically justified, though not a single form of these roots occurs in Sanskrit with a sibilant. Then follow (pp. 38–56) explanations of the various indicatory letters attached to the roots, and (pp. 57–61) observations on the arrangement of the whole list of roughly 2,000 verbs, which appear to have come down to Pāṇini from his predecessors already divided into groups containing the well-known ten conjugational classes. It is to be noted that of the latter the first class claims 1,059 roots, the tenth nearly 400, the sixth 143, and the fourth 136; the *a*- conjugation thus embraces more than 1,700 roots, leaving hardly 300 for all the remaining six. Prof. Liebich adds a few remarks (pp. 61–2), comparing the *Dhātupāṭha* of Chandragomin with that of Pāṇini. It is characteristic of the former that only one meaning is assigned to each root. Part III concludes (pp. 63–86) with a list of Pāṇini's roots in Sanskrit alphabetical order without indicatory letters or accents, but with the meanings in Sanskrit appended. This treatise, dealing with by far the most ancient list of roots in the world, abounds with interest to the student of Sanskrit grammar. It suggests several questions, beyond even what the author himself tells us, regarding the growth and arrangement of the *Dhātupāṭha*, the denominative verbs and the supposed invented roots which it contains, and the root which are found in nominal derivatives only. It is to be

hoped that Prof. Liebich will examine these matters still more fully in subsequent publications, as he is the scholar best qualified by his previous researches to do so.

Part II (pp. 52) entitled *historische Einführung* (historical introduction) is the most interesting to the student of the development of the Sanskrit language. It starts from the beginnings of linguistic speculation in India and comes down to the final form reached by Sanskrit grammar in the elaborate system of Pāṇini. The phenomena of prosody, as the doctrine of the forms of poetical expression, appear
S. 436 to have first drawn | attention to questions of language in India. Thus the names of the metres *gāyatrī* and *triṣṭubh*, sacred respectively to the two gods Agni and Indra, are mentioned in the oldest part of the *Ṛg-veda*. New names were then added till a system of seven chief metres, based on the number of syllables in the verse, was established by the end of the earliest Vedic period, for they are mentioned in the latest book of the *Ṛg-veda* (x, 130). This system can then be followed through the *Aitareya Brāhmaṇa* to the phonetic treatise of the *Ṛg-veda Prātiśākhya*, where it is systematically dealt with, and later to the material work of Piṅgala, by whom it is further elaborated. Then come the rise and growth of technical terms of metre, which begin to appear in the Brāhmaṇas. The most interesting is perhaps *pada* "step", which in the *Aitareya Brāhmaṇa* is the technical name for the verse or metrical line. This in the later Brāhmaṇas changes its meaning to "word", as the unit of the prose sentence. A new term now becoming necessary for the material unit, *pāda* "foot" (= "quarter"), was introduced, as based on the analogy between a four-footed animal and a four-quarter stanza.

Speculation on metre led to that on the meaning of words and etymology. Though Prof. Liebich does not mention this, the *Ṛg-veda* itself contains a few examples of such; thus *jāta-vedas*, an epithet of Agni, is explained as he who knows (*veda*) created beings (*janimāni*). But etymology does not begin to appear as department of knowledge till the oldest Brāhmaṇas, where it occupies attention more than other grammatical matters. Thus Prof. Liebich gives a list of no fewer than 48 derivations from the first six books of the *Aitareya Brāhmaṇa*. I agree with him in thinking that Roth does not regard these earliest etymological attempts in the right historical spirit when he dismisses them as mere playing with words and not taken seriously even by their own inventors. For it must be remembered that the latter stood as yet only at the threshold of etymological speculation, and lacked
S. 437 even the phonetic knowledge acquired by their Indian successors. |

In the *Aitareya Brāhmana* the germs of phonetics begin to appear. Thus we find the word *om* analysed as *a* + *u* + *m*, *varṇa* in the sense of (linguistic) "sound", and *a-kāra* meaning "the letter a". The later Brāhmaṇas add more. The *Aitareya Āraṇyaka* and the *Chāndogya Upaniṣad* have already developed phonetics up to the level of the Sūtras; thus *mātrā* is employed to express the time occupied in pronouncing a short vowel (Lat. *mora*), and technical terms for "alphabet", "vowel", "mute", "semi-vowel", and "spirant" come into use.

Very interesting is the manner in which, as Prof. Liebich shows, many of the technical terms of the later grammar developed from words of a more general meaning. Thus the word *vibhakti* "distribution" is applied, in the *Kauṣītaki Brāhmaṇa*, to the name of Agni quoted in different cases as the initial word of six verses used in a certain fire ceremonial. Yāska quotes seven stanzas with Indra as the initial name inflected in the exact order of the seven cases, using *vibhakti* in the sense of the case termination of the noun, while the later grammarians include the verbal as well as the nominal inflexions in this term. In the *Chāndogya Upaniṣad* the word *dhātu* is found in the sense of "element of the human body", but in Pāṇini it has attained the grammatical meaning of "verbal element", "root". In the same Upaniṣad occurs the word *niḥṣṭhā*, expressing the completion of an action; this in the form of *niṣṭhā* has in Pāṇini become the technical name of the past participles in *-ta* and *-tavat*.

There is as yet no trace of the distinction between verb and noun in the *Aitareya Brāhmaṇa*; the distinction is made in the *nighaṇṭus* or lists of words commented on by Yāska, but is not quite definite, as in the lists of verbs several participles and primary nouns are here included. The separation of the two categories is absolute with Pāṇini's *tiṅ* and *sup*. Again, the distinction between finite verb (*ākhyāta*) and root (*dhātu*) is strictly drawn by Pāṇini, while Yāska still treats them as virtual synonymns.| S. 438

Professor Liebich seems to have solved the very interesting problem of the origin of the active perfect participle in *-tavat*, which, though unknown in the *Ṛg-veda* and the Brāhmaṇas, became so frequent in use from Yāska onwards that by Pāṇini's time it had ousted the reduplicated perfect participle with the exception of some half-dozen forms only. With a view to grouping together and applying to the sacrifice Vedic stanzas containing various derivatives from the same root, the authors of the Brāhmaṇas predominantly use a past passive participle with the possessive suffix *-vat*, e.g. *yukta-vat*, "having 'joined,'" that is "containing a form of (the root) *yuj*" (such as *yuñjate* and *yunajmi*). The proportion of formations thus made from the past participle with the suffix *-vat* is in the *Aitareya Brāhmaṇa* about 50 per cent. of all methods of expressing this sense, rising to over 90 per cent. in the *Kauṣītaki Brāhmaṇa*. Prof. Liebich's view that this formation is the prototype from which the new active participle arose is very probable, especially when we consider that in the nom. sing. masc. both this and the reduplicated perfect participle have the appearance of ending in the same suffix, e.g. *kṛtavān* and *cakṛvān*.

There is some reason to believe that the Nighaṇṭu lists (pp. 17–19) are older than the *Padapāṭha* (pp. 20–2) of the *Ṛg-veda*. The importance of the latter form of the text is great in the history of Indian grammar, for here all final vowels not liable to euphonic combination are indicated, compounds are analysed, and certain case-endings and nominal suffixes are separated from their stems. Prof. Liebich naturally devotes a good deal of attention to the *Nirukta* (pp. 22–30). He considers that the *Dhātupāṭha* did not exist in Yāska's time, though it had come into being before that of Pāṇini. He further shows that Śaunaka (pp. 30–1), the author of the fifth chapter of the *Aitareya Āraṇyaka* and of the *Ṛg-veda Prātiśākhya*, must be placed between Yāska and Pāṇini. One indication of this is that Śaunaka betrays
S. 439 no knowledge of *anubandhas*, while these permeate Pāṇini's grammatical system. On the other hand, Kātyāyana, the author of the *Sarvānukramaṇī* (p. 35) and of the *Vājasaneyi Prātiśākhya* (pp. 35–45), was familiar with the use of *anubandhas*, and should be placed close to Pāṇini, but before him. As to the *Bṛhaddevatā* (pp. 31–4), Prof. Liebich convincingly shows that a reading adopted by the present writer, its editor, should be corrected (p. 33). There seems to be no doubt that the Prātiśākhyas of the three other Vedic Saṃhitās should be regarded as decidedly post-Pāṇinian (pp. 47–9).

I have here only been able to touch on some of the more important points dealt with by Prof. Liebich in his four treatises. There has been a certain stagnation during the present century as regards classical Sanskrit grammatical studies. Prof. Liebich's contributions now mark a decided advance, and will, it is to be hoped, further stimulate historical research in this department of Sanskrit scholarship.

A. A. MACDONELL.

II.28 Zur Einführung in die … Sprachwissenschaft (1919/20)

Rezensent: **Ralph Lilley Turner**
The Journal of the Royal Asiatic Society of Great Britain and Ireland. January. London 1925, S. 174, 179.

Zur Einführung in die indische einheimische Sprachwissenschaft. By Bruno Liebich. Sitzungsberichte der Heidelberger Akademie der Wissenschaften. Four Parts, 9½ x 6½, 95 + 53 + 86 + 88 pp. Heidelberg: Winter, 1919–20. M. 12.90.

The four parts of Dr. Bruno Liebich's *Zur Einführung in die indische einheimische Sprachwissenschaft* mark a notable addition to our knowledge of that science to which India gave a more original contribution than any other, the science of grammar. In the first part the author discusses Śarvavarman's *Kātantra*, and translates Books I–IV; in the second he discusses the growth of grammatology, and in the third Pāṇini's Dhātupāṭha, of which he gives the text and a useful alphabetical index; in the fourth he returns to the text-books and makes an analysis of the Candra-vr̥tti, which he believes to be a true reflexion of the lost Pāṇinīya-vr̥tti, as taught orally by Pāṇini to his pupils. The importance of these volumes cannot be denied; only it is to be regretted that the author from the study of the Sanskrit grammarians seems to have caught a little of the crabbedness of their style.

II.29 Materialien zum Dhātupāṭha (1922)

Rezensent: **Lionel David Barnett**
The Journal of the Royal Asiatic Society of Great Britain and Ireland. January. London 1925, S. 184–185.

Materalien (*sic!*) zum Dhātupāṭha. Von Bruno Liebich. (Sitzungsber. d. Heidelberger Akad. d. Wissen|schaften. Stiftung H. Lanz. Philos.-hist. Klasse, Jahrg, S. 185
1921, 7. Abh.) 9½ x 6½, 60 pp. Heidelberg: Winters, 1921.

Dr. Liebich's *Materialien* comprises three parts and a "Nachwort". The first of these gives alphabetical lists of Sanskrit verbal roots with their meanings as presented respectively in the Nirukta and in the grammars, arranged in parallel columns. In the second part appear the roots of the *Dhātu-pāṭhas* of Pāṇini and Candra, arranged according to the meanings assigned there to them, and the third gives alphabetical lists of the verbal roots recognized by Pāṇini and Candra, as used in the active, middle, and both voices. This is work of an unpretentious, but very sound and useful sort. The "Nachwort" reasserts the author's view that Patañjali, the grammarian, c. 150, is also the author of the Yōga-sūtra.

II.30 Konkordanz Panini–Candra (1928)

Rezensent: **Wilhelm Printz**
Zeitschrift der Deutschen Morgenländischen Gesellschaft. Neue Folge, Band 7 (Band 82). Leipzig 1928, S. 239–240.

Liebich, Bruno: *Konkordanz Panini-Candra.* — Breslau: M. & H. Marcus 1928. 52 S. (Indische Forschungen 6.) M. 3.60.

Diese Arbeit ergänzt L.'s Ausgabe des Grammatikers Candra (Abhandlungen für die Kunde des Morgenlandes X, 4 1902) und „liefert den unumstößlichen Beweis dafür, daß Panini's Sūtrapāṭha, von ein paar verschwindenden Fällen abgesehen, im 5. Jahrh. n. Chr. bereits den uns bekannten Inhalt hatte". Im Vorwort werden
S. 240 den | Ausführungen von Hannes Sköld über Zerrüttung der Textüberlieferung bei Pāṇini und Patañjali zurückgewiesen.

II.31 Konkordanz Panini–Candra (1928)

Rezensent: **Lionel David Barnett**
The Journal of the Royal Asiatic Society of Great Britain and Ireland. January. London 1929, S. 147.

Konkordanz Panini-Candra. Von Dr. Bruno Liebich. (Indische Forschungen, 6 Heft.) 9½ x 6½, 52 pp. Breslau (Trebnitz printed), 1928.

The title of this excellent little work describes its contents with a brevity worthy of Pāṇini himself. Dr. Liebich, who has succeeded the late Alfred Hillebrandt as editor of the *Indische Forschungen*, gives us here in parallel columns the numbers of the Sūtras of Pāṇini's Aṣṭâdhyāyī and those of the same Sūtras as they occur in the Cāndra-vyākaraṇa of Candra Gōmin, the concordance shewing that—apart from the Pāṇinian rules concerning the Vedic language and accents, for which he had no use, and a certain number of tralaticious technical terms—Candra quotes all Pāṇini's Sūtras except nineteen. After this Dr. Liebich prints (for the first time) the text of the eighty-six Paribhāṣā-sūtras of the Cāndravyākaraṇa. Not the least valuable part of the work is the short preface, in which Dr. Liebich vigorously refutes the somewhat ill-advised theories on integrity of the text of the Mahābhāṣya lately propounded by Dr. Sköld.

II.32 Konkordanz Panini–Candra (1928)

Rezensent: **Paul Thieme**

Orientalistische Literaturzeitung. 32 Jahrg. Nr. 3, März 1929. Leipzig 1929, Sp. 203–204.

Liebich, Dr. Bruno: **Konkordanz Panini-Candra**. Breslau: M. & H. Marcus 1928. (III, 52 S.) gr. 8°. = Indische Forschungen, 6. Heft. RM 3.60. Bespr. von P. Thieme, Neuenhof bei Eisenach.

Mit Hilfe der von Liebich in seinem Heftchen gegebenen Konkordanz Pāṇini-Candra (pag. 9 bis 47) kann man zunächst feststellen, an welcher Stelle von Candra's Grammatik, Vṛtti, Paribhāṣā- oder Varṇasūtra eine gegebene Regel Pāṇinis sich findet, sodann aber auch, welche Regeln fehlen. Das sind vor allem drei große Gruppen, deren Auslassung durch den Charakter der uns erhaltenen Teile bedingt ist: Die Akzentregeln, die auf die Sprache des Veda bezüglichen und diejenigen, die der Definition einer Saṃjñā dienen (pag. 47 f.). Das Fehlen einiger anderer Sūtras (pag. 48 f.) ist teils ebenfalls ohne weiteres verständlich, teils durch besondere Umstände zu erklären. Von ganz verschwindenden Fällen abgesehen (etwa Pāṇ. I, 2, 54–57), hat Candra Pāṇinis Grammatik in der uns erhaltenen Fassung vorgelegen und ist von ihm konsequent verwertet worden.

Pag. 49–51 gibt den Abdruck des noch nicht veröffentlichten Cāndra-Paribhāṣā-sūtras, in dem sich auch einige Regeln Pāṇ's finden.

Das Heft wird eröffnet mit einer Auseinandersetzung prinzipieller Art[1] über die Zuverlässigkeit der textlichen Überlieferung der einheimischen grammatischen Literatur und den möglichen Weg, sie mit den Hilfsmitteln der modernen Forschung zu kontrollieren (pag. 1–8). Ein Sūtra Pāṇ's ist nicht deshalb „verdäch-

[1] Contra H. Sköld, Papers on Pāṇini.

tig“, weil es an seiner Stelle im Mahābhāṣya nicht behandelt ist. Patañjali zitiert eine Reihe Sūtras, zu denen an ihrer Stelle nichts bemerkt wird: Es sollte festgestellt werden, welche das sind, eine Arbeit, die durch die Verweise der Kiel-
Sp. 204 hornschen Ausgabe vorbereitet ist. Das Mahābhāṣya selbst ist von | großer Einheitlichkeit und Geschlossenheit. Das ergibt sich aus den – gleichfalls von Kielhorn kenntlich gemachten – Verweisen auf spätere oder frühere Teile des Kommentars selbst. Die vom Verf. gegebene Konkordanz führt, wie bereits gesagt, zu einem sehr runden und sicheren Ergebnis bezüglich der Textgestalt der Aṣṭādhyāyī zur Zeit Candragomins. Man wird wohl auch kaum zweifeln, daß die von Liebich vorgeschlagene Untersuchung der Sūtrazitate bei Patañjali zum selben Ergebnis für Patañjali kommt, d. h., daß uns Pāṇ's Werk im ganzen in seiner ursprünglichen Gestalt erhalten ist.

II.33 Konkordanz Panini–Candra (1928)

Rezensent: **Leonard Bloomfield**
Language. Volume V, Number 4. Baltimore 1929, S. 267–276.

Konkordanz Pāṇini-Candra von Dr. Bruno Liebich. Breslau: Verlag von M. & H. Marcus, 1928. (*Indische Forschungen*, begründet von Alfred Hillebrandt, in zwang-
S. 268 losen Heften herausgegeben von Bruno Liebich, 6. Heft.) |

In this pamphlet Professor Liebich makes another contribution to our knowledge of the grammatical literature of India. The treatise of the Buddhist grammarian Candra (or Candragomin) was recovered for the modern world by patient search[1] and made accessible by the labors of Professor Liebich;[2] he has also determined[3] Candra's date (fl. 470 A.D.). The present pamphlet is a concordance

[1] See S. K. Belvalkar, *An account of the different existing systems of Sanskrit grammar*, Poona 1915, p. 58. [2] Text, Leipzig 1902 (*Abhandlungen für die Kunde des Morgenlandes* 11, 4); text with Candra's own commentary, Leipzig 1918 (same, 14); analysis, *Sitzungsberichte der Heidelberger Akademie der Wissenschaften phil.-hist. Kl.*, 1920, 13. [3] See *Jahresbericht der schlesischen Gesellschaft für vaterländische Kultur* 81 (1903), iv, 24. On p. 47 of the present pamphlet Liebich refers to this article with the words 'in meinem Aufsatz: Das Datum Candragomin's und Kalidasa's (1903)'. The same reference without even the date, Belvalkar 58. One needs at least *Orientalische Bibliographie* (Berlin 1888 ff.) to learn where the article appeared. Such references, not uncommon among writers on Sanskrit grammar, create an unnecessary hardship. I shall try in what follows to give an elementary bibliography of the subject.

showing which rules of Pāṇini were used by Candra: so far as they fell within the scope of his work, Candra used almost all of them. Of the exceptions a few were ruled out by the different mechanics of Candra's work, and a few are otherwise vouched for as ancient. On the whole, Liebich concludes (p. 49) that in the fifth century of our era the text of Pāṇini's *Rules* had the form which it has today.

The descriptive grammar of Sanskrit, which Pāṇini brought to its highest perfection, is one of the greatest monuments of human intelligence and (what concerns us more) an indispensable model for the description of languages. The only achievement in our field which can take rank with it is the historical linguistics of the nineteenth century, and this, indeed, owed its origin largely to Europe's acquaintance with the Indian grammar.

Indian grammar has been undervalued and neglected by many linguists, especially in America. In part this neglect is due to a misconception of its historical place. European scholars naturally supposed that Sanskrit grammar bore the same relation to Sanskrit literature as Latin grammar bears to Roman literature. They assumed that the classical Sanskrit of literature represented a real development (or, perhaps, stagnation) and that the so-called 'native grammar' pictured, more or less accurately, some stage of this evolution. When they found in the grammar forms which they had not seen in the literature, they | accused the grammarians of fraud. S. 269
Bopp,[4] for instance, so judged of a form like *ati-nu-* '(gone) out of the ship' (*nau-* 'ship'), a form which (whatever its history[5]) would be questioned by no modern linguist. Consequently, the European saw in classical texts a primary document, in the grammar a secondary one and unreliable at that. This was Whitney's view, to which he gave unfortunate expression.[6] We now know that this view was the reverse of the truth. Far from inventing forms, Pāṇini was describing a colloquial speech, a conservative upper-class language, to be sure, but a language native to him and used in everyday life by the Brahmins in his part of northwestern India.

---

[4] *Ausführliches Lehrgebäude der Sanskrita Sprache*, Berlin 1827, p. 325; cf. Liebich, *Panini*, Leipzig 1891, p. 42. [5] Brugmann, *Grundrisz der vergleichenden Grammatik der indogermanischen Sprachen*² 2. 1. 137, Strassburg 1906. [6] AJP 5.279 (1884). The crucial point is Whitney's belief that 'Sanskrit, even that of the most modern authors, even that of the pandits of the present day, is the successor, by natural processes of tradition, of the older dialects' (p. 294). The successors, in this sense, are of course the modern Indo-Aryan vernaculars; the tradition of Sanskrit is a learned one, based on phonetics, grammar, and dictionary. Whitney's article was reprinted with acknowledgment of the source but no word of comment, in the *Indian Antiquary* 14.33 (1885)—a quiet and overwhelming reproof, since in those days the *Indian Antiquary* was publishing the masterly articles of R. G. Bhandarkar and F. Kielhorn. See also G. Bühler, *Indian Antiquary* 23.141 (1894); 250, and Liebich, *Panini* 51.

It is much the same language as that of the oldest Brāhmaṇas and Sūtras.[7] After Pāṇini's time Sanskrit spread over India as an ecclesiastical, literary, and official language. From the first century B.C. to the fourth century A.D. it superseded the Prākrits as the language of inscriptions.[8] The first step in upper-class education from that time on and largely to the present day was the acquisition of Sanskrit. It began, somewhat harshly and with bad linguistic pedagogy, by the child's memorizing Pāṇini's grammar or one of the grammars derived from it. Classical Sanskrit literature was written by men who had learned Sanskrit composition from grammar and dictionary and used these books as their guides and authorities for correct usage. Commentators on works of this literature hasten to justify unusual forms by a reference to the grammar. Deviations from the forms prescribed by Pānini are merely errors in Sanskrit composition.

A second cause of our neglect of Indian grammar was a sense of superior-
S. 270 ity: because the Indians had not discovered the history of language, their work was supposed to be negligible. One forgot that the comparative grammar of the Indo-European languages got its start only when the Pāṇinean analysis of an Indo-European language became known in Europe. Historical linguistics depends upon a comparison of two or more languages or stages of the same language. Any gap in our knowledge of the languages or stages that are to be compared, sets an absolute limitation upon our results. If the accentuation of Sanskrit and Greek, for instance, had been unknown, Verner could not have discovered the pre-Germanic sound-change that goes by his name. Indo-European comparative grammar had (and has) at its service only one complete description of a language, the grammar of Pāṇini. For all other Indo-European languages it had only the traditional grammars of Greek and Latin, wofully incomplete and unsystematic. In the main, comparative and historical Indo-European grammar gathered its descriptive data as it went along. If one had had a complete and scientifically organized descriptive grammar, such as we have for classical Sanskrit, for a representative older stage of every Indo-European language (say, for Platonic Greek, Plautine Latin, Alfredian English, and so on), Indo-European comparative grammar would have developed with a speed and accuracy beyond our conception.

The third factor which led to the neglect of Indian grammar was its form. Pāṇini's treatise is intelligible only with a commentary; even with the many commentaries that we possess—and they contain a vast amount of intelligent and even brilliant scholarship—several lifetimes of work will have to be spent upon Pāṇini

[7] Liebich, *Panini* 50. [8] Otto Franke, *Pāli und Sanskrit*, Leipzig 1893.

before we have a conveniently usable exposition of the language which he recorded for all time. The source of the difficulty is Pāṇini's brevity 'which a student of grammar is often likely to regard as the curse of his lot'.[9] Pāṇini's grammar consists of less than four thousand *Rules* (Sūtras, many of them only a few syllables long, few covering more than a line, in all some 80 pages of print), a *List of Roots* (Dhātupāṭha, some 25 pages of print), and a *List of Groups* (Gaṇapāṭha, 50 pages with liberal spacing).

One means by which Pāṇini attained this condensation is altogether commendable and, indeed, of great scientific importance, and is due to the thorough working up of the data. Whenever two or more forms have any feature in common, that feature is stated once and once only for all of them. If the common feature is present in an indefinite number of forms or in all forms showing a certain characteristic, then a general statement suffices: the forms are regular; if the common feature is|present in only a limited number of forms and is not a function of any definable S. 271 characteristic, then the forms are irregular and are listed by citation in the *Rules* or as a group in the Gaṇapāṭha. In such a grammar the Latin nominative singular in *-s*, for instance, would not be mentioned over and over again (*servus, urbs, manus, facies*), but only once, and there would be a definition in the briefest possible unambiguous terms of the nouns whose nominative singular lacks this ending.

A second means of compression is not so directly implicit in the scientific form of presentation, but nevertheless greatly furthers it, much as a brief and accurate notation furthers mathematical reasoning. This second means is the use of abbreviations, silent letters, and arbitrary designations. Abbreviations are formed by writing the first member of any series with a silent letter which is placed arbitrarily at the end of the series. For instance, as a kind of preface to the grammar, the alphabet is arranged (in the so-called Çivasūtras) in a carefully placed order, with silent letters scattered through at certain points. By naming a single letter and one of the subsequent silent letters Pāṇini forms an abbreviation for all the letters (sounds) that intervene, including the letter named. This enables Pāṇini to say, for example, *jhal* for 'stop, sibilant, or *h*'. Silent letters and short arbitrary names for certain features—the meaning of all these is of course explained in special rules—further shorten the discussion. Thus, *kañ* denotes the suffix *-a-* by which *tā'dṛça-* 'such' is derived from *tad-* 'that' and *dṛç-* 'see'; the *k* and the *ñ* are silent letters which inform us as to the vowel-grade, accent, and other features of the derivative. This shorthand notation gives Hindu grammatical discussion a sweep and power which makes our terminology seem halting in comparison.

[9] Belvalkar, *Account* 23.

A third method of abbreviation is less happy. Although the basic arrangement of Pāṇini's treatise was relevant to the subject-matter, he subordinated this logical order to a requirement of conciseness: every rule is so placed that as many as possible of its words can be replaced by ditto marks because they repeat words of the preceding rule. For this purpose so many rules are torn from their natural place that the basic structure of the grammar is to a large extent obscured. Worst of all, the ditto marks (*anuvr̥tti*) and their cessation (*nivr̥tti*) at the end of a series of rules are not actually written in the treatise as we have it.

A fourth and even more unfortunate means of compression prevents our rearranging the rules. Even if one restores the words that have been replaced by imaginary ditto marks, one cannot rearrange the rules in natural order, because
S. 272 the position of a rule is one of the features which determines its validity (with relation to apparently conflicting rules) and its order of application (with relation to other rules that apply to the same form). Other features also, such as the more or less specific character of its wording, have to be considered in deciding whether a rule is applicable and in what relative order. For instance, an English grammar of the same kind might contain the following rules about nouns: (1) The plural adds [z]; (2) after unvoiced sounds [s]; (3) after sibilants and affricates [ez], and it might then be the order of these three rules which told us which one to apply in any given case, the later rule (3) outweighing (1) and (2). For certain irregular noun-plurals we should have the rule (4) *calf* etc. (the list would appear in the Gaṇapāṭha) voice the final spirant; here it might be the more specific nature of this rule which told us that it was to be applied *before* we made the choice between rules (1) and (2), or it might be the fact that this rule dealt with a sound farther from the end of the finished word, *calves*.[10]

The first great ancillary work to Pāṇini's grammar is the *Mahābhāṣya* of Patañjali.[11] In this treatise Patañjali discusses the *Supplementary Aphorisms* (vārtikas) of

---

[10] While some such principles of interpretation (*Paribhāṣā's*) are given by Pāṇini in the form of rules, others are merely implicit in his treatise; these latter are discussed by Nāgojībhaṭṭa in his *Paribhāṣenduçekhara*, ed. and translated into English by F. Kielhorn, Bombay 1868–74 (*Bombay Sanskrit Series*, nos. 2; 7; 9; 12). [11] The *Mahābhāṣya* was edited by F. Kielhorn, Bombay 1880–90 (*Bombay Sanskrit Series*, nos. 18; 20; 21; 22; 26; 28; 30), second edition, 1892–1909. The commentary of Kaiyaṭa and the sub-commentary of Nāgojī are included in an edition by several pandits, Benares, samvat 1943 (A. D. 1887), which is not accessible to me; also in a model edition by S. D. Kudāla, Bombay 1917 ff., of which only two volumes (one third of the work) have so far appeared. Belvalkar's account (pp. 28 ff.) of the Mahābhāṣya is to be corrected in one regard by F. Kielhorn's essay, *Kātyāyana and Patañjali: their relation to each other and to Pāṇini*, Bombay 1876, in another by the citation on p. 2 of the pamphlet here under review.

his predecessor Kātyāyana, which correct, supplement, eliminate as unnecessary, or justify the rules of Pāṇini; Patañjali gives a critique of Kātyāyana's vārtikas, deciding for or against each one, and adds vārtikas of his own. Already in this treatise much effort goes toward determining the real intent of Pānini's rules; since then many a life-work has gone into the task of elucidation. The chief later commentary is the *Kāçikā* of Jayāditya and Vāmana.[12] A great step forward was the thorough S. 273
indexing of Pāṇini, a task performed by Otto Böhtlingk.[13] An English exposition of the *Rules*, based on the *Kāçikā*, is given by S. C. Vasu, *The Ashṭādhyāyī of Pāṇini*, Allahabad, 1891 ff.

The natural idea of rearranging Pāṇini's rules and supplying the dittoed words was carried out by Bhaṭṭojī Dīkṣita in his *Siddhāntakaumudī*.[14] For the reasons above stated the attempt was foredoomed to failure: the *Siddhāntakaumudī*, a splendid and brilliant piece of work, is as hard to deal with as Pāṇini. It has given rise to a large ancillary literature of its own.[15]

An attempt to expand Pāṇini's doctrine into the form of a modern grammar was Theodor Benfey's *Vollständige Grammatik der Sanskritsprache*.[16] If one did not know of Benfey's many other achievements, one would take this grammar for the work of a lifetime. In the course of it he must have caught Pāṇini's hatred of repetition, for, after all, Benfey's treatise is too compact to serve the general linguist.

Franz Kielhorn, the foremost European student of Indian grammar, gave a greatly abridged summary of the Pāṇinean doctrine in his *Grammar of the Sanskrit Language*.[17]

The non-Pāṇinean systems of Sanskrit grammar, such as Candra's, are in reality little else than rearrangements and simplifications of Pāṇini's doctrine.

A brief survey of both the Pāṇinean and the later systems is given by Belvalkar in his above-cited book. A good introduction to the Indian systems is a series of articles by Liebich, *Zur Einführung in die indische einheimische Sprachwissenschaft*.[18]

---

[12] Ed. by B. Sāstri, Benares 1876–8, second ed. 1898; an excellent introduction is B. Liebich's *Zwei Kapitel der Kāçikā*, Breslau 1892; commentaries on the Kāçikā are Jinendrabuddhi's *Kāçikāvivaraṇapañjikā* (known also as the *Nyāsa*), ed S. C. Chakravarti, Rajshahi (Bengal) 1913 ff., and Haradatta's *Padamañjarī*, printed in *The Pandit*, vols. 10–21 (1888–99). [13] *Pāṇini's Grammatik*, Leipzig 1887; Böhtlingk's first edition, Bonn 1839–40, had not the indices. [14] Ed. with an English translation by S. C. Vasu and V. D. Vasu, Allahabad, n. d. [15] An abridgment and simplification is Varadarāja's *Laghukaumudī*; in J. R. Ballantyne's edition (with English translation, fourth ed., Bombay 1896) it serves as an excellent introduction to Indian grammar. [16] Leipzig 1852, the *Erste Abtheilung* of his *Handbuch der Sanskritsprache*. [17] Fourth ed., Bombay 1896. [18] *Sitzungsberichte der Heidelberger Akademie der Wissenschaften, phil. hist. Kl.* 1919, 4; 15; 1920, 10; 13; cf. also his *Materialien zum Dhātupāṭha*, ibid., 1921, 7.

The extreme conciseness of Pāṇini and of his imitators impresses the modern reader in several ways: in part it merely obscures the content, in part it rests upon a useful and elegant notation, and in part it inheres in the scientific treatment and,
S. 274 once appreciated, will impose itself upon every treatise whose aim is description of a set of linguistic habits. This scientific condensation, which places every feature into its proper setting, is one of the two virtues which make Indian grammar a model for us. The other is completeness. Pāṇini gives the formation of every inflected, compounded, or derived word, with an exact statement of the sound-variations (including accent) and of the meaning. An English grammar on the same lines would provide accurately and completely for all such sets as the regular *kind: kindness* and the irregular *broad: breadth* (*long: length*, etc.), *high: height*, *young: youth*, *hot: heat*, *cold: cold*; it would provide for all the formal and semantic features of sets like *nation: national: nationality*, *hospital: hospitable: hospitality*; it would register the semantic peculiarities and the possibilities of formation of compounds like *red-bird* (a kind of bind), *red-head* (not a kind of head, but a person who has a red head), *blackhead*, *deadhead*, *bulkhead*, and so on; it would provide for the formation of adverbs like *along*, *away*, *ahead*, *aloft*, etc. For no language of the past have we a record comparable to Pāṇini's record of his mother-tongue, nor is it likely that any language spoken today will be so perfectly recorded.

Although Pāṇini's work has a history behind it, it is the achievement of one man. Indian grammar originated in unsystematic rules concerning the language of the Vedas, doubtless also in chance aphorisms which served as guides to correct upper-class speech (e.g.: *Does not* contracts to *doesn't*, *do not* to *don't*). Pāṇini's guiding principles of completeness, relevance, and brevity, and his methods of carrying out these principles, were the product of generations of scholarship. His one great fault, the extreme complication of the mechanism which determines the scope and order in which the rules are to be applied—this flaw, to whose mending lifetimes of labor have been devoted without final success—has at least the value of proving that the treatise is a unit, that Pāṇini (defined as the creator of this ingenious unity) was a man who really lived. His wording has been admirably preserved, doubtless because the text is a sacred one. Its nature is such that any additions by later hands will appear as foreign bodies. To recognize them is important not only because Pāṇini's grammar is one of the greatest monuments of man's intelligence, and not only because of the value of an accurate description of an early Indo-European colloquial language, but also because the great literature which uses classical Sanskrit as its medium was written by men who learned this language from whatever version and interpretation of Pāṇini's text was current in their time and place. Some accretions are very early. Both Patañjali and his prede-

cessor Kātyāyana read at the very beginning of the grammar (1. 1. 6) a rule which S. 275
does not fit into the Pāṇinean system and is probably marked as spurious by the completing word 'and' of the preceding rule, which closes a set of ditto marks. The rules 1. 2. 53–7, whose spuriousness is evident,[19] do not appear in Candra's grammar (though he has a sentence which approximates the first of them), but they are commented in the *Kāçikā* (seventh century) – as Liebich points out in the pamphlet under review (p. 48). In the introduction of our pamphlet Liebich shows the necessity, for this problem, of collecting the citations in Patañjali, whose work, again, is safeguarded by its very complication.[20]

The date of Pāṇini is one of the major problems of Indic chronology. Among the discussions are Th. Goldstücker's moody and fascinating book, *Pāṇini; his place in Sanskrit literature*,[21] Liebich's *Pāṇini* (with summary of older discussions), and Belvalkar's *Account*, pp. 13 ff. Pāṇini tells us (4. 1. 49) that the word *yavana* 'Greek' forms the irregular feminine *yavanānī*; Kātyāyana adds that this latter has also a semantic irregularity: it means Greek writing. Was this an oversight of Pāṇini's, or had the meaning changed after his time? Relatively, Pāṇini is contemporary with the old Sūtras and Brāhmaṇas (cf. above) or but little later than these earliest records of Indo-European prose. He is certainly some generations earlier than Patañjali, whose treatise is one of the few datable works of older Sanskrit literature. Patañjali gives as illustration of an event that occurred during his lifetime the sentences 'The Greek besieged Sāketa' and 'The Greek besieged the Mādhyamikas', which can refer only to Menandros, as Goldstücker saw,[22] and he refers to certain Kings and dynasties in ways which enabled R. K. Bhandarkar to say with certainty that Patañjali wrote part of his book between 144 and 142 B.C.[23] Accounts of Chinese Buddhist pilgrims are used to date some of the later texts.

Indian grammar is not historical. It does not compete with such a work as the great historical Sanskrit grammar which Jakob Wackernagel is writing.[24] Three Europeans take rank beside the great Hindu authorities on Pāṇinean descriptive San- S. 276
skrit grammar: Franz Kielhorn, Otto Böhtlingk (through his indices), and, among the living, Bruno Liebich.

LEONARD BLOOMFIELD

---

[19] Cf. Böhtlingk's ed., pp. 18 and 477. [20] See also Böhtlingk's ed, p. xix. On an accretion and transposition in the Gaṇapāṭha, see JAOS 47. 61. [21] Published first as the introduction to a (never completed) photolithographic ed. of a MS of the *Mahābhāṣya*, London 1860; separately, London 1861; reprint, Allahabad 1914. [22] *Panini*, pp. 176 ff. [23] *Indian Antiquary* 1. 299 (1872); other references in Belvalkar's *Account* 32. [24] *Altindische Grammatik*, 1, Göttingen 1896; 2. 1, 1905; 3.1, 1929; Wackernagel throughout makes use of the Indian doctrinc.

II.34 Konkordanz Panini–Candra (1928)

Rezensent: **Louis Renou**

Journal asiatique. Tome CCXVIII. Paris 1931, S. 364–365.

Bruno Liebich. *Konkordanz Pāṇini-Candra* (= *Indische Forschungen* her. von B. Liebich, 6, Heft). — Breslau, M. H. Marcus, 1928; in-8°, 52 pages.

En réplique à la concordance Candra-Pāṇini, qu'il avait donnée dès 1902 dans son édition de la grammaire de Candragomin, M. B. Liebich donne ici, avec son soin et sa compétence habituels, en regard des sūtra de Pāṇini rangés selon leur ordre, les sūtra de Candra qui leur correspondent. Il résulte de cette confrontation, d'abord que tous les sūtra de Pāṇini sont représentés en principe chez Candra (sauf
S. 365 ceux qui traitent | du Veda, de l'accent, ou qui définissent des thermes techniques); ensuite, que dans un assez petit nombre de cas, la correspondance intégrale entre Pāṇini et Candra n'est acquise que si l'on fait intervenir la Candra-vṛtti; plus rarement encore, la Candra-vṛtti (ou les Cāndra-paribhāṣā-sūtra) est seule à fournir la correspondance.

Seuls 19 sūtra de Paṇini demeurent inutilisés chez Candra, et M. Liebich indique pour chaque cas l'explication vraisemblable du silence.

En fin du fascicule, M. Liebich donne le texte critique des Cāndra-paribhāṣā-sūtra; l'introduction est surtout consacrée à défendre contre M. H. Sköld l'authenticité de la tradition du Mahā-bhāṣya, démontrée notamment par le réseau serré de références qui relie les unes aux autres et confirme les unes par les autres les différentes portions du texte.

L. Renou.

II.35 Kṣīrataraṅgiṇī (1930)

Rezensent: **Louis Renou**
Journal asiatique. Tome CCXVIII. Paris 1931, S. 363–364.

Kṣīrataraṅgiṇī. Kṣīrasvāmin's Kommentar zu Panini's Dhātupāṭha, zum ersten Mal her. von Dr. Bruno Liebich. Mit fünf Anhängen. (Indische Forschungen her. v. B. Liebich, 8–9). — Breslau, Marcus, 1930; in-8°, x–379 pages.

La *Kṣīrataraṅgiṇī* est le commentaire le plus ancien que nous ayons du Dhātupāṭha de l'école de Pāṇini, et en tout cas le plus important. M. Liebich nous en procure une édition critique, reposant sur les trois seuls manuscrits accessibles. Cette édition a d'abord l'avantage de restituer le texte même du Dhātupāṭha sous une forme infiniment plus satisfaisante qu'elle n'était jusqu'à présent, dans l'édition de Pāṇini par Böhtlingk (1887), lequel l'avait emprunté d'ailleurs pour l'essentiel aux *Radices* de Westergaard.

La *Kṣīrataraṅgiṇī* représente, dans l'ensemble des commentaires du Dhātupāṭha, une formule concise qui succède à la formule prolixe des Pārāyaṇika : seules sont citées les formes principales, tant pour le verbe même que pour les dérivés nominaux rattachés, souvent par abus, à la racine verbale; l'ouvrage consiste visiblement en une revision éclectique des commentaires antérieurs.

L'édition de ce texte, il va sans dire, est menée avec le soin et le savoir qui caractérisent tous les travaux de M. Liebich. L'auteur a pris la peine de relever tous les cas où se trouve visée ou impliquée une règle de Pāṇini, de Patañjali, une forme des Uṇādi-Sūtra; les notes indispensables sont fournies.

Des annexes fort utiles sont jointes à l'édition : la liste des passages formant citation, avec l'indication de la provenance là où il a été possible (on notera l'abondance des emprunts aux Dhātupāṭha de Candra et de Durga); le texte, critique, du Dhātupāṭha tibétain de Çarvavarman; le texte du Dhātupāṭha de Çākaṭāyana; un tableau synoptique des sept Dhāt. les plus anciens; enfin, une liste alphabétique des racines.| S. 364

En outre, M. L. a intercalé, en appendice aux différents chapitres de son édition, des exposés qui concernent la chronologie et les rapports réciproques des traités grammaticaux de l'Inde ancienne : il suffira d'en indiquer brièvement la matière :

P. 201, M. L. pose comme date de la *Kṣīrataraṅgiṇī* le début du règne de Jayasiṃha au Cachemire, soit entre 1128 et 1138.

P. 210, M. L. précise l'histoire des Dhātupāṭha antérieurs à Kṣīrasvāmin et pose la série suivante, en remontant dans le temps : Çākaṭāyana, la Kāśikā, Jinendra, Candra, les Phiṭsūtra; la *Kṣīrataraṅgiṇī*, à côté du commentaire parallèle de Maitreyarakṣita au Bengale, représente la version «Bhīmasena» du Dhātupāṭha.

P. 232, description du Dhāt. tibétain de l'école Kātantra : l'auteur ruine en passant la théorie, qu'on voit surnager parfois encore depuis Burnell, d'une grammaire pré-pāṇinéenne.

P. 244, M. L. démontre brillamment l'authenticité de la tradition du Mahābhāṣya, récemment mise en doute par H. Sköld, en relevant l'aspect «ancien» du Dhātupāṭha tel qu'il s'y trouve cité.

P. 264, discussion du passage souvent allégué, *aruṇad yavanaḥ sāketam*, qui amène l'auteur à poser à nouveau (sans conclure d'ailleurs) le problème de la date de Candragomin et, par voie de conséquence, à décrire la littérature grammaticale connue de I-tsing.

Enfin, p. 360, la date du commentaire de Maitreyarakṣita paraît fixée par des indices sûrs aux environs de 1120.

Soit une série de monographies très poussées, qui couronne en quelque manière l'ensemble des travaux grammaticaux de M. L. et résume l'effort méthodique qu'a fourni dans ce domaine l'école allemande, depuis les temps de Böhtlingk et de Kielhorn.

L. Renou.

II.36 Kṣīrataraṅgiṇī (1930)

Rezensent: **Albert Debrunner**

Indogermanische Forschungen. Zeitschrift für Indogermanistik und allgemeine Sprachwissenschaft. Neunundvierzigster Band. Berlin und Leipzig 1931, S. 91–92.

Kṣīrataraṅgiṇī. Kṣīrasvāmin's Kommentar zu Panini's Dhātupāṭha. Zum erstenmal herausg. von Bruno **Liebich**. Breslau, M. u. H. Marcus 1930. X, 379 S. 8°. 22 RM. (Arische [*sic!*] Forschungen, begründet von A. Hillebrandt, hrsg. von B. Liebich. Doppelheft 8/9)

Die Zergliederung der Wortformen bis auf ihre Wurzel ist eine der größten Leistun-
S. 92 gen der indischen Grammatiker und hat dementsprechend | stark auf die werdende Indogermanistik eingewirkt. Der knappste Ausdruck dieser sprachlichen Elemente ist das Wurzelverzeichnis, der Dhātupāṭha, den Pāṇini seiner Grammatik beigegeben hat. Einen der ältesten Kommentare dazu gibt jetzt Liebich heraus: die

Kṣīrataraṅgiṇī (der „Milchfluß") des Kṣīrasvāmin, verfaßt nach L. S. 203 zwischen 1128 und 1138. Sie beansprucht die Seiten 1—200. Den Nichtindologen muß daran besonders angenehm sein, daß der Kommentator von jeder Wurzel gewissermaßen die „Stammzeiten" angibt, also dem Benutzer des Dhātupāṭha es erspart, diese mühsam aus Pāṇini's Anordnung und Kennbuchstaben und Grammatikregeln selbst herauszusuchen. Außer philologischen Untersuchungen gibt Liebich auch eine „Synopsis der sieben ältesten Dhātupāṭha's" (S. 290–359) und ein gegenüber Böhtlingks Pāṇini-Ausgabe erweitertes alphabetisches Verzeichnis der Wurzeln (S. 366–379), beides höchst dankenswerte Arbeitshilfen. So hat Liebich seinen vielen Verdiensten um die Erschließung der indischen Grammatiker auch für Indogermanisten ein neues hinzugefügt.

II.37 Kṣīrataraṅgiṇī (1930)

Rezensent: **Paul Thieme**

Orientalistische Literaturzeitung. 35 Jahrg. Nr. 4, April 1932. Leipzig 1932, Sp. 236–242.

Zur Geschichte der einheimischen indischen Grammatik. Von Paul Thieme.

Pāṇini verfährt in seiner Grammatik umgekehrt wie wir. Wir pflegen in der wissenschaftlichen Grammatik vom fertigen Wort auszugehen und nacheinander die Elemente, die sich uns als angefügt ergeben, abzutrennen, um schließlich die Wurzel, das unanalysierbare Element, übrigzubehalten. Wir werden geleitet von historischem Interesse. Pāṇini geht von jenen unalysierbaren Elementen aus, erhält durch Anfügung von Suffixen und durch Inkraftsetzung grammatischer Operationen zu|nächst Verbal- oder Nominalstamm und durch weitere Anfügung das fertige Wort. Natürlich setzt dieses Verfahren das unsrige als vorangegangen voraus – man kann sagen, daß die Nairuktas sich seiner bedienten, die wie wir ein Interesse, wenn auch kein historisch gerichtetes, an der Etymologie hatten. Pāṇinis Interesse ist praktisch. Er beantwortet die Frage, wie man aus einer gegebenen Wurzel die fertigen Wortformen, und in welchem Falle (Bedeutung) man sie bildet. Die Voraussetzung für die Anwendung seiner Regeln ist lediglich die Bekanntschaft mit den Wurzeln, d. h. den Elementen die bei allen Worten gleicher Bildung und verschiedener Bedeutung verschieden sind. Deshalb hat er sie in einem Dhātupāṭha seiner Grammatik vorangestellt. Sie bilden ihr Rückgrat, sie sind [Sp. 237] das Rohmaterial, aus dem die Grammatik die Sprache macht. Die späteren grammatischen Systeme haben an P.s Darstellung nur Äußerliches geändert. Sie haben die Ausdrucksweise vereinfacht, sie haben das Thema beschränkt oder erweitert, aber sie alle setzen einen Dhātupāṭha voraus, der sich eventuell durch Einzelheiten (Reihenfolge, Hinzufügungen, Auslassungen, Ersetzung der stummen Buchstaben Pāṇ.s durch andere) vom panineischen unterscheidet.

Zur Geschichte dieser Zusammenstellung der ‚Wurzeln' des Sanskrit hat B. Liebich schon früher wertvolle Beiträge geliefert. Er hat vor allem gezeigt, daß die Angabe der Bedeutung, die im heutigen Text hinter jeder Wurzel sich findet, zur Zeit des Patañjali noch fehlte (Zur Einführung in die indische einheimische Sprachwissenschaft II, S. 48ff.), hat durch eine gründliche Bearbeitung des panineischen Dh.P. (Zur Einführung III), die Ausgabe des Cāndradhātupāṭha und schließlich durch Konkordanzen und Verzeichnisse (Materialien zum Dhātupāṭha) das Studium erleichtert und unsere Kenntnisse wesentlich gefördert.

Eine Fortsetzung und Krönung finden diese Bemühungen in seinem jüngsten Werk[1], das weit mehr enthält als sein Titel verspricht. Nämlich außer der Ausgabe des Dh.P.-Kommentars des Kṣīrasvāmin, der Kṣīrataraṅgiṇī (S. 1–200) nach drei vollständigen und einer gekürzten Handschrift: die Zusammenstellung der von Kṣ. zitierten Autoren und Stellen (Anhang I, S. 205–210), den Text eines tibetischen Kātantra-Dhātupāṭha (Anh. II, S. 216–232) = Tanjur Mdo Band 132, Nr.
Sp. 238
3723 nach dem Londoner Tanjur und den Dhātupāṭha des Śākaṭāyana (Anh. III, S. 248–264) nach der Ausgabe des Pandit (1919), die mit dem Ms. Bühler No. 143 verglichen wurde. Fernerhin eine Synopsis der sieben ältesten erhaltenen Dh.P.s (Anh. IV, S. 290–359) und ein alphabetisches Verzeichnis der Wurzeln (Anh. V, S. 366–379). Zwischen diese Textteile sind „Einleitungen" gefügt, welche das Datum der Kṣīrataraṅgiṇī (Einleitung zum Textteil), den „Dhātupāṭha vor Kṣīrasvāmin" (Einl. zu Anh. I u. II), die Datierung der indischen Grammatiker (Einl. zu Anh. III) und schließlich das Datum des Maitreyarakṣita, eines dem Kṣ. zeitgenössischen Kommentators des Dh.P., behandeln.

Von Kṣīrasvāmin haben wir außer dem jetzt zugänglich gemachten Dh.P.-Kommentar noch einen Amarakośa-Kommentar. Wie aus der ersten Schlußstrophe der Kṣīrataraṅgiṇī hervorgeht, schrieb er unter Jayasiṃha von Kaśmir (1128–1154). Da Hemacandra ihn in seinem Dh.P.-Kommentar und Vardhamāna im Gaṇaratna-

[1] **Liebich,** Dr. Bruno: **Kṣīrataraṅgiṇī, Kṣīrasvāmin's Kommentar zu Panini's Dhātupāṭha** zum ersten Mal hrsg. Mit 5 Anhängen. Breslau: M. u. H. Marcus 1930. (X, 379 S.) gr. 8. = Indische Forschungen, begründet von A. Hillebrandt, in zwanglosen Heften hrsg. von B. Liebich, 8/9. RM 22–.

mahodadhi seinen Amara-Kommentar benutzt, muß er – wie Liebich zeigt – beide Werke vor 1138 vollendet haben. Die von Liebich vorgetragenen Kombinationen über den Zusammenhang der literarischen Beeinflussung mit den historischen Ereignissen jener Jahre scheinen mir recht überzeugend.

Die Geschichte der Dh.P.-Literatur ist nach Liebichs Darlegungen folgendermaßen verlaufen: Die Bedeutungsangabe im Dh.P. stammt von einem Autor, der zwischen Patañjali und dem Kātantra-Dh.P. gewirkt hat (vgl. S. 242) und den Liebich nach einer Angabe des Maitreya ‚Bhīmasena' nennt. Es folgen die Dh.P.s zum Kātantra (dieses ist nach Liebich im 1. Jahrh. n. Chr. „sehr wahrscheinlich" entstanden S. 266, nach den Erörterungen von Lüders in seiner inzwischen erschienenen Abhandlung Kātantra und Kaumāralāta SBAW 1930, S. 482ff. wird man es ins 4. Jahrh. herabrücken müssen, vgl. l. c. S. 537) und Cāndravyākaraṇa (frühestens Ende des 5. Jahrhunderts). Der erste ist nach Liebich in seiner authentischen Form im Tanjur übersetzt erhalten und von ihm als Anh. II herausgegeben. Auf den Cāndra-Dh.P. folgt der Dh.P. zur Gramm. des Śākaṭāyana (um 870), eines Śvetāmbara (Anh. III). Außerdem haben wir mehrere Pārāyaṇas als Vorgänger der gleichzeitigen Kommentare des Kṣ. und des Maitreya vorauszusetzen, d. h. Werke, in denen unter jeder Wurzel des Dh.P. die Worte zusammengestellt sind, die nach der Grammatik aus ihr gebildet werden können. Panineische Pārāyaṇas kennen wir nur aus der Zeit nach Kṣ. Es sind der Dh. Pārāyaṇa des Hemacandra (kurz nach Kṣ.) und die Dhātuvṛtti des Sāyaṇa. Älter ist nur ein Dh. Pārāyaṇa, das zum Cāndra-vyākaraṇa gehört.| Sp. 239

Daß der im Tanjur als Kalāpa-dhātu-sūtra übersetzte Dh.P. wirklich von Śarvavarman, dem Verfasser des Kātantra stammt, möchte ich bezweifeln. Die Grammatik des Ś. scheint mir zu gut, als daß ich ihm ein solch liederliches Machwerk zutrauen möchte. Was er bringt, ist nicht nur „in sich geschlossen und konsistent" (Liebich S. 236), der Verf. zeigt auch verschiedentlich Bekanntschaft mit dem Mahābhāṣya und läßt sie seiner Grammatik zugute kommen. Die letztere Behauptung möchte ich zunächst mit ein paar Belegen stützen, da Liebich daran festhält – offenbar in Anlehnung an Vākyapadīya II, 489 –, daß erst Candra das Mahābhāṣya wieder aufgefunden habe (S. 286). Entlehnungen aus dem Mahābh. lassen sich in all den Teilen des Kātantra feststellen, die sich an die Darstellung Pāṇ.s anschließen[1]. Im 3. Buch des alten Kātantra – nach der Zählung Liebichs Zur Einf. I, die ich im folgenden immer beibehalte – habe ich folgendes notiert: Kātantra III. 2. 17

[1] Ob das Kātantra auch in diesen Teilen eine Bearbeitung der Gramm. des Kumāralāta ist, wie es nach den Untersuchungen von Lüders a. a. O. für das Kapitel Sandhi m. E. jetzt zugegeben werden muß, läßt sich schwer entscheiden. Vgl. Lüders a. a. O. S. 537 oben.

fügt gegenüber Pāṇ. 3. 1. 35 ‚*cakāsa-*‘, wie es im v. 1 zu 3. 1. 35, Kāt. III. 2. 26 gegenüber Pāṇ. 3. 1. 48 ‚*kami-*‘ hinzu, wie es im v. 1 zu 3. 1. 48 gefordert wird. Kāt. III. 3. 20 fügt zu III. 3. 19, welche Regel Pāṇ. 7. 4. 71 entspricht, ‚*ṛkāre ca*‘ hinzu, wie es im v. 11 zu ŚS 3, 4 für den Fall verlangt wird, daß das konsonantische Element des *ṛ*-Vokals in dem Ausdruck ‚*hal*‘ (Konsonant) nicht einbegriffen ist. Kāt. III. 3. 34 ‚*ṛ.mato rīḥ*‘ ist eine Verbesserung von Pāṇ. 7. 4. 90 ‚*rīg ṛd.upadhasya ca*‘ nach v. 1 zu 7. 4. 90 ‚*rīg ṛt.vataḥ saṃyogārtham*‘. Die Hinzufügung von ‚*ini*‘ Kāt. III. 3. 35 gegenüber Pāṇ. 7. 4. 93 beruht auf v. 1 zu 7. 4. 93. Die Trennung der Regeln III. 4. 14 u. 15 gegenüber Pāṇ. 6. 1. 32 beruht auf v. 1 zu 6. 1. 32. Die Ersetzung der Ausdrücke ‚*gāti-*‘ u. ‚*pā*‘ in Pāṇ. 2. 4. 77 durch ‚*iṇ*‘ u. ‚*pibati*‘ in Kāt. III. 4. 93 beruht auf v. 1 zu 2. 4. 77. Die Formulierung Kāt. III. 2. 37 ‚*tanāder uḥ*‘ gegenüber Pāṇ. 3. 1. 79, ‚*tanādi-kṛñbhya uḥ*‘ entspricht den Erörterungen des Pat. zu 3. 1. 79, die darauf hinauslaufen, daß ‚*kṛñ*‘ in dieser Regel nicht hätte besonders gelehrt zu werden brauchen. Diejenige der Regel III. 4. 53 ‚*tṝ-phala-bhaja-trapa-sranthi-granthi-dambhīnāṃ ca*‘ gegenüber Pāṇ. 6. 4. 122 ‚*tṝ-phala-bhaja-trapaś ca*‘ dürfte, soweit es sich um die Hinzufügung von *dambh-* handelt, auf v. 5 zu 6. 4. 120 beruhen. Die Hinzufügung vor *śranth-* u. *granth-* dagegen läßt erkennen, daß dem Verf. des Kātantra die Varianten *śrantha* u. *grantha* des Pāṇ. Dh. P. I. 35, 36 für *grathi-* u. *śrathi* bekannt waren, und er sie für seine Grammatik voraussetzte. Vgl. auch Kāt. IV. 2. 3 mit Pāṇ. 1. 2. 6.

Es scheint mir, wie gesagt, von vornherein unwahrscheinlich, daß der höchst liederliche Dh. P. des Tanjur von einem so gewissenhaften Autor stammt. Außerdem fehlt ihm jede spezielle Beziehung zum Kātantra. Wir müßten annehmen, daß Śarv. die Zeit gefehlt hätte, Dutzende von Wurzeln, die er im Sūtrapāṭha zitiert, in den Dh. P. aufzunehmen, so daß er z. B. einen gaṇa (*tvarādi* III. 3. 37) nach einer Wurzel nennt, die er im Dh. P. gar nicht aufführt oder z. B. den gaṇa *yajādi-* III. 4. 3, der aus Pāṇ. 6. 1. 15 stammt, in seinem Dh. P. zerstört. Daß er aber andererseits eine Reihe von anubandha's, die in seiner Gramm. gar keine Rolle spielen, nur weil sie bei Pāṇ. stehen, aufgenommen hätte. Um so unwahrscheinlicher ist das alles, als der Dh. P. zu einer Grammatik nicht die Rolle eines „Anhangs“ spielt. (Liebich:
Sp. 240 „Für den Anhang scheint seine Zeit nicht mehr gereicht zu haben.“ S. 236.) Der Verf. muß sich vielmehr, ehe er die Grammatik beginnt, klar darüber sein, in welcher Gestalt und in welcher Reihenfolge er die Wurzeln lehren will. Muß er sich doch im Sūtrapāṭha fortwährend auf den Dh. P. berufen.

Offenbar hat Śarv. seiner Grammatik den Dh. P. Pāṇinis zugrunde gelegt, und zwar den unakzentuierten. Diejenigen anubandhas, welche bei Operationen, die auch im Kātantra gelehrt werden, in Frage kommen, z. B. *i*, *ḷ*, *ṅ*, *ñ*, *m* stammen aus Pāṇ., aber auch solche, die in der Gramm. Śarv.s nichts zu suchen hätten, kennt er, weil sie eben bei Pāṇ. im Dh. P., der auch der seine ist, stehen. III. 2. 27 nennt er die Wurzel *asu* und meint damit das *as* der IV. Kl. im Gegensatz zu dem *as* der II., während Pāṇ. im Sūtrapāṭha in solchem Falle *asyati-* sagt. Ebenso übernimmt er die panineischen gaṇas, z. B. *kryādi-*, *rudhādi-*, *mucādi-*, *kuṭādi-* usw. Gelegentlich schafft er neue, aber das sind sogenannte *‚ākṛti-gaṇas'*, die mit der Reihenfolge im Dh. P. nichts zu tun haben. *japādi-* III. 3. 32 meint die Pāṇ. 7. 4. 86, *tvarādi-* III. 3. 37 die Pāṇ. 7. 4. 95 und *bhṛjādi-* IV. 2. 59 die Pāṇ. 8. 2. 36 (hinter *vraśc*) aufgeführten Verben. Die *udāttet-* u. *svaritet-* P.s ersetzt er durch die *‚ākṛti-gaṇas' rucādi* III. 2. 42 u. *yajādi-* III. 2. 45. Die Liste der *aniṭ*-Wurzeln IV. 3. 13ff. enthält – neben einigen andern – sämtliche *udātta*-Wurzeln Pāṇ.s, wie ein Vergleich mit der Liste Patañjalis (III, S. 285, Z. 21ff.) zeigt. Es fehlen nur vic, dṛp u. tṛp.

Die Neigung, das Kātantra zu erweitern, um es zu vervollständigen, hat nicht nur dazu geführt, ihm ganz neue Kapitel hinzuzufügen, wie schon Liebich Zur Einführung I gezeigt hat, auch der Text wurde durch Einschiebungen von vermeintlichen oder wirklichen Lücken befreit. Das letztere geschah vor allem in Kaśmir – vgl. hierzu Lüders l. c. S. 498f. –, wo die Überlieferung schon frühzeitig weniger konservativ gehandhabt wurde, und woher die turkistanischen Texte und natürlich auch dieser Dh. P. stammen. Wenn ein solcher eigener Dh. P. – im Gegensatz zu einer Dhātu-vṛtti – im Grunde für das Kātantra auch keinen Sinn hat, so kann es doch bei der geschilderten Tendenz kein Wunder nehmen, daß gelegentlich ein solcher auftauchte. Warum er so schlecht geworden, dafür vermag ich keine Erklärung zu geben. Liegt die Schuld beim Übersetzer?

Wenn ich also diesen Dh.P. dem Śarvavarman wieder abspreche, so möchte ich andererseits bezüglich der Vṛtti zum Kātantra mich auf den Standpunkt von Finot und Lüders stellen, daß nämlich Durgasiṃhas Vṛtti die eigene Vṛtti Śarv.s enthält (vgl. Lüders l. c. S. 499). Jedenfalls haben wir Bruchstücke einer Vṛtti, die älter als Durg. ist, in einem turkestanischen Kātantrabruchstück tatsächlich erhalten, in den aus dem 4. Jahrh. stammenden, von Lüders l. c. S. 488f. herausgegebenen zwei Blättern. Daß auch die auf anderen, später geschriebenen Blättern erhaltene Vṛtti älter ist, vermutet Lüders l. c. S. 501. Auf Grund dieser neuen Funde läßt sich also die Ansicht, daß die Kātantra-vṛtti erst von Durgasiṃha aufgezeichnet wurde (Lieb. S. 233), nicht mehr erhalten.

Daß eine von einem Kuṇi verfaßte Vṛtti zu Pāṇ. bestanden habe und daß dieselbe älter als das Werk des Patañjali sei, berichtet erst Kaiyaṭa (Lieb. S. 233 Anm. 1). Bereits Bhartṛhari betrachtet Kuṇi als älter als Patañjali: Kielhorn Mahābhāṣya II² S. 20 Anm. 1. | Sp. 241

Trotzdem möchte ich nicht glauben, daß bereits zu Patañjali's Zeit ein ‚Vṛtti' genanntes Werk, welches einen Kommentar darstellte, bestanden hat. Den Ausdruck ‚vṛtti' für ‚Kommentar' in dem speziellen Sinne, in dem er später verwendet wird, kennt Pat. noch nicht. Mahābh. I, S. 11 zu v. 11 unterscheidet er zwischen sūtra „Regel" und vyākhyāna „kommentierende Erläuterung", er sagt nicht ‚vṛtti', wie Liebich S. 284 angibt[1].

Die Einleitung zu Anh. III behandelt an Hand des „Leitfossils" der indischen Grammatik, wie Liebich die Imperfektbeispiele historischen Inhalts in den einzelnen Grammatiken nennt, das Datum der Grammatiker von Patañjali bis Hemacandra. Sie ist reich an historischen Exkursen und bespricht und würdigt noch einmal ausführlich den Bericht des Itsing über die grammatischen Werke, die er kannte. Man wird dem Autor, auch da, wo man ihm nicht zustimmt, dankbar sein, daß er Gelegenheit genommen hat, seine Ansichten im Zusammenhang darzulegen.

Die Fixierung des Datums des Candragomin nach unten hängt zusammen mit der des Vasurāta und seines durch sein Vākyapadīya berühmten Schülers Bhartṛhari. Dieser ist nach I-tsing's Bericht 650 gestorben. Das Datum kann nicht stimmen, wenn sein Lehrer Vasurāta mit dem von Paramārtha (459–569) als Zeitgenosse des Vasubandhu (420–500 nach Takakusu) erwähnten Vasurāta identisch ist. Liebich neigt dazu, der Angabe des I-tsing, der 671 nach Indien kam, zu mißtrauen. Dazu würde ich mich schwer entschließen. – Daß Candra der direkte Lehrer des Vasurāta gewesen sei, vermag ich nicht mit Liebich (S. 267) aus den Worten des Kommentars zu Vākyapadīya II, 486 zu entnehmen, jedenfalls nicht mit Sicherheit. Der genannte Vers berichtet, daß die grammatische Überlieferung (*āgama-*) von Candra und andern wiedergewonnen und zu vielen Schulen entwickelt wurde (*bahuśākhatvaṃ nītaḥ*). Das entspricht den tatsächlichen Verhältnissen, sowie wir *candrācāryādi-* nicht pressen als: „deren erster Candra war". Wie ich oben gezeigt habe, kannte bereits Śarv. das Mahābhāṣya. Er und andere sind in dem *-ādi* eingeschlossen. Candra wird nur deshalb an die Spitze gesetzt, weil seine neue *śākhā* die bedeutendste war. Es entspricht nun der Vorliebe des Kommentars für Vasurāta, daß er im Kommentar diesen Guru neben Candra besonders erwähnt: Für ihn sind diese b e i d e n Gelehrten die Führer der grammatischen Entwicklung. Auch hier möchte ich in dem *prabhṛti-* nichts sehen als „usw.". Wie wenig es dem Kommentar auf einen historischen Bericht ankam, ersieht man aus seiner legendä-

---

[1] Wenn I-Tsing übrigens berichtet, daß die Cūrṇi (= Mahābhāṣya) ein Kommentar zum Vṛttisūtra sei, so bedient er sich derselben Ausdrucksweise wie Bhartṛhari, der das Mbh. ‚*cūrni*' u. *Pāṇ*.s Grammatik ‚*vṛttisūtra*' nennt (Kielhorn l. c. S. 22 unten). Dem tragen Liebichs Erörterungen S. 284 keine Rechnung.

ren Darstellung der Wiedergewinnung des *āgama-*, unter dem er übrigens offen-
sichtlich nicht Mahābhāṣya-Handschriften, sondern das heilige Schulwissen der
Vorfahren versteht.

Ein Wort schließlich zum Text der Kṣīrataraṅgiṇī selbst. Liebichs Ausgabe ist
vorzüglich. Kṣ.s Arbeit steht über dem Durchschnitt. Sie gibt sorgfältig alle Regeln
Pāṇ.s, die sich auf eine gegebene Wurzel beziehen, und ist reich an Zitaten aus der
Literatur, die Liebich zum großen Teil identifizieren konnte. – Die erste der Schluß- Sp. 242
strophen gibt Auskunft über die Person des Verfassers: „Als .. Jayasiṃha ... das
Land Kaśmir regierte, schrieb der Sohn des trefflichen Ministers, obwohl vermö-
gend, aus Hingebung diese Dhātuvṛtti eigenhändig." Liebich möchte diese Strophe
dem Kṣ. selbst nicht vindizieren (S.202): „Zwar könnte lilekha auch 1. Pers. Sing.
sein, aber dann wäre bei einem so korrekten Stilisten wie Kṣ. das Tempus auffäl-
lig." Wenn Kṣ. nur hätte sagen können: „Ich habe geschrieben", wäre L.s Argumen-
tation richtig. Er kann doch aber sehr gut von sich in der dritten Pers. sprechen,
indem er sich in den Standpunkt eines späteren Lesers versetzt, der eine Auskunft
über die Herkunft der Handschrift wünscht. Zu ihm spricht gewissermaßen das
Buch, nicht der Autor. In diesem Falle ist, da es sich nicht um ein allgemein be-
kanntes Faktum (*lokavijñāta-*) handelt, nicht das Imperfekt (nach v. 2 zu 3. 2. 111)
sondern das Perf. zu verwenden, wie in dem Satze *cakāra kaṭaṃ devadattaḥ* (vgl.
Pat. zu l. c.). Zudem paßt der Vers seinem Sinn nach doch eben nur unter den von
Kṣ. selbst geschriebenen Archetypus – deshalb konnten ihn spätere Abschreiber
auslassen. – Die Strophe 7 der Einleitung scheint zunächst merkwürdig. Die Wör-
ter werden als „Brüder" angeredet, als Söhne des Weltschöpfers, zu deren einziger
Zuflucht der Autor von ihrer Mutter, der Göttin der Rede, bestimmt worden sei. Of-
fenbar spielt der Autor mit seinem Namen Kṣīra „Milch" und der Doppelheit der
Bedeutung von vṛtti: ‚Kommentar' und ‚Lebensunterhalt (durch Nahrung)'. Den
Ausdruck *saḍ vṛttayaḥ kalpitāḥ* ‚6 Kommentare wurden verfertigt' vergleiche man
mit der Frage *kena vṛttim kalpayasi* ‚wodurch beschaffst Du (Dir) Lebensunterhalt'
(Mah. Bhār. ed. Sukthankar S. 67).

TEIL III

Korrespondenz

Tafel 4
Bruno Liebich um 1939

Dieses Foto wurde zuerst in Rau 1982, S. 77 veröffentlicht. Als Quelle ist Liebichs Tochter »Fräulein Agnes Liebich, München-Pasing, Pater-Putz-Straße (*sic!*) 1« angegeben (Rau 1982, S. 142). Ein Abzug dieses Bildes, den Rau vermutlich von Liebichs Tochter direkt erhielt, befindet sich im Archiv des Fachgebiets »Indologie und Tibetologie« der Universität Marburg. Auf der Rückseite dieses Fotos ist von Rau selbst der Name »Bruno Liebich« notiert worden. Das hier abgedruckte Bild stammt von einem anderen Abzug, den Agnes-Hildegard Liebich am 11. August 1975 Meinrad Scheller schicken wollte. Dieser Abzug, der auf der Rückseite den Entwurf einer Widmung an Scheller enthält, ist unter den Materialien von Liebichs Tochter geblieben und befindet sich jetzt im Privatbesitz von Dagmar Ladisch-Grube. Scheller erhielt wahrscheinlich einen anderen Abzug mit dem endgültigen Text der Widmung.

Privatbesitz von Dagmar Ladisch-Grube

Korrespondenz

Die Korrespondenz von Bruno Liebich liegt nur lückenhaft vor. Alle Briefe und Durchschläge, die sich bis zu seinem Tod in seiner Wohnung in der Parkstr. 40 in Breslau befunden haben könnten, sind anscheinend in den Wirren des Zweiten Weltkrieges verlorengegangen. Obwohl sich in Liebichs Teilnachlaß in der Bibliothek der Deutschen Morgenländischen Gesellschaft in Halle nur ein einziger Brief finden ließ, konnten in verschiedenen anderen Nachlässen, Archiven und Privatsammlungen mehr als 100 Briefe und Postkarten von oder an Liebich entdeckt werden. Auch wenn nicht ausgeschlossen werden kann, daß auch in anderen Nachlässen weitere relevante Schriftstücke erhalten geblieben sind, reichen die bisher aufgespürten 77 Briefe (56 Schreiben von Liebich an seine Kollegen Ernst Windisch, Erich Frauwallner, Johannes Hertel, Alfred Hillebrandt, Wilhelm Streitberg, Ernst Kuhn, Karl Brugmann, Wilhelm Printz u. a. sowie 21 Briefe an ihn) und 26 Postkarten aus, um viele wichtige Details über das Leben und Wirken des schlesischen Indologen und seiner Fachgenossen zu erfahren. Die vorliegende Korrespondenz, in der es fast ausschließlich um akademische Angelegenheiten geht, erlaubt uns, einen besonderen Gelehrten näher kennenzulernen, der seiner Wissenschaft voll und ganz ergeben war. In diesem Abschnitt sind folgende Briefe und Postkarten in chronologischer Reihenfolge komplett aufgenommen worden:[1]

[1] Einige Briefe, die in der Personalakte von Otto Strauß im Archiwum Uniwersytetu Wrocławskiego vorliegen, wurden Ende 1935 und Anfang 1936 im Laufe des Berufungsverfahrens für seine Nachfolge mit großer Wahrscheinlichkeit an Liebich selbst als Antwort auf seine Anfragen an Fachkollegen geschickt. Die wenigen Fälle, in denen der Name Liebichs als Adressat fehlt, sind in den Abschriften durch einen Asterisk (*) gekennzeichnet.

Brief an A. Hillebrandt (27.6.1883)
Brief an A. Hillebrandt (15.9.1883)
Brief an E. Windisch (14.9.1887)
Brief an E. Windisch (18.10.1887)
Brief an die Königliche Akademie der Wissenschaften zu Berlin (21.12.1887)
Brief an die Univ. Breslau (24.11.1891)
Brief an die Univ. Breslau (18.1.1892)
Brief an W. Streitberg (8.2.1892)
Brief an W. Streitberg (20.2.1892)
Postkarte an W. Streitberg (23.4.1892)
Brief an die Univ. Breslau (13.6.1892)
Brief an die Univ. Breslau (3.2.1893)
Postkarte an E. Kuhn (30.10.1893)
Postkarte an W. Streitberg (5.10.1894)
Postkarte an W. Streitberg (16.3.1897)
Brief an E. Windisch (7.12.1899)
Brief von E. C. Ridding (25.8.1900)
Brief an E. Windisch (12.12.1901)
Brief an E. Windisch (23.12.1901)
Brief an E. Windisch (26.12.1901)
Postkarte an E. Windisch (11.1.1902)
Brief an E. Windisch (14.2.1902)
Brief an E. Windisch (30.3.1902)
Postkarte an J. Hertel (27.10.1902)
Postkarte an J. Hertel (13.4.1903)
Brief an E. Kuhn (20.7.1903)
Brief an E. Windisch (11.1.1904)
Postkarte an J. Hertel (1.6.1904)
Postkarte an J. Hertel (6.6.1904)
Postkarte an J. Hertel (28.7.1904)
Brief an E. Kuhn (16.10.1904)
Postkarte an K. J. Trübner (10.3.1905)
Postkarte an J. Hertel (22.9.1905)
Brief an J. Hertel (13.10.1905)
Brief an J. Hertel (22.9.1906)
Postkarte an J. Hertel (24.9.1906)
Brief an J. Hertel (29.9.1906)
Postkarte an J. Hertel (24.10.1906)
Postkarte an J. Hertel (29.1.1908)
Brief an K. Brugmann (27.11.1911)
Brief an K. Brugmann (2.12.1911)
Postkarte an A. Hillebrandt (15.11.1912)
Brief von der Heidelberger Akademie der Wissenschaften (9.11.1913)
Brief an E. Windisch (6.1.1914)
Postkarte an J. Hertel (9.1.1914)
Brief an die Königliche Akademie der Wissenschaften zu Berlin (12.1.1914)
Brief von der Bopp-Stiftung (16.5.1914)
Postkarte an W. Ostwald (17.6.1915)
Brief an M. Weber (23.6.1917)
Brief an die Univ. Heidelberg (12.2.1918)
Brief an das Ministerium des Kultus und Unterrichts (12.2.1918)
Postkarte an E. Zarncke (17.4.1918)
Brief an E. Zarncke (19.9.1919)
Postkarte an E. Zarncke (22.9.1919)
Postkarte an E. Kuhn (28.12.1919)
Brief an F. C. Andreas (26.5.1920)
Brief an die Univ. Heidelberg (3.7.1920)
Brief an A. Hillebrandt (5.1.1921)
Postkarte an A. Hillebrandt (28.5.1921)
Postkarte an A. Hillebrandt (2.6.1921)
Brief an das Ministerium des Kultus und Unterrichts (22.10.1921)
Brief an das Ministerium des Kultus und Unterrichts (25.2.1922)
Brief von dem Ministerium des Kultus und Unterrichts (2.3.1922)
Postkarte an E. Zarncke (5.7.1924)
Brief von J. Hertel (23.4.1928)
Postkarte an J. Hertel (9.11.1930)
Brief an W. Printz (26.4.1932)
Brief von W. Printz (28.4.1932)
Postkarte an W. Printz (1.7.1932)
Brief an J. Hertel (27.6.1934)
Brief an J. W. Hauer (6.11.1935)
Brief von P. Thieme (11.11.1935)
Brief an E. Frauwallner (12.11.1935)
Brief von J. W. Hauer (13.11.1935)
Brief von E. Frauwallner (15.11.1935)
Brief an J. W. Hauer (17.11.1935)
Brief an die Univ. Breslau (18.11.1935)
Brief an E. Frauwallner (20.11.1935)
Brief an E. Frauwallner (12.12.1935)

Brief von L. MALTEN (18.12.1935)
Brief an E. FRAUWALLNER (25.12.1935)
Brief von E. FRAUWALLNER (27.12.1935)
Brief von G. MORGENSTIERNE (29.12.1935)
Brief von H. LOMMEL (3.1.1936)
Brief von P. THIEME (6.1.1936)
Brief von H. REICHELT (8.1.1936)
Brief von B. BRELOER (9.1.1936)
Brief an E. FRAUWALLNER (19.1.1936)
Brief an die Univ. Breslau (24.1.1936)
Brief von P. KRETSCHMER (25.1.1936)
Brief von H. LÜDERS (26.1.1936)
Brief von L. MALTEN (8.2.1936)
Brief an E. FRAUWALLNER (20.2.1936)
Brief an E. FRAUWALLNER (28.2.1936)
Brief von E. SIEG (6.5.1936)
Brief an E. FRAUWALLNER (19.7.1936)
Brief an E. FRAUWALLNER (2.11.1936)
Brief an E. FRAUWALLNER (16.11.1936)
Brief an E. FRAUWALLNER (19.5.1937)
Brief an A. RACHMANOWA (10.10.1937)
Brief an A. RACHMANOWA (15.12.1937)
Brief an W. PRINTZ (4.5.1938)
Brief von W. PRINTZ (5.5.1938)

Briefe und Postkarten von Liebich an:

ANDREAS (26.5.1920); BRUGMANN (27.11.1911, 2.12.1911); FRAUWALLNER (12.11.1935, 20.11.1935, 12.12.1935, 25.12.1935, 19.1.1936, 20.2.1936, 28.2.1936, 19.7.1936, 2.11.1936, 16.11.1936, 19.5.1937); HAUER (6.11.1935, 17.11.1935); HERTEL (27.10.1902, 13.4.1903, 1.6.1904, 6.6.1904, 28.7.1904, 22.9.1905, 13.10.1905, 22.9.1906, 24.9.1906, 29.9.1906, 24.10.1906, 29.1.1908, 9.1.1914, 9.11.1930, 27.6.1934); HILLEBRANDT (27.6.1883, 15.9.1883, 15.11.1912, 5.1.1921, 28.5.1921, 2.6.1921); KUHN (30.10.1893, 20.7.1903, 16.10.1904, 28.12.1919); OSTWALD (17.6.1915); PRINTZ (26.4.1932, 1.7.1932, 4.5.1938); RACHMANOWA (10.10.1937, 15.12.1937); STREITBERG (8.2.1892, 20.2.1892, 23.4.1892, 5.10.1894, 16.3.1897); TRÜBNER (10.3.1905); WEBER (23.6.1917); WINDISCH (14.9.1887, 18.10.1887, 7.12.1899, 12.12.1901, 23.12.1901, 26.12.1901, 11.1.1902, 14.2.1902, 30.3.1902, 11.1.1904, 6.1.1914); ZARNCKE (17.4.1918, 19.9.1919, 22.9.1919, 5.7.1924); die Königliche Akademie der Wissenschaften zu Berlin (21.12.1887, 12.1.1914); das Ministerium des Kultus und Unterrichts (12.2.1918, 22.10.1921, 25.2.1922); die Universität Breslau (24.11.1891, 18.1.1892, 13.6.1892, 3.2.1893, 18.11.1935, 24.1.1936); die Universität Heidelberg (12.2.1918, 3.7.1920)

Briefe und Postkarten an Liebich von:

BRELOER (9.1.1936); FRAUWALLNER (15.11.1935, 27.12.1935); HAUER (13.11.1935); HERTEL (23.4.1928); KRETSCHMER (25.1.1936); LOMMEL (3.1.1936); LÜDERS (26.1.1936); MALTEN (18.12.1935, 8.2.1936); MORGENSTIERNE (29.12.1935); PRINTZ (28.4.1932, 5.5.1938); REICHELT (8.1.1936); RIDDING (25.8.1900); SIEG (6.5.1936); THIEME (11.11.1935, 6.1.1936); der Heidelberger Akademie der Wissenschaften (9.11.1913); der Bopp-Stiftung (16.5.1914); dem Ministerium des Kultus und Unterrichts (2.3.1922)

Brief an Alfred Hillebrandt vom 27.6.1883
Quelle: Biblioteka Uniwersytecka we Wrocławiu
(Aut. 744, Microfiche mit Signatur: 722–750 Autograph XXVIII/mfa 24)

Breslau, 27. VI. 83.

Verehrter Herr Professor,

Da ich morgen wahrscheinlich verreisen werde, wählte ich das andre der von ihnen vorgeschlagenen Mittel. Die Kleinigkeiten, die mir aufgestossen sind, habe ich nachfolgend verzeichnet; manches davon ist vielleicht von Ihnen so beabsichtigt, wie es da steht, oder sogar allein richtig.[2] In diesem Falle bitte ich um Entschuldigung, da ich den Text nicht kenne, auch nicht Zeit hatte, BR und Grassmann zu befragen.

× 89,1 warum nicht blos *juṣ* VI, (analog wie bei *dhâ*)? Ich denke, es ist wichtig, dass sich der Schüler die später allein übliche Form einprägt.[3]
× 89,9 *n.* (der Punkt ist im Text weggesprungen).
× 89,35 *joṣam.*
× 89,37 °*tāram*
S. 2 . 89,38 der Strich über dem *i* in *jī́vati* ist kaum | sichtbar.
× 90,8 caus. einrücken (cf. 28).
× 91,21 bei *tar* fehlt die Classenzahl (I, da VI nur vedisch).
(nur Vām.) 91,45 ist *te* auch Instr.?
× 92,12 (co.)
× 92,24 *dav* s. du. Ist 1. du oder 2. du gemeint?
× 92,5 v. u. III gleich hinter *dā*.
× 93,8 nur *diç* VI. Ich würde das Verb voranstellen.
. 93,12 was steht hinter 12,7?

---

[2] In diesem Brief teilt Liebich einige Korrekturen mit, die Alfred Hillebrandt (1853–1927) bei der Vorbereitung der Druckfassung seiner *Vedachrestomathie* (vollständiger Titel: *Vedachrestomathie. Für den ersten Gebrauch bei Vedavorlesungen.* Herausgegeben und mit einem Glossar versehen von Alfred Hillebrandt. Berlin 1885) berücksichtigt hat. [3] Das Zeichen × vor den eigentlichen Korrekturen sowie einige wenige Vermerke und Unterstreichungen wurden wahrscheinlich von Hillebrandt selbst hinzugefügt.

. 93,19 hinter *dīkṣ* ist die Classenzahl wohl mit Absicht unterblieben.

× 93,22 (Soma-) nicht cursiv (cf. 25).

. 93,31 *dī́pyate.*

. 93,35 s. *dyo.* Ich würde das Verb voranstellen.

× ibd. *dunvánt.*

. 93,37 *divākīrtyá* ist die Betonung im kleinen Pet.; ob richtig, kann ich nicht entscheiden.

× 93,38 *Viṣuvanttages?*

× 94,7 *duṣkṛita.*

. ibd. den.

. 94,11 die. | S. 3

× 94,16 fern.

. 94,25 glänzend.

. 94,36 °*bhiḥ.*

× 94,38 hinter *prati* med.

× 94,44 mn. gleich hinter *dru.*

. 94,46 *Sāy.*

. 95,8 vor setzen 1).

× 95,9 *dvitī́ya*

. 96,10 hinter *dhṛiṣ* I om.

× ibd. *dhṛíṣe*

Mit freundlichem Gruss
Ihr ergebener
Bruno Liebich

Brief an Alfred Hillebrandt vom 15.9.1883
Quelle: Biblioteka Uniwersytecka we Wrocławiu
(Aut. 743, Microfiche mit Signatur: 722–750 Autograph XXVIII/mfa 24)

Breslau,
den 15. September 1883.

Hochzuverehrender Herr Professor,

Nehmen Sie meinen verbindlichen Dank für die Übersendung Ihres schönen Veda-Chrestomathie. Obgleich ich nicht recht weiss, wodurch ich diese Auszeichnung verdient habe, da doch meine geringe Hilfe bei Durchsicht der letzten Correcturbogen unmöglich als Aequivalent gelten kann, so glaube ich doch darin ein Zeichen erblicken zu dürfen, dass Sie mir einiges Wohlwollen schenken, und in diesem Sinne nehme ich Ihre Dedi-
S. 2 kation mit Freuden | an. Ich werde das Buch, sobald ich es vom Buchbinder zurückerhalte, fleissig durchstudieren, und verspreche mir vielen Nutzen davon.

Ich war auch einige Wochen verreist, bei meinem Schwager und im Riesengebirge, bin aber seit Anfang des September wieder hier. Mit meiner Arbeit ist mir das Malheur passiert, dass vom ersten Druckbogen nur eine Correctur genommen worden ist, und infolgedessen mehrere Druckfehler stehen geblieben sind. Näheres erzähle ich Ihnen mündlich. – Mit der Bitte, mir auch fernerhin freundlich gesinnt zu bleiben, und mit dem
S. 3 Wunsche, dass es in Zu|kunft auch mir einmal vergönnt sein möge, mich Ihnen erkenntlich zu zeigen, verbleibe ich Ihr ganz ergebener

Bruno Liebich
Dr. phil.

Brief an Ernst Windisch vom 14.9.1887
Quelle: Nachlaß Windisch
(Universitätsarchiv Leipzig, Signatur: NA Windisch 2.324.1)

Breslau, 14/IX 1887.
Breite Str. 9^{II}.

Sehr geehrter Herr Professor,

Ich wünsche der Deutschen Morgenländischen Gesellschaft als Mitglied beizutreten und bitte daher um gefällige Mitteilung der Bedingungen, unter denen der Eintritt zu erfolgen hat.

Die beifolgende kleine Notiz stelle ich Ihnen für die Zeitschr. d. DMG zur Verfügung, falls Sie dieselbe zur Aufnahme für geeignet halten.

Mit vorzüglicher Hochachtung,

Bruno Liebich
Dr. phil.

Brief an Ernst Windisch vom 18.10.1887
Quelle: Nachlaß Windisch (Universitätsarchiv Leipzig, Signatur: NA Windisch 2.324.2)

Breslau, 18/X 87.
Breite Str. 9^{II}.

Sehr geehrter Herr Professor!

Indem ich Ihnen für Ihre Mitteilungen und für Ihre Gefälligkeit, für mich bürgen zu wollen, meinen ergebenen Dank ausspreche, sende ich Ihnen zugleich das Beitrittsformular ausgefüllt zurück nebst einem Cavet von Herrn Prof. Hillebrandt, sodass damit wohl den Eintrittsbedingungen genügt sein dürfte.

Was die kleine Sâvitrî-Miscelle betrifft, die Sie die Güte haben zum Druck bringen zu wollen, so bin ich mit einer Abänderung des Wort-
S. 2 lauts | gern einverstanden, bitte aber alsdann um gefl. Zusendung des Textes im Correcturbogen.

Den Betrag von 16 M. werde ich durch die Post an F. A. Brockhaus senden.

Hochachtungsvollst und ergebenst

Bruno Liebich Dr. phil.

Brief an die Königliche Akademie der Wissenschaften zu Berlin vom 21.12.1887
QUELLE: Bestand PAW (1812–1945), II-XI-12, S. 99.
(Berlin-Brandenburgische Akademie der Wissenschaften)

An die Königliche Academie der Wissenschaften zu Berlin

Breslau, 21. Dec. 1887.
Breite Strasse 9^{II}.

Gesuch um Verleihung des
Boppstipendiums

Eine Hohe Königliche Academie

der Wissenschaften zu Berlin erlaubt sich der Unterzeichnete um Berücksichtigung bei dem im nächsten Jahr zu verleihenden Boppstipendium ergebenst zu bitten.

Ich beabsichtige nach Beendigung einer wissenschaftlichen Arbeit auf dem Gebiet der indischen Literatur, mit der ich seit zwei Jahren beschäftigt bin, einen längeren Aufenthalt im Auslande zu nehmen, hauptsächlich zu handschriftlichen Studien und es würde mir eine Beihülfe zu diesem Zwecke sehr willkommen sein.

Ich füge diesem Gesuche ein Zeugniss meines Lehrers des Herrn Professor Kielhorn in Göttingen bei, sowie ein Exemplar meiner Promotionsschrift 'Die | Casuslehre der indischen Grammatiker verglichen mit dem S. 99v
Gebrauch der Casus im Aitareya Brāhmaṇa'. Die am Schluss derselben gegebenen biographischen Notizen sind jetzt dahin zu ergänzen, dass ich seit Ende des Jahres 1885 an der Königl. und Universitätsbibliothek zu Breslau gearbeitet habe und zwar zuerst als Volontär, seit Ostern dieses Jahres als Amanuensis, in welcher Stellung ich mich gegenwärtig befinde.

Ehrfurchtsvoll und gehorsamst

Bruno Liebich
Dr. Phil.

Brief an die Universität Breslau vom 24.11.1891
QUELLE: Archiwum Uniwersytetu Wrocławskiego, Signatur: F 99, S. 311

Breslau, den 24. Nov. 91.
Ritterplatz 12^{II}.

Gesuch des Dr. phil. Bruno
Liebich um Erteilung der
Venia legendi für indische
Sprache und Literatur.

An die Hohe philosophische Facultät der Universität Breslau.

An die Hohe philosophische Facultät der Universität Breslau richte ich die gehorsame Bitte, mir unter den vorgeschriebenen Bedingungen die Venia legendi als Privatdocent für indische Sprache und Literatur zu erteilen.

Zur Begründung meines Gesuches füge ich folgende Schriften und Documente bei:

1. Eine Darstellung meines Lebenslaufes und Studienganges.
2. Das Reifezeugniss.
3. S. 312 Meine beiden bisher veröffentlichten Schriften.|
4. Das Doctordiplom.
5. Die Abgangszeugnisse von den Universitäten zu Breslau, München und Göttingen.
6. Die Abhandlung: Übersetzung von Kāçikā Vṛitti, Buch II, Kapitel 1 und 2, nebst einer erläuternden Einleitung. Ich versichere an Eides Statt, dass ich selbst Verfasser derselben bin.
7. Ein Gesuch an Seine Excellenz den Herrn Minister um Genehmigung des Gebrauchs der deutschen Sprache in der sub 6) bezeichneten Abhandlung. Sollte die Hohe Facultät mein Gesuch um Erteilung der

Venia legendi bewilligen, so bitte ich gehorsamst, das Gesuch an den Herrn Minister gütigst befürworten zu wollen.| S. 313

8. Die Erklärung des Universitäts-Curatoriums, dass meiner Zulassung nichts im Wege steht.

Einer Hohen philosophischen Facultät
gehorsamster
Bruno Liebich
Dr. phil.

Brief an die Universität Breslau vom 18.1.1892
Quelle: Archiwum Uniwersytetu Wrocławskiego, Signatur: F 99, S. 326

Einer Hohen Philosophischen Facultät der Universität Breslau beehre ich mich ganz ergebenst einige Themata vorzulegen, über deren eines ich die Probevorlesung zu halten wünschen würde:

1. Neuere Ansichten über die Nachrichten der Griechen von Indien.
2. Über die vier indischen Āçrama's.
3. Inwieweit kann die indische Literatur gegenwärtig in Deutschland ein Interesse beanspruchen?

Einer Hohen Facultät
gehorsamster
Bruno Liebich
Dr. phil.

Breslau, 18.I.1892.

Brief an Wilhelm Streitberg vom 8.2.1892
Quelle: Nachlaß Wilhelm Streitberg
(Universitätsbibliothek Leipzig, Signatur: NL 245/Trübner/I/1/58)

Breslau, 8. II. 92.
Ritterplatz 12^{II}.

Sehr geehrte Redaction,

Wollen Sie mir gütigst eine Anfrage verzeihen. Wie mir mein Verleger H. Haessel in Leipzig versichert, sandte er im Sommer vor. J. ein Recensionsexemplar meines Buches: Panini. Ein Beitrag zur Kenntnis der indischen Literatur und Grammatik[4] für den Anzeiger f. idg. Spr. u. Alt. an Ihre Adresse. In den beiden bisher von Ihnen veröffentlichten Verzeichnissen von eingegangenen Schriften,[5] die bis zum November vor. J. reichen, finde ich aber diese Schrift nicht erwähnt. Ich bitte daher um gefl. Auskunft, ob Sie ein Ex. derselben erhalten haben.

Hochachtungsvoll
Bruno Liebich
Dr. phil.

[4] Siehe Anhang IV, Nr. I.7, S. 446. [5] Diese Verzeichnisse findet man in den beiden Heften des ersten Bandes des *Anzeigers für indogermanische Sprach- und Altertumskunde* aus dem Jahr 1892.

Brief an Wilhelm Streitberg vom 20.2.1892
Quelle: Nachlaß Wilhelm Streitberg
(Universitätsbibliothek Leipzig, Signatur: NL 245/L/Li/16)

Breslau, 20. II. 92.
Ritterplatz 12^II^.

Sehr geehrter Herr Professor,

Beifolgend sende ich das mir anvertraute Schriftstück mit dem Ausdruck meines lebhaftesten Dankes an Ihre Adresse zurück. Sie haben richtig ermessen, dass dasselbe, da es mich über den wahren Sachverhalt aller Zweifel enthebt, für mich von hohem Werte ist. Ich habe mir erlaubt, eine Abschrift davon zurückzubehalten.

Ihre liebenswürdige Einladung zur Mitarbeit an den Indogermanischen Forschungen nehme ich dankend an.[6] Ich hatte schon vor einigen Wochen Herrn Professor Brugmann[7] ein Ms. (Übersetzung | von 2 Kapiteln S. 2
der Kāçikā Vṛitti) für die Forschungen angeboten; da ich jedoch erfuhr, dass dasselbe erst im October gedruckt werden könnte, so habe ich vorgezogen, dasselbe einem hiesigen Buchhändler im Verlag zu geben. Ich werde dafür Sorge tragen, dass dem Anzeiger rechzeitig ein Exemplar davon zugeht.

Wenn Sie mir indianistische Werke zur Besprechung im Anzeiger anvertrauen wollen, so werde ich mich bemühen, Ihnen nach Kräften zu dienen.

Mit vorzüglicher Hochachtung
B. Liebich.

---

6 Die Fachzeitschrift *Indogermanische Forschungen* wurde 1892 von Karl Brugmann und Wilhelm Streitberg gegründet. Dazu gehörte auch der *Anzeiger für indogermanische Sprach- und Altertumskunde.* 7 Der deutsche Indogermanist Karl Brugmann (1849–1919), einer der Mitherausgeber der *Indogermanischen Forschungen.*

Postkarte an Wilhelm Streitberg vom 23.4.1892
Quelle: Nachlaß Wilhelm Streitberg
(Universitätsbibliothek Leipzig, Signatur: NL 245/L/Li/17)

Herrn Professor Dr. Streitberg
z. Z. in Wiesbaden
Emser Str. 38.

Breslau, 23. IV. 92.
Ritterpl. 12.

Hochverehrter Herr Professor,

Verbindlichen Dank für Ihre mir vor wenigen Tagen zugegangene Besprechung; die darin angesprochenen Anschauungen über die Beziehung zwischen Philologie und Sprachwissenschaft teile ich vollkommen.[8] Die Anzeige von Bloomfields[9] Contributions[10] möchte ich Sie doch bitten lieber einem eigentlichen Vedisten zu überweisen, ich habe im Rigveda bisher noch zu wenig selbständig gearbeitet, um da mit gutem Gewissen über andre urteilen zu können. Mit
vollster Hochachtung Ihr ganz ergebener B. L.

[Poststempel: Breslau, 23.4.92]

---

[8] Streitberg hat Liebich vermutlich einen Sonderdruck einer Buchbesprechung geschickt, die im ersten Band des *Anzeigers für indogermanische Sprach- und Altertumskunde* (Strassburg 1892, S. 104–108) veröffentlicht wurde. [9] Der amerikanische Indologe Maurice Bloomfield (1855–1928). [10] Liebich bezieht sich auf Bloomfields Studie »Contributions to the Interpretation of the Veda«, die in mehreren Teilen in *The American Journal of Philology* (Bde. 7 [1886], 11 [1890], 12 [1891]) und im *Journal of the American Oriental Society* (Bd. 15 [1893], 16 [1896]) veröffentlicht wurde.

Brief an die Universität Breslau vom 13.6.1892
QUELLE: Archiwum Uniwersytetu Wrocławskiego, Signatur: F 99, S. 327

Breslau, 13. VI. 1892.
Ritterplatz 12[II].

An die Hohe philosophische Facultät der Universität Breslau.

Der Hohen philosophischen Facultät der Universität Breslau erlaube ich mir ganz gehorsamst als Thema der an einem noch zu bestimmenden Tage zu haltenden Antrittsvorlesung einen Vortrag über

die vier indischen Āçrama's (Lebensstationen)

zu unterbreiten.

Einer Hohen Facultät
gehorsamster

Bruno Liebich
Dr. phil.

Brief an die Universität Breslau vom 3.2.1893
Quelle: Archiwum Uniwersytetu Wrocławskiego, Signatur: F 99, S. 361

An die Hohe philosophische Facultät
der Universität Breslau, zu Händen des Herrn Dekans.

Breslau, den 3. II. 93.
Ritterplatz 12.

Für die seinerzeit durch die Hohe philosophische Facultät erfolgte Befürwortung meines Gesuchs an den Herrn Minister, betr. Gewährung einer Beihülfe zu einer wissenschaftlichen Reise nach England, sage ich hierdurch der Hohen Facultät meinen ehrerbietigsten Dank.

Zugleich bitte ich die Hohe Facultät, mich, zur Ausführung dieser Reise, deren Dauer 5–6 Monate betragen wird, für das Sommersemester dieses Jahres von der Verpflichtung, Vorlesungen zu halten, gütigst entbinden zu wollen.

Einer Hohen Facultät

gehorsamster
Bruno Liebich
Dr. phil.,
Privatdocent für indische
Sprache und Literatur.

Postkarte an Ernst Kuhn vom 30.10.1893
Quelle: Nachlaß Kuhn
(Universitätsbibliothek München, Signatur: Nachl. E. Kuhn, Korr. B. Liebich)

Breslau, 30. X. 93
Moltkestr. 10 pt.

Hochverehrter Herr Professor,

Verbindlichen Dank für gütige Übersendung Ihrer Barlaam und Joasaph, den ich mit Interesse durchgelesen habe. Welch ungeheures Wissen ist doch zu solchen Untersuchungen notwendig! Ich lerne jetzt auch etwas Russisch, um die Arbeiten der russischen Gelehrten kennenlernen zu können. Es thut mir recht leid, dass Sie mit dem Schicken doppelte Arbeit gehabt haben; der Lapsus der Postbehörde ist merkwürdig genug, da ich meine hiesige Wohnung beibehielt u. meine Londoner Adresse der Post auch schriftlich mitteilte.

Ihr ganz ergebener
B. Liebich

Postkarte an Wilhelm Streitberg vom 5.10.1894
Quelle: Nachlaß Wilhelm Streitberg
(Universitätsbibliothek Leipzig, Signatur: NL 245/L/Li/18)

Herrn Professor Dr. Streitberg
Moritzstrasse 21
Freiburg (Schweiz)

Breslau, 5. X. 94.
Moltkestr. 10.

Sehr geehrter Herr Professor,

Würden Sie wohl die grosse Gefälligkeit haben, mir mitzuteilen, ob meine Besprechung von Klemm, Shaḍviṁçabrāhmaṇa[11] noch in diesem Jahrgang des Anzeigers erscheinen wird? Im voraus dankend Ihr

ganz ergebener
B. Liebich.

[Poststempel: Breslau, 6.10.04]

[Poststempel: Fribourg, 8.10.04]

[11] Siehe Anhang IV, Nr. I.15, S. 448.

Postkarte an Wilhelm Streitberg vom 16.3.1897
Quelle: Nachlaß Wilhelm Streitberg
(Universitätsbibliothek Leipzig, Signatur: NL 245/L/Li/19)

Herrn Professor
Wilhelm Streitberg
Freiburg (Schweiz)

Breslau, 16. März 1897.
Ohlau-Ufer 19 I.

Sehr geehrter Herr Professor,

Sie waren schon wiederholt so freundlich, an mich die Frage zu richten, ob ich dies oder jenes Buch anzeigen wolle. Jetzt erlaube ich mir an Sie die Bitte zu richten, mir den kürzlich erschienenen dritten Teil der Vedischen Studien (v. Pischel u. Geldner) zur Besprechung in Ihrem Anzeiger anzuvertrauen.[12] Es geschähe mir ein persönliches Gefallen damit.

Ihr
sehr ergebener
B. Liebich,
Privatdocent.

[Poststempel: Breslau, 16.3.97]

[Poststempel: Fribourg, 18 III 97]

---

[12] Vermutlich meinte Liebich damit das zweite Heft des zweiten Bandes von Richard Pischels und Karl Geldners *Vedischen Studien*, das 1897 in Stuttgart erschienen ist (das Vorwort dieses Heftes wurde am 24. Dezember 1896 geschrieben, auch wenn auf der Titelseite der Ausgabe des ganzen zweiten Bandes 1891 als Erscheinungsjahr angegeben ist). Der dritte Band dieses Werkes folgte erst im Jahr 1901.

Brief an Ernst Windisch vom 7.12.1899
Quelle: Nachlaß Windisch
(Universitätsarchiv Leipzig, Signatur: NA Windisch 2.324.3)

Breslau, 7. Dez. 1899.
Ohlau-Ufer 19.

Als langjähriges Mitglied unsrer Gesellschaft erlaube ich mir an Sie
die ergebene Anfrage zu richten, ob das Cāndra-Vyākaraṇa, die Gram-
matik Candragomin's, deren Ausgabe ich gegenwärtig vorbereite, in den
Abhandlungen gedruckt werden könnte. Die Ausgabe ist in zwei Teilen
gedacht, der erste soll das Sūtra, der zweite Dhātupāṭha und Uṇādi ent-
S. 2 halten; das wären zwei Nummern, jede von mässigem | Umfang. Für die
Darstellung der indischen Grammatik, die ich für den Grundriss über-
nommen habe, ist diese Ausgabe eine kaum zu umgehende Vorarbeit. Den
ersten Teil habe ich nahezu druckfertig, und es läge mir viel daran, die-
sen, der für die Kritik Pāṇini's von grosser Wichtigkeit ist, sogleich nach
Vollendung, d. h. in etwa zwei Monaten, gedruckt zu bekommen. Mit dem
zweiten Teil hat es dann keine Eile.

S. 3 Nächstens werde ich mir erlauben, Ihnen einen kleinen, | z. Z. im Druck
befindlichen Artikel über das Datum dieses gelehrten Buddhisten zuzu-
senden, worin ich hoffe, aus einer Stelle seines Werkes den Nachweis zu
erbringen, dass Candragomin in der zweiten Hälfte des fünften Jahrh. n.
Chr. gelebt hat.

In der Hoffnung, dass Ihnen Bremen gut bekommen ist, und dass mein Brief Sie in guter Gesundheit antrifft, bin ich

Ihr
ganz ergebener
B. Liebich

Brief von Emily C. Ridding an Liebich vom 25.8.1900
Quelle: Nachlaß Liebich
(Bibliothek der Deutschen Morgenländischen Gesellschaft, Halle)

6. Southword Road
Clapton
N. E.
Aug. 25. 1900

Dear Dr Liebich,

I hope the enclosed 12 prints will please you – some I have taken both the negatives & the prints a second time to get stronger prints from the faint leaves. The blurs are the brows of the leaves.
You will notice a big gap from 14 to 27 – the leaves were not sent Professor Bendall.
I have taken 6 prints of leaves and registered them "A", and their six backs on another plate & registered them "B" – in the way | Professor Bendall S. 2
asked me to do those for him. You will notice the leaves are numbered in pencil on 4A & 4B – owing to leaf 30 getting out of proper order. I was afraid the 4a might be a surprize to you if I did not pencil it – 4B. I should have mounted 4A & B in their right order but that I am going oft to the sea in two hours time, I have only just finished the prints – The late wet weather has not been very favourable for printing.
I gave your message to Professor Bendall.
I need hardly say, I shall be very glad to help you again if I am able

Behave me
Yours faithfully
Emily C. Ridding
I. B.

Brief an Ernst Windisch vom 12.12.1901
Quelle: Nachlaß Windisch
(Universitätsarchiv Leipzig, Signatur: NA Windisch 2.324.5)

Breslau, 12. Dez. 1901
XIII, Kaiser Wilhelmstr. 53 I.

Hochverehrter Herr Geheimrat,

Hierdurch erlaube ich mir die ergebene Mitteilung, dass nunmehr die Ausgabe der Candra-Grammatik völlig druckbereit ist. Zu dem schon gedruckten Sūtra sind noch Uṇādi und Dhātupāṭha nebst Indices dazugekommen. Ich übersende heut zunächst das Uṇādi, welches im Druck sich
S. 2 zunächst an das Sūtra anschliessen soll, dort | ist auch der Dhātupāṭha wie gesagt schon jetzt fertig, sodass nunmehr der Druck ohne Unterbrechung zu Ende geführt werden kann. Lieb wäre es mir, wenn nach der langen Unterbrechung, die ja allerdings der Sache zugute gekommen ist, die Weiterführung des Druckes in nicht zu ferner Zeit beginnen könnte. Indem ich hierbei um eine kurze gefl. Mitteilung bitte, bin ich mit verbindlichem Gruss

Ihr
ganz ergebener
B. Liebich

Brief an Ernst Windisch vom 23.12.1901
Quelle: Nachlaß Windisch
(Universitätsarchiv Leipzig, Signatur: NA Windisch 2.324.6)

Breslau XIII
Kaiser Wilhelmstrasse 53.
23. Dez. 1901.

Sehr geehrter Herr Geheimrat,

Von Herrn Buchdruckereibesitzer Kreysing erhielt ich auf eine Anfrage in einer technischen Angelegenheit die überraschende Mitteilung, dass 'die Gesellschaft augenblicklich nicht die Absicht habe, die Abhandlung fortzusetzen. Herr Geheimrat Windisch werde | mir darüber selbst noch S. 2 schreiben.' Inzwischen sind wieder mehrere Tage vergangen und ich bitte freundlichst, mir doch recht bald durch ein paar Zeilen Klarheit zu verschaffen. Ich hatte die Erweiterung mit Ihrem vollen Einverständniss unternommen, sie beträgt nur wenige Bogen, und das Werk gewinnt doch unleugbar dadurch an Geschlossenheit. Bis wann ist denn der Weiterdruck vertagt, und sind dafür finan|zielle oder andere Gründe massgebend? Im S. 3 ersteren Fall könnte vielleicht durch einen Vorschuss oder dgl. Rat geschafft werden, um welchen Betrag handelt es sich denn? Mir liegt sehr viel an dem baldigen Erscheinen; ich hatte aufs angestrengteste an der Vollendung des Manuskriptes gearbeitet, um gewissen von interessierter Seite ausgehenden Verdächtigungen die Spitze zu bieten und muss nun noch diese Enttäuschung erfahren. Dass ein Werk | wie meine 'Wortfamili- S. 4 en', das ganz neue Wege einschlägt, zunächst wenig Anerkennung findet, hatte ich kaum anders erwartet; diese kann nur allmählich zugleich mit dem Verständnis wachsen, und selbst wenn der Versuch sich als misslungen herausstellen sollte, so wird es wohl kein Verbrechen sein, einen neuen Weg versucht zu haben. An meiner Stellung als Sanskritist aber lasse ich mir nicht rütteln, und werde den Kampf nötigenfalls bis aufs äusserste führen. Mit ergebenstem Gruss

Ihr
B. Liebich

Brief an Ernst Windisch vom 26.12.1901
Quelle: Nachlaß Windisch
(Universitätsarchiv Leipzig, Signatur: NA Windisch 2.324.7)

Breslau, 2. Weihnachts-
feiertag 1901
XIII Kaiser-Wilhelmstr. 53.

Hochverehrter Herr Geheimrat,

Verbindlichen Dank für Ihren freundlichen Brief. So wie die Dinge lie-
gen, hoffe ich, dass sich unschwer ein befriedigender Weg finden lässt. Ein
hiesiger Bekannter, der mich nach dem Grunde meiner Verstimmung frag-
te, und der nur als ‘ein Freund der indischen Philologie’ bezeichnet zu
werden wünscht, hat sich aus freien Stücken erboten, die Druckkosten für
S. 2 den | noch ausstehenden Rest, jedenfalls aber eine Summe von 300 Mark
beizusteuern. Da ich das alphabetische Verzeichnis der Sūtra in Transkrip-
tion geben will, so wird der Rest denke ich nicht mehr als 5–6 Bogen betra-
gen, doch ist das ja dann nicht unsre Sorge. Wenn die DMG für die ersten
9 Bogen das generöse Anerbieten von Herrn Kreysing annimmt, so stünde
S. 3 dann wohl der sofortigen Fortsetzung | nichts im Wege. Ich vergass noch zu
bemerken, dass der oben erwähnte Gönner an seine Schenkung allerdings
die Bedingung der sofortigen Drucklegung knüpft. Wenn Sie die Freund-
lichkeit hätten, in der nächsten Vorstandssitzung die Sache vorzulegen, so
hoffe ich wie gesagt auf einen befriedigenden Ausgang. Die Korrektur vom
S. 4 Rest des 9. Bogens erhielt ich gestern zugleich mit Ihrem gefl. Schreiben. |

Der sehr berechtigte avis au lecteur trifft mich in der That nicht, da ich mit meinen Beiträgen wenn ich nicht irre sogar ein Jahr im voraus bin. Dass die Schwierigkeit lediglich finanzieller Natur sei, hatte ich von vornherein angenommen, wurde dann aber von Hillebrandts, in diesem Fall ja gutgemeintem Pessimismus selbst etwas beeinflusst.

In der Hoffnung, dass Sie ein recht frohes Weihnachtsfest verlebt haben, bin ich Ihr

aufrichtig ergebener
B. Liebich

Postkarte an Ernst Windisch vom 11.1.1902
Quelle: Nachlaß Windisch
(Universitätsarchiv Leipzig, Signatur: NA Windisch 2.324.8)

Herrn Geheimrat
Professor Dr. Windisch
Leipzig
Universitätsstr. 15.

Sehr geehrter Herr Geheimrat,

Herzlichen Dank für die gute Nachricht. Mit dem Zuschuss wird in der von Ihnen vorgeschlagenen Weise verfahren werden. Ihr

ganz ergebener
B. Liebich

[Poststempel: Breslau, 11.01.02]

Brief an Ernst Windisch vom 14.2.1902
Quelle: Nachlaß Windisch
(Universitätsarchiv Leipzig, Signatur: NA Windisch 2.324.9)

Breslau, 14. Feb. 1902
Kaiser Wilhelmstr. 53.

Sehr geehrter Herr Geheimrat,

Wir sind nicht von vielen der alten indischen Weisen in der Lage, eine Nachbildung zu besitzen. Von Candragomin findet sich zufällig eine solche im Tanjur; ich habe sie auf S. 9 meiner Monographie erwähnt.[13] Ich habe mir nun (auf meine Kosten) von dem Sohn des Dr. Rost[14] eine Durch-
S. 2 zeichnung anfertigen lassen, die sehr getreu aus|gefallen ist und möchte mir nun die Anregung erlauben, dieselbe als Grundlage für eine Titelvignette zu verwenden, die als Holzschnitt herzustellen wäre. Über die Art der Anfertigung wäre noch zu reden, wenn Sie auf den Vorschlag eingehen. Die Figur hält in der linken Hand ein umwickeltes Palmblattmanuskript, wahrscheinlich seine Grammatik, die ja in dem betreffenden Bande
S. 3 des Tanjur an erster Stelle steht.| C. sitzt auf dem Lotusthron, der Kopf ist mit einer Art Glorienschein umgeben, der Gegenstand zu seiner Linken ist wohl ein Kissen, um den Arm darauf zu stützen. Die Unterschrift wäre in Transkription herzustellen, wie ich sie bei B hinzugefügt habe. Der Accent auf dem C darf nicht fehlen. Auf alle Fälle möchte ich zuvor eine Probeansicht haben. Die Kosten würden denke ich 20 M. nicht überschreiten.

[13] Auf S. 280 (bzw. S. 9 des Sonderdruckes) seiner Abhandlung »Das Cāndra-Vyākaraṇa« (Göttingen 1895) schrieb Liebich darüber folgendes: »Die schwarze Ausgabe enthält nur am Anfang jedes Bandes zwei Figuren, die aber in den einzelnen Bänden verschieden sind. Im 116. Bande trägt die Figur links die Unterschrift: Lha˙mo˙dbyaṅs˙can˙dmar˙mo˙la˙na˙mo ‘Verehrung der Göttin, der roten Sarasvatī’; die auf der rechten Seite: Slob˙dpon˙ćandra˙go˙mi˙la˙na˙mo ‘Verehrung dem Ācārya Candragomin’. Ob diese Darstellung, die Candragomin in buddhistischer Tracht und sitzender Stellung zeigt, auf eine alte Vorlage zurückgeht, vermag ich nicht zu sagen.«

[14] Es handelt sich um Adolf Rost, dessen Vater der deutsche Orientalist Dr. Reinhold Rost (1822–1896) war. Reinhold Rost verbrachte den größten Teil seines Lebens in England, wo er unter anderem mehr als zwei Jahrzehnte bis 1893 als Oberbibliothekar der India Office Library tätig war. In dieser Bibliothek befand sich der Blockdruck des von Liebich gemeinten Narthang-Tanjur (derzeit im Bestand der British Library in London, Signatur: Mss Tib X-Y).

Ich hoffe die fertige Ausgabe auf dem Kongress in Hamburg|vorlegen zu können; der Druck schreitet allerdings etwas langsam vorwärts. Würde es sich vielleicht empfehlen, die Vorrede (es sind nur wenige Seiten) deutsch und englisch zu drucken? Ich sollte denken, dass dann das Buch auch in Indien guten Absatz finden würde, da es in Indien selbst für verloren gilt. S. 4

Mit bestem Gruss

Ihr

ganz ergebener

B. Liebich

Brief an Ernst Windisch vom 30.3.1902

Quelle: Nachlaß Windisch
(Universitätsarchiv Leipzig, Signatur: NA Windisch 2.324.4)

Breslau, am ersten
Osterfeiertag.
XIII, K W Str. 53.

Hochverehrter Herr Geheimrat,

Von der englischen Vorrede nehme ich nach Ihren Darlegungen ohne weiteres Abstand. Die Vorrede wird kurz sein und sich auf die notwendigen kritischen Bemerkungen über das handschriftliche Material beschränken, das der Ausgabe zugrunde liegt. Es folgt jetzt nur noch das alphabetische Verzeichnis der|Sūtra in lateinischen Lettern, aber auch nicht sehr S. 2 umfangreich, und doch für den Nutzer der Ausgabe von ~~entscheidender~~ grosser Bedeutung. Hoffentlich ist der Druck nicht schon wieder ins Stocken gekommen; ich habe vor 8 Tagen statt 8 nur 5 Seiten Text und heut gar keinen erhalten.

Anlässlich der Schlussbemerkungen Ihres w. Schreibens kann ich den frommen Wunsch nicht unterdrücken, dass die werten Herren Kollegen sich bei ihren Edi|tionen diejenige Reserve auferlegen möchten, die den S. 3

beschränkten Verhältnissen angemessen wäre. Warum einen Text zweiten Ranges wie die Çukasaptati auf Kosten der DMG. dreimal drucken?[15] Warum liess der Herausgeber sein Material nicht ausreifen, bis er in befriedigender Form zugänglich war? So dringend war dort die Drucklegung grade nicht. Und warum, wenn die Zft. mit gutem Material überlastet ist, für den blossen Abdruck einer Handschrift mit allen Schreiberschnitzern (cf.
S. 3 LV, | S. 44)[16] Honorar bezahlen? Wenn die Herausgeber ihren ganzen Apparat abdrucken lassen, müssen natürlich berechtigte andre Interessen zu kurz kommen. Ich werde den Punkt in Hamburg zur Sprache bringen.[17]

Da ich einmal im Schimpfen bin, so möchte ich noch darauf hinweisen, dass mehrere jüngere Dozenten für Sanskrit es nicht einmal der Mühe wert halten, unsre Wissenschaft durch Beitritt zur DMG. zu stützen. Hat unsre Gesellschaft kein Mittel, diese Pflichtvergessenen zur Raison zu bringen?

Nun nichts für ungut, ich musste mich einmal erleichtern. Indem ich Ihnen ein frohes, gesundes Fest wünsche, bin ich Ihr aufrichtig ergebener B. Liebich

[15] Damit meinte Liebich offenbar die Veröffentlichungen von Richard Schmidt, und zwar seine Edition des Textus simplicior der *Śukasaptati* im X. Band, Nr. 1 der *Abhandlungen für die Kunde des Morgenlandes* (Leipzig 1893) sowie Schmidts Artikel »Anmerkungen zu dem Textus simplicior der Śukasaptati« und »Der Textus simplicior der Śukasaptati in der Recension der Handschrift A«, die 1894 bzw. 1900 und 1901 in der *Zeitschrift der Deutschen Morgenländischen Gesellschaft* (im Bd. 48, S. 580–628 bzw. im Bd. 54, S. 515–547 und Bd. 55, S. 1–44) erschienen sind. [16] Liebich wollte damit auf die folgende Bemerkung Schmidts im Band 55 der *Zeitschrift der Deutschen Morgenländischen Gesellschaft* hinweisen: »Zum Schlusse will ich noch ausdrücklich bemerken, dass ich den Text ganz so gegeben habe, wie das MS. ihn bietet; alle Absonderlichkeiten des Stiles, falsche Formen, Verstösse gegen den Sandhi und gegen die Syntax sind also dem Texte und nicht etwa mir anzurechnen.« [17] Liebich kündigte hier seine Absicht an, über sein Anliegen während des XIII. Orientalistenkongresses in Hamburg zu sprechen. Der Kongreß fand im Semptember 1902 statt, und Liebich nahm tatsächlich daran teil.

Postkarte an Johannes Hertel vom 27.10.1902
Quelle: Nachlaß Johannes Hertel
(Universitätsbibliothek Leipzig, Signatur: NL 271/1/41/4)

Herrn Oberlehrer Dr.
Johannes Hertel
Döbeln

Lieber Herr Dr.,

Besten Dank für Ihre Mitteilung. Ich habe meine Auswahl inzwischen auch beendet. Ich gebe 3 Strophen von A. v. Schlegel,[18] 22 von Rückert,[19] 1 von Brunnhofer,[20] 12 von Fritze (meist recht hölzern),[21] 25 von L. v. Schroeder[22] und 51 von Ihnen, die übrigen in Prosa nach Boehtlingk.[23] So kommen durchschnittlich auf 3 Bhartṛhari-Strophen 2 in Prosa und 1 in Poesie für meinen Zweck ein gutes Verhältnis. Der Kongress ist Ihnen hoffentlich gut bekommen?[24] Auf Wiedersehen in Algier.[25] Ihr
ganz ergebener
B. Liebich

[Poststempel: Breslau, 27.10.02]

[Poststempel: Döbeln, 28.10.02]

[18] Der deutsche Universalgelehrte August Wilhelm von Schlegel (1767–1845). [19] Der deutsche Dichter und Übersetzer Friedrich Rückert (1788–1866). [20] Der Schweizer Philologe Hermann Brunnhofer (1841–1916). [21] Der deutsche Indologe und Übersetzer Ludwig Fritze (1833–1922). [22] Der Indologe Leopold von Schroeder (1851–1920). [23] Der Indologe Otto Böhtlingk (1815–1904). Liebich bezieht sich hier auf die Prosa-Übersetzungen in Böhtlingks *Indische Sprüche* ([1]1863–64, [2]1870–73). [24] Gemeint ist hier der XIII. Orientalistenkongreß, der zwei Monate davor in Hamburg stattgefunden hat. Dort muß es auch zu einem persönlichen Treffen von Liebich und Hertel gekommen sein. [25] Soweit man sich auf die in den *Actes du XIVe Congrès international des orientalistes, Alger 1905* (Paris 1906, S. 24–25) abgedruckten Teilnehmerliste verlassen kann, nahmen weder Liebich noch Hertel am XIV. Orientalistenkongreß in Algier Anfang April 1905 teil.

Postkarte an Johannes Hertel vom 13.4.1903
Quelle: Nachlaß Johannes Hertel
(Universitätsbibliothek Leipzig, Signatur: NL 271/1/41/5)

Herrn Oberlehrer
Dr. Joh. Hertel
Döbeln (Sachsen)

Sehr geehrter Herr Oberlehrer, | Breslau XIII am 2. Osterfeiertag.

Irre ich mich nicht, so haben Sie im vorigen Jahr irgendwo eine von Mañkowski[26] abweichende Auffassung der bekannten Stelle Kathāsaritsāgara I, 10.11 gegeben, doch erinnere ich mich nicht mehr genau der Stelle; könnten Sie mir wohl das Zitat angeben? War es nicht von Ihnen, so muss es wohl von Jacobi[27] gewesen sein. Mit bestem Gruss

B Liebich
Obige Adresse genügt

[Poststempel: Breslau, 13.4.03]

[Poststempel: Döbeln, 14.4.03]

26 Der polnische Indologe Leon Mańkowski (1853–1909). 27 Der deutsche Indologe Hermann Jacobi (1850–1937).

Brief an Ernst Kuhn vom 20.7.1903
Quelle: Nachlaß Kuhn
(Universitätsbibliothek München, Signatur: Nachl. E. Kuhn, Korr. B. Liebich)

Breslau XIII, den 20. Juli 1903
Kaiser Wilhelmstr. 53 I.

Sehr geehrter Herr Professor,

In der Hs. der Candra-Vṛtti, die ich voriges Jahr in Hamburg vorlegte, finden sich am Schluss einige Sätze, die nicht Sanskrit sind, sondern offenbar einem neuindischen Dialekt angehören. Obwohl ich die Bedeutung dieser Sätze erraten kann, vermag ich nicht zu sagen, welchem Dialekt sie angehören, was allerdings bei meiner Unkenntnis des Neuindischen nicht viel besagen | will. Sie würden mich nun zu grossem Dank verpflichten, S. 2
wenn Sie die Stelle einmal durchlesen und mir sagen wollten, ob Sie den Dialekt erkennen. Die Hs. stammt aus Nepal, der Dialekt gehört also vermutlich zu den nordindischen. Die Hs. stammt aus dem 13. Jh., das Schlusswort ist aber von anderer Hand und kann daher jünger sein:[28]

प्रथमया · व्याप्यास · विह्नितकाम्यच् · कयच ·॥ कृङ्॥ द्वितीयान्तके · नविह्नित · कृच् · विक|लयक्। S. 3
भावि · यक् श्राधारेविह्नित · कयच्॥ कर्त्तास · विह्नितकयङ्॥ कर्त्तास विकलशयूचङ॥ कर्त्तास-
विह्नितविय कयष् · चतुर्थीसविह्नित् कृङ्॥

In der Hoffnung, dass Sie sich wohl befinden,

Ihr ganz ergebener
B. Liebich.

---

[28] Es handelt sich um eine undatierte alte Palmblatt-Handschrift, die sich derzeit in den National Archives in Kathmandu befindet (NAK 1/1558). Die Handschrift wurde am 25. Oktober 1970 vom NGMPP mikrofilmiert und ist mittlerweile auch vom NGMCP katalogisiert worden (NGMPP, Rollennr. A 52/14; NGMCP, Inv.-Nr. 14705); Liebichs Bemerkungen zu dieser Handschrift finden sich in Liebich 1918, S. ix; vgl. auch den Bericht »Bruno Liebich Vorzeigung der einzigen existierenden Handschrift der Candra-Vṛtti aus der Bibliothek des Maharaja von Nepal« in den *Verhandlungen des XIII. Internationalen Orientalisten-Kongresses, Hamburg September 1902* (Liebich 1904, S. 67).

Brief an Ernst Windisch vom 11.1.1904
Quelle: Nachlaß Windisch (Universitätsarchiv Leipzig, Signatur: NA Windisch 2.324.10)

Breslau XIII, den 11. Jan. 1904
Kaiser Wilhelmstr. 53 I.

Sehr geehrter Herr Geheimrat,

Ihre Karte in Sachen Buddhacarita veranlasst mich nochmals das Wort
zu ergreifen. Francke[29] kennt nicht den tibetischen Titel, hat daher auch
noch kein Manuskript. Aus Cowells[30] Vorrede zu seiner Übersetzung in
SBE ersehe ich, dass Wenzel[31] eine Übersetzung des B. begonnen, vielleicht
S. 2 schon ziemlich vollendet hat.[32] Da der gesamte handschriftliche | Nachlass
Wenzels in Halle liegt, so muss m. E. der erste Schritt sein, dass dort nach-
geforscht und alles zusammengesucht wird, was sich in seinem Nachlass
zu diesem Thema findet. Das ist die Aufgabe eines Vormittags. Wenn mir
die Leute in Halle dieses Material zustellen, so bin ich bereit, es durchzu-
S. 3 sehen und ev. Francke zuzustellen, als Basis für | seine Arbeit und zugleich
als Hilfsmittel, sich in den Stoff einzuarbeiten. Vielleicht würde es sich
empfehlen, dass er nach Vollendung des ersten Buches dieses in der ZDMG
zum Abdruck bringt, damit man den Wert des tibetischen Textes prüfen
kann. Ich persönlich glaube ja, nach meinen sonstigen Erfahrungen, dass
S. 4 das von Cowell wiedergegebene sehr günstige Urteil von Wenzel | völlig zu-
trifft. In der deutschen Übersetzung wird allerdings wieder viel verwässert
werden. Das beste wäre vielleicht, wenigstens fürs erste Buch, tibetischer
Text <u>und</u> Übersetzung. Aber das ist vorläufig cura posterior.

Ich selbst habe mit Wenzel nie über das Buddhacarita gesprochen. Ich werde meine Antwort an Francke suspendieren, bis ich von Ihnen oder aus Halle einen Bescheid erhalte, und verbleibe inzwischen

Ihr ganz ergebener
B. Liebich

---

[29] Der deutsche Tibetologe August Herrmann Francke (1870–1930). [30] Der britische Indologe Edward Byles Cowell (1826–1903). [31] Der deutsche Indologe und Tibetologe Heinrich Wenzel (1855–1893). [32] Vgl. Cowell 1894, S. x.

Postkarte an Johannes Hertel vom 1.6.1904
Quelle: Nachlaß Johannes Hertel
(Universitätsbibliothek Leipzig, Signatur: NL 271/1/41/7)

Herrn Oberlehrer
Dr. Johannes Hertel
Döbeln

1. Juni 1904.

Verehrter Herr Doctor,

Herzlichen Glückwunsch zu der wohlverdienten Verleihung des Bopp-Stipendiums, von der ich gestern in der Münchner Allgemeinen gelesen habe,[33] und meinen nachträglichen Dank für die wiederholten Zusendungen, für die ich mich bei Gelegenheit revanchieren werde. Ihr
ergebenster B Liebich

[Poststempel: Breslau, 1.6.04]

[Poststempel: Döbeln, 2.6.04]

[33] Im Mai 1904 wurde Hertel das Bopp-Stipendium der Königlichen Akademie der Wissenschaften zu Berlin »in Anerkennung und zur Fortsetzung seiner Arbeiten auf dem Gebiete der indischen Fabel- und Erzählungsliteratur« verliehen, wie aus den *Sitzungsberichten der Königlich Preussischen Akademie der Wissenschaften* für den Jahrgang 1905 (Berlin 1905, S. 142–143) hervorgeht.

Postkarte an Johannes Hertel vom 6.6.1904
Quelle: Nachlaß Johannes Hertel
(Universitätsbibliothek Leipzig, Signatur: NL 271/1/41/9)

Herrn Oberlehrer
Dr. Joh. Hertel
Döbeln

Lieber Herr Doktor,

Dass Sie anderweitige Hoffnungen zerstört haben, fürchte ich nicht; wenn ja, so dürften Sie sich wohl mit einem alten Spruchwort trösten. Ich selbst hatte bei Geh. P.[34] privatim angefragt, ob ich mich um das St. bewerben sollte als Zuschuss zu den hohen Druckkosten meines Lesebuches;[35] es wäre dem Käufer zustatten gekommen, nicht mir, da ich bei der Auflage von 1000 das Exemplar um 1,35 M. im Preis erniedrigt hätte. Hillebrandt hatte mir aber vorausgesagt, was der Erfolg sein würde, und ich hätte es mir auch denken können. Nun, so ist es ja auch ganz gut. Besten Gruss

B. L.

[Poststempel: Breslau, 6.6.04]

[Poststempel: Döbeln, 7.6.04]

---

34 Der deutsche Indologe Richard Pischel (1849–1908). 35 Liebich meint hier das Bopp-Stipendium, das im Jahr 1905 Hertel verliehen wurde.

Postkarte an Johannes Hertel vom 28.7.1904
Quelle: Nachlaß Johannes Hertel
(Universitätsbibliothek Leipzig, Signatur: NL 271/1/41/8)

Herrn Oberlehrer
Dr. Johannes Hertel
Weissenborn
bei Zwickau (Sachsen)

Breslau XIII,
28. Juni.

Lieber Herr Doktor,

Meinen herzlichen Dank für die Uebersendung der schönen Arbeit, zu deren Vollendung ich gratuliere.[36] Ich habe in meinem Lesebuche das 1. Buch des P. nach Kielhorn abgedruckt,[37] mit Auslassung der später eingeschobenen Fabeln, u. bereue es auch jetzt noch nicht, besonders wegen Fritzes Übersetzung, die wirklich ein Meisterwerk ist, u. die nach Erscheinen der kritischen Ausgabe naturgemäss an Bedeutung sehr verlieren wird.[38] Die Korrektur arjuna- für añjana- habe ich noch für das Wortverzeichnis (unter stambha M.)[39] verwerten können. Mit besten Grüssen
Ihr B. L.

[Poststempel: Breslau, 28.7.04]

[Poststempel: Weissenborn, 29.7.04]

---

[36] Liebich hat anscheinend Hertels Veröffentlichung *Über das Tantrākhyāyika, die Kaśmīrische Rezension des Pañcatantra* (Leipzig 1904) vom Verfasser selbst erhalten. [37] Liebich bezieht sich hier auf die vierte Ausgabe von Kielhorns *Panchatantra I* (Bombay 1882). [38] Es handelt sich hier um Ludwig Fritzes (1833–1922) *Indische Sprüche* (Leipzig 1880), die er, wie es auf der Titelseite steht, »[a]us dem Sanskrit metrisch übersetzt« hat. [39] Vgl. Liebich 1905, S. 636.

Brief an Ernst Kuhn vom 16.10.1904
Quelle: Nachlaß Kuhn
(Universitätsbibliothek München, Signatur: Nachl. E. Kuhn, Korr. B. Liebich)

Breslau XIII, den 16. Okt. 1904
Kaiser Wilhelmstr. 53 I.

Sehr geehrter Herr Professor,

Verzeihen Sie gnädigst, dass ich Sie mit einer Frage bemühe. Als Mitglied der seinerzeit fungierenden Kommission für Transkription werden Sie mir gewiss sagen können, aus welchen Gründen diese sich dafür entschieden hat, den Anusvāra mit *ṃ* statt mit *ṁ* wiederzugeben.[40] Da die letztere Umschreibung als die natürliche, sich gleichsam von selbst ein-
S. 2 stellende erscheint, so müssen es bestimmte Gründe gewesen sein, die die Kommission veranlasst haben, von *ṁ* abzusehen. Mir ist aus dem veröffentlichten Material und aus mündlichen Erkundigungen bisher nur der eine Grund bekannt geworden, die Umschrift *ṁ* verleite den Setzer *in* oder *ni* zu drucken. Da dies doch eigentlich nur bei Fraktur (in) passieren kann, so scheint mir dieser Grund für eine internationale Abmachung ziemlich
S. 3 belanglos; ich vermute daher wie gesagt, dass noch andere Gründe mitgesprochen haben, und wäre Ihnen für eine Aufklärung sehr dankbar.

Mit verbindlichstem Gruss
Ihr ganz ergebener
B. Liebich.

[40] Liebich bezieht sich auf eine Kommission, die 1893 während der Generalversammlung der Deutschen Morgenländischen Gesellschaft in Bonn auf Initiative des Schweizer Orientalisten Albert Socin (1844–1899) zur Festlegung einer einheitlichen Transkription der semitischen und der indischen Sprachen eingesetzt wurde (siehe dazu oben, S. 71 ff.).

Postkarte an Karl J. Trübner vom 10.3.1905
Quelle: Nachlaß Wilhelm Streitberg
(Universitätsbibliothek Leipzig, Signatur: NL 245/Trübner/II/3/95)

Herrn Karl J. Trübner, Verlag
für die Redaktion des Anzeigers für idg. Sprach- und Altertumskunde
Strassburg i. E.

Der Unterzeichnete ist verhindert die Besprechung des Buches *Reuter, J. N. The Śrauta-Sūtra of Drāhyāyana with the commentary of Dhanvin. Part I* zu übernehmen.[41]

Das Ritual liegt mir zu fern, für grammatische Texte stehe ich gerne zur Verfügung. B. L.[42]

Breslau XIII, 10.3.05 B. Liebich.

[Poststempel: Breslau, 11.3.05]

[Poststempel: Strassburg, 12.3.05]

---

[41] Es handelt sich um einen gedruckten Bücher-Zettel, auf den Liebich lediglich den Buchtitel, das Datum und seine Unterschrift geschrieben hat. [42] Diese Zeilen hat Liebich handschriftlich an den Rand des Bücher-Zettels geschrieben, den er als Postkarte an Trübner geschickt hat.

Postkarte an Johannes Hertel vom 22.9.1905
Quelle: Nachlaß Johannes Hertel
(Universitätsbibliothek Leipzig, Signatur: NL 271/1/41/10)

Herrn Professor Dr. Hertel
Döbeln
Wiesenstr. 13.

Lieber Dr.,

Ich bin jetzt bei der Versendung von Freiexemplaren u. bitte Sie, mir mitzuteilen, ob Sie mein Lesebuch von der Redaktion des Lit. Zentralblatt zur Besprechung erhalten haben, da ich Ihnen sonst ein Ex. schicken würde. Mit Gruss

B. Liebich
Breslau XIII

[Poststempel: Breslau, 22.9.05]

[Poststempel: Döbeln, 23.9.05]

Brief an Johannes Hertel vom 13.10.1905
Quelle: Nachlaß Johannes Hertel
(Universitätsbibliothek Leipzig, Signatur: NL 271/1/41/11)

Breslau XIII, den 13. Okt. 1905
Kaiser Wilhelmstr. 53 I.

Lieber Herr Doktor,

Ich freue mich, dass Sie mein Lesebuch für ein brauchbares Hülfsmittel halten und nehme Ihr freundliches Anerbieten mit lebhaftem Dank an. Ich gebe mich darüber keiner Täuschung hin, dass mein Buch den meisten Kollegen sehr wider den Strich geht, weil es sie nötigen würde, mit alten, liebgewonnenen Vorurteilen zu brechen. Selbst | ein so trefflicher Mann wie S. 2
Jacobi[43] schrieb mir, er halte es für nötig, mit dem Devanāgarī-Alphabet anzufangen, weil nur in diesem die Wortformen sich dem Gedächtnis fest einprägten! Pischel[44] hat mir selbst nicht einmal den Empfang des Buches bestätigt. Da ich aber nicht diesen Herren, sondern der Sache zuliebe arbeite, so stört mich das weiter nicht; würde mich allerdings freuen, wenn das Buch z. B. in Kränzchen jün|gerer Lehrer, wie sie an manchen Orten be- S. 3
stehen, eine verständnisvolle Aufnahme fände. Was die 'Zs. f. vgl. Literaturgeschichte' betrifft, so wird sie nicht mehr von Koch[45] herausgegeben, wie Ihnen bekannt sein wird; dieser hat sich mit dem Verleger entzweit und giebt jetzt 'Studien z. vgl. Literaturgeschichte' heraus, die jetzt im 5. Bande erscheinen. Diese bringen auch ausführliche Besprechungen und ich bin gern bereit, mit Koch zu sprechen, wenn Sie dieses Blatt meinen, bitte aber noch um | gefl. Nachricht, um Missverständnissen vorzubeugen. S. 4

Zu der Aufzählung sämtlicher Stellen habe ich mich auch erst dann entschlossen, als ich alle andern Verfahren aus diesem oder jenem Grunde unzulänglich fand. Die Mehrbelastung des Buches, die dadurch entsteht,

---

[43] Der deutsche Indologe Hermann Jacobi (1850–1937). [44] Der deutsche Indologe Richard Pischel (1849–1908). [45] Der Germanist Max Koch (1855–1931). Seit 1895 bis zu seiner Emeritierung 1924 hatte er einen Lehrstuhl für neuere deutsche Literaturgeschichte an der Universität in Breslau inne.

ist nicht gross, da die Zahl der sehr häufigen Worte nur gering ist. Pro-
nomina wie tad, idam bereiten durch die Vielgestaltigkeit der zu ihnen
S. 5 gehörenden Formen dem Anfänger Schwierigkeit. Aber selbst bei | Worten
wie na, ca, iti werden durch die Sandhi-Wirkungen oft Zweifel entstehen,
die der auf sich selbst Angewiesene mit Sicherheit nur dann lösen kann,
wenn er jedes Wort jeder Stelle im Register an seinem Platze findet. Dazu
kommt noch eine psychologische Erwägung, die vielleicht etwas subjek-
tiv sein mag: ich für mein Teil wende gern Energie und Mühe an, wenn
ich gewiss bin, dass das Suchen nicht unbelohnt bleibt, andernfalls sinkt
S. 6 der Eifer sehr. Endlich erhalten die Worte durch die Stellenaufführung | ein
mannigfach abgestuftes Relief, das ihrer praktischen Wichtigkeit für die
Lektüre entspricht und nach dem das Gedächtnis halb unbewusst arbeitet,
indem die Worte mit ~~den meisten~~ zahlreichen Stellenangaben sich diesem
tiefer einprägen als die nur ein – oder zweimal vorkommenden, – wenig-
stens nach meiner Beobachtung.

Noch ein Wort über die Wahl des Stoffes. Das Drama habe ich ausge-
schlossen, weil dieses in seiner feingegliederten Abstufung in den verschie-
S. 7 denen Dialekten erst nachempfunden werden kann, | wenn man ein Buch
wie Jacobi's Mahārāṣṭrī-Erzählungen durchgearbeitet hat; es eignet sich da-
her nicht für das Stadium der Einführung, und wer nicht so weit kommt,
tut besser, sich mit Übersetzungen zu begnügen, als sich vorzureden, er
habe Sakuntala im Original gelesen, wenn er die süsse Musik der Prakrit-
strophen überschlägt und dafür unter dem Strich die Sanskritübersetzung
liest; ich finde diese Art Lektüre eine Barberei. – Manu, den auch man-
S. 8 che erwarten werden, gehört m. E. als Anhang in ein vedisches | Lesebuch,
das dort auch einmal kommen muss; und das die Entwicklung des indi-
schen Geistes von der prähistorischen Stufe des Rigveda durch die Brāh-
maṇa und wissenschaftliche (Sūtra-) Stufe bis zu der Höhe der Kultur il-
lustriert, auf der wir ihn in der eigentlichen Skr.-Literatur finden. Manu
empfängt erst dann sein wichtiges Licht, wenn wir ihn an eins der prosa-
ischen Dharma-Sūtra anschliessen. – Von diesen beiden abgesehen, habe
ich mich bemüht, von den verschiedenen Richtungen, in denen der indi-
S. 9 sche Geist Unvergängliches geleistet hat, je einen typischen Ver|treter aus-
zuwählen, diesen aber so ausführlich zu Worte kommen lassen, dass man

von ihm einen wirklichen Schluss auf das ganze Werk machen kann, sodass, wer dieses Lesebuch und dann eine Literaturgeschichte durchliest, wohl sagen kann, dass er eine lebendige und zutreffende Vorstellung des Gegenstandes gewonnen hat, soweit dies einer so riesigen Literatur gegenüber in so engem Rahmen möglich ist.

Wie war es auf dem Kongress? Haben Sie meinen Dank auf Ihren Gruss (durch Hillebrandt) noch erhalten?[46]

Yours truly

B. Liebich

---

[46] Es ist unklar, welchen Kongreß Liebich hier anspricht. Am XIV. Orientalistenkongreß in Algier Anfang April 1905 nahmen weder Hertel noch Hillebrandt teil.

Brief an Johannes Hertel vom 22.9.1906
Quelle: Nachlaß Johannes Hertel
(Universitätsbibliothek Leipzig, Signatur: NL 271/1/41/12)

Breslau XIII, den 22. Sept. 1906
Kaiser Wilhelmstr. 53 I.

Lieber Freund,

Ich gratuliere Ihnen zu der Vollendung dieser neuen Arbeit, die uns ein gutes Stück vorwärts bringt.[47] Sachlich freue ich mich nunmehr in aller Klarheit von Ihnen ausgesprochen zu sehen, dass Sie sich von der Benfey-Bühlerschen Theorie der Sammelkodices, die Sie selbst noch im Jahre 1902 vertreten (Über die Jaina Rezension des Pañcatantra S. 30) nunmehr gründlich freigemacht haben, allerdings wesentlich durch Tatsachen
S. 2 bekehrt; mir war diese Ansicht | immer unbefriedigend und nicht abschliessend erschienen, nach meiner Kenntnis der tibetischen Übersetzungen; da ich aber keinen strikten Gegenbeweis liefern konnte, so schwieg ich, freue mich aber jetzt doppelt, Sie auf dem richtigen Wege zu sehen. Auf dem richtigen Wege sind Sie auch, wo Sie die jüdische Hyperkritik Barths[48] zurückweisen, die uns die Freude an dem reichen Erbe ohne Not vergällt. In einem Punkte müssen Sie selbst Ihre Skepsis noch einschränken, wenn Sie auf S. XII sagen: Dass ein indisches Werk mehrere Jahrhunderte verbreitet wird, ohne verschiedene Bearbeitungen zu erleben, ist so gut wie
S. 3 ausgeschlossen. Dieses Urteil | geht viel zu weit. Sie führen die vedischen Hymnen an: nun, zur Zeit des Ṛgveda-Prātiśākhya, das älter als Panini ist, ja zur Zeit des Aitareya-Brāhmaṇa, das mindestens 100 Jahre älter als Buddha ist, rezitierte man den Ṛgveda verbo tenus wie heut! Das ist doch ein schönes Resultat, wenn man damit die frechen Fälschungen vergleicht, die mit der Bibel noch wenige Jahrhunderte vor Christi Zeit vorgenommen worden sind. Das Aitareya-Brāhmaṇa ist in sämtlichen Hss., ob

---

[47] Es handelt sich hier um Hertels *Das südliche Pañcatantra: Sanskrittext der Rezension β mit den Lesarten der besten Hss. der Rezension α* (Leipzig 1906). [48] Der französische Indologe Auguste Barth (1834–1916). Liebich bezieht sich hier auf Hertels Bermerkung zu Barth in der Einleitung seines Werkes *Das südliche Pañcatantra* (siehe dort S. xi–xii).

aus dem Norden oder Süden, variantenlos überliefert und ähnlich steht es mit vielen Texten der Śruti. Aber auch die Sūtra-Werke sind vielfach vorzüglich überliefert. Von Panini und dem Mahābhāṣya kann ich den Nachweis füh|ren, dass beide Werke uns genau in derselben Form vorlie- S. 4
gen, die Candragomin im 5. Jh. kannte. Candra-Sūtra ist wörtlich dasselbe, ob ich eine Hs. aus Nepal oder Ceylon vergleiche. Also Ihre Ansicht bedarf sehr erheblicher Einschränkung – zum Glück – und ich hoffe, Sie werden gelegentlich dem Ausdruck geben. Noch ein oder zwei Kleinigkeiten. Sie gebrauchen Tantrākhyāyika im Neutrum. Mit welchem Recht kann ich im Augenblick nicht nachprüfen, da ich Ihren ersten Artikel über das Tantrākhyāyika nicht besitze u. die Bibliothek diese Woche geschlossen ist. Aber jedenfalls giebt es nun ein Femininum ākhyāyikā nach Lexikon u. Grammatik, ein neutrales Suffix ika als Substantivum, nicht Adj., ist nach meinem Gefühl| überhaupt ungewöhnlich, wenn nicht unmöglich. Warum S. 5
übersetzen Sie und Schmidt matkuṇa mit Floh statt Wanze?[49] Hoffentlich nicht aus falscher Prüderie? Den Floh, der durch Linnés[50] Namen Pulex irritans vorzüglichst charakterisiert wird, kann kein Verständiger Agnimukha nennen, welcher Name wiederum grade den brennenden, saugenden Stich der Wanze trefflich malt. Die hübsche pikante Geschichte verliert sehr durch diese unglückliche Umtaufe.

Ich hoffe, Sie nehmen meine Kritik als das, was sie ist, als Ausdruck meines herzlichen Interesses, den ich an Ihrer Arbeiten nehme u. schliesse mit dem Audruck wärmsten Dankes.

Ihr
ganz ergebener
B Liebich.

[49] Liebich hatte im Sinne die wohlbekannte Fabel über die Laus und die Wanze aus dem ersten Buch des *Pañcatantra*; vgl. S. 15–16 und 140 in Hertels *Das südliche Pañcatantra* sowie Richard Schmidts *Das Pañcatantram (Textus ornatior): Eine altindische Märchensammlung* (Leipzig 1901), S. 75–77. Wie Hertel in Liebichs Brief mit roter Tinte notiert hat, schreibt Schmidt tatsächlich »Wanze«. [50] Der schwedische Naturforscher Carl von Linné (1707–1778). Über die Gattung *Pulex* siehe die 10. Auflage von Linnés *Systema naturae* (Holmia 1758), Bd. 1, S. 614, Nr. 234.

Postkarte an Johannes Hertel vom 24.9.1906
Quelle: Nachlaß Johannes Hertel
(Universitätsbibliothek Leipzig, Signatur: NL 271/1/41/3)

Herrn Oberlehrer
Dr. Johannes Hertel
Döbeln (Sachsen).

Nachschrift zum Briefe!

Eben finde ich mein Ex. 'Über das Tantrākhyāyika' von dem ich glaubte, ich hatte es ausgeliehen. Ich finde darin wiederholt den Loc. tantrākhyāyike. Also wenigstens nicht Femininum! Sprachlich jedenfalls merkwürdig. Ist ein andres Substantiv zu ergänzen nach Art von Kumārasaṁbhavaṁ kāvyam, mitrabhedaṁ nāma tantram u. ä.[51] Nun gleichviel jedenfalls sind Sie damit im Recht. Ihr B. L.

[Poststempel: Breslau, 24.9.06]

[Poststempel: Döbeln, 25.9.06]

[51] Mit Bleistift ist das Wort »Selbstverständlich!« hinzugefügt worden. Diese Notiz stammt von Hertel selbst.

Brief an Johannes Hertel vom 29.9.1906
Quelle: Nachlaß Johannes Hertel
(Universitätsbibliothek Leipzig, Signatur: NL 271/1/41/13)

Breslau XIII, den 29. Sept. 1906
Kaiser Wilhelmstr. 53 I.

Lieber Freund,

Ich habe aus Ihrem Brief mit einer gewissen Beschämung ersehen, dass ich teils offene Türen eingerannt, teils auch mir tatsächliche Ungenauigkeiten habe zu Schulden kommen lassen. Zur Entschuldigung kann ich nun wiederholen, dass mir die Bibliothek diese ganze Woche verschlossen ist und ich den Dank für Ihre freundliche Gabe nicht so lange hinausschieben wollte. Hoffentlich haben Sie wenigstens meine Nachschrift auf der Karte | erhalten, die sich wohl mit Ihrem Brief gekreuzt hat. – Ben- S. 2
fey muss übrigens doch etwas Ähnliches irgendwo gesagt haben, ich kann nun die Stelle nicht gleich wiederfinden, denn ich erinnere mich, dass ich beim Lesen dachte: da hat also Buddha seine Ansicht von seinem Lehrer übernommen. Es ist ja auch jetzt gleichgültig. Die Hauptsache ist, dass das Pañcatantra nunmehr als ein einheitliches, von vornherein von einem Autor konzipiertes, geniales Werk anerkannt | wird, denn nur einem solchen S. 3
kann man die ungeheure Lebens- und Expansionskraft zutrauen, die es im Lauf der Geschichte bewiesen hat. Dass da ein paar Anhängsel, khila's mitlaufen, ist ganz unerheblich und ja auch sonst in indischer Literatur häufig. Auch hinter Bhartṛhari's Zenturien spürt man so eine starke Persönlichkeit, und die Nachricht von I-tsing stimmt mit dieser so auffallend überein, dass man an der Identität des Prinzen – Dichter – Gelehrten – Philosophen nicht zu zweifeln braucht. Vgl. | Sie zu dieser Frage gelegentlich S. 4
die Ausgabe von Gopi Nath Bombay 1896, der in der Preface u. a. nachweist, dass die grosse Mehrzahl der Strophen Bhartṛhari's in der ganzen späteren Literatur mit Bestimmtheit diesem zugeschrieben werden.[52] Mit

[52] Siehe Purohit Gopi Naths *The Nîtiśataka Śringâraśataka and Vairâgyaśataka of Bhartrihari* (Bombay 1896), S. 24–36.

matkuṇa bin ich noch nicht recht überzeugt, ich muss mit einem Zoologen über die Sache sprechen. Das ‘vom Winde herbeigetrieben’ spricht entschieden zu meinen Gunsten. So schlechte Beobachter sind die Inder nicht, dass sie nicht merken sollten, dass der Floh seine Behendigkeit seiner eigenen Muskelkraft verdankt. In alten Naturgeschichten erinnere ich mich gelesen zu haben, dass es von unsrer Bettwanze nur eine geflügelte Abart gebe, aber wurde dies jedenfalls auch bei uns früher geglaubt. Über
S. 5 die Erleichterung, die Ihnen der wackere Lanman[53] verschafft hat,|freue ich mich von ganzem Herzen. Nach Halle kann ich leider heuer nicht kommen. Ich war 5 Wochen mit Weib und Kind im Gebirge und muss jetzt sparen. Möchten Sie nicht in Zukunft Ihre steife Anrede mit der freundlicheren von mir gebrauchten vertauschen? Mit den besten Grüssen. Ihr aufrichtig ergebener

B. L.

53 Der amerikanische Indologe Charles Rockwell Lanman (1850–1941).

Postkarte an Johannes Hertel vom 24.10.1906
Quelle: Nachlaß Johannes Hertel
(Universitätsbibliothek Leipzig, Signatur: NL 271/1/41/6)

Herrn Oberlehrer Dr. Johannes Hertel
Döbeln (Kgr. Sachsen).

Lieber Herr Kollege (in Brahma),

Vielen Dank für Ihre freundliche Dedikation, die ich gestern von der münchner Buchhandlung erhielt.[54] Ich werde Ihr Buch gleich in diesem Semester in meinem Publikum mitverwenden, indem ich die Originale der von ihnen übersetzten Stücke kursorisch lesen lasse. Mit freundlichem Gruss

B Liebich.

[Poststempel: Breslau, 24.10.06]

[Poststempel: Döbeln, 25.10.06]

54 Vermutlich erhielt Liebich ein von Hertel unterschriebenes Exemplar seiner Ausgabe des südlichen *Pañcatantra*, die 1906 in Leipzig veröffentlicht wurde.

Postkarte an Johannes Hertel vom 29.1.1908
Quelle: Nachlaß Johannes Hertel
(Universitätsbibliothek Leipzig, Signatur: NL 271/1/41/2)

Herrn Dr. Johannes Hertel
Döbeln
Schillerstr. 35 II.

München II, Pettenkoferstr. 30.

Lieber Herr Kollege,

Ich habe heut von Koch[55] Ihre Anzeige meines Lesebuches erhalten,[56] für dich ich Ihnen bestens danke. Leider ist die Einsicht, dass nur eine gründliche Änderung der Methode der Indologie, die gebührende Beachtung verschaffen kann, unter den Sanskritisten wenig verbreitet, und so wird auch dieser Versuch den Prozess der Verkümmerung nicht verhindern können, dem dieser schöne und so viel versprechende Wissenszweig unaufhaltsam entgegenzugehen scheint. Über Bhartṛhari bin ich anderer Meinung, doch fehlt es mir jetzt an Zeit, darauf einzugehen. Mit freundl. Gruss Ihr

B. Liebich.

[Poststempel: München, 29.1.08]

[Poststempel: Döbeln, 29.1.08]

---

[55] Der Germanist Max Koch (1855–1931). [56] Gemeint ist Hertels Anzeige, die in den *Studien zur vergleichenden Literaturgeschichte* (Achter Band. Heft 1. Berlin 1908, S. 142–143) erschienen ist.

Brief an Karl Brugmann vom 27.11.1911
Quelle: Teilnachlaß Karl Brugmann
(Universitätsarchiv Leipzig, Signatur: Ms.01257/Liebig, Bruno 1, S. 109)

Jena, Talstr. 34/I. DR. BRUNO LIEBICH
27. Nov. 11.

Sehr geehrter Herr Geheimrat,

Wie ich vor einiger Zeit erfuhr, wird für Herrn Professor Delbrück hierselbst zu seinem 70. Geburtstage eine literarische Ehrengabe vorbereitet.[57] Da ich nun jetzt mein Domizil in Jena aufgeschlagen habe und dadurch zu Herrn D. in persönliche Beziehungen getreten bin, so möchte ich mich auch gern mit einem kleinen Beitrag an dieser Spende beteiligen. Die Zeit für die Vorbereitung war wie gesagt nur kurz, und ich musste daher ein Thema wählen, das mir fertig zur Hand lag. Ich würde mich freuen, wenn meine anspruchslose Gabe dennoch für würdig erachtet würde, jenem Angebinde eingereicht zu werden.

Mit vorzüglicher Hochachtung

Prof. B. Liebich.

Manuskript folgt morgen.

[57] Liebich meinte damit seinen Beitrag »Das Datum des Kalidasa«, der tatsächlich in der Festschrift Delbrück veröffentlicht wurde (siehe Anhang IV, Nr. I.29, S. 450).

Brief an Karl Brugmann vom 2.12.1911
Quelle: Teilnachlaß Karl Brugmann
(Universitätsarchiv Leipzig, Signatur: Ms.01257/Liebig, Bruno 2, S. 110)

Jena, Talstr. 34 DR. BRUNO LIEBICH
2. XII. 11.

Sehr geehrter Herr Geheimrat,

Ich habe zwar den seinerzeit verschickten Aufruf nicht gelesen, nur mündlich durch Cappeller von dem Plane der Festschrift gehört, aber ich gestatte mir doch darauf hinzuweisen, dass mein Aufsatz speziell für Linguisten geschrieben und berechnet ist, wie ich dies auch in den einleitenden Sätzen betone, insofern kann sich wohl kein anderer durch dessen Aufnahme beeinträchtigt oder zurückgesetzt fühlen. Der Aufsatz ist keine Untersuchung, sondern ein Referat, und würde als solcher freilich mehr in das Beiblatt gehören, aber in den Rahmen der Idg. Forschungen (incl. Anzeiger) gehört er zweifellos. Für ein indologisches Blatt überwiegt der referierende Teil zu sehr, da ein Eingehen in Details, die nur den Sanskritisten interessieren, überall vermieden ist. Dass aber Ihr wissenschaftlicher Jahresbericht in seinem indologischen Teil eine solche Ergänzung neuerdings sehr wohl verträgt, dürfte auch Ihnen, verehrter Herr Geheimrat, nicht entgangen sein.

Es handelt sich aber bei der Aufnahme höchstens um einen redaktio-
S. 2 nellen Stil- oder Schönheitsfehler, der sich durch eine, | kurze Anmerkung beseitigen liesse, etwa: dieser Artikel gehört zwar seinem Inhalt nach mehr in das Beiblatt, da er aber ausdrücklich als Beitrag zur Festschrift eingegangen ist, so hat er hier seine Stelle gefunden. Ich denke, eine solche Konzession könnte man dem Charakter der Festschrift wohl machen.

Sollte dies nicht angängig erscheinen, so bitte ich um gefl. Rücksendung des Ms., wozu ich das Porto beifüge. Zugleich bitte ich freundlichst für diesen Fall um Nennung der Herren, die als Nichtlinguisten keine Beiträge geliefert haben, damit ich mich mit ihnen in Verbindung setzen und ev. eine kleine Sonderfestschrift in die Wege leiten kann.

Mit vorzüglicher Hochachtung

Ihr ergebener

B. Liebich.

Postkarte an Alfred Hillebrandt vom 15.11.1912
Quelle: Biblioteka Uniwersytecka we Wrocławiu
(Aut. 745, Microfiche mit Signatur: 722–750 Autograph XXVIII/mfa 24)

Herrn Geheimrat
Prof. Dr. Hillebrandt, M. d. H.
Deutsch – Lissa

Sehr geehrter Herr Geheimrat,

besten Dank für Ihre freundliche Beurteilung der kleinen und anspruchslosen Gelegenheitsarbeit (Festschrift f. Delbrück). Vor 400, bez. 420, wo die Hunnen Bochara erobern, findet sich soviel ich weiss keine datierte Erwähnung von ihnen auf indischem Boden; die Fremden aus dem Nordwesten heissen bis dahin Çaka's. Dass nach der Vernichtung der hunnischen Hauptmacht um 528 noch versprengte Trupps zurückgeblieben sind u. dann auch Kriegsdienste geleistet haben, ist wahrscheinlich; ein Stamm der Rajputen führt ihren Namen, und auch ihre Erwähnung in späteren Inschriften | kann auf solche zurückgehen. S. 2

Mit bestem Gruss
Ihr B. L.

[Poststempel: Jena, 15.11.12]

Brief von der Heidelberger Akademie der Wissenschaften an Liebich vom 9.11.1913
Quelle: Bestand PAW (1812–1945), II-XI-13, S. 124.
(Berlin-Brandenburgische Akademie der Wissenschaften)

Heidelberg, den 9. November 1913.

Akademie der Wissenschaften
Stiftung Heinrich Lanz
Philosophisch-histor. Klasse.

An Herrn Professor Dr. Liebich

Sehr geehrter Herr Kollege!

Die philosophisch-historische Klasse der Heidelberger Akademie der Wissenschaften hat sich in ihrer gestrigen Sitzung prinzipiell mit der Aufnahme Ihrer Herausgabe der Candra-Vṛtti unter die Abhandlungen einverstanden erklärt, muss aber die Ausführung davon abhängig machen, dass irgendwie von anderer Seite ein Beitrag für die Kosten gewonnen wird. Herr Bartholomae hat es freundlich übernommen, mit Ihnen über die Möglichkeiten einer solchen Vereinbarung Rücksprache zu nehmen.

Mit vorzüglicher Hochachtung
der Klassensekretär
(gez.)

Brief an Ernst Windisch vom 6.1.1914
Quelle: Nachlaß Windisch
(Universitätsarchiv Leipzig, Signatur: NA Windisch 2.324.11)

Heidelberg,
Römerstr. 52.
6.I.14.

Hochverehrter Herr Geheimrat,

Über Ihren freundlichen Gruss habe ich mich herzlich gefreut. Sachlich stimmen wir glaube ich vollkommen überein: so wenig es z. B. Sievers[58] verwehrt ist, Studien über die Metrik des Hebräischen anzustellen, oder dem Physiologen Verworn[59] in Bonn, die Spuren des prähistorischen Menschen in Dordogne zu erforschen, so wenig werden auf unsern Gebieten dem einzelnen Forscher Grenzen gezogen sein. Aber die | Fortdauer der jetzigen Verhältnisse, bei denen die Linguisten stets die Gewinnenden, die Sanskritisten die Leidhabenden sind, bedeutet eine Rechtsunsicherheit, die den Fortbestand der Indologie zu gefährden droht. Wir 'jüngeren' haben es darum seiner Zeit schwer empfunden, dass auf den Vorstoss Brugmanns[60] im Jahre 1903 keiner der dazu Berufenen das Wort ergriffen hat, um Brugmanns einseitige Darlegung zu ergänzen u. dadurch ihre schädliche Wirkung zu parieren. Das ist nicht geschehen, u. die Folgen | sind nicht ausgeblieben. S. 2 S. 3

Indem ich Ihnen von Herzen wünsche, dass Sie das von Ihnen genannte Werk in rüstiger Schaffenskraft vollenden mögen, bin ich mit nochmaligem Dank für Ihre freundlichen Zeilen

Ihr
aufrichtig ergebener
B. Liebich

[58] Der deutsche Germanist Eduard Sievers (1850–1932), der 1901 seine *Studien zur hebräischen Metrik* (Leipzig 1901) veröffentlichte. [59] Der deutsche Physiologe Max Verworn (1863–1921). Liebich hatte vermutlich Arbeiten von Verworn wie z. B. seinen Vortrag *Zur Psychologie der primitiven Kunst* (Jena 1908) im Sinne. [60] Der deutsche Indogermanist Karl Brugmann (1849–1919).

Postkarte an Johannes Hertel vom 9.1.1914
Quelle: Nachlaß Johannes Hertel
(Universitätsbibliothek Leipzig, Signatur: NL 271/1/41/1)

Herrn Professor Dr.
Johannes Hertel
Grossbauchlitz
bei Döbeln, Sachsen

H., Römerstr. 52, 9. I. 14

Lieber Freund,

Herzlichen Dank für die freundlichen Zeilen u. die interessante Gegenga-
S. 2 be. Dies sollte ein Brief werden, aber die Korrespondenz ist | mir ein wenig über den Kopf gewachsen, u. so muss ich rasch durchzukommen suchen. Dass Sie aus spiessbürgerlicher Kurzsichtigkeit verhindert werden, Ihre so überaus dankenswerten Arbeiten zum erwünschten Ende zu führen, muss unter allen Umständen verhindert werden.
Mit besten Wünschen für das neue Jahr
Ihr
B. Liebich.

[Poststempel: Heidelberg, 9.1.14]

Brief an die Königliche Akademie der Wissenschaften zu Berlin vom 12.1.1914
QUELLE: Bestand PAW (1812–1945), II-XI-13, S. 121.
(Berlin-Brandenburgische Akademie der Wissenschaften)

Heidelberg, Römerstrasse 52.
12.I.14.

An die Königliche Akademie der Wissenschaften, Berlin

Der Unterzeichnete beabsichtigt, die Sanskritgrammatik des Candragomin, d. h. das Candra-Sūtra zusammen mit dem von Candragomin selbst verfassten Kommentar, der Candra-Vṛtti herauszugeben, wegen der Wichtigkeit dieses Textes für die Geschichte der indischen Grammatik und speziell für Panini. Der Unterzeichnete hat über die Candra-Vṛtti und ihre Hss. der indischen Sektion des XIII. Internationalen Orientalisten-Kongresses nähere Mitteilungen gemacht. Auch die letzte Allgemeine Versammlung der Deutschen Morgenländischen Gesellschaft hat sich mit dem Text beschäftigt und ihrer Ansicht darüber in der beigefügten Resolution Ausdruck gegeben.[61] Die hiesige Akademie der Wissenschaften hat sich mit der Herausgabe der Candra-Vṛtti in ihren Abhandlungen prinzipiell einverstanden erklärt, aber die Bedingung daran geknüpft, dass es gelingt, zu den nicht unerheblichen Druckkosten noch von andrer Seite einen angemessenen Beitrag zu gewinnen.

Der Unterzeichnete richtet daher an die Königliche Akademie der Wissenschaften die ergebene Bitte, die diesjährige Rate der Bopp-Stiftung für diesen Zweck zu bewilligen, und stellt anheim, den gewährten Betrag der hiesigen Akademie zu dem gedachten Zweck direkt zu überweisen. Sollte es sich ermöglichen lassen, eine volle Rate der Bopp-Stiftung für diesen Zweck zu verwenden, so dürfte die hiesige Akademie die gestellte Bedingung für erfüllt erachten und den baldigen Beginn der Drucklegung verfügen.

Dr. Bruno Liebich
ao. Professor f. indische Philologie
a. d. Univ. Heidelberg.

3 Beilagen.

---

[61] Siehe dazu oben, S. 99 f.

Brief von der Bopp-Stiftung an Liebich vom 16.5.1914
Quelle: Bestand PAW (1812–1945), II-XI-13, S. 1256
(Berlin-Brandenburgische Akademie der Wissenschaften)

Berlin, 16. Mai 1914

An Hrn. Prof. Dr. Bruno Liebich
Heidelberg
Römerstr. 52

Hiermit beehren wir uns Ihnen ergebenst anzuzeigen, daß die statutenmäßig aus den Erträgnissen der Bopp-Stiftung zum heutigen Jahrestage zu verteilende Summe von 1350 Mark Ihnen zur Herausgabe der Candra-Grammatik zuerkannt worden ist.

Der Betrag wird Ihnen von der hiesigen Königlichen Universitätskasse ausgezahlt werden, sobald Sie die anliegende Quittung vollzogen an das Bureau der K. Ak. d. W. werden eingesendet haben.

Die Bopp-Stiftung.
Der vors. Sekr. der K. Ak. d. W.
(gez.)

Die vorberatende Kommission der Bopp-Stiftung
(gez.)

Postkarte an Wilhelm Ostwald vom 17.6.1915
Quelle: Nachlaß Wilhelm Ostwald, Nr. 1788
(Berlin-Brandenburgische Akademie der Wissenschaften)

Herrn Professor Dr.
Wilhelm Ostwald
Gross-Bothen
bei Leipzig

Heidelberg, Römerstr. 52.
17. VII. 15

Sehr geehrter Herr Kollege,

für die Übersendung des Monistischen Taschenkalendars 1915 durch die Hauptleitung des D. M. B.[62] sage ich | verbindlichen Dank. Der Hinweis auf Ratzenhofer[63] ist mir wertvoll, da ich eine derartige Erweiterung über das Einzelindividuum hinaus, wie er sie in Angriff nimmt, schon lange als notwendig empfand u. nach Schriften dieser Richtung suchte. R.s Name war mir bekannt, aber noch nicht näher ins Bewusstsein getreten. S. 2

Mit nochmaligem Dank

Dr. Bruno Liebich
ao. Prof. f. ind. Philologie
a. d. Univ. Heidelberg.

[62] D. h. des Deutschen Monistenbundes. [63] Der österreichische Philosoph und Soziologe Gustav Ratzenhofer (1842–1904).

Brief an Max Weber vom 23.6.1917
Quelle: Nachlaß Max Weber

H., Römerstr. 52
23. VI. 17

Sehr geehrter Herr Kollege,

Ihrem Wunsch nachkommend, teile ich Ihnen auch die paar Notizen mit, die ich mir zu dem früheren Teil Ihrer Untersuchung über Hinduismus u. Buddhismus gemacht habe.[64]

Band 42 S. 362 u. 369 ist Asrama als 'Einsiedler' wiedergegeben. Das Wort Āśrama hat zwei verschiedene Bedeutungen; eine örtliche 'die Einsiedelei', und eine abstrakte 'Lebensstufe'; die von Ihnen angenommene persönliche Bedeutung hat es nicht. Von den vier Āśrama's der indischen Arier (Bed. 2) ist die vierte[x)] vom brahmanischen System erst in Nachahmung und Konkurenz zum Buddhismus zugefügt worden; der Vānaprastha oder Waldeinsiedler (3. Āśrama) ist hingegen eine Milderung der urindogermanischen Sitte der Tötung bez. Aussetzung der Alten.

Die Formen Bhikshu und Bhikkhu sind beide berechtigt; die eine ist Sanskrit, die zweite Pali.

S. 392 nicht Çmriti, sondern Smriti oder Smṛti; jedenfalls mit S.

S. 396 Anm. 71: Dass die indischen Materialisten (lokāyata) den reinen Hedonismus gelehrt hätten, ist nicht richtig. Cāṇakya, der indische Macchiavell, gehört zu ihnen. Vgl. jetzt noch Hertel, Das Pañcatantra (1914) u. Hillebrandt, Zur Kenntnis der indischen Materialisten, in der Festschrift f. Kuhn (1916).

jīvanmukti (S. 398 u. ö.) ist Femininum u. bedeutet 'die Erlösung des Lebenden'; <u>der</u> Erlöste heisst jīvanmuk<u>ta</u>.

S. 394 Anm. 66: Īśvarakṛṣṇa's Sāṁkhya-Kārikā findet sich bei Deussen, Allg. Gesch. der Philosophie I, 3, in Transkription u. mit recht guter Übersetzung vollständig abgedruckt.

---

[64] Vgl. dazu Weber 1996, S. 35–36, 42, 560.

S. 419 Digambara nicht 'in Schatten gekleidet' sondern 'die Weltgegenden zum Mantel habend'.

Über den Ursprung der Zweiteilung der politischen Macht in einen Kriegs- und einen Friedens-Anführer (S. 351) wäre zu vergleichen Schurtz, Altersklassen u. Männerbünde (1902) S. 322 fgg.

Mit bestem Gruss

B. L.

x) (Parivrājaka, Yati, Bhikṣu)

Brief an die Universität Heidelberg vom 12.2.1918
QUELLE: Universitätsarchiv Heidelberg, Signatur: PA 1935, S. 23

DR. BRUNO LIEBICH

An den Engeren Senat der Universität Heidelberg
zu Händen des Herrn Prorektor.

Heidelberg, Römerstr. 52.
12. II. 18

Den Engeren Senat bitte ich hierdurch ganz ergebenst, das beifolgende Gesuch an den Herrn Minister gütigst befürworten und weiterleiten zu wollen.

Euer Magnifizienz
ehrerbietigster
Prof. B. Liebich.

[Von zweiter Hand:]
Heid. 13. 2. 1918
Das Gesuch um Bewilligung der
Kriegszulage befürwortend an das
Gr. Minist. d. K. u. U. vorgelegt,
Engerer Senat,
Endemann

Brief an das Ministerium des Kultus und Unterrichts vom 12.2.1918
QUELLE: Generallandesarchiv Karlsruhe, Signatur: GLA Karlsruhe 235/2210

An Seine Exzellenz
den Herrn Minister des
Kultus und Unterrichts
in Baden.

Heidelberg, Römerstr. 52.
12. II. 18.

Euer Exzellenz

beehre ich mich das Folgende zu unterbreiten:

Angesichts der neuen Bewilligung für Kriegszulagen an Beamte und Lehrer habe ich mir die Frage vorgelegt, ob auch ich sinngemäss zu der Zahl derjenigen zu rechnen wäre, für welche die staatliche Fürsorge bestimmt ist, und ich bin nicht zu einer völligen Verneinung gelangt. Es liegt wohl in der Natur der Sache, dass in dem Verhältnis eines Teils der akademischen Lehrer zum Staat eine gewisse Mannigfaltigkeit herrscht, die eine Prüfung des Einzelfalles erfordert, wofern Billigkeit walten soll. Ich bin seinerzeit einer Berufung an die hiesige Universität gefolgt, um als alleiniger Vertreter für indische Philologie zu wirken, d.h. also für
S. 2 ein | Wissensgebiet, das weit über den älteren Begriff des Sanskrit hinausgewachsen ist, und das desshalb an allen deutschen Hochschulen ausserhalb Badens entweder durch ein Ordinariat oder durch ein etatmässiges Extraordinariat wahrgenommen wird. Ich bin also hier im Hauptberuf, nicht nebenamtlich oder aushilfsweise im Staatsdienst tätig (wie dies auch in einer Verfügung des Hohen Ministeriums No. A. 2657, vom 19. März 1917, eigens festgestellt wurde), habe keinerlei Nebenerwerb, sondern widme meine vom Lehramt freie Zeit ausschliesslich der wissenschaftlichen Forschung auf dem gleichen Gebiet, auf dem ich als Lehrer zu wirken die Ehre habe.

Unter diesen Umständen wage ich die Bitte, im Interesse meiner Familie: Euer Exzellenz wolle mein nicht formales, aber doch vielleicht morali-
S. 3 sches | Anrecht auf Einbezug in die staatliche Fürsorge in dieser schweren

Zeit einer wohlwollenden Prüfung unterziehen und mir gegebenenfalls Kriegszulage und Teuerungsbeihilfe wie anderen Staatsdienern gnädigst gewähren.

Euer Exzellenz.

gehorsamer
Dr. Bruno Liebich,
nichtetatmässiger ausserordentlicher
Professor für indische
Philologie.

Postkarte an Eduard Zarncke vom 17.4.1918
Quelle: Nachlaß Zarncke
(Universitätsbibliothek Leipzig, Signatur: NL 249/1/L/1090)

Herrn
Professor Dr. Zarncke
Leipzig
Kaiser Wilhelmstr. 50.

Heidelberg, Römerstr. 52.
17.IV.18.

Sg Herr Kollege,

In den nächsten Tagen wird Ihnen Bd. XIV der Abhandlungen f. d. Kunde des Morgenlandes zur Besprechung zugehen. Da Sachverständige f. in-
S. 2 dische einheimische | Grammatik sehr dünn gesät sind, so darf ich Sie vielleicht auf Geh. Zachariae[65] in Halle verweisen, als denjenigen, der im Interesse des Zentralblatts zu der Sache selbst als kompetent ziemlich allein inbetracht kommt. Ihr erg.

B. Liebich[66]

[Poststempel: Heidelberg, 18.4.18]

---

[65] Der deutsche Indologe Theodor Zachariae (1851–1934).

[66] Auf derselben Postkarte hat Liebich unter seiner Unterschrift den Beginn eines Gedichtes des deutschen Lyrikers Emanuel Geibel (1815–1884) zitiert: »Das Elsass, rot im Schmuck der Purpurtraube, / Den Blutrubin in unsres Reichs Geschmeide, / Ausbrach der Frank' ihn mit des Schwertes Schneide« etc. Geibel, Für Schleswig-Holstein IV (Junius-Lieder).

Brief an Eduard Zarncke vom 19.9.1919
Quelle: Nachlaß Zarncke
(Universitätsbibliothek Leipzig, Signatur: NL 249/1/L/1091)

Heidelberg, Römerstrasse 52.
19.IX.19.

Sehr geehrter Herr Kollege,

Ich hatte von der Besprechung des Oldenbergschen Buches in No. 36 wiederholt um eine Anzahl Separata auf meine Kosten gebeten,[67] habe aber bis heut weder Exx. noch irgend einen Bescheid erhalten. Wenn damit für den Verlag die Sache erledigt ist, so muss ich denn doch gegen ein so summarisches Verfahren Einspruch erheben, und ich denke, auch dem Herausgeber wird der Fall nicht gleichgültig sein. Von Oldenberg[68] habe ich ein Exemplar seiner Besprechung meiner Candra-Vṛtti erhalten,[69] die DLZ scheint also mit Papier noch besser daran zu sein. Dass für den Fortgang der Wissenschaft grade die Separata am wichtigsten sind, da sie in die Hände der Fachleute kommen und in deren Büchereien aufbewahrt im Bedarfsfalle sofort zur Hand sind, ist uns ja beiden wohl bekannt. Es liegt also im Interesse der wissenschaftlichen Bedeutung der Zeitschrift, dass diese in einer solchen Frage nicht schlechter gestellt oder weniger kulant ist als die Konkurrenz. Zum mindesten aber möchte man das erste Gebot der Höflichkeit nicht aus dem geschäftlichen Verkehr schwinden sehen.

Mit bestem Gruss

Ihr ganz ergebener
B. Liebich.

---

[67] Siehe Anhang IV, Nr. I.38, S. 452. [68] Der deutsche Indologe Hermann Oldenberg (1854–1920). [69] Siehe Anhang IV, Nr. II.22, S. 460.

Postkarte an Eduard Zarncke vom 22.9.1919
Quelle: Nachlaß Zarncke
(Universitätsbibliothek Leipzig, Signatur: NL 249/1/L/1092)

Herrn Professor Dr.
Ed. Zarncke
Leipzig
Kaiser Wilhelmstr. 50.

Heidelberg, Römerstr. 52.
22.IX.19.

Sehr geehrter Herr Kollege,

Ich bitte Sie freundlichst, meine Zuschrift in ruhigerer Stunde noch einmal zu Hand zu nehmen. Sie werden dann erkennen, dass nicht ein Wort meiner Klagen sich gegen Ihre werte Person richtete, sondern dass ich mich bei Ihnen über das Verhalten eines Dritten beschwerte. Nachdem schon die nächste Nummer der Z. pünktlich eingetroffen war, glaubte ich auf die Separata nicht mehr rechnen zu dürfen, blieb aber dort im Ungewissen, da auch kein verneinender Bescheid kam. Andrerseits lag eine andre Arbeit versandbereit da, der ich die Separata beilegen wollte. Dass es einem jetzt allzu schwer gemacht wird, seinen aequus animus zu bewahren, weiss ich nur zu gut, u. so bedaure ich lebhaft, dass meine Zuschrift Sie in einem so
S. 2 ungeeigneten Moment er|wischt hat.

Ihr aufrichtig ergebener

B. Liebich.

[Poststempel: Heidelberg, 22.9.19]

Postkarte an Ernst Kuhn vom 28.12.1919
Quelle: Nachlaß Kuhn
(Universitätsbibliothek München, Signatur: Nachl. E. Kuhn, Korr. B. Liebich)

Herrn Geheimrat
Professor Dr. Ernst Kuhn
München
Hessstr. 2.

Heidelberg, Römerstr. 52
28. XII. 19.

Sehr geehrter Herr Geheimrat,

Ich danke Ihnen für die Einladung zur Teilnahme an der Adresse für Herrn Geh. J.,[70] an der ich mich sehr gern beteiligen werde. Mit besten Wünschen für ein besseres neues Jahr

erg.
B. Liebich.

[70] Der deutsche Indologe Hermann Jacobi (1850–1937).

Brief an Friedrich Carl Andreas vom 26.5.1920
Quelle: Nachlaß Andreas (Niedersächsische Staats- und Universitätsbibliothek Göttingen, Signatur: Cod. Ms. F. C. Andreas 1 : 264)

Heidelberg, Römerstr. 52.
26.V.20.

Sehr geehrter Herr Kollege,

Vor etwa vier Wochen erlaubte ich mir, obwohl Ihnen persönlich unbekannt, Ihnen eine oder zwei meiner Arbeiten zu übersenden. Ich tat es, um Ihre Aufmerksamkeit auf meine Person zu lenken, da ich annahm, dass Sie als nächster Fachgenosse des Kollegen Oldenberg[71] auf die Neubesetzung von dessen Lehrstuhl nicht ohne Einfluss sein könnten. Eine Empfängsbestätigung habe ich nicht erhalten, u. da ich vermute, dass die Kommission inzwischen schon gearbeitet hat, so scheint es mir, dass meine Aussichten für G. recht ungünstig sind. Als göttinger Doktor u. Schüler von Kielhorn müsste ich es aber besonders peinlich empfinden, wenn ich hier gar nicht einmal in die engere Wahl käme; auch hätte ich nach einer Niederlage in diesem Falle bei meinen 58 Jahren wohl überhaupt keine Aussichten mehr u. müsste mich als endgültig gescheitert betrachten. Denn ich kann die Stellung eines nicht etatmässigen Extraordinarius mit Lehrauftrag nicht als gerechten Entgelt für ein ganz der Wissenschaft gewidmetes Leben anerkennen; u. in Baden pflegt ohne vorangegangenen Ruf nach auswärts nichts zu geschehen. Freilich habe ich, wenn ich die Wahrheit sagen soll, wenig Neigung, Heidelberg zu verlassen u. mich nochmals in neue Verhältnisse einzuleben; aber durch einen Ruf erhielte die Fakultät die Legitimation, mich zum ordentl. Honorarprofessor vorzuschlagen, u. das würde wieder auf meine Stellung in der Fakultät, sowie Bartholomae gegenüber im Seminar, von günstiger Rückwirkung sein. Es liegt also auch im Interesse des Faches u. meiner Wirkungsmöglichkeit hierselbst, wenn ich versuche, eine solche zwar äusserliche, aber eben darum auch dem Fernerstehenden leicht verständliche Anerkennung zu erringen, u. diese Erwägung

[71] Der deutsche Indologe Hermann Oldenberg (1854–1920).

musste | schliesslich gegenüber den naheliegenden Bedenken, die sich der S. 2
Absendung dieses Schreibens entgegenstellen, den Ausschlag geben.

Sollte ich in G. ganz ausfallen, so darf ich vielleicht hoffen, dass man mir offen u. ungeschminkt die Gründe mitteilt, die für die Entscheidung der Kommission, (die, wie die Dinge liegen, damit tatsächlich über mein Lehrwerk entscheidet) soweit sie meine Person angeht, massgebend gewesen sind; nicht nur, weil ich als unbescholtener Mann ein gewisses – natürlich nur moralisches – Anrecht auf eine solche Mitteilung zu haben glaube, sondern weil sie mir auch unter Umständen hier von Nutzen sein könnte.

Mit vorzüglicher Hochachtung

Dr. B. Liebich.

Brief an die Universität Heidelberg vom 3.7.1920
QUELLE: Generallandesarchiv Karlsruhe, Signatur: GLA Karlsruhe 235/2210

An den Engeren Senat der Universität Heidelberg.

Heidelberg, Römerstrasse 52.
3.VII.20.

Dem Herrn Minister für Kultus und Unterricht bitte ich für die mir unter A. 9585 gewährte 'Vergütungsaufbesserung' von 2000 M. meinen ergebenen Dank zu übermitteln.

Dr. Bruno Liebich,
ao. Prof. f. Indologie

Brief an Alfred Hillebrandt vom 5.1.1921
Quelle: Biblioteka Uniwersytecka we Wrocławiu
(Aut. 746, Microfiche mit Signatur: 722–750 Autograph XXVIII/mfa 24)

Heidelberg, Römerstr. 52 5. I. 21.

Sehr geehrter Herr Geheimrat,

Ihren Kalidasa habe ich jetzt in den Weihnachtsferien in Ruhe u. in einem Zuge durchlesen können, u. es drängt mich Ihnen zu sagen, welchen Genuss mir dieses reizende Büchlein bereitet hat. Bedauerlich, um der Sache willen, ist ja der Preis, denn wieviele von denen, die das Verständnis für solche Feinarbeit mitbringen, wieviele auch von unsern pauvrer escolíers können 20 M. für einen solchen Zweck erübrigen? Harrassowitz jun. drängt mich immerfort, ihm die ganze Restauflage meines Lesebuches zu verkaufen; ich kann mich nicht dazu entschliessen, denn dann würde er gewiss ein Vielfaches des bisherigen Preises verlangen, u. dadurch würde der Zugang zum Sanskritstudium noch mehr erschwert; ist doch das Glossar in demselben jetzt das einzige, was als Ersatz für ein Skr.-Wörterbuch dienen kann, seitdem auch Cappeller vergriffen ist. Um aber auf Kalidasa
S. 2 zurückzukommen, so freute ich mich, in allen allgemeineren u. prinzipiellen Fragen mit Ihnen in Uebereinstimmung zu sein. S. 56 Z. 20 lies er für es, S. 104 Bharata, S. 108 bhujalatām. Die Hauptstadt der Videha heisst nicht Mithilī (57/8), sondern Mithilā, das Metrum (S. 157) Mandākrāntā. Zu S. 156: der Śrutabodha ist keine trockne Metrik, sondern ein m. E. gelungener Versuch, den trocknen Stoff geniessbar u. amüsant zu machen. Er enthält nichts von den algebraischen Silben *ma, ya, ra* usw. mit der geistlosen Zerhackung der Metra in je drei Silben, beschränkt sich auf die wirklich vorkommenden Metra, u. durch den Kunstgriff, jedes Metrum durch einen in dem Metrum selbst gedichteten Vers zu beschreiben, wird Regel u. Beispiel in sinnreicher Weise kombiniert. Dazu der plaudernde Ton, die ständige Anrede an ein schönes Mädchen: ich würde das kleine Buch eine Salonmetrik nennen, die die Aufgabe löst, den Damen der Gesellschaft soviel von dem Gegenstand beizubringen, als sie zum Genuss der Verse brauchten, also das für die Metrik leistet, was das Kātantra für die Spra-

che besorgt hatte. Wenn es so etwas noch nicht gab, musste das auch für einen K.[72] eine lockende Aufgabe sein; ich finde also keinen Grund, die Tradition in diesem Punkt zu verwerfen. Indem ich Ihnen zum Schluss ein besseres neues Jahr wünsche, bin ich Ihr vergebener

B. L.

[Randnotizen:]
Teil IV meiner Einführung haben Sie hoffentlich erhalten.
Die freundlichst in Aussicht gestellte Brāhmaṇa- u. Upan.-Übersetzung habe ich bisher nicht erhalten.

72 D. i. Kālidāsa.

Postkarte an Alfred Hillebrandt vom 28.5.1921
Quelle: Biblioteka Uniwersytecka we Wrocławiu
(Aut. 747, Microfiche mit Signatur: 722–750 Autograph XXVIII/mfa 24)

Herrn Geheimrat
Prof. Dr. Hillebrandt
Deutsch – Lissa (b. Breslau)
Kastanienallee 3

H., Römerstr. 52. 28. V. 21.

Sehr geehrter Herr Geheimrat,

Vor einigen Tagen ist mir von Eug. Diederichs Ihr neues Werk zugegangen,[73] für das ich Ihnen meinen herzlichen Dank ausspreche. Da die Sechzig Upanischads vergriffen, wird das Buch willkommen sein, u. auch neben Deussens Geheimlehre des Veda seinen Platz behaupten.[74] Die Einleitung liest sich sehr gut durch den Charme Ihres Stiles, der mich stellenweise an M. Müller[75] erinnerte. Der Satz auf S. 5, Z. 20–24 ist schwer verständlich. Wer ist 'er' in Z. 23? Nachschlagen auf S. 132 schafft auch keine Klarheit, da die Verse nicht numeriert sind, u. man nicht erfährt, wieviel Sie nach VI, 3 ausgelassen haben. Beiläufig, was halten Sie von dem Aufsatz von Brown in den Studies in honor of M. Bloomfield?[76] Berlin hüllt sich in tiefes Schweigen. Vielleicht hat Herr Lüders einen andern Kandidaten in petto, u. wir werden durch ein fait accompli überrascht.

Mit verbindl. Gruss

B. L.

---

[73] Liebich meint Hillebrandts *Aus Brahmanas und Upanisaden*, das im Eugen Diederichs Verlag 1921 in Jena erschien. [74] Liebich bezieht sich hier auf Paul Deussens *Sechzig Upanishad's des Veda* (Leipzig ^{1}1897, ^{2}1905) und *Die Geheimlehre des Veda* (Leipzig 1907). [75] Der deutsche Indologe und Religionswissenschaftler Max Müller (1823–1900). [76] Gemeint ist hier George William Browns Beitrag »The Sources of Indian Philosophical Ideas«, der in den *Studies in Honor of Maurice Bloomfield* (New Haven/London/Oxford 1920, S. 75–88) veröffentlicht wurde.

Postkarte an Alfred Hillebrandt vom 2.6.1921
Quelle: Biblioteka Uniwersytecka we Wrocławiu
(Aut. 748, Microfiche mit Signatur: 722–750 Autograph XXVIII/mfa 24)

Herrn Geheimrat
Prof. Dr. Hillebrandt
Deutsch – Lissa (b. Breslau)
Kastanienallee 3.

H., 2. VI. 21.

Hochverehrter Herr Geheimrat,

Das 'er' S. 5, Z. 23 bezieht sich grammatisch auf das letzte vorhergehende Maskulinum, also auf das Wort Gott am Anfang derselben Zeile. Daran nimmt man zuerst Anstoss. Beim wiederholten Lesen erkennt man ja, dass mit 'er' der Ātman gemeint sein muss, was für den, der schon im Bilde ist, von vornherein klar sein wird. Inbezug auf S.[77] stimme ich Ihnen bei; hier würde wohl वल्लेसेर्[78] drankommen, dem es ja auch zu gönnen ist. Sie wissen ja, wie schwer in den Kleinstaaten ein 'Ausländer' ankommt. Es ist schade, dass die Vakanzen in बैयर्न् für die Indologie so ertraglos geblieben sind; da S. solange in München war, wäre wohl dort[×)] der richtige Moment für ihn gewesen. Ich habe übrigens jetzt eine Tochter von S. unter meinen | Schülern, die in Skr. im Nebenfach promovieren will, ein S. 2
recht nettes u. fleissiges Mädchen. Auch Frau Geh. Gothein, die Tagore- u. Shakespeare-Uebersetzerin,[79] treibt jetzt mit bewunderungswürdigem Eifer Skr.

Mit verbindlichem Gruss

Ihr B. L.

[×)] (ich meine in E. oder W.)[80]

---

[77] Damit ist der deutsche Indologe Richard Nathan Simon (1865–1934) gemeint. [78] Der deutsche Indologe Max Walleser (1874–1954). [79] Die deutsche Kunsthistorikerin Marie Luise Gothein (1863–1931), die mit dem Nationalökonom, Kultur- und Wirtschaftshistoriker Eberhard Gothein (1853–1923) verheiratet war. [80] Gemeint sind wahrscheinlich die Städte Erlangen und Würzburg.

Brief an das Ministerium des Kultus und Unterrichts vom 22.10.1921
QUELLE: Generallandesarchiv Karlsruhe, Signatur: GLA Karlsruhe 235/2210

An das Ministerium
des Kultus und Unterrichts,
z. H. des Herrn Geheimrat
Schwoerer.

Heidelberg, Römerstr. 52.
22. X. 21.

Hierdurch mache ich die ergebene Mitteilung, dass ich eine Berufung an die Universität Breslau als Nachfolger von Prof. Hillebrandt erhalten habe, u. bitte, mir zu der für mündliche Verhandlung erforderlichen Fahrt nach Berlin gütigst Urlaub erteilen zu wollen.

Hochachtungsvoll u. ergebenst

Prof. B. Liebich
Dozent f. indische Philologie
a. d. Univ. Heidelberg.

Brief an das Ministerium des Kultus und Unterrichts vom 25.2.1922
QUELLE: Generallandesarchiv Karlsruhe, Signatur: GLA Karlsruhe 235/2210

Heidelberg, Römerstr. 52.
25. II. 22.

Sehr geehrter Herr Geheimrat,

Hierdurch bitte ich um die vorschriftsmässige Entlassung aus dem badischen Staatsdienst mit Schluss dieses Semesters.

Wenn es Ihnen genehm ist, so würde ich mich gern persönlich von Ihnen verabschieden, u. bitte in diesem Fall, mir einen Tag zu bezeichnen, an dem Ihnen mein Besuch gelegen kommt.

Mit vorzüglicher Hochachtung

Prof. B. Liebich

Brief von dem Ministerium des Kultus und Unterrichts an LIEBICH vom 2.3.1922
QUELLE: Generallandesarchiv Karlsruhe, Signatur: GLA Karlsruhe 235/2210

Ministerium
des Kultus und Unterrichts
Nr. A. 4070 Karlsruhe, den 2. März 1922.

Das Ausscheiden des Prof. Dr. Liebich betr.

An Herrn Professor Dr. Liebich Heidelberg Römerstr. 52
(Mit Bezug auf das Schreiben vom 25.2.1922 an unsern Referenten).

Wir haben davon Kenntnis genommen, daß Sie auf Schluß des laufenden Wintersemesters aus Ihrer Stellung an der Universität Heidelberg ausscheiden. Wir danken Ihnen für Ihre unserer Hochschule gewidmete Arbeit und wünschen Ihnen für Ihre Tätigkeit auf dem Breslauer Lehrstuhl alles Gute.

Postkarte an Eduard Zarncke vom 5.7.1924
Quelle: Nachlaß Zarncke
(Universitätsbibliothek Leipzig, Signatur: NL 249/1/L/1093)

Herrn Prof. Dr.
E. Zarncke
Leipzig
Kaiser Wilhelmstr. 50.

Breslau XVI, Parkstr. 40. 5.VII.24

Verehrter Herr Kollege,

Unter Ihren Manuskripten wird sich noch ein oder die andere Besprechung von mir finden, z. B. von Milne, elementary Palaung grammar.[81] Es wäre mir das Liebste, wenn Sie mir diese Manuskripte zurücksenden.

Ihr ergebener

B. Liebich.[82]

[Poststempel: Breslau, 5.7.24]

[81] Siehe Anhang IV, Nr. I.50, S. 455. [82] Abgesehen von der Unterschrift selbst wurde dieser Brief von Liebichs Tochter Agnes-Hildegard unter seinem Diktat geschrieben. Nach seiner Unterschrift hat Liebich selbst noch eine Zeile hinzugefügt: »Schade, dass es so gekommen ist!«

Brief von Johannes Hertel an Liebich vom 23.4.1928
Quelle: Nachlaß Johannes Hertel
(Universitätsbibliothek Leipzig, Signatur: NL 271/1/64/33)

Bruno Liebich, Breslau. Leipzig, Denkmalallee 110, den 23.IV.28.

Sehr geehrter Herr Kollege,

Sie hatten die Güte, mir Ihre wertvolle Konkordanz und den Nekrolog über Hillebrandt zu übersenden; haben Sie für beides herzlichsten Dank. Gern hätte ich Ihnen als Gegengabe den Nekrolog für Hultzsch übersandt; da ich ihn aber bis jetzt nicht erhalten habe, so muss ich wohl annehmen, dass er aus irgend einem Grund für das nächste Heft der ZII. zurückgestellt worden ist. Vor Beginn der Osterferien war die Korrektur bereits beendet.

Ich stecke vorläufig noch tief in der Awesta-Arbeit, und obwohl das abscheuliche Wetter während der Osterferien der Arbeit günstig war und ich jetzt wieder recht arbeitsfähig bin, nachdem sich meine Nerven von der entsetzlichen Zermürbung erholt haben, die mir das jahrelange Wohnen im durchlärmsten Teile Leipzigs zugezogen hatte, bin ich lange nicht so weit gekommen, als ich hatte kommen wollen. Die Awesta-Philologie ist noch allzuweit zurück, als dass man nicht auf Schritt und Tritt gezwungen wäre, sachlich und sprachlich die allerelementarsten Dinge zu untersuchen und eingehend zu behandeln. Es ist doch ein starkes Stück, dass die Awesta-Philologie ~~nach~~ heute, nach 150 Jahren ihres Bestehens, noch nicht imstande ist, ein Textchen wie das Aṣ̌əm vohū, zu verstehen, so dass jeder eine andere, ausnahmslos aber unsinnige Uebersetzung davon gibt, ja dass man sich sogar noch darum streitet, ob es metrisch oder prosaisch ist. Dabei hat das Aṣ̌əm vohū für die Parsen dieselbe Bedeutung, wie das Vaterunser für uns, enthält nur die häufigsten Wörter, die das Awesta überhaupt kennt, ist grammatisch und metrisch korrekt überliefert und so leicht verständlich, dass es jeder Sextaner nach den ersten Wochen des Schuljahrs übersetzen könnte, wenn es zufällig nicht awestisch, sondern lateinisch geschrieben wäre.

Mit nochmaligem herzlichsten Danke und besten Grüssen
Ihr ergebenster

Postkarte an Johannes Hertel vom 9.11.1930
Quelle: Nachlaß Johannes Hertel
(Universitätsbibliothek Leipzig, Signatur: NL 271/1/105/3/303)

Dr. Bruno Liebich
Parkstraße 40
Breslau XVI

9. XI. 30

Dr. Johannes Hertel
Denkmalsallee 110
Leipzig O 27

Lieber Herr Kollege, sehr herzlichen Dank für Ihren ausführlichen u. inhaltsreichen Brief. Wenn der avestische apąm napāt- aus dem Ṛgveda entlehnt ist, so muss letzterer entweder gleichzeitig oder älter sein. Ueber die Datierung Zarathuṣṭra's darf ich mir kein Urteil erlauben, mein Sprachgefühl sagt mir nur, dass der Lautstand der Gāthā's viel jünger erscheint als der des Veda. Schaeder[83] sagte mir, er habe Ihre Ausführungen darüber dreimal durchgearbeitet u. sei überzeugt, dass Sie recht haben. Das würde mich aufrichtig freuen, aber dann ist Z. aber viel jünger als der Ṛgveda, denn die Stufenleiter, die von Panini aufwärts durch die Brāhmaṇa's bis zum Aitareya führt, das schon den ganzen Ṛv. mit Ein-
S. 2 schluss des | 10. Buches vor sich hat, enthält viele Sprossen, u. diese auf sprachlicher Entwicklung beruhenden Argumente sind unwiderleglich. Mit herzl. Gruss Ihr B. L.

[Poststempel: Breslau, 9 11 30]

[83] Gemeint ist der deutsche Orientalist Hans Heinrich Schaeder (1896–1957).

Brief an Wilhelm Printz vom 26.4.1932

Quelle: Bestand der Deutschen Morgenländischen Gesellschaft (Universitätsarchiv Halle-Wittenberg, Signatur: Bestand Rep. 90 Deutsche Morgenländische Gesellschaft)

Dr. Bruno Liebich
Parkstraße 40
Breslau XVI

26.IV.32.

Sehr geehrter Herr,

Ich besitze einige Handschriften, Kollationen und Handschriften-Photogramme (im ganzen 10 Nummern), die ich der wissenschaftlichen Benützung erhalten und zu diesem Zweck der Bibliothek unsrer Morgenländischen Gesellschaft zur Bewahrung und Verfügung übergeben möchte. Ich ersuche Sie daher, bei der dafür zuständigen Stelle das Erforderliche zu veranlassen. Nach erfolgter Zustimmung werde ich die erwähnten Texte durch Post oder Fracht und versichert an die Bibliothek der D.M.G. absenden. Mit meinem Tode gehen dieselben sodann automatisch und ohne Entschädigung in den Besitz der D.M.G. über.

Ergebenst

d. O.

Brief von Wilhelm Printz an Liebich vom 28.4.1932
Quelle: Bestand der Deutschen Morgenländischen Gesellschaft (Universitätsarchiv Halle-Wittenberg, Signatur: Bestand Rep. 90 Deutsche Morgenländische Gesellschaft)

32/690 28.4.1932

Herrn Prof. Dr. BRUNO LIEBICH Breslau

Sehr geehrter Herr Professor!

Für Ihr Angebot, unserer Bibliothek einige Handschriften, Kollationen und Hs.-Photogramme zu überlassen, sage ich Ihnen namens der D.M.G. besten Dank. Ich bin gern bereit, sie in Aufbewahrung zu nehmen.

Darf ich eine Bitte anschließen: im Sept. v.J. ist bei der Berliner Tagung angeregt worden, die Bibl. möchte Orientalisten-Bildnisse sammeln. Das ist auch schon eine alte Idee von mir, die die bloß durch das Übermaß der laufenden Arbeit nicht energisch verfolgt werden konnte. Immerhin sind schon einige Bilder hereingekommen, die gerahmt und aufgehängt worden sind. Würden auch Sie die Güte haben, uns ein Bild zu überlassen?

Mit besten Grüßen Ihr sehr ergebener[84]

[84] Diese mit einer Schreibmaschine erstellte Durchschrift enthält keine Unterschrift des Absenders, der Brief stammt aber aller Wahrscheinlichkeit nach von dem deutschen Indologen Wilhelm Printz (1887–1941). Von 1924 bis zum Ende seines Lebens war Printz als Bibliothekar der Deutschen Morgenländischen Gesellschaft zu Halle tätig.

Postkarte an Wilhelm Printz vom 1.7.1932

Quelle: Bestand der Deutschen Morgenländischen Gesellschaft (Universitätsarchiv Halle-Wittenberg, Signatur: Bestand Rep. 90 Deutsche Morgenländische Gesellschaft)

Dr. Bruno Liebich
Parkstraße 40
Breslau XVI

1.VII.32.

Herrn Professor Dr. Printz
Wilhelmstr. 36
Halle (Saale)

Sehr geehrter Herr Kollege,

Pāṭaliputra wird im Mahābhāṣya oft genannt, ebenso in Beispielen der Kāśikā (z. B. II, 3, 42). H. P. Shastri wird sich darauf berufen oder auf die kaśmirische Bṛhatkathā oder auf beides. Dass man in alter Zeit die Yavana's sehr wohl von andern Barbaren als Griechen unterschied, ergibt sich aus dem Beispiel Yavanāḥ śayānā bhuñjate.[85] Besten Dank auch für die Bibliographie. Ihr erg.

B. L.

[Poststempel: Breslau, 1 7 32]

[85] Vgl. *Cāndravṛtti* 1.2.86: *śayānā bhuñjate Yavanāḥ* (ed. Liebich 1918, S. 44); dasselbe Beispiel kann man auch in *Kāśikā* 3.2.126 lesen.

Brief an Johannes Hertel vom 27.6.1934
Quelle: Nachlaß Johannes Hertel
(Universitätsbibliothek Leipzig, Signatur: NL 271/1/79/21)

Dr. Bruno Liebich
Parkstraße 40
Breslau XVI

27.VI.34.

Lieber Freund,

ich danke Ihnen für Ihre neue Gabe u. beglückwünsche Sie, dass Sie noch immer so rüstig wieder schaffen,[86] was mir nicht mehr möglich ist, da mir Schreiben u. Lesen schon recht schwer fällt; die Augen wollen nicht mehr. In der Einleitung bemerke ich: ich hätte mich gefreut, wenn Sie die Kritik an Günther[87] durch ein paar anerkennende Worte gemildert hätten, dann wirken die sachlichen Berichtigungen nicht verletzend. Der Ver-
S. 2 such | zu einer Synthese zwischen Prähistorie, Anthopologie u. Linguistik musste doch einmal unternommen werden, u. die Aufgabe war gewaltig. Wir dürfen auch nicht ausser Acht lassen, dass G. eine gewisse Gruppe aus gar nicht sachlichen Gründen zu unbedingten Gegnern hat; wer nicht zu diesen gehört, sollte ihm immer, trotz (aufbauender) Kritik, sozusagen im Geiste die Hand drücken. Mit freundlichem Gruss

Ihr B. L.

[86] Vermutlich erhielt Liebich ein Exemplar von Hertels Arbeit *Die awestischen Jahreszeitenfeste: Āfrīngān 3* (Leipzig 1934). [87] Hans Günther (1891–1968) wurde in der Zeit des Nationalsozialismus mit seinen rassistischen Schriften bekannt.

Brief an Jakob Wilhelm Hauer vom 6.11.1935
Quelle: Nachlaß Hauer (BArchKo N 1131/141, S. 344–345)

BRESLAU XVI. DR. BRUNO LIEBICH
PARKSTRASSE 40
6.XI.35.

Verehrter Herr Kollege,

mein Nachfolger auf dem hiesigen Lehrstuhl der Indologie, Prof. Otto Strauss, hat wegen des Arierparagraphen im vorigen Monat das Gesuch um Emeritierung eingereicht, und so ist in der vorgestrigen Fakultätssitzung eine Kommission für Neubesetzung gebildet worden, in deren erster Tagung ich die Vorschlagsliste für den Nachfolger vorzulegen haben werde. Ich gedenke an zweiter Stelle Breloer,[88] an dritter Frauwallner[89] in Wien zu nennen. Für die erste Stelle möchte ich versuchen, Sie zu gewinnen, und dies ist der Grund meines heutigen Schreibens. Ich kann mir freilich denken, wie schwer es Ihnen werden würde, Ihre engere Heimat zu verlassen, und vielleicht haben Sie auch von Ihrem letzten Besuch nicht gerade den vorteilhaftesten Eindruck von unserer guten Stadt mitgenommen. Breslau ist eine etwas spröde Schöne, die ihre Reize nicht auf den ersten Blick darbietet, dann aber um so dauernder fesselt. Das wird Ihnen glaube ich auch Ihr Landsmann Karl Hürthle bestätigen, unser früherer Physiologe, der seine Ruhejahre in Tübingen geniesst (Frondsbergstr. 12). Schlesien und Breslau ist nach seiner ganzen Lebensart mehr süd- als norddeutsch, es steckt in uns in dieser Hinsicht noch viel mehr aus der österreichischen Zeit, als die Oberfläche vermuten lässt. Aber das sind alles Nebensächlichkeiten gegenüber den beiden | grossen Pflichten, die hier Ihrer warten, und die Ihnen S. 345r
kein anderer abnehmen kann. Für Ihre Glaubensbewegung fänden Sie bei der hiesigen Studentenschaft, wie ich aus meinen persönlichen Erfahrungen behaupten kann, eine starke und dankbare Resonanz, die vermutlich auch Schritt für Schritt auf die Bürgerschaft von Breslau und weiterhin auf die ganze Provinz Schlesien übergreifen würde. Sie werden sich vielleicht

---

88 Der deutsche Indologe Bernhard Breloer (1894–1947). 89 Der österreichische Indologe Erich Frauwallner (1898–1974).

aus der Kirchengeschichte erinnern, wie rasch und gründlich vor vierhundert Jahren das Luthertum von Breslau aus in ganz Schlesien Wurzel gefasst hat. Und für die Indologie handelt es sich vielleicht um die Rettung des Lehrstuhls überhaupt. Der Dekan sprach sich darüber ziemlich pessimistisch aus: er meinte, eine Dringlichkeit der Neubesetzung könne er allerdings dem Minister schwer plausibel machen, angesichts der Tatsache, dass im vorigen Semester nur zwei Studenten die indischen Vorlesungen belegt hätten. Von der ungeheuren Bedeutung, die gerade jetzt die uralte indische Tradition und Literatur für die Erkenntnis unsrer arischen Seele gewonnen hat, sprach er gar nicht. Das liegt freilich daran, dass unter den vier bisherigen Inhabern dieses Lehrstuhls von Stenzler bis Strauss kein einziger packender und mitreissender Redner war. Auf der anderen Seite wäre es aber schade, wenn gerade dieser Lehrstuhl an unserer Ost- und Reichshochschule der Indologie verloren ginge. Durch die seinerzeitige Erwerbung der Büchereien von Stenzler und Hillebrandt sind die Universitätsbibliothek und das hiesige indische Seminar vorzüglich dotiert und warten auf verständnisvolle Benützer.

Ich möchte Sie nun bitten, sich die Sache zu überlegen und, sobald Sie
S. 345v sich schlüssig geworden sind, mir | mitzuteilen, wie Sie darüber denken, damit ich in der ersten Kommissionssitzung, die wohl in etwa 14 Tagen stattfinden wird, weiss woran ich bin. Unser Dekan ist Ludolf Malten, der Ihnen ja von seinen religionsgeschichtlichen Arbeiten her bekannt ist. Er ist ein Mann von guten Formen, der für diesen Platz passt und mit dem sich gut arbeiten lässt.

Ihrer geneigten Antwort mit lebhaftem Interesse entgegensehend, bin ich mit deutschem Gruss

Ihr

B. Liebich.

Brief von Paul Thieme an *Liebich vom 11.11.1935
Quelle: Archiwum Uniwersytetu Wrocławskiego
(S 220–492, Personalakte von Otto Strauß, S. 6)

Göttingen d. 11. Nov. 1935

Sehr verehrter Herr Professor,

nach einigem Wandern erreicht mich heut morgen Ihre Karte auf der Sie die Bitte aussprechen eine Liste meiner bisherigen Veröffentlichungen zugesandt zu bekommen. Ich sende Ihnen diese Liste hiermit gerne zu.

In ausgezeichneter Ehrerbietung und Ergebenheit

P. Thieme.

Brief an Erich Frauwallner vom 12.11.1935
Quelle: Nachlaß Erich Frauwallner [Nr. 119–120]
(Institut für Südasien-, Tibet- und Buddhismuskunde der Universität Wien)

Herrn Privatdozent Dr. E. Frauwallner
Leopold Steinerg. 10
Wien XIX

12. November 35.

Sehr geehrter Herr Kollege,

Hierdurch bestätige ich mit Dank den Empfang Ihres Briefes. Es handelt sich um die Neubesetzung des hiesigen Lehrstuhls für Indologie, da der jetzige Inhaber wegen des Arierparagraphen um seine Emeritierung
S. 119v ersucht hat. Ich habe nun vergebens | versucht, aus den gangbaren Hilfsmitteln Angaben über Ihre Lebensumstände, Alter und Studiengang zu erfahren, und möchte Sie daher bitten, mir darüber noch einige Auskunft erteilen zu wollen.

Mit kollegialem Gruss Ihr ergebener
B. Liebich[90]

[90] Dieser und alle späteren Briefe an Frauwallner von Liebich wurden von Agnes-Hildegard nach Diktat ihres Vaters geschrieben. Nur seine Unterschrift hat Liebich selbst hinzugefügt.

Brief von Jakob Wilhelm HAUER an LIEBICH vom 13.11.1935
QUELLE: Nachlaß Hauer (BArchKo N 1131/141, S. 343)

Herrn
Prof. Bruno Liebich
Breslau XVI
Parkstr. 40

Tübingen, den 13. November 1935

Hochverehrter Herr Professor!

Ihre Anfrage ehrt mich und ich danke Ihnen recht herzlich dafür. Sie legen durch Ihre weiteren Ausführungen über die Bedeutung der Breslauer Universität mir eine starke Verpflichtung auf die Seele. Ferner bin ich selbstverständlich bereit, alles dafür einzusetzen, dass der indologische Lehrstuhl für Breslau gerettet wird. Ich bin auch Ihrer Meinung, dass die Indologie, besonders wenn sie mit der Erforschung arischer Weltanschauung verknüpft wird, für den inneren Bau des Reiches von hoher Bedeutung ist und immer mehr werden wird. Dies ist heute noch nicht genügend erkannt. Ich habe darum auch schon vor geraumer Zeit eine kleine Denkschrift an den Reichskultminister in dieser Beziehung gerichtet.

Nun stehen allerdings meinem Weggang von hier eine Reihe von Gründen entgegen. Ich bin hier stark verwurzelt, habe auch vor einigen Jahren nach meiner Rückberufung von Marburg hierher als Nachfolger von Garbe[91] ein Haus gebaut. Zudem ist hier mit dem indologischen Lehrstuhl die allgemeine Religionsgeschichte verknüpft, der ich ja einen grossen Teil meiner Forschung gewidmet habe. Diese religionsgeschichtlichen Vorlesungen – ich lese z. B. jetzt 3 Semester über Religion und Rasse – finden viel Anklang. Fast immer muss ich das Auditorium Maximum nehmen. Dazu habe ich einen engeren Arbeitskreis von Schülern, darunter immer eine Reihe von Doktoranden, der mir grosse Freude macht. Die Bibliothek hier hat sich seit Roth immer auch besonders für die Indologie eingesetzt, so dass die indologische Abteilung wohl zu einer der besten in Deutschland gehört. Immerhin will ich Ihre Anfrage nicht von vornherein mit Nein beantworten. Aber es müsste in Breslau die Bedingung erfüllt sein, dass mit

91 Der deutsche Indologe Richard Garbe (1857–1927).

der Professur für Indologie ein ausgesprochener Lehrauftrag für arische Weltanschauung verknüpft würde und die Zusicherung gegeben werden, dass damit der Lehrstuhl von der nationalsozialistischen Regierung als gesichert bezeichnet wird. Ich möchte zunächst einmal bei Ihnen anfragen, ob die Fakultät bereit wäre, sich für die Bedingung einzusetzen.

Zugleich erlaube ich mir die Anfrage, ob Sie bereit wären, eine kleine Denkschrift mit zu unterschreiben, in der eine Anzahl von Fachgenossen dem Reichskultminister die Wichtigkeit der arischen Forschung vortragen werden mit bestimmten Vorschlägen. Ich dachte es mir so, dass wir vorschlagen, dass mindestens etwa 1 Dutzend grösserer Universitäten einen Lehrstuhl für Indologie oder Iranistik mit einem Lehrauftrag für arische Weltanschauung behalten, dass diese mit Beziehung auf Bibliotheken, Seminarien usw. besonders beachtet würden und dass den Inhabern
S. 343v regelmässig begabte junge National|sozialisten zur Einführung in die Wissenschaft zugewiesen werden, damit der Nachwuchs und damit die Erforschung der arischen Urzeit und die Weltgeltung der deutschen indologischen und iranistischen Forschung in Zukunft erhalten bleibt.

Mit deutschem Gruss Heil Hitler!
Ihr

Brief von Erich Frauwallner an Liebich vom 15.11.1935
Quelle: Archiwum Uniwersytetu Wrocławskiego
(S 220–492, Personalakte von Otto Strauß, S. 8–11)

Wien, 15.XI.35.

Sehr geehrter Herr Professor!

Ich danke Ihnen bestens für Ihr freundliches Schreiben vom 12.XI. und sende Ihnen hiemit die gewünschten Angaben. Entschuldigen Sie, bitte, dass ich diesmal mit der Maschine schreibe, aber ich glaube, ein längerer Brief ist doch so bequemer zu lesen.

Ueber meine Lebensumstände und Alter ist nicht viel zu sagen. Ich bin im Jahre 1898 in Wien geboren worden und ebenfalls in Wien aufgewachsen. 1916 bin ich aus der Mittelschule eingerückt und war bis zum Zusammenbruch im Felde. Gleich nach der Rückkehr begann ich meine Hochschulstudien, und zwar wählte ich als Berufsstudium Klassische Philologie. Ich promovierte 1921 und fand dann eine Anstellung als Mittelschullehrer. 1928 habilitierte ich mich an der Wiener Universität für indische Philologie und Altertumswissenschaft. Damals stellten mir massgebende Herren des Professorenkollegiums in Aussicht, dass man mich in die Stelle des verstorbenen Professors L. von Schröder hineinwachsen lassen wolle. Diese Hoffnungen sind aber durch die Entwicklung der letzten Jahre zerstört worden. Zunächst fiel die Ermässigung der Lehrverpflichtung an der Mittelschule, die mir auf Grund der Hochschultätigkeit gewährt worden war, dem Ersparungskommissär zum Opfer. Und eine Ernennung ist natürlich noch viel weniger zu erwarten, da dafür „positive politische Verdienste“ verlangt werden, die ich nicht aufzuweisen habe. Voriges Jahr wurde von der Fakultät wenigstens die Verleihung des Professorentitels für mich beantragt, aber auch dieser Akt liegt noch unerledigt beim Ministerium. Ich muss Ihnen also ganz offen gestehen, dass ich froh wäre, wenn ich anderswo die Arbeitsmöglichkeit finden könnte, die durch die verschiedensten ungünstigen Umstände einem Indologen hier fast vollständig genommen ist.

Etwas mehr muss ich über meinen Studiengang sagen, vor allem weil meine Arbeiten eigentlich nur als einzelne Ergebnisse umfassenderer Studien zu verstehen sind. Mein Interesse für die Indologie geht schon in die

Mittelschulzeit zurück und ich habe meine indologischen Studien auch gleich in meinem ersten Hochschulsemester unter Prof. L. von Schröder begonnen. Professor Schröder starb aber schon am Ende meines dritten Semesters, an ein Auslandstudium war in den ersten Nachkriegsjahren nicht zu denken und zu dem ausserordentlichen Professor für Sanskrit, B. Geiger, konnte ich kein näheres Verhältnis gewinnen. Ich war also weiterhin vollständig auf mich selber angewiesen. Meine erste Arbeit, die Untersuchungen zu den älteren Upaniṣaden, entstand fast von selbst, als ich beim
S. 2 Studium der Upaniṣaden die Dinge anders zu sehen glaubte, als ich sie bisher dargestellt fand, und daran schlossen sich wie eine natürliche Fortsetzung die Untersuchungen zum Mokṣadharma. Damit hatte ich mir für zwei der wichtigsten älteren Ueberlieferungsmassen meine Anschauungen zurechtgelegt und wollte es nun mit den späteren philosophischen Systemen versuchen. Mein Endziel war und ist dabei, einmal einen Abschnitt der Geschichte der indischen Philosophie so zu erforschen und darzustellen, dass man für diesen Abschnitt von einer wirklichen Geschichte der indischen Philosophie sprechen kann, also keine allgemeine Darstellung der Grundgedanken, sondern ein genaues Verfolgen der Entwicklung an den bedeutenderen Persönlichkeiten und ihren Werken. Ausserdem wollte ich mich dabei nicht auf eine bestimmte Schule beschränken, sondern gerade auch den gegenseitigen Einflüssen in der Entwicklung nachgehen. Nun war mir klar, dass dafür ein späterer Zeitraum gewählt werden müsse, da in der älteren Zeit für die meisten Schulen das Material versagt. Ich wählte also die zweite Hälfte des 1. Jahrtausends n. Chr., aber auch hier ist das Material noch grössten Teils recht dürftig. (Wie es z. B. mit der Nyāyaschule steht, habe ich in den Beiträgen zur Geschichte des älteren Nyāyaḥ I. zu zeigen versucht, von denen ich daher einen Bürstenabzug beilege.) Nur in zwei Fällen fliesst die Ueberlieferung reicher, bei den Buddhisten und Jaina, und von diesen wählte ich zunächst die Buddhisten zur Bearbeitung, weil die Jaina keine grosse Rolle spielten, während die Buddhisten zu jener Zeit führend waren. Zufällig hörte ich, dass ein Schüler Professor Schraders die Bearbeitung der kleineren Werke Dignāgas unternommen hatte, aber während der Arbeit gestorben war, und bot mich Herrn Professor Schrader an, die Arbeit fortzuführen. Er antwortete mir freundlich und übersandte mir die begonnene Arbeit, die allerdings ausser der Abschrift

der Texte so gut wie nichts enthielt. Bald sah ich aber, dass gerade Dignāga nicht der geeignete Ausgangspunkt sei, und wandte mich, nachdem ich die Bearbeitung des einen dieser Texte, der Ālambanaparīkṣā, abgeschlossen hatte, der späteren Zeit zu. Und zwar versuchte ich zunächst, eines der für die damalige Zeit wichtigsten Probleme in seiner Entwicklung zu verfolgen, die Lehre von der begrifflichen Erkenntnis, dem Apoha. Es ist mir auch gelungen, über die Grundzüge der Entwicklung Klarheit zu gewinnen, und die wichtigste Entwicklungsstufe habe ich auch in den Beiträgen zur Apohalehre I. dargestellt. Dann zeigte sich aber, dass für die spätere Entwicklung ein Mann grosse Bedeutung hatte, der bisher fast verschollen war, Jñānaśrīmitra. Ich fasste daher auf einigen Seiten zusammen, was ich damals über diesen Mann zu sagen wusste. Gleichzeitig begann ich, ein zweites Problem zu verfolgen, bei dem die Bedeutung Jñānaśrīs ebenfalls deutlich hervortritt, wo aber das Material | viel reicher ist nämlich S. 3
den Kṣaṇabhaṅgavāda. Dazwischen fällt eine Einzelarbeit, die Veröffentlichung der Sambandhaparīkṣā Dharmakīrtis, zu der ich dadurch veranlasst wurde, dass es mir gelungen war, fast den ganzen Verstext in Jainawerken zu finden. Daneben lief die Arbeit an den Werken der andern Schulen. Mit der Mīmāṃsā konnte ich zu keinem Abschluß kommen, da nach Kumārila wichtige Entwicklungsstufen fehlen, ohne dass das vorhandene Material zu einer Ergänzung ausreichen würde. Doch ist in der nächsten Zeit das Erscheinen einiger Texte zu erwarten, die hier vielleicht Licht bringen. Mehr Erfolg hatte ich dagegen beim Nyāya. Die Resultate, zu denen ich hier gekommen bin, sind im ersten Teil der Beiträge zur Geschichte des Nyaya (*sic!*) wenigstens angedeutet. Der Aufsatz zu den Fragmenten buddhistischer Logiker im Nyāyavārtikam hat sich nebenbei ergeben bei dem Versuch, die Polemik gegen die Buddhisten bei Uddyotakara wegzuarbeiten. Sie sehen also, dass alle diese verstreuten Arbeiten doch im Zusammenhang miteinander stehen und einem grösseren Ganzen dienen. Einige grössere Aufgaben, die mich schon längst gereizt hätten, konnte ich leider unter den ungünstigen äusseren Umständen, in denen ich mich befand, nicht in Angriff nehmen. Uebrigens werde ich mir erlauben, Ihnen mit der gleichen Post eine Zusammenstellung von Sonderabdrucken meiner bisherigen Veröffentlichungen zuzusenden, damit Sie sich selber ein Ur-

teil bilden können, ohne erst in den verschiedensten Zeitschriftenbänden nachsuchen zu müssen. Verbindung mit auswärtigen Fachkollegen hatte ich bisher nur in geringem Mass, da ich sie nur dort suchte, wo ich grössere Vertrautheit und Interesse für das von mir bearbeitete Gebiet erwartete. Aus dem gleichen Grund habe ich auch mehr Verbindungen ins Ausland als nach Deutschland, weil dieses Gebiet hier ziemlich vernachlässigt war und erst in der allerletzten Zeit sich regeres Interesse zeigte. Besondere Freude hat mir die warme Anerkennung bereitet, die meine Arbeiten bei Herrn Professor La Vallée Poussin gefunden haben, da ich gerade seine Leistungen auf dem Gebiete der Buddhismusforschung immer besonders hoch geschätzt habe. Damit glaube ich alles gesagt zu haben, was zu sagen ist, und bitte Sie, zu entschuldigen, wenn ich vielleicht etwas zu ausführlich gewesen bin.

Bei dieser Gelegenheit möchte ich mir übrigens noch erlauben, eine Kleinigkeit zur Sprache zu bringen. Professor Schayer in Warschau, den Sie als Ihren ehemaligen Schüler kennen, hat mir einen seiner Hörer geschickt, der als Dissertation einen Abschnitt aus Śāntirakṣitas Tattvasaṃgraha bearbeitet. Die Arbeit geht im Uebrigen glatt, nur an einer Stelle enthält der Kommentar Kamalaśīlas eine grammatische Erläuterung, die
S. 4 ich ihm nicht erklären konnte. Er hat mir nun die Absicht | ausgesprochen, sich an Sie zu wenden, um deswegen anzufragen, und auch Professor Geiger, an den er sich als Spezialisten für indische Grammatik zunächst wendete, hat ihm dazu geraten. Ich hoffe, dass Ihnen das nicht unangenehm sein wird, umsomehr als es sich um eine einzelne Stelle handelt, die in keinem grösseren Zusammenhang steht und deren Erklärung Ihnen sicherlich nicht viel Mühe machen wird.

Mit den besten Empfehlungen
Ihr sehr ergebener
Dr. E. Frauwallner

Brief an Jakob Wilhelm Hauer vom 17.11.1935
Quelle: Nachlaß Hauer (BArchKo N 1131/141, S. 341–342)

BRESLAU XVI. DR. BRUNO LIEBICH
PARKSTRASSE 40
17.XI.35.

Hochverehrter Herr Kollege,

Ihr Brief erreichte mich Freitag früh, er kam gerade zurecht für die auf Sonnabend Vormittag anberaumte Kommissionssitzung. Meine Freude war gross, obwohl ich die vorhandenen Widerstände nicht unterschätzte. Ich hoffte sie besiegen zu können, aber es gelang mir für diesmal noch nicht. Grosse Dinge gelingen ja selten auf Anhieb. Man verschanzte sich hinter die Ausrede, dass es sich ja nur um ein persönliches Ordinariat handle, das man Ihnen nicht anbieten könne, der Sie in Tübingen bereits ein volles Ordinariat bekleiden. Das war aber eine blosse Finte. Die Sache liegt so, dass für Sanskrit und Sprachvergleichung zusammen ein Ordinariat und ein Extraordinariat im Etat ausgeworfen sind, die von Fall zu Fall verteilt werden. Ich selbst besitze das Extraordinariat als persönliches Ordinariat, da das Ordinariat schon in der Hand des Sprachvergleichers Walde war, man hat es mir aber aus freien Stücken aus dem Ergänzungsfond auf das Gebiet eines Ordinarius erhöht. Und heut ist die Regierung ungleich mächtiger als anno 22.

Dass Ihnen die Trennung von Ihrer engeren Heimat (die ja aber nicht für immer zu sein brauchte) unendlich schwer werden müsste, kann ich Ihnen voll nachfühlen. Ich kann sie Ihnen überhaupt nur zumuten aus dem sicheren Gefühl heraus, dass Ihr wenn auch nur einige Jahre dauerndes Verweilen hier im Osten und gerade in Schlesien, das dafür irgendwie prädestiniert scheint, der Deutschen Glaubensbewegung einen entscheidenden Ruck nach vorwärts geben würde. Von solchen Dingen durfte ich natürlich in der Kommission | nicht sprechen. Ich habe mich auch gehütet, etwas von der beabsichtigten Denkschrift verlauten zu lassen, um den Feind nicht vorzeitig auf die Spur zu setzen. Ich selbst bin gern bereit, die S. 342

Denkschrift mit zu unterzeichnen, wenn mir der Wortlaut vorher mitgeteilt wird.

Havers (der Nachfolger Waldes), der als echter Sprachvergleicher die Dinge ausschliesslich von der sprachlichen Seite sieht, sprach in der Kommission davon, dass das Zentrum der Indogermanenfrage jetzt in Vorderasien liege, und setzte sich dafür ein, statt eines Indologen einen Iranisten zu wählen, womit er natürlich auch bei dem Semitisten (Brockelmann) und dem Turkologen (Giese) Beifall fand. Ich hätte auch nichts gegen einen solchen Lehrauftrag (obwohl diese Studien eigentlich nur innerhalb der Museen gefördert werden können), aber nicht statt des Indologen, sondern neben ihm, dessen vornehmste Aufgabe es bleibt, die wunderbar erhaltene uralte Literatur zu erschliessen und kulturell auszuwerten.

Nun, wenn die beabsichtigte Denkschrift auf guten Boden fällt, so kann das alles allmählich ins rechte Gleis kommen. Was heute noch unmöglich scheint, braucht es in wenigen Jahren nicht mehr zu sein. Ich bin mit Ihnen der Ueberzeugung, dass, wenn die Deutsche Glaubensbewegung das Los früherer Abschüttlungsversuche teilt, wenn es auch jetzt nicht gelingt, das deutsche Volk bis auf unschädliche Reste von seiner religiösen Zerfahrenheit zu heilen, dass wir dann auch die jetzt glücklich erreichte Einheit im staatlichen Leben und nach aussen auf die Dauer uns nicht erhalten werden. Darum wird und muss auch auf religiösem Gebiet das Unzulängliche Ereignis werden.

Mit dem Ausdruck meines herzlichen Dankes und meiner Bewunderung für Ihr Werk verbleibe ich Ihr ganz ergebener

B. Liebich.

Brief an den Dekan der Philosophischen Fakultät der Universität Breslau vom 18.11.1935
QUELLE: Archiwum Uniwersytetu Wrocławskiego
(S 220–492, Personalakte von Otto Strauß, S. 14)

Dr. BRUNO LIEBICH
Parkstraße 40
Breslau XVI

18.XI.35.

Euer Spektabilität

übersende ich beifolgend den gestern eingegangenen von mir erbetenen Selbstbericht des Dr. Frauwallner, der das Fragezeichen hinter seinem Namen vielleicht entbehrlich zu machen geeignet ist.

Brief an Erich Frauwallner vom 20.11.1935
Quelle: Nachlaß Erich Frauwallner [Nr. 121–122]
(Institut für Südasien-, Tibet- und Buddhismuskunde der Universität Wien)

Herrn Privatdozent Dr. Erich Frauwallner
Leopold Steinerg. 10
Wien XIX

20. November 35.

Sehr geehrter Herr Kollege,

Mit Dank bestätige ich den Empfang des von mir erbetenen Selbstberichts und der Sonderdrucke. Leider werde ich von den letzteren nur wenig lesen können, wegen meiner schwachen Augen; da aber meine Separata sämtlich ans hiesige indische Seminar kommen, so werden sie ihren
S. 121v Zweck doch nicht ganz ver|fehlen. Ihr Selbstbericht traf am Sonntag ein, leider einen Tag nach der ersten Kommissionssitzung, in der jedoch noch keine entscheidenden Beschlüsse gefasst wurden; ich habe dann Ihren Bericht sogleich an den Herrn Dekan weitergeleitet. Ihrem Doktoranden will ich gern zu helfen versuchen, wenn er mir eine Abschrift des Passus übersendet, mit kurzer Angabe des weiteren Zusammenhanges.

Mit deutschem Gruss
d. U.

Brief an Erich Frauwallner vom 12.12.1935
Quelle: Nachlaß Erich Frauwallner [Nr. 123–124]
(Institut für Südasien-, Tibet- und Buddhismuskunde der Universität Wien)

Herrn Privatdozent Dr. Erich Frauwallner
Leopold Steinerg. 10
Wien XIX

12. XII. 35.

Sehr geehrter Herr Kollege,

Als ich Ihren Brief vom 24. XI. erhielt, hatte ich meine Antwort an Herrn Kunst bereits abgeschickt, und obwohl ich von ihm keine Empfangsbestätigung erhalten habe, hoffe ich doch, dass er sie erhalten hat und damit zufrieden war. Die tibetische Übersetzung hatte er nicht beigefügt, aber es ging auch so.

Was nun Ihren Fall betrifft, so steht die Sache nicht ungünstig. Es gibt da nur eine kleine Schwierigkeit, auf die ich Sie hinweisen möchte. Die hiesige Professur wird mit dem Lehrauftrag für Indologie und Iranistik vergeben, wie es auch bei Hillebrandt und bei mir der Fall|war. 123v
Bei Strauss lautete der Lehrauftrag sogar auf Sanskrit und vergleichende Sprachwissenschaft (der zweite Lehrstuhl hier war gerade unbesetzt), was ihn ebensowenig geniert hat wie uns beide die Iranistik. Ich rate Ihnen also, nicht etwa aus übertriebener Gewissenshaftigkeit, wie sie bei Indologen (im Gegensatz zu Indogermanisten) manchmal vorkommt, zu erklären, dass Sie sich mit Avesta und Tocharisch noch nie beschäftigt hätten, sondern einen etwaigen Ruf ohne Einwände ruhig und mit höflichem Dank anzunehmen. Es handelt sich ja dabei nicht um eigene Produktion auf diesem Neben|gebiet, die für das Tocharische doch nur im Museum 123r
geleistet werden könnte, sondern um ein blosses Bescheidwissen, das Sie sich, falls Sie es noch nicht besitzen, bald genug erwerben werden. Ich selbst habe nie über Iranistik gelesen und bin nie danach gefragt worden.

Mit deutschem Gruss
Ihr
B. L.

Brief von Ludolf Malten an Liebich vom 18.12.1935
Quelle: Archiwum Uniwersytetu Wrocławskiego
(S 220–492, Personalakte von Otto Strauß, S. 19)

18. Dezember 5

1993/35

Herrn
Prof. Dr. Liebich
hier

Sehr verehrter Herr Kollege,

Hiermit bitte ich Sie, sich auf eine Iranisten-Liste zu präparieren, da ich demnächst die Indologie-Kommission wieder zusammenberufen werde. Vielleicht nehmen Sie vorher mit Herrn Kollegen Bauer Fühlung.
Besonders bitte ich Sie, uns über Lommel/Frankfurt[92] zu informieren.

Mit einem Heil Hitler!
Ihr sehr ergebener
Malten
Dekan.

92 Der deutsche Indo-Iranist Herman Lommel (1885–1968).

Brief an Erich Frauwallner vom 25.12.1935
Quelle: Nachlaß Erich Frauwallner [Nr. 125–126]
(Institut für Südasien-, Tibet- und Buddhismuskunde der Universität Wien)

Herrn Privatdozent Dr. Erich Frauwallner
Leopold Steinergasse 10
Wien XIX

Liebichs Brief[93] mit dem Stempel vom 25.XII.35

Lieber Herr Doktor,

ich freue mich sehr, dass durch Ihre Mitteilung sich auch dieses Hindernis beseitigen lassen wird. Da es üblich ist, die der Begründung der Fakultätsvorschläge dienenden Zuschriften dem Bericht ans Ministerium im Original beizulegen, so bitte ich Sie, die umstehende Erklärung mir zu diesem Zweck unter Weglassung des Persönlichen noch einmal zu wiederholen.

Auch dieses mir vorliegende Schreiben erbitte ich für meine eigene Briefsammlung wieder zurück. In Eile

Ihr ergebener
B. Liebich

[93] Dieser Brief liegt nur in einer Abschrift vor, die anscheinend von Frauwallner angefertigt wurde.

Brief von Erich Frauwallner an *Liebich vom 27.12.1935
Quelle: Archiwum Uniwersytetu Wrocławskiego
(S 220–492, Personalakte von Otto Strauß, S. 20)

Wien, 27.XII.1935

Sehr geehrter Herr Professor!

Da, wie ich erfahre, die Breslauer Lehrkanzel mit dem Lehrauftrag für Indologie und Iranistik vergeben wird, möchte ich zu meinem letzten Bericht noch Folgendes hinzufügen:

Ich habe mich mehrere Jahre ziemlich viel mit Iranistik beschäftigt, vom Avesta bis Firdausi, vor allem aber mit den mitteliranischen Sprachen. Und wenn ich sie auch in der letzten Zeit vernachlässigt habe, so glaube ich das doch in kurzer Zeit nachholen zu können. Im Bericht über meinen Studiengang habe ich die Iranistik nicht erwähnt, weil ich es für nebensächlich hielt.

Mit den besten Empfehlungen
Ihr sehr ergebener
E. Frauwallner

Brief von Georg Morgenstierne an *Liebich vom 29.12.1935
Quelle: Archiwum Uniwersytetu Wrocławskiego
(S 220–492, Personalakte von Otto Strauß, S. 21)

p. t. Oslo, Eilert Sundts gt. 41
29-12-1935

Sehr verehrter Herr Kollege,

Ich danke Ihnen herzlich für Ihren liebenswürdigen Brief und für die ehrenvolle Anfrage. Ich schätze sehr das Vertrauen das mir Ihrerseits darin zum Ausdruck gebracht wird. Ich möchte aber meine jetzige Stellung an der Universität Göteborg nur verlassen um eventuell in mein Heimatland Norwegen zurückzukehren und habe neuerdings einen Ruf nach Uppsala abgelehnt. Ich würde mich daher auch nicht entschliessen können einen Ruf nach Breslau anzunehmen.

Mit nochmaligem Dank und kollegialem Gruss
Hochachtungsvoll
Ihr ergebener Georg Morgenstierne

Brief von Herman Lommel an *Liebich vom 3.1.1936
Quelle: Archiwum Uniwersytetu Wrocławskiego
(S 220–492, Personalakte von Otto Strauß, S. 23)

Frankfurt a.M., Hansa-Allee 21,
den 3. Januar 1936.

Sehr verehrter Herr Kollege!

Ich danke Ihnen sehr für Ihren Brief vom 1. Januar 36. Ich würde mich sehr freuen und es wäre mir eine große Ehre, wenn Ihre Fakultät mich für die indo-iranische Professur in Breslau vorschlagen würde. Es ist das ein Lehrauftrag, der meiner Forschungsarbeit ganz entspräche. Es ist seit langem mein Wunsch, auf eine indo-iranische Lehrkanzel berufen zu werden. Auch habe ich hier seit mehreren Jahren meine Lehrtätigkeit fast ganz auf altindische und altiranische Philologie gerichtet und dabei Vorlesungen über altindische Religion und Literaturgeschichte gehalten. Meine letzte Veröffentlichung (Die alten Arier, Frankfurt 1935) und das weiterhin Geplante betreffen großenteils das Altindische.

Ich habe hier ein planmäßiges Extra-ordinariat mit dem Titel des Ordinarius inne.

Mit kollegialem Gruß und
Heil Hitler!
H. Lommel

Brief von Paul Thieme an *Liebich vom 6.1.1936
Quelle: Archiwum Uniwersytetu Wrocławskiego
(S 220–492, Personalakte von Otto Strauß, S. 36–38)

Göttingen d. 6. Jan. 36

Sehr verehrter Herr Professor,

bei meiner Rückkehr von der Tagung der Deutschen Morgenländischen Gesellschaft in Halle fand ich hier Ihren Brief vor, aus welchem ich ersehe, daß Sie die Absicht haben, mich eventuell für einen Lehrauftrag in Breslau vorzuschlagen. Soweit ich annehmen darf, daß sich darin eine freundliche Anerkennung meiner bescheidenen Bemühungen auf dem Gebiet der Indischen Grammatiker ausdrückt, danke ich Ihnen sehr. Eine solche Anerkennung gerade von Ihrer Seite ist mir natürlich höchst wertvoll. Ich bin mir aber natürlich auch bewußt, daß im Augenblick die Frage des indologischen Nachwuchses in Deutschland so schlecht steht, daß es kaum besonderes Verdienst bedarf um in Frage zu kommen!

Also, zunächst einmal Jinendrabuddhi! Der Grund dafür, daß ich ihn nicht ausführlich behandelt habe, liegt im wesentlichen in dem Bemühen meinen jedoch recht speziellen Aufsatz nicht über Gebühr anschwellen zu lassen. Gerade in dieser Frage schien mir Jin. nichts von materieller Wichtigkeit vorzubringen, abgesehen von einer Kleinigkeit, die Haradatta dann auch, entsprechend seiner Gepflogenheit, übernommen hat, wie ich auf Seite 192 erwähnt habe.[94] Es schien mir zwar bemerkenswert, daß Kaiyaṭa aus seiner (Jin.'s) Formulierung hier keinen Nutzen gezogen hat (falls ich ihn richtig verstand) – aber der Punkt war doch zu unwesentlich um sichere Schlüsse daraus herzuleiten. Das Verhältnis Jin.'s und Kaiyaṭa's sollte vielleicht noch einmal gründlich untersucht werden – ich gestehe, daß ich das noch nicht getan habe. In jedem Fall ist es ja wohl klar, daß Jin. | der S. 2
ältere ist. Ist Haradatta der erste, der ihn wirklich ausbeutet?

---

[94] Thieme bezieht sich hier auf seine Arbeit »Bhāṣya zu vārttika 5 zu Pāṇini 1.1.9 und seine einheimischen Erklärer«, die 1935 im 1. Band der *Nachrichten aus der Allgemeinen Sprachwissenschaft* in Göttingen erschienen ist.

Was meine iranistische Ausbildung betrifft, über die Sie eine Angabe wünschen, so ist zu sagen, daß ich ja bei Andreas[95] seinerzeit im Nebenfach promoviert habe, und auch noch nachher an seinen Übungen teilgenommen habe. Das ganze große Gebiet der Iranistik ist mir natürlich nur sehr stückweise vertraut. Ich habe einige Kenntnisse im Turfan-Mittelpersischen und im älteren Neupersischen, aber nicht mehr als allenfalls für einen Anfängerkursus genügen würde. Das einzige Teilgebiet der Iranistik, das ich mit Freude und einiger Kompetenz vertreten könnte, würde Awesta-interpretation sein (natürlich auch vorpersische Inschriften); solange man aber keine Studenten hat, die einige Vorkenntnis besitzen, hat es ja aber wenig Sinn, so etwas anzuzeigen. Meine eigentlichen Neigungen gelten schließlich doch Dingen, die von den iranischen Interessen meiner Studienzeit mich immer weiter weggeführt haben; die Aussicht, mich etwa ins Pahlavī gründlichst einarbeiten zu müssen, lockt mich im Augenblick nicht recht. – Ich schicke Ihnen gleichzeitig eine Rezension in den IF. (1932),[96] die Ihnen vielleicht zeigt, daß ich jedenfalls in der Lage bin, zwar nicht linguistische Probleme der iranischen Sprachen selbstständig anzufassen, aber doch einigermaßen zu kontrollieren, was hier vorgebracht wird. Religionsgeschichtliche Fragestellungen liegen mir nach meiner ganzen Art ferner.

Schließlich halte ich es nicht für richtig, Ihnen zu verschweigen, daß ich eigentlich erwarte, vom 1. April an als vorläufiger Stellvertreter von Herrn Prof. Sieg hier in Göttingen verwendet zu werden. Herr Prof. Sieg ist ja schon seit 3 Semestern verlängert, und ich habe Grund zu der erwähnten Erwartung, insofern der Herr Minister mir eigentlich schon für diesen Winter die Vertretung übertragen wollte, jedoch auf Wunsch der Fakultät davon absah, um mir zunächst Gelegenheit zu geben, mich unter
S. 3 den neuen Verhältnissen und Verpflichtungen zu bewähren. | Ich möchte Sie jedoch bitten, dieses letzte Item als vertraulich zu behandeln. Offiziell habe ich natürlich keinerlei Recht, irgendwelche Erwartungen zu hegen.

---

95 Der Göttinger Iranist Friedrich Carl Andreas (1846–1930). 96 Thieme meint seine Besprechung der von Walter Wüst 1931 herausgegebenen »Ehrengabe für Wilhelm Geiger« mit dem Titel *Studia Indo-iranica* (die Besprechung ist im 50. Band der *Indogermanischen Forschungen* im Jahr 1932, S. 70–74 erschienen).

Wenn es jedoch zur Entscheidung käme, würde ich recht sicher Göttingen vorziehen.

Ich bleibe in Ehrerbietung und Ergebenheit,

mit deutschem Gruß,

Ihr sehr ergebener

P. Thieme.

Brief von Hans Reichelt an *Liebich vom 8.1.1936

Quelle: Archiwum Uniwersytetu Wrocławskiego
(S 220–492, Personalakte von Otto Strauß, S. 25)

Graz, Schubertstr. 24
Am 8. Jänner 1936.

Sehr geehrter Herr Kollege!

Verzeihen Sie bitte, dass ich so spät antworte. Ich bin erst heute vom Weihnachtsurlaub zurückgekommen. Ihre Anfrage kann ich getrost mit Ja beantworten, da ich mit Ausnahme der Hamburger Zeit (1926–1930) immer über Indisch (Grammatik, Sanskrit und vedische Texte, Dramen mit Prakrit usw.) gelesen habe und auch jetzt eine Professur für "Sanskrit u. vgl. Sprachwissenschaft" innehabe. Ich verweise überdies auf meinen Artikel "Indisch" in der Festschrift für W. Streitberg (Stand u. Aufgaben der Sprachwissenschaft S. 238 ff.). Nähere Auskunft über mich kann Ihnen Herr Prof. de Crinis,[97] Direktor der Nervenklinik in Köln, früher Graz, geben.

Mit kollegialem Gruss und den besten Wünschen für das neue Jahr

Ihr dankbar ergebener

Hans Reichelt.

[97] Der österreichische Psychiater und Neurologe Max de Crinis (1889–1945) ist vor allem für seine Beteilgung an den NS-Krankenmorden bekannt.

Brief von Bernhard Breloer an Liebich vom 9.1.1936
Quelle: Archiwum Uniwersytetu Wrocławskiego
(S 220–492, Personalakte von Otto Strauß, S. 26)

Dr. B. Breloer
Univ.-Professor

Berlin-Charlottenburg, den 9. 1. 1936
An der Heerstr. 5

Herrn
Professor Dr. Bruno Liebich

Breslau XVI
Parkstr. 40

Sehr geehrter Herr Kollege,

beim Auspacken meiner Bücher finde ich eine Karte von Ihnen vor datiert mit dem 2. 11. 1935, die ich bisher nicht gesehen habe. Falls ich Ihnen mit der Uebersendung meiner Veröffentlichungen noch dienen kann, bitte ich um gefällige Nachricht.

Am 1. Oktober 1935 bin ich nach Berlin berufen worden und verwalte den hiesigen Lehrstuhl bis zu meiner Ernennung. Mit den besten Wünschen für das Jahr 1936.

Heil Hitler
Ihr
Ihnen sehr ergebener
Breloer

Brief an Erich Frauwallner vom 19.1.1936
Quelle: Nachlaß Erich Frauwallner [Nr. 127]
(Institut für Südasien-, Tibet- und Buddhismuskunde der Universität Wien)

Herrn Privatdozent Dr. E. Frauwallner
Leopold Steinergasse 10
Wien XIX

19. I. 36

Sehr geehrter Herr Kollege,

In *Monde Oriental* XI ist ein Aufsatz von Paul Tedesco, in dem Sie einige Male genannt werden. In dem letzten Mitgliederverzeichnis der ZDMG finde ich seinen Namen nicht mehr. Sollte er nicht mehr am Leben sein? Jedenfalls wäre ich auch dann für einige Notizen über den Mann ⟨⟨ev. seine Anschrift, Ihre Beziehungen zu seiner Arbeit usw.⟩⟩ dankbar, da sie mir für unsere Sache nützlich sein können.

Mit kollegialem Gruss
d. U.

Brief an die Universität Breslau vom 24.1.1936
Quelle: Archiwum Uniwersytetu Wrocławskiego
(S 220–492, Personalakte von Otto Strauß, S. 32–33)

24. I. 36

In der Kommissionssitzung am 15. I. 36 wurde von Herrn Geheimrat Brockelmann darauf hingewiesen, dass in dem bekannten und bedeutenden Aufsatz von Paul Tedesco in der Uppsala erscheinenden Zeitschrift Le Monde Oriental Bd. XV (1921) : Dialektologie der westiranischen Turfantexte der Name von E. Frauwallner wiederholt genannt sei. In der Tat findet sich dort S. 224 und 234, beidemal in der Fassung: Zunächst Bemerkung Herrn Dr. Frauwallners. Da der Name von Dr. Paul Tedesco zwar im Mitgliederverzeichnis der ZDMG von 1926, aber nicht mehr im letzten von 1930 erscheint und auch in den andern bibliographischen Hilfsmitteln fehlt, so wandte ich mich an Fr. selbst mit der Bitte um nähere Mitteilung und erhielt seine Antwort unterm 21. d., aus der ich das zur Sache Gehörige wie folgt mitteile:

Die Sache mit dem Aufsatz Tedescos im Monde Oriental, in dem ich ein paar Mal genannt werde, verhält sich folgendermassen. Ich habe Tedesco während meiner Studienzeit an der Universität Wien kennen gelernt, wo er ungefähr zur gleichen Zeit wie ich studierte. Er beschäftigte sich vor allem mit Iranistik, im geringeren Masse mit indischen Sprachen. Er war ausgesprochen Linguist und, soweit ich urteilen kann, auf diesem Gebiet ungewöhnlich begabt. Die Arbeiten, die er später veröffentlicht, sind auch allgemein sehr günstig beurteilt worden. Da ich mich damals ebenfalls mit iranischen Sprachen beschäftigte, teilte ich ihm einige Beobachtungen mit, die ich im Laufe meiner Studien gemacht hatte. Denn mein Hauptinteresse lag auf sachlichem Gebiet, und wenn ich auch daneben sowohl auf indischem wie auf iranischem Gebiet immer Interesse für linguistische Fragen hatte, dachte ich doch nicht daran, selber darüber zu arbeiten. Daher stammen also die Erwähnungen in seiner Arbeit. Später versuchte er sich zu habilitieren, wurde aber zurückgewiesen und aufgefordert, weitere Arbeiten vorzulegen; wie ich gehört habe, vor allem deswegen, weil er als Habilitationsfach neben der Iranistik auch Indologie angegeben hatte und die Kommission der Ansicht war, dass er mit diesem Gebiet zu wenig vertraut sei. Ungefähr um dieselbe Zeit war es, dass ich meine iranistischen Arbeitspläne zurückstellte und mich stärker der Indologie zuwendete, weil mich hier die Weite des gewählten Arbeitsgebietes immer mehr in Anspruch nahm; denn wie Sie aus meinen Arbeiten sehen, bin ich durch meine buddhistischen Studien ziemlich stark ins Tibetische und auch ein wenig ins Chinesische hineingezogen worden. Dadurch habe ich die Verbindung mit Tedesco vollständig verloren und habe nun acht Jahre oder länger nichts
S. 2 mehr von ihm gesehen | und gehört. Auch Veröffentlichungen von ihm sind mir nicht mehr zu Gesicht gekommen.

Hieraus erhellt wohl zur Genüge, dass sich Herr Dr. Fr. schon damals eingehend mit dem Iranischen beschäftigt hat.

B. Liebich

Brief von Paul Kretschmer an *Liebich vom 25.1.1936
Quelle: Archiwum Uniwersytetu Wrocławskiego
(S 220–492, Personalakte von Otto Strauß, S. 34)

Wien, 25.I.36

Sehr geehrter Herr Kollege!

Dr. Erich Frauwallner ist seit 1928 hier für indische Philologie & Altertumskunde habilitirt. Sein Spezialfach ist die indische Philosophie, vielleicht das schwierigste Kapitel der Indologie. Er beherrscht auch das Tibetische, in dem viele biddhistische (*sic!*) Texte allein vorliegen. Da er zugleich Mittelschullehrer ist, hat er weder genügende Zeit gehabt, grössere Arbeiten zu veröffentlichen noch sich auf andere Teile der Indologie auszudehnen. Ich glaube aber, dass er, wenn er sich ganz der Wissenschaft widmen kann, dazu imstande ist & fähig wäre, eine Sanskrit-Professur zu bekleiden. Iranisch hat er unter unserm Iranisten Bernhard Geiger studirt, ohne natürlich eigentlicher Iranist zu sein.

Mit besten Grüssen von Haus zu Haus
Ihr ergebener
P. Kretschmer.

Brief von Heinrich Lüders an *Liebich vom 26.1.1936
Quelle: Archiwum Uniwersytetu Wrocławskiego
(S 220–492, Personalakte von Otto Strauß, S. 35)

Berlin-Charlottenburg 4
Sybelstrasse 19
Telefon: Bleibtreu 1411 d. 26. Jan. 1936.

Sehr geehrter Herr Kollege,

Ich war zwar von vorneherein überzeugt, dass Professor Siegling nicht geneigt sein würde eine Professur zu übernehmen, da er durch seine Arbeiten an den tocharischen Handschriften sich ganz an die Akademie gebunden fühlt, ihm auch das Lehren nicht eigentlich liegt. Ich habe ihn aber zu aller Sicherheit noch direkt gefragt und fand, wie vorausgesehen, eine völlige Ablehnung.

Sollte für den Lehrstuhl Strauss auch die Besetzung mit einem Iranisten in Frage kommen, so möchte ich nicht verfehlen auf Dr. Walther Henning hinzuweisen, dessen Leistungen wirklich hervorragend sind.

Mit kollegialem Gruss
Ihr ganz ergebener
H. Lüders

Brief von Ludolf Malten an Liebich vom 8.2.1936
Quelle: Archiwum Uniwersytetu Wrocławskiego
(S 220–492, Personalakte von Otto Strauß, S. 44)

PHILOSOPHISCHE FAKULTÄT
DER SCHLESISCHEN
FRIEDRICH-WILHELMS-UNIVERSITÄT

BRESLAU 1, den 8. Februar 1936

Herrn
Prof. Dr. Liebich
hier 16

Sehr verehrter Herr Kollege,

Soeben trifft die Nachricht ein, dass Herr Waldschmidt/Berlin grundsätzlich bereit ist, der Berufung auf einen Lehrstuhl für Indologie nach Breslau Folge zu leisten.

Mit Heil Hitler!
Ihr sehr ergebener
Malten
Dekan.

Brief an Erich Frauwallner vom 20.2.1936
Quelle: Nachlaß Erich Frauwallner [Nr. 128–129]
(Institut für Südasien-, Tibet- und Buddhismuskunde der Universität Wien)

Herrn Privatdozent Dr. Er. Frauwallner
Salesianergasse 24
Wien III

20. II. 36

Sehr geehrter Herr Kollege,

ich kann Ihnen mitteilen, dass Ihr Brief über Tedesco angekommen ist, und dass ich guten Gebrauch davon machen konnte. In der vorigen Woche hat nun die entscheidende Kommissionssitzung und am letzten Montag die Fakultätssitzung stattgefunden. In beiden ist meine Vorschlagsliste nunmehr ohne Widerspruch angenommen worden. Sie stehen mit Waldschmidt *pari passu* an erster Stelle, Paul Thieme in Göttingen an zweiter. Damit ist das geschehen, was wir in Breslau tun konnten; die Entscheidung liegt nun in Berlin. – Könnten Sie einen ev. Ruf schon für das Sommersemester annehmen?

Mit kollegialem Gruss
d. U.

Brief an Erich Frauwallner vom 28.2.1936
Quelle: Nachlaß Erich Frauwallner [Nr. 130–131]
(Institut für Südasien-, Tibet- und Buddhismuskunde der Universität Wien)

Herrn Privatdozent Dr. Er. Frauwallner
Leopoldsteinerg. 10
Wien XIX

28. II. 36

Sehr geehrter Herr Kollege,

für Ihre Absicht, mich auf der Rückreise zu besuchen, danke ich Ihnen sehr u. würde mich freuen, Ihre persönliche Bekanntschaft zu machen. Vor Ihrer Abreise von Berlin rate ich Ihnen auf alle Fälle, mit Prof. Hans Günther (dem bekannten Rassenforscher, B.-Dahlem, Sachs-Allee 36)[98] in Verbindung zu treten, an den ich Anfang dieser Woche in Ihrem Interesse geschrieben habe, und von dem Sie jedenfalls genaues erfahren werden, wie Ihre Sache steht. Dass Prof. Uebersberger[99] in Berlin ist, (Pension Mea, Dörnbergstr. 7, W 35), wird Ihnen ja bekannt sein. Ich habe auch an Minister Rust[100] persönlich geschrieben und denke doch, dass die Sache trotz aller Widerstände noch gelingen kann.

Mit deutschem Gruss
d. U.

---

[98] Der deutsche NS-Rassenforscher Hans Günther (1891–1968). [99] Der österreichische Osteuropa-Historiker Hans Uebersberger (1877–1962). [100] Bernhard Rust (1883–1945) leitete von 1934 bis 1945 das Reichsministerium für Wissenschaft, Erziehung und Volksbildung.

Brief von Emil Sieg an *Liebich vom 6.5.1936
Quelle: Archiwum Uniwersytetu Wrocławskiego
(S 220–492, Personalakte von Otto Strauß, S. 60–61)

Göttingen d. 6. Mai 36
Calsowstr. 15

Sehr geehrter Herr Kollege,

recht herzlich danke ich Ihnen für Ihr liebenswürdiges Schreiben vom 4 d. M., aus dem ich zu meiner Freude ersehe, dass Ihre Fakultät Schritte tun will, den nach Marburg fortverlegten indologischen Lehrstuhl für Breslau wieder zurückzugewinnen. Sie haben mit Dr. Thieme eine Kraft gewonnen, zu der ich Ihnen aus vollster Überzeugung gratulieren kann. Dr. Th. ist ein Sanskritist allerersten Ranges, der auf einen indologischen Lehrstuhl passt wie kaum ein zweiter, da er nicht nur das klassische Sanskrit und den Veda vorzüglich beherrscht, sondern auch im Avesta und der vergleichenden indogermanischen Sprachwissenschaft gut zu Hause ist. Ich darf Ihnen vertraulich sagen, dass wir v. J. den uns von Seiten des
S. 2 Ministeriums angebotenen | Dr. Breloer, der jetzt der Nachfolger von Lüders in Berlin geworden ist, ablehnten, weil wir den damals noch in Indien weilenden Thieme lieber haben wollten.

Es unterliegt m. E. keinem Zweifel, dass man bei der nächsten Vakanz eines indologischen Lehrstuhls zu allererst an Thieme als Nachfolger denken wird, so dürfte es auch in Ihrem eigensten Interesse liegen, wenn Sie ihm in Breslau zu einer gesicherten Stellung verhelfen könnten.

Mit ausgezeichneter Hochachtung
Ihr sehr ergebener
E. Sieg

Brief an Erich Frauwallner vom 19.7.1936
Quelle: Nachlaß Erich Frauwallner [Nr. 133–134]
(Institut für Südasien-, Tibet- und Buddhismuskunde der Universität Wien)

Herrn Dr. E. Frauwallner
10 Leopold Steinergasse
Wien XIX

19. Juli 36.

Sehr geehrter Herr Kollege,

besten Dank für Ihr Schreiben vom 12. ds. mit dem Verzeichnis der in Tibet gefundenen Handschriften. Nach Bonn kann ich nicht kommen, wegen meiner schlechten Augen; die Tagungen pflegen jetzt auch, namentlich von Sanskritisten, schlecht besucht zu werden.

Hierher ist Thieme aus Göttingen mit Lehrauftrag kommissarisch berufen worden, während nach Göttingen Waldschmidt vom berliner Museum gekommen ist.

Um einen Gefallen möchte ich Sie noch bitten. Teilen Sie mir doch per Karte mit, ob Professor Michael Haberlandt vom Museum für Volkskunde in Wien noch lebt oder in welchem Jahr er gestorben ist.

Ueber die neue glückliche Wendung der deutsch-österreichischen Beziehungen[101] sind wir glücklich und hoffen nun auf eine gedeihliche Weiterentwicklung,

Mit freundlichem Gruss, auch von meiner Tochter,
d. U.

---

[101] Liebich hatte sicherlich das sog. »Juliabkommen« im Sinne, das am 11. Juli 1936 zwischen dem immer noch unabhängigen Bundesstaat Österreich und dem nationalsozialistischen Deutschen Reich abgeschlossen wurde. Weniger als zwei Jahre später fand am 12.–13. März 1938, noch zu Lebzeiten Liebichs, der »Anschluß« Österreichs statt. Wie er dazu gestanden hat, ist nicht bekannt.

Brief an Erich Frauwallner vom 2.11.1936
Quelle: Nachlaß Erich Frauwallner [Nr. 136]
(Institut für Südasien-, Tibet- und Buddhismuskunde der Universität Wien)

Herrn Dr. Erich Frauwallner
Leopold Steinergasse 10
Wien XIX
Österreich

Lieber Herr Kollege,

den neu entdeckten Kommentar zum Vākyapādīya hielt Prof. Strauss, so weit ich mich erinnere, schwerlich für echt.

Ihre Bitte kann ich Ihnen leider nicht erfüllen, da ich schon seit Jahren keine Bücher mehr lesen kann und für Sanskrit natürlich auch keinen Vorleser habe.

Mit freundlichem Gruss,

Ihr
B. L.

Brief an Erich Frauwallner vom 16.11.1936
Quelle: Nachlaß Erich Frauwallner [Nr. 137]
(Institut für Südasien-, Tibet- und Buddhismuskunde der Universität Wien)

Herrn Dr. Erich Frauwallner
10 Leopold Steinergasse
Wien XIX
Österreich

16. XI. 36

Lieber Herr Kollege,

in der Annahme, dass Sie meine Antwort auf Ihre letzte Zuschrift erhalten haben, komme ich heut mit einer Bitte. Ich hatte mein Opusculum auch an Michael Haberlandt geschickt und hoffte, ihm damit eine kleine Freude zu machen, habe aber bisher keine Empfangsbestätigung erhalten. Ob es nicht an ihn gelangte, oder was sonst der Grund seines Stillschweigens ist, können Sie dort leichter als ich von hier feststellen, und ich wäre Ihnen sehr dankbar dafür.

Mit freundlichem Gruss,
ergebenst
d. U.

Brief an Erich Frauwallner vom 19.5.1937
Quelle: Nachlaß Erich Frauwallner [Nr. 138]
(Institut für Südasien-, Tibet- und Buddhismuskunde der Universität Wien)

19. V. 37.

Lieber Herr Kollege,

Heute muss ich mich mit einer ausserfachlichen Bitte an Sie wenden. Ich weiss nicht, ob Sie das dreibändige Tagebuch der Frau Alexandra Rachmanowa[102] kennen, in dem sie die bolschewistische Revolution als Augenzeugin beschreibt, hoffe es aber. Am Schluss des dritten Bandes, also vor etwa zehn Jahren, war sie Frau des Gymnasialprofessors Otmar Wagner in Salzburg, soll aber jetzt in Wien wohnen. Es dürfte daher für Sie nicht allzu schwer sein, ihre gegenwärtige Anschrift festzustellen, und ich wäre Ihnen für deren Mitteilung dankbar. Eine Anfrage an den Verleger ihrer Werke, Pustet in Salzburg, hat mich nicht zum Ziele geführt. Er erbot sich nur, Zusendungen an die Verfasserin zu übermitteln, was mir aber diesmal nicht genügt. Wenn Sie bei dieser Gelegenheit etwas Näheres über die gegenwärtigen Verhältnisse dieser ungewöhnlichen Frau erfahren, so wäre ich Ihnen für diese Mitteilungen besonders dankbar.

In der Hoffnung, dass bei Ihnen das Pfingstfest ebenso herrlich verlaufen ist wie bei uns in Schlesien, und mit nachträglichem herzlichem Dank für Ihre letzte Zusendung bin ich Ihr sehr ergebener

B. L.

---

102 Die russische Schriftstellerin Alja Rachmanowa (1898–1991). Ihre Trilogie bestehend aus *Studenten, Liebe, Tscheka und Tod* (1931), *Ehen im roten Sturm* (1932) und *Milchfrau in Ottakring* (1933) erschien zum ersten Mal bei dem Verlag Anton Pustet in Salzburg.

Brief an Alja Rachmanowa vom 10.10.1937
Quelle: Nachlaß Alja Rachmanowa (Galina von Hoyer)
(Kantonsbibliothek Thurgau; Sign.: KBTG Rach)

10. X. 37

Sehr geehrte gnädige Frau,

Das Tagebuch als literarische Form übertrifft alle anderen an Unmittelbarkeit und lebendiger Wirkung. Diesem unerreichbaren Vorzug steht leider ein Nachteil gegenüber, der ebenfalls in der Form begründet ist: es ist nicht immer leicht, den inneren Zusammenhang der einzelnen Schicksale festzuhalten. Aus diesem Grunde riet ich meiner Tochter zu diesem Verzeichnis, zunächst für uns selbst und unsere persönlichen Bekannten; wir waren dadurch in der Lage, nach der Lektüre Ihres gestaltenreichen Werkes die Einzelschicksale noch einmal im Zusammenhang ohne den dazwischenliegenden Stoff zu verfolgen. Das Ergebnis brachte uns auf den Gedanken, auch Ihnen davon Kenntnis zu geben. Sollten Sie der Meinung sein, dass dieses Verzeichnis auch andere Leser interessieren könnte, so überlassen wir es Ihnen gern zu beliebiger Verwendung; wir würden uns freuen, Ihnen damit einen schwachen Beweis der dankbaren Bewunderung geben zu können, die wir für Ihre mutige | Tat empfinden. Wenn Sie S. 2
das Verzeichnis drucken lassen (bitte ohne Namensnennung), so wäre es vielleicht gut, ihm einige Bemerkungen über Art und Verwendung der russischen Personen-, Kurz-, Vaters- und Familiennamen voranzustellen, wodurch für nicht-russische Leser das Verständnis erleichtert würde. Auch uns mögen in dieser Hinsicht einige Irrtümer unterlaufen sein, die Sie beim Lesen der Korrektur beseitigen müssten.

In aufrichtiger Verehrung

Prof. em. B. Liebich

Ich danke Ihnen sehr für Ihr Bild und die so liebenswürdige Widmung.

Agnes-Hildegard Liebich

Brief an Alja Rachmanowa vom 15.12.1937
Quelle: Nachlaß Alja Rachmanowa (Galina von Hoyer)
(Kantonsbibliothek Thurgau; Sign.: KBTG Rach)

15. XII. 37

Sehr geehrte gnädige Frau,

wir bestätigen mit herzlichem Dank den guten Empfang Ihrer schönen Weihnachtsgabe, über die wir uns sehr gefreut haben, und dürfen wohl annehmen, dass damit auch unsere Anfrage betreffs Empfang unseres Briefes in bejahendem Sinne beantwortet ist. Wir können nun unsere eigenen Exemplare unbedenklich ausleihen und damit die Bekanntschaft und Wertschätzung Ihres Werkes fördern. Wir haben uns gefreut, Sie bei Ihrem hiesigen Vortrag zu sehen und Ihre Stimme zu hören.

S. 2 Wir wünschen auch Ihnen und Ihrer | Familie ein frohes und gesundes Weihnachtsfest und verbleiben mit nochmaligem Dank Ihre ergebenen

Prof. B. Liebich
Agnes-Hildegard Liebich

Brief an Wilhelm Printz vom 4.5.1938
Quelle: Bestand der Deutschen Morgenländischen Gesellschaft (Universitätsarchiv Halle-Wittenberg, Signatur: Bestand Rep. 139 Deutsche Morgenländische Gesellschaft)

Dr. Bruno Liebich
Parkstraße 40
Breslau XVI 4.V.38

Sehr geehrter Herr Kollege,

es wird jetzt etwa ein Jahr her sein (ich habe mir das genaue Datum leider nicht notiert), dass Sie bei mir wegen der vier Bände Kāśikā-Kollation anfragten. Ich habe damals Ihren Brief an Dr. Lahiri[103] gesandt und ihn gebeten, dazu Stellung zu nehmen. Eine Antwort habe ich nicht erhalten und möchte Sie daher bitten, ehe ich einen weiteren Schritt in dieser Angelegen|heit unternehme, mir mitzuteilen, ob er seine Antwort an Sie S. 2
direkt gerichtet hat.

Als ich ihm vor fünf Jahren diese Arbeit übertrug, wusste ich sonst niemanden, der über die nötigen grammatischen Vorkenntnisse dazu verfügte. Leider scheint er durch Berufsarbeit und Krankheit in der Arbeit behindert zu werden, und doch wäre eine rasche Erledigung dieser seit der Vollendung des Nyāsa[104] brennenden Arbeit erwünscht. Nun hat sich hier erfreulicherweise Herr Dr. Thieme[105] bereit|erklärt, diese Aufgabe zu S. 3
übernehmen und so rasch als möglich zu fördern. Ich werde nun zunächst im Guten versuchen, Lahiri zur Herausgabe des Materials zu bewegen. Aber ich möchte schon jetzt wissen, ob ich im Fall des Misslingens dieses Versuchens auf Ihre bzw. der DMG Unterstützung rechnen darf. Falls er bei seinem Schweigen beharrt, so würde es nötig werden, auf ihn durch die Universität Dacca einen Druck auszuüben, und ein solcher wäre natürlich wirk|samer, wenn die DMG mit ihrer Autorität mich unterstützte. S. 4

[103] Der indische Gelehrte Prabodh Chandra Lahiri. [104] Möglicherweise hatte Liebich die dreibändige Ausgabe des *Nyāsa* im Sinne, die Sirish Chandra Chakravarti zwischen 1913 und 1925 unter dem Titel *The Kasika Vivarana Panjika (The Nyasa). A Commentary on Vamana-Jayaditya's Kasika by Jinendra Buddhi* (Rajshahi 1913–25) veröffentlicht hatte. [105] Der deutsche Indologe Paul Thieme (1905–2001).

Indem ich einer baldgefälligen Antwort auf diese beiden Fragen entgegensehe, bin ich mit kollegialem Gruss und Heil Hitler!

Ihr sehr ergebener

B. L.[106]

Brief von Wilhelm Printz an Liebich vom 5.5.1938

Quelle: Bestand der Deutschen Morgenländischen Gesellschaft (Universitätsarchiv Halle-Wittenberg, Signatur: Bestand Rep. 139 Deutsche Morgenländische Gesellschaft)

5.5.1938

Herrn Professor Dr. B. LIEBICH Breslau

Sehr geehrter Herr Professor!

Es tut mir leid zu erfahren, daß Dr. LAHIRI Sie enttäuscht. Es ist ja freilich nicht der erste Fall, daß nach der Promotion Versprechungen ad calendas graecas gemacht werden. Ich habe die Angelegenheit mit unserem neuen Arabisten J. FÜCK[107] besprochen, der fünf Jahre in Dacca gewesen ist und sich dunkel an L. erinnert. Er meint, Sie müßten zunächst noch einmal eine eingeschriebene Mahnung senden, da erfahrungsgemäß oftmals Briefe verloren gehen. Sollte sie keinen Erfolg zeitigen, so könnten Sie sich an S. K. DE, Head of the Sanskrit Department, wenden und um seine Vermittlung bitten. Drittens könnte man – wenn Sie wollen offiziell von der D.M.G. aus – an den (englischen) Vice-Chancellor schreiben und sich beschweren. Ich möchte dazu vorschlagen, daß Sie L. alsbald um Rücksendung ersuchen mit der Begründung, daß THIEME die Arbeit übernehmen will. Sie können das ja mit einigen Höflichkeiten verzückern: er wird ja wohl froh sein, wenn er die ihm lästig gewordene Arbeit los wird.

Mit besten Grüßen Heil Hitler!

Ihr sehr ergebener

---

[106] Abgesehen von der Unterschrift selbst wurde dieser Brief von Liebichs Tochter Agnes-Hildegard unter seinem Diktat geschrieben. [107] Der deutsche Semitist Johann W. Fück (1894–1974) lehrte u. a. von 1930 bis 1935 in Dhaka und besuchte 1938 Halle.

ADDENDUM

Die folgenden drei Briefe sind weder von Liebich geschrieben noch an ihn adressiert. Da sie ihn bzw. seinen Lehrstuhl in Breslau jedoch direkt betreffen und von besonderer fachgeschichtlicher Relevanz sind, werden sie hier vollständig vorgelegt.

Brief von Otto Strauss an Johannes Hertel vom 1.12.1931
Quelle: Nachlaß Johannes Hertel
(Universitätsbibliothek Leipzig, Signatur: NL 271/1/26/24)

Dr. Otto STRAUSS
Breslau
Neue Gasse 8/12.

Breslau, den 1. Dezember 1931

Sehr geehrter Herr !

Am 7. Januar 1932 feiert Bruno Liebich, em. Professor der Indologie an der Universität Breslau seinen siebzigsten Geburtstag. Wir beabsichtigen, dem Manne, der wie kein andrer unter den heute Lebenden zur Aufhellung der einheimischen indischen Grammatik beigetragen hat, an diesem Tage einen Glückwunsch zu überreichen. Wir bitten Sie, sich hieran zu beteiligen, indem Sie uns gestatten, Ihren Namen unter den Glückwunsch zu setzen.

Zur Deckung der Unkosten wäre uns ein Beitrag von etwa RM 3.– willkommen, der auf Postscheckkonto Breslau Nr. 8090 der Firma M. & H. Marcus für Bruno Liebich, oder auf das Bankkonto derselben Firma beim Schlesischen Bankverein, Depositenkasse A., Breslau, Schweidnitzerstr. 16 einzusehen wäre.

Da die Zeit drängt, müssen wir den Schluss der Liste auf den 20. Dezember 1931 festsetzen. Später eingehende Zustimmungen können nur noch in einem Anhang aufgeführt werden.

gez. Dr. Otto Strauss
o. Professor der Indologie
a. d. Universität Breslau

gez. Theodor Marcus
Verleger
i.Fa. M. & H. Marcus.

Brief vom Dekan der Philosophischen Fakultät der Universität Breslau an Otto Strauss vom 13.11.1935

Quelle: Archiwum Uniwersytetu Wrocławskiego
(S 220–492, Personalakte von Otto Strauß, S. 3)

Herrn
Prof. Dr. Strauss
hier

Sehr verehrter Herr Kollege,

Am Sonnabend den 16.11. werden wir die Sitzung für eine Liste in der Indologie haben. Ich wäre Ihnen dankbar, wenn Sie mir privatim zu meiner Belehrung mitteilen würden, welche Persönlichkeiten Ihnen ganz besonders in Frage zu kommen scheinen und wenn Sie diese auch schon rangieren würden; zugleich wer Ihrer Meinung nach ausgeschaltet werden sollte, falls Sie solche negative Vorentscheidungen an irgendeiner Stelle für am Platz halten. Vielleicht sprechen Sie auch privatim einmal über die Angelegenheit mit Herrn Liebich, damit auch er über Ihre Anschauungen Bescheid weiss.

Mit vielem Dank Ihr sehr ergebener
Dekan.[108]

Brief von Otto Strauss an den Dekan der Philosophischen Fakultät der Universität Breslau vom 14.11.1935

Quelle: Archiwum Uniwersytetu Wrocławskiego
(S 220–492, Personalakte von Otto Strauß, S. 4–5)

Professor Dr. Otto Strauss 14.11.35
Breslau, Neue Gasse 8/12

Spektabilität!

Auf die Anfrage vom 13.11.35 möchte ich Folgendes erwidern. Ich gehe von der Annahme aus, dass der Lehrstuhl für Indologie auch weiterhin

[108] Der Gräzist Ludolf Malten (1879–1969).

als persönliches Ordinariat fortbestehen soll, und ziehe daher die Fachgenossen, welche planmässige Stellen innehaben, nicht in Betracht. Auszuschalten sind auch die jüngst beförderten Herren: Wüst, als Nachfolger von Oertel in München und Breloer als Nachfolger von Lüders in Berlin. Bekannt ist mir ferner, dass Thieme (Göttingen), der soeben von einem dreijährigen Aufenthalt in Indien zurückgekehrt ist, Nachfolger von Sieg in Göttingen werden soll. Da dies aber noch nicht entschieden ist, muss sein Name auch für Breslau in Betracht gezogen werden.
Ich nenne nun die Namen derjenigen Herren, die ich auf eine Berufungsliste setzen würde:

1. Heinrich Zimmer, ao. Professor in Heidelberg, ist ein Gelehrter von Geist und Weltblick, der es wie kein anderer Indologe in Deutschland verstanden hat, das Wesen indischer Weltanschauung in der Tiefe zu begreifen und in zahlreichen Werken in sehr schöner Darstellung für den europäischen Menschen fuchtbar (*sic*) zu machen. In ihm würde die Universität einen Mann von überragender Bedeutung und breitester Wirkung gewinnen.

2. Paul Thieme, Dozent in Göttingen, vorzüglich geschult im Veda und in einheimischer indischer Grammatik, wie seine bisherigen Veröffentlichungen zeigen, hat sicher von seinem indischen Aufenthalt viel mitgebracht. Ich würde nicht anstehen, ihn *pari passu* mit Zimmer an die erste Stelle zu setzen.| S. 2

3. Ernst Waldschmidt (Berlin). Obwohl wesentlich archäologisch orientiert (sehr gute Arbeiten), hat er sich durch eine Bearbeitung der Turfanfunde auch als trefflicher Philologe erwiesen. Ob er im Interesse des Ganzen besser in seiner Stelle am Völkerkundemuseum zu lassen ist, (er ist auch Dozent an der Universität), scheint mir eine Frage für das Ministerium zu sein. Breslau sollte meines Erachtens nicht darauf verzichten, ihn zu nennen, zumal er persönlich, wie ich nicht von ihm sondern von dritter Seite hörte, einen solchen Ruf begrüssen würde.

4. Erich Frauwallner, Dozent in Wien, hat eine grosse Reihe kleinerer Arbeiten auf dem Gebiet der indischen Philosophie veröffentlicht, worin er auch seine Intimität mit dem Tibetischen gezeigt hat. Die Arbeiten sind von peinlichster Sauberkeit und Gründlichkeit, es fehlt ihnen aber der grosse Zug. Ob das auf persönlicher Veranlagung oder nur auf gewollter vorläufiger Zurückhaltung beruht, kann ich nicht übersehen. Ich würde empfehlen, einen Herrn von der Universität Wien über Frauwallner als Dozent zu befragen.

5. Hans Losch, Dozent in Bonn, hat vornehmlich auf dem Gebiet der Puranas und der indischen Rechtsschriften gearbeitet. Obwohl nicht immer ganz glücklich, kann er doch als ein zureichender Gelehrter bezeichnet werden.

6. L. Alsdorf, Schüler von Schubring, hat erst in diesem Semester in Berlin mit Vorlesungen begonnen. Seine Arbeit bezieht sich auf schwierige Gebiete späten Prakrits. Er wird mir trotz seiner Jugend von kompetenter Seite als sehr empfehlenswert bezeichnet.

Ich würde die Genannten folgendermassen rangieren:

1. Zimmer–Thieme

2. Waldschmidt–Frauwallner

3. Losch–Alsdorf

In vorzüglicher Hochachtung
Ihr ergebener
Otto Strauß

Anhang I

Tafel 5
Bruno Liebich mit seiner Familie im Jahr 1912

Familienfoto mit Ehefrau Klasina Agnes Liebich, geb. Humbert, und den beiden Kindern Bruno Hermann und Agnes-Hildegard am Gradierwerk im thüringischen Salzungen an der Werra. Es handelt sich um eine Fotopostkarte vom 24. Mai 1912, die Klasina Liebich nach einem zehntägigen Kururlaub in Salzungen an Mety Humbert, i. e., Margarete Okkea Swalve, die Frau von Klasina Liebichs Vetter Hinderk Elsen Swalve Humbert (1865–1940) in Bunde (Ostfriesland), geschrieben hat. Das Foto befand sich im Nachlaß von Liebichs Tochter und kam später in den Besitz von Dagmar Ladisch-Grube.

Privatbesitz von Dagmar Ladisch-Grube

Leben in Daten

1. Bruno Liebichs Leben im Überblick

7.1.1862	Geboren in Altwasser (heute Stary Zdrój, Stadtteil von Wałbrzych), Kreis Waldenburg, in Schlesien als Sohn des Müllermeisters und Mühlenbesitzers Reinhold Liebich (*4.4.1825 in Blasdorf bei Schömberg, Kreis Landeshut, †1862) und seiner Ehefrau Ernestine Henriette, geb. Conrad (*9.1.1829 in Quolsdorf, Kreis Bolkenhain, †28.12. 1896 in Freiburg); evangelisch.
5.2.1862	Taufe in der evangelischen Kirche in Waldenburg.
Ende 1862	Tod von Liebichs Vater Reinhold Liebich.
1863	Umzug nach Freiburg (heute Świebodzice) in Schlesien.
1869–74	Besuch der Elementarschule (Volksschule) unter der Leitung seines Stiefvaters, des Rektors Julius Gregor.
1874–75	Besuch der Höheren Bürgerschule in Freiburg unter der Leitung des Rektors Meyer.
1875–80	Von Obertertia (9. Klasse) an Besuch des Gymnasiums zu Liegnitz (heute Legnica) unter der Leitung des Direktors Güthling.
Ostern 1880	Abiturientenexamen mit Erlaß der mündlichen Prüfung.
1880–85	Universitätsstudium (alte und neuere Philologie, Germanistik, Sprachvergleichung und Indologie) in Breslau (SS 1880–SS 1882), München (WS 1882/83–SS 1883) und Göttingen (WS 1883/84–WS 1884/85).
25.02.1885	Verteidigung der Promotion an der Universität Göttingen bei Franz Kielhorn.
Dez. 1885–Apr. 1887	Volontär an der Universitätsbibliothek zu Breslau.
Ostern 1887–88	Amanuensis an der Universitätsbibliothek zu Breslau.

Oktober 1887	Als ordentliches Mitglied der Deutschen Morgenländischen Gesellschaft beigetreten.
September 1889	Teilnahme am VIII. Orientalistenkongreß in Stockholm und Christiania.
15.6.1890	Tod von Liebichs Stiefvater Julius Leopold Gregor.
1891–1912	Mitgliedschaft im Alldeutschen Verband von der Gründung bis 1912.
30.6.1892	Habilitation für indische Sprache und Literatur an der Universität Breslau, Ernennung zum Privatdozenten und Erteilung der Venia legendi.
1892–1907	Lehrtätigkeit an der Philosophischen Fakultät der Universität Breslau (WS 1892/93–SS 1907) als Privatdozent für indische Sprache und Literatur.
7. Januar 1893	Stipendium in Höhe von 1200 Mark vom Preußischen Ministerium der geistlichen-, Unterrichts- und Medizinalangelegenheiten für eine Studienreise nach England bewilligt.
ab April 1893	Fünf- bis sechsmonatiger Studienaufenthalt in London; Zusammenarbeit mit Heinrich Wenzel (1855–1893) und Cecil Bendall (1856–1906).
seit November 1894	Mitgliedschaft in der Schlesischen Gesellschaft für Volkskunde.
1. April 1896	Stipendium in Höhe von 1200 Mark vom Preußischen Ministerium der geistlichen-, Unterrichts- und Medizinalangelegenheiten bewilligt.
28.12.1896	Tod von Liebichs Mutter Ernestine Henriette Gregor.
17.4.1897	Verleihung des Prädikats »Professor« durch Patent.
28.9.1899	Vortrag über »Querschnitte von Sprachen und ihre Vergleichung« in der indogermanischen Sektion auf der Bremer Philologenversammlung.
seit 1900	Mitgliedschaft in der Schlesischen Gesellschaft für vaterländische Kultur.
7.3.1901	Trauung mit Klasina Agnes Humbert (*18.7.1865 in Breslau, †12.3.1924 in Breslau), Tochter von Hermann Poppo Humbert (*22.3.1838 in Ditzum, †27.8.1904 in Breslau) und Agnes Taylor (*6.10.1835 in Birmingham, †21.7.1910 in Breslau); evangelisch.

September 1902	Teilnahme am XIII. Orientalistenkongreß und an der Allgemeinen Versammlung der DMG in Hamburg.
23.4.1903	Geburt von Liebichs Sohn Bruno Hermann in Breslau (†19.8.1961 in Hamburg).
1905	Vertretung von Alfred Hillebrandt (1853–1927) während seiner Indienreise.
8.12.1905	Geburt von Liebichs Tochter Agnes-Hildegard in Breslau (†30.1.1987 in Peißenberg).
1907–10	Beurlaubung zu anthropologischen Studien; Studium an der Medizinischen Fakultät der Universität München (WS 1907/08 bis SS 1910).
1910–13	Fortsetzung der Beurlaubung bis zum WS 1912/13; Studium an der Universität Jena (WS 1910/11–SS 1911); Zusammenarbeit mit Carl Cappeller (1840–1925) in Jena.
10.12.1912	Nostrifikation und Erteilung der Venia legendi für indische Philologie an der Universität Heidelberg.
3.1.1913	Bestallung als außerordentlicher Professor für indische Philologie an der Universität Heidelberg.
ab dem 1.4.1913	Lehrauftrag zur Abhaltung von Vorlesungen und Übungen auf dem Gebiet der indischen Philologie.
Juni 1914	Druckzuschuß von der Bopp-Stiftung.
1913–22	Lehrtätigkeit an der Universität Heidelberg (SS 1913–WS 1921/22).
28.1.1921	Ernennung zum ordentlichen Professor an der Philosophischen Fakultät der Universität Breslau.
25.2.1922	Kündigung an der Universität Heidelberg zum Schluß des WS 1921/22.
20.5.1922	Amtsantritt an der Universität Breslau.
1922–29	Lehrtätigkeit als ordentlicher Professor (SS 1922–SS 1927) und später als Emeritus (WS 1927/28–WS 1928/29) an der Universität Breslau.
1922	Wiederaufnahme in die Schlesische Gesellschaft für vaterländische Kultur als ordentliches Mitglied der Sektion für Erdkunde, der orientalisch-sprachwissenschaftlichen Sektion und der philologisch-archäologischen Sektion.

10.4.1923	Gewählt als Vertreter für das Sondergebiet »Indologie und Iranistik« bei der *Zeitschrift der Deutschen Morgenländischen Gesellschaft*.
12.3.1924	Tod von Liebichs Ehefrau Klasina Agnes in Breslau im Alter von 58 Jahren.
1924–36	Mitgliedschaft in der Royal Asiatic Society of Great Britain and Ireland.
1.4.1927	Entbunden von amtlichen Verpflichtungen und ab dem WS 1927/28 Professor emeritus.
9.12.1927	Volkswirtschaftliche Staatsprüfung von Liebichs Sohn Bruno Hermann.
1928–35	Herausgabe der von Alfred Hillebrandt (1853–1927) gegründeten Reihe »Indische Forschungen« (Hefte 6–10).
1929	Mit dem Schluß des WS 1928/29 Ende von Liebichs universitärer Lehrtätigkeit.
22.2.1929	Promotion von Liebichs Sohn Bruno Hermann an der Hohen Rechts- und Staatswissenschaftlichen Fakultät der Universität Breslau.
2.4.1934	Trauung von Liebichs Sohn Bruno Hermann mit Eva Liebich, geb. Stenzel (*7.1.1907 in Strassburg, Westpreußen, †9.7.1958 in Hamburg); katholisch.
Februar 1935	Erneuerung des Doktordiploms.
Nov. 1935–Feb. 1936	Mitglied der Berufungskommission für die Nachfolge von Otto Strauß.
1936	Veröffentlichung von Liebichs letzter Publikation (*Die vier indischen Āçrama's*).
4.7.1939	Im Alter von 77 Jahren stirbt Bruno Liebich in Breslau.

II. Bruno Liebichs Familienstammbaum

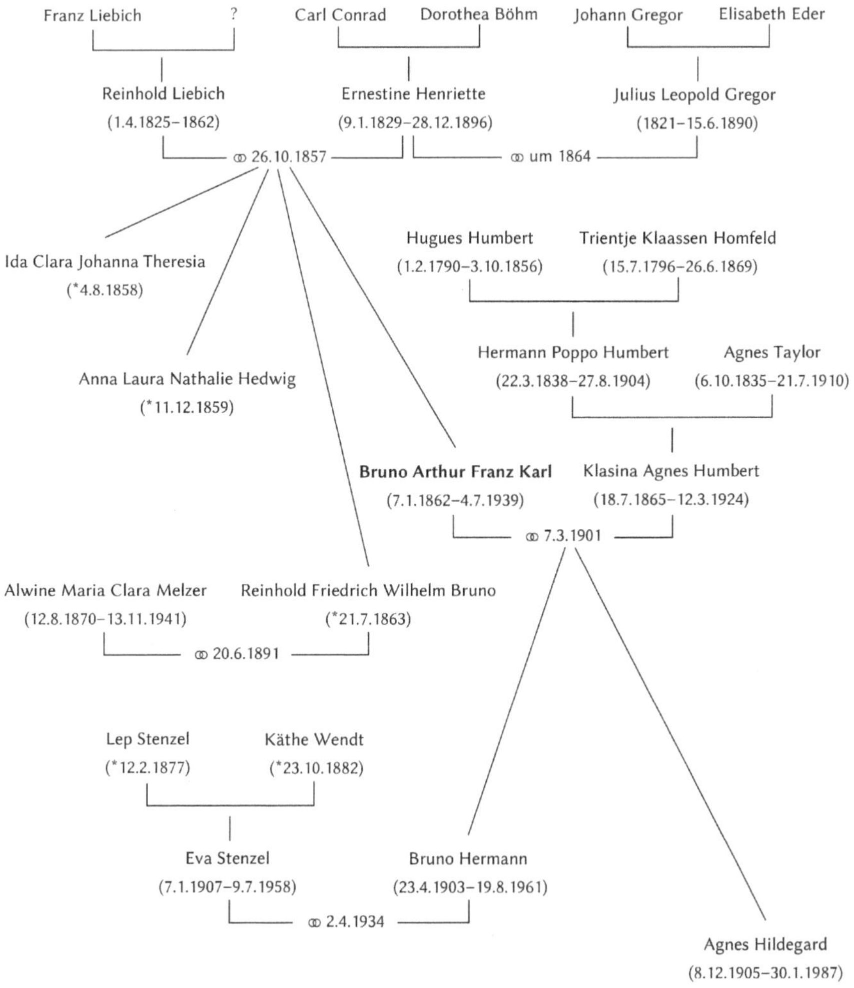

III. Lebensläufe von Bruno Liebich

Lebenslauf von 1885

QUELLE: Dekanatsakten der Philosophischen Fakultät im Universitätsarchiv Göttingen, Signatur: UniA Gö, Phil. Fak. 170 b, S. 40e–40f

Vita.

Natus sum Bruno Arthur Franciscus Carolus Liebich anno h. s. LXII. a. d. VII. Id. Ian. Altwasserae in vico Silesiae patre Reinholdo matre Henrietta e gente Conrad, quorum illum jam primo aetatis meae anno morte ademptum lugeo. Fidem profiteor evangelicam. Primis litterarum elementis in ludis publicis urbis Freiburgae imbutus inde ab anno h. s. LXXV. gymnasium Lignitiense frequentavi. Anno h. s. LXXX. maturitatis quad dicunt testimonium adeptus universitatis Vratislaviensis civibus adscriptus ut philologiae studiis operam darem ibi per quinquies sex menses audivi doctissi-
40f mos viros Dilthey, Dove, Hertz, Hillebrandt, Kölbing,|Lichtenstein, Oginski, Reifferscheid, Rossbach, Stenzler, Weinhold, Zacher. Deinde Monachii per bis sex menses studia mea continuavi in scholis clarissimorum virorum Breymann, Frohschammer, Hertling, Hofmann, Kuhn, Oehmichen. Denique auctumno anni h. s. LXXXIII. Gottingam profectur per ter sex menses disserentes audivi viros illustrissimos Bechtel, Fick, Goedeke, Heyne, Kielhorn, Müller, Schröder. Per bis sex menses exercitationibus societatis Germanicae a viro doctissimo Müller institutis interfui.

Praeceptoribus omnibus optime de me meritis, imprimis Stenzler et Kielhorn, viris humanissimis, erga me benevolentissimis pio animo gratias ago quam possum maximas.

Lebenslauf von 1885

QUELLE: *Die casuslehre der indischen grammatiker verglichen mit dem gebrauch der casus im Aitareya-Brâhmaṇa.* Ein beitrag zur syntax der sanskrit-sprache. I. Teil. Inaugural-Dissertation zur Erlangung der philosophischen Doctorwürde an der Georg-Augusts-Universität zu Göttingen von Bruno Liebich aus Freiburg in Schlesien. Göttingen 1885. (Separatabdruck aus dem X. bande der beiträge zur kunde der indogermanischen sprachen.), S. 1–30 und Vita.

Vita.

Ich heisse Bruno Arthur Franz Karl Liebich, bin geboren am 7. januar 1862 in Altwasser, kreis Waldenburg in Schlesien, der sohn des mühlenbesitzers Reinhold Liebich und seiner frau Henriette geb. Conrad, und gehöre dem evangelischen glauben an. Mein vater wurde mir schon am ende desselben jahres durch den tod entrissen, worauf meine mutter im folgenden jahre nach der stadt Freiburg in Schlesien übersiedelte. Hier besuchte ich von 1869—74 die unter leitung meines zweiten vaters, des rector Gregor, stehende elementarschule. Nachdem ich noch ein jahr lang unter rector Meyer schüler der neu errichteten höheren bürgerschule in Freiburg gewesen war, kam ich auf das gymnasium zu Liegnitz, welches sich unter der leitung des director Güthling eines besonderen rufes erfreute. Ich besuchte die oberen klassen dieses gymnasiums von Obertertia an und bestand daselbst zu ostern des jahres 1880 das abiturientenexamen, wobei mir die mündliche prüfung erlassen wurde. Von ostern 1880 ab studirte ich philologie, und zwar fünf semester in Breslau, zwei semester in München und drei semester in Göttingen. Die professoren und docenten, deren vorlesungen ich gehört habe, und deren ich immer in dankbarkeit gedenken werde, sind in Breslau Dilthey, Dove, Hertz, Hillebrandt, Kölbing, Lichtenstein, Oginski, Reifferscheid, Rossbach, Stenzler, Weinhold und Zacher; in München Breymann, Frohschammer, v. Hertling, Hofmann, Kuhn und Oehmichen; in Göttingen Bechtel, Fick, Goedeke, Heyne, Kielhorn, Müller und Schröder.

Lebenslauf vom November 1891

QUELLE: Archiwum Uniwersytetu Wrocławskiego, Signatur: F 99, S. 315–316

Vita.

Natus sum Bruno Arthur Franciscus Carolus Liebich die VII. ante Idus Ianuarias anni h. s. LXII. in vico quodam Silesiae prope urbem Waldenburg sito cui nomen est Altwasser. Fidei addictus sum evangelicae. Solito litterarum cursu in scholis Friburgae et Lignitiae absoluto, anno actatis duodevicesimo maturitatis testimonio instructus inter cives universitatis Vratislaviensis rite receptus sum studiis illic philologicis et philosophicis operam navaturus. Illo tempore per Stenzlerum virum humanissimum summus in me amor litterarum Indicarum incensus est. Quinque semestria Vratislaviae, duo Monachii, tria Gottingae moratus, auspiciis Kielhornii viri elegantissimi dissertatione de uru casuum in Aitareyabrahmano edita, philosophiae doctor et artium liberalium magister promotus sum. Vratislaviam reversus unum per annum in bibliotheca regia universitatis S. 316 labores suscepi, qua re cognitio mea rerum gene|ralium passim amphificabatur. Complures deinde annos studio linguae et literarum Indicarum dedi, imprimus opera veterum grammaticorum indigenarum diligentissime perscrutatus. Quibus studiis per librum editum: 'Panini. Ein Beitrag zur Kenntnis der indischen Literatur und Grammatik' conclusis, iam vero apud nostram Almam Matrem scientiam illarum rerum docendo propagare in animo mihi est, cuius rei licentiam illustrissimum ordinem philosophorum oro atque rogo.

Bruno Liebich.

Lebenslauf vom 2. August 1892
Quelle: Archiwum Uniwersytetu Wrocławskiego, Signatur: F 25, S. 224

Bruno Liebich,

geboren am 7. Januar 1862 in Altwasser, Kr. Waldenburg i. Schles., Sohn des Mühlenbesitzers Reinhold L. daselbst, evangelisch. Besuchte die Volkschule [*sic*], dann die Höhere Bürgerschule in Freiburg i. Schles., das Gymnasium in Liegnitz. Studierte von 80–85 alte und neuere Philologie, Germanistik, Sprachvergleichung und Sanskrit, in Breslau, München und Göttingen. Promovirt 85, in Göttingen. Seitdem in Breslau. Arbeitete ein Jahr als Volontär an der Univ.-Bibliothek und besuchte 89 den VIII. Orientalistencongress in Stockholm und Christiania. Habilitirt S.S. 92 für indische Sprache und Literatur.

Schriften: Die Casuslehre der indischen Grammatiker verglichen mit dem Gebrauch der Casus im Aitareya-Brâhmaṇa. I. II. Göttingen 1885 u. 86 (Inaug.-Diss. und Bezz. Beitr. X u. XI).

Panini. Ein Beitrag zur Kenntnis der indischen Literatur und Grammatik. Leipzig 1891.

Zwei Kapitel der Kāçikā. Übersetzt und mit e. Einleitung versehen. Breslau 1892. (Habilitationsschrift).

Breslau, 2. VIII. 92.

[Randnotiz von zweiter Hand:] Ging im S.S. 1913 nach Heidelberg

Lebenslauf vom August 1912

QUELLE: Auszug beigelegt von Christian Bartholomae in einem Brief vom 5. August 1912 an die Philosophische Fakultät der Universität Heidelberg; Universitätsarchiv Heidelberg, Signatur: RA 6863

Geboren 7. Januar 1862 in Altwasser, Kreis Waldenburg in Schlesien. Besuch der Höheren Bürgerschule in Freiburg in Schles. bis 1875; von 1875 bis 1880 das Gymnasium zu Liegnitz. Hierauf Besuch der Universitäten Breslau (5 Semester), München (2 Semester), Göttingen (3 Semester). Studium: deutsche und indische Philologie. Promotion 1885 in Göttingen in Sanskrit und Deutsch. Dann Volontär an der Universitätsbibliothek Breslau. Venia legendi in Breslau 1892. 1897: Titel Professor. Seit 1907 für ethnologische Studien beurlaubt, zuerst in München, seit 1910 in Jena.

Lebenslauf vom 12. März 1923

QUELLE: Archiwum Uniwersytetu Wrocławskiego, Signatur: F 26, S. 179

Bruno Liebich

geb. 7. I. 1862 Altwasser, Kr. Waldenburg (Sches.), Sohn des Mühlenbesitzers Reinhold L. u. seiner Ehefrau Henriette geb. Conrad. Volksschule u. höhere Bürgerschule in Freiburg (Schles.), 1875–80 Gymnasium in Liegnitz, 1880–85 Universitäten Breslau, München, Göttingen, studierte Sanskrit u. vergleichende Sprachwissenschaft unter Stenzler, Hillebrandt, Ernst Kuhn, Kielhorn, promovierte 1885 in Göttingen. 1886/7 Volontär an der Kgl. u. Univ.-Bibliothek in Breslau. 1892 Habilitation in Breslau f. indische Philologie, 1893 in England, 1895 Titel Professor. Von 1907–10 beurlaubt in München zu anthropologischen Studien, 1910–13 in Jena. Von da nach Heidelberg berufen als nicht-planmässiger ausserord. Professor, 1922 Ostern nach Breslau zurück als Nachfolger von A. Hillebrandt (persönliches Ordinariat).

Arbeitsgebiete: indische einheimische Sprachwissenschaft und allgemeine Linguistik.

Breslau, 12. III. 23.

IV. Gutachten über Bruno Liebich

Gutachten von Franz Kielhorn (18.2.1885)

QUELLE: Dekanatsakten der Philosophischen Fakultät im Universitätsarchiv Göttingen, Signatur: UniA Gö, Phil. Fak. 170 b, S. 40–40a

Die bisherigen Arbeiten Europäischer Gelehrter über die Casuslehre des Sanskṛit beziehen sich entweder auf die Sprache der Vedischen Saṃhitâs, oder auf das sogenannte classische Sanskṛit. Die Lehren der Indischen Grammatiker über den Gegenstand sind vollständig noch nicht zusammengestellt worden; & wo ihre Lehren über einzelne Casus (aus dem Zusammenhange herausgerissen,) Gegenstand der Untersuchung gewesen & mit dem Gebrauch der Casus im Veda & im classischen Sanskṛit verglichen worden sind, haben sich so erhebliche Differenzen zwischen Theorie & Praxis gezeigt daß man zu der Ansicht gekommen ist für die vorclassische Sprache gäbe es überhaupt keine Indische Grammatik & für die Grammatik der Inder keine Sprache in der ihre Regeln befolgt wären. Man hat ferner wenigstens angedeutet daß die Indischen Grammatiker sich eine eigene Sprache gebildet hätten die wie die Sprache Indiens gewesen sei. Hierbei ist übersehen worden daß Pâṇini & die ihm folgenden Grammatiker viele Jahrhunderte nach der Vedischen Periode gelebt haben, zu einer Zeit in welcher der Veda in Indien nicht mehr verstanden wurde, & daß auf der andern Seite Kâlidâsa & die übrigen sogen. classischen Schriftsteller ihre Werke nahe an 1000 Jahre nach Pâṇini verfasst haben, | als das Sanskṛit S. 40a
lange aufgehört hatte die Sprache Indiens zu sein. Zu einer richtigen Vorstellung von dem Werthe und der Glaubwürdigkeit der Indischen Grammatiker können wir nur dann zu gelangen hoffen, wenn wir ihre Lehren mit dem factischen Gebrauche solcher Werke vergleichen die ohne Zweifel, oder aller Wahrscheinlichkeit nach, vor der Zeit der Grammatiker verfasst worden & von denen wir annehmen dürfen daß sie den Grammatikern noch verständlich gewesen sind. Solche Werke sind vor Allem die in Prosa geschriebenen Brâhmaṇas & ich darf meine Freude darüber aussprechen daß Herr Liebich in dieser Dissertation ein wichtiges Werk gerade dieser Schriftgattung zum Vergleiche herangezogen hat. Herrn Liebich's Arbeit, welcher ich den Titel 'die Casuslehre der Ind. Gramm. verglichen mit dem

Gebrauche der Casus im Ait. Brâhm.' geben würde, zerfällt in zwei Theile. In dem ersten Theile werden die Regeln über den Gebrauch der Casus kurz aber vollständig zusammengestellt & es wird dabei mit Sorgfalt geschieden zwischen dem was von Pâṇini selbst herrührt & den Zusätzen oder Verbesserungen der späteren Grammatiker. Der zweite Theil enthält in engem Anschluß an den ersten Theil eine Untersuchung über den wirklichen Gebrauch der Casus im Brâhmaṇa, aus der sich ergiebt daß die Lehren der Grammatiker (namentlich die des ältesten Grammatikers, des Pâṇini) bis in die kleinsten Einzelheiten mit der Praxis übereinstimmen. Herr Liebich hat sowohl bei der Bearbeitung der Lehren der Grammatiker die in einer schwer verständlichen Sprache geschrieben sind, wie bei der Untersuchung über die Casussyntax des Brâhmaṇa gezeigt daß er ein sorgfältiger Arbeiter & tüchtiger Kenner des Sanskṛit ist. Ich bin überzeugt daß seine Dissertation allgemein als eine recht gute Arbeit bezeichnet werden wird & empfehle deshalb seine Zulassung zum mündlichen Examen. Sollte mein Vorschlag angenommen werden & Herr Liebich das Examen bestehen, so würde ich (da die Dissertation lang ist & der Druck der diakrit. Punkte wegen sehr schwer werden wird) im Interesse des Candidaten um die Erlaubniß bitten in einer mit ihm zu vereinbarenden Weise einiges in dem 2ten Theile & den Tabellen streichen zu dürfen.

18. Febr. F. Kielhorn.

Gutachten von Franz Kielhorn (18.12.1887)

QUELLE: Bestand PAW (1812–1945), II–XII–12, S. 100. (Berlin-Brandenburgische Akademie der Wissenschaften)

Göttingen, 18. December, 1887.

Herr Dr. Bruno Liebich ist zwei Jahre lang mein Zuhörer gewesen. Er hat während dieser Zeit nicht nur meine Vorlesungen mit größtem Fleiße besucht und sich stets mit Sorgfalt für dieselben vorbereitet, sondern auch eine große Anzahl meisterhafter schriftlicher Arbeiten geliefert. Er hat seine Dissertation unter meinen Augen verfasst und ist beim Doctor-Examen von mir geprüft worden. Ich kann mit bestem Gewissen versichern, daß

Herr Liebich sich eine gründliche Kenntniß des Sanskrit erworben hat, und ich bin überzeugt, daß er mit demselben Fleiße und derselben Einsicht, von denen er mir hier so viele Beweise gegeben hat, auch in Zukunft weiter arbeiten wird, so daß seine Arbeiten der Wissenschaft förderlich sein werden. Ich empfehle ihn deshalb aufs wärmste für das Bopp-Stipendium, um das er sich bewerben will.

F. Kielhorn,
Corresp. Mitglied der Königl. Akademie der Wissenschaften

Gutachten von Alfred Hillebrandt (Januar 1892)
QUELLE: Archiwum Uniwersytetu Wrocławskiego, Signatur: F 99, S. 317–320

(Gutachten über Dr. Liebich zum Zweck seiner Habilitation)

Herr Dr. phil. Liebich hat sein wissenschaftliches Studium in Breslau begonnen, in München fortgesetzt und in Göttingen, wo ihn Kielhorn in die schwierige grammatische Litteratur der Inder einführte, zu einem ersten Abschluß gebracht. Das erste Ergebnis seiner Studien war eine mit Geschick und Methode ausgeführte Untersuchung über „die Casuslehre der indischen Grammatiker verglichen mit dem Gebrauch der Casus im Aitareya Brāhmaṇa“: Ihr Wert besteht darin, an einem bestimmten, fest umgrenzten Gebiet gezeigt zu haben, daß die Lehre des größten und wichtigsten aller indischen Grammatiker, Pāṇinis, auf einer sorgfältigen und scharfsinnigen Beobachtung der wirklichen Sprache beruht, nicht aber auf einem z. T. fingirten Sprachmaterial, und daß Pāṇinis Vorschriften auf eine Periode der Sprache hinweisen, welche unsern ältesten Prosatexten, den Brāhmaṇas, ziemlich nah steht.
Nach seiner Promotion kehrte Dr. L. nach Breslau zurück und arbeitete hier einige Zeit an der Bibliothek, in der Hauptsache aber setzte er seine in Göttingen begonnenen Studien fort. Die Kenntnis Pāṇinis und der daran sich anschließenden reichen Litteratur ist nur in jahrelanger, mühsamer Arbeit zu erwerben. Das Hauptstreben der Grammatiker ist eine | Kürze S. 318
des Ausdrucks, welche auf die Ersparnis jeder einzelnen überflüssigen Sil-

be Wert legt und dabei doch das gesammte sprachliche Material dieser wort- und formenreichen Sprache mit aller erreichbaren Genauigkeit darstellt. Dieses Ziel ist durch eine streng durchdachte Anordnung, durch Anwendung einer Reihe sinnreicher Hilfsmittel und mit einer Genauigkeit der Beobachtung erreicht worden, welche das Werk Pāṇinis nicht nur den Indern, sondern auch den besten europäischen Kennern als ein Meisterstück ersten Ranges, natürlich in seiner Art, erscheinen ließ. In den Vorgängen der indischen Grammatik liegt aber für uns deren Schwierigkeit. Denn zur Entscheidung einer einzelnen grammatischen Frage ist nicht immer das bloße Verständnis des Lehrbuchs ausreichend, sondern die Vergegenwärtigung einer ganzen Reihe über das ganze Werk verstreuter Angaben, mit deren Hilfe die einzelne Bildung verständlich wird. Die Bewältigung dieser Schwierigkeiten ist gleichwohl nötig, weil in den indischen Grammatiken ein überaus reiches, bis jetzt durchaus noch nicht entsprechend behandeltes sprachliches Material vorhanden ist, das zu ei-
S. 319 ner Darstellung der altindischen | Sprache in der Blüte ihrer Entwicklung durchaus notwendig ist. Liebich hat die Ergebnisse seiner fast sechsjährigen Studien in einem zwar nicht umfangreichen, aber durch Klarheit und Methode bemerkenswerten Buch: Pāṇini niedergelegt, in dem er auf einem bisher nicht begangenen Wege die Stellung dieses Autors in der umliegenden Litteratur zu erörtern sucht und seine Vorschriften zum Kennzeichen macht, welche Schriften vor oder nach Pāṇini zu setzen sind. Es ist kaum nötig, hier den Inhalt und die Vorzüge dieses Buches auseinanderzusetzen; es verrät eine innige Vertrautheit mit dieser (und einigen andern) Zweigen der indischen Litteratur, so daß ich darauf allein hier beantragen könnte, den Dr. Liebich zu den weiteren Habilitationsleistungen zuzulassen.

Die eingereichte Habilitationsschrift, welche die indische Wortcompositionslehre behandelt, ist ein weiterer Schritt auf dem Wege, uns das Verständnis der indischen Grammatiker zu erschließen. Es ist der erste Versuch, einen zusammenhängenden Abschnitt der s. g. Kāçikā-vṛtti, eines vortrefflichen, im 7. Jahrh. p. C. geschriebenen Commentars, der schon von den Chinesen gerühmt wird, zu übersetzen. Diese Übersetzung zeigt, wie L.' frühere Arbeiten, Kenntnis des Sanskrit und Geschick in der Bewältigung des spröden, schwierigen Stoffes. Ich füge noch hinzu, daß ich mit Dr. L. durch mehrere Jahre hindurch schwierigen Sanskrittexte aus verschiedenen Gebieten gelesen und dieselben Eigenschaften, die seine S. 320 Schriften bekunden, auch hier bewährt gefunden habe. Ich beantrage also, ihn zu den weiteren Habilitationsleistungen zuzulassen.

Hillebrandt.

Gutachten (anonym) vom 20. April 1921

QUELLE: Archiwum Uniwersytetu Wrocławskiego, Signatur: F 100, S. 307–309; Auszug aus einem Schreiben der Universität Breslau an das Ministerium für Wissenschaft, Kunst und Volksbildung.

Bruno Liebich, auf dessen Berufung wir besonderen Wert legen, ist 1862 in Altwasser in Schlesien geboren, promovierte 1885 unter Kielhorn in Göttingen, habilitierte sich 1892 in Breslau und wirkt gegenwärtig als nicht- S. 308 planmässiger ausserordentlicher Professor in Heidelberg. Aus der Schule Kielhorns hervorgegangen ist er ein ausgezeichneter Gelehrter und Kenner des Sanskrit, auf dem Gebiet der indischen Grammatiken die hervorragendste, wenn nicht alleinige Autorität und hat durch eine Reihe zum Teil sehr umfangreicher Arbeiten diesem schwierigen und wichtigen Gebiet eine nachhaltige und nicht vorübergehende Förderung zuteil werden lassen. Seine letzte grosse, im Jahre 1918 erschienene Arbeit, der noch ei ne Reihe von vier kleineren sehr eindringenden Schriften in den Berichten der Heidelberger Akademie folgten, brachte den einheimischen Kommentar zu der wichtigen Grammatik des Tschandra, die er früher, zum Teil mit Hilfe tibetanischer Quellen in ingeniöser Methode wieder aufgefunden und nach verschiedenen Vorarbeiten 1902 veröffentlicht hat. Es gelang ihm dabei, ihr Datum als zeitgenössisch mit dem Einfall der Hunnen in Indien zu erweisen. Ausser diesen zahlreichen, den einheimischen Grammatikern gewidmeten Arbeiten hat er sich Verdienste um die Feststellung der Zeit des grössten altindischen Dichters, des Kalidasa, erworben. Jede S. 309 seiner Arbeiten zeigt wissenschaftliche Reife, Sicherheit und Unbeirrtheit des Urteils sowie methodische Behandlung des Stoffes. Der Verbreitung der Kenntnis des Sanskrit in Kreisen, die eines Lehrers entbehren müssen, dient sein grosses, mit peinlichster Genauigkeit abgefasstes Lesebuch.

Wenn er durch Umstände, deren Abstellung nicht in seiner Hand lag, durch die lange Stockung innerhalb der Sanskritisten-Laufbahn nicht längst die äussere Stellung erhalten hat, die er seinen Leistungen nach verdient hätte, so ist es jetzt an der Zeit, ihm Gerechtigkeit widerfahren zu lassen und ihn auf den Lehrstuhl seiner Heimatprovinz zu berufen, an die er – auch als persönlicher Ordinarius – sicherem Vernehmen nach gern zurückkehren würde. Wir haben im Kreise der für uns in Betracht kommenden Gelehrten keinen besseren Kenner der altindischen Sprache und methodischeren Forscher vorzuschlagen.

Personalnachrichten (anonym) vom 6. Januar 1932

Quelle: Schlesische Zeitung, Nr. 9, Vollausgabe Abendblatt, Breslau, Mittwoch, 6. Januar 1932 (S. 3, Personalnachrichten).

Am 7. Januar begeht der entpflichtete Professor an der Breslauer Universität Dr. Bruno Liebich seinen siebzigsten Geburtstag.

Er wurde in Altwasser bei Waldenburg geboren, besuchte das Liegnitzer Gymnasium und studierte in Breslau, München, Göttingen unter Stenzler, Hillebrandt, Ernst Kuhn und Kiehlhorn Sanskrit und vergleichende Sprachwissenschaft. 1885 promovierte er in Göttingen, habilitierte sich 1892 in Breslau für indische Philologie und ging 1893 studienhalber nach England. Von 1907 bis 1910 war er zu anthropologischen Studien nach München beurlaubt und verlebte die folgenden Jahre in Jena. Von dort wurde er 1913 als a.o. Professor nach Heidelberg berufen, um dann 1922 als Nachfolger seines Lehrers Alfred Hillebrandt nach Breslau auf den Lehrstuhl der Indologie zurückzukehren. 1927 wurde er von den amtlichen Verpflichtungen entbunden. – Sein Hauptarbeitsgebiet betrifft die einheimische indische Grammatik, die nicht nur für die Indologie sondern auch für die vergleichende Sprachwissenschaft von Wichtigkeit ist. In Anerkennung seiner grossen Verdienste auf diesem Gebiet ist ihm eine Glückwunschadresse übersandt worden, die von mehr als 80 deutschen und ausländischen Gelehrten unterzeichnet worden ist.

V. Lebensläufe von Bruno Liebichs Kindern

Lebenslauf von Bruno Hermann Liebich (23.4.1903–19.8.1961)

QUELLE: Bruno Hermann Liebichs Dissertation »Das Problem der Autarkie« (Breslau 1930)

Lebenslauf.

Geboren wurde ich, Bruno Hermann Liebich, am 23. April 1903 in Breslau, als Sohn des Universitäts-Professors Dr. Bruno Liebich und seiner Ehefrau Klasina, geb. Humbert. Von Herbst 1913 bis Ostern 1922 besuchte ich das Humanistische Gymnasium zu Heidelberg. Nach dreijähriger Lehr- und praktischen Ausbildungszeit bei einer Breslauer Großhandelsfirma studierte ich Rechts- und Staatswissenschaften an den Universitäten Heidelberg und Breslau. Hier bestand ich am 9. Dezember 1927 die volkswirtschaftliche Staatsprüfung und am 22. Februar 1929 den mündlichen Teil der staatswissenschaftlichen Doktorprüfung.

Lebenslauf von Bruno Hermann Liebich (23.4.1903–19.8.1961)

QUELLE: Bruno Hermann Liebichs Personalakte im BArch PERS 6/298282, Bl. 21

Lebenslauf.

Geboren wurde ich, Bruno Hermann Liebich, am 23. April 1903 in Breslau als Sohn des Universitätsprofessors Dr. Bruno Liebich und seiner inzwischen verstorbenen Ehefrau Klasina geb. Humbert.

Von Herbst 1913 an besuchte ich das Humanistische Gymnasium zu Heidelberg, das ich zu Ostern 1922 mit dem Reifezeugnis verliess.

1922–1925 erhielt ich in 2½-jähriger Lehrzeit meine praktisch-kaufmännische Ausbildung bei der Kolonialwaren-Großhandlung Carl Becker & Co. in Breslau.

1925–1929 studierte ich Staats- und Rechtswissenschaften an den Universitäten Heildelberg und Breslau; in Breslau bestand ich 1927 das volkswirtschaftliche Diplom-Examen und promovierte 1929 zum Doktor der Staatswissenschaften.

1.2.1930–31.1.1932 arbeitete ich in der Kolonialwaren-Importfirma Walter Mangold G.m.b.H., Hamburg, und zwar als Leiter der neu errichteten Niederlassung des Hauses in Breslau. Aus dieser Stellung schied ich am 1.2.1932 auf eigenen Wunsch; indes zerschlug sich in der Folgezeit das Vorhaben, das mich hierzu veranlasst hatte.

Auf ein entsprechendes Angebot des Arbeitsamtes Glogau trat ich deshalb am 1.8.1932 in den Vermittlungsdienst der Reichsanstalt zur Arbeitsvermittlung und Arbeitslosenversicherung (Arbeitsämter), zunächst als Zeitangestellter. Am 1.8.1933 wurde ich als Alleinvermittler in der Nebenstelle Haynau des Arbeitsamtes Liegnitz in das Tarifangestelltenverhältnis übernommen. Hier befinde ich mich z.Z. in ungekündigter Stellung.

Seit 2.4.1934 bin ich verheiratet mit der am 7.1.1907 in Strassburg (Westpreussen) geborenen Tochter des Rechtsanwalts und Notars Leo Stenzel in Neumarkt i/Schl. Haynau/Schl., 10.10.1934

Dr. Bruno H. Liebich
Diplom-Volkswirt.

Lebenslauf von Agnes-Hildegard Liebich (8.12.1905–30.1.1987)
QUELLE: Nachlaß von Agnes-Hildegard Liebich im Privatbesitz von Dagmar Ladisch-Grube.

Lebenslauf

Am 8.12.05 wurde ich in unserem Hause in Breslau geboren; und aufgewachsen in Breslau, München, Jena, Heidelberg und Breslau. Meine Schuljahre fielen nach Heidelberg, Universitätsbesuch als Hospitantin nach Breslau. 1933 war ich ein Vierteljahr in England. Nach dem Tode meiner Mutter übernahm ich die Leitung unseres Haushaltes, begleitete meinen Vater, Univ.-Professor Dr. Bruno Liebich, auf seinen Reisen und erledigte einige Stunden täglich Sekretärarbeiten für ihn. Am 4. Juli 1939 starb mein Vater. Seinen wissenschaftlichen Nachlass hatte er mir anvertraut. Da ich jedoch bereits meinen Mobilmachungsbefehl hatte, konnte ich nur noch den fachwissenschaftlichen (Indologie) Bibliothekskatalog fertigstellen usw. Meine Mutter Klasina geborene Humbert war die Tochter des Gründers der Fa. H. Humbert GmbH und englischen Konsuls in Breslau gewesen, sodaß ich finanziell ziemlich unabhängig war.
Am 26.8.1939 wurde ich dann als DRK-Schwesterhelferin in Breslau zur Wehrmacht eingezogen und am 13. August 1946 als DRK-Schwester in Marne entlassen. Es folgte das übliche Nachkriegserleben mit Suchreisen nach Angehörigen bis in die russische Zone, Antichambrieren vor den Ämtern usw. Schließlich erholte ich mich bei unsern ostfriesischen Verwandten und besuchte die Priv.-Handelsschule Feil in Heidelberg, um mit kaufmännischen Dingen vertraut zu werden. Nachdem ich endlich Arbeitserlaubnis hatte (die Arbeit beim Amerikaner hatte ich abgelehnt), nahm ich die Stellen, wie sie mir die Arbeitsämter zuwiesen (siehe Beilagen), ab 1949.
Diesmal jedoch möchte ich nach Interesse wählen.

München, den 19. Dezember 1955

Agnes-H. Liebich

Anhang II

Slob · dpon
Ćandra · go · mi · la
na · mo

༄། །སློབ་དཔོན་ཙནྡྲ་གོ་མི་ལ་ན་མོ།

Tafel 6
Slob dpon Tsandra go mi

Eine Illustration von Candragomin, die der tibetischen Übersetzung seines *Cāndrasūtra* im Narthang-Tanjur (Bd. Le [116], Fol. 1 im 10. Kapitel *Sgra rig pa* des 3. Abschnittes *Mdo 'grel* dieser kanonischen Sammlung) um 1742 n. Chr. vorangestellt ist. Das Bild oben links stammt aus einem in den 1830er Jahren im Auftrag des 7. Panchen Lama angefertigten Druck des Narthang-Tanjur, den Brian Houghton Hodgson (1801–1894) der India Office Library zur Verfügung stellte (derzeit im Bestand der British Library in London, Signatur: Mss Tib X-Y). Das kolorierte Bild oben rechts stammt aus einem späteren Druck des Narthang-Tanjur, der von Lawrence Austin Waddell (1854–1938) aus Tibet mitgebracht und 1904 der India Office Library (derzeit im Bestand der British Library in London, Signatur: 14310a) geschenkt wurde. Das dritte Bild unten links stellt eine Nachbildung dar, die Adolf Rost, der Sohn des deutschen Orientalisten und Oberbibliothekars der India Office Library in London Dr. Reinhold Rost (1822–1896), nach der Figur aus Hodgsons Londoner Druck des Narthang-Tanjur gezeichnet hat und als Titelvignette in Liebichs Ausgaben des *Cāndrasūtra* (Leipzig 1902) und der *Cāndravṛtti* (Leipzig 1918) verwendet wurde. Bei dem vierten Bild unten rechts handelt es sich um eine digital erstellte Vektorgrafik, die auf dem Originalbild oben links basiert.

Lehrer und ihre Kurse

In der folgenden Liste werden die Namen aller Universitätslehrer erwähnt, bei denen Bruno Liebich während seines Studiums an den Universitäten in Breslau (im SS 1880–SS 1882), München (im WS 1882/83–SS 1883) und Göttingen (im 1883/84–WS 1884/85) Vorlesungen und Seminare besuchte. Zusätzlich werden alle Veranstaltungen aufgelistet, die der jeweilige Gelehrte während Liebichs Anwesenheit am entsprechenden Studienort angeboten hat. Zwar läßt sich nicht mehr genau feststellen, an welchen Lehrveranstaltungen Liebich teilnahm, es ist aber sicher, daß er alle untengenannten Universitätslehrer persönlich kannte und bei ihnen den einen oder anderen Kurs absolvierte.

Studium in Breslau
(SS 1880–SS 1882)

Prof. Dr. Wilhelm Dilthey (1833–1911)

> SS 1880: *Logik, Geschichte des Unterrichtswesens und der Pädagogik bis zur Gegenwart, Philosophische Uebungen über Schleiermachers Dialektik*; WS 1880/81: *Allgemeine Geschichte der Philosophie, erste Hälfte: Geschichte der Philosophie des Alterthums und des Mittelalters, Philosophische Uebungen*; SS 1881: *Logik, mit besonderer Berücksichtigung ihrer Beziehung zu den Fachwissenschaften, Geschichte der neueren Philosophie, Philosophische Uebungen*; WS 1881/82: *Anthropologie und Psychologie als Erfahrungswissenschaft, Philosophische Uebungen über die Hauptpunkte der Psychologie*; SS 1882: *Logik, Geschichte der Pädagogik und des Unterrichtswesens, Logische Uebungen*

Prof. Dr. Alfred Wilhelm Dove (1844–1916)

SS 1880: *Deutsche Geschichte von der Mitte des 9. bis zur Mitte des 13. Jahrhunderts, Ueber die Epochen und Perioden der neueren Geschichte, Historische Uebungen*; WS 1880/81: *Geschichte der Kreuzzüge, Historische Uebungen*; SS 1881: *Historische Erklärung der Germania des Tacitus, Deutsche Geschichte vom Anfang des 13. bis zum Ausgang des 15. Jahrhunderts, Historische Uebungen*; WS 1881/82: *Allgemeine Geschichte im Zeitalter der Karolinger (7.–10. Jahrhundert) , Allgemeine Geschichte im Zeitalter Ludwigs XIV. (1640–1740), Historische Uebungen*; SS 1882: *Allgemeine Geschichte des Mittelalters vom 10. bis 13. Jahrhundert, Brandenburg – preußische Geschichte bis auf Friedrich den Großen*

Prof. Dr. Martin Julius Hertz (1818–1895)

SS 1880: *Römische Staatsalterthümer, Tacitus Annalen, Uebungen des philologischen Seminars*; WS 1880/81: *Encyclopädie der Philologie, Uebungen des königl. philologischen Seminars*; SS 1881: *Geschichte der Philologie im Alterthum und im Mittelalter, Ciceros Rede für den Sestius, Uebungen des Königl. philologischen Seminars*; WS 1881/82: *Geschichte der Philologie, II. Theil, Uebungen des K. philologischen Seminars*; SS 1882: *Römische Litteraturgeschichte im Zeitalter der Republik, Uebungen des philologischen Seminars*

Privatdozent Dr. Alfred Hillebrandt (1853–1927)

SS 1880: *Zendgrammatik, Interpretation ausgewählter Stücke des Rigveda und Aitareya Brâhmana, Vergleichende Grammatik des Gotischen*; WS 1880/81: *Vergleichende Grammatik, Zendgrammatik, Vedische Interpretationsübungen, Geschichte des Brahmanismus*; SS 1881: *Grammatische Repetitionen, Interpretation vedischer Schriften, Fortsetzung der Zendübungen*; WS 1881/82: *Erklärung vedischer Schriften, Vergleichende Deklination und Konjugation mit einer Einführung in das Studium der vergleichenden Grammatik*; SS 1882: *Erklärung vedischer Schriften, Altpersische Grammatik, Vergleichende Grammatik des Gothischen*

a. o. Prof. Dr. Eugen Kölbing (1846–1899)

SS 1880: *Erklärung ausgewählter Eddalieder, Englische Literaturgeschichte vom Zeitalter der Elisabeth an, Leitung der englischen Abteilung des Seminars für romanische und englische Philologie*; WS 1880/81: *Isländische Literaturgeschichte, Englische Literaturgeschichte von Milton ab, Chaucers Leben und Werke und Erklärung der Canterbury-Tales, Leitung der englischen Abtheilung des königl. Seminars für romanische und englische Philologie*; SS 1881: *Interpretation des altenglischen Epos Beowulf, Erklärung von Shakespeares Macbeth, Uebungen der englischen Abtheilung des Königl. Seminars für romanische und englische Philologie*; WS 1881/82: *Historische englische Grammatik, Erklärung der englischen Abtheilung des K. Seminars für romanische und englische Philologie*; SS 1882: *Die Aufgangsgründe der englischen Sprache, Erklärung ausgewählter Stücke aus Zupitza's alt und mittelenglischem Uebungsbuch, Erklärung der Götterlieder der Edda, Uebungen des englischen Seminars*

Privatdozent Dr. Franz Lichtenstein (1852–1884)

SS 1880: *Altdeutsche Metrik, Geschichte der deutschen Dichtung im Zeitalter der Hohenstaufen*; WS 1880/81: *Erklärung der Gudrun, Ueber Lessings Leben und Werke*; SS 1881: *Erklärung des Heliand, Geschichte der romantischen Dichtung, Textkritische Uebungen nach Müllenhoffs altdeutschen Sprachproben*; WS 1881/82: *Gothische Uebungen, Erklärung von Gottfrieds von Straßburg Tristan und Isolde, Erklärung ausgewählter Goethe'scher Gedichte*; SS 1882: *Altdeutsche Metrik*

Privatdozent Prof. Dr. Immanuel Oginski (1813–1886)

SS 1880: *Einleitung in die Philosophie, Geschichte der Pädagogik*; WS 1880/81: *Ethik, Encyclopädie der Philosophie*; SS 1881: *Einleitung in die Philosophie, Geschichte der Ethik*; WS 1881/82: *Encyclopädie der Philosophie, Die Lehre von der Verwirklichung der ethischen Ideen (Rhetorik), Die Kunstlehre des wissenschaftlichen Gespräches (des Disputierens)*; SS 1882: *Einleitung in die Philosophie, Geschichte der griechischen Philosophie*

Prof. Dr. August Reifferscheid (1835–1887)

SS 1880: *Lateinische Syntax, Erklärung der Andria des Terenz, Uebungen des philologischen Seminars*; WS 1880/81: *Griechische Staatsalterthümer, Erklärung des Trinummus des Plautus, Uebungen des königl. philologischen Seminars*; SS 1881: *Mythologie und Religionsalterthümer der Römer, Erklärung der Properz nebst Geschichte der Elegie bei Griechen und Römern, Uebungen des Königl. philologischen Seminars*; WS 1881/82: *Griechische und römische Privatalterthümer, Rhetorik der Griechen und Römer und Erklärung von Reden des Thucydides, Sallust, Livius und Tacitus, Uebungen des K. philologischen Seminars*; SS 1882: *Lateinische Grammatik, Horaz' Oden, Uebungen des philologischen Seminars*

Prof. Dr. August Rossbach (1823–1898)

SS 1880: *Metrik der griechischen Dramatiker und der lateinischen Dichter, Geschichte der griechischen Plastik, Uebungen des philologischen Seminars, Archäologische Uebungen*; WS 1880/81: *Kritische Geschichte der homerischen Gedichte und Erklärung des elften Buches der Ilias, Uebungen des königl. philologischen Seminars, Archäologische Uebungen*; SS 1881: *Griechische Literaturgeschichte, Euripides Medea, Uebungen des Königl. philologischen Seminars, Archäologische Uebungen*; WS 1881/82: *Griechische Grammatik, Erklärung von Sophokles Oedipus Tyrannus, Uebungen des K. philologischen Seminars, Archäologische Uebungen*; SS 1882: *Griechische Syntax, Sophokles Oedipus Tyrannus, Uebungen des philologischen Seminars, Archäologische Uebungen*

Prof. Dr. Adolf Friedrich Stenzler (1807–1887)

SS 1880: *Grammatik der Sanskritsprache, Kalidasa's Sakuntala*; WS 1880/81: *Fortsetzung der Kursus der Sanskritsprache, Schwerere indische Schriftsteller*; SS 1881: *Grammatik der Sanskritsprache, Schwerere indische Schriftsteller*; WS 1881/82: *Fortsetzung der Kursus der Sanskritsprache, Schwerere indische Schriftsteller*; SS 1882: *Grammatik der Sanskritsprache, Kalidasa's Meghaduta*

Prof. Dr. Karl Weinhold (1823–1901)

SS 1880: *Deutsche Alterthümer, Uebungen des germanischen Seminars;* WS 1880/81: *Uebungen des königl. germanistischen Seminars;* SS 1881: *Erklärung des Epos der Nibelunge nôt (nach Lachmanns Ausgabe), Uebungen des Königl. germanistischen Seminars;* WS 1881/82: *Geschichte der altdeutschen Literatur, Uebungen des K. Germanistischen Seminars;* SS 1882: *Deutsche Mythologie, Geschichte der altdeutschen Literatur, Uebungen des germanistischen Seminars*

a. o. Prof. Dr. Konrad Zacher (1851–1907)

WS 1881/82: *Geschichte der griechischen und römischen Komödie, Ausgewählte Gedichte griechischer Lyriker, Kritische und exegetische Uebungen;* SS 1882: *Platon's Protagoras, Ausgewählte Gedichte griechischer Lyriker, Philologische Uebungen*

Studium in München
(WS 1882/83–SS 1883)

Prof. Dr. Hermann Wilhelm Breymann (1843–1910)

WS 1882/83: *Historische Grammatik der französischen Sprache, Interpretation von Marlowe's Dr. Faustus, Interpretation eines Stückes von Voltaire's Zaïre;* SS 1883: *Boileau's Art poétique, Marlowe's Dr. Faustus, Byron's Childe Harold, literarhistorische Vorträge und stilistische Übungen in französischer und in englischer Sprache*

Prof. Dr. Jakob Frohschammer (1821–1893)

WS 1882/83: *Enzyklopädie der Philosophie (mit Einleitung in's akademische Studium), Geschichte der griechisch-römischen Philosophie, philosophische Übungen;* SS 1883: *Geschichte der Philosophie, philosophische Übungen*

Prof. Dr. Georg Friedrich Freiherr von Hertling (1843–1919)

WS 1882/83: *Metaphysik, Übersicht über die Hauptlehren der Logik*; SS 1883: *Über die Kantische Philosophie, Rechtsphilosophie*

Prof. Dr. Konrad Hofmann (1819–1890)

WS 1882/83: *Erklärung gothischer, altsächsischer und althochdeutscher Texte mit grammatischer und literarhistorischer Einleitung, altfranzösisch und provenzalisch, germanische Übungen, romanische Übungen*; SS 1883: *Mittelhochdeutsch, germanische Übungen, Altfranzösisch und Provenzalisch, romanische Übungen*

Prof. Dr. Ernst Kuhn (1846–1920)

WS 1882/83: *Anfangsgründe des Sanskrit, Grammatik der Avesta-Sprache, Erklärung ausgewählter Hymnen der Rig-Veda*; SS 1883: *Fortsetzung des Sanskrit-Kursus, Übersicht der Sanskrit-Literatur, Erklärung von Kâlidâsa's Meghadûta*

Privatdozent Dr. Gustav Oehmichen (1846–?)

WS 1882/83: *Euripides Medea, Plinius Kundtgeschichte*; SS 1883: *Alte Anthropogeographie der Mittelmeerländer mit besonderer Berücksichtigung der neuesten Ausgrabungen, stilistisches Praktikum*

Studium in Göttingen
(WS 1883/84–WS 1884/85)

Privatdozent Dr. Friedrich Bechtel (1855–1924)

WS 1883/84: *Vergleichende Grammatik der griechischen Sprache*; SS 1884: *Vergleichende Grammatik der indogermanischen Sprachen*; WS 1884/85: *Vergleichende Grammatik des Gotischen, Deutsche Gesellschaft*

a. o. Prof. Dr. Friedrich Conrad August Fick (1833–1916)

WS 1883/84: *Bildung des Nomens der griechischen Sprache, Sprache und Entstehung der homerischen Gedichte*; SS 1884: *Entwicklungsgeschichte der indogermanischen Sprachen und Völker, Homers Odyssee*; WS 1884/85: *Vergleichende Grammatik der griechischen Sprache, Die griechischen Lyriker*

a. o. Prof. Dr. Karl Ludwig Friedrich Goedeke (1814–1887)

WS 1883/84: *Deutsche Literatur des 19. Jahrhunderts*; SS 1884: *Ueber Goethes Leben und Schriften*; WS 1884/85: *Ueber Schiller*

Prof. Dr. Moritz Heyne (1837–1906)

WS 1883/84: *Altsächsische Grammatik und Heliand, Formenlehre des Neuhochdeutschen auf historischer Grundlage, Althochdeutsche Uebungen*; SS 1884: *Das altdeutsche Haus, Einführung in die deutsche Philologie, Altdeutsche Uebungen*; WS 1884/85: *Geschichte der deutschen lyrischen und Spruchdichtung im Mittelalter, Althochdeutsche Uebungen*

Prof. Dr. Franz Kielhorn (1840–1908)

WS 1883/84: *Grammatik der Sanskrit-Sprache für Anfänger, Erklärung von Bhavabhûti's Uttararâmacharita, Erklärung ausgewählter Hymnen des Rigveda*; SS 1884: *Grammatik der Sanskritsprache für Anfänger, Erklärung von Kâlidâsa's Kumârasambhava mit Mallinâtha's Kommentar, Erklärung der Laghukaumudî oder des Tarkasamgraha*; WS 1884/85: *Fortsetzung der Grammatik der Sanskrit-Sprache und Erklärung der Texte in Lanmann's Reader, Erklärung ausgewählter Gesänge von Kâlidâsa's*

Raghuvańsa, Erklärung ausgewählter Abschnitte des Nirukta und der Kâśikâ Vṛitti oder anderer schwieriger Texte

Prof. Dr. Wilhelm Konrad Hermann Müller (1812–1890)

WS 1883/84: *Erklärung des Nibelungenliedes mit einer Einleitung über die deutsche Heldensage, Uebungen der deutschen Gesellschaft*; SS 1884: *Wolframs von Eschenbach Parzivâl, Uebungen der deutschen Gesellschaft*; WS 1884/85: *Historische Grammatik der deutschen Sprache, Uebungen der deutschen Gesellschaft*

Privatdozent Dr. Edward Schröder (1858–1942)

WS 1883/84: *Geschichte der deutschen Litteratur von 1795–1805, Gotische Uebungen*; WS 1884/85: *Geschichte der deutschen Literatur im Mittelalter, Deutschen Uebungen*

Anhang III

SANSKRIT-LESEBUCH.

Zur Einführung in die altindische Sprache und Literatur.

Von

BRUNO LIEBICH
Dr. phil.

Lesebuchverlag.
1905.
In Kommission bei Otto Harrassowitz, Leipzig.

Tafel 7
Bruno Liebichs *Sanskrit-Lesebuch* (Leipzig 1905)

Titelseite von Liebichs *Sanskrit-Lesebuch*.

Lehrtätigkeit

Die Daten in den folgenden Tabellen stammen aus den Vorlesungs- und Personalverzeichnissen der Universitäten in Breslau, München, Jena und Heidelberg, an denen Bruno Liebich im Laufe seiner akademischen Karriere tätig war. In dieser Hinsicht erweisen sich die Vorlesungsverzeichnisse als eine besonders wertvolle Quelle, da man darin recht präzise Angaben über alle von Liebich angebotenen Lehrveranstaltungen findet. Daraus erfährt man nicht nur die Bezeichnung des jeweiligen Kurses, sondern auch den genauen Termin der jeweiligen Lehrveranstaltung und wie häufig sie stattgefunden hat. Darüber hinaus ist zumindest in einigen Fällen ausdrücklich angegeben, wenn ein bestimmter Kurs aus irgendeinem Grund (z. B. wegen einer Studienreise) nicht gehalten werden konnte. Es wird auch klar, welche Vorlesungen öffentlich oder unentgeltlich gehalten wurden, nämlich diejenigen, die in der folgenden Liste mit einem Asterisk gekennzeichnet sind. Zu guter Letzt lassen sich aus den Vorlesungs- und Personalverzeichnissen auch konkrete Informationen darüber gewinnen, an welcher Privatadresse Liebich im jeweiligen Semester wohnhaft war. Aus Platzgründen wird auf die Angabe dieser Details hier verzichtet.[1]

[1] Zu Liebichs Adressen in Breslau siehe Anhang v, S. 478 f.

	Breslau	
WS 1892/93	*Sanskritgrammatik für Anfänger*	dreistündig
	Interpretation eines schwierigeren indischen Textes	zweistündig
SS 1893	*Pali-Grammatik*[1]	zweistündig
	**Erklärung ausgewählter Hymnen des Rigveda*[1]	zweistündig
WS 1893/94	*Sanskrit-Grammatik für Anfänger*	dreistündig
	**Erklärung der Laghukaumudī, zur Einführung in Panini*	zweistündig
SS 1894	**Sanskrit-Grammatik, zweiter Cursus*	zweistündig
	**Erklärung von Kalidasa's Kumarasambhava*	zweistündig
WS 1894/95	**Einführung in die indischen Grammatiker, I. Theil: Panini*	Di. 17–19 Uhr
	Sanskrit-Grammatik für Anfänger	Mo., Do., Fr. 17–18 Uhr
SS 1895	**Sanskrit-Grammatik, zweiter Cursus*	Mo., Do. 17–18 Uhr
	**Einführung in die indischen Grammatiker, II. Theil: Die Kāçikā*	Di. 17–19 Uhr
	Pali-Grammatik	Fr. 17–19 Uhr
WS 1895/96	**Einführung in die indischen Grammatiker, III. Theil: Das Bhāshya*	Di., Do. 16–17 Uhr
	Anfangsgründe des Sanskrit	Mo., Mi., Fr. 16–17 Uhr
SS 1896	**Sanskritgrammatik, 2. Cursus*	Di., Fr. 16–17 Uhr
	Vergleichende Grammatik des Pali, Prakrit und der neuindischen Volkssprachen	Mo., Do. 16–17 Uhr
WS 1896/97	**Lectüre vedischer Texte (nach Professor Hillebrandts Vedachrestomathie)*	Di., Do. 15–16 Uhr
	Sanskritgrammatik, I. Cursus	Mo., Mi., Fr. 15–16 Uhr

[1] Wegen Studienreise nicht gehalten.

Breslau		
SS 1897	*Sanskritgrammatik, II. Cursus*	Mo., Mi., Fr. 15–16 Uhr
	Pali-Grammatik	Di., Do. 15–16 Uhr
WS 1897/98	**Uebungen im Lesen der indischen Commentatoren (Mallinātha und Sāyana)*	Di., Fr. 18–19 Uhr
	Anfangsgründe des Sanskrit	Mo., Mi., Fr. 15–16 Uhr
	Sanskritgrammatik, III. Cursus, unter Berücksichtigung der vergleichenden Sprachwissenschaft	Mi. 16–17 Uhr, Sa. 15–16 Uhr
SS 1898	**Sanskritgrammatik und Lektüre, II. Cursus*	Mo., Do. 15–16 Uhr
	Sprachwissenschaftliche Uebungen	Di., Fr. 15–16 Uhr
WS 1898/99	**Lectüre von Bhartrihari's Trêçataka oder einem anderen Werke der indischen Kunstpoesie*	Di., Do. 15–16 Uhr
	Anfangsgründe des Sanskrit	Mo., Mi., Fr. 15–16 Uhr
SS 1899	**Vedische Uebungen*	Mo., Do. 15–16 Uhr
	Pali-Grammatik	Di., Fr. 15–16 Uhr
WS 1899/1900	**Kursorische Lektüre von indischen Schriftstellern*	Di., Do. 15–16 Uhr
	Anfangsgründe des Sanskrit	Mo., Mi., Fr. 15–16 Uhr
SS 1900	**Lectüre von Böhtlingk's Sanskrit-Chrestomathie (Sanskritgrammatik, II. Cursus)*	Mo., Do. 15–16 Uhr
	Einführung in die indischen Dialecte	Di., Fr. 15–16 Uhr
WS 1900/1901	*Vedische Uebungen*	Di., Do. 15–16 Uhr
	**Elemente des Sanskrit*[1]	Mo., Mi., Fr. 15–16 Uhr
SS 1901	**Fortsetzung der vedischen Uebungen*	Di. 15–17 Uhr

[1] Nicht gehalten.

Breslau		
WS 1901/02	*Sanskritgrammatik, erster Cursus*	vierstündig
SS 1902	**Sanskritgrammatik und Lectüre, zweiter Cursus*	Mo., Do. 17–18 Uhr
WS 1902/03	**Pali-Grammatik*	Mo., Do. 17–18 Uhr
SS 1903	*Prakrit und neuindische Dialekte, Grammatik und Lectüre*	zweistündig
WS 1903/04	**Lektüre von Bhartrihari's Triśataka*	Do. 18–19 Uhr
	Einführung in die Sanskritsprache	Mo. 17–19 Uhr, Do. 17–18 Uhr
SS 1904	**Einführung in die Sanskritsprache, zweiter Kursus*	Mo., Do. 17–18 Uhr
WS 1904/05	*Einführung in die Sanskrit-Sprache*	dreistündig
SS 1905	**Einführung in die Sanskritsprache, zweiter Kursus*	Mo., Do. 15–16 Uhr
	Einführung in die Pali-Sprache	Di., Fr. 15–16 Uhr
	Anfangsgründe der Sanskritgrammatik[I]	Di., Do., Fr. 17–18 Uhr
	Lektüre von Viçākhadatta's Drama Mudrārākṣasa[I]	zweistündig
	Lektüre von Dandins Poetik[I]	einstündig
WS 1905/06	*Einführung in die Sanskritsprache*	Di. 16–18 Uhr, Do. 16–17 Uhr
SS 1906	**Sanskritgrammatik, zweiter Cursus*	zweistündig
WS 1906/07	**Die einheimischen indischen Grammatiker, besonders Panini und Candra*	zweistündig
	Einführung in die Sanskritsprache[II]	zweistündig
SS 1907	**Sanskritsprache, höherer Kursus*[III]	zweistündig

[I] Vertretung von Hillebrandt. [II] Nicht gelesen. [III] Privatissime.

	Breslau	
WS 1907/08	*Einführung in die Sanskritsprache*	zweistündig
	Beurlaubt (laut dem Personal-Verzeichnis der Königlichen Universität zu Breslau).	
WS 1907/08–SS 1910	Beurlaubt. Studium an der Medizinischen Fakultät in München.	
WS 1910/11–SS 1911	Beurlaubt. Studium an der Medizinischen Fakultät in Jena.	
WS 1911/12 SS 1912 WS 1912/13	Beurlaubt.	
	Heidelberg	
SS 1913	*Einführung in die Sanskritsprache und Literatur*	Di., Fr. 17–18 Uhr
	Sanskritsprache, zweiter Kurs[I]	Mo., Do. 17–18 Uhr
	Lektüre vedischer Texte[II]	Mi. 17–18 Uhr
WS 1913/14	*Einführung in die Sanskrit-Sprache und -Literatur*	Di., Fr. 17–18 Uhr
	Sanskritsprache, zweiter Kurs[I]	Mo., Do. 17–18 Uhr
	Lektüre vedischer Texte[II]	Mi. 17–18 Uhr
SS 1914	*Sanskritgrammatik, zweiter Kurs*[I]	zweistündig
	Einführung in die Pali-Sprache und die Literatur des Buddhismus[II]	zweistündig

[I] Publice. [II] Privatissime und gratis.

Heidelberg		
WS 1914/15	*Ueber indische Sprache und Literatur*	Mi. 17–18 Uhr
	Sanskrit, Anfangskurs[II]	Mo., Do. 17–18 Uhr
	Pali, zweiter Kurs[II]	Di., Fr. 17–18 Uhr
SS 1915	*Sanskritsprache, 2. Kurs*[I]	Mo., Do. 16–17 Uhr
	Einführung ins Prakrit (Jaina-Prakrit und Dramen)	Di., Fr. 16–17 Uhr
WS 1915/16	*Einführung in die Sanskritsprache und Literatur (Uebungen)*	Mo., Do. 15–16 Uhr
	Ueber indische Sprache und Literatur	Mi. 15–16 Uhr
	Höherer Kurs, Neuindisch (Hindi oder Marathi)	Di., Fr. 15–16 Uhr
SS 1916	*Fortsetzung des Sanskrit-Kurses*	Mo., Do. 15–16 Uhr
	Höherer Kurs, Altindisch (Vedisches Sanskrit)	Di., Fr. 15–16 Uhr
WS 1916/17	*Einführung in die Sanskritsprache und Literatur*[I]	Mo., Do. 15–16 Uhr
	Uebungen in Mittelindisch (Pali und Prakrit)[II]	Di., Fr. 15–16 Uhr
SS 1917	*Fortsetzung des Sanskrit-Kurses*[II]	Mo., Do. 15–16 Uhr
	Altindisch (Vedisches Sanskrit)[I]	Di., Fr. 15–16 Uhr
WS 1917/18	*Ueber indische Sprache und Literatur*	Mi. 15–16 Uhr
	Uebungen zur Einführung in die Sanskritsprache[II]	Di., Fr. 15–16 Uhr
	Sanskrit oder Prakrit, höherer Kurs[II]	Mo., Do. 15–16 Uhr
SS 1918	*Fortsetzung des Sanskrit-Kurses*[II]	Di., Fr. 15–16 Uhr
	Veda oder Pali (nach Wunsch)[I]	Mo., Do. 15–16 Uhr

[I] Publice. [II] Privatissime und gratis.

Heidelberg		
WS 1918/19	*Einführung in die indische einheimische Grammatik*[I]	Mi. 16–17 Uhr
	Einführung in die Sanskritsprache[I]	Mo., Do. 16–17 Uhr
	Lektüre schwierigerer Texte[I]	Di., Fr. 16–17 Uhr
SS 1919	*Sanskritgrammatik, höherer Kurs*[I]	Mo., Do. 16–17 Uhr
	Paligrammatik[I]	Di., Fr. 16–17 Uhr
WS 1919/20	*Einführung in die indische einheimische Sprachwissenschaft*[I]	Mi. 16–17 Uhr
	Sanskrit, 1. Kurs[II]	Mo., Do. 16–17 Uhr
	Ueberblick über die altindische Literatur	Mo., Do. 17–18 Uhr
SS 1920	*Fortsetzung des Sanskritkurses*[I]	Mo., Do. 16–17 Uhr
	Einführung in die altindische Literatur[II]	Mi. 16–17 Uhr
	Erklärung von Yāska's Nirukta[I]	Mo., Do. 17–18 Uhr
WS 1920/21	*Einführung in die altindische Sprache*[I]	Mo., Do. 16–17 Uhr
	Ueber den Yoga, mit Erklärung von Patanjali's Yoga-Sutra[II]	Mo., Do. 17–18 Uhr
SS 1921	*Fortsetzung des Sanskrit-Kursus*[II]	Mo., Do. 16–17 Uhr
	Lektüre von Manu und Kautilya[II]	Mo., Do. 17–18 Uhr
WS 1921/22	*Fortsetzung des Sanskrit-Kursus (Lektüre philosophischer Texte)*[I]	Mo., Do. 16–17 Uhr
	Einführung in die indische einheimische Sprachwissenschaft[III]	Mo., Do. 17–18 Uhr

[I] Publice. [II] Privatissime und gratis. [III] Gratis.

Breslau		
SS 1922	*Einführung in die Sanskrit-Sprache*	Di., Fr. 16–17 Uhr
	Kalidasa's Wolkenbote, mit Mallinatha's Kommentar	Di., Fr. 17–18 Uhr
	**Einführung in die indische einheimische Sprachwissenschaft*	Mi. 16–17 Uhr
WS 1922/23	**Fortsetzung des Sanskritkursus*	Mo., Do. 15–16 Uhr
	**Kolloquium über Brahmanismus und Buddhismus*	Mi. 15–16 Uhr
	Veda oder Pali, nach Wunsch	Di., Fr. 15–16 Uhr
SS 1923	*Einführung in die Sanskritsprache*	Mo., Do. 15–16 Uhr
	Einführung in die indische einheimische Sprachwissenschaft	Mi. 15–16 Uhr
	**Dandins Roman von den zehn Prinzen, übersetzt und erklärt*	Di., Fr. 15–16 Uhr
WS 1923/24	*Fortsetzung des Sanskritkursus*	Mo., Do. 15–16 Uhr
	**Kolloquium über Brahmanentum und Buddhismus*	Mi. 15–16 Uhr
	**Lektüre philosophischer Texte*	Di., Fr. 15–16 Uhr
SS 1924	*Sanskritgrammatik, erster Kursus*	Mo., Do. 15–16 Uhr
	Einführung in die indische einheimische Sprachwissenschaft	Mi. 15–16 Uhr
	**Interpretation des politischen Dramas Mudrārakshasa*	Di., Fr. 15–16 Uhr
WS 1924/25	**Kolloquium über Grundlagen der Ethnologie, für Hörer aller Fakultäten*	Mi. 15–16 Uhr
	**Fortsetzung des Sanskritkursus*	Mo., Do. 15–16 Uhr
	Sprache und Literatur des Veda	Di., Fr. 15–16 Uhr
SS 1925	*Sanskritgrammatik, erster Kursus*	Mo., Do. 15–16 Uhr
	**Pali und Buddhismus*	Di., Fr. 15–16 Uhr
	**Einführung in die indische einheimische Sprachwissenschaft*	Mi. 15–16 Uhr

Breslau		
	**Grundfragen der Völkerkunde, mit Kolloquium*	Mi. 15–16 Uhr
WS 1925/26	**Fortsetzung des Sanskritkursus*	Mo., Do. 15–16 Uhr
	Sprache und Literatur des Veda	Di., Fr. 15–16 Uhr
	Einführung in die Sanskritsprache	Mo., Do. 15–16 Uhr
SS 1926	**Der indische Roman, mit Lektüre von Budhasvāmins Brhatkatha*	Di., Fr. 15–16 Uhr
	**Philosophische Texte*	Mi. 15–16 Uhr
	**Grundfragen der Völkerkunde, mit Kolloquium*	Mi. 15–16 Uhr
WS 1926/27	**Fortsetzung des Sanskritkursus*	Mo., Do. 15–16 Uhr
	Pali und älterer Buddhismus	Di., Fr. 15–16 Uhr
	Einführung in die indische Poetik	o. A.
	**Fortsetzung des Sanskritkursus*	Mo., Do. 15–16 Uhr
SS 1927	*Prakritgrammatik*	Di., Fr. 15–16 Uhr
	Indische Poetik	Mi. 15–17 Uhr
WS 1927/28	**Indische Dramatik, mit Lektüre eines Dramas von Bhāsa*	Mi. 15–17 Uhr
	Einführung in die Sanskritsprache	Mo., Do. 15–16 Uhr
SS 1928	**Paligrammatik*	Di., Fr. 15–16 Uhr
	**Übungen über Sylvain Lévi's Doctrine du Sacrifice dans les Brahmanas*	Mi. 15–17 Uhr
WS 1928/29	**Einführung in Patañjali's Mahābhāṣya*	Mi. 15–17 Uhr

Anhang IV

Tafel 8
Bruno Liebich um 1935

Dieses Foto wurde erstmals in *Picturesque Orientalia* von R. N. Sardesai veröffentlicht. In einem Exemplar dieses Bildbandes, das Sardesai am 1. Juni 1938 Liebich schenkte und das derzeit in der Bibliothek des Instytut Studiów Klasycznych, Śródziemnomorskich i Orientalnych an der Uniwersytet Wrocławskiego aufbewahrt wird (alte Inv.-Nr. 1835), liest man die folgende Widmung: »Presented with best compliments Herrn Prof. Dr. Bruno Liebich. R. N. Sardesai, 1.VI.1938.«

Schriftenverzeichnis

I. Verzeichnis der Schriften von Bruno Liebich

1885

1.1 *Die casuslehre der indischen grammatiker verglichen mit dem gebrauch der casus im Aitareya-Brâhmaṇa.* Ein beitrag zur syntax der sanskrit-sprache. I. Teil. Inaugural-Dissertation zur Erlangung der philosophischen Doctorwürde an der Georg-Augusts-Universität zu Göttingen von Bruno Liebich aus Freiburg in Schlesien. Göttingen 1885. (Separatabdruck aus dem X. bande der beiträge zur kunde der indogermanischen sprachen.), S. 1–30 und Vita.

1886

1.2 *Die casuslehre der indischen grammatiker verglichen mit dem gebrauch der casus im Aitareya-Brâhmaṇa.* (Ein beitrag zur syntax der sanskrit-sprache). II. Teil. Von Dr. Bruno Liebich. Göttingen 1886. (Separatabdruck aus dem elften bande der beiträge zur kunde der indogermanischen sprachen.), S. 31–73.

1.3 »Die casuslehre der indischen grammatiker verglichen mit dem gebrauch der casus im Aitareya-Brâhmaṇa. (Ein beitrag zur syntax der sanskrit-sprache). [I. Teil]«, in: *Beiträge zur Kunde der indogermanischen Sprachen.* Zehnter Band. Göttingen 1886, S. 205–234.

1.4 »Die casuslehre der indischen grammatiker verglichen mit dem gebrauch der casus im Aitareya-Brâhmaṇa. (Ein beitrag zur syntax der sanskrit-sprache). II. [Teil]«, in: *Beiträge zur Kunde der indogermanischen Sprachen*. Elfter Band. Göttingen 1886, S. 273–315.

1887

1.5 »Zu Pauthier's Sâvitrî-Uebersetzung«, in: *Zeitschrift der Deutschen Morgenländischen Gesellschaft*. Ein und vierzigster Band. Leipzig 1887, S. 746.

1890

1.6 [Rezension] »R. Otto Franke, Die indischen Genuslehren mit dem Text der Liñgânuçâsana's des Çâkaṭâyana, Harṣavardhana, Vararuci, nebst Auszügen aus den Commentaren des Yakṣavarman (zu Ç.) und des Çabarasvâmin (zu H.) und mit einem Anhang über die indischen Namen. Kiel, C. F. Haeseler, 1890. 156 S. gr. 8°. M. 9.«, in: *Deutsche Litteraturzeitung*. XI. Jahrgang, Nr. 2, 11. Januar 1890. Berlin 1890, Sp. 53–54. (Breslau. B. Liebich)

1891

1.7 *Panini. Ein Beitrag zur Kenntnis der indischen Literatur und Grammatik.* Von Bruno Liebich, Dr. phil. Leipzig 1891, 163 S.

1892

1.8 *Zwei Kapitel der Kāçikā*. I. Teil: Einleitung und Übersetzungsprobe. Habilitationsschrift, genehmigt von der Philosophischen Facultät der Königlichen Universität Breslau, öffentlich zu verteidigen am 27. Juni 1892, um 12 Uhr, in der Aula Leopoldina von Bruno Liebich, Dr. phil., aus Freiburg i. Schles. Opponenten: Otto, Franke, Dr. phil., Privatdocent an der Universität Berlin. Franz Skutsch, Dr. phil., Privatdocent an der Universität Breslau. Trebnitz i. Schles. 1892, 1 Bl., XXXX, 11 S.

I.9 *Zwei Kapitel der Kāçikā*. Übersetzt und mit einer Einleitung versehen von Bruno Liebich, Dr. phil., Privatdocent an der Universität Breslau. Breslau 1892, xl, 80 S.

I.10 [REZENSION] »Bhâradvâjaçikshâ. Cum versione latina, excerpis ex commentario, adnotationibus criticus et exegeticis ed. Emil Sieg. Berlin, Speyer u. Peters, 1892. XVI u. 65 S. 8°.«, in: *Deutsche Litteraturzeitung*. XIII. Jahrgang, Nr. 39, 24. September 1892. Berlin 1892, Sp. 1261–1263. (Breslau, Bruno Liebich)

I.11 [REZENSION] »Richard Fick, Praktische Grammatik der Sanskritsprache für den Selbstunterricht. Mit Uebungsbeispielen, Lesestücken und Glossaren. (Die Kunst der Polyglottie. 33. Thl.) Wien, Hartleben, o. J. VIII u. 184 S. 8° geb. M. 2.«, in: *Deutsche Litteraturzeitung*. XIII. Jahrgang, Nr. 44, 29. Oktober 1892. Berlin 1892, Sp. 1428–1429. (Breslau, B. Liebich)

1893

I.12 [REZENSION] »John Beames, Grammar of the Bengali Language, literary and colloquial. Oxford, Clarendon Press, 1891. 68 S. 8°. geb. 4 sh. 6 d.«, in: *Deutsche Litteraturzeitung*. XIV. Jahrgang, Nr. 4, 28. Januar 1893. Berlin 1893, Sp. 106–107. (Breslau, B. Liebich)

1894

I.13 [REZENSION] »Hemacandra's Anekārthasamgraha, mit Auszügen aus dem Kommentare des Mahendra herausgegeben von Th. Zachariae. (Quellenwerke der Altindischen Lexikographie, herausgegeben im Auftrage der Kais. Akademie der Wissenschaften in Wien, Bd. I.) Wien, Alfred Hölder. Bombay: Education Society's Press, Byculla, 1893. XVIII, 132 u. 206 S. 4°. 6 fl.«, in: *Deutsche Litteraturzeitung. Kritische Rundschau über die gesammten Wissenschaften*. XV. Jahrgang, Nr. 30, 28. Juli 1894. Berlin 1894, Sp. 934–937. (Breslau, B. Liebich)

1895

I.14 »Das Cāndra-Vyākaraṇa«, in: *Nachrichten von der Königl. Gesellschaft der Wissenschaften zu Göttingen*. Philologisch-historische Klasse. 1895. Heft 3. Göttingen 1895, S. 272–321. (Vorgelegt von F. Kielhorn in der Sitzung vom 11. Mai 1895.) [= *Das Cāndra-Vyākaraṇa*. Von Bruno Liebich. Aus den Nachrichten der K. Gesellschaft der Wissenschaften zu Göttingen. Philologisch-historische Klasse. 1895. Heft 3, S. 1–50]

I.15 [Rezension] »Das Ṣaḍvimçabrāhmaṇa, mit Proben aus Sāyaṇas Kommentar, nebst einer Übersetzung herausgegeben von Kurt Klemm. Prapāṭhaka 1. Gütersloh Bertelsmann 1894. 94 S. 8°. M. 2.40.«, in: *Anzeiger für indogermanische Sprach- und Altertumskunde*. Beiblatt zu den Indogermanischen Forschungen. Fünfter Band. Strassburg 1895, S. 28–31. (Breslau, B. Liebich)

1896

I.16 »The Chandra-Vyakarana«, in: *The Indian Antiquary, a Journal of Oriental Research*. Volume XXV. Bombay 1896, S. 103–105.

I.17 [Rezension] »Gurupūjākaumudī. Festgabe zum fünfzigjährigen Doctorjubiläum, Albrecht Weber dargebracht von seinen Freunden und Schülern. Leipzig, Otto Harrasowitz, 1896. 3 u. 128 S. u. 1 lithogr. Tafel Gross 8°. M. 10.«, in: *Deutsche Litteraturzeitung. Kritische Rundschau über die gesammten Wissenschaften*. XVII. Jahrgang, Nr. 38, 19. September 1896. Berlin 1896, Sp. 1191–1194. (Breslau, Bruno Liebich)

I.18 [Rezension] »Jakob Wackernagel, Altindische Grammatik. I. Bd.: Lautlehre. Göttingen, Vandenhoeck und Ruprecht, 1896. 8°. LXXIX und 344 S. M. 8, geb. M. 10.«, in: *Deutsche Litteraturzeitung. Kritische Rundschau über die gesammten Wissenschaften*. XVII. Jahrgang, Nr. 47, 21. November 1896. Berlin 1896, Sp. 1482–1483. (Breslau, B. Liebich)

1.19 »Wenzel: Heinrich W.«, in: *Allgemeine Deutsche Biographie*. Einundvierzigster Band. Walram – Werdmüller. Leipzig 1896, S. 736–738. (Bruno Liebich)

1898

1.20 »Kleine Beiträge zur deutschen Wortforschung«, in: *Beiträge zur Geschichte der deutschen Sprache und Literatur*. XXIII Band. Halle 1898, S. 223–231.

1.21 »Das Marlborough-Lied im schlesischen Gebirge«, in: *Mitteilungen der Schlesischen Gesellschaft für Volkskunde*. Band III. (Januar 1898 bis Dezember 1899), Jahrgang 1898, Heft V, № 2. Breslau 1898, S. 21–22.

1899

1.22 *Die Wortfamilien der lebenden hochdeutschen Sprache als Grundlage für ein System der Bedeutungslehre*. Nach Heynes deutschem Wörterbuch bearbeitet von Bruno Liebich Dr. Phil. Breslau 1899, vi, 520 S.

1.23 »Das Datum des Candragomin«, in: *Wiener Zeitschrift für die Kunde des Morgenlandes*. XIII. Band. Wien 1899, S. 308–315.

1902

1.24 *Cāndra-Vyākaraṇa. Die Grammatik des Candragomin*. Sūtra, Uṇādi, Dhātupāṭha. Herausgegeben von Bruno Liebich, Dr. Phil. Leipzig 1902. (Abhandlungen für die Kunde des Morgenlandes, XI. Band, No. 4), x, 235 S. [Nachdruck von Kraus Reprint Ltd., Nendeln, Lichtenstein 1966]

1904

1.25 »Das Datum Candragomin und Kalidasas«, in: *Einundachtzigster Jahres-Bericht der Schlesischen Gesellschaft für vaterländische Cultur*. Enthält den Generalbericht über die Arbeiten und Veränderungen der Gesellschaft im Jahre 1903. IV. Abteilung, b. Orientalisch-sprachwissenschaftliche Sektion. Breslau 1904, S. 24–34.

1905

1.26 *Sanskrit-Lesebuch.* Zur Einführung in die altindische Sprache und Literatur. Von Bruno Liebich, Dr. phil. Leipzig 1905, x, 652 S.

[Dazu noch: *Präparierheft zu Liebich Sanskrit-Lesebuch.* (qu. 8°, 93 S.; Als Manuskript gedruckt)]

1.27 *Die Wortfamilien der lebenden hochdeutschen Sprache als Grundlage für ein System der Bedeutungslehre.* I. Die Wortfamilien in alphabetischer Ordnung. Nach Heynes deutschem Wörterbuch bearbeitet von Bruno Liebich Dr. Phil. Zweite unveränderte Ausgabe. Breslau 1905, vi, 520 S.

1.28 [Rezension] »Thommen Ed. Die Wortstellung im nachvedischen Altindischen und im Mittelindischen. Gütersloh, Bertelsmann 1903. 59 S. 8°.«, in: *Anzeiger für indogermanische Sprach- und Altertumskunde.* Beiblatt zu den Indogermanischen Forschungen. Siebzehnter Band. Strassburg 1905, S. 7. (Breslau, B. Liebich)

1912

1.29 »Das Datum des Kalidasa«, in: *Indogermanische Forschungen. Zeitschrift für indogermanische Sprach und Altertumskunde.* Einunddreissigster Band. Festschrift für Berthold Delbrück. Strassburg 1912/13, S. 198–203.

1913

1.30 »Verhüllung der jungen Ehefrau vor dem Schwiegervater.« (Kleine Mitteilungen), in: *Wiener Zeitschrift für die Kunde des Morgenlandes.* XXVII. Band. Wien 1913, S. 474–477.

1.31 »Sanskrit und Indogermanistik«, in: *Die Geisteswissenschaften.* I. Jahrg. 10. Dezember 1913, Heft 11. Leipzig 1913, S. 289–290.

1916

1.32 [Rezension] »Hoffmann, Paul Th., Der indische und der deutsche Geist von Herder bis zur Romantik. Eine literarhistorische Darstellung. Tübingen, 1915. Druck von H. Laupp jr. (VII, 100 S. 8.)«, in: *Literarisches Zentralblatt für Deutschland*. Nr. 30, 67. Jahrg., 29. Juli 1916. Leipzig 1916, Sp. 793–794. (B. Liebich)

1918

1.33 *Candra-Vṛtti*. Der Original-Kommentar Candragomin's zu seinem grammatischen Sūtra. Herausgegeben von Dr. Bruno Liebich, ao. Prof. d. ind. Phil. a. d. Univ. Heidelberg. Leipzig 1918. (Abhandlungen für die Kunde des Morgenlandes. Vierzehnter Band), xiii, 521 S.

1.34 »Der Name Mlēccha.« (Kleine Mitteilungen), in: *Zeitschrift der Deutschen Morgenländischen Gesellschaft*. 72. Band. Leipzig 1918, S. 286–287.

1919

1.35 *Zur Einführung in die indische einheimische Sprachwissenschaft. I. Das Kātantra*. Von Bruno Liebich in Heidelberg. Eingegangen am 15. März 1919. Vorgelegt von Chr. Bartholomae. Heidelberg 1919. (Sitzungsberichte der Heidelberger Akademie der Wissenschaften, Philosophisch-historische Klasse, Jahrgang 1919, 4. Abhandlung), 95 S.

1.36 *Zur Einführung in die indische einheimische Sprachwissenschaft. II. Historische Einführung und Dhātupāṭha*. Von Bruno Liebich in Heidelberg. Eingegangen am 30. Juli 1919. Vorgelegt von Chr. Bartholomae. Heidelberg 1919. (Sitzungsberichte der Heidelberger Akademie der Wissenschaften, Philosophisch-historische Klasse, Jahrgang 1919, 15. Abhandlung), 53 S.

1.37 [Rezension] »1) Bhavisatta Kaha von Dhaṇavāla. Eine Jaina-Legende in Apabhraṃśa, hgb. von Hermann Jacobi. München, 1918. Franz. in Komm. (VII, 94* und 216 S. 4.) *M* 12. Abhandlungen der Bayr. Akademie der Wissenschaften. Philos.-philol. u. histor. Klasse. XXIX. Band, 4. Abhandlung. 2) Hertel, Johannes, Jinakīrtis »Geschichte von Pāla und Gōpāla«. Leipzig, 1917. Teubner. (156 S. Gr. 8.) *M* 4, 80. Berichte über die Verhandlungen der Sächsischen Gesellschaft der Wissenschaften zu Leipzig. Philol.-histor. Klasse, 69. Band, 4 Heft. 3) Vavahāra und Nisīha-Sutta. Hgb. von Walther Schubring. Leipzig, 1918. Brockhaus in Komm. (72 S. 8.) *M* 6. Abhandlungen für die Kunde des Morgenlandes, hgb. von der Deutschen Morgenländischen Gesellschaft, XV. Band, Nr. 1. 4) Schubring, Walther, Das Mahānisīha-Sutta. Berlin, 1918. G. Reimer in Komm. (102 S. 4.) Geb. *M* 6. Abhandlungen der Preuss. Akademie der Wissenschaften 1918 Phil.-hist. Klasse, Nr. 5.«, in: *Literarisches Zentralblatt für Deutschland.* Nr. 13, 70. Jahrg., 29. März 1919. Leipzig 1919, Sp. 227–228. (B. L.)

1.38 [Rezension] »Oldenberg, Hermann, Vorwissenschaftliche Wissenschaft. Die Weltanschauung der Brāhmana-Texte. Göttingen, 1919. Vandenhoeck & Ruprecht. (VI, 249 S. Gr. 8.) *M* 11; geb. *M* 13,20.«, in: *Literarisches Zentralblatt für Deutschland.* Nr. 36, 70. Jahrg., 6. September 1919. Leipzig 1919, Sp. 692–694. (B. L.)

1920

1.39 [Rezension] »Das Gopatha Brāhmaṇa, hgb. von Dieuke Gaastra. Leiden, 1919. Brill. (44 und 302 S. Gr. 8.)«, in: *Literarisches Zentralblatt für Deutschland.* Nr. 9, 71. Jahrg., 28. Februar 1920. Leipzig 1920, Sp. 191–192. (B. L.)

1.40 *Zur Einführung in die indische einheimische Sprachwissenschaft. III. Der Dhātupāṭha.* Von Bruno Liebich in Heidelberg. Eingegangen am 22. Mai 1920. Vorgelegt von Chr. Bartholomae. Heidelberg 1920. (Sitzungsberichte der Heidelberger Akademie der Wissenschaften,

Philosophisch-historische Klasse, Jahrgang 1920, 10. Abhandlung), 86 S.

1.41 *Zur Einführung in die indische einheimische Sprachwissenschaft. IV. Analyse der Candra-Vṛtti.* Von Bruno Liebich in Heidelberg. Eingegangen am 30. Juni 1920. Vorgelegt von Chr. Bartholomae. Heidelberg 1920. (Sitzungsberichte der Heidelberger Akademie der Wissenschaften, Philosophisch-historische Klasse, Jahrgang 1920, 13. Abhandlung), 38 S.

1.42 [Rezension] »Report on the Terminology and Classifications of Grammar. Oxford, 1920. Clarendon Press. (38 S. 8.) Sh. 3,6. Oriental Advisory Committee.«, in: *Literarisches Zentralblatt für Deutschland.* Nr. 45, 71. Jahrg., 6. November 1920. Leipzig 1920, Sp. 858–859. (B. L.)

1921

1.43 [Rezension] »Die Weisheit der Upanischaden. Eine Auswahl aus den ältesten Texten, aus dem Sanskrit übersetzt und erläutert von Johannes Hertel. München, 1921. C. H. Beck. (VIII, 181 S. 8.) *M* 16, geb. *M* 21.«, in: *Literarisches Zentralblatt für Deutschland.* Nr. 1, 73. Jahrg., 1. Januar 1922. Leipzig 1922, Sp. 13. (B. L.)

1922

1.44 *Materialien zum Dhātupāṭha.* Von Bruno Liebich in Heidelberg. Eingegangen am 12. November 1921. Heidelberg 1922. (Sitzungsberichte der Heidelberger Akademie der Wissenschaften, Philosophisch-historische Klasse, Jahrgang 1921, 7. Abhandlung.), 60 S. [I. Die in den Nighaṇṭu's und bei Yāska mit Bedeutungsangabe aufgeführten Verben, geordnet alphabetisch nach der Wurzelform und verglichen mit der Lehre der Grammatiker, II. Die Wurzeln des Dhātupāṭha, geordnet nach den Bedeutungen, III. Parasmaipadinaḥ, Ātmanepadinaḥ, Ubhayapadinaḥ nach Panini und Candra.]

1.45 [Rezension] »Der Pretakalpa des Garuḍa-Purāṇa (Naunidhirāma's Sāroddhāra). Eine Darstellung des hinduistischen Totenkultes und Jenseitsglaubens. Aus dem Sanskrit übersetzt und mit Einleitung, Anmerkungen und Indices versehen von Emil Abegg. Berlin, 1921. Vereinigung wissenschaftl. Verleger, Walter de Gruyter & Co. (X, 272 S. Gr. 8.) M. 54.«, in: *Literarisches Zentralblatt für Deutschland*. Nr. 27, 73. Jahrg., 8. Juli 1922. Leipzig 1922, Sp. 515. (B. L.)

1923

1.46 [Rezension] »Madhva's (Ānandatīrtha's) Kommentar zur Kāṭhaka-Upaniṣad. Sanskrit-Text in Transskription nebst Übersetzung und Noten. hgb. von Betty Heimann. Leipzig, 1922. Harrassowitz. (56 S. Gr. 8.) M. 12.«, in: *Literarisches Zentralblatt für Deutschland*. Nr. 4, 74. Jahrg., 27. Januar 1923. Leipzig 1923, Sp. 72. (B. L.)

1.47 [Rezension] »Sanatkumāracaritam, ein Abschnitt aus Haribhadras Nemināthacaritam. Eine Jaina-Legende in Apabhraṃśa, hgb. von Hermann Jacobi. München, 1921. Franz in Komm. (XXXV, 164 S. Gr. 4.). Abhandlungen der Bayerischen Akademie der Wissenschaften. Philos.-philol. und histor. Klasse, XXXI. Bd., 2. Abhandlg.«, in: *Literarisches Zentralblatt für Deutschland*. Nr. 25/26, 74. Jahrg., 1. Juli 1923. Leipzig 1923, Sp. 417. (B. L.)

1.48 »Über den Sphoṭa. (Ein Kapitel über die Sprachphilosophie der Inder)« [Vortrag, gehalten in der Philosophisch-psychologischen Sektion der Schlesischen Gesellschaft für vaterländische Kultur] (Kleine Mitteilungen), in: *Zeitschrift der Deutschen Morgenländischen Gesellschaft*. Neue Folge, Band 2 (Band 77). Leipzig 1923, S. 208–219.

1.49 »Bemerkungen zu Śaṅkara's Sarva-Siddhānta-Saṃgraha«, in: *Zeitschrift für Indologie und Iranistik*. Band 2. Leipzig 1923, S. 124–132.

1.50 [Rezension] »Mrs. Leslie Milne [F. R. A. S., M. R. A. S.], An elementary Palaung grammar. With an introduction by C. O. Blagden, M. A. Oxford, Clarendon Press, 1921. 188 S. 8°. Geb. Sh. 12, 6 d.«, in: *Deutsche Literaturzeitung für Kritik der internationalen Wissenschaft*. XXXXIV Jahrgang, Nr. 13/24 Juli – Dezember 1923. Berlin 1923, Sp. 309–310. (Breslau, Bruno Liebich)

1924

1.51 »Lateinisch *campus* als Lehnwort im Indischen?«, in: *Streitberg Festgabe*. Herausgegeben von der Direktion der vereinigten sprachwissenschaftlichen Institute an der Universität Leipzig. Leipzig 1924, S. 230–233.

1927

1.52 »Floh oder Wanze?« (Beitrag zur Festschrift für E. Hultzsch), in: *Zeitschrift für Indologie und Iranistik*. Band 5. Leipzig 1927, S. 153–163.

1928

1.53 *Konkordanz Panini–Candra*. Von Dr. Bruno Liebich. Breslau 1928. (*Indische Forschungen*, 6. Heft), 52 S.

1.54 »Alfred Hillebrandt. Ein Nachruf von B. Liebich.« [»Dieser Nachruf beruht … auf der von Prof. B. LIEBICH am 5. Nov. bei der Trauerfeier der Universität Breslau gehaltenen Gedenkrede.«], in: *Zeitschrift der Deutschen Morgenländischen Gesellschaft*. Neue Folge, Band 7 (Band 82). Leipzig 1928, S. 42–48.

1930

1.55 *Kṣīrataraṅgiṇī*. Herausgegeben von Dr. Bruno Liebich. Breslau 1930. (*Indische Forschungen*, Doppelheft 8/9), x, 379 S.

1.56 [Entgegnung auf Bloomfields Besprechung (1929) von *Konkordanz Panini–Candra* (1928)], in: *Language*. Volume VI, No. 2. Baltimore 1930, S. 208.

1931

1.57 »Griechische Militärische Wörter Im Indischen«, in: *Bulletin of the School of Oriental Studies*. A Volume of Indian Studies Presented by His Friends and Pupils to Professor Edward James Rapson, Professor of Sanskrit in the University of Cambridge, on His Seventieth Birthday, 12th May, 1931. Volume VI, Part 2. London 1931, S. 431–434.

1932

1.58 [Rezension] »Renou, Louis: Grammaire Sanscrite. Tome I: phonétique, composition, dérivation; tome II: le nom, le verbe, la phrase. Paris: Adrien-Maisonneuve 1930. (XVIII, 576 S.) gr. 8°. 235 Fr. Bespr. von B. Liebich, Breslau«, in: *Orientalistische Literaturzeitung*. 35 Jahrg. Nr. 1, Januar 1932. Leipzig 1932, Sp. 51–54.

1936

1.59 »Nochmals *mleccha*«, in: *Bulletin of the School of Oriental Studies*. Indian and Iranian Studies Presented to George Abraham Grierson on His Eighty-Fifth Birthday, 7th January, 1936. Volume VIII, Part 2 and 3. London 1936, S. 623–626.

1.60 *Die vier indischen Āçrama's*. Von Bruno Liebich, Dr. phil. Breslau 1936. [»Über die vier indischen Āçrama's oder Lebensstufen« von B. Liebich, Prof. em. (Antrittsvorlesung, gehalten bei der Habilitation an der Universität Breslau am 30. Juni 1892), S. 5–25; »Nachwort«, S. 26–40]

II. Rezensionen von Liebichs Schriften

II.1 »430. – **Panini** *(sic)*. Ein Beitrag zur Kenntniss der Indischen Literatur und Grammatik. Von Bruno Liebich, Dr. phil. Leipzig, H. Haessel, 1891. In-8. 164 pp.«, in: *Revue Critique d'Histoire et de Littérature*. Nouvelle Série. Tome XXXII. Nr. 39, 28 septembre. Paris 1891, S. 153–154. (V[ictor] Henry)

II.2 »**Liebich**, Bruno, Panini, ein Beitrag zur Kenntnis der indischen Literatur und Grammatik. Leipzig, H. Haessel, 1891. 161 S. Gr. 8°. Preis M. 10.«, in: *Göttingische gelehrte Anzeigen*. Unter der Aufsicht der Königl. Gesellschaft der Wissenschaften. Erster Band, Nr. 24, 1. December 1891. Göttingen 1891, S. 951–983. (R[udolf] Otto Franke)

II.3 »**Liebich**, Bruno, Dr. phil., **Panini**. Ein Beitrag zur Kenntniss der indischen Literatur u. Grammatik. Leipzig, 1891. Haessel. (163 S. Gr. 8.) *M* 10.«, in: *Literarisches Centralblatt für Deutschland*. Nr. 20, 14. Mai 1892. Leipzig 1892, Sp. 719–720. ([Ernst] Wi[ndisch])

II.4 »**Bruno Liebich**, Panini. Ein Beitrag zur Kenntnis der indischen Literatur und Grammatik. Leipzig, H. Haessel, 1891. 163 S. gr. 8°. M 10.«, in: *Deutsche Litteraturzeitung*. XIII. Jahrgang, Nr. 28, 9. Juli 1892. Berlin 1892, Sp. 910–914. (A[lbrecht] Weber)

II.5 »PÂṆINI. Ein Beitrag zur Kenntniss der indischen Literatur und Grammatik. Von Bruno Liebich, *Dr. Phil.*, Leipzig. Hassel, 1891.«, in: *The Indian Antiquary, a Journal of Oriental Research*. Volume XXII. Bombay 1893, S. 222–224. (G[eorge] A[braham] Grierson)

II.6 »513. – **Zwei Kapitel der Kâçikâ übersetzt und mit einer Einleitung versehen** von Bruno Liebich, Dr. phil. – Breslau, Preuss u Jünger, 1892. In-8, xxxx-80 pp.«, in: *Revue Critique d'Histoire et de Littérature*. Nouvelle Série. Tome XXXIV. Nr. 47, 21 novembre. Paris 1892, S. 333–334. (V[ictor] H[enry])

II.7 »**Liebich**, Dr. phil. Bruno, Privatdoc., **Zwei Kapitel der Kāçikā**, übersetzt und mit einer Einleitung versehen. Breslau, 1892. Preuss & Jünger. (XL, 80 S. Gr. 8.) *M* 4.«, in: *Literarisches Centralblatt für Deutschland*. Nr. 46, 11. November 1893. Leipzig 1893, Sp. 1646. ([Ernst] Wi[ndisch])

II.8 »**Bruno Liebich**, Zwei Kapitel der Kâçikâ. Uebersetzt und mit einer Einleitung versehen. Breslau, Preuss u. Jünger, 1892. XL u. 80 S. 8°.«, in: *Deutsche Litteraturzeitung*. XIV. Jahrgang, Nr. 33, 19. August 1893. Berlin 1893, Sp. 1028–1033. (R[udolf] Otto Franke)

II.9 »**Liebich**, Dr. Bruno. **Die Wortfamilien der lebenden hochdeutschen Sprache** als Grundlage für ein System der Bedeutungslehre. Nach Heyne's deutschem Wörterbuch bearbeitet. Erster Theil. 1. Lfg. Breslau, 1898. Preuss & Jünger. (S. 1–80.) *M* 2.«, in: *Literarisches Centralblatt für Deutschland*. Nr. 16, 22. April 1899. Leipzig 1899, Sp. 561–562. (nn)

II.10 »**Die Wortfamilien der lebenden hochdeutschen Sprache**, als Grundlage für ein System der Bedeutungslehre. Nach Heynes deutschem Wörterbuch bearbeitet, von Dr. BRUNO LIEBICH. Erster Theil, livres 1–5. Breslau, Preuss und Jünger. 1899. Grand in–4. (La première partie comprendra six livraisons et coûtera 10 marks).«, in: *Revue Critique d'Histoire et de Littérature*. Nouvelle Série. Tome XLIX. Nr. 1, 1er Janvier. Paris 1900, S. 14–15. (Alfred Bauer)

II.11 »Die wortfamilien der lebenden hochdeutschen sprache als grundlage für ein system der bedeutungslehre. Nach Heynes deutschem wörterbuch bearbeitet. Von **Bruno Liebich**. Breslau, Preuss und Jünger. 1899. VII, 521 s. Lex.-8. 10m.«, in: *Zeitschrift für Deutsche Philologie*. Zweiunddreissigster Band. Halle 1900, S. 413–416. (Richard M. Meyer)

II.12 »**Liebich** B. Die Wortfamilien der lebenden hochdeutschen Sprache als Grundlage für ein System der Bedeutungslehre. Nach Heynes deutschem Wörterbuch bearbeitet. I. Band. Breslau Preuss u. Jünger 1899. VIII u. 522 S. 8°. 10 M«, in: *Anzeiger für indogermanische Sprach- und Altertumskunde*. Beiblatt zu den Indogermanischen Forschungen. Zwölfter Band. Strassburg 1901, S. 115–122. (O. Dittrich)

II.13 »**Cāndra-Vyākaraṇa.** Die Grammatik des Candragomin. Sūtra, Uṇādi, Dhātupāṭha. Herausgegeben von Bruno Liebich [Prof. f. indische Philol. an der Univ. Breslau]. [Abhandlungen für die Kunde des Morgenlandes herausgegeben von der Deutschen Morgenländischen Gesellschaft. XI. Band. Nr. 4.] Leipzig, in Komm. bei F. A. Brockhaus, 1902 (X, 47* u. 235 S. 8°.)«, in: *Deutsche Litteraturzeitung*. XXIV. Jahrgang, Nr. 2, 10. Januar 1903. Berlin 1903, Sp. 78–80. (R[ichard] Pischel)

II.14 »**Cāndra-Vyākaraṇa.** Die Grammatik des Candragomin. Sūtra, Uṇādi, Dhātupāṭha. Hrsg. von Bruno Liebich. Leipzig, 1902. Brockhaus in Comm. (X, 47, 235 S. Gr. 8.) *M* 9. Abhandlungen für die Kunde des Morgenlandes, hrsg. v. d. deutschen morgenländ. Gesellschaft. Bd. XI. Nr. 4.«, in: *Literarisches Centralblatt für Deutschland*. Nr. 6, 54. Jahrg., 7. Februar 1903. Leipzig 1903, Sp. 218–220. (Th[eodor] Z[achariae])

II.15 »CĀNDRA-VYĀKARAṆA: DIE GRAMMATIK DES CANDRAGOMIN. SŪTRA, UṆĀDI, DHĀTUPĀṬHA. Edited by Dr. BRUNO LIEBICH. Brockhaus, Leipzig, 1902.«, in: *The Indian Antiquary, a Journal of Oriental Research*. Volume XXXII. Bombay 1903, S. 379–380 [March 10th, 1903]. (A[rthur] A[nthony] Macdonell)

II.16 »**Liebich**, Bruno: **Cāndra-Vyākaraṇa, die Grammatik des Candragomin. Sūtra, Uṇādi, Dhātupāṭha.** (Abhandlungen für die Kunde des Morgenlandes. Band XI, Nr. 4.) Leipzig, F. A. Brockhaus, 1902. gr. 8° (X, 47*, 235 S.) M. 9.–.«, in: *Allgemeines Literaturblatt*. XII. Jahrgang: 1903 [Nr. 13, 1. Juli]. Wien und Stuttgart 1903, Sp. 399–400. (J[ohann] Kirste)

II.17 »*Cāndra-vyākaraṇa*. Die Grammatik des Candragomin. Sūtra, Uṇādi, Dhātupāṭha. Herausgegeben von Bruno Liebich, Dr. Phil. Abhandlungen für die Kunde des Morgenlandes, XI, 4. (Leipzig: Brockhaus, 1902.)«, in: *The Journal of the Royal Asiatic Society of Great Britain and Ireland*. London 1903, S. 396–398. (F[rederick] W[illiam] Thomas)

II.18 »**B. Liebich** [Privatdoz. f. indische Philol. an der Univ. Breslau, Prof.] Das Datum Candragomins und Kalidasas. [S.-A. aus dem Jahresbericht der Schlesischen Gesellschaft für vaterländische Kultur. Sitzung der orientalisch-sprachwissenschaftlichen Sektion vom 16. Juli 1903.] Breslau, G. P. Aderholz, 1903. 11 S. 8°. M. 0,60.«, in: *Deutsche Literaturzeitung*. XXV. Jahrgang, Nr. 3, 23. Januar 1904. Berlin 1904, Sp. 151. (Anonym)

II.19 »**Liebich**, Bruno, **Sanskrit-Lesebuch**. Zur Einführung in die altindische Sprache und Literatur. Leipzig, 1905. Harrassowitz in Komm. (X, 651 S. Lex. 8.) Geb. ℳ 10.«, in: *Literarisches Zentralblatt für Deutschland*. Nr. 48, 56. Jahrg., 25. November 1905. Leipzig 1905, Sp. 1626. (E[ugen] H[ultzsch])

II.20 »Sanskrit-Lesebuch. Zur Einführung in die altindische Sprache und Literatur. Von Bruno Liebich. Leipzig, 1905. Pp. i–x., 1–651. 4°.«, in: *The Indian Antiquary, a Journal of Oriental Research*. Volume XXXV. Bombay 1906, S. 184. (George A[braham] Grierson)

II.21 »Liebich, Bruno, Sanskrit-Lesebuch. Zur Einführung in die altindische Sprache und Literatur. Lesebuchverlag 1905. In Kommission bei Otto Harrassowitz, Leipzig. IX, 650 S. gr.-8°.«, in: *Studien zur vergleichenden Literaturgeschichte*. Achter Band. Heft 1. Berlin 1908, S. 142–143. (Johannes Hertel)

11.22 »**Candra-vṛtti.** Der Original-Kommentar Candragomin's zu seinem grammatischen Sūtra. Hsgb. von Bruno Liebich. Leipzig, 1918. Brockhaus in Komm. (XIII, 521 S. Gr. 8.) *M* 10. Abhandlungen für die Kunde des Morgenlandes, hgb. von der Deutschen Morgenländischen Gesellschaft. XIV. Band.«, in: *Literarisches Zentralblatt für Deutschland*. Nr. 46/47, 69. Jahrg., 23. November 1918. Leipzig 1918, Sp. 907–909. (Th[eodor] Zachariae)

11.23 »**Candra-Vṛtti.** Der Original-Kommentar Candragomin's zu seinem grammatischen Sūtra herausgegeben von Bruno Liebich [Prof. f. vergl. Sprachwiss. an der Univ. Heidelberg]. [Abhandlungen für die Kunde des Morgenlandes, hgb. von der Deutschen Morgenländischen Gesellschaft unter verantw. Redaktion des Prof. Dr. H. Stumme. XIV. Bd.]. Leipzig, in Komm. bei F. A. Brockhaus, 1918. XIII u. 521 S. 8°. M. 10.«, in: *Deutsche Literaturzeitung*. XXXX. Jahrgang, Nr. 33/34, 23. August 1919. Berlin 1919, Sp. 639–640. (H[ermann] Oldenberg)

11.24 »**Candra-Vṛtti.** Der Originalkommentar Candragomin's zu seinem grammatischen Sūtra. Hrsg. v. Dr. **Bruno Liebich**. Leipzig 1918, F. A. Brockhaus in Komm. (Abhandlungen für die Kunde des Morgenlandes. Bd. 14.)«, in: *Göttingische gelehrte Anzeigen*. Unter der Aufsicht der Königl. Gesellschaft der Wissenschaften. 184. Jahrgang. Berlin 1922, S. 63–64. ([Richard] Fick)

11.25 »**Liebich**, Bruno, **Zur Einführung in die indische einheimische Sprachwissenschaft.** I. Das Kātantra. II. Historische Einführung und Dhātupāṭha. III. Der Dhātupāṭha. IV. Analyse der Candravṛtti. Heidelberg, 1920/21. Winter. (95; 53; 86; 38 S. Gr. 8.). Sitzungsberichte der Heidelberger Akademie der Wissenschaften, Stiftung Heinrich Lanz. Philosophisch-historische Klasse. Jahrg. 1919, 4. und 15. Abhandlung. 1920, 10. und 13. Abhandlung.«, in: *Literarisches Zentralblatt für Deutschland*. Nr. 14/15, 72. Jahrg., 9. April 1921. Leipzig 1921, Sp. 292–293. (Alfred Hillebrandt)

II.26 »**Liebich**, Bruno: **Zur Einführg. in die ind. einheim. Sprachwissenschaft. I.: Das Kātantra.** (Sitzgsber. d. Heid. Akad. d. Wiss., Phil.-hist. Klasse 1914, 4). (95 S.) gr. 8°. Heidelberg, C. Winter 1919. M. 12.40. Bespr. von F. Weller-Leipzig.«, in: *Orientalistische Literaturzeitung*. 25 Jahrg. Nr. 3, März 1922. Leipzig 1922, Sp. 128–129. (F[riedrich] Weller)

II.27 »Bruno Liebich. Zur Einführung in die indische einheimische Sprachwissenschaft. Sitzungsberichte der Heidelberger Akademie der Wissenschaften. Heidelberg: Carl Winter, 1919–20.«, in: *The Journal of the Royal Asiatic Society of Great Britain and Ireland*. Part III.—July. London 1922, S. 433–439. (A[rthur] A[nthony] Macdonell)

II.28 »Zur Einführung in die indische einheimische Sprachwissenschaft. By Bruno Liebich. Sitzungsberichte der Heidelberger Akademie der Wissenschaften. Four Parts, 9½ x 6½, 95 + 53 + 86 + 88 pp. Heidelberg: Winter, 1919–20. M. 12.90.«, in: *The Journal of the Royal Asiatic Society of Great Britain and Ireland*. January. London 1925, S. 174, 179. (R[alph] L[illey] Turner)

II.29 »Materalien (*sic!*) zum Dhātupāṭha. Von Bruno Liebich. (Sitzungsber. d. Heidelberger Akad. d. Wissenschaften. Stiftung H. Lanz. Philos.-hist. Klasse, Jahrg, 1921, 7. Abh.) 9½ x 6½, 60 pp. Heidelberg: Winters, 1921.«, in: *The Journal of the Royal Asiatic Society of Great Britain and Ireland*. January. London 1925, S. 184–185. (L[ionel] D[avid] Barnett)

II.30 »Liebich, Bruno: *Konkordanz Panini-Candra*. — Breslau: M. & H. Marcus 1928. 52 S. (Indische Forschungen 6.) M. 3.60.«, in: *Zeitschrift der Deutschen Morgenländischen Gesellschaft*. Neue Folge, Band 7 (Band 82). Leipzig 1928, S. 239–240. (W[ilhelm] Printz)

II.31 »KONKORDANZ PANINI-CANDRA. Von Dr. BRUNO LIEBICH. (Indische Forschungen, 6 Heft.) 9½ x 6½, 52 pp. Breslau (Trebnitz printed), 1928.«, in: *The Journal of the Royal Asiatic Society of Great Britain and Ireland*. January. London 1929, S. 147. (L[ionel] D[avid] Barnett)

II.32 »**Liebich**, Dr. Bruno: **Konkordanz Panini-Candra**. Breslau: M. & H. Marcus 1928. (III, 52 S.) gr. 8°. = Indische Forschungen, 6. Heft. RM 3.60. Bespr. von P. Thieme, Neuenhof bei Eisenach.«, in: *Orientalistische Literaturzeitung*. 32 Jahrg. Nr. 3, März 1929. Leipzig 1929, Sp. 203–204. (P[aul] Thieme)

II.33 »**Konkordanz Pāṇini-Candra** von DR. BRUNO LIEBICH. Breslau: Verlag von M. & H. Marcus, 1928. (*Indische Forschungen*, begründet von Alfred Hillebrandt, in zwanglosen Heften herausgegeben von Bruno Liebich, 6. Heft.)«, in: *Language*. Volume V, Number 4. Baltimore 1929, S. 267–276. (Leonard Bloomfield)

II.34 »BRUNO LIEBICH. *KONKORDANZ PĀṆINI-CANDRA* (= *Indische Forschungen* her. von B. Liebich, 6, Heft). — Breslau, M. H. Marcus, 1928; in-8°, 52 pages.«, in: *Journal asiatique*. Tome CCXVIII. Paris 1931, S. 364–365. (L[ouis] Renou)

II.35 »*KṢĪRATARAṄGIṆĪ*. Kṣīrasvāmin's Kommentar zu Panini's Dhātupāṭha, zum ersten Mal her. von Dr. Bruno LIEBICH. Mit fünf Anhängen. (Indische Forschungen her. v. B. Liebich, 8–9). — Breslau, Marcus, 1930; in-8°, x–379 pages.«, in: *Journal asiatique*. Tome CCXVIII. Paris 1931, S. 363–364. (L[ouis] Renou)

II.36 »**Kṣīrataraṅgiṇī**. Kṣīrasvāmin's Kommentar zu Panini's Dhātupāṭha. Zum erstenmal herausg. von Bruno **Liebich**. Breslau, M. u. H. Marcus 1930. X, 379 S. 8°. 22 RM. (Arische [*sic!*] Forschungen, begründet von A. Hillebrandt, hrsg. von B. Liebich. Doppelheft 8/9)«, in: *Indogermanische Forschungen. Zeitschrift für Indogermanistik und allgemeine Sprachwissenschaft*. Neunundvierzigster Band. Berlin und Leipzig 1931, S. 91–92. (A[lbert] Debrunner)

II.37 »**Zur Geschichte der einheimischen indischen Grammatik.** [Besprechung von:] **Liebich**, Dr. Bruno: **Kṣīrataraṅgiṇī, Kṣīrasvāmin's Kommentar zu Panini's Dhātupāṭha** zum ersten Mal hrsg. Mit 5 Anhängen. Breslau: M. u. H. Marcus 1930 (X, 379 S.) gr. 8. = Indische Forschungen, begründet von A. Hillebrandt, in zwanglosen Heften hrsg. von B. Liebich, 8/9. RM 22—.«, in: *Orientalistische Literaturzeitung*. 35 Jahrg. Nr. 4, April 1932. Leipzig 1932, Sp. 236–242. (Paul Thieme)

III. Herausgeberschaft

III.1 *Konkordanz Panini–Candra*. Von Bruno Liebich. Breslau 1928. (*Indische Forschungen*, 6. Heft), 52 S.

III.2 *Gesetzbuch und Purāṇa*. Ein Beitrag zur Frage von der Entstehungsart der altindischen Rechtsschriften und der Purāṇa. Von J. J. Meyer. Breslau 1929. (*Indische Forschungen*, 7. Heft), xiii, 112 S.

III.3 *Kṣīrataraṅgiṇī*. Kṣīrasvāmin's Kommentar zu Panini's Dhātupāṭha. Zum ersten Mal herausgegeben von Bruno Liebich. Mit fünf Anhängen. Breslau 1930. (*Indische Forschungen*, Doppelheft 8/9), x, 379 S.

III.4 *Concordance Panini-Patañjali* (Mahābhāṣya). By P. C. Lahiri. Breslau 1935. (*Indische Forschungen*, 10. Heft), vi, 114 S.

IV. Über Bruno Liebich

IV.1 *Deutsche biographische Enzyklopädie (DBE).* 2., überarbeitete und erweiterte Ausgabe. Herausgegeben von Rudolf Vierhaus. Band 6, Kraatz – Menges. München 2006, S. 434.

IV.2 *Kürschners Deutscher Gelehrten-Kalender auf das Jahr 1925.* Unter redaktioneller Mitarbeit von Hans Strodel. Herausgegeben von Gerhard Lüdtke. Erster Jahrgang. Berlin und Leipzig 1925, Sp. 592.

IV.3 *Kürschners Deutscher Gelehrten-Kalender auf das Jahr 1926.* Unter redaktioneller Mitarbeit von Hans Strodel. Herausgegeben von Gerhard Lüdtke. Zweiter Jahrgang. Berlin und Leipzig 1926, Sp. 1130.

IV.4 *Kürschners Deutscher Gelehrten-Kalender auf das Jahr 1928/29.* Herausgegeben von Gerhard Lüdtke. Dritte Ausgabe. Berlin und Leipzig [1928], Sp. 1397.

IV.5 *Kürschners Deutscher Gelehrten-Kalender, 1931.* Herausgegeben von Gerhard Lüdtke. Vierte Ausgabe. Berlin und Leipzig [1931], Sp. 1735.

IV.6 *Kürschners Deutscher Gelehrten-Kalender, 1935.* Herausgegeben von Gerhard Lüdtke. Fünfte Ausgabe. Berlin und Leipzig [1935], Sp. 808.

IV.7 *Neue deutsche Biographie.* Herausgegeben von der historischen Kommission bei der Bayerischen Akademie der Wissenschaften. Vierzehnter Band, Laverrenz – Locher-Freuler. Berlin 1985, S. 491–492 [Beitrag von Friedrich Wilhelm; siehe *www.deutsche-biographie.de/pnd116996811.html*].

IV.8 DRÜLL, Dagmar: »Liebich, Bruno Arthur Franz Karl«, in: *Heidelberger Gelehrtenlexikon: 1803–1932.* [Von] Dagmar Drüll. Berlin, Heidelberg, New York, Tokyo 1986, S. 164.

IV.9 Hanisch, Ludmila: »Bruno A. F. K. Liebich (1862-1939) Ind.«, in: *Verzeichnis der Orientalistennachlässe in deutschen Bibliotheken und Archiven.* Zusammengestellt von Ludmila Hanisch. Halle 1997. (Hallesche Beiträge zur Orientwissenschaft, 23), S. 47 (Nr. 139).

IV.10 International Congress of Orientalists: »Bruno Liebich. Vorzeigung der einzigen existierenden Handschrift der Candra-Vṛtti aus der Bibliothek des Maharaja von Nepal«, in: *Verhandlungen des XIII. internationalen Orientalisten-Kongresses.* Hamburg September 1902. Leiden 1904, S. 67.

IV.11 Lüfting, Hans: »Liebich, Bruno Arthur Franz Karl«, in: *Gelehrten- und Schriftstellernachlässe in den Bibliotheken der Deutschen Demokratischen Republik,* Teil 2. [Herausgegeben von Hans Lüfting]. Berlin 1968, S. 55.

IV.12 Pohlus, Andreas: »06. Bruno Liebich«, in: *Vorordnung der Indologen-Nachlässe der Bibliothek der Deutschen Morgenländischen Gesellschaft* (DMG). [Von] Andreas Pohlus. Halle 2003. (Orientwissenschaftliche Hefte X/2003), S. 10–11.

IV.13 Rau, Wilhelm: *Bilder hundert deutscher Indologen.* Von Wilhelm Rau. Wiesbaden 1965, S. 66. (Verzeichnis der orientalischen Handschriften in Deutschland, Supplementband 4).

IV.14 Rau, Wilhelm: *Bilder 135 deutscher Indologen.* 2. erweiterte und verbesserte Auflage von »Bilder hundert deutscher Indologen«. [Von] Wilhelm Rau. Wiesbaden 1982, S. 77. (Glasenapp-Stiftung, Band 23).

IV.15 Renou, Louis: »L'œuvre de M. Bruno Liebich«, in: *Journal asiatique.* Tome CCXX. Paris 1932, S. 149–164.

IV.16 Sardesai, R. N.: *Picturesque Orientalia. Being a collection of 103 Photos of the eminent Indologists—living and dead—of the West.* Compiled with a short description on each photo by R. N. Sardesai. Poona 1938, Nr. 51. (Poona Oriental Series, No. 56).

IV.17 SENGUPTA, Gauranga Gopal: »Liebich, Bruno Arthur Franz Karl«, in: *Indology and Its Eminent Western Savants.* (Collection of Biographies of Western Indologists). [By] Gauranga Gopal Sengupta. Foreword by A. L. Basham. Calcutta 1996, S. 349.

IV.18 STAAL, Johan Frederik (Frits): »13 Bruno Liebich (1862-1939)«, in: *A Reader on the Sanskrit Grammarians.* Edited by J. F. Staal. Cambridge, Massachusetts, and London 1972, S. 158–184.

IV.19 STACHE-ROSEN, Valentina: »75. Bruno Liebich (1862–1939)«, in: *German Indologists.* Biographies of Scholars in Indian Studies Writing in German. With a Summary on Indology in German Speaking Countries. [By] Valentina Stache-Rosen. New Delhi 1981, S. 154–155.

IV.20 STACHE-ROSEN, Valentina: »76. Bruno Liebich (1862–1939)«, in: *German Indologists.* Biographies of Scholars in Indian Studies Writing in German. With a Summary on Indology in German Speaking Countries. [By] Valentina Stache-Rosen. Second revised edition by Agnes Stache-Weiske. New Delhi 1990, S. 145–146.

Index der Autoren, deren Schriften von Liebich rezensiert wurden

Index der Rezensenten von Liebichs Schriften

Anhang V

CĀNDRA-VYĀKARAṆA

DIE GRAMMATIK DES CANDRAGOMIN.

SŪTRA, UṆĀDI, DHĀTUPĀṬHA.

HERAUSGEGEBEN

VON

BRUNO LIEBICH,

DR. PHIL.

Slob · dpon
Ćandra · go · mi · la
na · mo

LEIPZIG, 1902
IN COMMISSION BEI F. A. BROCKHAUS.

Tafel 9
Bruno Liebichs *Cāndra-Vyākarana* (Leipzig 1902)

Titelseite von Liebichs *Cāndra-Vyākarana*.

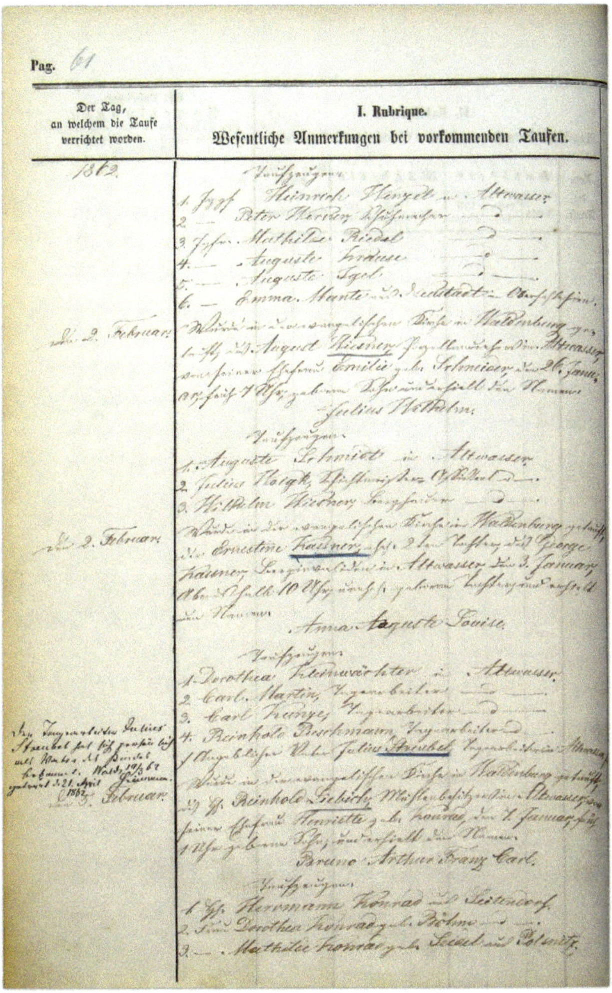

ABBILDUNG 1

Bruno Liebichs Taufeintrag vom 5. Februar 1862 im Kirchenbuch für Waldenburg, S. 61, Nr. 24

Archiv Genealogia Silesia Andreas Richter, Waldenburg

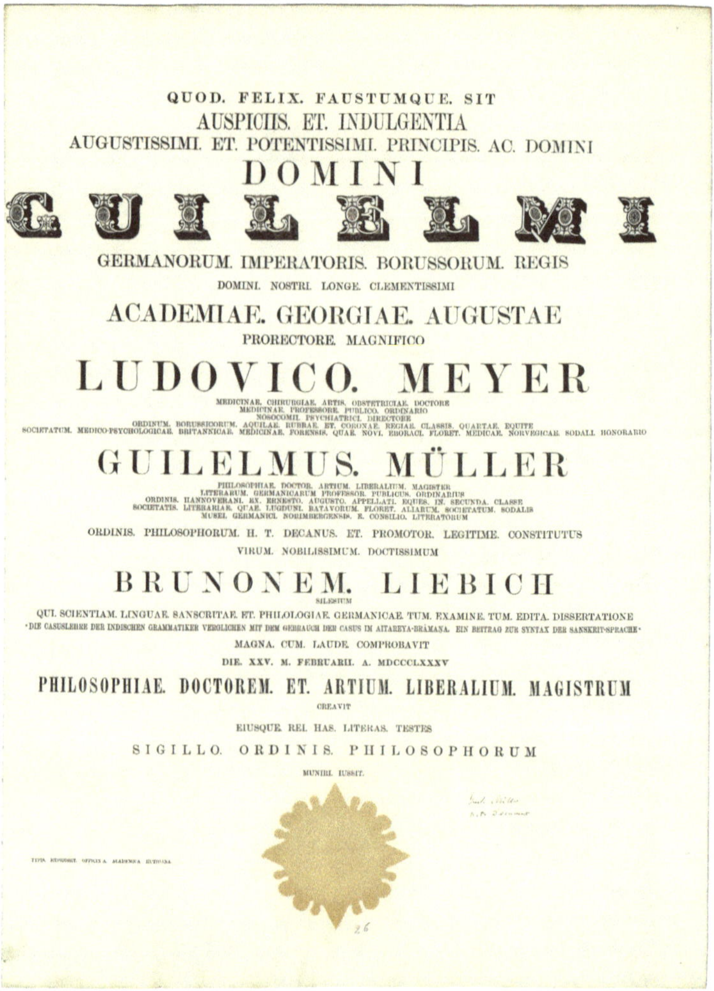

QUOD. FELIX. FAUSTUMQUE. SIT
AUSPICIIS. ET. INDULGENTIA
AUGUSTISSIMI. ET. POTENTISSIMI. PRINCIPIS. AC. DOMINI
DOMINI
GUILELMI
GERMANORUM. IMPERATORIS. BORUSSORUM. REGIS
DOMINI. NOSTRI. LONGE. CLEMENTISSIMI
ACADEMIAE. GEORGIAE. AUGUSTAE
PRORECTORE. MAGNIFICO
LUDOVICO. MEYER
MEDICINAE. CHIRURGIAE. ARTIS. OBSTETRICIAE. DOCTORE
MEDICINAE. PROFESSORE. PUBLICO. ORDINARIO
NOSOCOMII. PSYCHIATRICI. DIRECTORE
ORDINUM. BORUSSICORUM. AQUILAE. RUBRAE. ET. CORONAE. REGIAE. CLASSIS. QUARTAE. EQUITE
SOCIETATUM. MEDICO-PSYCHOLOGICAE. BRITANNICAE. MEDICINAE. FORENSIS. QUAE. NOVI. EBORACI. FLORET. MEDICAE. NORVEGICAE. SODALI. HONORARIO
GUILELMUS. MÜLLER
PHILOSOPHIAE. DOCTOR. ARTIUM. LIBERALIUM. MAGISTER
LITERARUM. GERMANICARUM. PROFESSOR. PUBLICUS. ORDINARIUS
ORDINIS. HANNOVERANI. EX. ERNESTO. AUGUSTO. APPELLATI. EQUES. IN. SECUNDA. CLASSE
SOCIETATIS. LITERARIAE. QUAE. LUGDUNI. BATAVORUM. FLORET. ALIARUM. SOCIETATUM. SODALIS
MUSEI. GERMANICI. NORIMBERGENSIS. E. CONSILIO. LITERATORUM
ORDINIS. PHILOSOPHORUM. H. T. DECANUS. ET. PROMOTOR. LEGITIME. CONSTITUTUS
VIRUM. NOBILISSIMUM. DOCTISSIMUM
BRUNONEM. LIEBICH
SILESIUM
QUI. SCIENTIAM. LINGUAE. SANSCRITAE. ET. PHILOLOGIAE. GERMANICAE. TUM. EXAMINE. TUM. EDITA. DISSERTATIONE
»DIE CASUSLEHRE DER INDISCHEN GRAMMATIKER VERGLICHEN MIT DEM GEBRAUCH DER CASUS IM AITAREYA-BRĀMAṆA. EIN BEITRAG ZUR SYNTAX DER SANSKRIT-SPRACHE«
MAGNA. CUM. LAUDE. COMPROBAVIT
DIE. XXV. M. FEBRUARII. A. MDCCCLXXXV
PHILOSOPHIAE. DOCTOREM. ET. ARTIUM. LIBERALIUM. MAGISTRUM
CREAVIT
EIUSQUE. REI. HAS. LITERAS. TESTES
SIGILLO. ORDINIS. PHILOSOPHORUM
MUNIRI. IUSSIT.

ABBILDUNG 2
Bruno Liebichs Promotionsurkunde
von der Georg-August-Universität zu Göttingen vom 25. Februar 1885
Universitätsarchiv Göttingen, Z 110088 Liebich

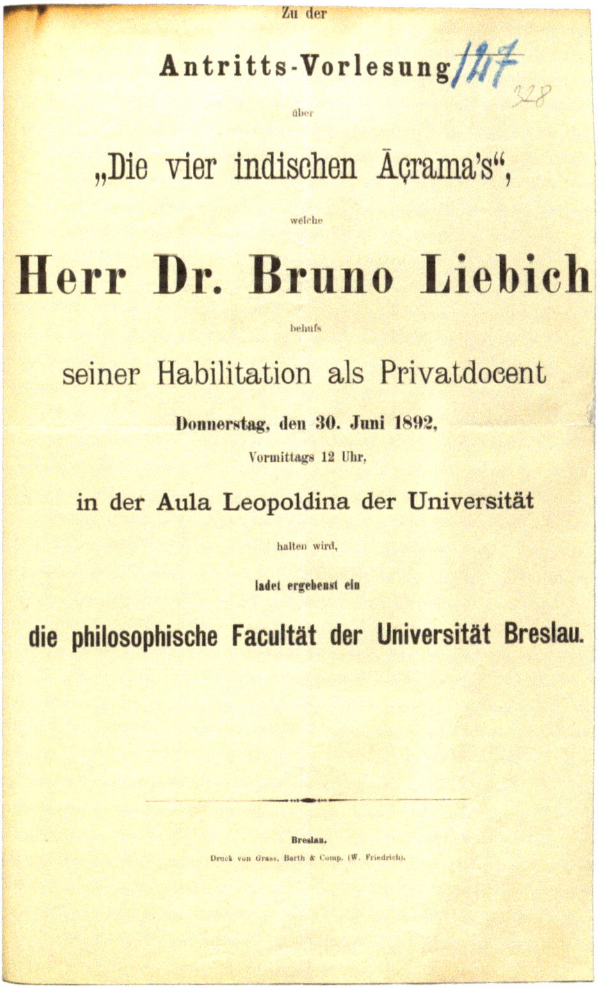
Zu der

Antritts-Vorlesung

über

„Die vier indischen Āçrama's",

welche

Herr Dr. Bruno Liebich

behufs

seiner Habilitation als Privatdocent

Donnerstag, den 30. Juni 1892,

Vormittags 12 Uhr,

in der Aula Leopoldina der Universität

halten wird,

ladet ergebenst ein

die philosophische Facultät der Universität Breslau.

Breslau.

Druck von Grass, Barth & Comp. (W. Friedrich).

ABBILDUNG 3
Einladung zu Bruno Liebichs Antrittsvorlesung am 30. Juni 1892 in der Aula Leopoldina der Königlichen Universität zu Breslau
Archiwum Uniwersytetu Wrocławskiego, Signatur F 99, S. 328

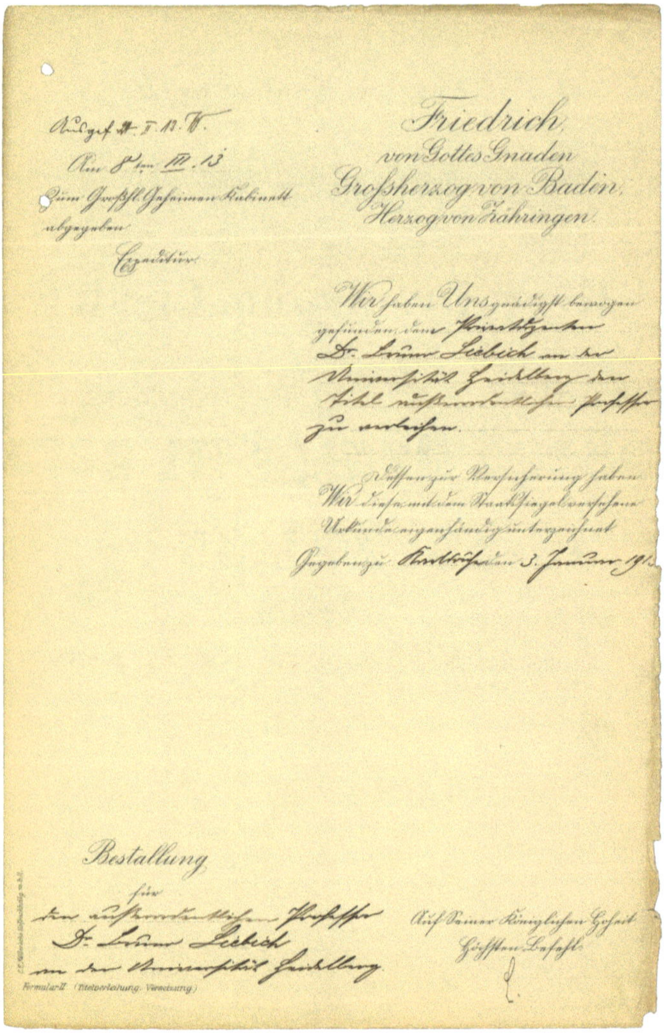
Friedrich,
von Gottes Gnaden
Großherzog von Baden,
Herzog von Zähringen.

Bestallung

Abbildung 4
Bestallung von Dr. Bruno Liebich als außerordentlicher Professor an der Universität Heidelberg vom 3. Januar 1913
Generallandesarchiv Karlsruhe, Signatur: GLA Karlsruhe 235/2210

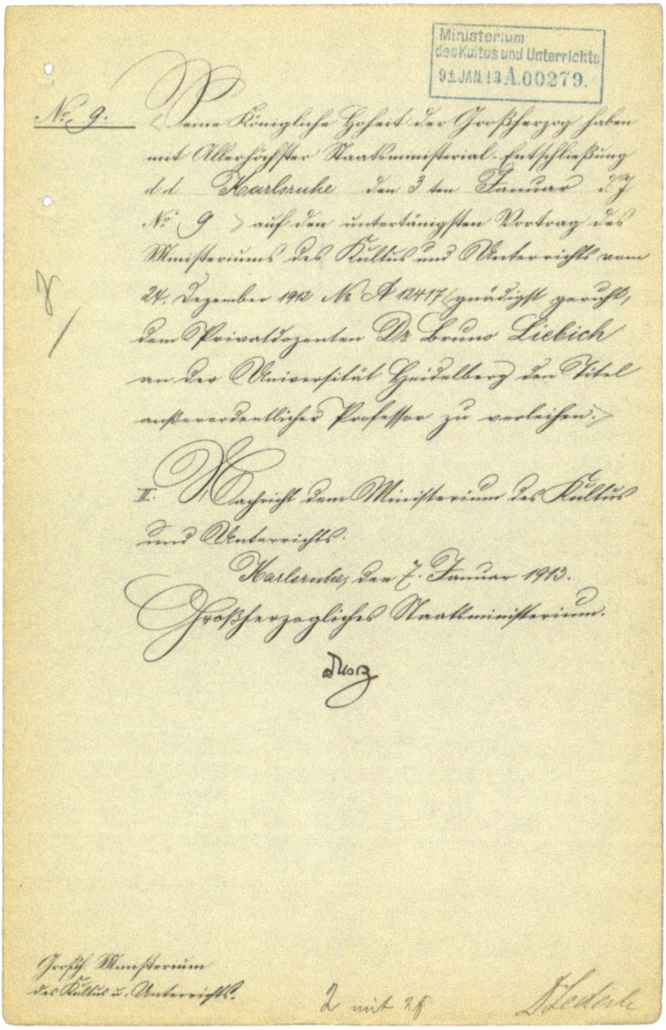
Ministerium des Kultus und Unterrichts
9. JAN 13 A.00279.

No 9. Seine Königliche Hoheit der Großherzog haben mit Allerhöchster Staatsministerial-Entschließung d.d. Karlsruhe den 3ten Januar d.J. No 9 auf den untertänigsten Vortrag des Ministeriums des Kultus und Unterrichts vom 24. Dezember 1912 No A 12417 gnädigst geruht, dem Privatdozenten Dr. Bruno Liebich an der Universität Heidelberg den Titel außerordentlicher Professor zu verleihen.

II. Nachricht dem Ministerium des Kultus und Unterrichts.

Karlsruhe, den 7. Januar 1913.

Großherzogliches Staatsministerium.

Großh. Ministerium des Kultus u. Unterrichts.

Lederle

ABBILDUNG 5
Verleihung des Titels »außerordentlicher Professor«
an den Privatdozenten Prof. Dr. Bruno Liebich am 7. Januar 1913
Generallandesarchiv Karlsruhe, Signatur: GLA Karlsruhe 235/3758

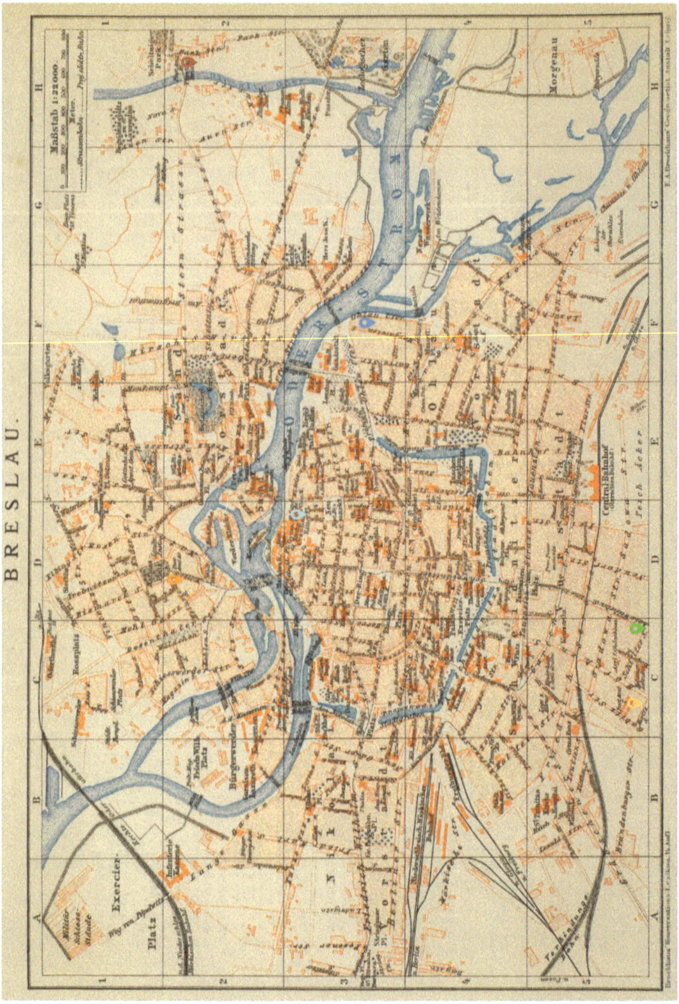

Abbildung 6
Stadtplan von Breslau im Jahr 1893
mit Bruno Liebichs Adressen

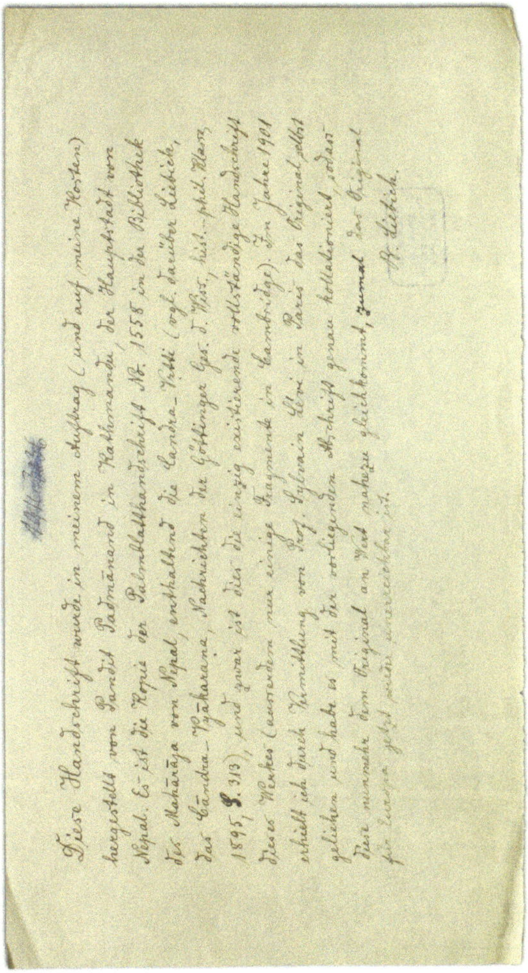
Diese Handschrift wurde in meinem Auftrag (und auf meine Kosten) hergestellt von Pandit Padmānand in Kathmandu, der Hauptstadt von Nepal. Es ist die Kopie der Palmblatthandschrift Nr. 1558 in der Bibliothek des Mahārāja von Nepal, enthaltend die Candra-Vṛtti (vgl. darüber Liebich, das Cāndra-Vyākaraṇa, Nachrichten der Göttinger Ges. d. Wiss., hist.-phil. Klasse 1895, S. 313), und zwar ist dies die einzig existierende vollständige Handschrift dieses Werkes (ausserdem nur einige Fragmente in Cambridge). Im Jahre 1901 erhielt ich durch Vermittlung von Prof. Sylvain Lévi in Paris das Original selbst geliehen und habe es mit der vorliegenden Abschrift genau kollationiert, sodass diese nunmehr dem Original an Wert nahezu gleichkommt, zumal das Original für Europa jetzt wohl unerreichbar ist.

B. Liebich.

ABBILDUNG 7
Liebichs Notiz zu seiner nepalesischen Handschrift der *Cāndravṛtti*
Bibliothek der DMG, Signatur: B 1060

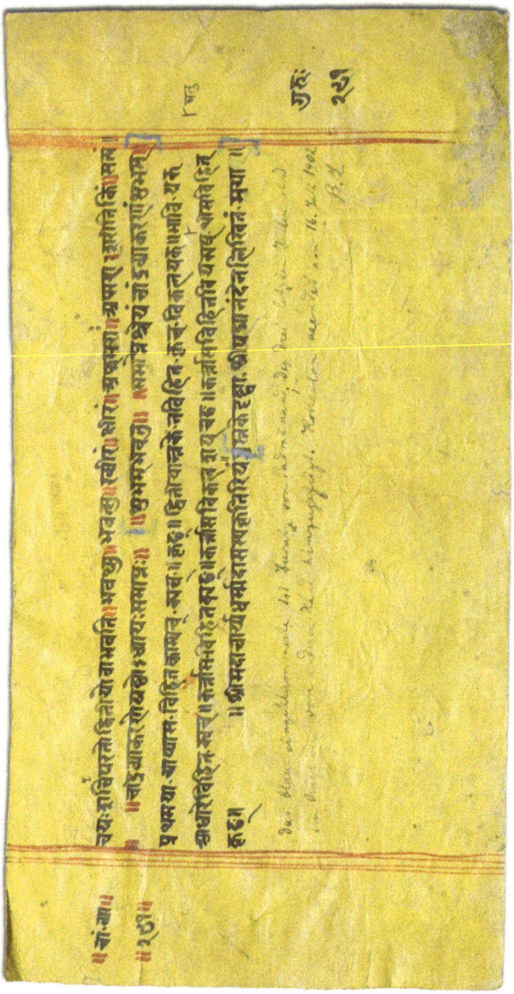

Abbildung 8
Nepalesische Handschrift der *Cāndravṛtti* (Fol. 281a)
mit Bruno Liebichs eigenen handschriftlichen Notizen
Bibliothek der DMG, Signatur: B 1060

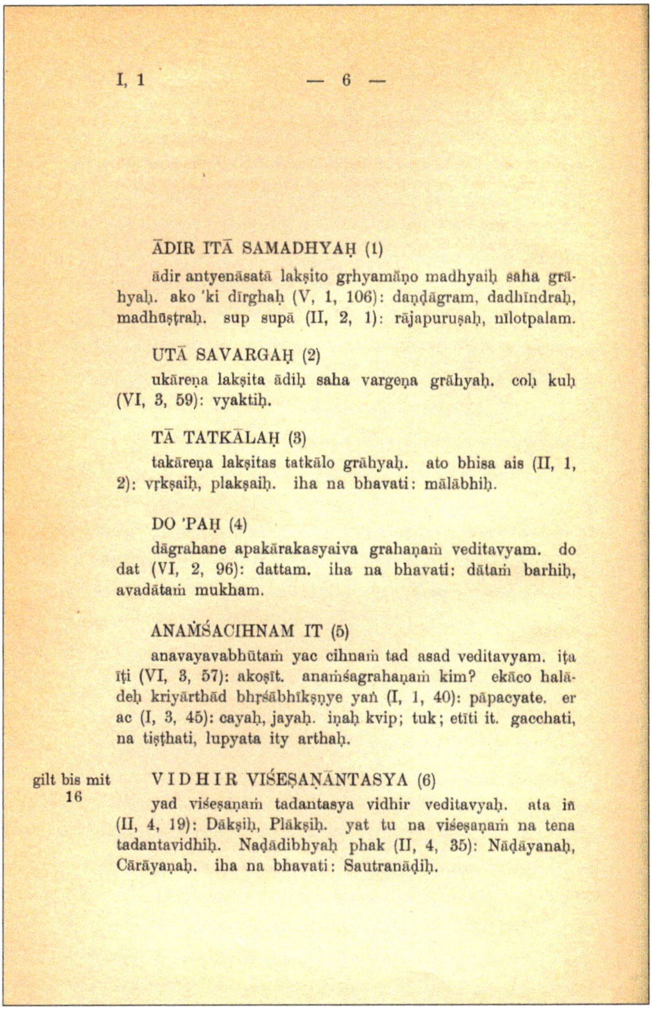

I, 1 — 6 —

ĀDIR ITĀ SAMADHYAḤ (1)

ādir antyenāsatā lakṣito gṛhyamāṇo madhyaiḥ saha grāhyaḥ. ako 'ki dīrghaḥ (V, 1, 106): daṇḍāgram, dadhīndraḥ, madhūṣṭraḥ. sup supā (II, 2, 1): rājapuruṣaḥ, nīlotpalam.

UTĀ SAVARGAḤ (2)

ukāreṇa lakṣita ādiḥ saha vargeṇa grāhyaḥ. coḥ kuḥ (VI, 3, 59): vyaktiḥ.

TĀ TATKĀLAḤ (3)

takāreṇa lakṣitas tatkālo grāhyaḥ. ato bhisa ais (II, 1, 2): vṛkṣaiḥ, plakṣaiḥ. iha na bhavati: mālābhiḥ.

DO 'PAḤ (4)

dāgrahane apakārakasyaiva grahaṇaṁ veditavyam. do dat (VI, 2, 96): dattam. iha na bhavati: dātaṁ barhiḥ, avadātaṁ mukham.

ANAṀŚACIHNAM IT (5)

anavayavabhūtaṁ yac cihnaṁ tad asad veditavyam. iṭa īṭi (VI, 3, 57): akoṣīt. anaṁśagrahaṇaṁ kim? ekāco halādeḥ kriyārthād bhṛśābhīkṣṇye yaṅ (I, 1, 40): pāpacyate. er ac (I, 3, 45): cayaḥ, jayaḥ. iṇaḥ kvip; tuk; etīti it. gacchati, na tiṣṭhati, lupyata ity arthaḥ.

gilt bis mit 16 VIDHIR VIŚEṢAṆĀNTASYA (6)

yad viśeṣaṇaṁ tadantasya vidhir veditavyaḥ. ata iñ (II, 4, 19): Dākṣiḥ, Plākṣiḥ. yat tu na viśeṣaṇaṁ na tena tadantavidhiḥ. Naḍādibhyaḥ phak (II, 4, 35): Nāḍāyanaḥ, Cārāyaṇaḥ. iha na bhavati: Sautranāḍiḥ.

ABBILDUNG 9

Bruno Liebichs Erstedition der *Cāndravṛtti* (S. 6) erschienen in Leipzig 1918 in Kommission bei F. A. Brockhaus (C. F. Winter'sche Buchdruckerei)

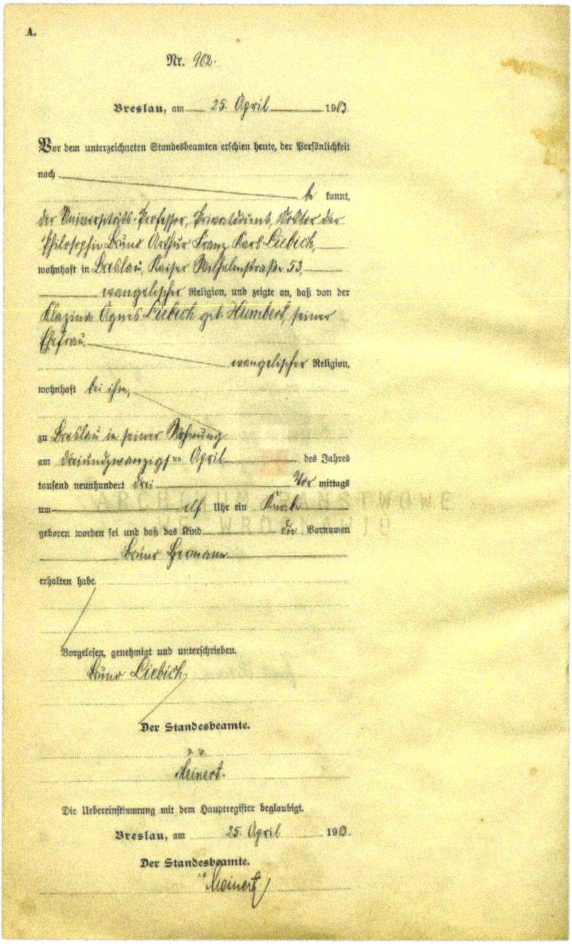

A.

Nr. 902.

Breslau, am 25. April 1903.

Vor dem unterzeichneten Standesbeamten erschien heute, der Persönlichkeit nach bekannt,

der Universitäts-Professor, Privatdozent, Doktor der Philosophie Bruno Arthur Franz Carl Liebich,

wohnhaft in Breslau, Kaiser Wilhelmstraße 53,

evangelischer Religion, und zeigte an, daß von der Klazina Agnes Liebich geb. Humbert, seiner Ehefrau,

evangelischer Religion,

wohnhaft bei ihm,

zu Breslau in seiner Wohnung

am dreiundzwanzigsten April des Jahres

tausend neunhundert drei vor mittags

um elf Uhr ein Knabe

geboren worden sei und daß das Kind die Vornamen

Bruno Hermann

erhalten habe.

Vorgelesen, genehmigt und unterschrieben.

Bruno Liebich

Der Standesbeamte.

I. V.

Meinert.

Die Uebereinstimmung mit dem Hauptregister beglaubigt.

Breslau, am 25. April 1903.

Der Standesbeamte.

I. V. Meinert

Abbildung 10

Geburtsurkunde von Bruno Liebichs Sohn Bruno Hermann Liebich

Archiwum Państwowe we Wrocławiu, Breslau Standesamt Geburten, S. IV-03-0902

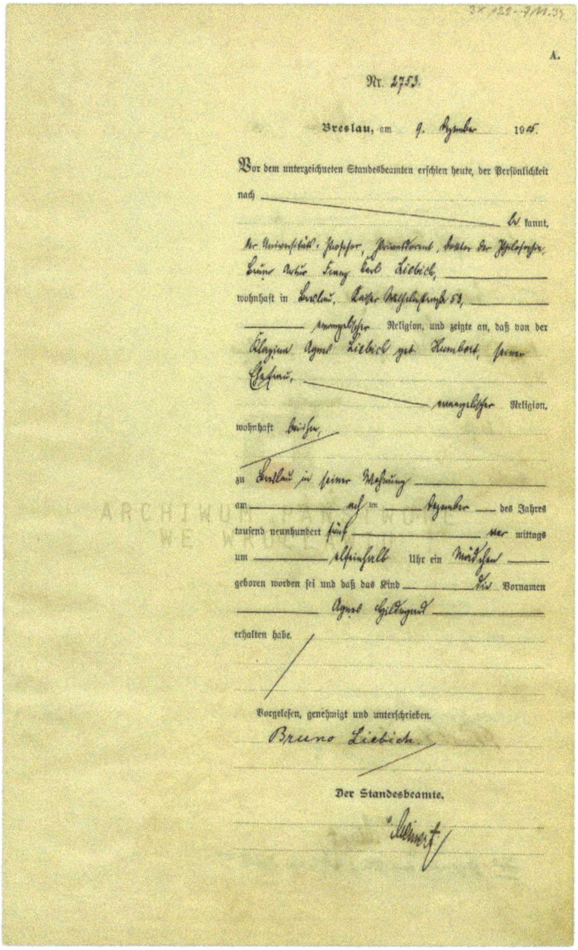

A.

Nr. 2753.

Breslau, am 9. Dezember 1905.

Vor dem unterzeichneten Standesbeamten erschien heute, der Persönlichkeit nach bekannt,

der Universitäts-Professor, Privatdozent, Doktor der Philosophie, Bruno Arthur Franz Karl Liebich,

wohnhaft in Breslau, Kaiser Wilhelmstraße 53,

evangelischer Religion, und zeigte an, daß von der Klavierin Agnes Liebich geb. Humbert, seiner Ehefrau, evangelischer Religion,

wohnhaft bei ihm,

zu Breslau in seiner Wohnung

am achten Dezember des Jahres tausend neunhundert fünf vormittags um elfeinhalb Uhr ein Mädchen geboren worden sei und daß das Kind die Vornamen Agnes Hildegard erhalten habe.

Vorgelesen, genehmigt und unterschrieben.

Bruno Liebich.

Der Standesbeamte.

Meinert

Abbildung 11

Geburtsurkunde von Bruno Liebichs Tochter Agnes-Hildegard Liebich

Archiwum Państwowe we Wrocławiu, Breslau Standesamt Geburten, S. IV-05-2753

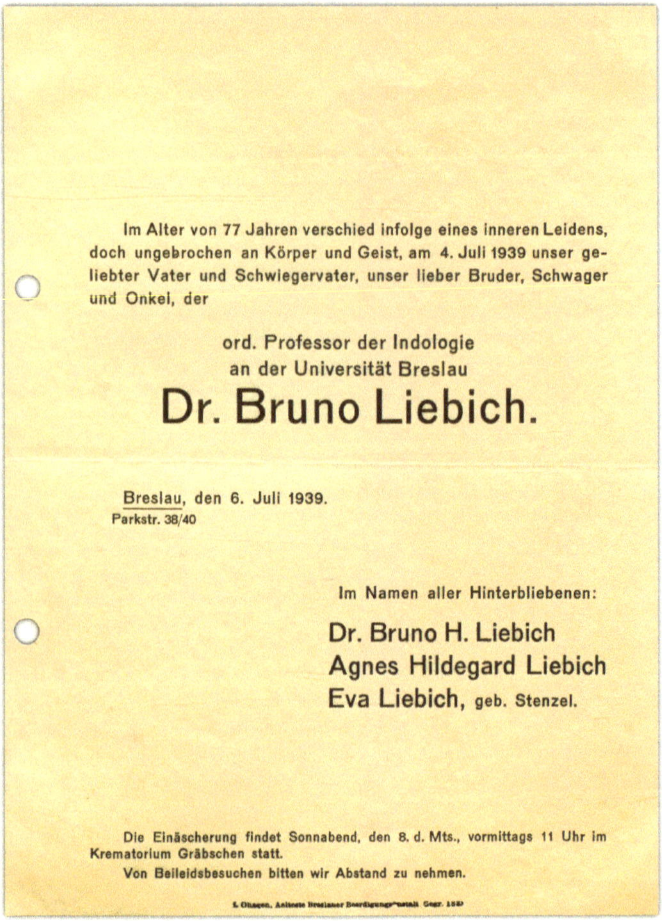

Im Alter von 77 Jahren verschied infolge eines inneren Leidens, doch ungebrochen an Körper und Geist, am 4. Juli 1939 unser geliebter Vater und Schwiegervater, unser lieber Bruder, Schwager und Onkel, der

ord. Professor der Indologie
an der Universität Breslau

Dr. Bruno Liebich.

Breslau, den 6. Juli 1939.
Parkstr. 38/40

Im Namen aller Hinterbliebenen:

Dr. Bruno H. Liebich
Agnes Hildegard Liebich
Eva Liebich, geb. Stenzel.

Die Einäscherung findet Sonnabend, den 8. d. Mts., vormittags 11 Uhr im Krematorium Gräbschen statt.
Von Beileidsbesuchen bitten wir Abstand zu nehmen.

ABBILDUNG 12
Traueranzeige der Hinterbliebenen
Universitätsarchiv Halle-Wittenberg, Signatur: Rep. 90, Nr. 148

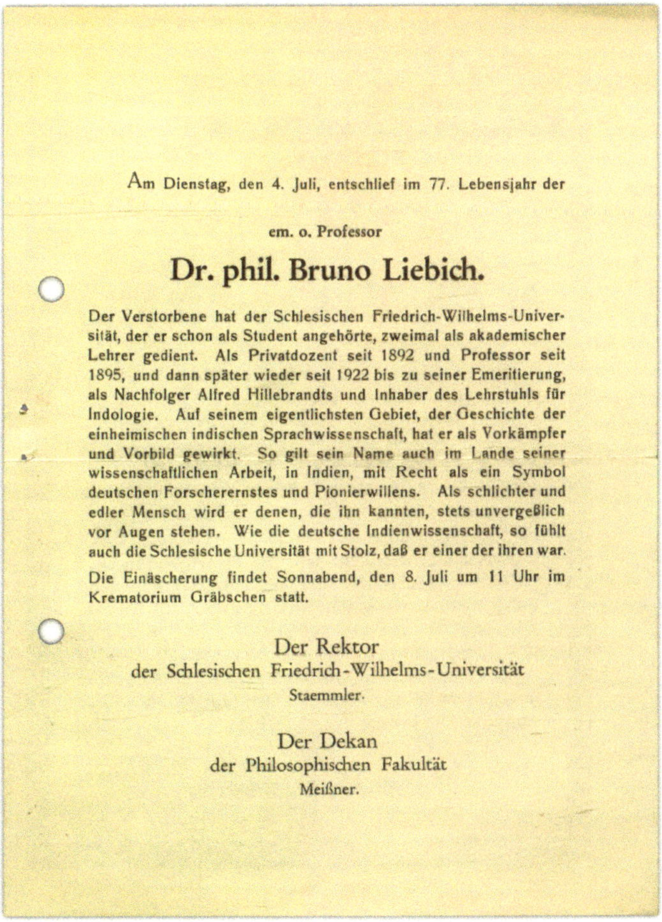

Am Dienstag, den 4. Juli, entschlief im 77. Lebensjahr der

em. o. Professor

Dr. phil. Bruno Liebich.

Der Verstorbene hat der Schlesischen Friedrich-Wilhelms-Universität, der er schon als Student angehörte, zweimal als akademischer Lehrer gedient. Als Privatdozent seit 1892 und Professor seit 1895, und dann später wieder seit 1922 bis zu seiner Emeritierung, als Nachfolger Alfred Hillebrandts und Inhaber des Lehrstuhls für Indologie. Auf seinem eigentlichsten Gebiet, der Geschichte der einheimischen indischen Sprachwissenschaft, hat er als Vorkämpfer und Vorbild gewirkt. So gilt sein Name auch im Lande seiner wissenschaftlichen Arbeit, in Indien, mit Recht als ein Symbol deutschen Forscherernstes und Pionierwillens. Als schlichter und edler Mensch wird er denen, die ihn kannten, stets unvergeßlich vor Augen stehen. Wie die deutsche Indienwissenschaft, so fühlt auch die Schlesische Universität mit Stolz, daß er einer der ihren war.

Die Einäscherung findet Sonnabend, den 8. Juli um 11 Uhr im Krematorium Gräbschen statt.

Der Rektor
der Schlesischen Friedrich-Wilhelms-Universität
Staemmler.

Der Dekan
der Philosophischen Fakultät
Meißner.

ABBILDUNG 13
Nachruf auf Bruno Liebich von dem Rektor
der Universität Breslau und dem Dekan der Philosophischen Fakultät
Universitätsarchiv Halle-Wittenberg, Signatur: Rep. 90, Nr. 148

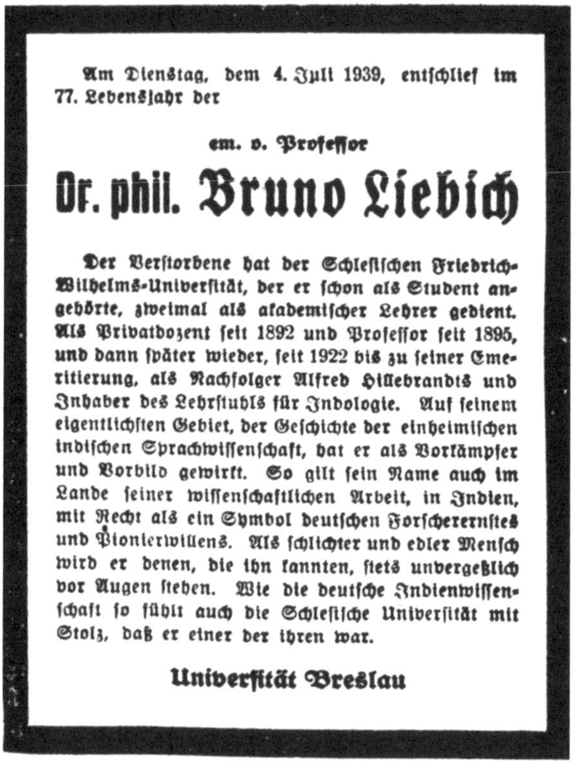

Am Dienstag, dem 4. Juli 1939, entschlief im 77. Lebensjahr der

em. o. Professor

Dr. phil. Bruno Liebich

Der Verstorbene hat der Schlesischen Friedrich-Wilhelms-Universität, der er schon als Student angehörte, zweimal als akademischer Lehrer gedient. Als Privatdozent seit 1892 und Professor seit 1895, und dann später wieder, seit 1922 bis zu seiner Emeritierung, als Nachfolger Alfred Hillebrandts und Inhaber des Lehrstuhls für Indologie. Auf seinem eigentlichsten Gebiet, der Geschichte der einheimischen indischen Sprachwissenschaft, hat er als Vorkämpfer und Vorbild gewirkt. So gilt sein Name auch im Lande seiner wissenschaftlichen Arbeit, in Indien, mit Recht als ein Symbol deutschen Forscherernstes und Pionierwillens. Als schlichter und edler Mensch wird er denen, die ihn kannten, stets unvergeßlich vor Augen stehen. Wie die deutsche Indienwissenschaft so fühlt auch die Schlesische Universität mit Stolz, daß er einer der ihren war.

Universität Breslau

ABBILDUNG 14

Nachruf auf Bruno Liebich von der Universität Breslau

Schlesische Zeitung vom 7. Juli 1939

Bibliographie

PANINI.

EIN BEITRAG
ZUR KENNTNIS DER INDISCHEN LITERATUR
UND GRAMMATIK.

Von

Bruno Liebich
Dr. phil.

LEIPZIG.
H. HAESSEL.
1891.

Tafel 10
Bruno Liebichs *Panini* (Leipzig 1891)

Umschlag von Liebichs Privatexemplar seines *Panini: Ein Beitrag zur Kenntnis der indischen Literatur und Grammatik*, das in der Bibliothek des Instytut Studiów Klasycznych, Śródziemnomorskich i Orientalnych an der Uniwersytet Wrocławskiego (alte Inv.-Nr. 1808) aufbewahrt wird.

Bibliographie

Bechert, Heinz

1987 »Sanskrit-Grammatiken in singhalesischer Überlieferung«, in: *Festschrift Wilhelm Rau zur Vollendung des 65. Lebensjahres.* Dargelegt von Schülern, Freunden und Kollegen. Herausgegeben von Heidrun Brückner, Dieter George†, Claus Vogel und Albrecht Wezler. (= *Studien zur Indologie und Iranistik.* Heft 13/14). Reinbek 1987, S. 5–16.

Belvalkar, Shripad Krishna

1915 *An Account of the Different Existing Systems of Sanskrit Grammar.* Being the Vishwanath Narayan Mandlik Gold Medal Prize-Essay for 1909 by Shripad Krishna Belvalkar. Poona 1915.

Bendall, Cecil

1883 *Catalogue of the Buddhist Sanskrit Manuscripts in the University Library, Cambridge.* With Introductory Notices and Illustrations of the Palæography and Chronology of Nepal and Bengal. By Cecil Bendall. Cambridge 1883.

1886 *A Journey of Literary and Archaelogical Research in Nepal and Northern India, during the winter of 1884–5.* By Cecil Bendall. Cambridge 1886.

1893 »Amṛitānanda, the Redactor of the Buddha-carita«, in: *Journal of the Royal Asiatic Society of Great Britain and Ireland for 1893.* London 1893, S. 620.

1896 »[Obituary] Dr. Reinhold Rost, C.I.E.«, in: *The Athenæum.* No. 3564, Saturday, February 15, 1896. London 1896, S. 218.

Birwé, Robert

1968 »Ist Candragomin der Verfasser der Candra-Vṛtti?«, in: *Mélanges d'Indianisme a la mémoire de Louis Renou.* Paris 1968. (Publications de l'Institute de civilisation Indienne, Série in-8°, Fasc. 28), S. 127–142.

Blaser, Brigitte
2022 »Sanskrit Roots in the Swiss Idiotikon: Early Indology in Switzerland between National Identity Formation and European Imperial Imaginaries«, in: *Comparativ: Zeitschrift für Globalgeschichte und vergleichende Gesellschaftsforschung*. 31. Jahrgang, Hefe 5–6 (2021). Leipzig 2022, S. 591–611.

Bönisch-Brednich, Brigitte
1994 *Volkskundliche Forschung in Schlesien. Eine Wissenschaftsgeschichte*. [Von] Brigitte Bönisch-Brednich. Marburg 1994. (Schriftenreihe der Kommission für Deutsche und Osteuropäische Volkskunde in der Deutschen Gesellschaft für Volkskunde, Band 68).

Brugmann, Karl
1903 »Sanskrit-Philologie und indogermanische Sprachwissenschaft an den deutschen Universitäten«, in: *Beilage zur Allgemeinen Zeitung*. Jahrgang 1903, 16. Juni, Nummer 133. München 1903, S. 481–482.

Bühler, Georg
1877 *Detailed Report of a Tour in Search of Sanskrit Mss. Made in Kásmír, Rajputana, and Central India*. By G. Bühler. Extra Number of the Journal of the Bombay Branch of the Royal Asiatic Society. Bombay 1877.

Burak, Marek / Okólska, Halina
2007 *Friedhöfe des alten Breslaus*. [By] Marek Burak [and] Halina Okólska. Übersetzt von Mieczysław Motowilczuk. Wrocław 2007.

Busch, Alexander
1959 *Die Geschichte des Privatdozenten*. Eine soziologische Studie zur großbetrieblichen Entwicklung der deutschen Universitäten. Von Alexander Busch. 1959. (Göttinger Abhandlungen zur Soziologie, 5. Band).

Cappeller, Carl
1912 *Bharavi's Poem Kiratarjuniya or Arjuna's Combat with the Kirata*. Translated from the Original Sanskrit into German and Explained by Carl Cappeller. Cambdridge, Massachusetts 1912. (Harvard Oriental Series, Volume Fifteen).

Cardona, George
1976 *Pāṇini: A Survey of Research*. By George Cardona. The Hague – Paris 1976. (Trends in Linguistics, State-of-the-Art Reports, 6)

CHATTERJI, Kshitish Chandra

1953–61 *Cāndravyākaraṇa of Candragomin.* Edited by Kshitish Chandra Chatterji. Part I (Chapters 1–3), Poona 1953. Part II (Chapters 4–6), Poona 1961.

COWELL, Edward Byles

1894 *The Buddha-*Karita *of Asvaghosa.* Translated from the Sanskrit by E. B. Cowell. Oxford 1894. (Sacred Books of the East, vol. XLIX; Buddhist Mahâyâna Texts, Part I).

DEHRMANN, Mark-Georg

2013 »Prüfung, Forschung, Gruß. Antrittsprogramme und Antrittsvorlesungen als akademische Praktiken im 19. Jahrhundert«, in: *Zeitschrift für Germanistik* Neue Folge, Vol. XXIII, No. 2 (2013). Bern 2013, S. 226–241.

DEOKAR, Mahesh / DIMITROV, Dragomir / YAZAKI, Chōjun

2024 *Cāndravyākaraṇa* 1.3. The Section on Primary Derivatives of Candragomin's Grammar of Sanskrit. A critical edition of the *Cāndrasūtra, Vr̥tti,* and *Pañjikā* by Mahesh Deokar, Dragomir Dimitrov, and Chōjun Yazaki. Pune 2025. (Pune Indological Series, vol. V).

2026 *Cāndravyākaraṇa* 2.1. The Section on Nominal Cases of Candragomin's Grammar of Sanskrit. A critical edition of the *Cāndrasūtra, Vr̥tti,* and *Pañjikā.* By Mahesh Deokar, Dragomir Dimitrov, and Chōjun Yazaki. Pune 2026. (Pune Indological Series, vol. VII). [in Vorbereitung]

DIMITROV, Dragomir

2007 *Lehrschrift über die zwanzig Präverbien im Sanskrit.* Kritische Ausgabe der *Viṃśatyupasargavr̥tti* und der tibetischen Übersetzung *Ñe bar bsgyur ba ñi śu pa'i 'grel pa.* (Editionen von Texten der Cāndra-Schule. Band I). Von Dragomir Dimitrov nach Vorarbeiten von Thomas Oberlies. Marburg 2007. (Indica et Tibetica, Band 49).

2010 *The Bhaikṣukī Manuscript of the Candrālaṃkāra.* Study, Script Tables, and Facsimile Edition. By Dragomir Dimitrov. Cambridge, Mass. 2010. (Harvard Oriental Series, Vol. 72).

2016 *The Legacy of the Jewel Mind.* On the Sanskrit, Pali, and Sinhalese Works by Ratnamati. A Philological Chronicle (*Phullalocanavaṃsa*). [By] Dragomir Dimitrov. Napoli 2016. (Università degli studi di Napoli «L'Orientale», Dipartimento Asia Africa e Mediterraneo, Series Minor, LXXXII).

2020 *The Buddhist Indus Script and Scriptures.* On the so-called Bhaikṣukī or Saindhavī Script of the Sāṃmitīyas and their Canon. [By] Dragomir Dimitrov. Wiesbaden 2020. (Akademie der Wissenschaften und der Literatur, Mainz; Veröffentlichungen der Fächergruppenkommission für Außereuropäische Sprachen und Kulturen; Studien zur Indologie, Band 7).

2025a »On the Fateful Peregrinations of the codex unicus of Sarvarakṣita's *Maṇicūḍajātaka*«, in: *Sanskrit Manuscripts in China IV*. Edited by Horst Lasic, Xuezhu Li and Francesco Sferra. Beijing 2022, S. 35–57.

2025b »Einige philologische Notizen über die *Cāndravr̥tti*«, in: *Vidyārādhanam: Festschrift zu Ehren von Thomas Oberlies*. Herausgegeben von Siglinde Dietz, Ines Fornell und Konrad Klaus. Heidelberg 2025, S. 129–165. [im Druck]

Dośī, Śrībecaradāsa Jīvarāja

1967 *ĀcāryaCandragominpraṇītaṃ Cāndravyākaraṇam.* Sampādaka: Śrībecaradāsa Jīvarāja Dośī. Jodhapura 1967. (Rājasthāna Purātana Granthamālā, 39).

Drozd, Józef

1977 *Inwentarz Akt Uniwersytetu Wrocławskiego 1811 – 1945.* Opracował i wstępem opatrzył Jósef Drozd. Wrocław 1977.

Eckart, Wolfgang / Sellin, Volker / Wolgast, Eike

2006 *Die Universität Heidelberg im Nationalsozialismus.* [Herausgegeben von] W. U. Eckart, V. Sellin, E. Wolgast. Heidelberg 2006.

Eggeling, Julius

1874–78 *The Kâtantra with the Commentary of Durgasiṃha.* Edited, with Notes and Indexes, by Julius Eggeling. Calcutta 1874–78. (Bibliotheca Indica, New Series, Nos. 297, 298, 308, 309, 396 and 397).

1889 *Catalogue of the Sanskrit Manuscripts in the Library of the India Office.* Part II. Saṃskṛit Literature: A. Scientific and Technical Literature. I. Grammar, Lexicography, Prosody, Music. By Julius Eggeling. London 1889.

Fick, Richard

1930 »Kielhorns Handschriften-Sammlung. Verzeichnis der aus Franz Kielhorns Nachlaß 1908 der Göttinger Universitäts-Bibliothek überwiesenen Sanskrit-Handschriften.«, in: *Nachrichten von der Gesellschaft der Wissenschaften zu Göttingen aus dem Jahre 1930.* Philologisch-historische Klasse, 1930, Heft 1. Berlin 1930, S. 63–119.

Foerster, Richard *et al.*

1904 *Schlesische Gesellschaft für vaterländische Cultur*. I. Die Hundertjahrfeier, II. Geschichte der Gesellschaft. Breslau 1904.

Gerber, Michael Rüdiger

1995 *Die Schlesische Gesellschaft für vaterländische Cultur (1803–1945)*. [Von] Michael Rüdiger Gerber. Sigmaringen 1988. (Beihefte zum Jahrbuch der Schlesischen Friedrich-Wilhelms-Universität zu Breslau, Heft IX).

von Glasenapp, Helmuth

1950a »Alexander Zieseniss (1899–1945)«, in: *Zeitschrift der Deutschen Morgenländischen Gesellschaft*. Band 99, Neue Folge Band 24, 1945–1949. Wiesbaden 1950, S. 157–159.

1950b »Heinrich Zimmer (1890–1943)«, in: *Zeitschrift der Deutschen Morgenländischen Gesellschaft*. Band 100, Neue Folge Band 25, 1945–1949. Wiesbaden 1950, S. 49–51.

Goonetilleke, William

1880a »The Grammar of Kandra I.«, in: *The Academy*. No. 403, Saturday, January 24, 1880, S. 69–70.

1880b »The Grammar of Kandra II.«, in: *The Academy*. No. 404, Saturday, January 31, 1880, S. 88.

1880c »The Grammar of Chandra«, in: *The Indian Antiquary*. Vol. IX.—1880. Bombay 1880, S. 80–84.

1884–86 »The Bālāvabodhana. A re-arrangement of some of the more useful Grammatical Sūtras of Candra, with a Gloss by Kāsyapa Thera, edited, with Explanatory and Critical Notes, by William Goonetilleke, and now published for the first time.«, in: *The Orientalist*. Edited by William Goonetilleke. Volume I. Kandy 1884, S. 41–45, 69–72, 95–96, 120, 143–144, 168, 192, 216; Volume II. Kandy 1885–86, S. 78–80, 118–120.

Grüttner, Michael

2022 »The Expulsion of Academic Teaching Staff from German Universities 1933–45«, in: *Journal of Contemporary History*. Volume 57, Issue 3, July 2022. London 2022, S. 513–533.

2023 *Ausgegrenzt: Entlassungen an den deutschen Universitäten im Nationalsozialismus*. Biogramme und kollektivbiografische Analyse. [Von] Michael Grüttner. Berlin/Boston 2023.

Haag, Pascale

2011 »Introduction«, in: *Studies in the* Kāśikāvṛtti. *The Section on* Pratyāhāras. Critical Edition, Translation and Other Contributions. Edited by Pascale Haag and Vincenzo Vergiani. London 2011, S. 21–30.

Hahn, Michael

1994 [Buchbesprechung] »Thomas Oberlies: *Studie zum Cāndravyākaraṇa. Eine kritische Bearbeitung von Candra IV, 4.52–148 und V.2.* Stuttgart 1989. (Alt- und Neu-Indische Studien 38). 295 S.«, in: *Zeitschrift der Deutschen Morgenländischen Gesellschaft.* Band 144. Stuttgart 1994, S. 215–218.

1995 »Rudolf Otto Franke (1862–1928)«, in: *Die Albertus-Universität zu Königsberg und ihre Professoren.* Aus Anlaß der Gründung der Albertus-Universität vor 450 Jahren herausgegeben von Dietrich Rauschning [und] Donata v. Nerée. Berlin 1995. (Jahrbuch der Albertus-Universität zu Königsberg/Pr., 1994 Band XXIX), S. 763–776.

Hermann, Eduard

1923 *Berthold Delbrück. Ein Gelehrtenleben aus Deutschlands großer Zeit.* Von Eduard Hermann. Mit zwei Bildnissen. Jena 1923.

1928 «Nachträgliches zu meiner Delbrück-Biographie», in: *Indogermanische Forschungen.* Sechsundvierzigster Band. Berlin und Leipzig 1928, S. 251–252.

Hillebrandt, Alfred

1911 »Sanskrit und vergleichende Sprachforschung«, in: *Festschrift zur Feier des hundertjährigen Bestehens der Universität Breslau.* Herausgegeben im Auftrage von Rektor und Senat von Georg Kaufmann. Zweiter Teil: Geschichte der Fächer, Institute und Ämter der Universität Breslau 1811–1911. Breslau 1911, S. 369–374.

Kielhorn, Lorenz Franz

1886 »The Chandra-vyakarana and the Kasika-vritti«, in: *The Indian Antiquary.* Vol. XV.—1886. Bombay 1886, S. 183–184.

Kraatz, Martin / Kraatz, Margot

2010 *Carl Cappeller – Moriz Winternitz – Theodor Zachariae: Drei Biographien berühmter Indologen.* Von Margot und Martin Kraatz. München 2020. (Indologica Marpurgensia, Band II).

Kuhn, Ernst / Schnorr von Carolsfeld, Hans
1897 *Die Transcription fremder Alphabete.* Vorschläge zur Lösung der Frage auf Grund des Genfer „Rapport de la Commission de Transcription" und mit Berücksichtigung von Bibliothekszwecken von E. Kuhn und H. Schnorr von Carolsfeld. Leipzig 1897.

Kunst, Arnold
1964 »Indian Studies in Poland: Stanisaw (*sic!*) Schayer«, in: *Indian Studies Abroad.* [Published by] the Indian Council for Cultural Relations. London 1964.

Lassiter, G. Daniel Lassiter
2004 *Interrogations, Confessions, and Entrapment.* Edited by G. Daniel Lassiter. New York 2004.

Lawrence, Richard Charles
1868 *List of Sanskrit Works Supposed by the Nepalese Pandits to be Rare in the Nepalese Libraries at Khatmandoo.* [By Richard Charles Lawrence. Kathmandu 1868].

Liebich, Bruno
siehe Schriftenverzeichnis im Anhang IV, S. 441 ff.

Marti, Hanspeter
2018 »Disputation und Dissertation in der Frühen Neuzeit und im 19. Jahrhundert – Gegenstand der Wissenschaftssprachgeschichte?«, in: *Vernakuläre Wissenschaftskommunikation.* Beiträge zur Entstehung und Frühgeschichte der modernen deutschen Wissenschaftssprachen. Herausgegeben von Michael Prinz und Jürgen Schiewe. Berlin/Boston 2018. (Lingua Academica, Band 1), S. 271–292.

Mejor, Marek
2022 »Stanisław Schayer (ur. 8.05.1899, Sędziszów – zm. 1.12.1941, Otwock) indolog, buddolog«, in: *Dziewięćdziesiąt lat Instytutu i Wydziału Orientalistycznego Uniwersytetu Warszawskiego 1932–2022.* [Opracował] Marek Mejor. Warszawa 2022, S. 52–54.

Mīmāṃsaka, Yudhiṣṭhira
1985 *Kṣīra-Taraṅgiṇī Kṣīrasvāmi-viracita [Pāṇinīyadhātupāṭhasya paścimottarapāṭhasya vyākhyā].* Sampādakaḥ – Yudhiṣṭhira Mīmāṃsakaḥ. Sahayogī – Rāmaśaṅkaro-Bhaṭṭācārya. Dvitīyāvṛtti. Bahālagaḍha saṃvat 2042 [1985 n. Chr.; saṃvat [1]2014, [1]1957 n. Chr.].

MINAYEFF, Ivan Pavlovič

1889 «Poslanie k' učeniku, Soč. Čandragomina», in: *Zapiski vostočnago otdelenija imperatorskago russkago arheologičeskago obščestva.* Tom' IV, vypuski I i II. S.-Peterburg' 1889, S. 29–52.

MITRA, Rājendralāla

1886 *Notices of Sanskrit MSS.* By Rájendralála Mitra. Volume VIII. Calcutta 1886.

NARTEN, Johanna

2002 »Paul Thieme 18.3.1905 – 24.4.2001«, in: *Jahrbuch der Bayerischen Akademie der Wissenschaften.* München 2002, S. 311–317.

OBERLIES, Thomas

1989 *Studie zum Cāndravyākaraṇa.* Eine kritische Bearbeitung von Candra IV.4.52–148 und V.2. [Von] Thomas Oberlies. Stuttgart 1989. (Alt- und Neu-Indische Studien, 38).

OKA, Krishnaji Govind

1913 *The Nâmalingânuśâsana (Amarakosha) of Amarasimha with the Commentary (Amarakoshodghâtana.) of Kshîrasvâmin.* Edited with critical Notes, an Essay on the time of Amarasimha and Kshîrasvâmin, a list of works and authors quoted, glossary of words, &c. &c. by Krishnaji Govind Oka. Poona 1913.

PALSULE, Gajanan Balkrishna

1961 *The Sanskrit Dhātupāṭhas.* A Critical Study by Gajanan Balkrishna Palsule. Poona 1961.

1991 [Buchbesprechung] »STUDIE ZUM CĀNDRAVYĀKARAṆA, eine kritische Bearbeitung von Candra IV. 4. 52–148 und V. 2 : by Thomas Oberlies; Franz Steiner Verlag Stuttgart, 1989. Herausgegeben vom Institut für Kultur und Geschichte Indiens und Tibets an der Universität Hamburg. Pp. 295.«, in: *Annals of the Bhandarkar Oriental Research Institute.* 1990, vol. LXXI. Poona 1991, S. 381–382.

PAÑÑĀSĀRA, Rambukpota

1895 *Balavabodhana.* A short Sanskrit Grammar by the Ven. Maha Kasyapa Sangharaja Sthavira. Edited by Rambukpota Paññāsāra. Kandy 1895.

PAX, Wolfgang Elpidius

1936 »Zum Rāmāyaṇa«, in: *Zeitschrift der Deutschen Morgenländischen Gesellschaft.* Band 90 (Neue Folge Band 15). Leipzig 1936, S. 616–625.

1939 »Adolf Friedrich Stenzler (1807–1887)«, in: *Pommern des 18., 19. und 20. Jahrhunderts.* Im Auftrage der Landesgeschichtlichen Forschungsstelle (Historischen Kommission) für Pommern herausgegeben von Adolf Hofmeister und Wilhelm Braun. Stettin 1939. (*Pommersche Lebensbilder*, Dritter Band), S. 284–296.

1951 »Otto Strauß (1881–1940)«, in: *Zeitschrift der Deutschen Morgenländischen Gesellschaft.* Band 100, Neue Folge Band 25, 1950. Wiesbaden 1951, S. 41–48.

Peschke, Franz

2017 *Der Heidelberger Indologe und Buddhologe Prof. Dr. Walleser und das Problem seines Ich: Eine Biographie.* [Von] Franz Peschke. Heidelberg 2017.

Peters, Michael

1996 »Der »Alldeutsche Verband« «, in: *Handbuch zur »Völkischen Bewegung« 1871–1918.* Herausgegeben von Uwe Puschner, Walter Schmitz und Justus H. Ulbricht. München 1996, S. 302–315.

Pohlus, Andreas

2019 »Heimann, Betty, Prof. Dr. phil. (Wandsbek bei Hamburg 29.3.1888–Sirmione am Gardasee 19.5.1961) Professorin für Indologie und Philosophin«, in: *Frauen in Sachsen-Anhalt 2.* Ein biographisch-bibliographisches Lexikon vom 19. Jahrhundert bis 1945. Eva Labouvie (Hg.). Köln 2019, S. 207–209.

Pretzsch, Karl

1905 *Verzeichnis der Breslauer Universitätsschriften 1811–1855.* Mit einem Anhange enthaltend die ausserordentlichen und Ehrenpromotionen sowie die Diplomerneuerungen. Im Auftrage der Königlichen und Universitäts-Bibliothek zu Breslau bearbeitet von Karl Pretzsch. Breslau 1905.

Rau, Wilhelm

1964 »Ein neues Fragment der Candra-Vṛtti«, in: *Zeitschrift der Deutschen Morgenländischen Gesellschaft.* Band 113, 1963. Wiesbaden 1964, S. 521–529.

1965 *Bilder hundert deutscher Indologen.* Von Wilhelm Rau. Wiesbaden 1965. (Verzeichnis der orientalischen Handschriften in Deutschland, Supplementband 4).

1982 *Bilder 135 Deutsche Indologen.* 2. erweiterte und verbesserte Auflage von „Bilder hundert deutscher Indologen". [Von] Wilhelm Rau. Wiesbaden 1982. (Glasenapp-Stiftung, Band 23).

1993 »§ 118. Grammatik« in: *Einführung in die Indologie.* Stand, Methoden, Aufgaben. Herausgegeben von Heinz Bechert und Georg von Simson. Ergänzte Neuausgabe. Darmstadt 1993 [[1]1979].

Sardesai, R. N.

1938 *Picturesque Orientalia.* Being a collection of 103 Photos of the eminent Indologists—living and dead—of the West. Compiled with a short description on each photo by R. N. Sardesai. Poona 1938. (Poona Oriental Series, No. 56).

Śāstrī, Haraprasāda

1894 »On a new find of old Nepalese Manuscripts«, in: *Journal of the Asiatic Society of Bengal.* Vol. LXII, Part I (History, Antiquities, &c.). Nos. I to IV.–1893: with 9 Plates. Calcutta 1894, S. 245–255.

1931 *A Descriptive Catalogue of the Sanskrit Manuscripts in the Collections of the Asiatic Society of Bengal.* Volume VI. Vyākaraṇa Manuscripts. By Haraprasāda Shāstrī. Calcutta 1931.

Scharfe, Hartmut

1977 *Grammatical Literature.* [By] Hartmut Scharfe. Wiesbaden 1977. (A History of Indian Literature, Volume V, Fasc. 2).

Schmitt, Rüdiger

2012 »Ist „arisch" heute nur noch als Vokabel des Nationalsozialismus zu verstehen? Zu einem neuen Buch über den Indologen Erich Frauwallner«, in: *Philologia Fenno-Ugrica.* Band 16–17, 2010 / 2011. Freiburg 2012, S. 49–64.

Seelaskhandha, C. A.

1924 *The Bālāva Bōdhana.* An Abridgement of Chandra's Grammar by the Most Venerable Sri Mahakasyapa. The First three chapters Sanyna Sandhi and Nama had been translated into Sinhalese by a late Scholar and the rest were prepared by the Most Venerable C. A. Sri Seelaskhandha Mahāsthavira. Alutgama 1924.

Sharma, Aryendra / Deshpande, Khanderao / Padhye, D. G.

1969–70 *Kāśikā.* A Commentary on Pāṇini's Grammar by Vāmana & Jayāditya. Part–I. (Adhyāyas 1–4), Part–II. (Adhyāyas 5–8). Editors: Aryendra Sharma, Khanderao Deshpande, D. G. Padhye. Hyderabad 1969, 1970. (Sanskrit Academy Series – 17, 20).

SLAJE, Walter
2024 »Indology and Contemporary History: Eli Franco on Erich Frauwallner as a Political Subject«, in: *Zeitschrift der Deutschen Morgenländischen Gesellschaft.* Band 174 – Heft 2, 2024. Wiesbaden 2024, S. 459–498.
2026 »The Frauwallner Controversy Continued: A Survey of the Archive Files«, in: *Zeitschrift der Deutschen Morgenländischen Gesellschaft.* Band 176 – Heft 1, 2026. Wiesbaden 2026. [in Vorbereitung]
SLENCZKA, Ruth
2005 *Die „Murren" des Hans Freiherr von Campenhausen.* „Erinnerungen, dicht wie ein Schneegestöber". Autobiographie [von Hans Freiherr von Campenhausen]. Herausgegeben von Ruth Slenczka. Norderstedt 2005.
SMIDT, Wolbert G. C.
1997 »Humbert (Fam.)«, in: *Biographisches Lexikon für Ostfriesland.* Herausgegeben im Auftrag der Ostfriesischen Landschaft von Martin Tielke. Zweiter Band. Aurich 1997, S. 175–177.
STAAL, Frits
1972 *A Reader on the Sanskrit Grammarians.* Edited by J. F. Staal. Cambridge, Massachusetts and London, England 1972.
STACHE-ROSEN, Valentina
1981 *German Indologists.* Biographies of Scholars in Indian Studies Writing in German. With a Summary on Indology in German Speaking Countries. [By] Valentina Stache-Rosen. New Delhi 1981. (Dialogue 1980/81).
STACHE-WEISKE, Agnes
2017 *„…für die Wißenschaft, der ich von ganzer Seele lebe" Otto Böhtlingk (1815–1904): ein Gelehrtenleben rekonstruiert und beschrieben anhand seiner Briefe.* [Von] Agnes Stache-Weiske. Wiesbaden 2017.
STASIEWICZ, Natalie
1918 »Auf den Spuren zweier Studenten aus Cochin und Travancore. S. Kunin Krishna Pillai und Vadaka Kurupath Raman Menon während des Ersten Weltkrieges in Deutschland«, in: *Interdisziplinäre Zeitschrift für Südasienforschung.* Nr. 4 (2018). Heidelberg 2018, S. 72–101.

Thomas, Frederick William

1908 »The Aufrecht Collection«, in: *Journal of the Royal Asiatic Society of Great Britain and Ireland for 1908.* London 1908, S. 1029–1063.

Tütken, Johannes

2005 *Privatdozenten im Schatten der Georgia Augusta.* Zur älteren Privatdozentur (1734 bis 1831). Teil I: Statutenrecht und Alltagspraxis. [Von] Johannes Tütken. Göttingen 2005.

Unte, Wolfhart

1980 »Das Werk Ludolf Maltens«, in: *Jahrbuch der Schlesischen Friedrich-Wilhelms-Universität zu Breslau.* Band XXI. Würzburg 1980, S. 319–336.

Vasu, Śrīśa Chandra

1891–98 *The Ashṭâdhyâyí of Pâṇini.* Translated into English by Śríśa Chandra Vasu. Allahabad/Benares 1891–98.

Wagner, Patrick

2021 *Notgemeinschaften der Wissenschaft.* Die Deutsche Forschungsgemeinschaft (DFG) in drei politischen Systemen, 1920 bis 1973. [Von] Patrick Wagner. Stuttgart 2021. (Studien zur Geschichte der Deutschen Forschungsgemeinschaft, Band 12).

Weber, Albrecht

1886 *Verzeichniss der Sanskrit- und Prâkṛit-Handschriften der Königlichen Bibliothek zu Berlin.* Von A. Weber. Zweiter Band. Erste Abtheilung. Berlin 1886. (Die Handschriften-Verzeichnisse der Königlichen Bibliothek zu Berlin, Fünfter Band).

Weber, Max

1996 *Die Wirtschaftsethik der Weltreligionen Hinduismus und Buddhismus.* [Von] Max Weber. 1916–1920. Herausgegeben von Helwig Schmidt-Glintzer in Zusammenarbeit mit Karl-Heinz Golzio. Tübingen 1996 (Abteilung I: Schriften und Reden, Band 20).

Whitney, William Dwight

1884 »The Study of Hindu Grammar and the Study of Sanskrit Author«, in: *The American Journal of Philology.* Vol. V. Baltimore 1884, S. 279–297.

1893 »On Recent Studies in Hindu Grammar«, in: *The American Journal of Philology.* Vol. XIV. Baltimore 1893, S. 171–197.

Wiese, Ludwig Adolf

1864 *Das Höhere Schulwesen in Preussen.* Historisch-statistische Darstellung, im Auftrage des Ministers der geistlichen, Unterrichts- und Medicinal-Angelegenheiten herausgegeben von L. Wiese. Berlin 1864.

WINDISCH, Ernst
1917–20 *Geschichte der Sanskrit-Philologie und indischen Altertumskunde.* Von Ernst Windisch. Erster Teil. Straßburg 1917. Zweiter Teil. Berlin und Leipzig 1920. (Grundriß der Indo-Arischen Philologie und Altertumskunde, I. Band, I. Heft B).

WOLGAST, Eike
1987 »Die Universität Heidelberg in der Zeit des Nationalsozialismus«, in: *Zeitschrift für die Geschichte des Oberrheins.* 135. Band (Der neuen Folge 96. Band). Stuttgart 1987, S. 359–406.

Index

Indische Forschungen

begründet von

Alfred Hillebrandt

herausgegeben von

Bruno Liebich

---

6. Heft

Konkordanz Panini—Candra

Von

Dr. Bruno Liebich

Breslau
Verlag von M. & H. Marcus
1928

Tafel 11
Bruno Liebichs *Konkordanz Panini–Candra* (Breslau 1928)

Titelseite von Liebichs *Konkordanz Panini–Candra.*

Index

Kursive Zahlen verweisen auf Belegstellen in Fußnoten.